M.V.

BIBLIOTHEK DER WELT-LITERATUR

Nikolai
Gogol

Die toten Seelen

Nikolai Gogol

Die toten Seelen

oder
Die Abenteuer Tschitschikows

Moewig Verlag KG
Rastatt

NIKOLAI GOGOL

Neubearbeitung einer frühen deutschen Übersetzung
unter Hinzuziehung der Originalausgabe.
Titel der Originalausgabe „Mertvye duši"

Neuausgabe 1980
Moewig Verlag KG, Rastatt

Umschlaggestaltung: Mathieu Leonhard
Satz: Knauer Layoutsatz GmbH, Stuttgart
Druck und Bindung: Ebner Ulm
Printed in Germany
ISBN 3-8118-3003-1

Erster Teil

ERSTES KAPITEL

In das Tor eines Gasthofes der Gouvernementsstadt N. N. rollte ein recht hübscher, federnder Wagen, von der Art, wie mit ihnen die alleinstehenden Herren zu fahren pflegen: Oberstleutnants a. D., Stabshauptleute, Gutsbesitzer, die an die hundert leibeigene Seelen besitzen, mit einem Wort alle, die man Herrschaften mittleren Ranges nennt. Im Wagen saß ein Herr von nicht besonders hübschem, aber auch nicht üblem Aussehen, nicht zu dick und nicht zu mager; man könnte nicht sagen, daß er alt, aber auch nicht, daß er allzu jung sei. Sein Einzug erregte in der Stadt gar keinen Lärm und wurde von keinen besonderen Erscheinungen begleitet; nur zwei russische Bauern, die vor der Tür der Branntweinschenke, dem Gasthof gegenüber, standen, machten einige Bemerkungen, die sich übrigens mehr auf die Equipage, als auf den, der in ihr saß, bezogen. Außerdem begegnete der Wagen kurz vor dem Gasthof einem jungen Manne in weißer, sehr enger Nankinghose und einem Frack, der modern sein sollte und unter dem ein Vorhemd zu sehen war, in dem eine Tulanadel in Form einer Bronzepistole steckte. Der junge Mann drehte sich um, sah den Wagen an, hielt sich mit der Hand die Mütze fest, die ihm der Wind beinahe vom Kopfe gerissen hätte, und ging seinen Weg weiter.

Als der Wagen in den Hof einfuhr, wurde der Herr vom Gasthofdiener oder einem „Polowoi", wie man sie in russischen Wirtschaften zu nennen pflegt, empfangen – einem dermaßen lebhaften und beweglichen Burschen, daß man nicht mal sein Gesicht erkennen konnte. Er kam eilig, mit einer Serviette in der Hand, herausgelaufen, hoch aufgeschossen, in einem langen Baumwollrock, dessen Taille ihm beinahe auf dem Nacken saß – schüttelte die Haare und führte den Herrn flink durch eine hölzerne Galerie, um ihm das ihm von Gott bestimmte Gemach zu zeigen. Das Gemach war von der bekannten Art, denn auch der Gasthof war von der bekannten Art, das heißt wie die Gasthöfe in den Gouvernementsstädten zu sein pflegen, wo die Reisenden für zwei Rubel täglich ein ruhiges Zimmer bekommen, mit Kakerlaken, die wie die Dörrpflaumen aus allen Ecken hervorgucken, und einer stets mit einer Kommode verstellten Tür zum Nachbarzimmer, in dem sich eben der Nachbar einrichtet, ein schweigsamer und ruhiger, doch äußerst neugieriger Herr, der ein großes Interesse für den Reisenden und dessen Position zeigt. Die Außenfassade des Gasthofes entsprach vollkommen seinem Inneren: Sie war sehr lang und hatte zwei Geschosse. Das untere war nicht getüncht und zeigte dunkelrote Backsteine, die infolge der heftigen Wetterstürze nachgedunkelt, aber auch schon an sich etwas schmutzig waren; das obere war mit der obligaten gelben Farbe gestrichen; unten waren Läden, wo Kummete, Stricke und Brezeln verkauft wurden. Im Eckladen, oder richtiger im Eckfenster, befand sich ein Teeverkäufer mit einem kupfernen Samowar und einem Gesicht, das ebenso rot wie sein Samowar war, so daß man aus der Ferne annehmen könnte, daß sich im Fenster zwei Samoware befänden, wenn der eine Samowar nicht einen pechschwarzen Vollbart hätte.

Während der Reisende sich in seinem Zimmer umsah, wurden seine Habseligkeiten hereingetragen: Zuerst kam ein etwas abgetragener Koffer aus weißem Leder, der zeigte, daß er nicht zum erstenmal auf der Reise war. Den Koffer trugen herein: der Kutscher Selifan, ein kleiner Mann in einem Halbpelz, und der Lakai Petruschka, ein Bursche von etwa dreißig Jahren, der in einem weiten, abgetragenen Rock, der offenbar von seinem Herrn stammte, stak, einen etwas strengen Ausdruck, sehr dicke Lippen und eine ebensolche Nase hatte. Nach dem Koffer trug man eine nicht sehr große Schatulle aus Mahagoni, mit karelischem Birkenholz eingelegt, herein, dann ein Paar Schuhleisten und ein in blaues Papier eingewickeltes Brathuhn. Als alle diese Sachen hereingetragen waren, begab sich der Kutscher Selifan in den Stall, um die Pferde zu versorgen, während der Lakai Petruschka sich in der Vorkam-

mer, einem sehr finsteren Loch, einrichtete, wohin er schon seinen Mantel und mit diesem den ihm eigentümlichen Geruch hereingebracht hatte, der auch dem Sack mit seinen Toilettengegenständen eigen war, den er gleich darauf hereinschleppte. In diesem Loch stellte er ein schmales dreibeiniges Bett an die Wand und legte eine Art Matratze darauf, die so zusammengedrückt und flach, vielleicht auch ebenso fettig war wie ein Pfannkuchen und die er mit einiger Mühe vom Gasthofbesitzer erhielt.

Während die Diener mit allen diesen Sachen beschäftigt waren, begab sich der Herr in den Speisesaal. Wie solche Speisesäle aussehen, weiß jeder Reisende: Es sind immer die gleichen, mit Ölfarbe gestrichenen Wände, die oben von Pfeifenrauch geschwärzt und unten durch die Rücken der Reisenden, noch mehr aber durch die der einheimischen Kaufleute geglättet sind, denn die Kaufleute pflegen bekanntlich an Markttagen zu sechs und zu sieben herzukommen, um ihre Portion Tee zu trinken; die gleiche verrauchte Decke; der gleiche verrauchte Kronleuchter mit den vielen herabhängenden Glasprismen, die hüpften und klirrten, sooft der Polowoi hurtig über den mit abgeriebenem Wachstuch belegten Boden lief, flink das Tablett schwingend, auf dem eine solche Menge von Teetassen saß, wie Vögel am Meeresstrand sitzen; die gleichen, die ganze Wand einnehmenden Gemälde; mit einem Worte – es war alles wie überall; höchstens mit dem Unterschied, daß auf einem der Bilder eine Nymphe mit so großen Brüsten dargestellt war, wie sie der Leser sicher noch nie gesehen hat. Dieses Naturspiel ist übrigens auch auf den historischen Gemälden zu finden, die, niemand weiß woher, wann und von wem, nach Rußland eingeführt worden sind; zuweilen sogar von unsern kunstliebenden Würdenträgern, die sie in Italien auf Rat der sie begleitenden Kuriere aufkauften. Der Herr legte die Mütze ab und wickelte sich ein wollenes, in allen Farben des Regenbogens prangendes Tuch vom Hals; solche Halstücher pflegen gewöhnlich die Ehefrauen für ihre Männer eigenhändig zu stricken und ihnen dann mit angemessenen Belehrungen, wie man sie sich um den Hals zu wickeln habe, zu überreichen; wer sie aber für die Junggesellen anfertigt – weiß ich nicht zu sagen; das weiß Gott allein; ich habe jedenfalls niemals ein solches Halstuch getragen. Nachdem er sich

vom Halstuch befreit hatte, bestellte sich der Herr ein Mittagessen. Während ihm die in Wirtschaften üblichen Speisen aufgetragen wurden, also: eine Kohlsuppe mit Pastete aus Blätterteig, die man in Gasthöfen für die Durchreisenden wochenlang aufzuheben pflegt, Hirn mit jungen Erbsen, Würstchen mit Kraut, eine gebratene Poularde, eine Salzgurke und der obligate Blätterteigkuchen; während ihm dies alles, wie im aufgewärmten, so auch im kalten Zustande aufgetragen wurde, ließ er sich vom Kellner oder „Polowoi" allerlei Unsinn erzählen, z. B. wem dieser Gasthof früher gehört habe, ob er viel einbringe und ob der Besitzer ein großer Gauner sei, worauf der Polowoi die gewohnte Antwort gab: „Oh, ein großer Gauner, mein Herr!" Wie im ganzen gebildeten Europa, so gibt es jetzt auch im gebildeten Rußland eine Menge sehr ehrenwerter Leute, die nicht imstande sind, etwas in einem Gasthause zu verzehren, ohne zugleich mit dem Kellner zu schwatzen oder sogar zu scherzen. Der Neuankömmling stellte übrigens nicht lauter müßige Fragen: Er erkundigte sich genau, wer in der Stadt das Amt eines Gouverneurs, das des Kammervorsitzenden und des Staatsanwalts bekleide; mit einem Worte, er überging auch nicht einen hohen Beamten; mit einer fast noch größeren Aufmerksamkeit, wenn nicht Teilnahme, zog er Erkundigungen über alle größeren Gutsbesitzer der Gegend ein: wieviel leibeigene Seelen ein jeder besitze, wie weit von der Stadt er wohne, sogar was für einen Charakter er habe und wie oft er in die Stadt komme; dann fragte er auch genau nach der allgemeinen Lage der Gegend: ob es in diesem Gouvernement keine Epidemien, bösartige Fieberkrankheiten, Blattern usw. gegeben habe, und er tat dies alles mit einer Ausführlichkeit, die mehr als auf bloße Neugierde hinwies. In seinen Manieren hatte der Herr etwas außerordentlich Solides und schneuzte sich ungewöhnlich laut. Es ist unbekannt, wie er das machte, aber seine Nase tönte dabei wie eine Posaune. Diese scheinbar durchaus harmlose Eigenschaft verschaffte ihm jedoch die größte Achtung des Gasthofdieners, der, sooft er diesen Ton hörte, seine Haare schüttelte, sich respektvoll aufrichtete und, seinen Kopf über den Gast beugend, fragte, ob der Herr nicht noch etwas wünsche. Nach dem Essen trank der Herr eine Tasse Kaffee und setzte sich aufs Sofa, wobei er sich ein Kissen hinter den Rücken schob; diese Kissen werden

in den russischen Gasthöfen statt mit weicher Wolle mit einem Stoff gefüllt, der die größte Ähnlichkeit mit Ziegelsteinen und Kieseln hat. Dann begann er zu gähnen und ließ sich auf sein Zimmer bringen, wo er sich hinlegte und zwei Stunden schlief. Nachdem er ausgeruht hatte, schrieb er auf Wunsch des Gasthofdieners auf einen Zettel, zur Kenntnisnahme der Polizei, seinen Stand, Vor- und Familiennamen auf. Als der Polowoi die Treppe hinunterging, las er nicht ohne Mühe folgendes: „Kollegienrat Pawel Iwanowitsch Tschitschikow, Gutsbesitzer, reist in eigenen Angelegenheiten." Während der Polowoi den Zettel noch immer buchstabierte, machte sich Pawel Iwanowitsch Tschitschikow auf, um sich die Stadt anzusehen, die ihn offenbar befriedigte, denn er fand, daß sie den anderen Gouvernementsstädten in nichts nachstand. Die Steinhäuser waren grellgelb gestrichen, während die Holzhäuser ein bescheidenes Grau zeigten; die Häuser hatten ein, zwei und auch eineinhalb Geschosse, mit den obligaten Mezzanins, die die Gouvernementsarchitekten für besonders hübsch hielten. Stellenweise standen diese Häuser in den wie Felder breiten Straßen, inmitten unendlicher Bretterzäune wie verloren da; stellenweise drängten sie sich eng aneinander, und hier war mehr Bewegung und Leben. Man sah hier und da vom Regen fast verwaschene Schilder mit Brezeln und Stiefeln und eines mit einer ganz primitiv gemalten blauen Hose, unter der zu lesen war: „Schneidermeister aus Arschau"; hier sah man ein Mützen- und Hutgeschäft mit der Inschrift: „Wassilij Fjodorow, Ausländer"; dort war ein Billard mit zwei Spielern in Fräcken dargestellt, wie sie in unseren Theatern die Gäste zu tragen pflegen, die im letzten Akt auftreten. Die Spieler zielten mit ihren Queues und hatten nach hinten gerenkte Arme und krumme Beine, mit denen sie wohl eben einen Luftsprung gemacht hatten. Über diesem ganzen Bilde befand sich die Inschrift „Etablissement". Hier und da standen auf der Straße Tische mit Nüssen, Seife und Pfefferkuchen, die wie Seife waren; an einer anderen Stelle befand sich eine Garküche mit einem dicken Fisch, in dem eine Gabel steckte, auf dem Schild. Am häufigsten sah man aber dunkle Doppeladler, an deren Stelle heute die lakonische Inschrift: „Branntweinausschank" getreten ist. Das Pflaster war überall ziemlich schlecht. Er warf auch einen Blick in den Stadtgarten, der aus dünnen, ver-

kümmerten Bäumchen bestand, die unten von Pfählen gestützt wurden; diese Pfähle bildeten Dreiecke und waren schön mit grüner Ölfarbe gestrichen. Die Bäume waren zwar kaum höher als Schilf, aber in den Zeitungen hieß es von ihnen bei Beschreibung einer Illumination: „Dank der Fürsorge unserer Zivilverwaltung ist jetzt unsere Stadt durch einen Garten geschmückt, der aus schattigen, weitverzweigten Bäumen besteht, die an heißen Tagen Kühle spenden"; weiter hieß es: „Es war rührend anzusehen, wie die Herzen der Bürger vor überströmender Dankbarkeit zitterten und Tränen des Dankes ob der Verdienste des Herrn Stadthauptmanns vergossen." Nachdem er einen Polizisten genau ausgefragt hatte, wie man, wenn man es brauchte, auf kürzestem Wege zur Kathedrale, zum Amtsgebäude und zum Gouverneur gelangen könne, begab er sich zum Fluß, der mitten durch die Stadt floß; unterwegs riß er einen an einem Pfahl angenagelten Theaterzettel ab, um ihn zu Hause genau zu studieren, betrachtete aufmerksam eine Dame von recht hübschem Aussehen, die auf dem betternen Bürgersteig an ihm vorüberging und der ein Knabe in einer Militärlivree mit einem Bündel in der Hand folgte. Nachdem er das Ganze noch einmal mit einem Blick streifte, als wollte er sich die Lage merken, begab er sich nach Hause und stieg, vom Gasthofdiener leicht gestützt, in sein Zimmer hinauf. Nachdem er Tee getrunken hatte, setzte er sich vor den Tisch, ließ sich eine Kerze geben, holte den Theaterzettel aus der Tasche, hielt ihn dicht vor die Kerze und begann zu lesen, wobei er sein rechtes Auge ein wenig zukniff. Auf dem Zettel stand übrigens wenig Bemerkenswertes. Es wurde ein Drama des Herrn Kotzebue gegeben, in dem Rolla von einem Herrn Popljowin und Kora von einem Fräulein Sjablow gespielt wurden. Die übrigen Personen waren noch weniger bemerkenswert; er las jedoch den ganzen Zettel durch, gelangte zu den Preisen der Parterreplätze und erfuhr, daß der Theaterzettel in der Druckerei der Gouvernementsverwaltung hergestellt worden war; dann drehte er den Zettel um, um zu erfahren, ob nicht auf der Rückseite etwas stehe; als er aber da nichts fand, rieb er sich die Augen, legte den Zettel ordentlich zusammen und verwahrte ihn in einer Schatulle, in die er alles, was ihm nur in die Hand fiel, zu stekken pflegte. Der Tag wurde, wie ich glaube, mit einer Portion kalten Kalbsbratens, einer Flasche Kwas und einem festen Bärenschlaf beschlossen, wie man sich in gewissen Gegenden unseres großen russischen Reiches auszudrücken pflegt.

Der ganze folgende Tag war den Besuchen gewidmet. Der Fremde machte Visiten bei allen städtischen Würdenträgern. Er machte seine Aufwartung dem Gouverneur, der, wie es sich zeigte, gleich Tschitschikow, weder dick noch mager war, den Annenorden am Halse trug und, wie es hieß, auch den Stern dieses Ordens erhoffte, im übrigen aber ein guter Mensch war und zuweilen sogar Tüllstickereien anfertigte. Dann begab er sich zum Vizegouverneur, zum Staatsanwalt, zum Kammervorsitzenden, zum Polizeimeister, zum Branntweinpächter, zum Direktor der Staatsfabriken ... schade, daß man sich alle die Machthaber dieser Welt gar nicht merken kann; es genügt, wenn ich sage, daß der Fremde eine ungewöhnliche Energie im Besuchemachen entwickelte und seine Aufwartung sogar beim Inspektor der Medizinalverwaltung und beim Stadtarchitekten machte. Dann saß er noch lange in seinem Wagen und überlegte sich, wen er noch hätte besuchen können, doch in der Stadt gab es keine Beamten mehr. Im Gespräch mit diesen Machthabern verstand er es sehr kunstvoll, einem jeden irgendeine Schmeichelei zu sagen. Dem Gouverneur sagte er so nebenbei, daß man in sein Gouvernement wie ins Paradies einfahre; alle Straßen seien wie aus Samt, und eine Regierung, die so weise Beamten ernenne, verdiene jegliches Lob. Dem Polizeimeister sagte er etwas äußerst Schmeichelhaftes über die Stadtpolizisten; den Vizegouverneur und den Kammervorsitzenden, die erst Staatsräte waren, sprach er zweimal aus Versehen mit „Exzellenz" an, was den beiden sichtlich gefiel. Die Folge davon war, daß der Gouverneur ihn noch am gleichen Tage zu einer kleinen Abendunterhaltung einlud, während ihn die anderen Beamten ihrerseits teils zum Mittagessen, teils zu einer Partie Boston und teils zu einer Tasse Tee einluden.

Der Fremde vermied es anscheinend, viel über sich selbst zu reden; und wenn er etwas sagte, so drückte er sich ganz allgemein, mit sichtlicher Bescheidenheit aus, und das Gespräch nahm in solchen Fällen einen etwas literarischen Charakter an; er sagte, er sei nur ein elender Wurm auf dieser Welt, unwürdig, daß man sich um ihn viel kümmere; er habe in seinem Leben im Dienste viel für die Wahrheit gelitten und viele Feinde gehabt, die ihm sogar nach dem Leben trachteten; um endlich einmal Ruhe zu haben, suche er sich einen ständigen Wohnsitz; in dieser Stadt angelangt, hätte er es für seine vornehmste Pflicht gehalten, ihren ersten Würdenträgern seine Hochachtung zu bezeugen. Das ist alles, was man in der Stadt über diese neue Persönlichkeit erfuhr, die es auch nicht unterließ, sich sehr bald bei der Abendunterhaltung im Gouverneurshause zu zeigen. Die Vorbereitungen zu diesem Abend hatten an die zwei Stunden in Anspruch genommen, und der Fremde zeigte dabei eine so peinliche Aufmerksamkeit für seine Toilette, wie man sie nicht jeden Tag sieht. Nach einem kurzen Nachmittagsschlaf ließ er sich Waschwasser bringen und rieb sich außerordentlich lange mit Seife beide Wangen, die er von innen mit der Zunge stützte; dann nahm er dem Gasthofdiener das Handtuch von der Schulter und trocknete sich damit sein volles Gesicht ab, indem er bei den Ohren anfing und dem Diener zunächst zweimal direkt ins Gesicht nieste; dann legte er sich vor dem Spiegel ein Vorhemd an, zupfte sich zwei Härchen aus der Nase und stand plötzlich in einem Frack von preiselbeerfarbenem Tuche mit Glanz da. Nachdem er sich auf diese Weise angekleidet hatte, fuhr er mit eigener Equipage durch die unendlich breiten Straßen, die nur vom spärlichen Lichte, das aus einigen Fenstern drang, beleuchtet waren. Das Haus des Gouverneurs war übrigens so glänzend beleuchtet, daß es auch bei einem Ball nicht besser hätte sein können; vor der Einfahrt hielten Wagen mit Laternen, vor der Tür standen zwei Gendarmen, in der Ferne schrien die Vorreiter – mit einem Wort, alles war so, wie es sich gehört. Als Tschitschikow den Saal betrat, mußte er für eine Weile die Augen zusammenkneifen, weil der Glanz der Lichter, der Lampen und der Damentoiletten einfach blendend war. Alles war mit Licht übergossen. Schwarze Fräcke huschten einzeln und rudelweise durch den Saal, wie die Fliegen an einem heißen Julitage ein Stück weißglänzende Raffinade umschwirren, das die alte Haushälterin vor einem offenen Fenster in funkelnde Stücke zerschlägt; die Kinder haben sich um sie versammelt und verfolgen neugierig die Bewegungen ihrer derben Hände, die den Hammer schwingen, und die leichten, vom luftigen Hauch emporgehobenen Fliegenschwadronen fliegen kühn, wie die rechtmäßigen Herren, herein und umschwirren, sich die Kurzsichtigkeit der Alten und die Sonne, die ihre Augen blendet, zunutze machend, bald vereinzelt und bald in dichten Haufen, die leckeren Stücke. Gesättigt vom reichen Sommer, der ohnehin auf Schritt und Tritt die leckersten Speisen bereitstellt, kamen sie hereingeflogen, durchaus nicht, um zu essen, sondern nur um sich zu zeigen, auf den Zuckerhaufen zu spazieren, die Vorder- oder Hinterfüßchen gegeneinanderzureiben, oder sich mit ihnen unter den Flügelchen zu kratzen, oder um sich mit vorgestreckten Vorderfüßchen den Kopf zu jucken, umzukehren, hinauszufliegen und dann in neuen lästigen Schwadronen wiederzukommen. Tschitschikow hatte kaum Zeit gehabt, sich umzusehen, als der Gouverneur ihn schon am Arme packte und der Gouverneurin vorstellte. Der Gast kam auch hier nicht in Verlegenheit. Er sagte ihr irgendein Kompliment, wie es einem Herrn von mittleren Jahren ziemt, der weder allzu hoch, noch allzu niedrig im Rang steht. Als die tanzenden Paare sich aufstellten und alle gegen die Wand drückten, musterte er sie, die Hände im Rücken, an die zwei Minuten mit großer Aufmerksamkeit. Viele Damen waren gut und nach der Mode gekleidet; die anderen hatten nur das an, was der liebe Gott in so eine Provinzstadt kommen läßt. Die Männer waren hier wie überall von zwei Sorten: Die einen waren dünn und scharwenzelten immer um die Damen herum; einzelne unter ihnen konnte man sogar schwer von Petersburger Herren unterscheiden; auch sie trugen Backenbärte, die mit großer Überlegung oder Geschmack zurückgekämmt waren, oder zeigten einfach wohlgeformte, sehr sorgfältig rasierte Gesichtsovale; sie setzten sich ebenso ungezwungen neben die Damen, sprachen ebenso Französisch und scherzten, wie man es in Petersburg tut. Die andere Sorte der Herren waren die Dicken oder solche wie Tschitschikow, also die weder zu dick noch zu dünn waren. Diese hatten einige Scheu vor den Damen, gingen ihnen aus dem Wege und spähten immer aus, ob der Diener des Gouverneurs nicht schon irgendwo den grünen Tisch für das Whistspiel bereitstellte. Ihre Gesichter waren rund und voll, zum Teil mit Warzen geschmückt; einzelne waren auch blatternarbig; ihr Kopfhaar trugen sie weder in Schöpfen, noch in Locken, noch „à la diable“, wie es die Franzosen nennen; ihre Haare waren entweder kurzgeschoren oder glatt an den Schädel geklebt, und die Gesichtszüge meistens rund und derb. Das waren die geachtetsten Beamten der Stadt. Die Dicken verstehen es leider besser, auf dieser Welt ihre Geschäfte zu machen als die Dünnen. Die Dünnen werden meistens für besondere Aufträge verwendet oder bloß in den Listen geführt und schwanken aus dem einen Ressort in das andere; ihre Existenz ist etwas gar zu leicht, zu luftig und nicht ganz sicher. Die Dicken bekleiden dagegen niemals indirekte, sondern stets direkte Posten, und wenn sie sich irgendwo festsetzen, so sitzen sie so sicher da, daß eher der Sitz unter ihnen in die Brüche geht oder sich biegt, als daß sie herunterfliegen. Äußeren Glanz lieben sie nicht; ihre Fräcke sind nicht so kunstvoll zugeschnitten wie bei den Dünnen, dafür ruht aber auf ihren Geldschatullen der Segen Gottes. Der Dünne hat oft schon nach drei Jahren keine leibeigene Seele mehr, die nicht verpfändet ist; der Dicke lebt in aller Ruhe, doch ehe man es sich versieht, steht plötzlich an dem einen Ende der Stadt ein auf den Namen seiner Frau gekauftes Haus da; dann erscheint am anderen Ende ein zweites Haus, dann ein Gütchen in der Nähe der Stadt und dann ein ganzes Kirchdorf mit allem Zubehör. Schließlich quittiert der Dicke, nachdem er Gott und dem Kaiser gedient und allgemeine Achtung erworben hat, den Dienst, zieht aufs Land und wird Gutsbesitzer, ein guter, gastfreundlicher russischer Grandseigneur und lebt in Herrlichkeit und Freuden. Wenn er aber tot ist, so bringen seine dünnen Erben das ganze väterliche Gut nach russischer Sitte im Eiltempo durch. Es läßt sich wohl nicht verheimlichen, daß auch unser Tschitschikow mit ähnlichen Betrachtungen beschäftigt war, während er die Gesellschaft musterte, und die Folge davon war, daß er sich schließlich zu den Dicken gesellte, unter denen er lauter bekannte Personen vorfand: den Staatsanwalt mit den sehr dichten schwarzen Augenbrauen, der mit dem linken Auge immer blinzelte, als ob er sagen wollte: „Komm, Bruder, ins andere Zimmer, ich werde dir etwas sagen“ – einen im übrigen sehr ernsten und schweigsamen Herrn; den Postmeister, einen kleingewachsenen, doch witzigen und philosophisch veranlagten Mann; den Kammervorsitzenden, einen äußerst vernünftigen und liebenswürdigen Herrn, die ihn sämtlich wie einen alten Bekannten begrüßten, worauf Tschitschikow sich zwar

etwas schief, doch nicht ohne Anmut verbeugte. Hier lernte er auch den sehr höflichen und zuvorkommenden Gutsbesitzer Manilow kennen und den etwas plump aussehenden Sobakewitsch, der ihm sofort auf den Fuß trat und sagte: „Bitte um Vergebung.“ Sofort reichte man ihm eine Karte für eine Whistpartie, die er mit der gleichen höflichen Verbeugung annahm. Sie setzten sich an den grünen Tisch und blieben bis zum Abendessen sitzen. Alle Gespräche hörten sofort auf, wie das immer der Fall ist, wenn man sich endlich an eine ernste Arbeit macht. Der Postmeister war zwar sehr gesprächig, aber auch er nahm, sobald er die Karten in der Hand hatte, einen nachdenklichen Ausdruck an, bedeckte die Oberlippe mit der Unterlippe und behielt diese Stellung während des ganzen Spiels. Wenn er eine Figur ausspielte, so schlug er mit der Hand fest auf den Tisch und sagte dabei, wenn es eine Dame war: „Geh, alte Popenfrau!“, war es aber ein König, so hieß es: „Geh, Tambower Bauer!“ Der Gerichtsvorsitzende aber pflegte zu sagen: „Dem gebe ich eins auf den Bart! Der gebe ich eins auf den Bart! Zuweilen entfuhren ihnen, wenn sie die Karten so auf den Tisch schlugen, Ausdrücke wie: „Ach! Nobel geht die Welt zugrunde! Wenn man nicht weiß, was man ausspielen soll, so spielt man eben Schellen!“ Oder einfache Ausrufe wie: „Herz! Gebrochene Herzen! Grün!“ oder: „Grüner Junge! Grünschnabel!“, lauter Namen, die sie in ihrem Kreise den Farben beigelegt hatten. Nach Beendigung einer jeden Partie gerieten sie, wie das so üblich ist, in Streit. Auch unser Gast stritt mit, machte es aber so kunstvoll, daß alle ihn zwar streiten hörten, aber zugeben mußten, daß er es auf eine sehr angenehme Manier machte. Niemals sagte er: „Sie spielten aus“, sondern immer: „Sie waren so freundlich, auszuspielen; ich hatte die Ehre, Ihre Zwei zu stechen!“ und dergleichen. Um seine Gegner noch versöhnlicher zu stimmen, reichte er ihnen seine silberne Schnupftabaksdose mit Emaille, auf deren Grunde man zwei Veilchen liegen sah, die er des Aromas wegen hineingelegt hatte. Die Aufmerksamkeit des Fremden wurde ganz besonders von den Gutsbesitzern Manilow und Sobakewitsch gefesselt, von denen schon oben die Rede war. Er nahm sogar sofort den Kammervorsitzenden und den Postmeister auf die Seite und erkundigte sich nach diesen beiden. Die Fragen, die er stellte, zeugten nicht nur von Neugierde, sondern auch von einer gewissen Gründlichkeit, denn er erkundigte sich vor allen Dingen, wie viele leibeigene Seelen ein jeder von ihnen besitze und in welchem Zustand sich sein Gut befinde; dann erst fragte er nach dem Vor- und Familiennamen. In kürzester Zeit brachte er es fertig, alle Herzen zu bezaubern. Der Gutsbesitzer Manilow, ein noch recht junger Mann, mit Augen so süß wie Zucker, die er, sooft er lachte, zusammenkniff, war ganz hin. Er drückte ihm sehr lange die Hand und bat ihn inständig, ihm auf dem Lande die Ehre seines Besuches zu erweisen, wobei er erwähnte, daß das Gut nur fünfzehn Werst von der Stadtgrenze entfernt sei, worauf Tschitschikow mit höflichem Kopfneigen und aufrichtigem Händedruck erwiderte, daß er dieser Einladung nicht nur mit dem größten Vergnügen Folge leisten, sondern dies sogar für seine heiligste Pflicht halten werde. Sobakewitsch sagte etwas lakonisch: „Auch ich bitte Sie darum", und scharrte dabei mit dem Fuß, der mit einem Stiefel von so gewaltiger Größe bekleidet war, daß man wohl kaum einen zweiten, diesem Stiefel entsprechenden Fuß finden könnte, besonders heute, wo die Recken im Aussterben sind.

Am folgenden Tage begab sich Tschitschikow zum Mittagessen und einer Abendunterhaltung beim Polizeimeister, wo man sich um drei Uhr nachmittags an den Whisttisch setzte und bis zwei Uhr nachts spielte. Hier lernte er unter anderem den Gutsbesitzer Nosdrjow kennen, einen sehr geriebenen Herrn von etwa dreißig Jahren, der ihn gleich nach den ersten drei oder vier Worten zu duzen anfing. Mit dem Polizeimeister und dem Staatsanwalt stand Nosdrjow gleichfalls auf dem Duzfuße und in einem recht familiären Verhältnisse; als aber das große Spiel begann, verfolgten der Polizeimeister und der Staatsanwalt sehr genau alle seine Stiche und beachteten jede Karte, die er ausspielte. Den nächsten Abend verbrachte Tschitschikow beim Kammervorsitzenden, der seine Gäste, darunter auch zwei Damen, in einem ziemlich fettigen Schlafrock empfing. Dann machte er eine Abendunterhaltung beim Vizegouverneur, ein großes Diner beim Branntweinpächter und ein kleineres Diner beim Staatsanwalt mit, das übrigens dem großen ebenbürtig war; er wohnte auch nach der Messe dem Frühstück beim Bürgermeister bei, das sich ebenfalls mit dem Diner messen konnte. Mit einem Worte, er brauchte kaum eine Stunde zu Hause zu bleiben und kam in den Gasthof nur, um zu schlafen. Der Fremde fand sich in jede Situation und zeigte sich als erfahrener Weltmann. Wovon auch die Rede war, er verstand es immer, sich am Gespräch zu beteiligen: kam die Rede auf Pferdezucht, so sprach er von Pferdezucht; kam sie auf gute Hunde, so machte er auch hierüber einige treffende Bemerkungen; unterhielt man sich über eine vom Rentamt angestellte Untersuchung, so zeigte er, daß ihm auch die gerichtlichen Kunstgriffe nicht unbekannt waren; war die Rede vom Billardspiel, so erwies er sich auch hier als Kenner; sprach man von der Tugend, so verstand er sehr schön, selbst mit Tränen in den Augen, auch von der Tugend zu sprechen; vom Schnapsbrennen – auch im Schnapsbrennen kannte er sich aus; von den Zollwächtern und Zollbeamten sprach er so, als ob er selbst ein Zollwächter oder Zollbeamter gewesen wäre. Das Bemerkenswerteste war aber, daß er alles in eine gewisse Würde zu kleiden verstand und einen feinen Takt zeigte. Er sprach weder zu laut noch zu leise, sondern gerade, wie es sich gehört. Mit einem Worte: Er war ein in jeder Hinsicht anständiger Mensch. Alle Beamten waren über die Erscheinung dieser neuen Persönlichkeit sehr erfreut. Der Gouverneur äußerte über ihn, daß er ein wohlgesinnter Mann sei; der Staatsanwalt – daß er tüchtig sei; der Gendarmerieoberst sagte, er sei ein gelehrter Mann; der Gerichtsvorsitzende – er sei ein gebildeter und ehrenwerter Mensch; der Polizeimeister meinte, er sei ehrenwert und liebenswürdig, und die Frau des Polizeimeisters, er sei über die Maßen liebenswürdig und über die Maßen wohlerzogen. Sogar Sobakewitsch, der nur selten über jemand gut sprach, sagte, als er spät abends aus der Stadt zurückkehrte und sich ausgekleidet zu seiner mageren Frau ins Bett legte: „Schätzchen, ich war heute abend beim Gouverneur und aß beim Polizeimeister zu Mittag, dabei habe ich den Kollegienrat Pawel Iwanowitsch Tschitschikow kennengelernt: ein ungemein angenehmer Herr!“, worauf seine Gattin „hm!“ sagte.

Diese für den Gast höchst schmeichelhafte Meinung, die sich über ihn in der Stadt bildete, erhielt sich so lange, bis eine gewisse seltsame Eigentümlichkeit und Unternehmung des Fremden oder eine Passage, wie man in der Provinz zu sagen pflegt, fast die ganze Stadt in höchstes Erstaunen versetzte.

ZWEITES KAPITEL

Schon mehr als eine Woche lebte der Fremde in der Stadt; er besuchte Abendunterhaltungen und Diners und verbrachte die Zeit, wie man so sagt, auf eine höchst angenehme Weise. Endlich entschloß er sich, seine Besuche auch auf das flache Land auszudehnen und die Gutsbesitzer Manilow und Sobakewitsch aufzusuchen, denen er das Wort gegeben hatte. Vielleicht bewegte ihn hierzu auch ein anderer, wesentlicherer Grund, eine ernstere Sache, die ihm mehr am Herzen lag ... Von alledem wird aber der Leser allmählich und zu seiner Zeit erfahren, wenn er nur die Geduld hat, die vorliegende sehr lange Erzählung zu lesen, die später, je mehr sie sich dem Ende, das dem Ganzen die Krone aufsetzt, nähert, immer weitläufiger und breiter werden wird. Der Kutscher Selifan bekam den Befehl, am frühen Morgen die Pferde vor den uns schon bekannten Wagen zu spannen; Petruschka aber sollte zu Hause bleiben und auf das Zimmer und den Koffer achtgeben. Es wird für den Leser nicht überflüssig sein, diese beiden leibeigenen Diener unseres Helden kennenzulernen. Sie sind zwar gar nicht hervorragende, eher zweitrangige oder sogar drittrangige Personen; auch beruhen die wichtigsten Vorgänge und Triebfedern dieses Werkes nicht auf ihnen, sondern streifen sie nur ab und zu – aber der Autor liebt es, in allen Dingen äußerst ausführlich zu sein und will, obwohl er selbst Russe ist, doch so genau sein wie ein Deutscher. Dies wird übrigens nicht viel Zeit und Raum in Anspruch nehmen, weil dem, was der Leser schon weiß, nämlich daß Petruschka einen etwas zu weiten braunen Rock, der von seinem Herrn stammte, trug und wie die Leute seines Standes eine dicke Nase und ebensolche Lippen hatte, nicht mehr viel hinzuzufügen ist. Von Charakter war er eher schweigsam als redselig und hatte sogar einen edlen Hang zur Bildung, das heißt zur Lektüre von Büchern, deren Inhalt ihm übrigens keine Schwierigkeiten machte. Es war ihm völlig gleichgültig, ob er die Abenteuer eines verliebten Helden oder eine Schulfibel oder ein Gebetbuch in die

Hand bekam; er las alles mit dem gleichen Interesse; hätte man ihm ein Buch über Chemie gegeben, so gäbe er sich auch damit zufrieden. Vergnügen bereitete ihm nicht das, was er las, sondern das Lesen selbst, oder richtiger der Prozeß des Lesens; ihn freute es, daß aus den Buchstaben immer irgendein Wort entstand, das mitunter, der Teufel weiß was, bedeutete. Mit diesem Lesen befaßte er sich gewöhnlich in liegender Stellung, in seiner Kammer, auf dem Bett und auf der Matratze, die infolge dieses Umstandes so fest und flach wie ein Pfannkuchen geworden war. Außer dieser Eigenschaft hatte er noch zwei andere Angewohnheiten, die zwei charakteristische Züge seines Wesens bildeten: Er schlief immer, ohne sich auszukleiden, immer im gleichen Rock und trug stets einen eigenen Geruch mit sich herum, der ein wenig an stickige Zimmerluft erinnerte, so daß er nur irgendwo, und selbst in einem bisher unbewohnten Zimmer, sein Bett aufzustellen und seinen Mantel mit den übrigen Habseligkeiten hereinzuschleppen brauchte, um dem Zimmer einen Geruch zu verleihen, als sei es schon seit zehn Jahren von Menschen bewohnt. Tschitschikow, der recht empfindlich und in manchen Fällen auch launisch war, pflegte, wenn er des Morgens mit frischer Nase diese Luft einatmete, nur das Gesicht zu verziehen, den Kopf zu schütteln und dabei zu sagen: „Weiß der Teufel, du schwitzt wohl, oder was. Wenn du doch wenigstens mal ins Bad gehen wolltest." Worauf Petruschka nichts erwiderte und sich nur bemühte, irgendeine Arbeit vorzunehmen. Entweder ging er mit der Bürste zu dem zum Putzen aufgehängten Frack seines Herrn oder räumte einfach etwas auf. Was dachte er sich wohl, während er so schwieg? Vielleicht sagte er zu sich selbst: „Auch du bist gut; es ist dir doch nicht zu dumm geworden, vierzigmal dasselbe zu wiederholen ..." Das weiß Gott allein, es ist schwer zu ergründen, was sich so ein Leibeigener denkt, wenn ihm sein Herr eine Rüge erteilt. Das ist also alles, was man zunächst von Petruschka zu wissen braucht. Der Kutscher Selifan war jedoch ein ganz anderer Mensch ... Der Autor kann sich aber nicht entschließen, seine Leser solange mit Leuten der niederen Klasse zu unterhalten, da er aus Erfahrung weiß, wie ungerne sie die Bekanntschaft der niederen Stände machen. So ist einmal der Russe: Er ist sehr darauf erpicht, einen Menschen, der auch nur um eine

Stufe höher steht als er, kennenzulernen, und die flüchtigste Bekanntschaft eines Grafen oder Fürsten ist ihm mehr wert als die intimste Freundschaft eines anderen Menschen. Der Autor hat sogar einige Bedenken, daß sein Held nur Kollegienrat ist. Hofräte werden vielleicht seine Bekanntschaft nicht verschmähen, aber diejenigen, die dem Generalsrange nahestehen, werden ihm vielleicht einen jener verächtlichen Blicke zuwerfen, die der Mensch hochmütig auf alles wirft, was ihm zu Füßen kriecht; oder sie werden, was noch schlimmer wäre, an ihm mit einer für den Autor tödlichen Nichtachtung vorbeigehen. Wie traurig aber auch das eine wie das andere sein mag, wir müssen doch zu unserem Helden zurückkehren. Nachdem er also noch am Vorabend die nötigen Befehle erteilt hatte, erwachte er früh am Morgen, wusch sich, rieb sich vom Kopf bis zu den Füßen mit einem nassen Schwamm ab – was er nur an Sonntagen zu tun pflegte –, rasierte sich so sorgfältig, daß die Wangen in bezug auf Glätte und Glanz dem echten Atlas gleich wurden, zog den Frack von preiselbeerfarbenem Tuch mit Glanz an, darüber einen mit einem ausgewachsenen Bären gefütterten Mantel, stieg, bald auf der einen, bald auf der anderen Seite vom Gasthofdiener gestützt, die Treppe hinunter und setzte sich in den Wagen. Der Wagen rollte mit Donnergepolter aus dem Gasthoftor auf die Straße. Ein vorbeigehender Pope zog den Hut, und einige Jungen in schmierigen Hemden streckten ihre Hand aus und bettelten: „Herr, schenk etwas der armen Waise!“ Als der Kutscher merkte, daß der eine von ihnen großer Liebhaber war, auf das hintere Trittbrett zu steigen, zog er ihm eins mit der Peitsche über, und der Wagen begann über die Steine zu springen. Nicht ohne Freude erblickte man in der Ferne den gestreiften Schlagbaum, der verhieß, daß das schlechte Pflaster, ebenso wie jede andere Qual, bald ein Ende nehmen würde. Nachdem Tschitschikow seinen Kopf einige Male ziemlich heftig am Wagenkasten angeschlagen hatte, fuhr der Wagen endlich auf weichem Boden weiter. Kaum war die Stadt hinter ihnen geblieben, als zu beiden Seiten der Landstraße die bei uns überall verbreiteten unharmonischen Bilder auftauchten: Erdhügel, Tannengestrüpp, niedere, verkümmerte, junge Fichten, angebrannte Stämme alter Fichten, wildes Heidekraut und ähnlicher Unsinn. Hie und da fuhren sie durch Dörfer, die sich schnurgerade hinzogen und deren Häuser an aufgestapeltes altes Brennholz erinnerten; sie waren mit grauen Dächern gedeckt, unter denen geschnitzte Verzierungen in Form gestickter Handtücher herabhingen. Wie gewöhnlich saßen einige Bauern müßig in ihren Schafpelzen auf den Bänken vor den Toren; die Weiber mit dicken Gesichtern und eingeschnürten Brüsten blickten aus den oberen Fenstern heraus; aus den unteren Fenstern sah hie und da ein Kalb heraus oder steckte ein Schwein seine blinde Schnauze hervor. Mit einem Wort, die bekannte Landschaft. Nachdem er schon die fünfzehnte Werst hinter sich hatte, erinnerte sich Tschitschikow, daß hier nach Manilows Aussage dessen Gut liegen mußte; aber auch der sechzehnte Werstpfahl flog vorbei, ohne daß vom Gut etwas zu sehen wäre. Wären sie nicht zwei Bauern begegnet, so hätten sie sich kaum zurechtgefunden. Auf die Frage: „Ist das Dorf Samanilowka noch weit?“ zogen die Bauern die Mützen, und der eine von ihnen, der etwas klüger war und einen Knebelbart trug, antwortete: „Vielleicht Manilowka und nicht Samanilowka?“

„Na ja, Manilowka.“

„Manilowka! Wenn du noch eine Werst gefahren bist, so bist du da, das heißt das Gut liegt dann gerade rechts.“

„Rechts?“ fragte der Kutscher.

„Rechts“, sagte der Bauer. „Das ist die Straße nach Manilowka; ein Samanilowka gibt es hier nicht. So heißt eben das Dorf: Manilowka. Ein Samanilowka gibt es nicht. Dort siehst du gerade auf dem Berg ein steinernes einstöckiges Haus, das ist das Herrenhaus, in dem der Herr selbst wohnt. Das ist Manilowka, ein Samanilowka hat es hier aber niemals gegeben.“

Sie machten sich also auf die Suche nach Manilowka. Nach zwei weiteren Werst bogen sie auf einen Feldweg ab; nun waren sie schon wohl zwei, drei oder sogar vier Werst auf diesem Wege gefahren, aber vom einstöckigen steinernen Haus war noch immer nichts zu sehen. Tschitschikow erinnerte sich der alten Regel: Wenn ein Freund einen zu sich aufs Gut einlädt, das fünfzehn Werst von der Stadt entfernt sein soll, so sind es sicher dreißig Werst. Das Dorf Manilowka konnte wohl kaum jemand durch seine Lage verlocken. Das Herrenhaus stand ganz einsam auf einer Anhöhe, die jedem Wind offen war, dem es nur zu blasen einfiel; der Abhang des

10

Berges, auf dem es stand, war mit geschorenem Rasen bekleidet. Darauf waren auf englische Manier zwei oder drei Beete mit Fliederbüschen und gelben Akazien angelegt; hie und da erhoben kleine Gruppen von fünf bis sechs Birken ihre kleinblättrigen, dünnen Wipfel. Unter zwei dieser Birken war ein Pavillon zu sehen, mit flacher grüner Kuppel, blauen Holzsäulen und der Inschrift: „Tempel einsamer Betrachtung"; etwas tiefer befand sich ein mit grünem Schlamm überzogener Teich, wie er in den englischen Parks russischer Gutsbesitzer gar nicht selten ist. Am Fuße dieser Anhöhe und auch hier und da auf ihrem Abhang lagen kreuz und quer graue, roh aus Balken gezimmerte Bauernhäuser, die unser Held aus unbekannten Gründen sofort zu zählen begann. Er zählte ihrer über zweihundert. Zwischen ihnen erblickte man nirgends ein Bäumchen oder irgendein Grün: man sah nichts als die nackten Balken. Das Bild belebten zwei Bauernweiber, die, die Röcke malerisch hochgerafft, bis an die Knie durch den Teich wateten und an zwei Klötzen ein zerrissenes Schleppnetz zogen, in dem zwei in die Maschen geratene Krebse und einige silbern schimmernde Plötzen zu sehen waren; die Weiber hatten sich anscheinend gezankt und wechselten ab und zu Schimpfworte. Etwas weiter abseits dunkelte ein Fichtenwald in einem langweiligen Graublau. Selbst das Wetter war sehr entsprechend. Der Tag war weder heiter noch trübe, sondern von dem eigentümlichen Hellgrau, das man an den Uniformen der Garnisonsoldaten sieht – dieses im übrigen sehr friedlichen, doch an Sonntagen oft angetrunkenen Heeres. Zur Vervollständigung des Bildes fehlte es nicht an einem Hahn, dem Künder der Witterungsumschläge, der, obwohl sein Kopf von den Schnäbeln anderer Hähne anläßlich gewisser Liebeshändel fast bis zum Gehirn durchlöchert war, sehr laut krähte und sogar mit den Flügeln schlug, die zerzupft waren wie alte Bastmatten. Als Tschitschikow sich dem Hof näherte, erblickte er den Hausherrn selbst, der in einem grünwollenen Rock auf dem Flur stand und die Augen mit den Händen beschattete, um die sich nähernde Equipage besser sehen zu können. In dem Maße, als der Wagen sich dem Haus näherte, wurden seine Augen lustiger und sein Lächeln breiter.

„Pawel Iwanowitsch!" schrie er, während Tschitschikow aus dem Wagen stieg: „Endlich haben Sie sich unser erinnert!"

Die beiden Freunde tauschten herzliche Küsse aus, und Manilow führte seinen Gast ins Zimmer. Obwohl die Zeit, in der sie durch den Flur, das Vorzimmer und das Eßzimmer gehen werden, etwas kurz ist, wollen wir doch versuchen, inzwischen etwas über den Hausherrn zu sagen. Hier muß aber der Autor gestehen, daß solch ein Unternehmen recht schwierig ist. Es ist viel leichter, große Charaktere zu schildern, da darf man die Farben mit vollen Händen auf die Leinwand werfen: glühende, schwarze Augen, buschige Brauen, eine durchfurchte Stirn, ein über die Schulter geworfener schwarzer oder feuerroter Mantel – und das Bildnis ist fertig; doch alle diese Herren, von denen es so viele auf der Welt gibt und die einander äußerlich so sehr ähnlich sehen, sich aber, wenn man genauer hinsieht, durch eine Menge kaum erfaßbarer Eigentümlichkeiten unterscheiden – diese Herren bilden dem Bildnismaler ungeheure Schwierigkeiten. Da muß man seine Aufmerksamkeit außerordentlich anspannen, ehe man alle die feinen, beinahe unsichtbaren Züge erkennt, und muß überhaupt seinen in der Wissenschaft der Menschenkenntnis geschärften Blick sehr tief versenken.

Gott allein weiß es vielleicht zu sagen, was für einen Charakter Manilow hatte. Es gibt eine Sorte von Menschen, die weder Fisch noch Fleisch sind oder, wie es in einem russischen Sprichwort heißt: weder in der Stadt ein Bogdan noch auf dem Lande ein Selifan. Zu solchen Leuten wäre vielleicht auch Manilow zu zählen. Äußerlich war er nicht unansehnlich; seine Gesichtszüge ermangelten nicht einer gewissen Anmut, aber in dieser Anmut steckte etwas zuviel Zucker; in seinen Manieren und Redewendungen lag ein gewisses Streben nach Zuneigung und Intimität. Er lächelte angenehm und hatte blondes Haar und blaue Augen. In den ersten Augenblicken eines Gespräches mit ihm mußte jeder sagen: „Welch ein angenehmer und guter Mensch!“ Im folgenden Augenblick sagte man nichts, aber im dritten dachte man sich: Da kennt sich der Teufel aus! – und ließ ihn stehen, und wenn man ihn nicht stehenließ, so spürte man tödliche Langeweile. Von ihm bekam man nie ein lebhaftes oder herausforderndes Wort zu hören, wie man es von jedem anderen Menschen hören kann, wenn man einen Gegenstand berührt, der diesem besonders nahegeht. Jeder Mensch hat so ein Thema, das ihm am Herzen liegt: Für den einen sind es die Windhunde, ein anderer hält sich für einen großen Musikliebhaber und glaubt alle Tiefen der Musik zu erfassen; der dritte ist ein Meister im Essen; ein vierter möchte gern eine Rolle spielen, die auch nur um einige Zoll höher wäre als die, die ihm beschieden ist; ein fünfter, dessen Wunschbereich beschränkter ist, schläft und träumt davon, wie er sich auf der Promenade seinen Freunden und Bekannten und selbst den Unbekannten in Gesellschaft eines Flügeladjutanten zeigen kann; ein sechster ist mit einer solchen Hand begabt, daß er stets ein unüberwindliches Verlangen spürt, einer Schellenas oder Zwei die Ecken umzubiegen, während die Hand des siebenten nur danach trachtet, Ordnung zu stiften und sich am Gesicht eines Stationsaufsehers oder eines Postkutschers zu vergreifen; mit einem Worte, jeder hat das Seine, aber Manilow hatte nichts Derartiges. Zu Hause sprach er sehr wenig und dachte viel nach; worüber er aber nachdachte, das weiß Gott allein. Man konnte auch nicht sagen, daß er sich viel mit der Wirtschaft befaßte; er fuhr niemals aufs Feld hinaus, aber die Wirtschaft ging irgendwie von selbst. Wenn der Verwalter zu ihm sagte: „Gnädiger Herr, es wäre nicht schlecht, dies oder jenes zu machen", so pflegte er zu antworten: „Ja, es wäre wirklich nicht schlecht", wobei er immer die Pfeife rauchte; dieses Rauchen hatte er sich noch zu der Zeit angewöhnt, als er in der Armee diente, wo er als der bescheidenste, taktvollste und gebildetste Offizier galt. „Ja, es wäre wirklich nicht schlecht!" wiederholte er. Wenn zu ihm ein Bauer kam, der sich den Nacken kratzte und sagte: „Gnädiger Herr, gib mir Urlaub, damit ich mir Geld für die Steuern verdienen kann", so pflegte er, immer die Pfeife rauchend, zu antworten: „Geh!", wobei es ihm nie einfiel, daß der Bauer sich nur betrinken wollte. Wenn er vom Flur aus seinen Hof und den Teich betrachtete, pflegte er zuweilen zu sagen, daß es gut wäre, vom Haus aus einen unterirdischen Gang zu graben oder eine steinerne Brücke über den Teich zu bauen, mit Kaufläden zu beiden Seiten, in denen Kaufleute allerhand Kram, den die Bauern brauchen, feilbieten sollten. Bei solchen Gedanken blickten seine Augen ungemein süß, und sein Gesicht zeigte eine zufriedene Miene. Alle seine Projekte beschränkten sich übrigens nur auf Worte. In seinem Kabinett lag immer ein Buch mit einem Lesezeichen auf Seite vierzehn; dieses

Buch las er ständig seit zwei Jahren. In seinem Hause fehlte immer etwas. Im Salon standen wunderschöne Möbel, die mit herrlicher Seide überzogen waren und sicher nicht wenig gekostet hatten; aber für zwei Sessel hatte der Stoff nicht gereicht, und sie standen mit einfachem Bastgeflecht überzogen da; übrigens warnte der Hausherr jeden Gast schon seit einigen Jahren mit den Worten: „Setzen Sie sich nicht in diesen Sessel, er ist noch nicht fertig." In manchen Zimmern gab es überhaupt keine Möbel, obwohl Manilow in den ersten Tagen nach der Hochzeit zu seiner Frau gesagt hatte: „Herzchen, man muß morgen schauen, daß in dieses Zimmer wenigstens für einige Zeit Möbel hereinkommen." Abends stellte man auf den Tisch einen höchst eleganten Armleuchter aus dunkler Bronze mit drei antiken Grazien und einem hübschen Lichtschirm aus Perlmutter; neben ihm stand aber ein kupferner, lahmer, verbogener, über und über mit Talg betropfter Invalide, und weder der Hausherr noch die Hausfrau, noch die Dienerschaft merkten dies. Seine Frau ... sie waren übrigens miteinander durchaus zufrieden. Obwohl sie schon seit mehr als acht Jahren verheiratet waren, pflegte eines dem anderen bald ein Stückchen Apfel, bald einen Bonbon oder eine Nuß darzureichen und dabei mit rührend zärtlicher Stimme zu sagen, die von vollkommener Liebe zeugte: „Herzchen, mach doch dein Mündchen auf, ich will dir dieses Stückchen hineinlegen." Es versteht sich von selbst, daß das Mündchen in solchen Fällen äußerst graziös geöffnet wurde. Zu Geburtstagen gab es immer Überraschungen, z. B. ein perlengesticktes Beutelchen für einen Zahnstocher. Sehr oft geschah es, daß sie, auf dem Sofa sitzend, ganz plötzlich, aus unbekanntem Grund, der eine seine Pfeife und die andere ihre Handarbeit, falls sie diese gerade in der Hand hatten, zur Seite legten und einander einen so langen, schmachtenden Kuß auf die Lippen drückten, daß man währenddessen Zeit hatte, eine kleine Virginiazigarre zu rauchen. Mit einem Wort, sie waren, wie man es so nennt, glücklich. Natürlich könnte man einwenden, daß es im Hause außer den langen Küssen und Geburtstagsüberraschungen auch noch andere Aufgaben gibt; man könnte überhaupt viele Einwendungen machen. Warum bei ihnen z.B. so dumm und sinnlos gekocht wurde? Warum die Vorratskammern leer waren? Warum die Haushälterin stahl?

Warum die Diener schmutzig und versoffen waren? Warum das ganze Hausgesinde die eine Hälfte des Tages schlief und die übrige Zeit nichts tat? Aber das sind lauter gemeine Themen, während Frau Manilowa eine gute Erziehung genossen hatte. Die gute Erziehung erwirbt man sich bekanntlich in Pensionen; in den Pensionen bilden aber bekanntlich drei Hauptgegenstände die Grundlage der menschlichen Tugenden: die französische Sprache, die für das glückliche Familienleben unumgänglich ist; das Klavierspiel, um dem Gatten angenehme Augenblicke zu bereiten, und schließlich die eigentliche Hauswirtschaft: das Häkeln von Geldbeuteln und sonstigen Überraschungen. Es gibt übrigens manche Vervollkommnungen und Veränderungen in den Methoden, insbesondere in der allerletzten Zeit. Alles hängt von der Verständigkeit und den Fähigkeiten der Pensionsbesitzerinnen ab. In manchen Pensionen steht an erster Stelle das Klavierspiel, dann kommt die französische Sprache und zuletzt die Hauswirtschaft. Es kommt aber auch vor, daß der wirtschaftliche Teil, d. h. das Häkeln von Überraschungen, an erster Stelle steht und dann erst die französische Sprache und zuletzt das Klavierspiel folgt. Es gibt eben verschiedene Methoden. Es wäre nicht überflüssig, hier zu bemerken, daß Frau Manilowa ... ich muß aber gestehen, daß ich einige Scheu habe, über die Dame zu sprechen; außerdem ist es längst Zeit, daß ich zu unseren Helden zurückkehre, die schon seit einigen Minuten vor der Türe des Gastzimmers stehen und um den Vortritt streiten.

„Tun Sie mir den Gefallen, machen Sie sich meinetwegen keine Umstände, ich komme nach Ihnen", sagte Tschitschikow.

„Nein, Pawel Iwanowitsch, nein, Sie sind der Gast", sagte Manilow, mit der Hand auf die Tür weisend.

„Bemühen Sie sich nicht, ich bitte Sie, bemühen Sie sich nicht; gehen Sie bitte voran", sagte Tschitschikow.

„Nein, Sie müssen schon entschuldigen, ich kann es nicht zulassen, daß ein so angenehmer und gebildeter Gast nach mir über die Schwelle tritt."

„Warum denn gebildet? ... Ich bitte Sie, gehen Sie voran!"

„Nein, wollen Sie nur vorangehen."

„Warum denn ich?"

„Darum!" sagte Manilow mit einem angenehmen Lächeln.

Endlich gingen die beiden Freunde gleichzeitig seitwärts durch die Tür, wobei sie sich ein wenig die Seiten eindrückten.

„Gestatten Sie, daß ich Ihnen meine Frau vorstelle", sagte Manilow. „Herzchen! Das ist Pawel Iwanowitsch!"

Tschitschikow erblickte jetzt tatsächlich eine Dame, die er vorhin ganz übersehen hatte, als er sich in der Türe mit Manilow wegen des Vortrittes auseinandersetzte. Sie war gar nicht übel und trug ein Kleid, das ihr zu Gesicht stand. Das helle Hauskleid aus Seidenstoff saß ihr sehr gut. Die kleine, feine Hand warf etwas schnell auf den Tisch und drückte ein Batisttaschentuch mit gestickten Ecken zusammen. Sie erhob sich vom Sofa, auf dem sie gesessen hatte. Tschitschikow küßte ihr nicht ohne Vergnügen die Hand. Frau Manilowa sagte, indem sie sogar das „r" auf Petersburger Art wie ein „g" aussprach, daß er ihnen mit seinem Besuch eine große Freude bereitet habe, und daß ihr Mann sich jeden Tag seiner erinnert hätte.

„Ja", bemerkte Manilow, „sie fragte mich jeden Tag: ‚Warum kommt dein Freund noch immer nicht?' – ‚Warte nur, Herzchen, er wird schon kommen.' – Und nun haben Sie uns mit Ihrem Besuch beehrt. Einen solchen Genuß haben Sie uns damit verschafft – es ist ein wahrer Maitag, ein Namenstag des Herzens ..."

Als Tschitschikow hörte, daß die Rede schon auf den Namenstag des Herzens kam, wurde er sogar ein wenig verlegen und erwiderte bescheiden, daß er weder einen berühmten Namen noch einen hohen Rang habe.

„Sie haben alles", unterbrach ihn Manilow mit dem gleichen angenehmen Lächeln: „Sie haben alles und sogar noch mehr."

„Wie gefiel Ihnen unsere Stadt?" fragte Frau Manilowa. „Haben Sie da Ihre Zeit angenehm verbracht?"

„Eine ausgezeichnete Stadt, eine herrliche Stadt", erwiderte Tschitschikow. „Ich habe auch die Zeit sehr angenehm verbracht. Die Gesellschaft ist außerordentlich liebenswürdig."

„Und wie fanden Sie unseren Gouverneur?" fragte Frau Manilowa.

„Nicht wahr, er ist doch ein außerordentlich ehrenwerter und liebenswürdiger Mann?" fügte Manilow hinzu.

„Sehr richtig", sagte Tschitschikow, „ein außerordentlich ehrenwerter Mann. Und wie er in seinem Amt aufgeht, wie er es auffaßt! Es ist nur zu wünschen, daß wir möglichst viel solche Menschen haben."

„Wie er das versteht, wissen Sie, einen jeden richtig zu empfangen und in allen seinen Handlungen den Takt zu wahren", fügte Manilow lächelnd hinzu; vor Vergnügen kniff er dabei die Augen zusammen wie ein Kater, den man leicht hinter den Ohren krault.

„Ein sehr liebenswürdiger und angenehmer Herr", fuhr Tschitschikow fort, „und was für ein Künstler! Ich hätte es nie geahnt, was für schöne häusliche Handarbeiten er zu machen versteht! Er zeigte mir einen Geldbeutel seiner Arbeit: nicht jede Dame versteht so schön zu sticken."

„Und der Vizegouverneur? Nicht wahr, ein reizender Mann?" versetzte Manilow, die Augen wieder zusammenkneifend.

„Ja, ein höchst würdiger Mann", erwiderte Tschitschikow.

„Aber gestatten Sie, wie gefiel Ihnen der Polizeimeister? Nicht wahr, ein höchst angenehmer Herr?"

„Ja, ein höchst angenehmer, kluger und belesener Herr! Ich habe bei ihm mit dem Staatsanwalt und dem Gerichtsvorsitzenden bis in den hellen Tag hinein Whist gespielt. Ein außerordentlich würdiger Mann!"

„Was halten Sie aber von der Frau des Polizeimeisters?" warf Frau Manilowa ein. „Nicht wahr, eine außerordentlich liebenswürdige Dame?"

„Oh, eine der würdigsten Damen, die ich kenne", antwortete Tschitschikow.

Sie gingen dann zum Kammervorsitzenden und dem Postmeister über und nahmen auf diese Weise fast alle Beamten der Stadt durch, die sich sämtlich als die würdigsten Menschen herausstellten.

„Leben Sie immer auf dem Lande?" fragte nun Tschitschikow seinerseits.

„Wir leben meistens auf dem Lande", antwortete Manilow. „Zuweilen fahren wir übrigens auch in die Stadt, doch nur, um mit gebildeten Menschen zusammenzukommen. Wenn man so ganz abgeschlossen lebt, kann man leicht verwildern."

„Allerdings", bemerkte Tschitschikow.

„Etwas anderes ist es", fuhr Manilow fort, „wenn man eine angenehme Nachbarschaft hat, wenn z. B. ein Mensch in der

Nähe wohnt, mit dem man einigermaßen über gute Manieren und Umgangsformen sprechen oder irgendeine Wissenschaft verfolgen kann, so daß die Sinne sich regen und man sozusagen in die Höhe schwebt ..." Er wollte noch etwas hinzufügen, merkte aber, daß er sich schon vergaloppiert hatte und machte nur eine unbestimmte Handbewegung. Darauf fuhr er fort: „Das Leben auf dem Lande und die Einsamkeit hätten natürlich viele Annehmlichkeiten. Aber es gibt hier wirklich niemand in der Nähe. Höchstens daß man ab und zu eine Zeitung liest."

Tschitschikow stimmte ihm durchaus bei und fügte hinzu, daß es nichts Angenehmeres gäbe, als in der Einsamkeit zu leben, den Anblick der Natur zu genießen und ab und zu irgendein Buch zu lesen ...

„Aber wissen Sie", wandte Manilow ein, „wenn man keinen Freund hat, mit dem man seine Empfindungen teilen kann, ist das alles ..."

„Oh, das ist durchaus richtig und wahr!" unterbrach ihn Tschitschikow. „Was bedeuten alle Schätze der Welt? ‚Trachte nicht nach Geld, trachte nur nach Umgang mit guten Menschen', hat einmal ein Weiser gesagt."

„Und wissen Sie was, Pawel Iwanowitsch", sagte Manilow, während sein Gesicht nicht nur einen süßen, sondern auch einen faden Ausdruck annahm. Von solcher faden Süße sind die Mixturen, mit denen mancher geschickte Modearzt seine Patienten zu erfreuen glaubt. „Wissen Sie, dann fühlt man einen sozusagen geistigen Genuß ... So zum Beispiel jetzt, wo mir der Zufall das, ich darf wohl sagen, seltene und klassische Glück verschaffte, mit Ihnen zu sprechen und Ihre angenehme Unterhaltung zu genießen ..."

„Im Gegenteil, ich würde es meinerseits für das größte Glück ..."

„Aber erlauben Sie, was ist das für eine angenehme Unterhaltung? ... Ich bin nur ein unbedeutender Mensch und sonst nichts", erwiderte Tschitschikow.

„Ach, Pawel Iwanowitsch! Gestatten Sie mir, daß ich aufrichtig spreche: Gerne würde ich die Hälfte meines Vermögens hingeben, um nur einen Teil der Vorzüge zu besitzen, die Sie auszeichnen! ..."

Es ist unbekannt, wie weit diese gegenseitigen Gefühlsausbrüche der beiden Freunde noch gehen könnten, wenn nicht ein Diener meldete, daß das Essen aufgetragen sei.

„Ich bitte ergebenst", sagte Manilow.

„Sie müssen entschuldigen, daß wir Ihnen kein Mittagessen bieten können, wie man es auf Parkett und in den Hauptstädten bekommt; bei uns ist alles einfach, nach russischer Sitte, einfache Kohlsuppe, aber sie kommt von Herzen. Ich bitte ergebenst."

Sie stritten wieder eine Weile, wer zuerst vorangehen sollte, und endlich trat Tschitschikow seitwärts ins Speisezimmer.

Im Speisezimmer standen schon zwei Jungen, die Söhne Manilows, die sich schon in dem Alter befanden, wo man die Kinder am Tisch mitessen läßt, sie aber noch auf eigenen hohen Stühlen sitzen. Bei ihnen stand der Hauslehrer, der sich vor dem Gast höflich, mit einem Lächeln verbeugte. Die Hausfrau setzte sich vor die Suppenschüssel; der Gast kam zwischen den Herrn und die Dame des Hauses zu sitzen, und der Diener band den Kindern Servietten vor.

„Was für nette Kinder!" sagte Tschitschikow, mit einem Blick auf die Jungen. „Und wie alt sind sie?"

„Der älteste ist sieben, der jüngere ist gestern sechs geworden", antwortete Frau Manilowa.

„Themistoklus!" wandte sich Manilow an den älteren, der sein Kinn aus der Serviette, die ihm der Diener vorgebunden hatte, befreien wollte. Tschitschikow zog eine Augenbraue hoch, als er diesen zum Teil griechischen Namen hörte, dem Manilow, man wußte nicht warum, die Endung „us" angehängt hatte; aber er beeilte sich sofort, seinem Gesicht den gewöhnlichen Ausdruck wiederzugeben.

„Themistoklus, sag mir, welches ist die schönste Stadt in Frankreich?"

Der Hauslehrer richtete nun seine ganze Aufmerksamkeit auf Themistoklus und schien ihm in die Augen springen zu wollen, aber schließlich beruhigte er sich wieder und nickte mit dem Kopf, als Themistoklus die Antwort gab: „Paris."

„Und welches ist die schönste Stadt bei uns?" fragte Manilow wieder.

Der Hauslehrer spannte wieder seine ganze Aufmerksamkeit an.

„Petersburg", antwortete Themistoklus.

„Und welche noch?“

„Moskau“, antwortete Themistoklus.

„Du bist ein kluges Kind, Herzchen!“ sagte darauf Tschitschikow. „Sagen Sie aber ...“, fuhr er fort, sich mit einigem Erstaunen an Manilow wendend: „In so jungen Jahren schon solche Kenntnisse! Ich muß Ihnen sagen, das Kind verspricht außerordentliche Fähigkeiten!“

„Oh, Sie kennen ihn noch nicht!“ entgegnete Manilow. „Er hat außerordentlich viel Geist. Der jüngere, Alkides, ist zwar nicht so schnell, aber wenn er irgendwo ein Käferchen oder dergleichen bemerkt, so leuchten seine Augen gleich auf; er läuft dem Insekt nach und wendet ihm seine ganze Aufmerksamkeit zu. Ich will aus ihm einen Diplomaten machen. Themistoklus!“ fuhr er fort, sich wieder an den älteren wendend: „Willst du Botschafter werden?“

„Ja, ich will“, antwortete Themistoklus, ein Stück Brot zerkauend und den Kopf nach rechts und links schüttelnd.

In diesem Augenblick wischte der hinter dem Stuhl stehende Diener dem Jungen die Nase ab, und er tat gut daran. Sonst wäre ein recht großer fremder Tropfen in die Suppe gefallen. Das Tischgespräch kam auf die Genüsse des friedlichen Lebens und wurde durch Bemerkungen der Hausfrau über das Stadttheater und die Schauspieler unterbrochen. Der Hauslehrer verfolgte die Mienen der Sprechenden mit großer Aufmerksamkeit, und sobald er merkte, daß jemand lächeln wollte, machte er sofort seinen Mund auf und lachte mit großem Eifer. Offenbar war er ein dankbarer Mensch und wollte sich dem Hausherrn auf diese Weise für die gute Behandlung erkenntlich zeigen. Einmal nahm übrigens sein Gesicht einen finsteren Ausdruck an, und er klopfte streng auf den Tisch, den Blick gespannt auf die ihm gegenübersitzenden Kinder gerichtet. Das war auch durchaus am Platze, denn Themistoklus hatte den Alkides ins Ohr gebissen, dieser aber hatte die Augen zusammengekniffen und den Mund geöffnet, bereit, in ein jämmerliches Weinen auszubrechen; da er aber wohl fühlte, daß er auf diese Weise leicht um ein Gericht kommen würde, brachte er den Mund in die frühere Stellung und begann mit Tränen in den Augen an einem Hammelknochen zu nagen, wobei seine Wangen von Fett glänzten.

Die Hausfrau wandte sich öfters an Tschitschikow mit folgenden Worten: „Sie essen ja nichts, Sie haben sich sehr wenig genommen“, worauf Tschitschikow jedesmal antwortete: „Ich danke verbindlichst, ich bin satt. Ein angenehmes Gespräch ist besser als jede Speise.“

Endlich standen sie vom Tisch auf. Manilow war außerordentlich zufrieden; er legte seine Hand dem Gast auf den Rücken und wollte ihn schon ins Gastzimmer geleiten, als dieser plötzlich mit bedeutungsvoller Miene erklärte, daß er mit ihm in einer sehr wichtigen Angelegenheit zu sprechen habe. „In diesem Falle gestatten Sie mir, Sie in mein Kabinett zu bitten“, sagte Manilow und führte ihn in ein kleines Zimmer, dessen Fenster auf den in der Ferne blauenden Wald hinausgingen. „Dies ist mein kleiner Winkel“, sagte Manilow.

„Ein angenehmes Zimmerchen“, sagte Tschitschikow, nachdem er es mit einem Blicke gestreift hatte. Das Zimmer war in der Tat nicht ohne Anmut: Die Wände waren mit einer blauen Farbe, die ins Graue hinüberspielte, gestrichen; vier Stühle, ein Sessel und ein Tisch standen darin; auf dem letzteren lag das Buch mit dem Lesezeichen, von dem wir schon sprachen, ferner einige vollbeschriebene Bogen Papier; am meisten gab es hier aber Tabak. Er war hier in allerlei Behältnissen vorhanden: in Paketen, in einem Topf und schließlich auch als einfacher Haufen auf dem Tische. Auf den beiden Fensterbänken prangten Häuflein Tabakasche, die nicht ohne Sorgfalt in hübschen Reihen angeordnet waren. Dies verschaffte offenbar dem Hausherrn zuweilen einen angenehmen Zeitvertreib.

„Darf ich Sie bitten, hier in diesem Sessel Platz zu nehmen“, sagte Manilow. „Sie werden es bequemer haben.“

„Gestatten Sie mir, daß ich mich auf den Stuhl setze.“

„Gestatten Sie mir, Ihnen das nicht zu gestatten“, entgegnete Manilow lächelnd. „Dieser Sessel ist bei mir eigens für die Gäste bestimmt. Ob Sie wollen oder nicht, Sie müssen sich hineinsetzen.“

Tschitschikow setzte sich.

„Gestatten Sie mir, Ihnen eine Pfeife anzubieten.“

„Nein, ich rauche nicht“, erwiderte Tschitschikow freundlich, sogar mit sichtlichem Bedauern.

„Warum denn?“ fragte Manilow ebenso freundlich und mit Bedauern.

„Ich habe es mir nicht zur Gewohnheit gemacht. Ich fürchte mich. Man sagt, die Pfeife trocknet die Lunge aus."

„Gestatten Sie mir zu bemerken, daß es nur ein Vorurteil ist. Ich glaube sogar, daß das Pfeifenrauchen viel gesünder ist als das Schnupfen. Wir hatten in unserem Regiment einen Leutnant, einen herrlichen und außerordentlich gebildeten Menschen, der die Pfeife nicht nur bei Tisch, sondern auch, mit Verlaub zu sagen, an allen anderen Orten nie aus dem Mund ließ. Heute ist er über vierzig Jahre alt und dabei, Gott sei Dank, so gesund, wie man es sich besser gar nicht wünschen darf."

Tschitschikow bemerkte darauf, daß ähnliche Fälle wohl vorkämen und daß es in der Natur überhaupt viele Dinge gäbe, die selbst ein großer Geist nicht zu fassen vermöge.

„Aber gestatten Sie mir zuvor eine Bitte ...", sagte er mit einer Stimme, in der ein seltsamer oder beinahe seltsamer Unterton lag; dabei schielte er aus irgendeinem Grunde nach der Türe. Auch Manilow sah sich um, er wußte selbst nicht warum. „Wann haben Sie die letzte Revisionsliste eingereicht?"

„Es ist schon lange her; offen gestanden, ich habe es schon vergessen."

„Sind Ihnen seit jener Zeit viele Bauern gestorben?"

„Das weiß ich wirklich nicht; darüber müßte man, glaube ich, den Verwalter befragen. He, Junge! Ruf mal den Verwalter her, er muß heute hier sein."

Nun erschien der Verwalter. Es war ein Mann von etwa vierzig Jahren, ohne Bart und mit einem Rock angetan; er hatte hier offenbar ein sehr ruhiges Leben, denn sein Gesicht war voll und wie geschwollen, und die gelbliche Gesichtsfarbe und die kleinen Äuglein wiesen darauf hin, daß er allzu gut wußte, was Federbetten und Daunenkissen sind. Es war ihm sofort anzusehen, daß er die gleiche Laufbahn hinter sich hatte wie die meisten Gutsverwalter; anfangs hatte er einfach als ein des Lesens und Schreibens kundiger Junge im Herrenhause gelebt, hatte dann irgendeine Agaschka, die Wirtschafterin und Favoritin der Hausfrau, geheiratet und war dann selbst Haushälter und zuletzt Verwalter geworden. Sobald er aber Verwalter geworden war, trieb er es genauso wie alle Verwalter: Er verkehrte mit allen reicheren Bauern des Dorfes, stand bei

ihnen Gevatter, legte den ärmeren Bauern schwere Fronarbeit auf, pflegte erst um neun Uhr früh aufzustehen, dann auf den Samowar zu warten und Tee zu trinken.

„Hör mal, mein Bester, wie viele Bauern sind bei uns gestorben, seit wir die letzte Liste eingereicht haben?"

„Das ist nicht so leicht zu sagen. Viele sind seitdem gestorben", sagte der Verwalter. Dabei rülpste er und hielt sich die Hand wie ein Schild vor den Mund.

„Ja, ich muß gestehen, das habe ich mir auch selbst gedacht", fiel ihm Manilow ins Wort, „es sind wirklich sehr viele gestorben!" Hier wandte er sich an Tschitschikow und wiederholte: „Wirklich, sehr viele!"

„Wie viele ungefähr?" fragte Tschitschikow.

„Ja, wie viele?" wiederholte Manilow die Frage.

„Ja, wie soll ich es sagen? Es ist doch unbekannt, wie viele gestorben sind: kein Mensch hat sie gezählt."

„Gewiß", bestätigte Manilow, sich an Tschitschikow wendend, „das ist auch meine Ansicht, die Sterblichkeit war groß; es ist völlig unbekannt, wie viele gestorben sind."

„Bitte, zähle sie einmal", sagte Tschitschikow zu dem Verwalter, „und stelle eine kleine Namensliste auf."

„Ja, eine Liste mit allen Namen", sagte Manilow.

„Der Verwalter sagte: „Zu Befehl!" und ging.

„Zu welchem Zweck brauchen Sie das?" fragte Manilow, als der Verwalter gegangen war.

Diese Frage schien dem Gast einige Schwierigkeit zu machen; sein Gesicht nahm auf einmal einen so gespannten Ausdruck an, daß er sogar errötete – er wollte offenbar etwas sagen, was sich nicht gut in Worte kleiden ließ. Manilow bekam bald in der Tat so seltsame und ungewöhnliche Dinge zu hören, wie sie noch kein menschliches Ohr gehört hat.

„Sie fragen, zu welchem Zweck? Der Zweck ist folgender: Ich möchte gerne die Bauern kaufen ...", begann Tschitschikow. Hier verschluckte er sich und kam nicht weiter.

„Gestatten Sie aber die Frage", sagte Manilow, „wie wollen Sie die Bauern kaufen: mit dem Boden oder zwecks Übersiedlung, also ohne Boden?"

„Nein, eigentlich will ich nicht die Bauern", sagte Tschitschikow, „ich möchte die toten ..."

„Wie? Entschuldigen Sie ... ich höre etwas schlecht, mir

kam eben vor, als hätten Sie etwas sehr Merkwürdiges gesagt ...“

„Ich habe die Absicht, die Toten zu kaufen, die aber in der letzten Liste noch als Lebende geführt werden“, sagte Tschitschikow.

Manilow ließ seine Pfeife auf den Boden fallen, riß den Mund auf und blieb mit aufgerissenem Mund einige Minuten sitzen. Die beiden Freunde, die soeben von den Annehmlichkeiten eines freundschaftlichen Zusammenlebens gesprochen hatten, saßen unbeweglich da und starrten einander an wie zwei Porträts, die man in alter Zeit zu beiden Seiten eines Spiegels aufzuhängen pflegte. Manilow hob endlich seine Pfeife auf und blickte Tschitschikow von unten ins Gesicht, ob nicht ein Lächeln auf seinen Lippen zu sehen wäre, ob er nicht scherze; er sah aber nichts dergleichen: das Gesicht schien sogar ernster und gesetzter als früher. Dann kam ihm der Gedanke, daß der Gast vielleicht plötzlich verrückt geworden sei, und er blickte ihn aufmerksam an; die Augen des Gastes waren aber vollkommen klar, und es war in ihnen nichts von jenem wilden, unruhigen Feuer zu entdecken, wie es in den Augen eines Verrückten zuckt; alles war durchaus in Ordnung. Wie sehr sich auch Manilow anstrengte, auszudenken, was er nun zu tun habe, fiel ihm doch nichts anderes ein, als den in seinem Mund noch verbliebenen Rauch in einem feinen Strahl entweichen zu lassen.

„Ich möchte also gerne wissen, ob Sie gewillt sind, mir diese in Wirklichkeit zwar toten, doch hinsichtlich der gesetzlichen Formen noch lebenden Seelen zu überlassen oder abzutreten oder in irgendeiner anderen Form, die Ihnen beliebt, zu überweisen?“

Manilow war aber so verlegen und ratlos, daß er den Gast nur noch anstarren konnte.

„Ich glaube, Sie haben Bedenken?“ bemerkte Tschitschikow.

„Ich? ... nein, es sind keine Bedenken“, sagte Manilow, „aber ich kann nicht verstehen ... entschuldigen Sie ... ich habe natürlich nicht die glänzende Bildung genossen, die sozusagen aus jeder Ihrer Bewegungen spricht; auch beherrsche ich nicht die Kunst, mich gut auszudrücken ... Vielleicht steckt hier ... in der Wendung, die Sie soeben gebrauchten ... etwas anderes … Vielleicht beliebten Sie sich nur des Stiles wegen so auszudrücken?"

„Nein", fiel ihm Tschitschikow ins Wort, „nein, ich verstehe den Gegenstand so, wie er ist, ich meine wirklich die Seelen, die gestorben sind."

Manilow kam ganz aus der Fassung. Er fühlte, daß er etwas unternehmen, irgendeine Frage stellen müsse, doch was für eine Frage – das weiß der Teufel. Er endete damit, daß er wieder den Rauch ausblies, diesmal aber nicht mit dem Mund, sondern durch die Nasenlöcher.

„Wenn also nichts weiter im Wege steht, so könnten wir gleich den Kaufvertrag abschließen", sagte Tschitschikow.

„Wie, einen Kaufvertrag über tote Seelen?"

„O nein!" antwortete Tschitschikow. „Wir schließen ihn so ab, als ob sie noch lebten, wie es in der Revisionsliste auch wirklich steht. Ich pflege in allen Dingen die bürgerlichen Gesetze zu achten; ich habe zwar dafür im Dienst vieles erdulden müssen, aber Sie müssen mich schon entschuldigen: Die Pflicht ist für mich eine heilige Sache, und ich verstumme vor dem Gesetz."

Die letzten Worte machten auf Manilow einen guten Eindruck, aber den Sinn der Sache hatte er noch immer nicht erfaßt. Statt eine Antwort zu geben, sog er so fest an seiner Pfeife, daß diese schließlich wie ein Fagott zu schnarchen anfing. Es war, als wollte er aus der Pfeife eine Ansicht über diese so unerhörte Angelegenheit heraussaugen; die Pfeife aber schnarchte nur und sonst nichts.

„Haben Sie vielleicht irgendwelche Zweifel?"

„Oh, ich bitte Sie, nicht im geringsten! Ich will ja gar nicht gesagt haben, daß ich in bezug auf Sie irgendwelche kritische Vorurteile hätte. Aber gestatten Sie mir die Bemerkung: Wird diese Unternehmung, oder, um es deutlicher auszudrücken, diese Negoziation –, wird sie nicht mit den bürgerlichen Satzungen und den politischen Absichten Rußlands im Widerspruch stehen?"

Manilow machte dabei eine eigentümliche Kopfbewegung und sah Tschitschikow vielsagend ins Gesicht, wobei alle seine Züge und die zusammengepreßten Lippen einen so tiefsinnigen Ausdruck annahmen, wie man ihn wohl kaum auf einem Menschengesicht beobachtet hat, höchstens auf dem eines

allzu klugen Ministers, und auch das nur bei einer außergewöhnlich kniffligen Sache.

Aber Tschitschikow erklärte ihm einfach, daß eine derartige Unternehmung oder Negoziation in keiner Weise den bürgerlichen Satzungen und den politischen Absichten Rußlands widersprechen könne; nach einem Augenblick fügte er dem noch hinzu, daß der Staat davon sogar einen Vorteil in Form der gesetzlichen Gebühren haben werde.

„Sie glauben also? ...“

„Ich glaube, es wird sich sehr gut machen lassen.“

„Dann ist es natürlich eine ganz andere Sache; dagegen habe ich nichts einzuwenden“, sagte Manilow und beruhigte sich völlig.

„Es bleibt uns noch, den Preis auszumachen ...“

„Wieso, den Preis?“ sagte Manilow wieder und stockte. „Glauben Sie denn wirklich, daß ich Geld für die Seelen nehmen werde, die ihre Existenz gewissermaßen abgeschlossen haben? Wenn Ihnen schon so ein, ich möchte wohl sagen, phantastischer Wunsch gekommen ist, so werde ich sie Ihnen ohne jede Bezahlung überlassen und auch die Kosten des Kaufvertrags auf mich nehmen.“

Der Chronist der hier mitgeteilten Begebenheiten verdiente wohl einen scharfen Tadel, wenn er unerwähnt ließe, daß diese Worte Manilows den Gast mit größter Freude erfüllten. Wie gesetzt und solid er auch war, war er nahe dabei, einen richtigen Bocksprung zu machen, was man bekanntlich nur bei Ausbrüchen höchster Freude zu tun pflegt. Er drehte sich in seinem Sessel so heftig um, daß der Wollstoff, mit dem das Kissen bespannt war, platzte; Manilow selbst sah ihn mit einigem Erstaunen an. Vor Erkenntlichkeit überfließend, sagte ihm der Gast so viele Dankesworte, daß jener verlegen wurde, errötete, den Kopf verneinend schüttelte, und schließlich äußerte, daß es doch eine Bagatelle sei, daß er in der Tat nur den Wunsch gehabt habe, irgendwie seine herzliche Zuneigung, den Magnetismus der Seele zu zeigen; die toten Seelen seien aber gewissermaßen ein Dreck.

„Durchaus kein Dreck“, sagte Tschitschikow und drückte ihm die Hand.

Und er stieß einen sehr tiefen Seufzer aus. Er schien zu herzlichen Ergüssen geneigt und sprach zuletzt nicht ohne

Gefühl und Ausdruck folgende Worte: „Wenn Sie nur wüßten, welchen Dienst Sie mit diesem scheinbaren Dreck einem Menschen erwiesen haben, der weder einen Namen noch eine Heimstätte hat! Was habe ich nicht schon alles erdulden müssen? Wie irgendein Nachen inmitten stürmischer Wellen ... Was für Verfolgungen, was für Nachstellungen habe ich nicht zu erdulden gehabt! Und wofür? Weil ich immer das Recht achtete, weil ich stets ein reines Gewissen hatte und meine Hand wie den hilflosen Witwen, so auch den elenden Waisen entgegenstreckte ...!" Hierbei wischte er sich sogar eine Träne aus dem Auge.

Manilow war ganz gerührt. Die beiden Freunde drückten sich sehr lange die Hand und blickten einander in die Augen, in denen Tränen schimmerten. Manilow wollte die Hand unseres Helden nicht aus der seinigen lassen und fuhr fort, sie so fest und warm zu drücken, daß jener gar nicht wußte, wie sie zu befreien. Nachdem er sie endlich doch vorsichtig befreit hatte, sagte er, daß es gut wäre, wenn man den Kaufvertrag möglichst bald abschließen und wenn Manilow selbst zu diesem Zweck in die Stadt kommen wollte; dann griff er nach seinem Hut und begann sich zu verabschieden.

„Wie? Sie wollen schon fahren?" sagte Manilow, plötzlich zur Besinnung kommend und beinahe erschrocken.

In diesem Augenblick trat Frau Manilowa ins Kabinett.

„Lisanjka", sagte Manilow mit etwas unglücklicher Miene, „Pawel Iwanowitsch verläßt uns schon!"

„Weil Pawel Iwanowitsch unser überdrüssig ist", entgegnete Frau Manilowa.

„Gnädigste! Hier", sagte Tschitschikow, „sehen Sie, hier", er drückte sich die Hand aufs Herz: „Ja, hier verbleibt die Schönheit der Stunden, die ich mit Ihnen verlebt habe! Und glauben Sie mir: Es gäbe für mich keine größere Seligkeit, als mit Ihnen zu wohnen, und wenn auch nicht im gleichen Haus, so doch wenigstens in der nächsten Nachbarschaft."

„Wissen Sie, Pawel Iwanowitsch", versetzte Manilow, dem dieser Gedanke gut gefiel, „wie gut wäre es in der Tat, so zusammenzuleben und unter dem gleichen Dach oder im Schatten irgendeiner Ulme zu philosophieren, sich in etwas zu vertiefen ..."

„Oh, das wäre ein paradiesisches Leben!" sagte Tschitschikow mit einem Seufzer. „Leben Sie wohl, Gnädigste!“ fuhr er fort, Frau Manilowa die Hand küssend. „Leben Sie wohl, verehrter Freund! Vergessen Sie meine Bitte nicht!“

„Oh, seien Sie überzeugt!“ antwortete Manilow. „Ich trenne mich von Ihnen für höchstens zwei Tage.“

Alle traten ins Speisezimmer.

„Lebt wohl, ihr lieben Kleinen!“ sagte Tschitschikow, als er Themistoklus und Alkides erblickte, die mit einem hölzernen Husaren ohne Nase und Arm spielten. „Lebt wohl, ihr Kleinen. Verzeiht mir, daß ich euch kein Geschenk mitgebracht habe. Aber ich muß gestehen, ich wußte nicht einmal, daß ihr auf der Welt seid. Doch wenn ich wiederkomme, bringe ich euch bestimmt was mit. Dir bringe ich einen Säbel. Willst du einen Säbel?“

„Ja, ich will“, antwortete Themistoklus.

„Und du kriegst eine Trommel. Willst du eine Trommel?“ fuhr Tschitschikow fort, sich über Alkides beugend.

„Dommel“, antwortete Alkides leise, mit gesenktem Kopf.

„Gut, ich bringe dir eine Trommel – eine schöne Trommel! Die macht: tra–ta–ta, tra–ta–ta ... Leb wohl, Herzchen! Leb wohl!“ Er küßte das Kind auf den Kopf und wandte sich mit einem leisen Lächeln zu Manilow und dessen Gattin, wie man sich immer an die Eltern wendet, wenn man ihnen die Harmlosigkeit der Wünsche ihrer Kinder zu verstehen geben will.

„Bleiben Sie doch wirklich da, Pawel Iwanowitsch!“ sagte Manilow, als alle auf den Flur getreten waren. „Schauen Sie nur: diese Wolken.“

„Es sind ganz kleine Wölkchen“, entgegnete Tschitschikow.

„Kennen Sie überhaupt den Weg zu Sobakewitsch?“

„Danach will ich mich eben erkundigen.“

„Gestatten Sie, das werde ich Ihrem Kutscher erklären.“ Manilow setzte die Sache dem Kutscher mit der gleichen Freundlichkeit auseinander und sprach ihn sogar einmal mit „Sie“ an.

Nachdem der Kutscher erfahren hatte, daß er an zwei Wegkreuzungen vorbeifahren und erst bei der dritten einbiegen müsse, sagte er: „Wir finden es schon, Euer Wohlgeboren“, und Tschitschikow fuhr davon, noch lange vom Nicken und Tücherschwenken der Gastgeber begleitet, die auf den Fußspitzen standen.

Manilow stand noch lange auf dem Flur und begleitete den sich entfernenden Wagen mit den Augen; und auch als dieser schon verschwunden war, stand er noch immer da und rauchte seine Pfeife. Schließlich ging er in sein Zimmer, setzte sich auf einen Stuhl und gab sich seinen Gedanken hin, tief erfreut, daß er dem Gast ein Vergnügen bereitet hatte. Dann gingen seine Gedanken auf andere Gegenstände über und brachten ihn schließlich Gott weiß wohin. Er dachte an die Wonnen eines freundschaftlichen Zusammenlebens und wie gut es wäre, mit einem Freund irgendwo am Ufer eines Flusses zu wohnen; dann wurde über diesen Fluß eine Brücke erbaut, dann ein Haus mit einem so hohen Aussichtsturm errichtet, daß von dort aus selbst Moskau zu sehen war; wie gut es wäre, dort oben unter freiem Himmel den Abendtee zu trinken und mit dem Freund über irgendwelche angenehmen Gegenstände zu sprechen; dann malte er sich aus, wie er und Tschitschikow in wunderbaren Equipagen in eine Gesellschaft gekommen sind, wo alle von ihren angenehmen Umgangsformen bezaubert werden, wie der Kaiser, nachdem er von ihrer so innigen Freundschaft erfahren, ihnen beiden den Generalsrang verliehen hat, und schließlich kamen seine Gedanken so durcheinander, daß er sich selbst nicht mehr zurechtfinden konnte. Die seltsame Bitte Tschitschikows unterbrach plötzlich alle seine Träume; diesen Gedanken konnte er unmöglich verdauen; wie lange er ihn auch in seinem Kopfe herumwälzte, er konnte ihn doch nicht fassen. Und so saß er bis zum Abendessen mit seiner Pfeife da.

DRITTES KAPITEL

Tschitschikow saß aber in bester Laune in seinem Wagen, der schon seit geraumer Zeit über die Landstraße rollte. Aus dem vorhergehenden Kapitel war zu ersehen, was den eigentlichen Gegenstand seines Geschmacks und seiner Neigungen bildete, und darum ist es auch nicht zu verwundern, daß er sich bald mit Leib und Seele in ihn versenkte. Die Vermutungen, Überschläge und Erwägungen, die ihm durch den Kopf gingen, waren sichtlich sehr angenehm, denn sie hinterließen auf seinem Gesicht jeden Augenblick die Spuren eines zufriedenen Lächelns. Mit ihnen beschäftigt, merkte er gar nicht, daß sein Kutscher, der über den Empfang durch das Hausgesinde Manilows sehr zufrieden war, recht vernünftige Bemerkungen an das gescheckte rechte Beipferd richtete. Dieser Scheck war äußerst schlau und tat bloß so, als zöge er den Wagen mit, während das braune Mittelpferd und das hellbraune andere Beipferd, welches „Assessor“ hieß, weil es einst von irgendeinem Assessor erworben worden war, sich redlich abmühten, so daß man in ihren Augen sogar das Vergnügen, das sie davon hatten, lesen konnte. „Schwindle nur! Ich werde dich schon überlisten!“ sagte Selifan, sich etwas erhebend und dem Faulpelz einen Peitschenhieb versetzend. „Tu deine Arbeit, du deutscher Hosenheld! Der Braune ist ein ehrlicher Gaul, er tut seine Pflicht; ich werde ihm gern ein Maß Hafer mehr geben, denn er ist ein anständiger Gaul; auch der Assessor ist ein guter Gaul ... Nun, was schüttelst du die Ohren? Hör zu, wenn man mit dir spricht, du Dummkopf! Ich werde dich nichts Schlechtes lehren, du Flegel. Wie schleichst du schon wieder!“ Er gab ihm wieder die Peitsche und sagte dabei: „Du, Barbar, du verfluchter Bonaparte ...“ Dann schrie er alle drei an: „He! Ihr Lieben!“ und gab allen dreien die Peitsche, doch nicht als Strafe, sondern um ihnen zu zeigen, wie zufrieden er mit ihnen war. Nachdem er ihnen dieses Vergnügen bereitet hatte, richtete er seine Rede wieder an den Schecken: „Du glaubst wohl, daß du dein Benehmen verbergen kannst? Nein, sei redlich, wenn du willst, daß man dir Achtung bezeugt. Was waren doch die Leute des Gutsbesitzers, bei dem wir eben waren, für gute Menschen. Mit einem guten Menschen rede ich immer gern; mit einem guten Menschen bin ich immer gut Freund. Mit so einem trink ich gern Tee oder nehme einen Imbiß, wenn er ein guter Mensch ist. Einem guten Menschen erweist jedermann Achtung. Unsern Herrn achtet ein jeder, weil er im Staatsdienste seine Pflicht tat und weil er Kollegienrat ist ...“

Unter solchen Betrachtungen gelangte Selifan schließlich zu den entferntesten Abstraktionen. Hätte ihm Tschitschikow zugehört, so hätte er eine Menge Einzelheiten erfahren, die ihn direkt angingen; aber seine Gedanken waren so sehr mit dem einen Gegenstand beschäftigt, daß ihn erst ein heftiger

Donnerschlag veranlaßte, zu sich zu kommen und um sich zu blicken. Der ganze Himmel war von dunklen Wolken umlagert, und auf die staubige Landstraße fielen einzelne Regentropfen nieder. Dann erdröhnte ein zweiter Donnerschlag, viel lauter und näher, und es fing plötzlich in Strömen zu gießen an. Anfangs fiel der Regen schräg und peitschte erst die eine und dann die andere Seite des Wagens. Dann wechselte er die Angriffsfront und prasselte senkrecht auf das Wagendach nieder; schließlich fielen die Tropfen auch Tschitschikow ins Gesicht. Dies veranlaßte ihn, die beiden Ledervorhänge, in denen sich zwei runde Fensterchen zum Betrachten der Aussicht befanden, aufzuspannen und Selifan zu befehlen, schneller zu fahren. Selifan, der mitten in seinem Redefluß unterbrochen war, sah schnell ein, daß er nicht länger säumen durfte, holte sofort unter seinem Sitz irgendein zerlumptes Etwas aus grauem Tuch hervor, schlüpfte in die Ärmel, ergriff die Zügel und schrie sein Dreigespann an, das kaum die Beine bewegte, da es sich durch seine belehrenden Worte angenehm ermattet fühlte. Selifan konnte sich aber nicht mehr erinnern, ob er an zwei oder drei Kreuzwegen vorbeigefahren war. Nachdem er etwas nachgedacht und sich des ganzen zurückgelegten Weges erinnert hatte, kam er darauf, daß er schon eine ganze Menge von Kreuzwegen hinter sich gelassen hatte. Da aber der Russe in entscheidenden Augenblicken, ohne sich überflüssigen Betrachtungen hinzugeben, immer weiß, was er zu tun hat, so wandte er den Wagen bei der ersten Kreuzung nach rechts, rief den Pferden zu: „He, ihr werten Freunde!“ und fuhr im Galopp weiter, ohne sich viel zu überlegen, wohin ihn der eingeschlagene Weg bringen würde.

Der Regen schien indessen ein richtiger Landregen werden zu wollen. Der Straßenstaub verwandelte sich bald in weichen Schmutz, und den Pferden wurde es von Augenblick zu Augenblick schwerer, den Wagen weiterzuziehen. Tschitschikow wurde schon unruhig, da vom Besitztum Sobakewitschs noch immer nichts zu sehen war. Nach seinen Berechnungen hätte er schon längst da sein müssen. Er spähte nach beiden Seiten aus, aber es war so finster, daß man nicht die Hand vor Augen sah.

„Selifan!“ sagte er endlich, sich zum Wagenfenster hinausbeugend.

„Was denn, gnädiger Herr?" fragte Selifan.

„Schau mal hin: Ist das Dorf noch nicht zu sehen?"

„Nein, gnädiger Herr, es ist nicht zu sehen!" Nach diesen Worten stimmte Selifan, die Peitsche schwingend, etwas an, was eigentlich kein Lied, aber so lang und gedehnt war, daß man dem kein Ende absehen konnte. Es enthielt alles: alle ermunternden und anspornenden Rufe, mit denen man sämtliche Pferde in Rußland, vom einen Ende des Reiches bis zum anderen traktiert, Eigenschaftsworte jeder Art, ganz ohne Wahl, wie sie ihm eben in den Sinn kamen. Es ging so weit, daß er seine Pferde schließlich – „Sekretäre" nannte.

Indessen merkte Tschitschikow, daß sein Wagen nach beiden Seiten zu schwanken und ihm heftige Stöße zu versetzen begann; daraus schloß er, daß sie vom Wege abgebogen waren und über einen geeggten Acker fuhren. Auch Selifan schien es gemerkt zu haben, sagte aber kein Wort.

„Was ist das, Spitzbube, was für einen Weg fährst du jetzt?" fragte Tschitschikow.

„Was soll man machen, gnädiger Herr, es ist halt so eine Stunde; man sieht seine eigene Peitsche nicht. So finster ist es!" Nachdem er dieses gesagt, neigte er den Wagen so sehr auf die Seite, daß Tschitschikow sich mit beiden Händen festhalten mußte. Nun merkte er erst, daß Selifan nicht ganz nüchtern war.

„Halt, halt, du schmeißt mich noch um!" schrie er ihm zu.

„Nein, Herr, wie ist's möglich, daß ich umschmeiße!" sagte Selifan. „Das wäre gar nicht gut, wenn ich umschmisse; das tue ich niemals." Dann fing er an, den Wagen allmählich umzuwenden und tat das so lange, bis er ihn ganz auf die Seite legte. Tschitschikow fiel mit den Armen und Beinen in den Schmutz. Selifan hielt jedoch die Pferde an; sie blieben übrigens auch von selbst stehen, da sie sehr ermattet waren. Dieser unvorhergesehene Fall versetzte ihn in höchstes Erstaunen. Er stieg vom Bock, stellte sich vor den Wagen, stemmte beide Hände in die Hüften, während sein Herr im Schmutze zappelte und aufzustehen versuchte. Nach einiger Überlegung sagte er: „Sieh mal an, da ist er wirklich umgefallen!"

„Du bist betrunken wie ein Schuster!" sagte Tschitschikow.

„Nein, Herr, wie ist es möglich, daß ich betrunken wäre! Ich weiß ja selbst, daß es gar nicht gut ist, betrunken zu sein. Ich habe wohl mit einem Freund geredet, weil man mit einem guten Menschen reden darf und darin nichts Schlechtes ist, und wir haben auch eine Kleinigkeit zu uns genommen. So ein Imbiß ist doch nichts Schlechtes. Mit einem guten Menschen darf man wohl auch einen Imbiß zu sich nehmen!"

„Und was sagte ich dir das letzte Mal, als du betrunken warst? Wie? Hast es schon vergessen?" sagte Tschitschikow.

„Nein, gnädiger Herr, wie könnte ich so was vergessen! Ich kenne meine Pflicht. Ich weiß, daß es nicht gut ist, sich zu betrinken. Ich hab nur mit einem guten Menschen geredet, weil ..."

„Ich werde dich auspeitschen lassen – da wirst du wissen, was es heißt, mit einem guten Menschen zu reden."

„Wie es Euer Gnaden beliebt", antwortete Selifan, der mit allem einverstanden war. „Wenn ich ausgepeitscht werden soll, so hab ich nichts dagegen. Warum auch nicht? Warum soll man mich nicht auspeitschen, wenn ich's verdient habe? Alles steht in Ihrer Gewalt. Man muß den Bauern einmal auspeitschen, denn er vergißt sich zuweilen; es muß doch Ordnung sein. Wenn ich's verdient habe, so soll man mich nur auspeitschen; warum denn nicht?"

Auf solche Worte fand Tschitschikow keine Antwort. Da schien aber das Schicksal sich ihrer zu erbarmen. Aus der Ferne ertönte Hundegebell. Tschitschikow gab, hoch erfreut, den Befehl, die Pferde schneller anzutreiben. Der russische Kutscher hat statt Augen einen guten Instinkt; darum kommt es auch vor, daß er mit geschlossenen Augen wie der Wind dahersaust und doch irgendwo ankommt. Selifan lenkte die Pferde, obwohl er nicht einen Lichtschimmer sah, so sicher mitten ins Dorf, daß er erst dann stehenblieb, als die Deichselstangen gegen einen Zaun stießen und er unmöglich weiterfahren konnte. Tschitschikow sah durch den dichten Schleier des strömenden Regens nur etwas, was einem Dach glich. Er schickte den Selifan, das Tor zu suchen, was sicher sehr lange gedauert hätte, wenn es in Rußland statt der Portiers nicht die scharfen Hunde gäbe, die seine Ankunft so laut meldeten, daß er sich die Ohren mit den Fingern zuhielt. In einem der Fenster leuchtete Licht auf, das als nebliger Streif auch den Zaun erreichte und unsern Reisenden das Tor zeigte. Selifan fing zu klopfen an, und bald ging ein Pförtchen auf, aus dem eine in einen Bauernmantel gehüllte Gestalt hervorlugte, und der Herr und sein Diener hörten die heisere Weiberstimme: „Wer klopft? Was macht ihr solchen Skandal?“

„Wir sind Reisende, Mütterchen, laß uns übernachten“, versetzte Tschitschikow.

„Sieh mal an, wie flink er ist“, sagte die Alte. „Zu so einer Stunde kommt er gefahren! Hier ist kein Gasthof, daß du's weißt, hier wohnt eine Gutsbesitzerin.“

„Was soll ich machen, Mütterchen! Wir haben uns verirrt, wir können doch nicht bei solchem Wetter im Feld übernachten.“

„Ja, es ist schlechtes Wetter und finstere Nacht“, fügte Selifan hinzu.

„Schweig, Narr!“ sagte Tschitschikow.

„Ja, wer sind Sie denn?“ fragte die Alte.

„Ein Edelmann, Mütterchen.“

Beim Worte „Edelmann“ wurde die Alte doch nachdenklich. „Warten Sie, ich will's der Gnädigen sagen“, sagte sie und kam schon nach zwei Minuten mit einer Laterne in der Hand zurück. Das Tor wurde aufgemacht. Das Licht erschien in einem anderen Fenster. Der Wagen fuhr in den Hof ein und hielt vor einem kleinen Haus, das im Finstern schwer zu unterscheiden war. Nur die eine Hälfte war vom Licht beschienen, das aus den Fenstern drang; eine Pfütze vor dem Haus wurde sichtbar, auf die direkt immer das gleiche Licht fiel. Der Regen prasselte laut gegen das hölzerne Dach und lief in rauschenden Strömen in eine zu diesem Zweck aufgestellte Tonne hinab. Die Hunde bellten indessen mit allen möglichen Stimmen. Der eine hatte den Kopf in den Nacken geworfen und heulte so gedehnt und mit solcher Mühe, als ob er dafür Gott weiß was für ein Gehalt bekäme; ein anderer machte die Sache kurz und hastig wie ein Küster; darunter klang wie ein Postglöckchen eine unermüdliche Diskantstimme, die offenbar von einem ganz jungen Hund herrührte, und alles vervollständigte eine Baßstimme; es war vielleicht ein sehr alter Hund mit rüstiger Hundenatur, denn die Stimme dröhnte wie ein Sängerbaß bei einem Chorkonzert: die Tenöre stellen sich auf die Fußspitzen, vom sehnlichsten Wunsche beseelt, eine hohe Note rein herauszubringen, alle recken sich in die Höhe, den Kopf in den Nacken zurückgeworfen, aber einer hockt sich, das unrasierte

Kinn in die Halsbinde vergraben, fast hin und läßt aus der Tiefe einen Ton los, vor dem die Fensterscheiben erzittern und erklirren. Schon nach diesem Hundechor, der aus solchen Musikern bestand, konnte man schließen, daß das Dörfchen recht ansehnlich war; doch unser durchnäßter und durchfrorener Held dachte an nichts außer an ein Bett. Der Wagen hielt noch nicht, als er schon auf den Flur hinaussprang und beinahe hinfiel. Auf dem Flur erschien eine andere Frau, die etwas jünger als die erste schien, doch ihr sehr ähnlich sah. Sie geleitete ihn ins Zimmer. Tschitschikow streifte es mit zwei flüchtigen Blicken. Das Zimmer war mit alten gestreiften Tapeten beklebt; an den Wänden hingen Bilder mit Darstellungen von Vögeln und zwischen den Fenstern altertümliche kleine Spiegel in dunklen Rahmen in Form zusammengerollter Blätter; hinter jedem Spiegel steckte entweder ein Brief oder ein altes Spiel Karten oder ein Strumpf; dann gab es eine Uhr mit Blumen auf dem Zifferblatt ... sonst konnte man nichts unterscheiden. Tschitschikow fühlte, daß seine Augenlider so klebrig waren, als ob sie jemand mit Honig beschmiert hätte. Einen Augenblick später trat die Hausfrau selbst ins Zimmer – eine ältere Dame, mit einer Schlafhaube auf dem Kopf, die sie sich offenbar in aller Eile aufgesetzt hatte, und einer Flanellbinde um den Hals – eines von jenen Mütterchen, kleinen Gutsbesitzerinnen, die ständig, den Kopf etwas auf die Seite geneigt, über Mißernten und Verluste klagen, dabei aber allmählich Geld in Leinenbeuteln sammeln, die sie in ihren Kommoden verteilen. In das eine Säckchen tun sie lauter Rubelstücke, in ein anderes – Fünfzigkopekenstücke, in ein drittes – Viertelrubel; von außen sieht es aber so aus, als enthielte die Kommode nichts außer Wäsche, alten Nachtjacken, Zwirnknäueln und einem alten aufgetrennten Morgenrock, der sich später einmal in ein Kleid verwandeln wird, wenn das alte beim Backen von Festkuchen und dergleichen einmal anbrennt oder von selbst brüchig wird. Das Kleid wird aber weder anbrennen noch von selbst brüchig werden. Die Alte ist sparsam, und dem Morgenrock ist es beschieden, in aufgetrenntem Zustand noch lange zu liegen und später einmal laut Testament zugleich mit anderen alten Lumpen der Nichte einer Cousine dritten Ranges zuzufallen.

Tschitschikow entschuldigte sich, daß er sie so spät beunruhigt hätte. „Macht nichts, macht nichts!“ sagte die Hausfrau. „Bei welchem Wetter hat Sie der liebe Gott hergeführt! So ein Ungewitter und Schneesturm! ... Nach einer solchen Fahrt hätten Sie etwas essen sollen, aber es ist Nacht, und ich kann nichts mehr bereiten lassen.“

Die Worte der Hausfrau wurden von einem seltsamen Zischen unterbrochen, vor dem der Gast erschrak: Es klang, als ob sich das ganze Zimmer plötzlich mit Schlangen gefüllt hätte; als er aber seinen Blick hob, beruhigte er sich, denn er merkte, daß es der Wanduhr plötzlich eingefallen war, zu schlagen. Dem Zischen folgte sofort ein Schnarchen, und schließlich nahm die Uhr ihre ganze Kraft zusammen und schlug zwei; es klang, als ob jemand mit einem Stock auf einen gesprungenen Topf schlüge; dann aber fuhr der Pendel fort, ruhig nach rechts und links zu schwingen.

Tschitschikow dankte der Hausfrau und sagte ihr, daß er nichts brauche und daß sie sich nicht bemühen solle, daß er außer einem Bett gar nichts wünsche, und äußerte nur ein Interesse für die Frage, in was für eine Gegend er geraten sei und ob es von hier noch weit zum Gutsbesitzer Sobakewitsch wäre, worauf die Alte erwiderte, daß sie diesen Namen noch nie gehört habe und daß es einen solchen Gutsbesitzer hier gar nicht gäbe.

„Kennen Sie den Manilow?“ fragte Tschitschikow.

„Wer ist Manilow?“

„Ein Gutsbesitzer, Mütterchen.“

„Noch nie gehört. Es gibt keinen solchen Gutsbesitzer.“

„Was für Gutsbesitzer gibt es denn?“

„Bobrow, Swinjin, Kanapatjew, Charpakin, Trepakin, Pljeschakow.“

„Sind's reiche Leute oder nicht?“

„Nein, Väterchen, sehr reiche gibt es hier nicht. Der eine hat zwanzig Seelen, der andere dreißig; aber solche, die hundert hätten, solche gibt es hier nicht.“

Tschitschikow merkte, daß er in eine ordentliche Wildnis geraten war.

„Ist es wenigstens nahe zur Stadt?“

„An die sechzig Werst werden es sein. Es tut mir so leid, daß es für Sie nichts zu essen gibt! Wollen Sie nicht Tee, Väterchen?“

„Danke, Mütterchen. Ich will nichts als ein Bett."

„Es ist auch wahr, nach einer solchen Fahrt muß man ordentlich ausruhen. Machen Sie sich hier bequem, Väterchen, hier auf diesem Sofa. He, Fetinja, bring ein Federbett, Kissen und ein Laken. Was für ein Wetter hat uns der liebe Gott beschert; es donnerte so, daß ich die ganze Nacht ein Licht vor dem Heiligenbild brennen hatte. Ach, Väterchen, dein ganzer Rücken und die eine Seite sind so dreckig wie bei einem Eber. Wo hast du dich so dreckig zu machen geruht?"

„Es ist noch ein Glück, daß ich mich nur dreckig gemacht habe. Ich muß Gott danken, daß ich mir die Seiten nicht gebrochen habe."

„Heilige Märtyrer, ist das schrecklich! Soll man nicht den Rücken mit etwas einreiben?"

„Ich danke, ich danke. Machen Sie sich keine Mühe, sagen Sie nur Ihrem Mädel, daß sie mir die Kleider trocknet und ausbürstet."

„Hörst du, Fetinja!" wandte die Hausfrau sich an das weibliche Wesen, das inzwischen schon ein Federbett hereingeschleppt und es von den Seiten so tüchtig durchgeschüttelt hatte, daß ein ganzes Gestöber von Daunen das Zimmer füllte. „Nimm den Rock des Herrn und seine Unterwäsche. Trockne zuerst alles vor dem Feuer, wie du es für den seligen Herrn zu tun pflegtest, und dann reibe und klopfe alles ordentlich durch."

„Sehr wohl, Gnädige!" sagte Fetinja, indem sie über das Federbett das Laken ausbreitete und die Kissen aufschichtete.

„So, jetzt ist das Bett für Sie fertig", sagte die Hausfrau. „Leb wohl, Väterchen, ich wünsche dir gute Nacht. Willst du vielleicht noch etwas? Bist du es vielleicht gewöhnt, daß man dir vor dem Einschlafen die Fersen kitzelt? Mein Seliger konnte ohne das gar nicht einschlafen."

Der Gast bedankte sich aber für das Kitzeln der Fersen. Als die Hausfrau gegangen war, zog er sich schnell aus und gab das ganze Geschirr, das er von sich genommen, wie das obere, so auch das untere, der Fetinja, die ihm ihrerseits gute Nacht wünschte und mit seiner ganzen nassen Ausrüstung verschwand. Als er allein geblieben war, sah er nicht ohne Vergnügen sein Bett an, das beinahe bis an die Decke reichte: Fetinja verstand sich offenbar gut aufs Durchschütteln von

Federbetten. Als er mit Hilfe eines Stuhles auf das Bett stieg, senkte es sich unter ihm sofort fast bis zum Boden, und die von ihm herausgedrängten Daunen flogen in alle Ecken des Zimmers. Er löschte die Kerze aus, schlüpfte unter die Kattundecke, rollte sich unter ihr zu einem Kringel zusammen und schlief sofort ein. Er erwachte am nächsten Morgen ziemlich spät. Die Sonne schien ihm durchs Fenster gerade in die Augen, und die Fliegen, die gestern ruhig an den Wänden und an der Decke geschlafen hatten, wandten sich alle gegen ihn. Die eine setzte sich ihm auf die Lippe, die andere aufs Ohr, die dritte bemühte sich, sich mitten aufs Auge zu setzen; diejenige aber, die die Unvorsichtigkeit hatte, sich sehr nahe ans Nasenloch zu setzen, zog er, verschlafen wie er war, in diese Nase ein; infolgedessen mußte er heftig niesen, und dieser Umstand hatte sein Erwachen zur Folge. Er streifte mit dem Blicke das Zimmer und merkte, daß auf den Bildern doch nicht lauter Vögel dargestellt waren: Unter ihnen hing ein Bildnis Kutusows und ein in Öl gemaltes Porträt eines alten Herrn in Uniform mit roten Aufschlägen, wie man sie zur Zeit des Kaisers Paul trug. Die Uhr ließ wieder ein Zischen vernehmen und schlug zehn; zur Türe blickte ein weibliches Wesen herein, das sofort wieder verschwand, da Tschitschikow, um besser zu schlafen, absolut alles ausgezogen hatte. Das Gesicht kam ihm jedoch irgendwie bekannt vor. Er versuchte, sich zu besinnen, wer es wohl sein mochte, und erinnerte sich, daß es die Hausfrau war. Er zog sich sein Hemd an; seine Kleider lagen schon trocken und gebürstet neben ihm. Nachdem er sich angekleidet hatte, ging er zum Spiegel und nieste wieder so laut, daß ein Truthahn, der in diesem Augenblick draußen vor dem Fenster stand – das Fenster befand sich aber dicht über der Erde –, ihm etwas sehr schnell in seiner Sprache, vermutlich: „Ich wünsche guten Morgen!" zurief, worauf ihn Tschitschikow einen Dummkopf nannte. Er trat ans Fenster und begann die Aussicht zu betrachten; dem Fenster gegenüber schien sich der Hühnerstall zu befinden; jedenfalls war der schmale Hof vor dem Fenster voller Geflügel und sonstiger Haustiere. Truthühner und Hennen gab es ohne Zahl; zwischen ihnen spazierte mit gemessenen Schritten ein Hahn, der den Kamm schüttelte und den Kopf immer wie lauschend zur Seite neigte; hier spazierte auch ein Mutterschwein mit seiner ganzen Familie; in einem Misthaufen wühlend, verzehrte es so ganz nebenbei ein Kücken, merkte es aber nicht, und fraß ruhig an den Melonenrinden weiter. Dieser kleine Hof oder Hühnerhof war von einem Bretterzaun begrenzt, hinter dem sich ausgedehnte Gemüsefelder mit Kraut, Zwiebeln, Kartoffeln, Rüben und sonstigen Küchengemüsen hinzogen. Zwischen den Gemüsebeeten standen hie und da Apfel- und andere Obstbäume, mit Netzen zum Schutze gegen die Elstern und Spatzen bedeckt, von denen die letzteren in schrägen Wolken von Ort zu Ort flogen. Zum gleichen Zweck waren einige Vogelscheuchen auf langen Stangen mit auseinandergespreizten Armen aufgerichtet; eine von ihnen trug eine Haube der Hausfrau selbst. Hinter den Gemüsefeldern standen vereinzelte Bauernhäuser, die zwar keine Straße bildeten, aber, wie Tschitschikow feststellte, von einem gewissen Wohlstand ihrer Bewohner zeugten, da sie ordentlich instand gehalten waren. Die morsch gewordenen Schindeln auf den Dächern waren durch neue ersetzt; die Tore standen sämtlich gerade; in dem ihm mit der offenen Seite zugekehrten gedeckten Bauernschuppen sah er hier einen fast neuen Reservewagen und dort sogar zwei solche Wagen stehen. „Ja, ihr Dorf ist gar nicht so klein“, sagte er sich und nahm sich vor, mit der Hausfrau nähere Bekanntschaft zu machen. Er blickte durch die Türspalte hinaus, durch die sie soeben ihren Kopf hereingesteckt hatte, und ging, als er sie vor dem Teetischchen sitzen sah, mit vergnügter und freundlicher Miene auf sie zu.

„Guten Morgen, Väterchen, wie haben Sie geruht?“ fragte sie, sich von ihrem Platz erhebend. Sie war besser gekleidet als gestern, hatte ein dunkles Kleid an und keine Schlafhaube mehr auf; aber um den Hals hatte sie noch immer etwas gewickelt.

„Gut, sehr gut“, antwortete Tschitschikow, sich in einen Sessel setzend. „Und Sie, Mütterchen?“

„Schlecht, Väterchen.“

„Wieso?“

„Es ist die Schlaflosigkeit. Immer habe ich Schmerzen im Kreuz und auch im Bein, hier über dem Knöchel.“

„Das wird schon vergehen, Mütterchen. Achten Sie nicht darauf.“

„Gott gebe, daß es vergeht. Ich hab’ mich schon mit Schweineschmalz und auch mit Terpentin eingerieben. Womit trinken Sie den Tee? Hier im Fläschchen ist Obstbranntwein."

„Gar nicht übel, Mütterchen, wir wollen auch vom Obstbranntwein versuchen."

Der Leser hat wohl schon gemerkt, daß Tschitschikow mit ihr, trotz aller Liebenswürdigkeit, doch viel freier und ungenierter sprach als mit Manilow. Es ist nämlich zu bemerken, daß wir Russen, obwohl wir hinter den Ausländern in manchen anderen Dingen zurückgeblieben sind, sie in der Kunst des Umganges mit Menschen bei weitem überflügelt haben. Alle die Nuancen und Abstufungen, die wir darin zeigen, lassen sich gar nicht aufzählen. Ein Franzose oder Deutscher wird alle diese Eigentümlichkeiten und Unterschiede niemals verstehen; er spricht fast mit der gleichen Stimme und in der gleichen Sprache wie mit einem Millionär, so auch mit einem kleinen Tabakhändler, obwohl er sich in seinem Innern natürlich vor dem ersteren erniedrigt. Bei uns ist es ganz anders: wir haben solche Künstler, die mit einem Gutsbesitzer, der zweihundert Seelen besitzt, ganz anders reden werden als mit einem, der dreihundert Seelen hat, und mit dem letzteren wieder anders als mit einem, der ihrer fünfhundert hat; mit einem Worte, man kann bis zur Million Seelen hinaufgehen, immer werden sich noch Unterschiede finden. Nehmen wir an, daß es eine Kanzlei gibt – nicht hier, sondern in einem sehr fernen Reiche, und daß an der Spitze dieser Kanzlei ein Kanzleivorstand steht. Wollen Sie ihn sich nur ansehen, wenn er inmitten seiner Untergebenen sitzt – da kann man vor Schreck nicht mal ein Wort aussprechen. Stolz, Adel – was drückt da sein Gesicht nicht alles aus? Man ergreife den Pinsel und male: ein Prometheus, ein leibhaftiger Prometheus! Er blickt wie ein Adler und schreitet gemessen und majestätisch. Sobald aber dieser Adler sein Zimmer verlassen hat und sich mit Papieren unter dem Arm dem Kabinett seines Vorgesetzten nähert, wird er zu einem so kläglichen Rebhuhn, daß man ihn kaum noch ansehen mag. In einer Gesellschaft oder bei einer Abendunterhaltung, wenn die Anwesenden nicht von hohem Rang sind, bleibt der Prometheus Prometheus; wenn aber jemand anwesend ist, der nur um eine Rangstufe höher steht als er, so macht unser Prometheus eine Verwandlung durch, auf die selbst ein Ovid nicht gekommen wäre. Er ist eine

Fliege, kleiner als eine Fliege, er ist zu einem Sandkorn zusammengeschrumpft. „Das ist ja gar nicht Iwan Petrowitsch“, sagt man sich, wenn man ihn anblickt. „Iwan Petrowitsch ist ja größer gewachsen, dieser ist aber so klein und schmächtig; jener spricht laut, mit einer Baßstimme, und lacht nie, dieser aber – weiß der Teufel – er zirpt wie ein Vogel und lacht immer.“ Man kommt näher heran und sieht, daß es tatsächlich Iwan Petrowitsch ist! „Hi hi hi!“ denkt man sich ... Wir wollen uns aber den handelnden Personen zuwenden. Tschitschikow hatte sich, wie wir schon sahen, entschlossen, keine Umstände zu machen; darum ergriff er die Teetasse mit beiden Händen, goß etwas Obstbranntwein hinein und begann folgende Unterhaltung:

„Sie haben ja ein ganz nettes Dörfchen, Mütterchen. Wieviel Seelen sind es im ganzen?“

„Es sind nicht ganz achtzig Seelen, Väterchen“, sagte die Hausfrau. „Aber die Zeiten sind schlecht: Im vorigen Jahr war so eine Mißernte, daß Gott erbarm!“

„Die Bauern sehen aber recht kräftig aus, und auch ihre Häuser sehen recht gut aus. Gestatten Sie übrigens: Wie ist Ihr Familienname? Ich bin so zerstreut ... bin zur nachtschlafenen Zeit angekommen ...“

„Korobotschka, Kollegiensekretärswitwe.“

„Ich danke ergebenst. Und der Vor- und Vatersname?“

„Nastassja Petrowna.“

„Nastassja Petrowna? Das ist ein schöner Name, Nastassja Petrowna. Auch eine leibliche Tante von mir, eine Schwester meiner Mutter, heißt Nastassja Petrowna.“

„Und wie ist Ihr Name?“ fragte die Gutsbesitzerin. „Sie sind doch Gerichtsassessor, nicht wahr?“

„Nein, Mütterchen!“ antwortete Tschitschikow. „Ich bin gar nicht Assessor, reise nur so in eigenen Geschäften.“

„Ach so, dann sind Sie Käufer! Wie schade, daß ich meinen Honig den Kaufleuten so billig verkauft habe; du hättest ihn mir sicher abgekauft, Väterchen.“

„Nein, den Honig hätte ich nicht gekauft.“

„Etwas anderes? Vielleicht Hanf? Hanf habe ich aber sehr wenig, im ganzen ein halbes Pud.“

„Nein, Mütterchen, ich suche eine andere Ware. Sagen Sie, sind Ihnen viele Bauern gestorben?“

„Ach, Väterchen, ganze achtzehn Mann!“ sagte die Alte seufzend. „Und lauter Prachtkerle, tüchtige Arbeiter. Es sind zwar dann neue zur Welt gekommen, aber die sind nichts wert: lauter kleine Menschen. Doch wenn der Assessor gefahren kommt, muß ich für jede Seele die Steuer entrichten. Die Leute sind tot, aber zahlen muß ich für sie wie für lebendige. Da ist mir in der vorigen Woche ein Schmied verbrannt – ein tüchtiger Schmied war er, verstand sich auch auf Schlosserei.“

„Haben Sie denn eine Feuersbrunst gehabt, Mütterchen?“

„Nein, vor einem solchen Unglück hat mich Gott bewahrt. Er ist von selbst verbrannt, Väterchen. Er hat innen Feuer gefangen, weil er zuviel getrunken hat; man sah nur ein blaues Flämmchen aufleuchten, er ist verglommen, ganz zu Kohle verbrannt. Und was war er für ein geschickter Schmied! Jetzt kann ich gar nicht ausfahren. Ich habe niemand, der mir die Pferde beschlagen könnte.“

„Alles ist in Gottes Hand, Mütterchen!“ sagte Tschitschikow seufzend. „Gegen Gottes Allweisheit darf man nicht murren ... Treten Sie sie mir doch ab, Nastassja Petrowna!“

„Wen denn, Väterchen?“

„Nun, alle, die gestorben sind.“

„Wie soll ich sie abtreten?“

„Sehr einfach. Oder verkaufen Sie sie mir. Ich will sie Ihnen bezahlen.“

„Wieso? Das verstehe ich nicht. Oder willst du sie aus der Erde ausgraben?“

Tschitschikow sah, daß die Alte sich etwas verrannt hatte und daß er ihr die Sache richtig erklären mußte. Er machte ihr in einigen Worten klar, daß der Besitzwechsel und der Verkauf nur auf dem Papiere stehen und die toten Seelen als lebende angeführt werden würden.

„Was brauchst du sie aber?“ fragte die Alte, ihn erstaunt anglotzend.

„Das ist schon meine Sache.“

„Sie sind doch tot!“

„Und wer sagt, daß sie leben? Das ist ja auch Ihr Schaden, daß sie tot sind: Sie zahlen für sie Abgaben, ganz als ob sie lebten. Ich will Sie aber von dieser Sorge und von den Zahlungen befreien. Verstehen Sie das? Ich befreie Sie nicht nur davon, sondern zahle auch noch fünfzehn Rubel. Ist es Ihnen klar?“

„Ich weiß wirklich nicht“, versetzte die Hausfrau langsam. „Tote habe ich doch noch nie verkauft.“

„Das will ich meinen! Es wäre viel eher ein Wunder, wenn Sie sie schon einmal verkauft hätten. Oder glauben Sie, daß sie noch zu etwas taugen?“

„Nein, das glaube ich nicht! Wozu sollen sie taugen? Man hat ja gar nichts von ihnen. Das ist eben die ganze Schwierigkeit, daß sie schon tot sind.“

Das Frauenzimmer scheint aber einen dicken Schädel zu haben! – dachte sich Tschitschikow. „Hören Sie mal, Mütterchen. Überlegen Sie es sich nur: Sie haben doch nur Auslagen und müssen für jeden Toten die Steuern zahlen, wie wenn er noch lebte.“

„Ach, Väterchen, sprich nicht davon!“ fiel ihm die Gutsbesitzerin ins Wort. „Erst vor zwei Wochen habe ich mehr als hundertfünfzig Rubel bezahlen und außerdem noch den Assessor schmieren müssen.“

„Nun sehen Sie es selbst, Mütterchen! Beachten Sie doch nur, daß Sie jetzt keinen Assessor mehr zu schmieren brauchen, weil ich für Sie die Steuern zahle; ich und nicht Sie! Ich nehme auf mich alle Verpflichtungen; ich will sogar die Kosten des Kaufvertrags tragen, verstehen Sie das?“

Die Alte wurde nachdenklich. Die Sache erschien ihr wirklich vorteilhaft, doch gar zu neu und noch nicht dagewesen; darum hatte sie anfangs große Angst, daß der Käufer sie irgendwie übervorteilen könnte: ist ja Gott weiß woher gekommen und dazu noch zur nachtschlafenen Zeit.

„Also abgemacht, Mütterchen, nicht wahr?“ sagte Tschitschikow.

„Nein, Väterchen, ich hab’ noch niemals Tote verkauft. Lebende hab’ ich wohl verkauft: Vor zwei Jahren trat ich dem Protopopow zwei Mädel zu hundert Rubel das Stück ab, und er war mir sehr dankbar. Wunderbare Arbeiterinnen sind aus ihnen geworden, verstehen sogar Servietten zu weben.“

„Die Rede ist aber nicht von den Lebenden; um die kümmere ich mich nicht. Ich will die Toten.“

„Wirklich, ich fürchte mich, weil ich keine Erfahrungen habe, ein schlechtes Geschäft zu machen. Vielleicht betrügst du mich, Väterchen, vielleicht sind sie ... mehr wert.“

„Hören Sie, Mütterchen, was sind Sie wirklich für ein

Mensch? Was können die wert sein? Bedenken Sie nur: die sind nichts als Staub und Asche. Verstehen Sie das? – nur Asche. Nehmen Sie den unnützesten Gegenstand, irgendeinen Lumpen – und auch der hat einen Wert. Den kauft Ihnen wenigstens eine Papierfabrik ab; diese Ware taugt aber zu nichts. Sagen Sie selbst, wozu taugen sie noch?“

„Das ist wohl wahr. Die taugen zu nichts; aber das ist es eben, was mich davon abhält: daß sie tot sind.“

Ist das ein vernagelter Kopf! sagte sich Tschitschikow, der schon die Geduld zu verlieren anfing. Wie wird man mit so einer fertig! Zum Schwitzen hat mich die verdammte Alte gebracht! Und er zog ein Tuch aus der Tasche und wischte sich den Schweiß ab, der ihm tatsächlich auf die Stirn getreten war. Tschitschikow ärgerte sich übrigens grundlos: Auch mancher geachtete Staatsmann ist ganz wie diese Korobotschka. Wenn der sich etwas in den Kopf setzt, so ist ihm nicht beizukommen; was für sonnenklare Einwände man ihm auch vorbringt, alles prallt von ihm ab wie ein Gummiball von der Wand. Nachdem sich Tschitschikow den Schweiß von der Stirn gewischt hatte, entschloß er sich, ihr die Sache auf irgendeine andere Weise plausibel zu machen. „Mütterchen“, sagte er, „entweder wollen Sie meine Worte nicht verstehen, oder Sie sprechen absichtlich so, nur um etwas zu sagen ... Ich biete Ihnen Geld, fünfzehn Rubel in Banknoten – verstehen Sie mich? Das ist doch Geld, das finden Sie nicht auf der Straße. Gestehen Sie, wie teuer haben Sie den Honig verkauft?“

„Zu zwölf Rubel das Pud.“

„Sie übertreiben ein wenig, Mütterchen. Zu zwölf Rubel haben Sie ihn nicht verkauft.“

„Bei Gott, zu zwölf Rubel!“

„Nun sehen Sie es. Das war aber Honig. Sie haben ihn vielleicht ein ganzes Jahr lang mit Mühe gesammelt; sind herumgefahren, haben die Bienen ausgeräuchert und sie dann den ganzen Winter über im Keller gefüttert; doch die toten Seelen – sind nicht von dieser Welt. Hier haben Sie Ihrerseits nicht die geringste Mühe aufgewendet: Es war Gottes Wille, daß sie diese Welt verließen und auf diese Weise Ihre Wirtschaft schädigten. Beim Honig haben Sie für Ihre Arbeit und Mühe zwölf Rubel bekommen; hier biete ich Ihnen aber für nichts und wieder nichts statt zwölf – ganze fünfzehn Rubel, und nicht in Silber, sondern in blauen Banknoten." Nachdem er diese überzeugenden Gründe vorgebracht hatte, zweifelte Tschitschikow nicht mehr, daß die Alte nachgeben würde.

„Nein, wirklich", antwortete die Gutsbesitzerin, „ich bin nur eine unerfahrene Witwe! Ich will lieber noch etwas warten: Vielleicht kommen Kaufleute gefahren, und so werde ich die Preise hören."

„Eine Schande, Mütterchen! Eine wahre Schande! Was sagen Sie? Überlegen Sie es sich doch selbst! Wer wird sie Ihnen abkaufen? Zu was kann man sie noch verwenden?"

„Vielleicht kann man sie bei Gelegenheit doch in der Wirtschaft brauchen ...", entgegnete die Alte. Sie kam aber nicht weiter und sah ihn erschrocken an, begierig zu hören, was er darauf sagen würde.

„Die Toten in der Wirtschaft! Was Ihnen nicht einfällt! Vielleicht, um nachts die Spatzen in Ihrem Gemüsegarten zu scheuchen?"

„Der Herr steh uns bei! Was sagst du für schreckliche Dinge!" sagte die Alte, sich bekreuzigend.

„Was wollen Sie mit ihnen denn sonst anfangen? Die Knochen und die Gräber verbleiben übrigens Ihnen. Der Verkauf geschieht nur auf dem Papier. Nun, was halten Sie davon? Geben Sie mir wenigstens Antwort."

Die Alte wurde wieder nachdenklich.

„Was überlegen Sie sich noch, Nastassja Petrowna?"

„Ich weiß wirklich nicht, was ich tun soll; lieber verkaufe ich Ihnen doch den Hanf."

„Was brauche ich den Hanf? Sehen Sie es doch ein: Ich bitte sie um etwas ganz anderes, und Sie bieten mir Hanf an. Hanf ist Hanf. Wenn ich ein anderes Mal komme, kaufe ich auch den Hanf. Also wie ist es nun, Nastassja Petrowna?"

„Bei Gott, es ist eine merkwürdige, noch nie dagewesene Ware."

Nun riß Tschitschikow endlich die Geduld. Er schlug mit dem Stuhl gegen den Boden und wünschte ihr den Teufel.

Vor dem Teufel bekam die Gutsbesitzerin eine heillose Angst. „Ach, sprich nicht von ihm, Gott sei mit ihm!" rief sie ganz bleich aus. „Vorgestern sah ich ihn die ganze Nacht im Traume, den Verdammten. Es war mir eingefallen, nach dem

Nachtgebet noch einmal die Karten zu schlagen, da hat ihn mir der Herr wohl zur Strafe geschickt. So ekelhaft war er mir erschienen, mit Hörnern länger als bei einem Stier."

„Ich wundere mich nur, daß sie Ihnen nicht dutzendweise erscheinen. Denn ich will es nur aus christlicher Nächstenliebe tun. Ich sehe, eine Witwe plagt sich so ab, leidet solche Not ... Krepieren sollen Sie mit Ihrem ganzen Dorf! ..."

„Wie du zu fluchen weißt!" sagte die Alte, ihn entsetzt anblickend.

„Man findet ja keine anderen Worte für Sie! Sie sind wirklich, mit Verlaub zu sagen, wie ein Hofhund, der auf dem Heu liegt: Er frißt es selbst nicht und gibt's auch den anderen nicht. Ich wollte Ihnen auch verschiedene landwirtschaftliche Produkte abkaufen, weil ich auch Lieferungen für den Staat habe ..." Das war eine zufällige Lüge, bei der er sich nichts dachte, die sich aber als sehr geschickt erwies. Die Lieferungen machten auf Nastassja Petrowna einen mächtigen Eindruck; jedenfalls sprach sie auf einmal mit bittender Stimme: „Warum bist du so böse geworden? Wenn ich wüßte, daß du so böse bist, hätte ich dir gar nicht widersprochen."

„Ach was, es ist ja gar kein Grund da, böse zu werden. Die ganze Sache ist kein ausgeblasenes Ei wert, und ich soll deswegen böse werden!"

„Also gut, ich bin bereit, sie dir für fünfzehn Rubel in Banknoten abzugeben! Aber vergiß mich nicht bei den Lieferungen: Wenn du mal Roggen- oder Buchweizenmehl, oder Graupen, oder Fleisch einzukaufen hast, so vergiß mich, bitte, nicht."

„Nein, Mütterchen, ich werde dich nicht vergessen", sagte er, sich den Schweiß abwischend, der ihm in Strömen von der Stirn lief. Dann fragte er sie aus, ob sie in der Stadt einen Vertrauensmann oder einen Bekannten habe, den sie zum Abschluß des Kaufvertrags und der übrigen notwendigen Formalitäten bevollmächtigen könnte.

„Gewiß! Der Sohn des Protopopen Kirill ist ja an der Zivilkammer angestellt", sagte die Korobotschka. Tschitschikow bat sie, ihm einen Vollmachtsbrief zu schreiben und übernahm es selbst, um ihr Arbeit zu ersparen, einen solchen aufzusetzen.

Es wäre gut, dachte sich indessen die Korobotschka, wenn er bei mir für den Staat Mehl und Vieh kaufte. Ich muß ihn besänftigen. Es ist ja noch etwas Teig von gestern abend geblieben. Ich will der Fetinja sagen, daß sie daraus Pfannkuchen macht. Es wäre auch gut, eine Pastete aus Eierteig zu backen; solche Pasteten werden bei mir gut gebacken; außerdem ist sie schnell gemacht. – Die Hausfrau ging hinaus, um die Pastete in Auftrag zu geben und diese wahrscheinlich auch durch andere Erzeugnisse ihrer Koch- und Backkunst zu vervollständigen. Tschitschikow begab sich aber ins Gastzimmer, in dem er die Nacht verbracht hatte, um aus seiner Schatulle die nötigen Papiere zu holen. Im Gastzimmer war schon alles aufgeräumt, die üppigen Daunenpfühle waren verschwunden, und vor dem Sofa stand ein mit einem Tischtuch gedeckter Tisch. Er stellte die Schatulle auf diesen Tisch und setzte sich hin, um ein wenig auszuruhen, denn er war ganz in Schweiß gebadet. Alles an ihm – vom Hemde bis zu den Socken – war naß. „Ganz tot hat mich die verdammte Alte gemacht!“ sagte er und schloß, nachdem er ausgeruht hatte, die Schatulle auf. Der Autor ist überzeugt, daß es auch so neugierige Leser gibt, die den Plan und die innere Einrichtung der Schatulle kennenlernen möchten. Warum soll ich diese Neugierde nicht befriedigen? Das ist also die innere Einrichtung: In der Mitte befindet sich eine Seifenschale und neben ihr sechs oder sieben schmale Abteilungen für die Rasiermesser; dann kommen quadratische Behälter für die Streusandbüchse und das Tintenfaß und dazwischen eine Mulde für Federn, Siegellackstangen und ähnliche längliche Gegenstände; dann gibt es allerlei Fächer mit Deckeln und ohne Deckel für kürzere Gegenstände; diese sind mit Visitenkarten, Zetteln und Theaterbilletts angefüllt, die er sich zum Andenken aufzuheben pflegte. Der ganze obere Kasten mit allen Fächern ließ sich herausnehmen, und darunter befand sich ein Raum für Papiere in Bogengröße; dann gab es noch ein kleines Geheimfach für Geld, das sich unauffällig von der Seite herausschieben ließ. Der Besitzer pflegte dieses Fach immer so schnell heraus- und hineinzuschieben, daß man unmöglich sagen konnte, wieviel Geld es enthielt. Tschitschikow schnitt sich sofort eine Feder zurecht und begann zu schreiben. In diesem Augenblick kam die Hausfrau ins Zimmer.

„Einen schönen Kasten hast du, Väterchen“, sagte sie, sich zu ihm heransetzend. „Hast ihn wohl in Moskau gekauft?“

„Ja, in Moskau", antwortete Tschitschikow, weiterschreibend.

„Das sehe ich eben: Moskauer Arbeit ist immer gut. Vor drei Jahren hat meine Schwester von dort warme Schuhchen für die Kinder mitgebracht; das war eine so dauerhafte Ware, daß sie sie auch heute noch tragen. Du lieber Gott, wieviel Stempelpapier du da hast!" fuhr sie fort, in seine Schatulle hineinblickend. Es lag auch tatsächlich nicht wenig Stempelpapier darin. „Wenn du mir wenigstens ein Blättchen schenken wolltest! Mir fehlt immer solches Papier, manchmal muß ich ein Gesuch ans Gericht schreiben und weiß nicht, worauf."

Tschitschikow erklärte ihr, daß es ein anderes Papier sei, es sei für Kaufverträge bestimmt und nicht für Gesuche. Um sie zu beruhigen, schenkte er ihr übrigens einen Bogen im Wert eines Rubels. Nachdem er den Brief fertig hatte, ließ er ihn von ihr unterschreiben und verlangte eine kurze Liste der Bauern. Es zeigte sich, daß die Gutsbesitzerin weder Aufzeichnungen noch Listen führte, sondern fast alle Bauern im Kopfe hatte. Er ließ sich sofort alle Namen vordiktieren. Manche Bauern setzten ihn durch ihre Familiennamen und noch mehr durch ihre Spitznamen in Erstaunen. Sooft er so einen Namen hörte, hielt er erst inne, ehe er ihn aufschrieb. Einen besonderen Eindruck machte auf ihn ein gewisser Pjotr Saweljew Neuwaschaj-Koryto (Trogverächter), und er konnte sich nicht der Bemerkung enthalten: „Wie lang der ist!" Ein anderer hatte das Wort „Korowij-Kirpitsch (Kuhziegel) an seinem Namen hängen, ein dritter hieß einfach Iwan Kolesso (Rad). Als er mit dem Schreiben fertig war, schnupperte er und spürte den Duft von etwas in Butter Gebratenem.

„Ich bitte ergebenst zum Frühstück!" sagte die Hausfrau. Tschitschikow sah sich um. Auf dem Tisch standen Pilze, Pastetchen, Pfannkuchen und Fladen mit allerlei Zutaten: mit Zwiebeln, mit Mohn, mit Quark, mit Stinten und weiß Gott, mit was sonst noch allem.

„Das ist die Pastete aus Eierteig!" sagte die Hausfrau.

Tschitschikow rückte näher an die Pastete aus Eierteig heran, verzehrte mehr als die Hälfte und lobte sie. Die Pastete war in der Tat schon an sich recht schmackhaft, aber nach all den Schwierigkeiten mit der Alten schmeckte sie noch besser.

„Und Pfannkuchen?" fragte die Hausfrau.

Als Antwort rollte Tschitschikow drei Pfannkuchen zusammen, tunkte sie in geschmolzene Butter und beförderte sie in den Mund; die Lippen und die Hände wischte er sich aber mit der Serviette ab. Nachdem er dieses dreimal wiederholt hatte, bat er die Hausfrau, seine Pferde anspannen zu lassen. Nastassja Petrowna schickte sofort die Fetinja hinaus und gab ihr zugleich den Auftrag, noch eine Portion heiße Pfannkuchen mitzubringen.

„Ihre Pfannkuchen schmecken vortrefflich, Mütterchen", sagte Tschitschikow, indem er sich an die neue heiße Portion machte.

„Ja, bei mir im Hause werden sie recht gut zubereitet", erwiderte die Hausfrau. „Leider hatten wir eine schlechte Ernte, und das Mehl ist nicht gut ... Warum haben Sie aber solche Eile, Väterchen?" sagte sie, als sie sah, daß Tschitschikow schon seine Mütze in der Hand hielt. „Der Wagen ist ja auch noch gar nicht angespannt."

„Man wird ihn schon anspannen, Mütterchen. Bei mir wird so was schnell gemacht."

„Sie vergessen mich also nicht bei den Lieferungen."

„Nein, ich vergesse Sie nicht", sagte Tschitschikow, in den Flur tretend.

„Kaufen Sie nicht auch Schweineschmalz?" fragte die Hausfrau, indem sie ihm folgte.

„Warum soll ich keines kaufen? Ich kaufe auch Schweineschmalz, aber erst später einmal.

„Um die Weihnachtszeit werde ich auch Schweineschmalz haben."

„Wir werden es kaufen, wir werden alles kaufen, auch Schweineschmalz."

„Vielleicht brauchen Sie einmal Daunen? Um die Weihnachtsfasten werde ich auch Daunen haben."

„Schön, sehr schön", sagte Tschitschikow.

„Nun siehst du es, Väterchen, dein Wagen ist noch gar nicht fertig", sagte die Hausfrau, als sie vor die Türe traten.

„Er wird schon fertig werden. Erklären Sie mir nur, wie ich auf die Landstraße komme."

„Wie ist das nur zu machen?" sagte die Hausfrau. „Es läßt sich schwer erklären, weil man unterwegs sehr oft wenden muß; vielleicht gebe ich dir ein Mädel mit, das dir den Weg zeigt. Du hast doch noch Platz auf dem Bock, wo sie sich hinsetzen kann?“

„Gewiß habe ich Platz.“

„Vielleicht gebe ich dir das Mädel mit; es kennt den Weg. Aber paß auf, entführe es mir nicht, ein Mädel haben mir schon einmal die Kaufleute entführt.“

Tschitschikow versprach ihr, das Mädel nicht zu entführen, und die Korobotschka beruhigte sich und richtete ihre Aufmerksamkeit auf alles, was auf ihrem Hof vorging: sie glotzte die Haushälterin an, die aus der Speisekammer eine hölzerne Kanne mit Honig trug, dann einen Bauern, der im Tore erschien, und ging allmählich ganz in ihren Wirtschaftssorgen auf. Warum sollen wir uns aber so lange bei der Korobotschka aufhalten? Ob es die Korobotschka ist oder Manilow, der wirtschaftliche oder der nichtwirtschaftliche Teil – lassen wir das! Es ist doch wirklich wunderbar in dieser Welt eingerichtet: Das Lustige verwandelt sich schnell in Trauriges, wenn man sich lange dabei aufhält, und dann kann einem Gott weiß was in den Sinn kommen. Man kommt vielleicht gar auf den Gedanken: „Steht denn die Korobotschka wirklich so tief auf der unendlichen Stufenleiter der menschlichen Vollkommenheit? Ist denn der Abgrund so groß, der sie von ihrer Schwester trennt, die hinter der undurchdringlichen Mauer des aristokratischen Hauses, mit wohlduftenden gußeisernen Treppen, glänzendem Kupfer, Mahagoni und kostbaren Teppichen und über einem nicht zu Ende gelesenen Buche gähnt, in Erwartung eines eleganten und geistreichen Besuches, vor dem sie Gelegenheit haben wird, ihren Geist zu zeigen und auswendig gelernte Gedanken auszusprechen – Gedanken, die nach den Vorschriften der Mode eine Woche lang die ganze Stadt beschäftigen und die sich nicht darauf beziehen, was in ihrem Hause und auf ihren Gütern, die infolge der Unkenntnis der Wirtschaft in Unordnung geraten sind, vorgeht, sondern darauf, welche politische Umwälzung in Frankreich bevorsteht und welche Richtung der moderne Katholizismus genommen hat. Doch weiter, weiter! Warum soll ich darüber reden? Warum dringt plötzlich in die gedankenlosen, lustigen und sorglosen Minuten ganz von selbst ein anderer, wunderbarer Strahl hinein? Das Lachen ist noch nicht ganz vom Gesicht verschwunden, und doch ist es unter den gleichen Menschen

schon zu einem anderen geworden, und das Gesicht strahlt in einem neuen Lichte ..."

„Da ist ja der Wagen!" rief Tschitschikow, als er seine Equipage heranrollen sah. „Warum hat es wieder so lange gedauert, du Esel? Der gestrige Rausch ist wohl noch nicht ganz verflogen?"

Selifan gab darauf keine Antwort.

„Leben Sie wohl, Mütterchen! Und wo ist Ihr Mädel?"

„He, Pelageja!" sagte die Gutsbesitzerin zu einem etwa elfjährigen Mädel, das in der Nähe stand. Es hatte ein Kleid aus hausgemachter Leinwand an und bloße Füße, die man aus der Ferne für Stiefel halten konnte. So dick waren sie mit frischem Schmutz bedeckt. „Zeig mal dem Herrn den Weg."

Selifan half dem Mädel auf den Bock. Es trat zuerst mit dem einen Fuß auf den herrschaftlichen Tritt, der sofort schmutzig wurde, kletterte dann in die Höhe und setzte sich neben den Kutscher. Gleich nach ihr setzte auch Tschitschikow seinen Fuß auf das Trittbrett; da er recht schwer geworden war, neigte sich der Wagen auf die rechte Seite. Endlich setzte sich Tschitschikow zurecht und sagte: „Jetzt ist es gut! Leben Sie wohl, Mütterchen!" Die Pferde zogen an.

Selifan blieb die ganze Zeit sehr ernst und zeigte zugleich einen großen Eifer, was bei ihm immer der Fall war, wenn er sich etwas zuschulden hatte kommen lassen oder betrunken war. Die Pferde waren wunderbar geputzt. Das Kummet des einen, das bisher fast immer zerrissen gewesen war, so daß das Werg unter dem Leder hervorguckte, war sehr kunstvoll zugenäht. Während der ganzen Fahrt war er schweigsam und richtete keinerlei belehrende Worte an seine Pferde, obwohl der Scheck sicher den Wunsch hatte, etwas Belehrendes zu hören. Der redselige Kutscher pflegte sonst die Zügel ganz lose in der Hand zu halten und die Peitsche nur pro forma über den Pferderücken zu schwingen. Aus dem mürrischen Munde kamen aber diesmal nur eintönige und unangenehme Rufe: „Schlafe nicht, du Krähe!" und kein Wort mehr. Selbst der Braune und der Assessor waren unzufrieden, da sie kein einziges Mal den Zuruf „ihr Lieben" oder „ihr Ehrenwerten" zu hören bekamen. Der Scheck fühlte sogar höchst unangenehme Schläge auf seinen vollen, breiten Körperteilen. „Was hat er nur heute?" dachte er sich, indem er die Ohren bewegte.

„Auf einmal weiß er, wohin er hauen soll! Er schlägt nicht etwa auf den Rücken, sondern sucht die empfindlichste Stelle aus. Entweder schlägt er auf die Ohren oder peitscht unter den Bauch."

„Nach rechts, nicht wahr?" Mit dieser trockenen Frage wandte sich Selifan an das neben ihm sitzende Mädel, mit der Peitsche auf den vom Regen geschwärzten Weg zwischen den hellgrünen, erfrischten Feldern weisend.

„Nein, nein, ich werde es schon zeigen", antwortete das Mädel.

„Wohin denn?" fragte Selifan, als sie noch eine Strecke gefahren waren.

„Dorthin!" antwortete das Mädel, die Richtung mit der Hand zeigend.

„Ach du!" sagte Selifan. „Das ist doch rechts! Die weiß nicht, wo rechts und wo links ist."

Obwohl der Tag sehr heiter war, war die Erde so furchtbar schmutzig, daß die Räder des Wagens, an denen immer neuer Schmutz kleben blieb, von ihm bald wie mit Filz bedeckt waren, was die Equipage bedeutend schwerer machte; außerdem war der Boden lehmig und ungemein klebrig. Das eine wie das andere hatten zur Folge, daß sie aus den Feldwegen erst gegen Mittag herauskamen. Ohne das Mädel wäre ihnen wahrscheinlich auch das nicht gelungen, denn die Wege liefen nach allen Richtungen auseinander, wie gefangene Krebse, wenn man sie aus einem Sack herausschüttet; Selifan hätte dann wohl lange ohne seine Schuld kreuz und quer fahren müssen. Bald darauf zeigte das Mädel mit der Hand auf ein dunkles Gebäude in der Ferne und sagte: „Das ist die Landstraße!"

„Und das Gebäude?" fragte Selifan.

„Ein Wirtshaus", sagte das Mädel.

„Nun kommen wir schon selbst weiter", sagte Selifan. „Geh jetzt nach Hause!"

Er hielt die Pferde an, half ihr vom Bock und sprach durch die Zähne: „Ach du, Schwarzfüßige!"

Tschitschikow schenkte ihr einen Kupfergroschen, und sie lief nach Hause, schon damit zufrieden, daß sie auf dem Bock hatte sitzen dürfen.

VIERTES KAPITEL

Vor dem Wirtshaus angelangt, ließ Tschitschikow aus zwei Gründen halten: Einerseits wollte er, daß die Pferde ausruhen, und andererseits hatte er auch selbst den Wunsch, etwas zu sich zu nehmen und sich zu stärken. Der Autor muß gestehen, daß er diese Art von Leuten um ihren Appetit und ihren Magen beneidet. Er hat für die großen Herren gar nichts übrig, die in Petersburg und in Moskau wohnen und den ganzen Tag darüber nachdenken, was sie morgen essen und was für ein Diner sie sich für übermorgen zusammenstellen lassen sollen; die vor diesem Diner erst Pillen schlucken und dann Austern, Seespinnen und andere Meerwunder verzehren, um später nach Karlsbad oder in ein kaukasisches Bad zu gehen. Nein, solche Herren haben in ihm niemals Neid erregt. Aber die Herren der mittleren Klasse, die auf der einen Poststation Schinken essen, auf der anderen ein Spanferkel, auf der dritten eine Scheibe Stör oder irgendeine Bratwurst mit Zwiebel, und die sich dann, als ob nichts geschehen wäre, zu einer beliebigen Stunde an die Mittagstafel setzen und kochend heiße Sterlettsuppe mit Aalen und Fischmilch löffeln und dazu Pasteten mit Schwanzstücken vom Wels verspeisen, so daß man vom bloßen Zuschauen Appetit bekommt – solche Herren genießen eine beneidenswerte Himmelsgabe! Gar mancher große Herr würde sofort die Hälfte seiner leibeigenen Seelen und die Hälfte der verpfändeten wie auch nicht verpfändeten Güter mit allen den ausländischen und russischen Vorbildern nachgeahmten Vervollkommnungen hingeben, nur um einen solchen Magen zu haben, wie ihn so ein Herr vom Mittelstand. hat. Leider kann man aber so einen Magen weder für Geld noch für Güter mit oder ohne Vervollkommnungen bekommen.

Das hölzerne dunkle Wirtshaus nahm Tschitschikow unter sein gastliches schmales Vordach auf, welches auf gedrechselten Säulen ruhte, die an altertümliche Kirchenleuchter erinnerten. Das Wirtshaus glich einem russischen Bauernhaus, war nur etwas größer als ein solches. Geschnitzte Verzierungen aus frischem Holz um die Fenster herum und unter dem Dach belebten die dunklen Wände; auf den Fensterläden waren Krüge mit Blumen gemalt.

Nachdem Tschitschikow die enge Holztreppe hinaufgestiegen und den breiten Vorraum betreten hatte, stieß er auf eine knarrende Tür und auf eine dicke Alte im bunten Kattunkleid, die ihn mit den Worten begrüßte: „Bitte hierher!“ In der Stube fand er lauter alte Bekannte, die jedermann schon in den kleinen hölzernen Wirtshäusern gesehen hat, von denen es an den Landstraßen eine große Menge gibt: einen mit Dampf beschlagenen Samowar, glatt gehobelte Wände aus Fichtenbrettern, einen dreieckigen Eckschrank mit Teekannen und Tassen, vergoldete Porzellaneier, die an blauen und roten Bändchen vor den Heiligenbildern hingen, eine Katze, die vor kurzem Junge geworfen, einen Spiegel, der statt zwei Augen vier und statt des Gesichts eine Art Pfannkuchen zeigte, und schließlich Büschel wohlriechender Kräuter und Nelken, die hinter den Heiligenbildern steckten und so sehr ausgetrocknet waren, daß einer, der an ihnen riechen wollte, nur zu niesen anfing.

„Gibt's Spanferkel?“ fragte Tschitschikow die Alte.

„Ja.“

„Mit Meerrettich und saurer Sahne?“

„Mit Meerrettich und saurer Sahne.“

„Bring's her!“

Die Alte zeigte sich sehr geschäftig und brachte einen Teller, eine Serviette, die so steif gestärkt war, daß sie sich wie trockene Baumrinde warf, ferner ein Messer mit gelbem Beingriff, so dünn wie ein Federmesser, eine zweizinkige Gabel und ein Salzfaß, das sich unmöglich gerade hinstellen ließ.

Unser Held begann nach seiner Gewohnheit sofort ein Gespräch mit der Alten und erkundigte sich, ob sie das Wirtshaus selbst betreibe oder ob auch noch ein Wirt da sei; wieviel das Wirtshaus einbringe, ob die Söhne bei den Eltern leben, ob der ältere Sohn ledig oder verheiratet sei, ob er eine Frau mit oder ohne große Mitgift genommen habe, ob der Schwiegervater zufrieden gewesen sei und ob er sich nicht darüber aufgehalten habe, daß er zu wenig Hochzeitsgeschenke bekommen hätte; mit einem Wort, er vergaß auch nicht das geringste. Selbstverständlich zeigte er auch ein Interesse für die in der

Nähe wohnenden Gutsbesitzer und erfuhr, daß es da allerhand Gutsbesitzer gab: Blochin, Potschitajew, Mylnoj, Oberst Tscheprakow und Sobakewitsch. „So! Du kennst auch den Sobakewitsch?“ fragte er und bekam zu hören, daß die Alte nicht nur Sobakewitsch, sondern auch Manilow kenne, und daß Manilow viel delikater sei als Sobakewitsch. Wenn er herkomme, lasse er sich gleich ein Huhn kochen und bestelle auch Kalbsbraten; wenn es eine Hammelleber gebe, so lasse er sich auch die Hammelleber auftragen; aber von allem nehme er nur ein paar Bissen; Sobakewitsch lasse sich dagegen immer nur eine einzige Speise bringen, die er dann auch ganz aufesse; für das gleiche Geld verlange er dann auch noch eine Zugabe.

Während er so sprach und dabei das Spanferkel verzehrte, von dem nur noch ein kleines Stück übriggeblieben war, hörte er eine Equipage heranrollen. Er blickte zum Fenster hinaus und sah vor dem Wirtshaus einen leichten, mit drei guten Pferden bespannten Wagen halten. Dem Wagen entstiegen zwei Männer: Der eine war blond und lang, der andere etwas kleiner und schwarz. Der Blonde hatte eine dunkelblaue verschnürte Joppe an, der Schwarze aber nur einen gestreiften Morgenrock. In einiger Entfernung kam noch ein leeres Wägelchen gefahren, von vier langhaarigen Pferden gezogen; die Kummete waren zerrissen, und das ganze Geschirr bestand aus einfachen Stricken. Der Blonde stieg sofort die Treppe hinauf, der Schwarze blieb hingegen noch unten, suchte etwas im Wagen, sprach mit seinem Diener und winkte zugleich dem anderen Wagen. Seine Stimme kam Tschitschikow irgendwie bekannt vor. Während er ihn betrachtete, hatte der Blonde schon die Tür gefunden und geöffnet. Es war ein großgewachsener Mann mit schmächtigem, verlebtem Gesicht und einem kleinen roten Schnurrbart. Seinem gebräunten Gesicht konnte man wohl ansehen, daß er gut wußte, was Rauch bedeutete, und wenn nicht Pulverrauch, so doch jedenfalls Tabaksrauch. Er machte Tschitschikow eine höfliche Verbeugung, die jener auf die gleiche Weise erwiderte. Im Laufe weniger Minuten wären sie sicher ins Gespräch gekommen und hätten nähere Bekanntschaft gemacht, denn der erste Schritt war schon getan, und beide äußerten zur gleichen Zeit ihre Befriedigung darüber, daß der gestrige Regen den Staub auf der Landstraße

gänzlich niedergeschlagen habe und daß es sich jetzt kühl und angenehm fahren lasse – wenn nicht der Genosse des Blonden in die Stube getreten wäre. Er riß sich die Mütze vom Kopf, warf sie auf den Tisch und fuhr sich mit einer kühnen Handbewegung durch die schwarzen Haare. Dieser war ein Bursche von mittlerem Wuchs, nicht schlecht gebaut, mit vollen roten Backen, schneeweißen Zähnen und pechschwarzem Backenbart. Sein Gesicht war wie Milch und Blut und strotzte förmlich vor Gesundheit.

„Ba, ba, ba!“ rief er plötzlich und spreizte beim Anblick Tschitschikows beide Arme. „Woher des Weges?“

Tschitschikow erkannte Nosdrjow, denselben, mit dem er beim Staatsanwalt zu Mittag gegessen und der ihn schon nach wenigen Minuten zu duzen begonnen hatte, obwohl er ihm seinerseits nicht den geringsten Anlaß dazu gegeben.

„Woher des Weges?“ fragte Nosdrjow und fuhr, ohne die Antwort abzuwarten, fort: „Ich komme aber direkt vom Jahrmarkt, mein Bester. Du kannst mir gratulieren: Habe alles verspielt! Du darfst es mir glauben: noch nie im Leben war ich so blank! Bin sogar mit gemieteten Pferden gefahren gekommen! Schau nur zum Fenster hinaus!“ Bei diesen Worten drückte er Tschitschikows Kopf hinunter, so daß dieser sich beinahe am Fensterrahmen angeschlagen hätte. „Siehst du diesen Dreck? Mit Mühe haben sie mich hergeschleppt, die verdammten Schindmähren; dann bin ich aber in seinen Wagen umgestiegen.“ Bei diesen Worten zeigte er auf seinen Genossen. „Wie, ihr kennt euch noch nicht? Mein Schwager Mischujew! Den ganzen Morgen haben wir von dir gesprochen. ‚Paß auf‘, sage ich ihm, ‚wenn wir heute den Tschitschikow nicht treffen.‘ Ach, Bruder, wenn du nur wüßtest, wieviel ich verspielt habe! Glaube es mir, ich habe nicht nur meine vier Traber verloren, sondern einfach alles! Ich habe weder Uhr noch Kette bei mir ...“ Tschitschikow blickte ihn an und sah, daß er wirklich weder Uhr noch Kette hatte. Es kam ihm sogar vor, als sei die eine Hälfte seines Backenbartes etwas kleiner und dünner als die andere. „Hätte ich aber nur zwanzig Rubel in der Tasche“, fuhr Nosdrjow fort, „nicht mehr als zwanzig Rubel, so hätte ich alles wieder gewonnen, so wahr ich ein ehrlicher Mensch bin, und hätte außerdem noch dreißigtausend Rubel eingesteckt.“

„Das hast du auch schon früher gesagt“, bemerkte der Blonde. „Als ich dir aber fünfzig Rubel gab, so verspieltest du auch sie.“

„Ich hätte sie nicht verspielt! Bei Gott nicht! Hätte ich nicht selbst die Dummheit gemacht, so hätte ich sie nicht verspielt. Hätte ich nicht nach dem Paroli der verdammten Sieben die Ecke umgebogen, so hätte ich die ganze Bank sprengen können.“

„Und doch hast du sie nicht gesprengt“, entgegnete der Blonde.

„Ich habe sie nicht gesprengt, weil ich die Ecke nicht zur rechten Zeit umgebogen habe. Glaubst du vielleicht, daß dein Major gut spielt?“

„Ob er gut spielt oder nicht, jedenfalls hat er gewonnen.“

„Eine große Kunst!“ sagte Nosdrjow. „So kann auch ich bei ihm gewinnen. Nein, soll er mal versuchen, Doublet zu spielen, dann werde ich erst sehen, was für ein Spieler er ist! Wie gut haben wir dafür in den ersten Tagen gebummelt, Freund Tschitschikow! Der Jahrmarkt war ganz ausgezeichnet. Die Kaufleute selbst sagen, daß der Besuch noch nie so gut gewesen sei. Alles, was ich vom Lande mitgebracht hatte, habe ich zum vorteilhaftesten Preis verkauft. Ach, Bruder, war das ein Bummel! Wenn ich mich jetzt daran erinnere ... hol’s der Teufel! ... so leid tut es mir, daß du nicht dabei warst! Denk dir nur: drei Werst von der Stadt liegt ein Dragonerregiment. Glaub es mir, sämtliche Offiziere, vierzig Mann, kamen in die Stadt ... Und als wir zu trinken anfingen, mein Bester ... Der Stabsrittmeister Pozelujew ... so ein Prachtkerl! Mit einem so langen Schnurrbart! Statt Bordeaux sagt er einfach Gebräu. ‚Bring mir mal, mein Bester‘, pflegt er zu sagen, ‚noch ein Gebräu!‘ Dann der Leutnant Kuwschinnikow ... Mein Bester, ist das ein lieber Mensch! Ein Bummler von Fach, darf man wohl sagen. Ich war mit ihm die ganze Zeit zusammen. Was für einen Wein hat uns der Ponomarjow vorgesetzt! Du mußt nämlich wissen, daß er ein Gauner ist und daß man in seinem Laden nichts kaufen soll; in den Wein tut er jeden Dreck: Sandelholz, gebrannten Kork und selbst Holunderbeeren tut der Schuft hinein. Wenn er aber dafür einmal aus dem letzten Zimmer, das bei ihm ‚Extrazimmer‘ heißt, irgendein Fläschchen holt, so ist man gleich im Paradies. Wir

hatten einen Champagner … was ist der Champagner vom Gouverneur dagegen? – einfacher Kwas. Denke dir nur: kein gewöhnliches Cliquot, sondern Cliquot-Matradura, das ist doppeltes Cliquot. Dann brachte er uns ein Fläschchen französischen Wein, der Bonbon hieß. Das Aroma? – Wie Rosen und alles, was du willst. Ach, wie wir gebummelt haben! … Nach uns kam irgendein Fürst gefahren und schickte Champagner kaufen: Keine einzige Flasche Champagner gab es in der ganzen Stadt: Alles haben die Offiziere ausgetrunken. Glaub es mir, beim Mittagessen hab' ich allein siebzehn Flaschen Champagner ausgetrunken!"

„Na, siebzehn Flaschen wirst du nicht austrinken", wandte der Blonde ein.

„So wahr ich ein ehrlicher Mensch bin, habe ich sie getrunken", erwiderte Nosdrjow.

„Du magst sagen, was du willst, ich sage dir aber, du kannst nicht mal zehn austrinken."

„Was gilt die Wette, daß ich sie austrinke?"

„Warum gleich wetten?"

„Nun, wetten wir um die Flinte, die du in der Stadt gekauft hast."

„Ich will nicht."

„Versuch's nur!"

„Ich will es nicht mal versuchen."

„Todsicher würdest du die Flinte verlieren. Ach, Bruder Tschitschikow, wie hat es mir leid getan, daß du nicht mit warst! Ich weiß, du hättest dich vom Leutnant Kuwschinnikow nicht mehr trennen können. Ein Herz und eine Seele wäret ihr geworden! Der ist doch ein ganz anderer Mensch als der Staatsanwalt und alle die Geizhälse in unserer Stadt, die für jede Kopeke zittern. Der spielt Bank und jedes Kartenspiel, das du nur willst. Ach, Tschitschikow, warum bist du nicht dagewesen? Ein Schwein bist du, ein Viehzüchter! Gib mir einen Kuß, mein Herz! So schrecklich liebe ich dich! Mischujew, schau: Da hat uns das Schicksal zusammengeführt! Was bin ich ihm, und was ist er mir? Er ist Gott weiß woher gekommen, und ich wohne hier … Und wieviel vornehme Equipagen hat es dort gegeben, und alles en gros. Ich hab' auch mein Glück in der Lotterie versucht und zwei Büchsen Pomade, eine Porzellantasse und eine Gitarre gewonnen; dann machte ich noch

einen Einsatz und verlor alles, so eine Gemeinheit, und noch sechs Rubel dazu. Ach, wenn du nur wüßtest, was für ein Schürzenjäger dieser Kuwschinnikow ist! Ich habe mit ihm fast alle Bälle besucht. Eine war da, die war so aufgeputzt in Rüschen und Trüschen, weiß der Teufel, was die alles anhatte ... Ich denke mir bloß: Teufel! Aber Kuwschinnikow, diese Bestie, setzt sich zu ihr heran und macht ihr allerlei französische Komplimente ... Glaube es mir, der verschmäht nicht ein einfaches Weib. Das nennt er: Erdbeeren genießen. So wunderbare Fische und gedörrte Störe hat es da gegeben. Einen habe ich mitgebracht, es ist gut, daß ich ihn mir kaufte, als ich noch Geld hatte. Und wo fährst du jetzt hin?"

„Zu einem gewissen Menschen", antwortete Tschitschikow.

„Ach, was soll dir dieser Mensch? Laß ihn laufen! Komm zu mir!"

„Es geht nicht, es geht nicht. Ich habe ein Geschäft vor."

„Ach was, Geschäft! Was du dir nicht ausdenkst! Ach, du Opoldekok Iwanowitsch!"

„Nein, wirklich, und das Geschäft ist sogar dringend."

„Ich wette, daß du lügst! Sag mir nur, zu wem fährst du?"

„Nun, zu Sobakewitsch!"

Nosdrjow brach hier in jenes schallende Gelächter aus, das nur frischen und gesunden Menschen eigen ist, die dabei ihre sämtlichen wie Zucker weißen Zähne zeigen und die Wangen erzittern lassen, so daß der Nachbar hinter zwei Türen aus dem Schlaf erwacht, die Augen aufreißt und sagt: „Was der bloß hat!"

„Was ist denn daran so komisch?" fragte Tschitschikow, den dieses Lachen ein wenig verletzte.

Nosdrjow fuhr aber fort, aus vollem Halse zu lachen und dabei zu sprechen: „Hör auf! Sonst zerspringe ich noch vor Lachen."

„Da ist doch nichts zum Lachen. Ich habe ihm mein Wort gegeben", sagte Tschitschikow.

„Du wirst deines Lebens nicht froh, wenn du zu ihm hinkommst; er ist einfach ein Filz! Ich kenne ja deinen Charakter. Du irrst dich grausam, wenn du bei ihm eine Kartenpartie oder eine gute Flasche Bonbon erwartest. Hör mal, Bruder, diesen Sobakewitsch soll der Teufel holen! Komm zu mir! Was für einen gedörrten Stör ich dir vorsetzen werde! Der Ponomar-

jow, diese Bestie, hat mir beim Abschied gesagt: ‚So einen Stör kriegen nur Sie! Sie können den ganzen Jahrmarkt absuchen und werden keinen ähnlichen finden.' Im übrigen ist er ein abgefeimter Gauner. Das habe ich ihm auch ins Gesicht gesagt: ‚Du und der Branntweinpächter, ihr seid die größten Gauner!' Er aber lacht nur, diese Bestie, und streicht sich den Bart. Ich und Kuwschinnikow haben jeden Morgen in seinem Laden gefrühstückt. Ach, Bruder, eines vergaß ich dir zu sagen: Ich weiß, daß du mich jetzt nicht mehr in Ruhe lassen wirst, aber ich gebe ihn auch nicht für zehntausend Rubel her, das sage ich dir gleich. – He, Porfirij!" rief er, ans Fenster tretend, seinem Diener zu, der in der einen Hand ein Messer und in der anderen eine Brotrinde und ein Stück Stör hielt, das er sich im Vorbeigehen mit großem Geschick abgeschnitten hatte. „He, Porfirij!" schrie Nosdrjow. „Bring mal den jungen Hund her! Ist das ein Hund!" fuhr er fort, sich an Tschitschikow wendend. „Ich habe ihn gestohlen, der Besitzer wollte ihn nicht mal um sich selbst hergeben. Ich versprach ihm die braune Stute, weißt du, die ich von Chwostyrjow im Tauschhandel bekommen habe ..." Tschitschikow hatte übrigens, seit er lebte, weder die braune Stute noch den Chwostyrjow gesehen.

„Herr! Wollen Sie nicht etwas zu sich nehmen?" fragte die Alte, zu ihm herangehend.

„Ich nehme nichts. Ach, Bruder, war das ein Bummel! Gib übrigens ein Glas Schnaps her. Was hast du für welchen?"

„Anisschnaps", antwortete die Alte.

„Dann gib den Anisschnaps", sagte Nosdrjow.

„Kannst gleich auch mir ein Gläschen geben!" sagte der Blonde.

„Im Theater gab es eine Schauspielerin, die sang wie ein Kanarienvogel, diese Kanaille! Kuwschinnikow, der neben mir saß, sagte: ‚Bruder, das wär so eine Erdbeere!' Ich glaube, es hat da mehr als fünfzig Buden gegeben. Fenardi drehte sich vier Stunden hintereinander wie ein Mühlenrad." In diesem Augenblick nahm er den Schnaps aus der Hand der Alten, die sich vor ihm dafür tief verbeugte. „Gib ihn her!" schrie er plötzlich, als er Porfirij mit dem jungen Hund eintreten sah. Porfirij war ebenso gekleidet wie sein Herr, trug auch einen wattierten Morgenrock, der nur ein wenig fettiger war.

„Gib ihn her, leg ihn auf den Boden!"

Porfirij legte den Hund auf den Boden. Das Tier spreizte alle vier Beine auseinander und beschnüffelte den Boden.

„Das ist ein Hund!" rief Nosdrjow, indem er den Hund am Rücken packte und in die Höhe hob. Der Hund stieß ein recht klägliches Geheul aus.

„Du hast aber nicht getan, was ich dir befohlen habe!" wandte sich Nosdrjow zu Porfirij, indem er den Bauch des Hundes aufmerksam betrachtete. „Es ist dir gar nicht eingefallen, ihn zu kämmen."

„Nein, ich habe ihn wohl gekämmt."

„Wo kommen denn die Flöhe her?"

„Das kann ich nicht wissen. Vielleicht aus dem Wagen."

„Du lügst, du lügst, es ist dir gar nicht eingefallen, ihn zu kämmen. Ich glaube gar, es sind noch deine eigenen Flöhe hinzugekommen. Schau nur her, Tschitschikow, diese Ohren: Nimm sie nur in die Hand."

„Warum denn? Ich sehe auch so, der Hund ist von guter Rasse!" antwortete Tschitschikow.

„Nein, betaste die Ohren!"

Um ihm einen Gefallen zu tun, betastete Tschitschikow dem Hund die Ohren und sagte: „Ja, es wird wohl ein guter Hund werden."

„Und die Nase, fühlst du, wie kalt die ist! Nimm sie doch in die Hand!" Um ihn nicht zu verletzen, nahm Tschitschikow den Hund auch bei der Nase und sagte: „Eine gute Nase."

„Ein echter Bullenbeißer", fuhr Nosdrjow fort. „Offen gestanden, ich wollte mir schon längst einen Bullenbeißer anschaffen. Porfirij, trag ihn zurück!"

Porfirij nahm den Hund und trug ihn in den Wagen.

„Hör mal, Tschitschikow, du mußt unbedingt zu mir kommen; es sind nur fünf Werst, wir sind im Nu da, dann kannst du noch immer zu deinem Sobakewitsch."

Warum auch nicht? dachte Tschitschikow. – Ich will mal wirklich erst bei Nosdrjow einkehren. Er ist doch nicht schlimmer als die anderen, außerdem hat er sich arg verspielt. Er ist wohl zu allem fähig; folglich werde ich von ihm auch was ganz umsonst kriegen. – „Gut, ich komme mit", sagte er, „aber du darfst mich beileibe nicht aufhalten: meine Zeit ist mir teuer."

„So ist es recht, Bruderherz! So ist es schön! Wart', ich geb' dir einen Kuß dafür." Nosdrjow und Tschitschikow küßten sich. „So ist's schön, jetzt fahren wir zu dritt."

„Nein, mich mußt du gehen lassen", sagte der Blonde. „Ich muß nach Hause."

„Unsinn, Unsinn, Bruder, ich laß dich nicht."

„Nein wirklich, meine Frau wird sich ärgern; du kannst ja jetzt in seinen Wagen umsteigen."

„Nein, keine Rede davon!"

Der Blonde gehörte zu jenen Menschen, in deren Charakter man gleich auf den ersten Blick Starrsinn sieht. Man hat noch nicht den Mund aufgetan, als sie schon zu streiten anfangen, sie werden niemals auf etwas eingehen, was ihrer Gesinnung widerspricht, werden niemals Dummes klug nennen und vor allem niemals nach einer fremden Pfeife tanzen; die Sache endet aber meistens damit, daß ihr Charakter sich als weich erweist, daß sie sich gerade damit einverstanden erklären, was sie ablehnten, daß sie das Dumme klug nennen und vorzüglich nach der fremden Pfeife zu tanzen beginnen; mit einem Worte, sie fangen tapfer an und enden feig.

„Unsinn!" sagte Nosdrjow auf diesen Einwand des Blonden. Darauf setzte er ihm seine Mütze auf, und der Blonde folgte ihm.

„Herr, Sie haben den Schnaps noch nicht bezahlt ...", sagte die Alte.

„Gut, gut, Mütterchen. Hör einmal, lieber Schwager, bezahl du, bitte! Ich habe keine Kopeke in der Tasche.

„Was hast du zu bekommen?" fragte der Schwager.

„Was soll ich verlangen, Väterchen? Bloß zwanzig Kopeken", sagte die Alte.

„Unsinn! Gib ihr einen halben Rubel, das genügt vollkommen."

„Es ist etwas zu wenig, Väterchen", sagte die Alte, nahm aber das Geld mit Dank an und lief sogar voraus, die Türe zu öffnen. Sie hatte keinen Schaden, denn sie hatte im voraus viermal so viel verlangt, wie der Schnaps kostete.

Die Reisenden nahmen Platz. Tschitschikows Wagen fuhr neben dem Wagen, in dem Nosdrjow und sein Schwager saßen, und so konnten sie sich alle drei während der ganzen Fahrt frei unterhalten. Ihnen folgte, fortwährend zurückbleibend, das kleine Wägelchen Nosdrjows mit den mageren Mietspferden. In diesem Wägelchen saß Porfirij mit dem jungen Hund.

Da das Gespräch, das die Reisenden führten, dem Leser wenig Interessantes bietet, ziehen wir es vor, einiges über Nosdrjow selbst zu sagen, dem es vielleicht beschieden ist, nicht die letzte Rolle in unserem Poem zu spielen.

Nosdrjows Gesicht dürfte dem Leser einigermaßen bekannt sein. Solche Menschen hat wohl ein jeder oft gesehen. Man nennt sie geriebene Burschen, sie gelten schon in der Kindheit und in der Schule als gute Kameraden, werden dabei aber recht oft verprügelt. Ihre Gesichter drücken immer etwas Offenes, Gerades und Kühnes aus. Sie schließen sehr schnell Bekanntschaften, und ehe man es sich versieht, fangen sie einen zu duzen an. So eine Freundschaft sieht zuerst so aus, als ob sie fürs Leben geschlossen wäre, aber meistens geraten die neuen Freunde schon am gleichen Abend bei einem Trinkgelage in Streit. Sie sind immer redselig, tapfer, zum Bummeln aufgelegt und fallen leicht auf. Nosdrjow war mit seinen fünfunddreißig Jahren genauso, wie er es mit achtzehn und mit zwanzig gewesen war: Er liebte es noch immer, über die Schnur zu hauen. Die Ehe hatte ihn gar nicht verändert, um so mehr, als seine Frau bald nach der Hochzeit ins bessere Jenseits abberufen wurde und ihm zwei Kinder zurückließ, für die er absolut keine Verwendung hatte. Die Kinder wurden übrigens von einem recht hübschen Kindermädchen bemuttert. Er war nicht imstande, länger als einen Tag zu Hause zu sitzen. Mit seiner Spürnase witterte er jeden Jahrmarkt, wo es Bälle gab und viele Menschen zusammenkamen, selbst in einer Entfernung von einigen Dutzend Werst. Im gleichen Augenblick war er schon da und fing am grünen Tisch Händel an, denn er hatte, wie alle Menschen seines Schlages, eine große Leidenschaft fürs Kartenspiel. Beim Kartenspiel verfuhr er, wie wir es schon im ersten Kapitel sahen, nicht ganz korrekt und anständig; er kannte viele Tricks und Kunstkniffe, und darum endete das Kartenspiel oft mit einem anderen Spiel: Entweder verprügelte man ihn mit Stiefeln oder nahm seinen dichten schönen Backenbart in Behandlung, so daß er oft nur mit einer Hälfte desselben heimkam, die dazu auch noch recht dünn war. Seine gesunden und vollen Backen waren aber schon einmal so beschaffen und enthielten so viel wachstumfördernde Kraft, daß der Backenbart sehr bald von neuem wuchs und sogar noch schöner wurde als zuvor. Das Seltsamste aber ist – und das ist nur in Rußland möglich –, daß er nach ganz kurzer Zeit mit den gleichen Freunden, die ihn verprügelt hatten, zusammenkam und beide Teile sich so benahmen, als ob nichts geschehen wäre.

Nosdrjow war in gewisser Beziehung eine geschichtliche Persönlichkeit. Jede Versammlung, an der er sich beteiligte, endete immer mit irgendeiner Geschichte: Entweder wurde er von Gendarmen an den Armen genommen und aus dem Saal geführt, oder seine eigenen Freunde sahen sich genötigt, ihn hinauszuschmeißen. Und wenn weder das eine noch das andere geschah, so passierte eben etwas anderes: Entweder besoff er sich am Büfett so, daß er nur noch lachen konnte, oder er tischte solche Lügen auf, daß er sich schließlich selbst schämen mußte. Dabei log er ohne jede Not. Plötzlich erzählte er, daß er mal ein Pferd mit blauem oder rotem Fell gehabt habe oder einen ähnlichen Unsinn, so daß ihn schließlich alle stehenließen und sagten: „Der fängt schon wieder an, seine Kugeln zu gießen!“ Es gibt Menschen, die eine Leidenschaft haben, ihrem Nächsten ohne jeden Grund einen üblen Streich zu spielen. Mancher Mann, der sogar von hohem Rang ist, ein edles Äußeres hat und einen Ordensstern an der Brust trägt, wird sich mit Ihnen über die erhabensten und tiefsinnigsten Gegenstände unterhalten und Ihnen dann vor Ihren Augen einen ganz üblichen Streich spielen; und dies tut er wie ein ganz gemeiner Kollegienregistrator und durchaus nicht wie ein Mann, der einen Ordensstern an der Brust hat und über tiefsinnige Gegenstände spricht, so daß man nur staunt und die Achseln zuckt. Die gleiche seltsame Leidenschaft hatte auch Nosdrjow. Je intimer er sich einem Menschen anschloß, um so üblere Streiche spielte er ihm. Er ließ irgendein Gerücht los, wie man es sich dümmer gar nicht ausdenken kann, machte Verlobungen zunichte, verdarb Geschäfte, hielt sich dabei aber keineswegs für einen Feind; im Gegenteil, wenn er einem, dem er so übel mitgespielt hatte, zufällig begegnete, behandelte er ihn freundschaftlich und sagte sogar: „Du bist doch wirklich ein gemeiner Kerl, niemals läßt du dich bei mir blicken.“ Nosdrjow war in vielen Beziehungen vielseitig, das heißt – stets zu allem fähig. Im selben Augenblick machte er Ihnen den Vorschlag, mit Ihnen auch bis ans Ende der Welt zu fahren, ein beliebiges lohnendes Geschäft zu unternehmen und alles gegen alles zu vertauschen. Ein Gewehr, ein Hund, ein Pferd – waren für ihn nur Tauschobjekte; dabei dachte er niemals an seinen Vorteil, es war nur eine Äußerung seiner erstaunlichen Lebhaftigkeit und seines Temperaments. Wenn er mal auf einem Jahrmarkt einem dummen Kerl beim Kartenspiel die ganze Habe abnahm, so kaufte er alles auf, was ihm in die Augen fiel: Kummete, Räucherkerzen, Kopftücher für das Kindermädchen, einen Hengst, Rosinen, eine silberne Waschschüssel, holländische Leinwand, feinstes Weizenmehl, Tabak, Pistolen, Heringe, Bilder, einen Schleifstein, Töpfe, Stiefel, Fayencegeschirr – soweit ihm das Geld reichte. Alle diese Neuanschaffungen brachte er übrigens in den seltensten Fällen nach Hause; meistens verspielte er sie am gleichen Tage an einen anderen glücklicheren Spieler; oft fügte er auch noch seine eigene Pfeife samt Rohr und Tabaksbeutel hinzu, manchmal auch das ganze Viergespann mit dem Wagen und dem Kutscher, so daß er selbst in einem kurzen Röckchen oder Morgenrock irgendeinen Freund suchen mußte, der ihn dann auf seinem Wagen mitnahm. So war dieser Nosdrjow beschaffen. Vielleicht wird man ihn einen abgelebten Typus nennen, vielleicht wird man behaupten, daß es solche Nosdrjows nicht mehr gibt. Doch nein! Ungerecht urteilen diejenigen, die so sprechen. Nosdrjow wird nicht so bald aus der Welt verschwinden. Er ist immer zwischen uns, nur daß er vielleicht einen anderen Rock trägt. Die Menschen sind aber von einer leichtsinnigen Oberflächlichkeit und immer geneigt, einen Menschen im anderen Rock für einen neuen Menschen zu halten.

Indessen rollten die drei Equipagen vor Nosdrjows Hausflur. Im Hause waren keinerlei Vorbereitungen für ihren Empfang getroffen. Inmitten des Speisezimmers stand ein hölzernes Gerüst, und zwei Bauern weißten die Wände, wobei sie irgendein endloses Lied sangen; der Boden war ganz mit Kalk bespritzt. Nosdrjow ließ sofort das Gerüst mit den Bauern hinausschaffen und lief ins Nebenzimmer, um irgendwelche Befehle zu erteilen. Die Gäste hörten, wie er dem Koch ein Mittagessen bestellte; Tschitschikow, der schon einigen Appetit spürte, berechnete gleich, daß sie sich nicht vor fünf zu Tisch setzen würden. Als Nosdrjow zurückkam, führte er seine Gäste ins Freie, um ihnen seinen Besitz zu zeigen; im Laufe von mehr als zwei Stunden hatten sie schon alles besichtigt, so daß nichts mehr zu zeigen übrigblieb. Zuallererst besichtigten sie den Pferdestall, wo sie zwei Stuten sahen – eine Apfelschimmelstute und eine hellbraune; dann sahen sie noch einen braunen Hengst, der eigentlich recht unansehnlich war, für den aber Nosdrjow, wie er bei Gott versicherte, zehntausend Rubel bezahlt hatte.

„Zehntausend hast du für ihn nicht bezahlt“, bemerkte der Schwager. „Er ist auch nicht eintausend wert.“

„Bei Gott, zehntausend!“ sagte Nosdrjow.

„Du kannst schwören, soviel du willst“, entgegnete der Schwager.

„Was gilt die Wette?“ sagte Nosdrjow.

Wetten wollte aber der Schwager nicht.

Dann zeigte ihnen Nosdrjow leere Stände, in denen früher einmal vorzügliche Pferde gestanden hatten. Im gleichen Stalle sahen sie auch einen Ziegenbock, wie man ihn nach einem alten Aberglauben bei den Pferden zu halten pflegt und der mit ihnen im guten Einvernehmen zu leben schien; er spazierte unter ihren Bäuchen wie zu Hause. Dann zeigte ihnen Nosdrjow einen jungen Wolf, der an einer Kette lag. „Ein junger Wolf!“ sagte Nosdrjow. „Ich füttere ihn absichtlich mit rohem Fleisch. Ich will, daß er recht wild wird!“ Dann gingen sie zum Teich, in dem es nach Nosdrjows Behauptung Fische von der Größe gab, daß zwei Mann sie nur mit Mühe herausschleppen konnten, was sein Schwager bezweifelte. „Ich zeig' dir gleich ein wunderbares Paar Hunde, Tschitschikow!“ sagte Nosdrjow. „Die Schenkel sind von einer erstaunlichen Prallheit und die Schnauzen wie die Nadeln!“ Er führte sie zu einem recht hübschen Häuschen, das von allen Seiten von einem Zaun umgeben war. Als sie in den Hof traten, erblickten sie eine Menge von Hunden: glatthaarige und langhaarige von allen Farben, rote mit schwarzen Schnauzen, schwarze mit braunen Flecken, weiße mit gelben Flecken, rotbraune, gelbbraune, schwarzohrige, grauohrige. Da gab es alle erdenklichen Hundenamen, alle Imperativa: Schieß, Schimpf, Flieg, Feuer, Frechling, Streich, Schelt, Ungeduld, Täubchen, Lohn,

Patronesse. Nosdrjow stand unter ihnen wie ein Familienvater da. Alle Hunde erhoben sofort die Schweife, die man bei Hunden Ruten nennt, und liefen den Gästen entgegen, um sie zu begrüßen. An die zehn Stück legten ihre Vorderpfoten Nosdrjow auf die Schultern. Der Schimpf erwies den gleichen Dienst Tschitschikow und leckte ihn mitten auf den Mund, so daß Tschitschikow sogar ausspie. So besichtigten sie die Hunde mit den erstaunlich prallen Schenkeln. Es waren gute Hunde. Darauf gingen sie zu einer krimschen Hündin, die schon blind war und nach Nosdrjows Behauptung bald eingehen sollte. Sie sahen sich diese Hündin an. Sie war tatsächlich blind. Darauf besichtigten sie die Wassermühle, an der die Spindel fehlte, um die sich das obere Mühlrad dreht, und die der russische Bauer sehr anschaulich mit „Hüpfer" bezeichnet. „Gleich kommt die Schmiede!" sagte Nosdrjow. Nach kurzer Strecke stießen sie wirklich auf die Schmiede und besichtigten dieselbe.

„Hier auf diesem Felde", sagte Nosdrjow, „gibt es eine solche Menge von Hasen, daß man vor ihnen die Erde nicht sieht. Neulich fing ich selbst einen mit der Hand an den Hinterläufen."

„Na, einen Hasen wirst du kaum mit der Hand fangen", bemerkte der Schwager.

„Und doch hab' ich einen gefangen, justament gefangen!" antwortete Nosdrjow. „Jetzt werde ich dich zu der Grenze führen", wandte er sich an Tschitschikow, „wo mein Besitz aufhört."

Nosdrjow führte seine Gäste über ein Feld, das stellenweise aus lauter Erdbuckeln bestand. Die Gäste mußten sich zwischen Brachfeld und geeggten Äckern durchschlängeln. Tschitschikow begann Müdigkeit zu spüren. An vielen Stellen spritzte unter ihren Schritten das Wasser empor, so tief lag das Feld. Anfangs nahmen sie sich in acht und setzten die Füße vorsichtig einen vor den anderen; als sie aber sahen, daß das nichts nützte, traten sie gleichgültig hin, ohne zu unterscheiden, wo der Schmutz größer und wo er kleiner war. Nach einer gehörigen Strecke erblickten sie tatsächlich die Grenze, die durch einen Pfahl und einen schmalen Graben bezeichnet war.

„Das ist die Grenze!" sagte Nosdrjow. „Alles, was du auf dieser Seite siehst, gehört mir, und auch alles, was jenseits liegt, auch jener dunkle Wald dort, und alles, was hinter dem Walde liegt, gehört mir."

„Seit wann gehört dieser Wald dir?" fragte der Schwager. „Hast du ihn denn soeben gekauft? Vor kurzem gehörte er doch gar nicht dir."

„Ja, ich habe ihn vor kurzem gekauft", erwiderte Nosdrjow.

„Wie hast du es so schnell machen können?"

„Gewiß, ich hab' ihn vorgestern gekauft und, hol's der Teufel, viel bezahlt."

„Du warst doch die ganze Zeit auf dem Jahrmarkt."

„Ach, du Narr! Kann man denn nicht zugleich auf einem Jahrmarkt sein und Land kaufen? Gewiß, ich war auf dem Jahrmarkt, und mein Verwalter hat den Wald ohne mich gekauft."

„Ja, es müßte schon der Verwalter sein", sagte der Schwager, schüttelte aber zweifelnd den Kopf.

Die Gäste gingen den gleichen schlechten Weg zum Hause zurück. Nosdrjow führte sie in sein Arbeitszimmer, in dem übrigens nichts davon zu sehen war, was es sonst in Arbeitszimmern gibt, also weder Bücher noch Papiere; an der Wand hingen Säbel und zwei Gewehre, eines dreihundert, das andere achthundert Rubel wert. Der Schwager sah sich die Gewehre an und schüttelte den Kopf. Dann zeigte er ihnen türkische Dolche; auf dem einen war irrtümlicherweise eingraviert: „Meister Sawelij Sibirjakow". Darauf führte er den Gästen eine Drehorgel vor. Nosdrjow setzte sie auch gleich in Betrieb. Die Drehorgel hatte einen nicht unangenehmen Ton, aber in ihrem Innern war wohl etwas nicht in Ordnung, denn die Mazurka ging plötzlich in das bekannte Lied „Marlborough zog in den Krieg" über, und dieses letztere endete mit einem altbekannten Walzer. Nosdrjow drehte schon längst nicht mehr, aber in der Orgel war eine ungemein lebhafte Pfeife, die unmöglich zur Ruhe kommen wollte und noch lange allein tönte. Dann zeigte er ihnen seine Pfeifen aus Holz, Ton und Meerschaum, angerauchte und nicht angerauchte, mit und ohne Wildlederbezug, ein Pfeifenrohr mit Bernsteinmundstück, das er vor kurzem gewonnen, und einen von einer Gräfin gestickten Tabaksbeutel; die Gräfin hatte sich auf irgendeiner Poststation in ihn über beide Ohren verliebt, und ihre Händchen waren „das subtilste Superflu". Mit diesem Worte bezeichnete er offenbar den höchsten Gipfel der Vollkommenheit. Nachdem sie zuvor gedörrten Stör als Vorspeise zu sich genommen hatten, setzten sie sich gegen fünf zu Tisch. Das Mittagessen bildete für Nosdrjow anscheinend nicht den Hauptinhalt seines Lebens; die Gerichte spielten keine große Rolle: einiges war angebrannt und einiges halbroh. Der Koch ließ sich offenbar von einer Intuition leiten und tat in die Speisen alles hinein, was ihm zuallererst in die Hand fiel. Hatte er zufällig Pfeffer in der Nähe stehen, so nahm er Pfeffer; war es Kraut – so tat er Kraut hinein, ebenso Milch, Schinken, Erbsen, mit einem Worte, alles, was sich gerade traf; die Hauptsache war, daß es möglichst heiß sei; der Geschmack wird sich aber schon von selbst ergeben. Dafür widmete sich Nosdrjow sehr eingehend den Weinen. Die Suppe stand noch nicht auf dem Tisch, als er den Gästen schon je ein großes Glas Portwein und dann je ein Glas Haut-Sauternes einschenkte; einfachen Sauternes gibt es in den Gouvernements- und Kreisstädten bekanntlich nicht. Dann ließ Nosdrjow eine Flasche Madeira bringen, „wie ihn selbst der Feldmarschall nicht besser getrunken hat". Der Madeira brannte tatsächlich im Mund, denn die Kaufleute, die den Geschmack der Gutsbesitzer kannten, versetzten ihn erbarmungslos mit Rum und taten zuweilen auch Königswasser hinein, in der Hoffnung, daß ein russischer Magen alles vertragen könne. Dann ließ Nosdrjow noch einen ganz besonderen Wein auftragen, der nach seiner Behauptung ein Bourgognon und Champagnon zugleich war. Er schenkte sehr eifrig nach rechts und links – seinem Schwager und Tschitschikow – ein; Tschitschikow merkte aber zufällig, daß er sich selbst nicht sehr viel einschenkte. Dies veranlaßte ihn, vorsichtiger zu sein, und sooft Nosdrjow sich ins Gespräch vertiefte oder seinem Schwager einschenkte, sein Glas in den Teller zu schütten. Sehr bald darauf wurde ein Ebereschenschnaps gebracht, von dem Nosdrjow behauptete, daß er so mild sei wie Rahm, der aber erstaunlicherweise ganz schrecklich nach gemeinstem Fusel schmeckte. Darauf tranken sie noch irgendeinen Balsam, dessen Namen man sich gar nicht merken konnte und den übrigens auch der Hausherr selbst bei nächster Gelegenheit mit einem ganz anderen Namen bezeichnete. Das Mittagessen war längst zu Ende, die Weine waren sämtlich durchprobiert, aber die Gäste saßen noch immer bei

Tisch. Tschitschikow wollte nicht mit Nosdrjow in Gegenwart des Schwagers von der Hauptsache zu sprechen anfangen; der Schwager war doch immerhin ein Fremder, der Gegenstand erheischte aber eine freundschaftliche Unterredung unter vier Augen. Der Schwager konnte übrigens wohl kaum gefährlich werden. Er war ziemlich voll und nickte immer mit der Nase vornüber. Als er selbst merkte, daß er sich in einer wenig zuverlässigen Verfassung befand, fing er zu bitten an, nach Hause fahren zu dürfen, tat es aber mit einer so trägen und matten Stimme, als zöge er, wie der Russe sagt, einem Pferde das Kummet mit einer Zange über den Kopf.

„Nein, nein, ich lasse dich nicht!" sagte Nosdrjow.

„Kränk' mich nicht, Freund, ich muß wirklich heim", sagte der Schwager. „Das ist eine schwere Kränkung für mich."

„Unsinn, Unsinn, wir wollen gleich ein Bankspiel inszenieren!"

„Inszeniere es selbst, Bruder, ich kann aber nicht. Meine Frau wird sich sehr beleidigt fühlen; ich muß ihr ja vom Jahrmarkt erzählen. Ich muß ihr wirklich dieses Vergnügen bereiten. Nein, halt mich nicht zurück!"

„Ach, hol' deine Frau der Kuckuck ... Etwas Wichtiges habt ihr wohl vor!"

„Nein, Bruder, sie ist eine so gute Frau. Eine wirklich musterhafte, ehrenwerte und treue Gattin! Sie erweist mir solche Dienste ... wirst du's mir glauben? – Mir treten sogar Tränen in die Augen. Nein, halt mich nicht zurück: So wahr ich ein ehrlicher Mensch bin, ich fahre heim. Das versichere ich dir auf Ehre und Gewissen."

„Soll er nur fahren, was taugt er uns?" sagte Tschitschikow leise zu Nosdrjow.

„In der Tat!" antwortete Nosdrjow. „Solche Waschlappen kann ich nicht leiden!" Dann fügte er laut hinzu: „Gut, hol dich der Teufel, fahr nur zu deinem Weib, du trauriges Mannsbild!"

„Nein, Bruder, nenne mich nicht trauriges Mannsbild", antwortete der Schwager. „Ich verdanke ihr mein Leben. Sie ist wirklich so gut und nett, sie ist so lieb zu mir, daß mir manchmal die Tränen kommen. Sie wird mich fragen, was ich alles auf dem Jahrmarkt gesehen habe – ich muß ihr alles erzählen ... sie ist wirklich so lieb."

„Gut, fahr hin, lüge ihr was vor! Hier ist deine Mütze!"

„Nein, Bruder, so darfst du von ihr nicht sprechen; damit kränkst du, ich darf wohl sagen, mich selbst. Sie ist so lieb.“

„Gut, scher dich zu ihr!“

„Ja, Bruder, ich fahre gleich zu ihr; verzeih, daß ich nicht bleiben kann. Ich täte es herzlich gern, aber ich kann es nicht.“ Der Schwager wiederholte noch lange seine Entschuldigungen und merkte gar nicht, daß er schon längst im Wagen saß, längst zum Tore hinausgefahren war und längst nur leere Felder vor sich liegen hatte. Es ist anzunehmen, daß seine Frau von ihm nicht viel über den Jahrmarkt zu hören bekam.

„Dieses Ekel!“ sagte Nosdrjow, am Fenster stehend und dem sich entfernenden Wagen nachblickend. „Wie der sich langsam schleppt! Das Seitenpferd ist zwar gar nicht übel, ich möchte es schon längst haben. Aber mit ihm kann man doch nicht einig werden. Ein trauriges Mannsbild!“

Darauf kehrten sie ins Zimmer zurück. Porfirij brachte Kerzen herein, und Tschitschikow merkte in der Hand des Hausherrn ein plötzlich aufgetauchtes Spiel Karten.

„Was meinst du, Bruder“, sagte Nosdrjow, das Kartenspiel seitlich zusammendrückend, so daß die Umhüllung zerriß und absprang. „Zum bloßen Zeitvertreib! Ich halte die Bank mit dreihundert Rubel!“

Tschitschikow tat aber so, als ob er nichts gehört hätte, und sagte plötzlich, als sei es ihm erst eben eingefallen: „Ach ja, daß ich es nicht vergesse: Ich habe eine Bitte an dich.“

„Was für eine Bitte?“

„Gib mir erst dein Wort, daß du sie erfüllen wirst.“

„Was ist das für eine Bitte?“

„Gib mir erst das Wort!“

„Gern!“

„Dein Ehrenwort?“

„Mein Ehrenwort.“

„Es ist folgende Bitte: Du wirst wohl viele verstorbene Bauern haben, die in den Revisionslisten noch nicht gestrichen sind?“

„Gewiß habe ich welche; was willst du mit ihnen?“

„Übertrage sie auf meinen Namen.“

„Was, brauchst du sie?“

„Ich brauche sie eben.“

„Wozu?“

„Ich brauche sie … es ist schon meine Sache – mit einem Worte, ich brauche sie."

„Du hast sicher etwas ausgeheckt. Gestehe nur, was!"

„Was soll ich ausgeheckt haben? Mit einem solchen Dreck kann man doch nichts anfangen."

„Was brauchst du sie dann?"

„Ach, bist du neugierig! Jeden Dreck mußt du mit der Hand betasten und auch noch mit der Nase beschnüffeln!"

„Warum willst du es mir dann nicht sagen?"

„Was nützt es dir, wenn ich es dir sage? Es ist ganz einfach so eine Laune von mir."

„Also hör: Wenn du es mir nicht sagst, tu ich es einfach nicht."

„Nun siehst du es, das ist unehrlich von dir. Zuerst gibst du mir das Wort, und jetzt willst du auf einmal nicht mehr."

„Gut, wie du willst, aber ich tue es nicht, ehe du mir gesagt hast, wozu du sie brauchst."

Was soll ich ihm nun sagen? dachte sich Tschitschikow. Nach kurzer Überlegung erklärte er ihm, daß er die toten Seelen brauche, um sich Gewicht in der Gesellschaft zu verschaffen; er habe keine großen Besitztümer und möchte darum wenigstens einige Seelen haben.

„Du lügst, du lügst!" sagte Nosdrjow, ihn nicht aussprechen lassend. „Du lügst, Bruder!"

Tschitschikow merkte selbst, daß seine Erfindung nicht ganz geschickt und seine Ausrede recht schwach war. „Nun will ich dir die Wahrheit sagen", verbesserte er sich, „aber erzähle es bitte nicht weiter. Ich habe die Absicht, mich zu verheiraten; du mußt aber wissen, daß die Eltern meiner Braut höchst ehrgeizige Menschen sind. Eine schwierige Sache, ich bin nicht mehr froh, daß ich mich eingelassen habe. Sie wollen nämlich unbedingt, daß der Bräutigam nicht weniger als dreihundert Seelen habe, mir fehlen aber hundertundfünfzig daran …"

„Du lügst, du lügst!" rief wieder Nosdrjow.

„Nein, jetzt habe ich nicht einmal so viel gelogen", sagte Tschitschikow und zeigte mit dem Daumen auf ein winziges Endchen seines kleinen Fingers.

„Ich setze meinen Kopf ein, daß du lügst!"

„Das ist schließlich eine Beleidigung! Was bin ich denn eigentlich? Warum muß ich unbedingt lügen?"

„Ich kenne dich ja durch und durch. Du bist ein großer Spitzbube, laß es dir in aller Freundschaft sagen! Wäre ich dein Vorgesetzter, so ließe ich dich auf dem ersten besten Baum aufhängen."

Tschitschikow fühlte sich durch diese Bemerkung verletzt. Jede einigermaßen rohe und unanständige Bemerkung war ihm unangenehm. Er liebte es sogar nicht, sich von irgendwem familiär behandeln zu lassen, höchstens nur von einer Person, die in hohem Rang stand. Darum fühlte er sich jetzt gekränkt.

„Bei Gott, ich ließe dich aufhängen", erwiderte Nosdrjow. „Ich sage es dir ganz aufrichtig, nicht um dich etwa zu beleidigen, sondern einfach aus Freundschaft."

„Alles hat seine Grenzen", sagte Tschitschikow mit großer Würde. „Wenn du mit ähnlichen Redensarten paradieren willst, so geh bitte in eine Kaserne." Dann fügte er hinzu: „Wenn du sie mir nicht schenken willst, so verkaufe sie mir."

„Ja, verkaufen! Ich kenne dich ja, du bist ein Schuft und wirst mir nicht viel geben wollen."

„Ach, auch du bist gut! Schau, sind sie etwa aus Diamanten?"

„Nun haben wir es. Ich kenne dich doch!"

„Aber höre einmal, Bruder, was ist das für eine jüdische Geldgier! Du müßtest sie mir doch einfach schenken."

„Gut, also hör: Um dir zu zeigen, daß ich durchaus kein Filz bin, will ich von dir für sie nichts verlangen. Wenn du mir den Hengst abkaufst, so kriegst du sie umsonst als Zugabe."

„Aber erlaube mal, was brauche ich den Hengst?" sagte Tschitschikow, der über diesen Vorschlag sehr erstaunt war.

„Was du ihn brauchst? Ich habe für ihn zehntausend Rubel bezahlt und lasse ihn dir für viertausend."

„Aber was soll ich mit dem Hengst? Ich habe doch kein Gestüt."

„Höre doch, du verstehst mich noch immer nicht: Ich verlange von dir bloß dreitausend, und die übrigen tausend kannst du mir später einmal bezahlen."

„Ich brauche keinen Hengst, Gott sei mit ihm!"

„Dann kaufe mir die hellbraune Stute ab."

„Ich brauche auch die Stute nicht."

„Für die Stute und für den grauen Gaul, den du bei mir gesehen hast, will ich von dir bloß zweitausend verlangen."

„Aber ich brauche keine Pferde."

„Du kannst sie doch immer verkaufen, auf dem ersten besten Jahrmarkt zahlt man dir für sie dreimal soviel."

„Verkaufe sie dann selbst, wenn du überzeugt bist, daß man dir das Dreifache gibt."

„Ich weiß, daß ich das Dreifache kriege, aber ich möchte, daß du das Geschäft machst."

Tschitschikow bedankte sich für die freundschaftliche Gesinnung und verzichtete endgültig wie auf den grauen Gaul so auch auf die hellbraune Stute.

„Nun, so kauf mir ein Paar Hunde ab. Ich will dir ein Paar verkaufen, daß es dich kalt überläuft! Schnauzbärte haben sie, die Haare stehen wie die Borsten, die Wölbung der Rippen ist einfach erstaunlich. Die Pfoten sind so zusammengeballt, daß sie kaum den Boden berühren!"

„Was brauche ich die Hunde? Ich bin doch kein Jäger."

„Aber ich will, daß du Hunde hast. Hör einmal, wenn du keine Hunde willst, so kaufe mir die Drehorgel ab. Eine herrliche Drehorgel! So wahr ich ein ehrlicher Mensch bin, sie hat mich anderthalb Tausend gekostet; dir lasse ich sie aber für neunhundert."

„Was soll ich mit der Drehorgel? Ich bin doch kein Deutscher, der mit so einem Instrument durch die Straßen zieht und bettelt."

„Aber das ist doch keine Drehorgel, wie sie die Deutschen haben. Es ist eine richtige Orgel, schau nur her, sie ist ganz aus Mahagoni. Ich will sie dir noch einmal zeigen!" Nosdrjow packte Tschitschikow bei der Hand und schleppte ihn in das andere Zimmer; wie sehr sich Tschitschikow auch mit den Füßen gegen den Boden stemmte und versicherte, daß er die Drehorgel schon kenne, mußte er doch noch einmal hören, wie Marlborough in den Krieg zog. „Wenn du nichts bezahlen willst, so mache ich dir folgenden Vorschlag: Ich gebe dir die Drehorgel und alle toten Seelen, die ich habe, und du gibst mir dafür deinen Wagen und dreihundert Rubel in bar."

„Was dir nicht einfällt! Wie soll ich ohne Wagen von hier fortkommen?"

„Ich gebe dir einen anderen Wagen. Komm nur in den Schuppen, ich zeige ihn dir. Du mußt ihn nur neu streichen lassen, dann hast du einen wunderbaren Wagen."

Der ist von einem Teufel besessen! – dachte sich Tschitschikow und entschloß sich, auf alle Wagen, Drehorgeln und Hunde, wie wunderbar gewölbt ihre Rippen und wie zusammengeballt ihre Pfoten auch sein mögen, zu verzichten.

„Du kriegst doch den Wagen, die Drehorgel und die toten Seelen – alles zusammen."

„Ich will nicht!" sagte Tschitschikow noch einmal.

„Warum willst du nicht?"

„Weil ich ganz einfach nicht will."

„Ach, bist du ein Mensch! Wie ich sehe, kann man dich gar nicht wie einen Freund oder guten Bekannten behandeln ... Da sieht man gleich, daß du ein doppelzüngiger Mensch bist!"

„Bin ich ein Dummkopf oder was? Urteile selbst: Wozu soll ich einen Gegenstand erwerben, den ich nicht brauche?"

„Sprich bitte nicht so. Ich kenne dich gut. Was bist du für eine Kanaille. Also hör: Wollen wir eine Partie Bank spielen? Ich setze alle toten Seelen auf die Karte und die Drehorgel dazu."

„Nein, sich auf ein Kartenspiel einlassen, bedeutet doch, sich einer Ungewißheit auszusetzen", sagte Tschitschikow und schielte nach den Karten, die jener in der Hand hielt. Beide Spiele kamen ihm etwas sonderbar vor, und die gesprenkelte Rückseite machte einen recht verdächtigen Eindruck.

„Warum denn einer Ungewißheit?" sagte Nosdrjow. „Es ist doch gar keine Ungewißheit dabei. Wenn du bloß Glück hast, kannst du ein Vermögen gewinnen. Da, schau, dieses Glück!" sagte er, indem er ein paar Karten hinwarf, um Tschitschikow Appetit zu machen. „Dieses Glück! Das haut nur so! Da ist ja die verfluchte Neun, mit der ich alles verloren habe! Ich wußte es ja, daß sie mich verraten wird, machte aber die Augen zu und sagte: ‚Hol dich der Teufel, verrate mich, Verdammte!'"

Während Nosdrjow dieses sprach, brachte Porfirij eine Flasche herein. Tschitschikow weigerte sich aber aufs entschiedenste zu spielen und auch zu trinken.

„Warum willst du denn nicht spielen?" fragte Nosdrjow.

„Weil ich nicht in der Stimmung bin. Offen gestanden, bin ich auch kein Freund vom Kartenspiel."

„Warum bist du kein Freund?"

Tschitschikow zuckte die Achseln und erklärte: „Weil ich kein Freund bin."

„Ein Ekel bist du!“

„Was soll ich machen! Gott hat mich einmal so erschaffen!“

„Ein trauriges Mannsbild bist du! Ich glaubte früher, du seist ein einigermaßen anständiger Mensch, du hast aber keinen Dunst vom Umgang mit Menschen. Man kann mit dir unmöglich wie mit einem Freund sprechen ... Nicht die geringste Aufrichtigkeit, keine Spur von Geradheit! Bist der reinste Sobakewitsch, so ein gemeiner Schuft!“

„Warum schimpfst du so? Ist es denn meine Schuld, daß ich nicht spiele? Verkaufe mir die Seelen allein, wenn du ein Mensch bist, der um jeden Mist zittert.“

„Einen Dreck kriegst du! Anfangs wollte ich sie dir einfach schenken, jetzt kriegst du sie aber nicht! Auch wenn du mir drei Königreiche bietest. So ein Taschendieb, ein Ofenhocker! Nun will ich mit dir nichts zu tun haben. Porfirij, geh, sag dem Kutscher, er soll seinen Pferden keinen Hafer geben, sie sollen nur Heu fressen.“

Auf diesen Schluß war Tschitschikow gar nicht gefaßt.

„Wärest du mir doch lieber nicht in den Weg gekommen!“ sagte Nosdrjow.

Trotz dieses Wortwechsels aßen der Hausherr und sein Gast gemeinsam zu Abend; diesmal standen aber auf dem Tisch keinerlei Weine mit phantastischen Namen. Es gab nur eine Flasche Zypernwein, der sich als der reinste Essig erwies. Nach dem Abendessen führte Nosdrjow Tschitschikow ins Nebenzimmer, wo für ihn ein Bett bereit stand, und sagte: „Da ist dein Bett. Ich will dir nicht mal gute Nacht wünschen.“

Tschitschikow blieb, nachdem Nosdrjow hinausgegangen war, in der übelsten Laune zurück. Er ärgerte sich über sich selbst und schimpfte auf sich, daß er bei diesem Nosdrjow eingekehrt war und die teure Zeit vertrödelt hatte; noch größere Vorwürfe machte er sich, weil er mit ihm vom Geschäft gesprochen hatte. Er hatte so unvorsichtig wie ein Kind, wie ein Narr gehandelt. Das Geschäft war durchaus nicht von der Art, daß man es dem Nosdrjow anvertrauen konnte ... Nosdrjow ist ein übler Bursche, Nosdrjow kann noch verschiedenes hinzulügen, Gott weiß was für Gerüchte loslassen, und dann wird ein furchtbarer Klatsch daraus entstehen ... Das ist nicht gut, gar nicht gut. „Ich bin einfach ein Narr!“ sagte er sich selbst. Er schlief die ganze Nacht sehr schlecht. Gewisse kleine,

äußerst lebhafte Insekten bissen ihn furchtbar schmerzhaft, so daß er mit allen Fingern die verletzten Stellen kratzte und dabei sprach: „Hol euch der Teufel mitsamt Nosdrjow!“ Er erwachte sehr früh. Seine erste Handlung war, Stiefel und Schlafrock anzuziehen, durch den Hof nach dem Stall zu gehen und Selifan zu befehlen, unverzüglich anzuspannen. Als er durch den Hof zurückkehrte, stieß er auf Nosdrjow, der einen Schlafrock anhatte und schon seine Pfeife rauchte.

Nosdrjow begrüßte ihn recht freundschaftlich und fragte, wie er geschlafen habe.

„Nicht schlecht“, antwortete Tschitschikow recht trocken.

„Ich schlief aber fürchterlich, Bruder“, sagte Nosdrjow: „So einen Dreck sah ich die ganze Nacht im Traume, daß es sogar scheußlich wäre, es wiederzuerzählen; im Munde hatte ich aber nach dem gestrigen Abend einen Geschmack, als ob darin eine ganze Schwadron übernachtet hätte. Denk dir nur, mir träumte, daß man mich mit Ruten züchtigte, bei Gott! Und denke dir nur, wer! Das wirst du niemals erraten: der Stabsrittmeister Pozelujew und der Leutnant Kuwschinnikow.“

Es wäre gar nicht schlecht – dachte sich Tschitschikow –, wenn man dich in Wirklichkeit mit Ruten züchtigte.

„Bei Gott! Und das tat weh! Als ich erwachte, fühlte ich sogar ein Jucken am ganzen Körper: Das waren wohl die verdammten Flöhe. Nun, geh hin, zieh dich an. Ich will gleich zu dir kommen. Ich muß nur noch dem Verwalter, diesem Schuft, ein Donnerwetter machen.“

Tschitschikow ging auf sein Zimmer, um sich zu waschen und anzuziehen. Als er darauf ins Speisezimmer kam, stand schon der Tee neben einer Flasche Rum auf dem Tisch. Im Zimmer waren noch Spuren vom gestrigen Mittag- und Abendessen zu sehen. Offenbar hatte noch kein Besen den Boden berührt. Auf dem Boden lagen Brotkrumen herum, und auf dem Tischtuch war noch Tabaksasche zu sehen. Der Hausherr selbst, der bald darauf erschien, trug unter seinem Morgenrock nichts als die nackte Brust, auf der eine Art Bart wuchs. Wie er so mit der Pfeife in der Hand dasaß und den Tee aus der Tasse schlürfte, bot er ein ausgezeichnetes Modell für einen Maler, der die geschleckten und gekräuselten oder kurzgeschorenen Herren nicht leiden mag, die man auf den Schildern der Barbiere sieht.

„Nun, wie denkst du?“ fragte Nosdrjow, nachdem er eine Weile geschwiegen hatte. „Willst du um die Seelen spielen?“

„Ich habe es dir doch schon gesagt, Bruder, daß ich nicht spiele; wenn du sie verkaufen willst, so kaufe ich sie gern.“

„Verkaufen mag ich sie nicht, das wäre nicht freundschaftlich. Ich will nicht, weiß der Teufel wovon, den Rahm abschöpfen. Ein Kartenspiel ist eine andere Sache. Spielen wir doch wenigstens eine Partie!“

„Ich hab' dir schon gesagt, daß ich nicht will.“

„Willst du auch nicht tauschen?“

„Nein, ich will nicht.“

„Dann höre: Wir wollen eine Partie Dame spielen; wenn du sie gewinnst, gehören alle Seelen dir. Ich habe doch eine Menge Seelen, die in den Listen noch nicht gestrichen sind. He, Porfirij, bring mal das Damebrett her!“

„Vergebliche Mühe, ich werde nicht spielen.“

„Das ist doch was ganz anderes als Kartenspiel; hier kann weder von Glück noch von einem Schwindel die Rede sein. Alles hängt vom Können ab, und ich mache dich schon im voraus darauf aufmerksam, daß ich sehr schlecht spiele; du wirst mir etwas vorgeben müssen.“

Ich will mal versuchen – dachte sich Tschitschikow –, mit ihm Dame zu spielen. Dame spiele ich sonst nicht schlecht, und schwindeln kann er dabei nicht.

„Schön, es sei, eine Partie Dame will ich spielen.“

„Die Seelen setze ich mit hundert Rubeln ein!“

„Warum denn mit hundert? Es genügt, wenn du sie mit fünfzig einsetzt.“

„Fünfzig ist doch kein Betrag! Lieber gebe ich für die gleichen hundert Rubel auch noch einen jungen Hund oder ein goldenes Anhängsel in Form eines Petschaftes dazu.“

„Also gut!“ sagte Tschitschikow.

„Und was gibst du mir vor?“ fragte Nosdrjow.

„Warum soll ich dir was vorgeben? Natürlich nichts.“

„Dann will ich wenigstens die beiden ersten Züge haben.“

„Ich will nicht, ich spiele selbst schlecht.“

„Das wissen wir, wie schlecht ihr spielt!“ sagte Nosdrjow, einen Zug machend.

„Schon lange habe ich keinen Stein in der Hand gehabt!“ sagte Tschitschikow, gleichfalls einen Stein vorrückend.

„Das wissen wir, wie schlecht ihr spielt!" sagte Nosdrjow beim zweiten Zug.

„Schon lange habe ich keinen Stein in der Hand gehabt!" sagte Tschitschikow, wieder einen Stein vorrückend.

„Das wissen wir, wie schlecht ihr spielt!" sagte Nosdrjow, indem er mit der Hand einen Stein und zugleich mit dem Ärmel einen zweiten vorschob.

„Schon lange habe ich keinen Stein in der Hand gehabt! ... He! he! ... was ist denn das, Bruder? Schieb ihn doch zurück!" sagte Tschitschikow.

„Wen denn?"

„Nun, den Stein!" sagte Tschitschikow. Im selben Moment bemerkte er dicht vor seiner Nase auch noch einen zweiten Stein, der eben im Begriff war, Dame zu werden. Woher dieser Stein plötzlich aufgetaucht war, das wußte Gott allein. „Nein", sagte Tschitschikow, sich erhebend, „mit dir kann man unmöglich spielen. Das geht nicht: drei Züge auf einmal!"

„Warum denn drei? Es war ein Versehen. Der eine Stein hat sich zufällig verschoben, ich will ihn gern zurückschieben."

„Und wo kommt der andere her?"

„Welcher andere?"

„Dieser da, der eben Dame werden will?"

„Da haben wir's, als ob du es nicht mehr wüßtest!"

„Nein, Bruder, ich habe alle Züge gezählt und habe alles im Kopf. Du hast ihn eben erst hergesetzt. Sein Platz ist hier!"

„Wie, wo ist sein Platz?" sagte Nosdrjow errötend.

„Wie ich sehe, Bruder, bist du gar ein Dichter!"

„Nein, Bruder, du scheinst eher Dichter zu sein."

„Für wen hältst du mich denn?" sagte Nosdrjow. „Werde ich etwa mogeln?"

„Für gar nichts halte ich dich, aber ich will nicht mehr mit dir spielen."

„Nein, du darfst nicht mehr zurücktreten", sagte Nosdrjow, sich immer mehr ereifernd, „das Spiel ist angefangen!"

„Ich darf wohl zurücktreten, denn du spielst nicht so, wie es einem anständigen Menschen geziemt."

„Nein, du lügst, das darfst du nicht sagen!"

„Nein, Bruder, du lügst selbst!"

„Ich habe nicht gemogelt, und du darfst nicht mehr zurücktreten, du mußt die Partie zu Ende spielen!"

„Dazu kannst du mich nicht zwingen", sagte Tschitschikow kaltblütig. Er trat ans Brett und warf alle Steine durcheinander.

Nosdrjow geriet in Wut und ging so nahe an Tschitschikow heran, daß dieser zwei Schritte zurückwich.

„Ich werde dich zwingen, zu spielen. Das macht nichts, daß du die Steine durcheinandergeworfen hast. Ich kann mich aller Züge erinnern. Wir stellen sie wieder so auf, wie sie standen."

„Nein, Bruder, die Sache ist erledigt, ich werde mit dir nicht mehr spielen."

„Du willst also nicht spielen?"

„Du siehst doch selbst, daß es unmöglich ist, mit dir zu spielen."

„Nein, sage es gerade heraus, du wirst nicht mehr spielen?" sagte Nosdrjow, immer näher an Tschitschikow herantretend.

„Ich will nicht", sagte Tschitschikow, indem er sich für jeden Fall beide Hände vors Gesicht hielt, denn die Situation wurde tatsächlich brenzlig. Seine Vorsicht war durchaus am Platze, denn Nosdrjow holte schon mit der Hand aus ... und es hätte leicht passieren können, daß eine der anmutigen, vollen Backen unseres Helden mit unverwischbarer Schmach bedeckt worden wäre; er parierte aber geschickt den Schlag, packte Nosdrjows beide kampflustigen Hände und hielt ihn fest.

„Porfirij, Pawluschka!" schrie Nosdrjow in seiner Wut, indem er sich zu befreien suchte.

Als Tschitschikow diese Worte hörte, ließ er ihn los, da er die Leibeigenen nicht zu Zeugen dieser ärgerniserregenden Szene machen wollte und zugleich fühlte, daß es doch nutzlos wäre, Nosdrjow festzuhalten. In diesem Augenblick kamen Porfirij und Pawluschka ins Zimmer; der letztere war ein handfester Bursche, und es schien gar nicht vorteilhaft, mit ihm etwas zu tun zu haben.

„Du willst also die Partie nicht zu Ende spielen?" fragte Nosdrjow. „Antworte!"

„Es ist unmöglich, die Partie zu Ende zu spielen", sagte Tschitschikow und blickte zum Fenster hinaus. Er sah seinen Wagen fertig im Hof stehen, und Selifan schien nur auf den Wink zu warten, um vorzufahren; es war aber gar keine Möglichkeit, aus dem Zimmer herauszukommen, in der Tür standen die beiden handfesten leibeigenen Narren.

„Du willst also die Partie nicht zu Ende spielen?" wiederholte Nosdrjow, feuerrot vor Zorn.

„Wenn du spielen würdest, wie es einem anständigen Menschen geziemt ... so kann ich aber nicht."

„Aha! Du kannst also nicht, Schurke! Weil du siehst, daß du bei mir nicht gewinnen kannst, sagst du plötzlich, daß du nicht kannst! Haut ihn!" schrie er wütend, sich an Porfirij und Pawluschka wendend, während er selbst ein Pfeifenrohr aus Weichselholz in die Hand nahm. Tschitschikow wurde bleich wie Leinwand. Er wollte etwas sagen, fühlte aber, daß seine Lippen sich nur lautlos bewegten.

„Haut ihn!" schrie Nosdrjow, mit dem Pfeifenrohr in der Hand auf ihn losstürzend, ganz in Feuer und Schweiß, als gelte es, eine unbezwingbare Festung zu erobern. „Haut ihn!" schrie er mit einer Stimme, mit der bei einem wichtigen Sturmangriff ein tollkühner Leutnant, dessen wahnsinnige Tapferkeit solche Berühmtheit erlangt hat, daß ein eigener Befehl ergangen ist, ihn in den entscheidendsten Augenblicken bei den Händen zu halten, seinen Soldaten: „Vorwärts, Kinder!" zuzurufen pflegt. Der Leutnant ist aber schon ganz im Banne der Schlacht, in seinem Kopf dreht sich alles; das Vorbild Suworows schwebt ihm vor, es gilt eine große Tat. „Vorwärts, Kinder!" schreit er, vorwärtsdrängend, ohne sich zu überlegen, daß er dem vorberechneten allgemeinen Angriffsplan schadet, daß Millionen von Gewehrläufen aus den Schießscharten der unbezwingbaren, in die Wolken ragenden Festungsmauern starren, daß seine ohnmächtige Kompanie wie Flaum in die Luft fliegen wird und daß schon die verhängnisvolle Kugel pfeift, die ihm seinen vorlauten Mund verschließen wird. Wenn aber Nosdrjow einen solchen tollkühnen, besinnungslosen, eine Festung bestürmenden Leutnant darstellte, so machte die Festung, gegen die er zog, durchaus keinen unbezwingbaren Eindruck. Die Festung hatte im Gegenteil solche Angst, daß ihr das Herz in die Hosen gefallen war. Schon war ihm der Stuhl, mit dem er sich verteidigen wollte, von den Leibeigenen entrissen; schon war er, mehr tot als lebendig, mit geschlossenen Augen bereit, das tscherkessische Pfeifenrohr des Hausherrn zu kosten; doch dem Schicksal war es angenehm, die Seiten, die Schultern und alle die edlen Körperteile unseres Helden zu retten. Ganz unerwartet erklang plötzlich wie aus den Wolken Schellengeläute, ein Wagen fuhr dröhnend vor, und das schwere Schnaufen und Schnarchen einer erhitzten Troika wurde sogar im Zimmer vernehmbar. Alle blickten unwillkürlich zum Fenster hinaus. Ein Mann mit Schnurrbart, in halb militärischer Uniform, stieg aus dem Wagen. Nachdem er sich im Vorzimmer erkundigt hatte, trat er ins Zimmer just in dem Augenblick, als Tschitschikow, der sich von seinem Schreck noch nicht erholt hatte, sich in der jämmerlichsten Lage befand, die je ein Sterblicher erfahren hat.

„Darf ich fragen, wer ist hier Herr Nosdrjow?" fragte der Unbekannte, mit einigem Erstaunen bald auf Nosdrjow, der mit dem Pfeifenrohr in der Hand dastand, und bald auf Tschitschikow, der aus seiner unvorteilhaften Lage eben zu sich zu kommen begann, blickend.

„Gestatten Sie zuerst die Frage, mit wem ich die Ehre habe?" fragte Nosdrjow, näher herantretend.

„Ich bin der Polizeihauptmann."

„Und was wünschen Sie?"

„Ich komme, um Ihnen eine mir eben zugegangene Meldung mitzuteilen, nämlich, daß Sie sich im Anklagezustand befinden, bis der gegen Sie schwebende Prozeß erledigt ist."

„Unsinn, was für ein Prozeß?" sagte Nosdrjow.

„Sie sind in den Fall des Gutsbesitzers Maximow verwickelt, den Sie in trunkenem Zustand durch Rutenschläge persönlich beleidigt haben sollen."

„Sie lügen! Ich habe einen Gutsbesitzer Maximow nie im Leben gesehen."

„Mein Herr, lassen Sie es sich gesagt sein, daß ich Offizier bin. Das können Sie Ihrem Diener sagen und nicht mir."

Tschitschikow wollte gar nicht abwarten, was Nosdrjow darauf erwidern würde; er ergriff schleunigst seine Mütze, schlüpfte hinter dem Rücken des Polizeihauptmanns hinaus, stieg in seinen Wagen und befahl Selifan, die Pferde im Galopp anzutreiben.

FÜNFTES KAPITEL

Unser Held hatte ordentlich Angst bekommen. Obwohl der Wagen im rasendsten Tempo dahinjagte, und Nosdrjows Besitzung schon längst hinter den Feldern, Anhöhen und Hügeln verschwunden war, blickte er noch immer voller Angst zurück, als setzte man ihm nach. Er atmete schwer, und als er die Hand versuchsweise aufs Herz legte, fühlte er, daß es so heftig hüpfte wie eine Wachtel in einem Käfig. „Das war mal ein Dampfbad! Ist das ein Kerl!" An die Adresse Nosdrjows ergingen noch viele schwere und kräftige Verwünschungen; sogar einige unanständige Worte waren darunter. Aber was soll man machen? Ein aufgebrachter Russe kann gar nicht anders! Die Sache war auch durchaus kein Scherz. „Man mag sagen, was man will", sagte er zu sich selbst, „aber wäre der Landpolizeimeister nicht rechtzeitig gekommen, so käme ich vielleicht nicht mehr in die Lage, die Welt Gottes zu schauen! Wie eine Blase auf dem Wasser wäre ich geplatzt, ohne jede Spur, ohne Nachkommen, ohne meinen künftigen Kindern ein Vermögen und einen ehrlichen Namen zu hinterlassen!" Unser Held war um seine Nachkommenschaft außerordentlich besorgt.

So ein schlechter Herr! dachte Selifan. – So einen Herrn habe ich noch nie gesehen. Dem könnte ich einfach ins Gesicht spucken! Laß lieber einen Menschen hungern, aber einen Gaul mußt du doch füttern, denn der Gaul liebt den Hafer. Das ist seine Nahrung; was für uns zum Beispiel unsere Kost ist, das ist für ihn der Hafer, er ist seine Nahrung.

Auch die Pferde schienen ungünstig über Nosdrjow zu denken; nicht nur der Braune und der Assessor, sondern auch der Scheck waren schlechter Laune. Obwohl er immer einen schlechteren Hafer bekam und Selifan ihm seine Portion niemals anders in den Trog schüttelte als mit den Worten: „Ach, du Schuft!", so war es doch immerhin Hafer und nicht gemeines Heu; er verzehrte den Hafer mit Hochgenuß und steckte seine lange Schnauze häufig in die Tröge seiner Freunde, um

zu versuchen, was für eine Beköstigung sie bekamen, besonders, wenn Selifan nicht im Stalle war. Aber diesmal kriegte er nichts wie Heu – das war gar nicht gut! Alle waren unzufrieden.

Alle diese Unzufriedenen wurden aber bald in ihren Betrachtungen auf die unerwartetste Weise unterbrochen. Alle, auch der Kutscher, kamen erst dann zur Besinnung, als ein mit sechs Pferden bespannter Wagen sie überrannte und fast über ihren Köpfen das Geschrei der im Wagen sitzenden Damen und die Flüche und Drohungen des fremden Kutschers erklangen: „Ach, du Spitzbube! Ich habe dir doch laut zugeschrien: ‚Wende nach rechts, du Krähe!' Bist du gar betrunken?" Selifan sah sein Versehen wohl ein, aber da der Russe seine Schuld vor anderen nicht gerne zugibt, so nahm er eine stolze Haltung ein und sagte: „Und was fährst du so schnell? Hast du deine Augen etwa in der Schenke versetzt?" Gleich darauf versuchte er, seinen Wagen zurückzuziehen, um sich aus dem fremden Gespann zu befreien; es war aber nichts zu machen. Alles war durcheinandergeraten. Der Scheck beschnüffelte neugierig die neuen Freunde, die plötzlich rechts und links von ihm standen. Die Damen, die im Wagen saßen, verfolgten dies alles mit ängstlichen Mienen. Die eine war alt, die andere blutjung, vielleicht sechzehnjährig mit goldigem Haar, das hübsch und geschickt um ihr niedliches Köpfchen angeordnet lag. Das hübsche Oval ihres Gesichts rundete sich und schimmerte in einem durchsichtigen Weiß wie ein frisches Ei, das frisch gelegt, von den braunen Händen der prüfenden Haushälterin gegen das Licht gehalten wird und die leuchtenden Sonnenstrahlen durchläßt; so durchsichtig waren auch ihre feinen Ohren, die im warmen Licht, das sie durchdrang, erglühten. Der Schreck, den ihre offenen, gleichsam erstarrten Lippen ausdrückten, und die Tränen in den Augen – alles war an ihr so reizend, daß unser Held sie einige Minuten lang betrachtete, ohne dem Durcheinander von Menschen und Pferden auch die geringste Beachtung zu schenken. „Zurück, du Nowgoroder Krähe!" schrie der fremde Kutscher. Selifan zog die Zügel an, der fremde Kutscher machte dasselbe, die Pferde wichen ein wenig zurück, sogleich vermischte sich aber alles von neuem. Dem Schecken gefiel die neue Bekanntschaft, die er bei dieser Gelegenheit machte, so sehr, daß er nicht mehr vom Fleck wollte, auf den er durch die Macht des Schicksals geraten war; er legte seine Schnauze seinem neuen Freund auf den Hals und schien ihm etwas ins Ohr zu flüstern; vermutlich einen großen Unsinn, denn der Fremde schüttelte beständig die Ohren.

Der Skandal lockte die Bauern aus dem Dorfe herbei, das zum Glück in der Nähe lag. Da solch ein Schauspiel für einen Bauern ein Segen Gottes ist, wie für den Deutschen die Zeitung oder der Klub, so sammelte sich bald um die Equipagen eine ganze Menge; nur die alten Weiber und die kleinen Kinder blieben im Dorf zurück. Man entwirrte die Stranghölzer und versetzte dem Schecken einige Püffe auf die Schnauze, so daß er zurückwich; mit einem Worte, die Wagen und die Pferde wurden getrennt. War es der Ärger, der die fremden Pferde befiel, weil man sie von ihren Freunden getrennt hatte, oder war es bloßer Eigensinn – sie blieben jedenfalls wie angewurzelt stehen, so wütend der Kutscher auch auf sie einhieb. Die Teilnahme der Bauern nahm ungeheure Ausmaße an. Ein jeder kam mit seinem Ratschlag: „Geh, Andrjuschka, nimm du das rechte Beipferd am Zaum, Onkel Mitjaj soll sich aber aufs Mittelpferd setzen! Setz dich, Onkel Mitjaj!“ Der hagere, lange, rotbärtige Onkel Mitjaj bestieg das Mittelpferd und wurde sofort dem Glockenturm einer Dorfkirche ähnlich oder richtiger einem Haken, mit dem man das Wasser aus dem Brunnen heraufholt. Der Kutscher hieb wieder auf die Pferde ein, doch ohne jeden Erfolg: Onkel Mitjaj hatte nicht viel erreicht. „Halt, halt!“ schrien die Bauern. „Onkel Mitjaj, setz du dich auf das Beipferd, und auf das Mittelpferd soll sich Onkel Minjaj setzen!“ Onkel Minjaj, ein breitschultriger Bauer mit pechschwarzem Bart und einem Bauch wie jener Riesensamowar, in dem das wärmende Getränk für einen ganzen frierenden Markt gekocht wird, bestieg nicht ungern das Mittelpferd, das sich unter ihm fast bis zur Erde senkte. „Jetzt geht die Sache!“ schrien die Bauern. „Hau zu, hau zu! Gib ihm die Peitsche, dem Braunen! Was zappelt er wie eine Mücke?“ Als sie aber sahen, daß die Sache gar nicht vorwärtsging und das Hauen nichts half, bestiegen Onkel Mitjaj und Onkel Minjaj gemeinsam das Mittelpferd, während sich auf das Beipferd Andrjuschka setzte. Schließlich verlor der Kutscher die Geduld und jagte wie den Onkel Minjaj so auch den

Onkel Mitjaj davon; und er tat gut daran, denn von den Pferden stieg sofort solch ein Dampf auf, als hätten sie, ohne Atem zu holen, mindestens eine Station zurückgelegt. Er ließ sie eine Minute ausruhen, und dann begannen sie ganz von selbst zu laufen. Während dieser Ereignisse betrachtete Tschitschikow sehr aufmerksam die junge Unbekannte. Er versuchte einige Male, mit ihr ins Gespräch zu kommen, aber es gelang ihm nicht. Die Damen fuhren indessen davon, das hübsche junge Mädchen mit den feinen Gesichtszügen und der feinen Taille verschwand wie eine Vision, und nur der Wagen, die Straße, die dem Leser schon bekannten drei Pferde, Selifan, Tschitschikow und die leeren, glatten Felder blieben zurück. Überall im Leben, wie in seinen rohen, armseligen, verschimmelten, unappetitlichen Schichten, so auch unter den eintönig kalten, langweilig sauberen Ständen, überall begegnet dem Menschen wenigstens einmal im Leben eine Erscheinung, die allem, was er bisher gesehen hat, unähnlich ist und die in ihm wenigstens einmal ein Gefühl weckt, das von allen Gefühlen, die er je empfunden, verschieden ist. Überall, allen Leiden zum Trotz, aus denen unser Leben gewebt ist, fliegt plötzlich eine schimmernde Freude vorbei, wie eine glänzende Equipage mit goldenem Geschirr, herrlichen Rossen und funkelnden Spiegelscheiben, die unerwartet an einem entlegenen armen Dörfchen vorüberjagt, das außer den Bauernwagen nie etwas gesehen hat. Lange stehen die Bauern mit weit aufgerissenen Mündern und entblößten Köpfen da, obwohl die wunderbare Equipage schon längst ihren Blicken entschwunden ist. Ebenso unerwartet ist auch diese Blondine in unserer Erzählung aufgetaucht und dann ebenso plötzlich verschwunden. Wäre an Tschitschikows Stelle irgendein zwanzigjähriger Jüngling – ein Husar, ein Student oder sonst irgendein junger Fant, der erst eben ins Leben tritt – mein Gott! – was wäre da in ihm nicht alles erwacht! Lange stünde er wie erstarrt am gleichen Fleck, die Augen wie geistesabwesend in die Ferne gerichtet, gleichgültig gegen den Weg und die ihn erwartenden Vorwürfe und Rügen wegen der Versäumnis, ohne an sich selbst, an den Dienst, an die Welt und alles in der Welt zu denken.

Unser Held war aber schon in mittleren Jahren und von einem kühlen und umsichtigen Charakter. Er versank zwar in

Gedanken, doch diese waren nicht so phantastisch, sondern gründlich und mehr positiver Natur. „Ein nettes Mädel!“ sagte er, indem er seine Tabaksdose öffnete und eine Prise nahm. „Was ist aber an ihr so schön? Schön ist an ihr, daß sie soeben aus einer Pension oder einem Institut kommt und daß ihr noch alles Weibische fehlt, also gerade das, was an den Frauen am unangenehmsten ist. Sie ist jetzt wie ein Kind; alles an ihr ist einfach. Sie sagt, was ihr in den Sinn kommt, und lacht, wenn sie eben lachen will. Aus ihr kann man alles machen. Sie kann zu einem wahren Wunder heranwachsen und auch zu einem Ekel, und es wird aus ihr auch sicher ein Ekel werden! Wenn nur alle die Mamachen und Tantchen sie in Behandlung nehmen – in einem einzigen Jahr werden sie sie dermaßen mit allerlei Weibereien vollstopfen, daß ihr eigener Vater sie nicht mehr erkennen wird. Sie wird plötzlich aufgeblasen und geziert werden, wird sich darüber den Kopf zerbrechen, wie, wie lange und mit wem sie sprechen darf und wen sie anschauen soll; sie wird jeden Augenblick fürchten, mehr zu sagen, als nötig; sie wird sich in allen diesen Dingen verstricken und zuletzt ihr ganzes Leben zu einer Lüge machen; weiß der Teufel, was aus ihr werden wird!“ Tschitschikow hielt in seinen Gedanken inne und fuhr dann fort: „Es wäre doch interessant, zu wissen, aus welcher Familie sie ist? Was mag ihr Vater sein? Ist er ein angesehener reicher Gutsbesitzer oder einfach ein wohlgesinnter Mann mit einem im Staatsdienste erworbenen Vermögen? Wenn dieses Mädchen so an die zweihunderttausend Rubelchen mitbekäme, wäre sie ein recht leckerer Bissen. Dann könnte sie sozusagen ein Glück für einen anständigen Menschen bilden.“ Die zweihunderttausend Rubelchen malten sich so verlockend in seinem Kopf, daß er sich schon zu ärgern begann, daß er während der Geschichte mit den Equipagen vom Vorreiter oder Kutscher nicht erfragt hatte, wer die durchreisenden Damen waren. Das Gut Sobakewitsch, das bald vor ihm auftauchte, zerstreute jedoch seine Gedanken und lenkte sie auf den einzigen, ihn immer interessierenden Gegenstand.

Das Dorf erschien ihm recht groß; zwei Wälder – ein Birken- und ein Fichtenwald – faßten es wie zwei Flügel – der eine dunkler, der andere heller – von rechts und links ein. In der Mitte ragte das hölzerne Herrenhaus mit einem Mezzanin, einem roten Dach und Wänden von dunkelgrauer oder richtiger, unbestimmter Farbe – ein Haus, wie man es bei uns für Militärsiedlungen und deutsche Kolonisten zu bauen pflegte. Es war ihm anzusehen, daß der Baumeister bei seiner Arbeit ständig mit dem Geschmack des Hausherrn zu kämpfen hatte. Der Baumeister war ein Pedant und strebte nach Symmetrie; der Hausherr dachte aber nur an Bequemlichkeit und hatte wohl infolgedessen alle Fenster an der einen Seite vernagelt und an ihrer Stelle nur ein einziges durchbrochen, das er wohl für eine dunkle Kammer brauchte. Auch das Fronton kam trotz aller Bemühungen des Baumeisters nicht in die Mitte des Hauses, denn der Hausherr hatte ihm befohlen, eine der seitlichen Säulen zu beseitigen, und so standen statt der beabsichtigten vier Säulen nur drei da. Der Hof war von einem festen und ungewöhnlich dicken Holzgitter eingefriedigt. Der Besitzer legte anscheinend überhaupt das größte Gewicht auf Dauerhaftigkeit. Die Pferdeställe, Schuppen und Küchengebäude waren aus schweren, dicken Balken errichtet, als sollten sie Ewigkeiten überdauern. Auch die Bauernhäuser waren wunderbar fest gezimmert; es gab an ihnen zwar kein Schnitzwerk und sonstige Verzierungen, dafür waren die Balken fest und ordentlich aneinandergefügt. Selbst das Brunnengehäuse war aus festem Eichenholz gemacht, wie man es nur für Mühlen und Schiffe verwendet. Mit einem Wort – alles, was Tschitschikow auch sah, stand unwankbar und solide in einer festen und plumpen Ordnung da. Als sein Wagen vorfuhr, erblickte Tschitschikow zwei Gesichter, die fast gleichzeitig zum Fenster hinaussahen: ein weibliches, lang und schmal wie eine Gurke, mit einer Haube bekleidet, und ein männliches, rund und breit wie ein moldauischer Kürbis, aus dem man in Rußland die zweisaitige, leichte Balalaika macht, den Stolz und die Freude eines forschen zwanzigjährigen Bauernburschen, der den Mädchen mit weißem Busen und weißem Hals, die sich versammelt haben, um dem leisen Klimpern zu lauschen, keck zupfeift und zublinzelt. Nachdem die beiden Gesichter hinausgeschaut hatten, verschwanden sie gleich wieder. Ein Lakai in grauer Joppe mit blauem Stehkragen trat auf den Flur hinaus und führte Tschitschikow ins Vorzimmer, wo ihn schon der Hausherr erwartete. Als er den Gast sah, sagte er kurz: „Ich bitte!" und geleitete ihn in die inneren Gemächer.

Als Tschitschikow Sobakewitsch von der Seite ansah, erschien er ihm diesmal wie ein Bär von mittlerer Größe. Die Ähnlichkeit wurde noch dadurch vervollständigt, daß er einen Frack von der Farbe eines Bärenpelzes mit sehr langen Ärmeln trug, sehr lange Hosen anhatte und seine Füße beim Gehen so schief voreinander setzte, daß er den anderen beständig auf die Füße trat. Seine Gesichtsfarbe war glühend rot wie die einer Kupfermünze. Bekanntlich gibt es auf der Welt viele solche Gesichter, bei deren Vollendung sich die Natur nicht allzu viele Mühe machte und keinerlei feinere Instrumente, wie Feilen, Bohrer usw. gebrauchte, sondern einfach mit einer Axt ausholte. Mit einem Hieb machte sie die Nase, mit einem anderen die Lippen, dann machte sie mit einem großen Bohrer die Augen und ließ den Menschen, ohne weitere Bearbeitung, mit den Worten: „Er lebe!" in die Welt laufen. So ein kräftiges und wunderbar fest gefügtes Antlitz hatte auch Sobakewitsch. Er hielt es eher gesenkt als aufrecht, bewegte den Hals gar nicht und blickte infolgedessen denjenigen, mit dem er sprach, nur in seltenen Fällen an; meistens sah er auf die Ofenecke oder auf die Tür. Als sie durch das Speisezimmer gingen, sah ihn Tschitschikow noch einmal von der Seite an: ein Bär! Ein richtiger Bär! Der Zufall wollte es noch, daß er auch Michailo Semjonowitsch hieß, wie man in Rußland die Bären zu nennen pflegt. Da Tschitschikow seine Angewohnheit, den Leuten auf die Füße zu treten, kannte, bewegte er die seinigen äußerst vorsichtig und ließ ihn vorausgehen. Auch der Hausherr selbst schien diese seine Untugend zu kennen und fragte ihn sofort: „Habe ich Sie nicht belästigt?" Worauf Tschitschikow dankend versicherte, er habe nicht die geringste Belästigung gespürt.

Als sie ins Gastzimmer traten, zeigte Sobakewitsch auf einen Sessel und sagte wieder: „Ich bitte!" Nachdem Tschitschikow Platz genommen hatte, musterte er die Wände und die Bilder, die an diesen hingen. Es waren Stiche, die lauter tapfere griechische Feldherren in ganzer Figur darstellten: den Maurokordato in roter Hose, Uniformrock und einer Brille auf der Nase, den Miauli und den Kanari. Alle diese Helden hatten so starke Schenkel und so mächtige Schnurrbärte, daß man beim bloßen Anblick erzitterte. Unter diesen herkulischen Griechen hing aus unbekanntem Grunde der schmächtige, magere Fürst

Bagration, mit kleinen Fahnen und Geschützen am unteren Rande des Stiches, der in einem ganz schmalen Rahmen steckte. Dann folgte wieder die griechische Heldin Bobelina, deren Bein allein viel größer schien als der ganze Rumpf jener Stutzer, die die heutigen Salons füllen. Der Hausherr, der selbst ein rüstiger und kräftiger Mann war, schien Gewicht darauf zu legen, daß auch sein Zimmer von lauter kräftigen und stämmigen Menschen geschmückt werde. Neben der Bobelina hing dicht am Fenster ein Käfig, aus dem eine dunkle Amsel mit weißen Pünktchen hervorschaute, die gleichfalls große Ähnlichkeit mit Sobakewitsch hatte. Der Gast und der Hausherr hatten kaum zwei Minuten geschwiegen, als die Tür aufging und die Hausfrau, eine große Dame in einer Haube mit hausgefärbten Bändern, ins Gastzimmer trat. Sie bewegte sich mit großer Würde und hielt den Kopf aufrecht wie eine Palme.

„Das ist meine Feodulia Iwanowna", sagte Sobakewitsch.

Tschitschikow küßte Feodulia Iwanowna die Hand, die sie ihm fast in den Mund stopfte, wobei er Gelegenheit hatte, die Wahrnehmung zu machen, daß ihre Hände mit Gurkenwasser gewaschen waren.

„Herzchen, ich empfehle dir den Pawel Iwanowitsch Tschitschikow!" fuhr Sobakewitsch fort. „Ich hatte die Ehre, ihn beim Gouverneur und beim Postmeister kennenzulernen."

Feodulia Iwanowna bot Tschitschikow Platz an, wobei sie gleichfalls „Ich bitte!" sagte und eine Kopfbewegung machte, wie sie die Schauspielerinnen machen, die auf der Bühne Königinnen darstellen. Dann setzte sie sich aufs Sofa, hüllte sich ganz in ihr Wolltuch und bewegte von nun an weder die Augen noch die Brauen.

Tschitschikow hob wieder die Augen und sah wieder den Kanari mit den dicken Schenkeln und dem unendlich langen Schnurrbart, die Bobelina und die Amsel in ihrem Käfig.

Fast fünf Minuten schwiegen sie alle; man hörte nur, wie die Amsel auf dem Holzboden des Käfigs die Getreidekörner aufpickte. Tschitschikow musterte noch einmal das Zimmer und alles, was darin war. Alles war dauerhaft, im höchsten Grade plump und hatte eine merkwürdige Ähnlichkeit mit dem Hausherrn selbst. In einer Ecke des Gastzimmers stand ein bauchiger Sekretär auf vier ungemein plumpen Füßen – ein

richtiger Bär. Der Tisch, die Sessel, die Stühle, alles sah ungemein schwer und ungemütlich aus; mit einem Worte, jeder Gegenstand, jeder Stuhl schien sagen zu wollen: „Auch ich bin ein Sobakewitsch!“ oder: „Auch ich sehe Sobakewitsch ähnlich!“

„Wir haben von Ihnen beim Kammervorsitzenden Iwan Grigorjewitsch gesprochen“, sagte endlich Tschitschikow, als er sah, daß niemand Lust hatte, ein Gespräch zu beginnen, „am vergangenen Donnerstag. Wir haben da die Zeit äußerst angenehm verbracht.“

„Ja, ich war an jenem Abend nicht dort“, antwortete Sobakewitsch.

„Ist doch ein prachtvoller Mensch!“

„Wer denn?“ sagte Sobakewitsch mit einem Blick auf die Ofenecke.

„Der Kammervorsitzende.“

„Das ist Ihnen nur so vorgekommen, er ist Freimaurer, sonst aber ein Dummkopf, wie es einen zweiten in der Welt nicht gibt.“

Diese etwas schroffe Charakteristik machte Tschitschikow ein wenig stutzig; dann faßte er sich wieder und fuhr fort: „Natürlich, jeder Mensch hat seine Schwächen. Aber der Gouverneur – der ist doch ein ausgezeichneter Mann!“

„Der Gouverneur – ein ausgezeichneter Mann?“

„Gewiß, nicht wahr?“

„Der größte Räuber auf der Welt!“

„Wie, der Gouverneur ein Räuber?“ sagte Tschitschikow, der unmöglich begreifen konnte, wie der Gouverneur unter die Räuber geraten war. „Ich muß gestehen, das hätte ich nicht gedacht“, fuhr er fort. „Aber erlauben Sie mir die Bemerkung. Seine Handlungen sind gar nicht so; im Gegenteil, es steckt in ihm sogar viel Milde.“ Zum Beweis führte er sogar die Geldbörsen an, die der Gouverneur eigenhändig zu sticken pflegte, und äußerte sich lobend über den freundlichen Ausdruck seines Gesichts.

„Und auch das Gesicht ist ein echtes Räubergesicht!“ sagte Sobakewitsch. „Geben Sie ihm ein Messer und lassen Sie ihn auf die Landstraße hinaus, und er wird dem Erstbesten den Kopf abschneiden, wegen einer einzigen Kopeke! Er und der Vizegouverneur sind Gog und Magog.“

Nein, er scheint mit ihnen nicht gut zu stehen, dachte sich Tschitschikow. Ich will mal versuchen, vom Polizeimeister zu sprechen, der scheint sein Freund zu sein. „Übrigens, was mich betrifft“, sagte er, „so muß ich gestehen, daß mir am besten der Polizeimeister gefällt. Welch ein gerader, offener Charakter, welch ein treuherziger Gesichtsausdruck!“

„Ein Gauner!“ sagte Sobakewitsch höchst kaltblütig. „Er wird Sie verkaufen und verraten und dann noch mit Ihnen zu Mittag essen. Es sind lauter Gauner. Die ganze Stadt ist so: Da sitzt ein Gauner auf dem anderen. Es sind lauter Christusverkäufer. Einen einzigen anständigen Menschen gibt es da, das ist der Staatsanwalt, aber auch er ist, offen gestanden, ein Schwein.“

Nach diesen lobenden, wenn auch etwas kurzen Charakteristiken sah Tschitschikow ein, daß es sich gar nicht lohnte, die Rede auch auf die anderen Beamten zu bringen, und er erinnerte sich, daß Sobakewitsch nur ungern über jemand gut sprach.

„Nun, Herzchen, gehen wir zu Tisch!“ sagte zu Sobakewitsch seine Gattin.

„Ich bitte!“ sagte Sobakewitsch. Sie traten zuerst an den Tisch, auf dem die kleinen Vorspeisen standen, und nahmen, wie es sich gehört, je ein Glas Schnaps zu sich. Sie machten es, wie es das ganze weite Rußland in seinen Städten und Dörfern zu machen pflegt, d.h. sie nahmen zum Schnaps einige gesalzene und andere appetitanregende Gottesgaben und begaben sich erst dann ins Speisezimmer; ihnen voran schritt die Hausfrau wie eine majestätische Gans. Der kleine Tisch war für vier Personen gedeckt. Den vierten Platz nahm sehr bald ein weibliches Wesen ein, es ist schwer zu sagen, ob es eine Dame oder ein Fräulein, eine Verwandte oder eine Haushälterin war oder ob es einfach aus Gnade im Hause gehalten wurde, kurz, ein Geschöpf, etwa dreißig Jahre alt, ohne Haube, mit einem bunten Tuch. Es gibt Personen, die in der Welt nicht als selbständige Individuen leben, sondern nur als Flecken auf anderen Gegenständen. Sie sitzen immer auf dem gleichen Platz, halten den Kopf gleich, man hält sie leicht für ein Möbelstück und denkt sich, daß sie noch nie im Leben auch nur ein Wort gesprochen haben; doch im Gesindezimmer oder in der Vorratskammer sind sie gar nicht so schweigsam!

„Die Kohlsuppe ist heute ausgezeichnet, Herzchen", sagte Sobakewitsch, nachdem er von der Suppe versucht und sich dazu ein Riesenstück von der bekannten „Njanja" genommen hatte, die stets zur Kohlsuppe gereicht wird und die bekanntlich aus einem mit Buchweizengrütze, Hirn und Füßchen gefüllten Hammelmagen besteht. „So eine Njanja", fuhr er fort, sich an Tschitschikow wendend, „werden Sie in der Stadt nirgends bekommen; dort setzt man Ihnen weiß der Teufel was vor!"

„Beim Gouverneur ist die Küche gar nicht schlecht", sagte Tschitschikow.

„Wissen Sie denn auch, woraus dort alles zubereitet wird? Wenn Sie es erfahren, werden Sie es nicht essen wollen."

„Ich weiß nicht, wie die Speisen zubereitet werden, darüber habe ich kein Urteil; doch die Schweinekoteletts und die gekochten Fische waren vorzüglich."

„Das ist Ihnen nur so vorgekommen. Ich weiß ja, was die Leute auf dem Markt einkaufen. So eine Kanaille von Koch, der bei einem Franzosen in der Lehre war, kauft einen Kater, zieht ihm das Fell ab und trägt ihn als einen Hasen auf."

„Pfui, was für unangenehme Sachen du da erzählst!" sagte Sobakewitschs Gattin.

„Ich kann doch nichts dafür, Herzchen! So wird es bei ihnen allen gemacht, und es ist nicht meine Schuld. Alle Abfälle, alles, was unsere Akuljka, mit Verlaub zu sagen, in den Mülleimer wirft, das tun sie in die Suppe!"

„Immer mußt du bei Tisch solche Dinge erzählen", wandte Frau Sobakewitsch ein.

„Was soll man machen, Herzchen", sagte Sobakewitsch. „Wenn ich es noch selbst machte, aber ich will dir ganz offen sagen, daß ich solchen Dreck nicht essen werde. Und wenn du mir einen Frosch auch verzuckerst, nehme ich ihn doch nicht in den Mund, und auch eine Auster nicht: ich weiß gut, was für einem Ding so eine Auster ähnlich sieht. Nehmen Sie sich doch vom Hammel", fuhr er fort, sich an Tschitschikow wendend. „Das ist eine Hammellende mit Brei. Das ist kein Frikassee, wie es in den Herrschaftsküchen aus dem Hammelfleisch gemacht wird, das vier Tage auf dem Markt herumgelegen hat. Das haben alles die deutschen und französischen Doktoren erfunden; ich würde sie dafür alle aufhängen lassen.

Die Diät haben sie erfunden, das ist so eine Hungerkur! Da sie eine schwache deutsche Natur und dünne Knochen haben, so bilden sie sich ein, sie könnten auch mit einem russischen Magen fertig werden. Nein, das ist nicht das richtige, das sind lauter Erfindungen, das ist ..." Sobakewitsch schüttelte böse den Kopf. „Sie reden von Aufklärung und wieder von Aufklärung, diese ganze Aufklärung ist aber ein ... Ich wüßte schon ein Wort dafür, aber bei Tisch möchte ich es nicht gerne sagen. Bei mir ist es anders. Wenn es bei mir Schweinebraten gibt, so kommt das ganze Schwein auf den Tisch; gibt es Hammelbraten, so bringe man mir den ganzen Hammel, gibt es Gänsebraten, dann soll es auch eine ganze Gans sein! Lieber esse ich nur zwei Gerichte, dafür aber so viel, wie meine Seele verlangt." Sobakewitsch bestätigte diese Worte auch sofort durch die Tat; er nahm die Hälfte der Hammellende auf seinen Teller, verzehrte alles und nagte auch noch jeden Knochen ab.

Ja, dachte Tschitschikow, der weiß, was gut ist.

„Bei mir ist es nicht so", sagte Sobakewitsch, indem er sich die Hände mit der Serviette abwischte. „Bei mir ist es nicht so wie bei irgendeinem Pljuschkin: Der besitzt achthundert Seelen und lebt und ißt dabei schlechter als mein Hirte."

„Wer ist dieser Pljuschkin?" fragte Tschitschikow.

„Ein Gauner", antwortete Sobakewitsch. „So ein Geizhals, wie man ihn sich gar nicht vorstellen kann. Die Sträflinge im Zuchthaus leben besser als er. Alle seine Leute hat er Hungers sterben lassen."

„Wirklich?" fiel ihm Tschitschikow mit sichtbarer Teilnahme ins Wort. „Sie sagen, daß bei ihm die Bauern in großen Massen sterben?"

„Wie die Fliegen sterben sie."

„Wahrhaftig, wie die Fliegen? Gestatten Sie die Frage, wohnt er weit von Ihnen?"

„Fünf Werst weit."

„Nur fünf Werst!" rief Tschitschikow aus und fühlte sogar leichtes Herzklopfen. „Wenn man aber aus Ihrem Tore hinausfährt, so ist es rechts oder links?"

„Ich rate Ihnen nicht, sogar den Weg zu diesem Hund zu kennen", antwortete Sobakewitsch. „Es ist verzeihlicher, irgendeinen unanständigen Ort aufzusuchen als ihn."

„Nein, ich fragte nicht aus irgendwelchem ..., sondern weil

ich mich nur für die Lage von Örtlichkeiten jeder Art interessiere“, entgegnete Tschitschikow.

Nach der Hammellende kamen Käseküchlein, von denen jedes größer als der Teller war, dann folgte ein Truthahn von der Größe eines Kalbes, mit allerlei guten Dingen gefüllt: mit Reis, Eiern, Leber und Gott weiß was sonst, was nachher wie ein Stein im Magen lag. Damit war das Mittagessen zu Ende. Als sie sich aber von der Tafel erhoben, fühlte sich Tschitschikow um ein ganzes Pud schwerer geworden. Sie gingen ins Gastzimmer hinüber, wo schon ein Tellerchen mit Eingemachtem bereitstand; es waren weder Birnen noch Pflaumen noch andere Beeren – übrigens rührte weder der Hausherr noch der Gast die Sachen an. Die Hausfrau ging hinaus, um noch einige Tellerchen zu bringen. Tschitschikow benutzte diesc Gelegenheit und wandte sich an Sobakewitsch, der, im Sessel liegend, nach dem üppigen Mittagessen nur noch ächzte, unartikulierte Laute von sich gab, sich bekreuzigte und jeden Augenblick die Hand vor den Mund hielt. Tschitschikow wandte sich an ihn mit folgenden Worten: „Ich möchte mit Ihnen gern über eine kleine Sache sprechen.“

„Hier ist noch Eingemachtes“, sagte die Hausfrau, wieder ins Zimmer tretend: „Rettich, in Honig gekocht!“

„Wir wollen später davon nehmen“, sagte Sobakewitsch. „Geh jetzt in dein Zimmer. Pawel Iwanowitsch und ich möchten uns jetzt die Fräcke ausziehen und ein wenig ruhen!“

Die Hausfrau erklärte sich sofort bereit, Federbetten und Kissen holen zu lassen, aber der Hausherr sagte: „Es ist nicht nötig, wir ruhen in den Sesseln aus“, und die Hausfrau ging.

Sobakewitsch neigte leise den Kopf, um zu hören, um was für eine kleine Sache es sich handle.

Tschitschikow holte sehr weit aus, berührte zunächst den ganzen russischen Staat, über dessen weite Ausdehnung er sich mit großem Lobe äußerte, und sagte, daß selbst die altrömische Monarchie nicht so groß gewesen sei, daß die Ausländer mit Recht staunen … (Sobakewitsch hörte immer mit geneigtem Kopf zu), und daß nach den bestehenden Gesetzen dieses Staates, dem an Ruhm kein anderer gleiche, die leibeigenen Seelen, die ihr irdisches Sein abgeschlossen, in den Revisionslisten wie die Lebenden geführt werden, um die Amtsstellen nicht mit einer Menge kleinlicher und nutzloser

Schreibereien zu belasten und den schon ohnehin komplizierten Staatsmechanismus nicht noch komplizierter zu machen ... (Sobakewitsch hörte immer mit geneigtem Kopf zu); wie gerecht diese Maßregel auch sei, falle sie jedoch manchem Besitzer zur Last, da sie ihn zwinge, für solche Seelen die Steuern genauso wie für die Lebenden zu entrichten; er aber sei bereit, da er eine persönliche Hochachtung für Sobakewitsch empfinde, diese tatsächlich schwere Verpflichtung zum Teil auf sich zu nehmen. In bezug auf den Hauptgegenstand äußerte sich Tschitschikow sehr vorsichtig. Er sprach von den Seelen nicht als von gestorbenen, sondern als von „nichtexistierenden".

Sobakewitsch hörte ihm immer mit geneigtem Kopf zu, während sein Gesicht auch nicht den geringsten Ausdruck zeigte. Es schien, daß er in seinem Körper überhaupt keine Seele habe, oder daß sie sich nicht dort befinde, wo sie sich zu befinden habe, sondern wie beim unsterblichen Kaschtschej der russischen Sage irgendwo hinter fernen Bergen wohne und in einer so dicken Schale stecke, daß alles, was sich auf ihrem Grunde bewege, nicht die geringste Erschütterung auf ihrer Oberfläche hervorrufe.

„Nun ...?" sagte Tschitschikow, nicht ohne eine gewisse Aufregung auf die Antwort wartend.

„Sie brauchen tote Seelen?" fragte Sobakewitsch sehr einfach, ohne das geringste Erstaunen, als ob die Rede von Getreide wäre.

„Ja", antwortete Tschitschikow und milderte ein wenig den Ausdruck, indem er hinzufügte: „Nichtexistierende Seelen."

„Es werden sich schon welche finden, warum auch nicht ...", sagte Sobakewitsch.

„Und wenn sich welche finden sollten, so wird es Ihnen ohne Zweifel angenehm sein, sich ihrer zu entledigen?"

„Bitte sehr, ich bin bereit, sie zu verkaufen", sagte Sobakewitsch, indem er den Kopf ein wenig hob. Er ahnte, daß der Käufer irgendeinen Vorteil darin sehen müßte.

Hol's der Teufel! dachte Tschitschikow, er will sie schon verkaufen, ehe ich auch nur ein Wort davon sprach! Dann sagte er laut: „Und wie wäre beispielsweise der Preis? Obwohl es so ein Gegenstand ist, daß es sogar sonderbar wäre, vom Preise zu sprechen ..."

„Um nicht zuviel zu verlangen, hundert Rubel pro Stück“, sagte Sobakewitsch.

„Hundert Rubel pro Stück!“ rief Tschitschikow, indem er den Mund aufriß und Sobakewitsch gerade in die Augen blickte; er wußte nicht, ob er sich verhört oder ob die schwerfällige Zunge Sobakewitschs aus Versehen ein falsches Wort gebraucht habe.

„Ist es Ihnen vielleicht zu teuer?“ versetzte Sobakewitsch. Nach einer Weile fügte er hinzu: „Und was ist Ihr Preis?“

„Mein Preis! Wir haben uns wohl geirrt, oder wir verstehen uns nicht recht und haben vergessen, um was für einen Gegenstand es sich hier handelt. Hand aufs Herz, ich meine meinerseits, daß achtzig Kopeken pro Stück der angemessene Preis wäre!“

„Was Ihnen nicht einfällt – achtzig Kopeken pro Stück!“

„Nun, ich bin der Ansicht, daß man dafür nicht mehr bieten kann.“

„Ich verkaufe doch keine Bastschuhe.“

„Sie werden aber zugeben müssen, daß es auch keine Menschen sind.“

„Sie glauben also wirklich, daß Sie einen Dummkopf finden, der Ihnen eine in den Listen geführte leibeigene Seele für zwanzig Kopeken verkauft?“

„Aber gestatten Sie einmal: Warum nennen Sie sie in den Listen geführte Seelen? Die Seelen selbst sind doch schon längst tot, und es ist von ihnen nur ein für die Sinne kaum faßbarer Schall geblieben. Um nicht viel zu reden, bin ich übrigens bereit, Ihnen anderthalb Rubel pro Stück zu geben, mehr kann ich nicht.“

„Sie sollten sich schämen, eine solche Summe zu nennen! Schlagen Sie doch einen vernünftigen Preis vor!“

„Ich kann nicht, Michailo Semjonowitsch; glauben Sie mir, ich kann wirklich nicht; was nicht geht, das geht eben nicht“, sagte Tschitschikow, erhöhte aber den Preis gleich um einen halben Rubel.

„Was geizen Sie so?“ sagte Sobakewitsch. „Es ist doch weiß Gott nicht teuer! Irgendein Gauner wird Sie betrügen und Ihnen statt Seelen einen Schund verkaufen. Bei mir ist es aber lauter gewählte Ware: entweder Handwerker oder sonst tüchtige Kerle. Nehmen Sie z.B. den Wagenbauer Michejew,

der baute nur Wagen auf Federn. Und das war keine Moskauer Arbeit, die nur eine Stunde hält. Seine Arbeit war sehr dauerhaft; auch polsterte und lackierte er die Wagen selbst."

Tschitschikow machte den Mund auf, um einzuwenden, daß dieser Michejew schon lange nicht mehr auf der Welt sei; Sobakewitsch war aber schon im Zug und so gesprächig geworden, wie man es ihm gar nicht zugetraut hätte.

„Und Stepan Probka, der Zimmermann? Ich setze meinen Kopf ein, daß Sie so einen Mann nicht mehr finden. Was der für eine Kraft hatte! Wenn er in der Garde diente, was bekäme er nicht alles. Er war doch über drei Arschin groß!"

Tschitschikow wollte wiederum einwenden, daß auch Probka nicht mehr auf der Welt sei; aber Sobakewitsch hatte wohl eine Art Durchfall bekommen, ihm entströmte ein so unaufhaltsamer Redefluß, daß man nur zuhören konnte.

„Und dann der Ziegelbrenner Miluschkin! Der konnte in jedem Hause einen Ofen aufstellen. Maxim Teljatnikow, der Schuster. Wenn der bloß mit der Ahle hinstach, so war gleich ein Paar Stiefel fertig. Stiefel, für die man sich bedanken mußte, und dabei nahm er keinen Tropfen Schnaps in den Mund. Und erst Jeremej Sorokopljuchin! Dieser Bauer allein war so viel wert wie alle anderen. Er trieb in Moskau Handel und brachte mir fünfhundert Rubel jährlich an Zins allein ein. Ja, das waren lauter solche Leute! Das ist doch was ganz anderes, als was Ihnen so ein Pljuschkin verkaufen wird."

„Aber gestatten Sie", sagte endlich Tschitschikow, erstaunt über diese Redeüberschwemmung, die gar kein Ende zu nehmen schien. „Warum zählen Sie alle ihre Vorzüge auf? Jetzt haben alle diese Leute nicht den geringsten Wert; sie sind ja alle tot. Mit einem Toten kann man höchstens einen Zaun stützen, wie es im Sprichwort heißt."

„Ja, gewiß, sie sind tot", sagte Sobakewitsch, als hätte er erst jetzt eingesehen, daß alle diese Leute in der Tat tot waren. Dann fuhr er fort: „Übrigens, was taugen die Leute, die heute als Lebende gelten? Es sind Fliegen und keine Menschen."

„Aber diese existieren immerhin, und die anderen sind nur ein Wahn."

„Nein, durchaus kein Wahn! Ich will Ihnen nur das eine sagen: So einen Menschen wie den Michejew finden Sie jetzt nicht wieder; er war so ein Mordskerl, daß er in diesem Zimmer kaum Platz hätte; nein, das ist kein Wahn! In den Schultern hatte er aber eine Kraft, wie sie ein untersetztes Pferd von Wjatka hat. Ich möchte wissen, wo Sie noch einen solchen Wahn finden!" Die letzten Worte sprach er, sich an die Bildnisse Bagrations und Kolokotronis wendend, wie es meistens bei Gesprächen vorkommt, wenn einer der Sprechenden sich nicht an die Person, an die seine Worte gerichtet sind, wendet, sondern an einen Dritten, der zufällig ins Zimmer gekommen ist, selbst an einen Unbekannten; man weiß zwar, daß man von diesem Dritten weder eine Antwort noch seine Ansicht noch eine Bestätigung zu hören bekommt, aber man richtet auf ihn dennoch seinen Blick, als riefe man ihn zu einem Schiedsrichter an; der Unbekannte, der im ersten Augenblick ein wenig verlegen wird, weiß gar nicht, ob er sich zu der Sache, von der er noch nichts gehört hat, äußern oder lieber des Anstandes wegen eine Weile schweigend dastehen und dann erst fortgehen soll.

„Nein, mehr als zwei Rubel kann ich nicht geben", sagte Tschitschikow.

„Gut, damit Sie mir nicht vorwerfen, daß ich zuviel verlange und Ihnen nicht entgegenkomme, will ich Ihnen die Seelen zu fünfundsiebzig Rubel das Stück lassen, doch nur in Banknoten, und das auch nur aus Freundschaft!"

Hält er mich für einen Narren? dachte Tschitschikow. Dann sagte er laut: „Es kommt mir wirklich sonderbar vor; es ist, als ob wir Theater oder irgendeine Komödie spielten; anders kann ich es mir nicht erklären … Sie scheinen ein recht kluger Mann zu sein und über Wissen und Bildung zu verfügen. Der Gegenstand ist doch nichts! Was ist er wert? Wer braucht ihn noch?"

„Sie wollen ihn doch kaufen, folglich brauchen Sie ihn."

Tschitschikow biß sich hier in die Unterlippe und wußte im Moment nichts darauf zu antworten. Er fing an, etwas von Familienangelegenheiten zu reden, doch Sobakewitsch unterbrach ihn einfach:

„Ich will von Ihren Verhältnissen nichts wissen, in Familienangelegenheiten mische ich mich nicht ein – das ist Ihre Sache. Sie brauchen Seelen, und ich will Ihnen welche verkaufen. Sie werden es auch bereuen, daß Sie sie nicht bei mir gekauft haben."

„Zwei Rubelchen“, sagte Tschitschikow.

„Ach Gott, Sie haben sich das eine in den Kopf gesetzt: Sie haben sich auf die zwei Rubel versteift und wollen nicht herunter. Bieten Sie mir doch einen anständigen Preis!“

Hol ihn der Teufel! dachte sich Tschitschikow. – Einen halben Rubel will ich dem Hund noch hinwerfen! – „Schön, ich will noch einen halben Rubel dazugeben.“

„Gut, jetzt will ich Ihnen auch mein letztes Wort sagen: fünfzig Rubel! Ich verkaufe sie mit Schaden, billiger werden Sie so tüchtige Leute nirgends finden!“

Dieser Filz! sagte sich Tschitschikow. Dann fuhr er etwas verärgert fort: „Was ist das in der Tat? ... Als ob es eine ernste Sache wäre! Anderswo bekomme ich sie umsonst. Ein jeder wird sie mir mit Freuden abgeben, um sie los zu sein, höchstens ein Narr wird sie noch länger behalten wollen und Steuern für sie zahlen!“

„Aber wissen Sie auch, daß Käufe dieser Art – das sage ich ganz unter uns in aller Freundschaft – nicht immer erlaubt sind, und wenn ich oder ein anderer es wiedererzählen wollte, so würden Sie bei Abschluß von Verträgen oder irgendwelchen lohnenden Vereinbarungen nicht das geringste Vertrauen finden.“

Da will er also hinaus, der Schuft! dachte sich Tschitschikow und fügte gleich höchst kaltblütig hinzu: „Ganz wie Sie wollen! Ich kaufe sie nicht, weil ich sie brauche, wie Sie sich einbilden, sondern nur so ... aus Gesinnung. Wenn Sie zwei Rubel fünfzig nicht nehmen wollen, so leben Sie wohl!“

Den bringe ich nicht aus dem Konzept, er gibt nicht nach! dachte sich Sobakewitsch. „Nun, Gott mit Ihnen, geben Sie mir dreißig Rubel pro Stück und nehmen Sie die Seelen!“

„Nein, ich sehe, Sie wollen sie nicht verkaufen. Leben Sie wohl!“

„Aber erlauben Sie einmal!“ sagte Sobakewitsch, ohne seine Hand loszulassen und ihm auf den Fuß tretend; unser Held hatte sich nämlich nicht in acht genommen und mußte jetzt zur Strafe dafür aufzischen und auf einem Fuße hüpfen.

„Ich bitte um Verzeihung! Ich bin Ihnen, glaube ich, zu nahegetreten. Bitte, setzen Sie sich her! Ich bitte darum!“ Mit diesen Worten nötigte er ihn in einen Sessel mit der Gewandtheit eines Bären, der schon in Dressur war und sich zu wenden

und einige Kunststücke zu machen weiß, wenn man ihn auffordert: „Mischa, zeig mal, wie sich die Weiber im Dampfbade abreiben!“ oder: „Mischa, zeig mal, wie die Kinder Erbsen stehlen!“

„Wirklich, ich verliere nur meine Zeit, ich habe Eile.“

„Bleiben Sie doch noch eine Minute, ich will Ihnen gleich ein Ihnen angenehmes Wort sagen.“ Sobakewitsch setzte sich näher zu ihm heran und raunte ihm ins Ohr wie ein Geheimnis: „Wollen Sie ein Viertel?“

„Das heißt fünfundzwanzig Rubel? Keine Rede! Nicht mal ein Viertel von dem Viertel, keine Kopeke mehr.“

Sobakewitsch verstummte. Auch Tschitschikow schwieg. An die zwei Minuten währte das Schweigen. Bagration mit seiner Adlernase verfolgte von der Wand herab die Unterhandlungen mit der größten Aufmerksamkeit.

„Was wäre also Ihr äußerster Preis?“ fragte endlich Sobakewitsch.

„Zwei Rubel fünfzig.“

„Die Menschenseele scheint Ihnen wirklich so viel wert zu sein wie eine gebrühte Rübe. Geben Sie doch wenigstens drei Rubel.“

„Ich kann nicht.“

„Nun, es ist mit Ihnen wohl nichts zu machen. Ich verkaufe mit Schaden, aber ich habe schon mal so einen Hundecharakter. Ich kann meinem Nächsten unmöglich ein Vergnügen versagen. Ich glaube, wir müssen auch einen Kaufvertrag abschließen, damit alles in Ordnung ist?“

„Selbstverständlich.“

„Nun sehen Sie es, also werde ich in die Stadt fahren müssen.“

So wurde das Geschäft abgeschlossen. Sie vereinbarten, sich am nächsten Tage in der Stadt zu treffen, um den Kaufvertrag perfekt zu machen. Tschitschikow bat um eine kleine Liste der Bauern. Sobakewitsch ging gerne darauf ein, begab sich sofort zum Sekretär und stellte eigenhändig die Liste auf, die nicht nur die Namen, sondern auch die lobenswerten Eigenschaften eines jeden Bauern enthielt.

Tschitschikow begann indessen, da er nichts anderes zu tun hatte, das mächtige Gestell Sobakewitschs zu studieren. Als er seinen Rücken, der so breit wie bei einem Pferd war, und seine Beine, die an die gußeisernen Pfosten erinnerten, wie man sie längs der Bürgersteige aufzustellen pflegt, sah, mußte er sich sagen: Wie hat dich doch der liebe Gott ausgerüstet! Bist zwar nicht schön zugeschnitten, aber dauerhaft genäht! … Bist du schon als Bär zur Welt gekommen, oder haben dich das Provinzleben, die Landwirtschaft, die Plackereien mit den Bauern zu einem Bären gemacht, so daß du solch ein Wucherer geworden bist? Aber nein, ich glaube, du wärest der gleiche, auch wenn man dich nach der Mode erzogen und dir zu einer Karriere verholfen hätte, auch wenn du in Petersburg und nicht in der Provinz lebtest. Der ganze Unterschied besteht darin, daß du jetzt eine halbe Hammellende mit Brei und dazu einen Käsekuchen von Tellergröße verzehrst, während du dort irgendwelche Koteletts mit Trüffeln gegessen hättest. Jetzt hast du die Bauern in deiner Gewalt, du lebst mit ihnen in Eintracht und tust ihnen nichts zuleide, weil sie dein sind und weil es dein Schaden wäre, sie schlecht zu behandeln. Dort hättest du aber Beamte unter dir, und die würdest du viel schlechter behandeln, weil sie nicht deine Leibeigenen sind, oder du würdest auch den Staat bestehlen! Nein, wenn einer schon so eine Faust hat, so kann er seine Finger nicht mehr geradebiegen! Und wenn du auch einen oder zwei Finger geradebiegst, so wird es noch schlimmer. Dann kostest du ein wenig von irgendeiner Wissenschaft, und wenn du nachher einen angesehenen Posten bekommst, so wirst du allen, die die Wissenschaft wirklich verstehen, das Leben sauer machen! Vielleicht wirst du hinterher noch sagen: ‚Ich will mal zeigen, was ich kann!' Und du erfindest irgendeine weise Verordnung, daß es vielen recht bitter zumute wird … Ach, wenn doch alle diese Wucherer …

„Die Liste ist fertig!" sagte Sobakewitsch, sich nach ihm umwendend.

„Fertig? Bitte, geben Sie sie her!" Er überflog sie und wunderte sich über die Genauigkeit und Akkuratesse. Bei jedem Bauern waren nicht nur sein Handwerk, Stand, Alter und Familienverhältnisse angegeben, sondern am Rande standen noch einige Bemerkungen über das Betragen, die Nüchternheit, mit einem Worte – es war ein Vergnügen, die Liste zu sehen.

„Nun bitte ich um eine Anzahlung", sagte Sobakewitsch.

„Was brauchen Sie eine Anzahlung? Sie bekommen doch das ganze Geld auf einmal in der Stadt."

„Ja, Sie wissen doch, es ist mal Sitte", entgegnete Sobakewitsch.

„Ich weiß nicht, wie ich Ihnen die Anzahlung machen soll. Ich habe kein Geld bei mir. Nur zehn Rubel habe ich da."

„Ach, was sind zehn Rubel! Geben Sie mir wenigstens fünfzig."

Tschitschikow versuchte zu behaupten, daß er soviel Geld nicht bei sich habe; Sobakewitsch erklärte aber so positiv, daß er doch welches bei sich haben müsse, daß jener noch eine Banknote aus der Tasche zog und sagte: „Gut, hier haben Sie noch fünfzehn, im ganzen sind es also fünfundzwanzig. Ich möchte Sie aber um eine Quittung bitten."

„Was brauchen Sie eine Quittung?"

„Wissen Sie, eine Quittung ist doch sicherer. Für jeden Fall ... es kann doch allerhand passieren!"

„Gut, dann geben Sie erst das Geld her."

„Warum denn das Geld? Ich halte es ja in der Hand! Sobald Sie die Quittung geschrieben haben, werden Sie es gleich bekommen."

„Aber wie soll ich die Quittung schreiben? Ich muß doch zuerst das Geld sehen."

Tschitschikow gab die Banknoten Sobakewitsch, der an den Tisch ging, das Geld mit der linken Hand bedeckte und zugleich mit der Rechten auf einen Papierfetzen schrieb, daß er eine Anzahlung von fünfundzwanzig Rubel in Banknoten für die verkauften Seelen erhalten habe. Nachdem er dieses geschrieben hatte, sah er sich die Banknoten noch einmal an.

„Das eine Papierchen ist etwas alt", sagte er, es gegen das Licht haltend, „und ein wenig zerrissen; aber unter Freunden sieht man nicht darauf."

Ein Wucherer, ein Wucherer! dachte Tschitschikow. Und auch noch eine Bestie dazu!

„Wollen Sie nicht auch einige weibliche Seelen haben?"

„Nein, ich danke."

„Die könnte ich Ihnen billig lassen. Aus Freundschaft zu einem Rubel das Stück."

„Nein, Weiber brauche ich nicht."

„Nun, wenn Sie keine brauchen, so lohnt es sich nicht, dar-

über zu reden. Über den Geschmack läßt sich nicht streiten: Der eine liebt den Popen und der andere die Popenfrau, wie es im Sprichwort heißt."

„Ich möchte Sie noch bitten, daß dieses Geschäft ganz unter uns bleibt", sagte Tschitschikow beim Abschied.

„Das versteht sich doch von selbst. Ein Dritter braucht davon nichts zu wissen. Was unter zwei intimen Freunden in aller Aufrichtigkeit abgemacht ist, das muß im Bereiche ihrer gegenseitigen Freundschaft bleiben. Leben Sie wohl! Ich danke Ihnen für den Besuch; vergessen Sie uns bitte auch in Zukunft nicht; wenn Sie mal eine freie Stunde haben, so kommen Sie zu uns. Wir essen zu Mittag und verbringen die Zeit zusammen. Vielleicht bietet sich wieder einmal eine Gelegenheit, einander einen Dienst zu erweisen."

Ja, Schnecken! sagte sich Tschitschikow, indem er in den Wagen stieg. – Zwei Rubel fünfzig hat er mir für eine tote Seele abgeknöpft, der Halsabschneider!

Er war über Sobakewitschs Benehmen äußerst unzufrieden. Sobakewitsch war doch immerhin sein Bekannter, er war mit ihm beim Gouverneur und beim Polizeimeister zusammengekommen, hatte sich aber jetzt wie ein ganz Fremder benommen: ließ sich für einen solchen Dreck Geld zahlen! Als der Wagen schon den Hof verlassen hatte, sah sich Tschitschikow noch einmal um: Sobakewitsch stand noch immer vor dem Hause und spähte aus, wohin sein Gast jetzt wohl fahren würde.

„Er steht noch immer da, der Schuft!" sagte Tschitschikow durch die Zähne und befahl Selifan, den Wagen zu den Bauernhäusern zu wenden, so daß man ihn vom Herrenhaus aus nicht mehr sehen könne. Er wollte nämlich zu Pljuschkin fahren, bei dem, nach Sobakewitschs Worten, die Leute wie die Fliegen starben; er wollte aber nicht, daß Sobakewitsch es wisse. Als der Wagen schon das Ende des Dorfes erreicht hatte, rief er den ersten besten Bauer zu sich heran, der gerade einen dicken Balken von der Straße aufgehoben hatte und gleich einer unermüdlichen Ameise zu sich ins Haus schleppte.

„He, du Bart! Wie kommt man von hier zu Pljuschkin, ohne am Herrenhaus vorbei zu müssen?"

Die Frage machte dem Bauer anscheinend einige Schwierigkeiten.

„Nun, weißt du es nicht?“

„Nein, Herr, ich weiß es nicht.“

„Ach, du! Und dabei hast du schon graue Haare! Kennst du denn den Geizhals Pljuschkin nicht, der seinen Leuten nichts zu essen gibt?“

„Ach so, den Geflickten, den Geflickten!“ rief der Bauer aus. Dem Worte „Geflickter“ ließ er noch ein Substantivum folgen, das zwar äußerst gelungen war, aber in anständiger Sprache nicht gebraucht wird; darum wollen wir es hier nicht wiedergeben. Der Ausdruck war wohl übrigens ungemein treffend, weil Tschitschikow, auch als er schon eine ganze Strecke weitergefahren war und den Bauer längst hinter sich gelassen hatte, noch immer in seinem Wagen sitzend, grinste. Das russische Volk hat eben solche kräftigen Ausdrücke. Und wenn es einem ein solches Wörtchen angehängt hat, so geht es dann von Geschlecht zu Geschlecht, folgt ihm in den Staatsdienst, nach Petersburg, bis ans Ende der Welt und bleibt ihm auch dann, wenn er schon seinen Dienst quittiert hat. Man mag dann klügeln, soviel man will, um den Spitznamen zu veredeln, man mag sogar einen Federfuchser gegen Bezahlung veranlassen, den Namen von einem altfürstlichen Geschlecht abzuleiten – es nutzt alles nichts. Der Spitzname krächzt ganz von selbst aus seiner Rabenkehle und bezeugt unzweideutig, woher der Vogel stammt. Was einmal treffend ausgesprochen ist, das kann, ebenso wie etwas schwarz auf weiß geschrieben steht, auch nicht mit einer Axt ausgelöscht werden. Wie treffend ist aber alles, was aus den tiefsten Gründen Rußlands stammt, wo es weder deutsche noch finnische noch irgendwelche andere Volksstämme gibt, wo lauter urwüchsiges Volk mit seinem lebendigen, schlagfertigen russischen Verstand lebt, das das treffende Wort immer fertig zur Hand hat, das solch ein Wort nicht erst ausbrüten muß wie die Glucke ihre Kücken, und es einem wie einen Paß fürs ganze Leben mitgibt; dann braucht man nicht noch eigens zu erwähnen, was für eine Nase und was für Lippen der Mensch hat. Mit dem einen Wort ist er ganz vom Kopf bis zu den Füßen gekennzeichnet!

Wieviel Kirchen, Klöster mit Kuppeln und Türmen und Kreuzen über das ganze fromme Rußland verstreut sind, soviel Völker, Stämme und Geschlechter bewegen sich auf dem Antlitz der Erde. Und jedes Volk, das in sich das Pfand der Kraft trägt und von schöpferischen Eigentümlichkeiten seiner Seele, seiner grellen Eigenart und anderen Gottesgaben erfüllt ist, zeichnet sich auch durch seinen eigenen Wortschatz aus. Wenn es einen Gegenstand mit einem Namen bezeichnet, so spiegelt diese Bezeichnung auch einen Teil des Volkscharakters wider. Herzenserkenntnis und Lebensweisheit spricht aus dem Wort des Briten; leicht und elegant blitzt das kurzlebige Wort des Franzosen auf, das sofort wieder verschwindet; kompliziert und schwer verständlich ist das superkluge und dürre Wort des Deutschen; aber es gibt kein Wort, das mit solchem Schwung und kühn direkt aus dem Herzen käme, das so brodelte und zappelte wie das treffende russische Wort.

SECHSTES KAPITEL

Früher, vor langer Zeit, in den Jahren meiner Jugend, in den Jahren der unwiederbringlich verflogenen Kindheit, war es mir immer eine Lust, mich zum erstenmal einem unbekannten Ort zu nähern: ganz gleich, ob es ein Dörfchen, ein armes Kreisstädtchen, ein Kirchdorf oder ein Flecken war – mein neugieriger kindlicher Blick entdeckte da immer viel Interessantes. Jedes Gebäude, alles, was nur den Stempel von Besonderem trug, fesselte und erstaunte mich. Ein steinernes Regierungsgebäude von der bekannten Architektur mit den vielen falschen Fenstern, das einsam inmitten eines Haufens aus Balken gezimmerter einstöckiger Bürgerhäuschen ragte; eine regelmäßige, ganz mit Weißblech gedeckte Kuppel über einer schneeweißen Kirche, ein Markt oder ein Provinzdandy, der im Städtchen auftauchte – nichts entging der frischen, scharfen Aufmerksamkeit. Die Nase aus dem Reisewagen herausgesteckt, betrachtete ich den mir noch unbekannten Schnitt irgendeines Rockes, die hölzernen Kisten mit Nägeln, mit Schwefel, der aus der Ferne gelb leuchtete, mit Rosinen und Seife, die in den Türen eines Gemüseladens neben Gläsern mit ausgetrocknetem Moskauer Konfekt prangten; ich betrachtete mit der gleichen Aufmerksamkeit den vorbeigehenden Infanterieoffizier, der Gott weiß aus welchem Gouvernement in diese langweilige Provinz verschlagen war, und den Kaufmann in langem

Überrock, der in einer leichten Droschke an mir vorüberflog – und ich folgte ihnen mit meinen Gedanken in ihr elendes Dasein. Ging ein Kreisbeamter an mir vorbei, so fragte ich mich gleich, wohin er wohl gehen möge: ob zu einer Abendunterhaltung bei einem seiner Kollegen oder direkt zu sich nach Hause, um erst ein halbes Stündchen, solange die Abenddämmerung noch nicht angebrochen ist, draußen vor der Haustür zu sitzen und sich dann mit seiner Mutter, seiner Frau und der Schwester dieser Frau ans frühe Abendessen zu setzen, und worüber sie wohl sprechen werden, wenn das leibeigene Mädel mit den Perlengehängen oder ein Junge in dicker Joppe nach der Suppe ein Talglicht in dem alten Hausleuchter hereinbringt. Wenn ich mich dem Dorfe irgendeines Gutsbesitzers näherte, betrachtete ich neugierig den hohen, schmalen hölzernen Glockenturm oder die breite, dunkle, alte hölzerne Kirche. Einladend schimmerten durch das Laub der Bäume das rote Dach und die weißen Schornsteine des Herrenhauses, und ich wartete mit Ungeduld, daß die es verdeckenden Gärten zu beiden Seiten zurücktreten und das Haus mit seiner damals durchaus nicht banalen Fassade (heute sind die Fassaden leider nicht mehr so!) zum Vorschein käme; und ich suchte zu erraten, was für ein Mensch der Gutsbesitzer und ob er dick sei, ob er Söhne oder ganze sechs Töchter mit hellem Mädchenlachen und ewigen Spielen habe, von denen die jüngste immer wunderhübsch ist, ob sie schwarze Augen haben und ob er selbst ein lustiger Patron sei oder immer düster wie die letzten Septembertage in den Kalender schaue und über Korn und Weizen spreche, was für die Jugend so langweilig ist.

Heute nähere ich mich gleichgültig jedem unbekannten Dorf und betrachte gleichgültig sein abgeschmacktes Äußere; mein abgekühlter Blick fühlt sich ungemütlich, nichts bringt mich zum Lachen; was in vergangenen Jahren eine lebhafte Bewegung in meinem Gesicht geweckt, was mich zum Lachen oder Reden gereizt hatte, gleitet jetzt an mir wirkungslos vorüber, und meine unbeweglichen Lippen bewahren ein teilnahmsloses Schweigen. Oh, meine Jugend, oh, meine einstige Frische!

Während Tschitschikow über den Spitznamen, den die Bauern Pljuschkin verliehen hatten, nachdachte und innerlich lachte, merkte er gar nicht, wie er mitten in ein ausgedehntes

Kirchdorf mit einer Menge Bauernhäuser und Straßen geraten war. Bald wurde er jedoch darauf durch ein ordentliches Rütteln aufmerksam gemacht, das vom Knüppelpflaster herrührte und gegen welches das städtische Pflaster gar nichts ist. Die Balken hoben und senkten sich wie die Klaviertasten, und der unachtsame Reisende bekam entweder eine Beule im Nacken oder einen blauen Fleck auf der Stirne, oder es kam auch vor, daß er sich mit den eigenen Zähnen sehr schmerzhaft in die Spitze seiner eigenen Zunge biß. Tschitschikow nahm an fast allen Gebäuden des Dorfes eine eigentümliche Morschheit wahr: die Balken der Wände waren dunkel und alt; viele Dächer waren durchscheinend wie Siebe; von vielen war außer dem Firstbalken oben und Rippenstangen an den Seiten überhaupt nichts übriggeblieben. Es sah so aus, als hätten die Bewohner selbst die Bretter und Schindeln heruntergeholt, in der natürlich durchaus richtigen Erwägung, daß man bei Regenwetter die Häuser nicht deckt, daß sie bei trockenem Wetter auch so keinen Tropfen durchlassen und daß man sich mit seinem Weibe nicht unbedingt zu Hause vergnügen muß, wo es doch genügend Platz wie in der Schenke, so auch an der Landstraße, kurz überall gibt. Die Fenster waren sämtlich ohne Scheiben; einige waren nur mit Gras oder Kleidungsstücken verstopft; die von Brüstungen umgebenen kleinen Altane unter den Dächern, die Gott weiß zu welchem Zweck an vielen russischen Bauernhäusern angebracht werden, waren schief und dunkel geworden und wirkten nicht einmal malerisch. Hinter den Häusern erhoben sich reihenweise riesengroße Getreideschober, die anscheinend schon lange dastanden; ihre Farbe erinnerte an alte, schlecht gebrannte Ziegelsteine; oben wuchs auf ihnen allerlei Unkraut und an der Seite sogar hie und da ein Strauch. Das Getreide gehörte offenbar dem Gutsbesitzer. Zwischen den Getreideschobern und den morschen Dächern ragten bald rechts und bald links, je nach den Wendungen, die der Wagen machte, zwei Dorfkirchen dicht nebeneinander in die heitere Luft; die eine aus Holz und nicht mehr benutzt, die andere aus Stein, mit gelben Mauern voller Flecken und Risse. Hier und da blickte das Herrenhaus durch, das schließlich ganz sichtbar wurde an der Stelle, wo die Häuserreihe aufhörte und statt ihrer ein leeres, von einem niederen, stellenweise zerbrochenen Zaun eingefaßtes Gemüse-

oder Kohlfeld kam. Dieses seltsame, ganz ungewöhnlich lange Palais sah wie ein altersschwacher Invalide aus. Stellenweise hatte es nur ein Geschoß und stellenweise zwei. Auf dem dunklen Dach, das dem Alter nicht überall sicheren Schutz bot, ragten einander gegenüber zwei Aussichtstürme, beide schief und der Farbe, mit der sie einst bedeckt gewesen, beraubt. Die Mauern zeigten hier und da das hölzerne Gitterwerk, von dem der Mörtel abgefallen war, und schienen nicht wenig von Regen, Stürmen und herbstlichen Wetterstürzen gelitten zu haben. Von den Fenstern standen nur zwei offen; die übrigen waren mit Läden verschlossen und zum Teil sogar mit Brettern vernagelt. Auch die beiden erwähnten Fenster waren ihrerseits halbblind; und auf dem einen prangte ein aufgeklebtes Dreieck aus blauem Zuckerpapier.

Nur der ausgedehnte alte Garten hinter dem Hause, der sich über das Dorf hinaus erstreckte und schließlich in den Feldern verlor, verwildert und vernachlässigt, schien allein dieses große Dorf zu beleben und bot in seiner malerischen Verwilderung den einzigen schönen Anblick. In grünen Wolken und unregelmäßigen, aus zitterndem Laub bestehenden Kuppeln hoben sich die ineinandergewachsenen Wipfel der in Freiheit verwilderten Bäume vom Himmel ab. Der weiße kolossale Stamm einer Birke, die von einem Sturm oder Gewitter ihres Wipfels beraubt worden war, ragte aus diesem grünen Dickicht empor und rundete sich in der Luft wie eine glänzende regelmäßige Marmorsäule; die schiefe, spitze Bruchstelle, die sie oben statt eines Kapitells bekrönte, saß auf dem blendenden Weiß wie eine Mütze oder wie ein schwarzer Vogel. Der Hopfen, der unten die Holunder-, Ebereschen- und Haselnußstauden erstickte und dann längs des Zaunes kletterte, lief den Birkenstamm hinauf und umrankte ihn bis zur Mitte. Nachdem er die Mitte erreicht hatte, fiel er von da ab und klammerte sich zum Teil an die Wipfel anderer Bäume fest oder hing zum Teil in feinen, zähen Ranken, die in der Luft leise bebten, herab. Das von der Sonne beschienene grüne Dickicht öffnete stellenweise einen Ausblick in die unbeleuchtete Tiefe, die wie ein dunkler Rachen gähnte; sie war ganz vom Schatten umschlungen, und in der schwarzen Tiefe schimmerten kaum sichtbar ein schmaler Fußpfad, ein eingestürztes Geländer, eine baufällige Laube, ein hohler, morscher Weidenstamm, graues Akaziengebüsch, das hinter der Weide seine in der furchtbaren Enge verdorrten, durcheinandergeflochtenen und gekreuzten Blätter und Äste hervorstreckte, und schließlich ein junger Ahornast, dessen tatzenförmige Blätter seitwärts hervorlugten und von denen das eine, von der Gott weiß wieso hineingeratenen Sonne durchdrungen, durchsichtig und feurig in diesem dichten Dunkel glühte. Etwas seitwärts, am Rande des Gartens, trugen einige hohe, alle anderen Bäume überragende Espen auf ihren zitternden Wipfeln riesige Krähennester. Einige von ihnen ließen abgebrochene, doch noch nicht ganz losgelöste Äste mit den verdorrten Blättern herabhängen. Mit einem Wort – alles war so schön, wie es sonst weder die Natur noch die Kunst zu erfinden vermögen und wie es nur dann der Fall ist, wenn sie sich miteinander verbünden, wenn die Natur über das oft sinnlos aufgetürmte Menschenwerk mit seinem Meißel nachgefahren ist, die schweren Massen leichter gemacht, die rohe Symmetrie und die dürftigen Lücken vernichtet hat, durch die der unverhüllte, nackte Plan hervorlugt, und allem, was in der Kühle abgemessener Genauigkeit und Reinlichkeit entstanden ist, eine wunderbare Wärme verliehen hat.

Nach einer oder zwei Wendungen kam unser Held dicht vor das Haus, das jetzt einen noch traurigeren Eindruck machte. Das morsche Holz des Tores und Zaunes war schon vom grünen Schimmel überzogen. Eine ganze Menge sichtlich zerfallender Baulichkeiten – Gesindegebäude, Scheunen und Schuppen – füllte den Hof. Alles zeugte davon, daß hier einst eine große Wirtschaft betrieben worden war, und alles blickte jetzt düster drein. Nichts belebte das Bild: weder sich auftuende Türen, noch aus den Häusern tretende Menschen, noch irgendwelche lebendige Hausarbeit! Nur das Haupttor allein stand offen, und auch das nur aus dem Grunde, weil eben ein Bauer mit vollbeladenem, mit Bastmatten zugedecktem Wagen wie eigens zur Belebung dieser ausgestorbenen Stätte hereingefahren war. Zu anderer Zeit war wohl auch dieses Tor fest verschlossen, denn in der eisernen Klammer hing ein riesengroßes Vorhängeschloß. Vor einem der Gebäude bemerkte Tschitschikow eine Gestalt, die mit dem Bauern, der eben mit seinem Wagen gekommen war, sofort Streit anfing. Lange konnte er das Geschlecht dieser Gestalt nicht erkennen, ob es ein Mann oder ein Weib war. Die Kleidung, die sie anhatte, war höchst unbestimmt und glich am ehesten einem Frauenmorgenrock; auf dem Kopf hatte sie eine spitze Haube, wie sie die leibeigenen Bauernweiber zu tragen pflegen; nur die Stimme kam ihm für ein Frauenzimmer etwas zu rauh vor. „Weiß Gott, ein Weibsbild!“ sagte er sich, fügte aber gleich hinzu: „Weiß Gott, doch kein Weibsbild!“ – „Natürlich ein Weibsbild!“ sagte er endlich, nachdem er die Gestalt genauer betrachtet hatte. Auch die Gestalt musterte ihn ihrerseits ebenso aufmerksam. Der Gast erschien ihr wohl wie ein Wunder, denn sie musterte nicht nur ihn, sondern auch Selifan und die Pferde vom Schwanz bis zur Schnauze. Nach dem Schlüsselbund, den sie am Gürtel hängen hatte, und den kräftigen Schimpfworten, mit denen sie den Bauern traktierte, schloß Tschitschikow, daß es die Wirtschafterin sein müsse.

„Hör mal, Mütterchen“, sagte er, aus dem Wagen steigend, „ist der Herr ...?“

„Er ist nicht zu Hause“, unterbrach ihn die Wirtschafterin, ohne das Ende der Frage abzuwarten; nach einer Weile fügte sie hinzu: „Was wollen Sie denn?“

„Es ist eine geschäftliche Angelegenheit.“

„Dann treten Sie bitte ins Haus!“ sagte die Wirtschafterin. Sie wandte ihm ihren Rücken zu, der mit Mehl beschmiert war und etwas tiefer ein recht großes Loch hatte.

Tschitschikow trat in den großen dunklen Flur, aus dem es ihn kalt wie aus einem Keller anwehte. Aus dem Flur kam er in ein ebenso dunkles Zimmer, das nur aus dem breiten Spalt unten an der Tür sein Licht erhielt. Er öffnete diese Tür und kam in einen hellen Raum. Die hier herrschende Unordnung machte ihn stutzig. Es sah so aus, als ob man im ganzen Haus die Böden scheuerte und sämtliche Möbel zeitweise hier untergebracht hätte. Auf dem einen Tisch stand sogar ein zerbrochener Stuhl und neben diesem eine Uhr, deren Pendel stillstand und an dem eine Spinne bereits ihr Gewebe befestigt hatte. Hier stand auch, an die Wand gelehnt, ein Schrank mit altertümlichem Silber, Karaffen und chinesischem Porzellan. Auf dem Sekretär, dessen Perlmuttermosaik stellenweise herausgefallen war und nur gelbe, mit trockenem Leim gefüllte Lücken zurückgelassen hatte, lag allerlei Kram durcheinander: ein Haufen eng beschriebener Zettel unter einem grün angelaufenen marmornen Briefbeschwerer mit einem kleinen Ei oben, ein altertümliches Buch in Ledereinband mit Rotschnitt, eine ganz ausgetrocknete Zitrone, kaum größer als eine Walnuß, eine abgebrochene Sessellehne, ein mit einem Brief zugedecktes Likörglas mit einer Flüssigkeit, in der drei Fliegen schwammen, ein Stück Siegellack, ein kleiner, irgendwo aufgelesener Lumpen, zwei mit Tinte beschmierte Schreibfedern, so trocken, wie wenn sie die Schwindsucht hätten, und ein gelber Zahnstocher, mit dem sein Besitzer wohl noch vor der Invasion der Franzosen in Moskau in seinen Zähnen gestochert hatte.

An den Wänden hingen ohne jedes System mehrere Bilder eng durcheinander. Ein vergilbter Stich, der irgendeine Schlacht darstellte, mit riesengroßen Trommeln, schreienden Soldaten mit Dreispitzen auf den Köpfen und ertrinkenden Pferden; der Stich steckte in einem Mahagonirahmen mit schmalen Bronzestreifen und runden Bronzeverzierungen an den vier Ecken, doch ohne Glas. Neben ihm nahm ein riesengroßes, fast schwarzes Ölbild, auf dem Blumen, Früchte, eine zerschnittene Melone, ein Wildschweinkopf und eine mit dem Kopf nach unten hängende Ente dargestellt waren, die halbe Wand ein. Von der Mitte der Decke hing ein in einem Leinensack steckender Kronleuchter herab, der so furchtbar verstaubt war, daß er dem Kokon einer Seidenraupe glich. In einem Winkel des Zimmers war ein Haufen von gröberen Gegenständen aufgestapelt, die es wohl nicht verdienten, auf dem Tisch zu liegen. Was sich alles in diesem Haufen befand, war schwer zu sagen, denn das Ganze war so dick mit Staub bedeckt, daß jede Hand, die die Sachen berührte, sofort eine Art Handschuh bekam; am deutlichsten waren darin ein abgebrochenes Stück von einer hölzernen Schaufel und eine alte Stiefelsohle zu unterscheiden. Man würde niemals glauben, daß dieses Zimmer von einem lebenden Wesen bewohnt werde, wenn nicht eine alte abgetragene Mütze, die auf dem Tisch lag, davon zeugte. Während Tschitschikow die seltsame Ausstattung des Zimmers studierte, ging eine Seitentür auf, und die gleiche Wirtschafterin, die er schon auf dem Hof gesehen hatte, trat ins Zimmer. Nun merkte er aber, daß es eher ein Hausverwalter als eine Wirtschafterin war. Eine Wirtschafterin pflegt sich wenigstens nicht den Bart zu rasieren, dieser aber rasierte sich den Bart, und zwar wohl sehr selten, denn das ganze Kinn und die untere Hälfte der Wange glichen einer Drahtbürste, mit der man die Pferde zu striegeln pflegt. Tschitschikow nahm einen fragenden Ausdruck an und wartete mit Spannung, was der Hausverwalter ihm wohl sagen würde. Der Hausverwalter wartete seinerseits, was ihm Tschitschikow sagen wollte. Diese beiderseitige Verlegenheit machte Tschitschikow stutzig, und er entschloß sich, zu fragen:

„Wo ist denn der Herr? Zu Hause?"

„Hier ist der Herr", sagte der Hausverwalter.

„Wo denn?" wiederholte Tschitschikow.

„Sind Sie denn blind, Väterchen?" sagte der Hausverwalter. „Der Herr bin doch ich!"

Unser Held trat unwillkürlich einen Schritt zurück und sah den Mann genauer an. Er hatte schon verschiedene Leute gesehen und selbst solche, die meine Leser und ich wohl nie zu Gesicht bekommen werden; aber etwas Derartiges hatte er noch nie gesehen. Das Gesicht bot eigentlich nichts Besonderes. Es war fast so, wie es viele magere Greise haben; nur das Kinn trat etwas weit vor, so daß er es immer mit einem Taschentuch zudecken mußte, um es nicht vollzuspucken. Die kleinen Äuglein waren noch nicht erloschen und bewegten sich unter den buschigen Augenbrauen wie die Mäuse, wenn sie ihre spitzen Schnäuzlein aus den dunklen Löchern hervorsteckten, mit gespitzten Ohren und zitternden Schnurrbarthaaren ausspähen, ob nicht irgendwo ein Kater oder ein mutwilliger Junge lauere, und argwöhnisch die Luft beschnuppern. Viel bemerkenswerter war seine Kleidung. Man könnte wohl durch keine Mühe und keine Mittel feststellen, woraus sein Schlafrock zusammengesetzt war. Die Ärmel und die Schöße waren dermaßen speckig, daß man sie für Juchtenleder halten konnte, aus dem man Stiefel macht; hinten hatte er statt zwei vier Schöße hängen, aus denen die Baumwolle in Knäueln herausquoll. Um den Hals hatte er etwas gewickelt, von dem man nicht sagen konnte, ob es ein Strumpf, ein Strumpfband oder eine Bauchbinde war; jedenfalls war es kein Halstuch. Mit einem Wort, hätte ihn Tschitschikow in diesem Kostüm irgendwo vor einer Kirchentür getroffen, so hätte er ihm sicher eine Kupfermünze gegeben; denn zur Ehre unseres Helden muß gesagt werden, daß er ein mitleidiges Herz hatte

und sich niemals enthalten konnte, einem armen Menschen eine Kupfermünze zu geben. Vor ihm stand aber kein Bettler, sondern ein Gutsbesitzer. Dieser Gutsbesitzer besaß über tausend leibeigene Seelen, und man müßte lange nach einem zweiten suchen, der solche Vorräte an Getreide und Mehl hätte, dessen Vorratskammern, Scheunen und Tennen mit der gleichen Menge von Leinwand, Tuch, gegerbter und ungegerbter Schaffelle, getrockneter Fische, Gemüse und Schwämme aller Art angefüllt waren. Jeder, der nur in seinen Arbeitshof hineinblickte, wo Riesenvorräte von Holzwaren und Geschirr jeder Art, die niemals in Gebrauch kamen, aufgestapelt waren, müßte sich auf den Moskauer Holzmarkt versetzt glauben, wohin sich alltäglich die tüchtigen Schwiegermütter, von ihren Köchinnen gefolgt, begeben und wo ganze weiße Berge von genagelten, gedrechselten, geflochtenen und gebastelten Holzwaren schimmern: Fässer, Halbfässer, Zuber, Büchsen, Kannen mit und ohne Nasen, Krüge, Behälter, in denen die Weiber ihre Waschlappen und sonstigen Kram verwahren, Kästen aus dünnen, gebogenen Espenbrettern, Gefäße aus Birkenrinde und viele andere Dinge, die das reiche wie das arme Rußland braucht. Wozu brauchte aber Pljuschkin eine solche Menge derartiger Erzeugnisse? Seinen Lebtag könnte er sie nicht mal in den beiden großen Gütern, die er hatte, aufbrauchen; aber auch das schien ihm noch zu wenig. Er gab sich mit diesem Besitz nicht zufrieden. Jeden Tag ging er in die Straßen seines Dorfes, blickte unter alle Brückchen und Stege und nahm alles, was ihm in die Augen fiel, mit: eine alte Schuhsohle, einen Weiberlumpen, einen Eisennagel, einen Topfscherben – und tat es in den Haufen, den Tschitschikow im Winkel seines Zimmers bemerkt hatte. „Da geht der Fischer schon wieder auf den Fang!“ sagten die Bauern, wenn sie ihn so gehen sahen. Und in der Tat: Hinter ihm brauchte man die Straße nicht mehr zu kehren. Wenn ein vorbeifahrender Offizier zufällig einen Sporen verlor, so wanderte dieser sofort in den bewußten Haufen; wenn ein Bauernweib beim Brunnen ihren Eimer vergaß, so schleppte er auch den Eimer weg. Wenn ihn übrigens ein Bauer dabei ertappte, so widersprach er nicht und gab den geraubten Gegenstand wieder heraus; war aber der Gegenstand schon in den Haufen geraten, dann war es aus. Er schwor, daß der

Gegenstand sein Eigentum sei, daß er ihn dann und dann und von dem und dem gekauft oder von seinem Großvater geerbt habe. Auch in seinem Zimmer hob er alles vom Boden auf, was er nur sah: ein Endchen Siegellack, ein Fetzchen Papier, ein Federchen – und legte alles auf den Sekretär oder auf die Fensterbank.

Und doch gab es eine Zeit, wo er nur ein sparsamer Hausherr gewesen war! Er hatte eine Frau und eine Familie gehabt, und mancher Nachbar suchte ihn auf, um bei ihm zu Mittag zu essen, seine Belehrungen zu hören und von ihm die Kunst der Hauswirtschaft und weise Sparsamkeit zu lernen. Alles floß lebendig und im Gleichtakt dahin: die Mühlen und die Walkwerke bewegten sich, die Tuchfabriken, Hobelbänke und Webstühle arbeiteten; in alles drang das scharfblickende Auge des Hausherrn ein, und wie die fleißige Spinne lief er unruhig, doch tätig von einem Ende seines Spinngewebes zum anderen. Seine Gesichtszüge spiegelten keine allzu starken Gefühle wider, doch aus seinen Augen lugte Klugheit hervor; seine Worte zeugten von Erfahrung und Weltkenntnis, und der Gast hörte ihm mit Vergnügen zu; die gesprächige und freundliche Hausfrau war wegen ihrer Gastfreundschaft berühmt; der Gast wurde von zwei lieblichen, blonden Töchtern empfangen, die so frisch waren wie zwei Rosen; sein Söhnchen, ein aufgewecktes Kind, lief jedem Gast entgegen und küßte ihn, ohne danach zu fragen, ob es diesem angenehm war oder nicht. Im ganzen Hause standen die Fenster offen; im Zwischenstock wohnte der französische Hauslehrer, der sich wunderbar zu rasieren verstand und ein glänzender Schütze war. Jeden Tag brachte er Birkhühner oder Wildenten zu Mittag, zuweilen auch nur Sperlingseier, aus denen er sich eine Eierspeise machen ließ, die außer ihm kein Mensch im Hause aß. Im gleichen Zwischenstock wohnte auch eine Landsmännin von ihm, die Erzieherin der beiden jungen Mädchen. Der Hausherr selbst erschien bei Tisch stets in einem langen Rock, der zwar etwas abgetragen, sonst aber sauber war; die Ellbogen waren in Ordnung, und am ganzen Anzug war nichts geflickt. Doch die gute Hausfrau starb; ein Teil der Schlüssel und mit diesen auch ein Teil der kleinen Sorgen fielen ihm zu. Pljuschkin wurde unruhig und, wie die meisten Witwer, argwöhnischer und geiziger. Auf seine ältere Tochter, Alexandra

Stepanowna, konnte er sich nicht in allen Dingen verlassen, und er hatte auch recht, denn Alexandra Stepanowna brannte bald darauf mit einem Stabsrittmeister von einem Gott weiß welchen Kavallerieregiment durch und ließ sich mit ihm in aller Eile in irgendeiner Dorfkirche trauen, da sie wußte, daß ihr Vater alle Offiziere aus dem seltsamen Vorurteil heraus, daß sie sämtlich Kartenspieler und Verschwender seien, nicht leiden konnte. Der Vater schickte ihr seinen Fluch nach, unternahm aber nichts, um sie zur Rückkehr zu bewegen. Im Hause wurde es nun noch leerer. Der Besitzer zeigte immer mehr Geiz; die silbergrauen Fäden, die treuen Begleiter des Geizes, die in seinen rauhen Haaren aufblitzten, ließen diesen sich noch mehr entwickeln. Der französische Hauslehrer wurde entlassen, weil der Sohn schon in den Staatsdienst treten sollte; auch die Madame wurde davongejagt, weil es sich zeigte, daß sie an der Entführung Alexandra Stepanownas nicht unbeteiligt war. Der Sohn, den der Vater in die Gouvernementsstadt geschickt hatte, damit er im Rentamt den eigentlichen Staatsdienst kennenlerne, trat statt dessen in ein Regiment ein und schrieb seinem Vater nach vollzogener Tatsache einen Brief, in dem er ihn um Geld für die Uniformierung bat; es versteht sich von selbst, daß er nur das bekam, was man im Volksmund eine Feige nennt. Schließlich starb auch die jüngere Tochter, die ihm noch geblieben war, und der Alte stand auf einmal als der Behüter, Verwalter und Besitzer seiner Reichtümer ganz allein da. Das einsame Leben gab seinem Geiz, der bekanntlich einen Wolfshunger hat und um so unersättlicher wird, je mehr er verzehrt, reichliche Nahrung; die menschlichen Gefühle, die in ihm auch ohnehin niemals tief gewesen waren, schwanden von Stunde zu Stunde, und jeden Tag ging in dieser Ruine etwas verloren. Nun mußte es sich gerade um diese Zeit, wie zur Bestätigung seiner Ansicht von den Offizieren, treffen, daß sein Sohn große Verluste im Kartenspiel hatte; er schickte ihm seinen aus tiefster Seele kommenden väterlichen Fluch und interessierte sich von nun an nicht mehr, ob er noch lebe. Mit jedem Jahr verringerte sich die Zahl der offenen Fenster in seinem Hause, und zuletzt blieben nur noch zwei übrig, von denen das eine, wie es der Leser schon sah, mit Papier überklebt war; mit jedem Jahr verlor er die Hauptzweige seiner Wirtschaft immer mehr aus dem Auge und wandte seine ganze kleinliche Aufmerksamkeit den Papierchen und Federchen zu, die er vom Fußboden auflas; immer unnachgiebiger wurde er gegen die Leute, die zu ihm kamen, um die Produkte seiner Wirtschaft zu kaufen. Die Käufer versuchten anfangs noch zu handeln und zu feilschen, gaben ihn aber schließlich ganz auf und sagten, daß er ein Teufel und kein Mensch sei; das Heu und das Getreide verfaulten; die Heu- und Getreideschober verwandelten sich in reinsten Mist, so daß man auf ihnen sogar Kohl bauen konnte; das Mehl wurde in den Kellern zu Stein, so daß man es mit dem Beil bearbeiten mußte; das Tuch, die Leinwand und die anderen hausgewebten Stoffe durfte man gar nicht anrühren: Sie zerfielen zu Staub. Er wußte selbst nicht mehr, was und wieviel er besaß, und erinnerte sich nur noch daran, daß an einer bestimmten Stelle im Schrank eine Flasche mit einem Restchen Likör stand, auf der er selbst ein Merkzeichen angebracht hatte, damit niemand hinter seinem Rücken auch einen Tropfen austrinke; auch wußte er noch, wo ein Federchen oder ein Endchen Siegellack lag. Die Wirtschaft brachte aber den gleichen Ertrag ein wie früher. Jeder Bauer mußte genau wie früher den gleichen Zins entrichten, jedes Bauernweib hatte noch immer die gleiche Menge Nüsse abzuliefern und die Weberin die gleiche Menge Leinwand herzustellen. Das alles kam in die Vorratskammern, wo es verfaulte und zerfiel, und so wurde er mit der Zeit auch selbst zu einer durchfaulten Stelle an der Menschheit. Alexandra Stepanowna kam zweimal mit ihrem kleinen Sohn zu ihm gefahren und versuchte, von ihm wenigstens etwas zu bekommen. Das Wanderleben mit dem Stabsrittmeister war wohl gar nicht so anziehend, wie es ihr vor der Hochzeit erschienen war. Pljuschkin verzieh ihr, ließ sogar seinen kleinen Enkel mit einem Knopf, der auf dem Tisch lag, spielen, gab ihr aber keinen Pfennig Geld. Das nächste Mal kam Alexandra Stepanowna mit zwei kleinen Kindern und brachte ihm einen Stollen zum Tee und einen neuen Schlafrock mit, denn der alte Schlafrock ihres Vaters befand sich in einem Zustand, daß es nicht nur ein Jammer, sondern auch eine Schande war, ihn anzusehen. Pljuschkin nahm die beiden Enkelsöhne freundlich auf, setzte den einen auf sein rechtes und den anderen auf sein linkes Knie und ließ sie wie auf richtigen Pferden reiten; den Stollen und den

Schlafrock nahm er an, gab jedoch seiner Tochter nichts, und so zog Alexandra Stepanowna, ohne etwas erreicht zu haben, wieder ab.

So eine Art Gutsbesitzer stand also vor Tschitschikow! Es muß festgestellt werden, daß derartige Erscheinungen in Rußland recht selten sind, wo alles eher die Tendenz hat, ins Uferlose zu gehen, als zusammenzuschrumpfen; um so erstaunlicher ist so eine Erscheinung, wenn gleich in der Nachbarschaft ein Gutsbesitzer wohnt, der sein Leben mit echt russischem Schwung und der ganzen Breite seiner Natur genießt. Ein Neuankömmling bleibt erstaunt vor seiner Behausung stehen und fragt sich, was für ein regierender Prinz mitten unter diese kleinen, farblosen Besitzer geraten sei. An Schlösser gemahnen seine weißen steinernen Häuser mit den zahllosen Schornsteinen, Aussichtstürmen, Wetterfahnen, von einer ganzen Herde von Seitenflügeln und Wohnhäusern für die Gäste umgeben. Was fehlt ihm noch? Da gibt es Theater und Bälle; die ganze Nacht leuchtet der mit Lämpchen und Festfeuern illuminierte, von Musik erfüllte Garten. Das halbe Gouvernement geht aufgeputzt und lustig unter seinen Bäumen spazieren, und keinem Menschen fällt das Wilde und Drohende dieser Beleuchtung auf, wenn aus dem Dickicht ein von künstlichem Licht beleuchteter, seines natürlichen Grüns beraubter Ast theatralisch hervorlugt, oben aber um so dunkler, strenger und zwanzigmal drohender der nächtliche Himmel erscheint und die ernsten Baumwipfel, hoch oben mit ihren Blättern zitternd und tief in die undurchdringliche Finsternis ragend, sich über das falsche Licht empören, das unten ihre Wurzeln bestrahlt.

Pljuschkin stand schon mehrere Minuten, ohne ein Wort zu sagen, da, und auch Tschitschikow konnte noch immer kein Gespräch beginnen, da ihn das Bild des Hausherrn und der Dinge, die das Zimmer füllten, ablenkte. Lange konnte er keine Worte finden, um den Grund seines Besuches darzulegen. Er war schon im Begriff, sich in dem Sinne zu äußern, daß er, nachdem er so viel von der Tugend und den seltenen Herzenseigenschaften Pljuschkins gehört, es für seine Pflicht gehalten habe, ihm persönlich seine Hochachtung zu bezeugen; er besann sich aber noch rechtzeitig und sagte sich, daß es doch zu viel des Guten wäre. Nachdem er noch einmal alles, was im

Zimmer war, mit einem Blick gestreift hatte, fühlte er, daß die Worte „Tugend" und „seltene Herzenseigenschaften" mit Erfolg durch die Worte „Sparsamkeit" und „Ordnung" ersetzt werden konnten; er modelte seine Rede dementsprechend um und sagte, daß er, nachdem er von der Sparsamkeit und der seltenen Kunst Pljuschkins, seine Güter zu verwalten, gehört, es für seine Pflicht gehalten habe, ihn kennenzulernen und ihm persönlich seine Hochachtung auszusprechen. Natürlich hätte er wohl auch einen anderen, besseren Vorwand erfinden können, aber es wollte ihm nichts anderes einfallen.

Pljuschkin murmelte darauf etwas durch die Lippen – Zähne hatte er keine mehr –; was er sagte, ist unbekannt, der Sinn war aber wohl folgender: „Hol dich der Teufel mit deiner Hochachtung!" Da aber die Gastfreundschaft bei uns so allgemein üblich ist, hatte auch der Geizhals nicht die Kraft, wider die Sitte zu handeln, darum fügte er etwas deutlicher hinzu: „Ich bitte ergebenst, Platz zu nehmen!"

„Schon lange habe ich keine Gäste bei mir gesehen", sagte er, „offen gestanden, sehe ich auch nicht viel Nutzen von den Gästen. Die Leute haben die dumme Sitte eingeführt, sich gegenseitig zu besuchen, während die Wirtschaft in Verfall gerät … außerdem muß man auch noch ihren Pferden Heu geben! Ich habe schon längst zu Mittag gegessen, meine Küche ist niedrig und schlecht gebaut, der Schornstein ist ganz verfallen. Wenn man heizt, kann leicht eine Feuersbrunst entstehen."

So stehen die Sachen! dachte sich Tschitschikow. Es ist gut, daß ich bei Sobakewitsch einen Käsekuchen und ein Stück Hammellende gegessen habe!

„Und dann so furchtbar dumm: Kein bißchen Heu in der ganzen Wirtschaft!" fuhr Pljuschkin fort. „Wie soll man sich auch Vorräte davon anlegen? Der Landbesitz ist klein, die Bauern sind faul, sie arbeiten nicht und denken nur an die Branntweinschenke … wie leicht kann es passieren, daß ich auf meine alten Tage noch betteln gehen muß!"

„Man hat mir aber gesagt", bemerkte Tschitschikow bescheiden, „daß Sie mehr als tausend Seelen besitzen."

„Wer hat Ihnen das gesagt? Sie sollten dem in die Augen spucken, der Ihnen solches gesagt hat! Das war wohl ein Spaßvogel, der sich über Sie lustig machen wollte. Von tausend

Seelen reden die Leute, wenn man aber nachzählen wollte, so würde man so gut wie keine finden! In den letzten drei Jahren ist mir eine ganze Menge von Bauern an dem verdammten Fieber eingegangen."

„Was Sie nicht sagen! Sind wirklich viele gestorben?" fragte Tschitschikow teilnahmsvoll.

„Ja, viele kamen auf den Friedhof."

„Und darf ich fragen, wie viele?"

„An die achtzig Seelen."

„Nein, wirklich?"

„Ich werde doch nicht lügen, Väterchen."

„Gestatten Sie noch die Frage: Sie meinen doch die Seelen, die nach der Einreichung der letzten Revisionslisten gestorben sind?"

„Dafür würde ich noch Gott danken!" sagte Pljuschkin. „Seit jener Zeit werden es sogar an die hundertzwanzig sein."

„Tatsächlich? Ganze hundertzwanzig?" rief Tschitschikow und machte sogar vor Erstaunen den Mund auf.

„Ich bin zu alt, Väterchen, um zu lügen. Das siebzigste Jahr lebe ich schon auf der Welt!" sagte Pljuschkin. Er schien durch den beinahe freudigen Ausruf Tschitschikows verletzt. Auch Tschitschikow sah jetzt ein, daß diese Teilnahmslosigkeit gegen ein fremdes Unglück unschicklich war; darum seufzte er und sprach Pljuschkin sein Beileid aus.

„Das Beileid kann man doch nicht in die Tasche stecken", sagte Pljuschkin. „Hier in meiner Nähe wohnt ein Hauptmann, der Teufel weiß, wo er hergekommen ist; er behauptet, mein Verwandter zu sein. Immer sagt er: ‚Onkelchen! Onkelchen!' und küßt mir die Hand. Wenn er aber mit seinem Beileid kommt, so heult er so, daß man sich die Ohren zuhalten muß. Ist ganz rot von Gesicht, hat wohl den Schnaps für sein Leben gern. Er hat sein ganzes Geld verputzt, als er noch Offizier war, oder eine Schauspielerin hat es ihm herausgelockt; darum kommt er jetzt mit seinem Beileid!"

Tschitschikow bemühte sich, ihm klarzumachen, daß sein Beileid ganz anders als das des Hauptmanns sei und daß er es nicht mit leeren Worten, sondern durch die Tat beweisen wolle. Ohne weitere Umschweife erklärte er sich unverzüglich bereit, für alle die Bauern, die auf eine so unglückliche Weise gestorben waren, aus eigener Tasche die Abgaben zu entrichten. Dieser Vorschlag versetzte Pljuschkin in höchstes Erstaunen. Er glotzte ihn lange an und fragte zuletzt: „Waren Sie vielleicht im Militärdienst, Väterchen?"

„Nein", entgegnete Tschitschikow nicht ohne List. „Ich war nur im Zivildienst."

„Im Zivildienst?" wiederholte Pljuschkin und begann die Lippen zu bewegen, als ob er etwas kaute. „Wie ist es nun? Das wäre doch ein Schaden für Sie?"

„Um Ihnen ein Vergnügen zu bereiten, bin ich auch bereit, den Schaden auf mich zu nehmen."

„Ach, Väterchen! Ach, Wohltäter!" rief Pljuschkin aus und merkte in seiner Freude gar nicht, daß aus seiner Nase auf eine wenig malerische Weise eine Prise Schnupftabak wie dicker Kaffee hervorquoll und daß die Schöße seines Schlafrocks aufgingen und eine Unterwäsche zeigten, die nicht gerade anständig aussah. „Was haben Sie mir armem Greis für eine Freude erwiesen! Ach du lieber Gott! Ihr Heiligen!" Weiter kam Pljuschkin nicht. Aber nach kaum einer Minute war diese Freude, die so plötzlich sein hölzernes Gesicht erleuchtet hatte, schon wieder ebenso plötzlich verschwunden, als wäre sie überhaupt nicht gewesen, und sein Gesicht nahm wieder den besorgten Ausdruck an. Er wischte sich sogar das Gesicht mit dem Taschentuch ab, ballte dann letzteres zusammen und fuhr sich damit über die Oberlippe.

„Wie ist es nun, mit Verlaub, nehmen Sie es mir nicht übel: Werden Sie die Abgaben für sie alljährlich mir oder an die Staatskasse bezahlen?"

„Das wollen wir so machen: Wir schließen über die Seelen einen Kaufvertrag ab, als ob sie lebende wären und als ob Sie sie mir verkauften."

„Ja, einen Kaufvertrag ...", sagte Pljuschkin nachdenklich und begann wieder mit den Lippen zu kauen. „So ein Kaufvertrag ist ja gleich mit Ausgaben verbunden. Die Beamten sind heute ganz gewissenlos! Früher war die Sache mit einem halben Rubel in Kupfer und einem Sack Mehl abgetan; heute aber muß man ihnen einen ganzen Wagen Graupen schicken und noch einen roten Zehnrubelschein dazugeben – diese Geldgier! Ich verstehe gar nicht, warum niemand dagegen etwas unternimmt. Man könnte ja so einem Beamten ein göttliches Wort sagen. So ein Wort dringt schließlich in jedes Herz!

Man mag sagen, was man will, aber einem göttlichen Wort kann doch kein Mensch widerstehen!"

Du wirst ihm wohl widerstehen! dachte sich Tschitschikow und erklärte gleich darauf, daß er aus Achtung für Pljuschkin sogar bereit sei, die Kosten des Kaufvertrags auf sich zu nehmen.

Als Pljuschkin hörte, daß der Gast auch die Kosten des Kaufvertrags auf sich nehmen wollte, sagte er sich, daß er wohl sehr dumm sei und sich nur so stelle, als sei er im Zivildienst gewesen; in Wirklichkeit hätte er als Offizier gedient und Schauspielerinnen den Hof gemacht. Dabei konnte er aber seine Freude doch nicht verbergen und wünschte alles Tröstliche nicht nur ihm allein, sondern auch seinen Kinderchen, ohne sich erst zu erkundigen, ob er überhaupt welche habe. Dann trat er ans Fenster, trommelte mit den Fingern auf die Scheibe und rief „Proschka!" Nach einer Weile hörte man, wie jemand in den Flur gelaufen kam und dort lange mit den Stiefeln klopfte. Endlich ging die Tür auf, und ins Zimmer trat Proschka, ein etwa dreizehnjähriger Junge in so großen Stiefeln, daß sie ihm beim Gehen beinahe von den Füßen fielen. Es sei gleich hier mitgeteilt, warum Proschka so große Stiefel anhatte: Pljuschkin besaß für sein gesamtes Hausgesinde nur ein einziges Paar Stiefel, das sich immer im Flur befinden mußte. Ein jeder, der in die herrschaftlichen Gemächer berufen wurde, mußte erst barfuß durch den ganzen Hof tanzen; im Flur aber zog er die Stiefel an und betrat in diesen das Zimmer. Wenn er wieder ging, ließ er die Stiefel im Flur stehen und legte den weiteren Weg auf seinen natürlichen Sohlen zurück. Wenn man im Herbst, besonders um die Zeit der Morgenfröste, zum Fenster hinausblickte, sah man das ganze Gesinde solche Sprünge durch den Hof machen, wie sie auch dem geübtesten Theatertänzer kaum gelingen.

„Schauen Sie sich nur diese Fratze an, Väterchen!" sagte Pljuschkin zu Tschitschikow, mit dem Finger auf Proschka zeigend. „Er ist dumm wie ein Stück Holz, wenn man aber etwas liegenläßt, so stiehlt er es im Nu! – Nun, was bist du hergekommen, Dummkopf? Sag, was bist du gekommen?" Darauf schwieg er eine Weile, was Proschka gleichfalls mit Schweigen beantwortete. „Setz mal den Samowar auf, hörst du? Und nimm diesen Schlüssel, gib ihn der Mawra, sie soll in die Spei-

sekammer gehen. Dort liegt auf dem Brett ein Zwieback vom Stollen, den Alexandra Stepanowna mitgebracht hat – diesen Zwieback soll sie zum Tee bringen! Wart', wo willst du schon hin? Esel! Ach, bist du ein Esel! ... Dir steckt wohl der Teufel in den Füßen! ... Hör' erst, was man dir sagt. Der Zwieback ist oben wohl etwas verschimmelt, also soll sie ihn mit dem Messer abkratzen; die Krümel soll sie aber nicht wegwerfen, sondern in den Hühnerstall tragen. Paß auf, Bruder, daß du mir nicht selbst in die Speisekammer gehst. Sonst kriegst du was mit Birkenruten, du weißt schon, zum Appetit! Du hast auch schon jetzt einen guten Appetit, der soll noch besser werden! Versuch' nur in die Speisekammer zu gehen, ich werde zum Fenster hinausschauen. – Man kann den Leuten in nichts trauen", wandte er sich an Tschitschikow, als Proschka mit seinen Stiefeln verschwunden war. Darauf begann er auch seinen Gast argwöhnisch zu mustern. Dessen geradezu unerhörte Großmut kam ihm unwahrscheinlich vor, und er dachte sich: „Da soll sich der Teufel auskennen; vielleicht prahlt er nur, wie alle diese Verschwender: er lügt und lügt, nur um die Zeit zu verbringen und ein Glas Tee zu bekommen, und dann fährt er wieder fort!" Darum sagte er aus Vorsicht und zugleich, um Tschitschikow zu prüfen, daß es gut wäre, den Kaufvertrag möglichst bald abzuschließen; auf das Menschenleben sei doch kein Verlaß; heute lebt der Mensch, was aber mit ihm morgen geschieht, das weiß Gott allein.

Tschitschikow erklärte sich bereit, die Sache augenblicklich abzuschließen und bat nur um eine Liste aller Bauern.

Dies beruhigte Pljuschkin. Es war ihm anzusehen, daß er etwas vorhatte; und in der Tat: Er nahm den Schlüsselbund, ging mit ihm zum Schrank, kramte lange zwischen den Gläsern und Tassen herum und erklärte schließlich: „Jetzt finde ich ihn nicht, ich hatte einen wunderbaren Likör, wenn die Leute ihn nur nicht ausgesoffen haben. Es sind ja lauter Diebe! Da habe ich ihn schon!" Tschitschikow erblickte in seinen Händen ein Fläschchen, das so verstaubt war, daß es in einer Wolljacke zu stecken schien. „Meine Selige hat ihn selbst gemacht", fuhr Pljuschkin fort. „Die Haushälterin, diese Betrügerin, hat sich um ihn nicht gekümmert und ihn nicht mal zugekorkt, die Kanaille! Allerlei Gewürm und sonstiger Dreck hatte sich darin angesammelt, aber ich habe alles herausge-

nommen, und nun ist der Likör wieder rein. Ich will Ihnen ein Gläschen einschenken."

Tschitschikow beeilte sich aber, auf diesen feinen Likör zu verzichten, und erklärte, daß er schon gegessen und getrunken habe.

„So, schon gegessen und getrunken!" sagte Pljuschkin. „Ja, natürlich, einen Mann aus der guten Gesellschaft erkennt man überall. Er ißt nicht, ist aber immer satt; aber so einen Windbeutel und Schwindler kann man ewig füttern ... Wenn der Hauptmann gefahren kommt, so sagt er gleich: ‚Onkelchen', sagt er, ‚geben Sie mir etwas zu essen!' Dabei bin ich ebenso sein Onkel, wie er mein Großvater ist. Bei sich zu Hause hat er wohl nichts zu essen, darum treibt er sich herum! Sie brauchen also eine Liste von all diesen Tagedieben? Gewiß! Ich habe sie schon einmal, so gut ich's konnte, auf einen eigenen Zettel geschrieben, um sie bei der nächsten Revision streichen zu lassen." Pljuschkin setzte sich die Brille auf und begann in den Papieren herumzukramen. Indem er einen Pack nach dem anderen aufschnürte, traktierte er seinen Gast mit solchen Staubwolken, daß dieser niesen mußte. Schließlich holte er einen Zettel hervor, der auf beiden Seiten eng beschrieben war. Die Bauernnamen saßen darauf wie die Fliegen. Es waren allerlei Namen darunter: ein Paramonow, ein Pimenow und ein Pantelejmonow; selbst ein gewisser Grigorij Dojesschajne-dojedesch (kommst niemals an) war darunter; im ganzen waren es über hundertzwanzig Namen. Als Tschitschikow diese Zahl sah, lächelte er zufrieden. Er steckte den Zettel in die Tasche und erklärte Pljuschkin, daß er zum Abschluß des Kaufvertrages in die Stadt werde fahren müssen.

„In die Stadt? Wie mache ich es nur? ... Wie soll ich das Haus ohne Aufsicht lassen? Alle meine Leute sind entweder Diebe oder Spitzbuben. An einem einzigen Tage bestehlen sie mich so, daß nicht mal ein Nagel übrigbleibt, an dem ich meinen Rock aufhängen könnte."

„Haben Sie denn keinen Bekannten in der Stadt?"

„Einen Bekannten? Alle meine Bekannten sind entweder tot oder wollen mich nicht mehr kennen ... Ach ja, Väterchen, gewiß habe ich einen Bekannten!" rief er aus. „Ich kenne ja den Kammervorsitzenden, vor vielen Jahren pflegte er mich sogar zu besuchen. Wie sollte ich den nicht kennen? Wir sind

doch an der gleichen Krippe aufgewachsen, sind zusammen über die Zäune geklettert! Wie sollte ich den nicht kennen? Einen besseren Bekannten gibt's ja gar nicht! ... Soll ich ihm vielleicht einen Brief schreiben?"

„Natürlich schreiben Sie ihm einen Brief!"

„Gewiß, ein guter Bekannter von mir! In der Schule waren wir Freunde."

Über das hölzerne Gesicht Pljuschkins glitt plötzlich ein warmer Strahl; es war kein Gefühl, sondern nur eine blasse Spiegelung eines Gefühls. Die Erscheinung erinnerte an das unerwartete Auftauchen eines Ertrinkenden auf der Wasseroberfläche, das einen freudigen Aufschrei in der Menge, die sich am Ufer drängt, auslöst; doch vergebens werfen die erfreuten Brüder und Schwestern einen Strick aus und warten, ob nicht wieder der Rücken und die im Kampf ermüdeten Arme zum Vorschein kommen: es war sein letztes Auftauchen. Alles ist stumm, und noch schrecklicher und öder wird die stille Oberfläche des gleichgültigen Elements. So wurde auch das Gesicht Pljuschkins, nachdem der Abglanz eines Gefühls darüber gehuscht war, noch gefühlloser und hölzerner.

„Da hat auf dem Tisch ein Bogen reines Papier gelegen", sagte er: „Ich weiß nicht, wo es hingekommen ist. Alle meine Leute taugen nichts!" Hierauf suchte er unter dem Tisch und auf dem Tisch, wühlte überall herum und rief schließlich: „Mawra! Mawra!" Auf den Ruf erschien eine Frau mit einem Teller in der Hand, auf dem der dem Leser schon bekannte Zwieback lag. Zwischen den beiden wickelte sich folgendes Gespräch ab:

„Räuberin, wo hast du das Papier hingetan?"

„Bei Gott, Herr, ich habe kein Papier gesehen, außer dem Stückchen, mit dem Sie das Schnapsglas zugedeckt haben."

„Ich sehe es dir ja an den Augen an, daß du es gestohlen hast."

„Wozu sollte ich es stehlen? Was hätte ich davon. Ich kann ja gar nicht schreiben."

„Du lügst, du hast es zum jungen Küster hingetragen, der versteht zu schreiben, darum hast du es ihm gegeben."

„Wenn der Küster Papier braucht, so kann er sich selbst welches verschaffen. Ihr Papier hat er nicht vor die Augen bekommen!"

„Warte nur, warte, beim Jüngsten Gericht werden dich die Teufel schon mit glühenden Eisen zwicken! Du wirst es sehen, wie sie dich zwicken werden!"

„Was werden sie mir tun, wenn ich den Bogen nicht mal angerührt habe? Jede andere weibliche Schwäche kann man mir eher vorwerfen, aber Diebstahl hat mir noch niemand vorgeworfen."

„Die Teufel werden dich aber zwicken! Sie werden sagen: ‚Das hast du dafür, du Spitzbübin, daß du deinen Herrn betrogen hast!', und sie werden dich mit den glühenden Eisen zwicken!"

„Und ich werde darauf sagen: ‚Ich habe es nicht verdient, bei Gott, ich habe es nicht verdient, ich habe das Papier nicht angerührt ...' Da liegt es ja auf dem Tisch. Immer machen Sie mir unverdiente Vorwürfe!"

Pljuschkin erblickte tatsächlich das Papier und hielt für eine Weile inne. Er kaute mit den Lippen und sagte: „Was bist du so aus dem Häuschen geraten? So ein Frauenzimmer! Wenn man ihr bloß ein Wort sagt, gibt sie gleich zehn zur Antwort! Geh, bring mir Feuer, damit ich den Brief versiegeln kann. Wart! Du wirst wohl eine Talgkerze nehmen; Talg schmilzt leicht. Das Licht verbrennt, und es bleibt nichts übrig, und ich habe nur Schaden davon; bring mir lieber einen Kienspan!"

Mawra ging, Pljuschkin setzte sich aber in den Sessel, ergriff die Feder und drehte das Blatt lange hin und her, um festzustellen, ob sich nicht die Hälfte davon ersparen ließe; schließlich kam er zur Überzeugung, daß es doch nicht ging; er tauchte die Feder in das Tintenfaß mit einer verschimmelten Flüssigkeit und einer Menge von Fliegen auf dem Grunde und begann zu schreiben. Er malte Buchstaben, die an Musiknoten gemahnten, hemmte fortwährend den Schwung, in den seine Hand geraten war, setzte dicht Zeile an Zeile und dachte nicht ohne Bedauern daran, daß doch noch ein leerer Raum übrigbleiben mußte.

Konnte denn ein Mensch zu einer solchen häßlichen Kleinlichkeit herabsinken? Konnte er sich so verändern? Ist das überhaupt wahrscheinlich? – Alles ist wahrscheinlich, alles kann aus dem Menschen werden. Der begeisterte Jüngling von heute würde entsetzt zurückprallen, wenn man ihm sein Altersbild vorhalten wollte. Nehmt darum, wenn ihr aus den sanften Jünglingsjahren in das rauhe, härtende Mannesalter tretet, alle menschlichen Regungen mit, lasset nichts unterwegs liegen, ihr werdet es später nicht mehr auflesen können! Drohend und schrecklich ist das nahende Alter, und es wird euch nichts zurückgeben! Das Grab ist barmherziger, auf dem Grabstein steht geschrieben: „Hier ruht ein Mensch"; doch nichts ist auf den kalten, gefühllosen Zügen des unmenschlichen Greisenalters zu lesen.

„Haben Sie vielleicht zufällig einen Freund", fragte Pljuschkin, den Brief zusammenfaltend, „der entlaufene Seelen brauchen könnte?"

„Haben Sie denn auch entlaufene Seelen?" fragte Tschitschikow, wieder zur Besinnung kommend.

„Das ist es eben, daß ich welche habe. Mein Schwiegersohn ist der Sache nachgegangen und sagt, daß die Leute spurlos verschwunden sind; er ist aber ein Militär und versteht nur, mit den Sporen herumzuspringen; wenn es aber gilt, sich beim Gericht zu bemühen …"

„Wieviel solche Seelen haben Sie?"

„Es werden wohl auch an die siebzig Stück sein."

„Nein, wirklich?"

„Bei Gott! Jedes Jahr laufen mir welche davon. Die Leute sind furchtbar gefräßig und haben sich vor lauter Nichtstun das Fressen angewöhnt, ich habe aber selbst fast nichts zu essen … Für diese Seelen würde ich jeden Preis nehmen. Empfehlen Sie es doch Ihrem Freunde. Wenn er bloß zehn Stück von den entlaufenen Seelen einfängt, so hat er eine hübsche Summe verdient. Eine Seele gilt doch heute fünfhundert Rubel."

Nein, davon soll der Freund nichts zu riechen bekommen, sagte sich Tschitschikow und erklärte Pljuschkin, daß er einen solchen Freund nicht habe, daß die Gerichtskosten alles aufzehren würden. Man lasse dem Gerichtsbeamten lieber seine beiden Rockschöße zurück und mache, daß man weiterkomme; wenn aber Pljuschkin sich tatsächlich in einer so bedrängten Lage befinde, so sei er aus bloßer Teilnahme bereit, für diese Seelen einen Preis zu bieten … das sei aber eine solche Bagatelle, daß es sich darüber nicht zu reden verlohne.

„Wieviel würden Sie denn geben?" fragte Pljuschkin. Seine Hände zitterten vor Habgier wie Quecksilber.

„Ich würde fünfundzwanzig Kopeken für die Seele zahlen."

„Wie kaufen Sie: gegen bar?“

„Ja, ich zahle sofort.“

„Väterchen, meiner Armut wegen könnten Sie mir wirklich vierzig Kopeken pro Stück zahlen.“

„Verehrtester!“ sagte Tschitschikow, „nicht nur vierzig Kopeken, fünfhundert Rubel würde ich Ihnen gern zahlen. Mit Vergnügen würde ich sie Ihnen zahlen, denn ich sehe, daß ein ehrwürdiger, guter Greis wegen seiner Gutmütigkeit solche Not leidet.“

„So ist es, bei Gott! Bei Gott, es ist wahr!“ sagte Pljuschkin, indem er den Kopf hängen ließ und ihn traurig schüttelte. „Alles kommt von meiner Gutmütigkeit.“

„Nun sehen Sie es, ich habe Ihren Charakter im Nu erfaßt. Warum sollte ich nicht auch fünfhundert Rubel für die Seele geben, aber ... ich habe kein Vermögen. Wenn Sie wollen, kann ich noch fünf Kopeken zulegen, so daß jede Seele auf dreißig Kopeken zu stehen kommt.“

„Nun, Väterchen, wie Sie wollen, legen Sie wenigstens noch zwei Kopeken dazu.“

„Zwei Kopeken will ich gerne zulegen. Wie viele Seelen haben Sie im ganzen? Sie sprachen von siebzig Stück?“

„Nein, es werden im ganzen achtundsiebzig sein.“

„Achtundsiebzig, achtundsiebzig, zu zweiunddreißig Kopeken pro Seele, das macht ...“ Unser Held dachte kaum mehr als eine Sekunde nach und erklärte plötzlich: „Das macht vierundzwanzig Rubel sechsundneunzig Kopeken!“ Er war sehr stark im Kopfrechnen. Er ließ sich sofort von Pljuschkin eine Quittung ausstellen und gab ihm das Geld, das jener mit beiden Händen so vorsichtig zum Sekretär trug, als ob es eine Flüssigkeit wäre, von der er keinen Tropfen verschütten wollte. Als er vor dem Sekretär stand, sah er sich das Geld noch einmal an und legte es ebenso vorsichtig in eines der Fächer, in dem es dem Geld wohl beschieden war, begraben zu sein, bis P. Karp und P. Polikarp, die beiden Geistlichen seines Dorfes, ihn selbst begraben würden, zur unbeschreiblichen Freude des Schwiegersohnes und der Tochter, vielleicht auch des Hauptmanns, der sich für seinen Verwandten ausgab. Nachdem Pljuschkin das Geld verschlossen hatte, setzte er sich in den Sessel und schien keinen neuen Gesprächsstoff finden zu können.

„Wie, Sie wollen schon aufbrechen?“ fragte er, als er Tschitschikow eine kleine Bewegung machen sah; dieser wollte aber nur sein Taschentuch hervorholen.

Diese Frage erinnerte Tschitschikow daran, daß er hier tatsächlich nichts mehr zu suchen hätte. „Ja, es wird Zeit!“ sagte er, nach seinem Hut greifend.

„Und der Tee?“

„Nein, den Tee trinke ich lieber ein anderes Mal.“

„Schade! Ich habe ja schon den Samowar aufsetzen lassen. Offen gestanden, ich bin kein Liebhaber von Tee. Das Getränk ist teuer, und auch der Zuckerpreis ist wahnsinnig gestiegen. Proschka! Wir brauchen keinen Samowar! Den Zwieback bringst du der Mawra zurück, hörst du? Sie soll ihn an die gleiche Stelle legen; oder nein, gib ihn her, ich will ihn selbst hintragen. Leben Sie wohl, Väterchen! Gott segne Sie! Den Brief geben Sie aber dem Kammervorsitzenden. Ja! Soll er ihn nur lesen, er ist ja mein alter Bekannter. Gewiß, wir sind doch an der gleichen Krippe aufgewachsen!“

Hierauf begleitete ihn diese seltsame Erscheinung, dieses eingeschrumpfte alte Männchen vor das Tor und befahl, das letztere sofort zu schließen; dann machte er eine Runde durch alle Vorratskammern, um sich zu vergewissern, ob alle Wächter an ihren Plätzen seien; an jeder Ecke mußte so ein Wächter stehen und mit einer Holzschaufel auf ein leeres Faß statt auf ein Eisenbrett trommeln; darauf blickte er in die Küche hinein, wo er, unter dem Vorwand, sich überzeugen zu wollen, ob das Essen des Hausgesindes gut sei, eine ordentliche Portion Kohlsuppe und Brei verzehrte; dann warf er der ganzen Dienerschaft Diebstahl und schlechtes Betragen vor und kehrte in sein Zimmer zurück. Als er allein geblieben war, kam ihm sogar der Gedanke, daß er den Gast für seine beispiellose Großmut eigentlich hätte belohnen müssen. „Ich werde ihm eine Taschenuhr schenken“, sagte er sich, „eine gute silberne Uhr, nicht etwa eine aus Tombak oder Bronze; sie ist zwar etwas verdorben, aber er kann sie reparieren lassen; er ist doch noch ein junger Mann, also braucht er eine Taschenuhr, um guten Eindruck auf seine Braut zu machen. Oder nein“, sagte er sich nach kurzer Überlegung, „lieber vermache ich sie ihm in meinem Testament, damit er sich später meiner erinnert.“

Unser Held war aber auch ohne die Uhr in der besten Stimmung. Dieser unerwartete Kauf war ein Geschenk des Himmels. Und in der Tat: Es waren nicht bloß tote, sondern auch entlaufene Seelen, und im ganzen an die zweihundert Stück! Als er sich vorhin dem Dorf Pljuschkins näherte, hatte er schon natürlich geahnt, daß da ein Geschäft zu machen sei, aber auf so ein vorteilhaftes Geschäft hatte er gar nicht gerechnet. Während der ganzen Fahrt war er ungewöhnlich lustig; er pfiff und trompetete, indem er sich eine Faust vor die Lippen hielt. Schließlich stimmte er ein so ungewöhnliches Lied an, daß Selifan nach längerem Zuhören leicht den Kopf schüttelte und sagte: „Wie der Herr heute singt!" Es war schon recht dunkel, als sie die Stadt erreichten. Licht und Schatten waren gänzlich vermischt, und auch alle Gegenstände schienen durcheinandergeraten. Der buntgestreifte Schlagbaum sah höchst unbestimmt aus; der Schnurrbart des Wachtpostens schien auf der Stirne, viel höher als die Augen zu sitzen, und von der Nase war überhaupt nichts zu sehen. Das Dröhnen und Poltern gab zu erkennen, daß der Wagen schon über das Straßenpflaster rollte. Die Straßenlaternen brannten noch nicht, nur hier und da waren einzelne Fenster erleuchtet, und in den Neben- und Quergassen spielten sich Szenen ab, die diese Stunde in allen Städten begleiten, wo es viele Soldaten, Fuhrleute, Arbeiter und die eigenartigen weiblichen Wesen gibt, die in roten Schals, in Schuhen ohne Strümpfe an den Straßenecken wie die Fledermäuse herumschwirren. Tschitschikow sah sie aber nicht und bemerkte nicht mal die vielen mageren Beamten mit den Stöckchen in der Hand, die wohl vom Abendspaziergang vor der Stadt heimkehrten. Ab und zu schlugen nur einzelne, wohl von Frauenlippen kommende Rufe an sein Ohr: „Du lügst, Säufer, niemals habe ich ihm eine solche Gemeinheit erlaubt!" Oder: „Rühr mich nicht an, Rohling! Komm nur aufs Revier, dort werde ich es dir schon zeigen! ..." Mit einem Wort lauter Rufe, die auf einen in Gedanken versunkenen zwanzigjährigen Jüngling, der aus dem Theater kommt und eine spanische Straße, eine Nacht und ein herrliches Frauenbild mit Locken und einer Gitarre im Kopf trägt, wie kochendes Wasser wirken. Was schwebt nicht alles in seinem Kopf? Er ist im Himmel, er weilt bei Schiller zu Besuch – und plötzlich hört er dicht vor sich die verhängnisvollen Worte und sieht sich auf die Erde, sogar auf den Heumarkt, sogar vor eine Schenke versetzt, und wieder prangt vor ihm das Alltagsleben.

Endlich machte der Wagen einen ordentlichen Sprung und sank, wie in eine Grube, in das Gasthoftor. Tschitschikow wurde von Petruschka empfangen, der mit der einen Hand die Schöße seines Rockes zusammenhielt, weil er nicht liebte, daß sie aufgingen, und mit der anderen seinem Herrn aus dem Wagen half. Auch der Polowoj kam mit einer Kerze in der Hand und einer Serviette über der Schulter herausgelaufen. Ob Petruschka sich über die Rückkehr seines Herrn freute, ist unbekannt; er wechselte jedenfalls mit Selifan einen Blick, und seine sonst finstere Miene schien sich ein wenig aufzuheitern.

„Lange waren Sie fort!“ sagte der Polowoj, ihm auf der Stiege leuchtend.

„Ja“, sagte Tschitschikow, als er schon oben war. „Und wie geht es dir?“

„Gottlob!“ sagte der Polowoj mit einer Verbeugung. „Gestern ist irgendein Leutnant angekommen, hat Nummer sechzehn besetzt.“

„Ein Leutnant?“

„Man weiß nicht, wer er ist, er kommt aus Rjasan und hat braune Pferde.“

„Schön, schön, führ dich auch in Zukunft gut auf!“ sagte Tschitschikow, indem er in sein Zimmer trat. Als er das Vorzimmer passierte, verzog er die Nase und sagte zu Petruschka: „Wenn du doch wenigstens etwas gelüftet hättest!“

„Ich habe wohl gelüftet“, sagte Petruschka, aber das war eine Lüge. Auch der Herr wußte übrigens, daß es gelogen war, wollte aber nichts mehr sagen. Nach der langen Reise spürte er große Müdigkeit. Nachdem er ein ganz leichtes Abendessen, das bloß aus einem Spanferkel bestand, zu sich genommen hatte, zog er sich sofort aus, schlüpfte unter die Bettdecke und schlief so wunderbar ein, wie nur die Glücklichen zu schlafen pflegen, die nichts von Hämorrhoiden, von Flöhen und allzu starken geistigen Regungen wissen.

SIEBENTES KAPITEL

Glücklich der Reisende, der nach einer langen, langweiligen Reise mit ihrer Kälte, ihrem Schmutz und ihrer Nässe, mit den verschlafenen Stationsaufsehern, dem Schellengebimmel, den Reparaturen, Kutschern, Schmieden und sonstigen Schuften jeder Art, mit denen man unterwegs zu tun hat, endlich das bekannte Dach mit den ihm entgegenleuchtenden Flammen erblickt – schon sieht er die vertrauten Zimmer, hört die freudigen Schreie der ihm entgegenlaufenden Dienstboten, den Lärm und das Gerenne der Kinder und das beruhigende, sanfte Zwiegespräch, unterbrochen von glühenden Küssen, die die Kraft haben, alles Traurige aus der Erinnerung zu tilgen. Glücklich der Familienvater, der solch ein Obdach besitzt, doch wehe dem Junggesellen!

Glücklich der Dichter, der sich an den langweiligen, abstoßenden, durch ihre traurige Wirklichkeit erdrückenden Charakteren vorbei, solchen Charakteren nähert, die die hohe Würde des Menschen offenbaren, der aus dem großen Sumpf der täglich abwechselnden Gestalten sich nur einige seltene Ausnahmen erwählt hat, der der erhabenen Harmonie seiner Leier kein einziges Mal untreu geworden, der niemals von seiner Höhe zu seinen armen, elenden Brüdern herabgestiegen ist und, ohne die Erde zu berühren, sich ganz seinen dem Irdischen entrückten, erhabenen Gestalten hingeben darf. Doppelt beneidenswert ist sein schönes Los: Er ist unter seinen Gestalten wie im Kreise seiner Familie, sein Ruhm schallt aber dabei laut in alle Ferne. Er hat mit berauschendem Räucherwerk die Menschenaugen bezaubert; er hat den Menschen wunderbar geschmeichelt, indem er alles, was im Leben traurig ist, vor ihnen verheimlicht und ihnen nur den schönen Menschen gezeigt hat. Alles folgt händeklatschend seinem Triumphwagen. Man nennt ihn einen großen, weltberühmten Dichter, der über allen anderen Dichtern der Welt schwebt wie ein Adler über anderen Hochfliegenden. Schon sein Name allein läßt die jungen, leicht entzündlichen Herzen erzittern; Tränen des Verständnisses blinken ihm von jeder Wimper entgegen … Niemand gleicht ihm an Macht – er ist wie ein Gott! Doch anders ist das Los eines Dichters, der sich erfrecht hat, all das heraufzubeschwören, was der Mensch immer vor Augen hat, was aber die gleichgültigen Augen nicht sehen – den ganzen erschreckenden und erschütternden Schlamm der Kleinlichkeiten, von denen unser Leben umstrickt ist, die ganze Tiefe der kalten, zersplitterten Alltagscharaktere, von denen unser zuweilen bittere und langweilige Lebensweg wimmelt –, der sich erkühnt hat, durch die Kraft seines unerbittlichen Meißels sie grell und plastisch allen vor Augen zu führen! Er erntet keinen Beifallssturm des Volkes, er bekommt weder dankbare Tränen noch das einmütige Entzücken erschütterter Seelen zu sehen; ihm fliegt keine Sechzehnjährige mit schwindelnden Sinnen in heroischer Verzükkung entgegen; er wird sich nie im süßen Klang der von ihm selbst geweckten Töne vergessen; und schließlich wird er nicht dem Gericht seiner Zeit entgehen, dem heuchlerischen und gefühllosen Gericht dieser Zeit, das die von ihm so zärtlich betrauten Schöpfungen nichtig und gemein nennen und ihm einen elenden Platz unter den Dichtern einräumen wird, die die Menschheit verunglimpfen, das ihm alle Eigenschaften der von ihm geschilderten Helden beilegen und ihm Herz und Seele und die heilige Flamme des Talents absprechen wird; denn das Gericht dieser Zeit will nicht anerkennen, daß die Gläser, die uns die Sonne zeigen, und solche, die die Bewegungen kaum sichtbarer Insekten offenbaren, gleich wunderbar sind; denn es will nicht anerkennen, daß man eine große seelische Tiefe haben muß, um ein dem verächtlichen Leben entronnenes Bild zu beleuchten und zu einer Perle der Schöpfung emporzuheben; denn das Gericht dieser Zeit will nicht anerkennen, daß das hohe, begeisterte Lachen wohl würdig ist, neben den hohen lyrischen Regungen zu stehen, und daß zwischen diesem Lachen und den Possen eines Budengauklers ein tiefer Abgrund liegt! Das Gericht dieser Zeit erkennt dies alles nicht an und macht es dem nicht anerkannten Dichter zum Vorwurf und zur Schmach. Ohne Teilnahme, ohne Widerhall, ohne Sympathie bleibt er allein wie ein einsamer Wanderer auf seinem Wege stehen. Hart ist das Feld seiner Arbeit, und bitter fühlt er seine Vereinsamung.

Lange ist es mir noch von einer unfaßbaren Macht beschieden, mit meinen seltsamen Helden Hand in Hand zu gehen, das ganze gewaltige vorbeirauschende Leben zu überblicken, es durch das für die Welt sichtbare Lachen und die für die Welt unsichtbaren und unbekannten Tränen zu schauen! Und ferne ist noch die Zeit, wo der mächtige Sturm der Begeisterung sich dem vom heiligen Schauer erschütterten und glanzgekrönten Haupt als ein anderer Quell entringen und die Welt verlegen und bebend den majestätischen Donner anderer Reden vernehmen wird …

Vorwärts! Vorwärts! Fort mit den Runzeln, die über meine Stirne gleiten, fort mit der düsteren Miene! Wollen wir auf einmal und schnell wieder ins Leben mit seinem ganzen unharmonischen Lärm und Schellengebimmel untertauchen und sehen, was Tschitschikow macht.

Tschitschikow erwachte, streckte Arme und Beine und fühlte, daß er sich gut ausgeschlafen hatte. Nachdem er an die zwei Minuten auf dem Rücken gelegen, schnalzte er mit den Fingern und erinnerte sich mit strahlendem Gesicht, daß er nun beinahe vierhundert Seelen besaß. Er sprang sofort aus dem Bett und betrachtete nicht einmal sein Gesicht, das er aufrichtig liebte und an dem ihm das Kinn am anziehendsten erschien, denn er prahlte damit oft vor seinen Freunden, besonders während des Rasierens. „Schau nur“, pflegte er zu sagen, sich das Kinn streichelnd, „was für ein Kinn ich habe: Es ist ganz rund!“ Jetzt blickte er aber weder das Kinn noch das Gesicht an, sondern zog sich sofort seine mit bunten Ledereinlagen verzierten Saffianstiefel an, mit denen die Stadt Torschok, infolge des Hanges der russischen Natur zur Bequemlichkeit, so schwunghaften Handel treibt, und vollführte auf schottische Manier, nur mit einem kurzen Hemd bekleidet, seine ganze Würde und sein solides mittleres Alter außer acht lassend, zwei Sprünge, wobei er sich recht geschickt mit einer Ferse auf den entsprechenden Körperteil klatschte. Darauf machte er sich unverzüglich an die Arbeit. Vor der Schatulle stehend, rieb er sich die Hände mit dem gleichen Behagen, mit dem es der unbestechliche Landrichter zu tun pflegt, der zu einer Voruntersuchung hinausgefahren ist und vor den Tisch mit dem Imbiß tritt, und holte sofort die nötigen Papiere hervor. Er wollte die Sache so schnell als möglich erledigen. Er faßte den Entschluß, die Kaufverträge selbst aufzusetzen und ins reine zu schreiben, um den Gerichtsschreibern nichts zahlen zu müssen. Die Form war ihm gut bekannt; schnell schrieb er mit großen Buchstaben: „Im Jahre eintausendachthundertsoundsoviel“; darunter etwas kleiner: „Der Gutsbesitzer Soundso“ und dann alles Weitere. In zwei Stunden war alles fertig. Als er dann die Blätter mit den Namen der Bauern überflog, die einst wirkliche Bauern gewesen, die gearbeitet, gepflügt, gesoffen, sich als Fuhrleute durchgeschlagen, ihre Herren betrogen hatten, vielleicht aber auch einfach tüchtige Bauern gewesen waren, bemächtigte sich seiner ein eigentümliches, ihm selbst unverständliches Gefühl. Jede der Listen hatte gleichsam einen eigenen Charakter, was wiederum auch den Bauern einen eigenen Charakter verlieh. Die Bauern, die der Korobotschka gehört hatten, trugen sämtlich Anhängsel und Spitznamen. Die Liste Pljuschkins zeichnete sich durch den kurzen Stil aus. Oft standen nur die Anfangsbuchstaben der Vor- und Vatersnamen, von je einem Punkt begleitet. Das Verzeichnis Sobakewitschs fiel durch seine erstaunliche Vollständigkeit und Ausführlichkeit auf; keine der Eigenschaften der Bauern blieb darin unerwähnt; von dem einen hieß es: „ein guter Tischler“; von einem andern: „versteht seine Sache und trinkt nicht“. Bei jedem waren auch die beiden Eltern erwähnt und auch das Betragen der letzteren verzeichnet; nur bei einem gewissen Fedotow hieß es: „Vater unbekannt, Mutter ist die leibeigene Dirne Kapitolina; er ist jedoch gut von Sitten und stiehlt nicht.“ Alle diese Einzelheiten verliehen der Liste eine eigentümliche Frische. Es war, als hätten die Bauern gestern noch gelebt. Nachdem er die Namen lange studiert, fühlte er sich gerührt und sagte mit einem Seufzer: „Mein Gott, welche Menge! Was habt ihr, ihr Teuern, in eurem Leben getrieben? Wie habt ihr euch durchgeschlagen?“ Seine Augen blieben unwillkürlich auf einem Familiennamen stehen. Es war der bekannte Pjotr Saweljew Neuwaschaj-Koryto, der einst der Gutsbesitzerin Korobotschka gehört hatte. Und wieder konnte er sich der Bemerkung nicht enthalten: „Herrgott, wie lang der ist, eine ganze Zeile nimmt er ein! Warst du ein Handwerker oder einfach ein Bauer, und wo hat dich der Tod erwischt? In der Schenke, oder hat dich, als du mitten auf der Straße schliefst, eine schwere Fuhre überfahren? – Stepan

Probka, ‚Zimmermann, von musterhafter Nüchternheit'. Ach so, da ist ja der Stepan Probka, der Recke, der für die Garde taugte! Hast wohl mit der Axt im Gürtel und den Stiefeln auf dem Buckel alle Gouvernements durchwandert, hast für eine halbe Kopeke Brot und für eine Kopeke gedörrte Fische gegessen, aber jedesmal an die hundert Rubel im Beutel heimgebracht, vielleicht sogar die Staatsrente in deine Leinwandhose eingenäht oder im Stiefel verwahrt! Wo hat es dich erwischt? Bist du vielleicht, um noch mehr Geld zu verdienen, in die Kirchenkuppel gestiegen oder sogar bis zum Kreuz hinaufgeklettert, dort auf dem Gerüst ausgeglitten und in die Tiefe gestürzt, während irgendein Onkel Michej, der gerade in der Nähe stand, sich nur den Nacken kratzte und sagte: ‚Was hast du auch für Pech, Wanja!', worauf er sich selbst einen Strick um den Leib band und auf deinen Platz kletterte. – Maxim Teljantnikow, ‚Schuster'. Ha, Schuster! ‚Besoffen wie ein Schuster', sagt das Sprichwort. Ich kenne dich, ich kenne dich, mein Lieber; wenn du willst, erzähle ich dir deine ganze Geschichte. Du warst bei einem Deutschen in der Lehre, der euch alle aus einem Topf fütterte, mit dem Riemen für jede Nachlässigkeit auf den Rücken schlug und nie auf die Straße ließ, damit ihr euch nicht herumtreibt; so wurdest du zu einem wahren Wunder von einem Schuster, und der Deutsche konnte dich in Gesprächen mit seiner Frau oder einem Kameraden gar nicht genug loben. Als aber die Lehre zu Ende war, sagtest du: ‚Nun will ich mir ein eigenes Haus und Geschäft gründen, mach' es aber nicht wie der Deutsche, der sich wegen jeder Kopeke abquält, sondern werde auf einmal reich!' Und du zahltest deinem Herrn einen reichen Zins, mietetest dir einen kleinen Laden, nahmst eine Menge Aufträge an und begannst zu arbeiten. Zum Drittel des Preises kauftest du dir irgendwo verfaultes Leder, verdientest zwar an jedem Stiefel die Hälfte, aber schon nach zwei Wochen platzten alle deine Stiefel und man schimpfte auf dich auf die gemeinste Weise. Dein Laden verödete, du fingst zu trinken an und dich auf der Straße herumzuwälzen und dabei zu sprechen: ‚Schlecht ist es auf dieser Welt! Der Russe kann gar nicht leben, denn die Deutschen lassen ihn nicht aufkommen!' – Und was ist das da für ein Bauer: Jelisaweta Worobej? Pfui Teufel, das ist doch ein Weibsbild! Wie kommt die her? Der verdammte Sobakewitsch hat mich auch darin beschummelt!“ Tschitschikow hatte wirklich recht: Es war ein Weibsbild. Wie sie hereingeraten war, ist unbekannt; sie war aber so geschickt hineingesctzt, daß man sie aus der Ferne für einen Mann halten könnte, auch stand sie mit einer männlichen Endung da: nicht Jelisaweta, sondern Jelisawet. Tschitschikow nahm aber keine Rücksicht darauf und strich sie auf der Stelle. – „Grigorij kommst – niemals – an! Was warst du für ein Mensch? Warst du ein Fuhrmann, hattest dir eine Troika und einen bastgedeckten Wagen angeschafft und dich mit den Kaufleuten von Jahrmarkt zu Jahrmarkt geschleppt? Hast du irgendwo unterwegs deine Seele ausgehaucht, oder haben dich deine eigenen Freunde wegen eines dicken und rotbackigen Soldatenweibes umgebracht, oder gefielen deine Lederhandschuhe und die drei untersetzten, doch kräftigen Pferde irgendeinem Waldvagabunden allzu gut, oder war es dir, als du auf deiner Pritsche lagst, plötzlich eingefallen, so ohne jeden Anlaß in eine Schenke einzukehren und von dort in ein im Eise ausgehauenes Loch zu plumpsen, wo du deinen Tod fandst? Ach, du russisches Volk! Du liebst es nicht, eines natürlichen Todes zu sterben! – Und ihr, meine Lieben?“ fuhr er fort, indem er die Liste vornahm, auf der Pljuschkins entlaufene Seelen verzeichnet waren: „Ihr seid zwar noch am Leben, aber was hat man von euch? Ihr seid so gut wie gestorben. Wo tragen euch jetzt eure schnellen Füße herum? Habt ihr es beim Pljuschkin so schlecht gehabt, oder war es einfach euer Verlangen, durch die Wälder zu streifen und die Reisenden auszurauben? Sitzt ihr in Gefängnissen, oder gehört ihr neuen Herren und pflügt für sie die Erde? Jeremej Karjakin, Nikita Wolokita (Herumtreiber) und sein Sohn Anton Wolokita. Schon an euren Namen merkt man's, daß ihr gute Läufer seid. – Leibeigener Popow ... Der verstand wohl zu lesen und zu schreiben; hast wohl kein Messer in die Hand genommen, aber doch einen anständigen Diebstahl begangen. Da hat dich aber schon ohne Paß der Polizeihauptmann eingefangen. Tapfer stehst du beim Verhör. ‚Wem gehörst du?‘ fragt dich der Polizeihauptmann und traktiert dich bei dieser günstigen Gelegenheit mit einem kräftigen Wörtchen. ‚Dem Gutsbesitzer Soundso‘, antwortest du unverzagt. ‚Und wo kommst du her?‘ fragt dich der Polizeihauptmann. ‚Ich bin gegen Zins freigelassen‘, antwortest du, ohne zu stok-

ken. ‚Wo ist dein Paß?‘ – ‚Beim Herrn, dem Kleinbürger Pimenow.‘ – ‚Her mit dem Pimenow! Bist du Pimenow?‘ – ‚Ja, ich bin Pimenow.‘ – ‚Hat er dir seinen Paß gegeben?‘ – ‚Nein, er hat mir keinen Paß gegeben.‘ – ‚Was lügst du?‘ sagt der Polizeihauptmann und läßt wieder ein kräftiges Wörtchen los. ‚Es stimmt‘, antwortest du keck; ‚ich gab ihm den Paß nicht, weil ich spät nach Hause kam. Ich gab ihn dem Glöckner Antip Prochorow in Verwahrung.‘ – ‚Her mit dem Glöckner! Hat er dir seinen Paß gegeben?‘ – ‚Nein, er hat mir keinen Paß gegeben.‘ – ‚Was lügst du schon wieder?‘ sagt der Polizeihauptmann und bekräftigt seine Rede mit einem derben Wörtchen. ‚Wo ist denn dein Paß?‘ – ‚Ich habe ihn gehabt‘, sagst du schnell, ‚habe ihn aber wohl irgendwo unterwegs verloren.‘ – ‚Und warum hast du den Soldatenmantel gestohlen? Und den Kasten mit dem Kupfergeld beim Geistlichen?‘ sagt der Polizeihauptmann und beschließt die Rede wieder mit dem kräftigen Wörtchen. ‚Zu Befehl, nein‘, sagst du, ohne dich zu rühren, ‚mit Diebstahl habe ich noch nie was zu tun gehabt.‘ – ‚Warum hat man dann den Soldatenmantel bei dir gefunden?‘ – ‚Das kann ich nicht wissen; den hat wohl ein anderer hergebracht.‘ – ‚Ach, du Bestie!‘ sagt der Polizeihauptmann kopfschüttelnd und die Hände in die Seiten stemmend. ‚Schlagt ihm die Füße in den Block und bringt ihn ins Gefängnis!‘ – ‚Bitte sehr, mit Vergnügen!‘ sagst du darauf. Du holst aus der Tasche deine Schnupftabaksdose, traktierst freundlich die beiden Invaliden, die dir die Füße in den Block schlagen, und erkundigst dich, ob sie schon lange ihre Militärzeit abgedient und an welchen Kriegen sie teilgenommen haben. Und dann lebst du im Gefängnis, solange deine Sache durch die Gerichte läuft. Und das Gericht beschließt: Man bringe ihn aus Zarewo-Kokschaisk nach dem Gefängnis der und der Stadt. Und jenes Gericht schreibt wieder: Man bringe ihn nach Wessjegonsk. Und so ziehst du aus dem einen Gefängnis ins andere und sagst, wenn du eine neue Behausung vor dir siehst: ‚Nein, das Gefängnis von Wessjegonsk war doch viel feiner, dort gab's sogar für das Knöchelspiel Platz, auch hatte man dort mehr Gesellschaft.‘ – Abakum Fyrow! Wie steht's mit dir, Bruder? Wo treibst du dich herum? Bist du an die Wolga geraten und hast dich, in deiner Sehnsucht nach einem freien Leben, den Treidlern angeschlossen?“ Hier hielt Tschitschi-

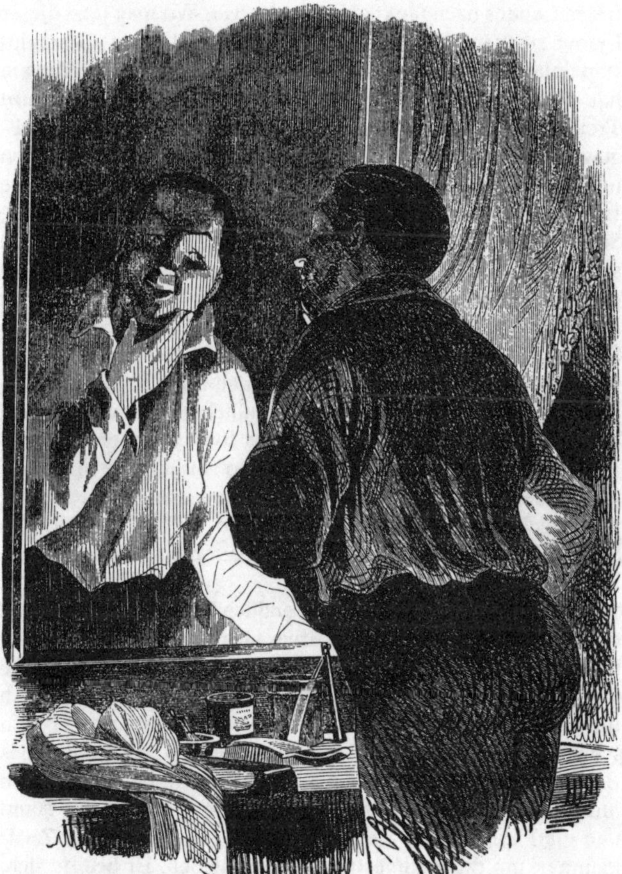

kow inne und wurde etwas nachdenklich. Worüber dachte er wohl nach? Über das Schicksal des Abakum Fyrow, oder wurde er einfach nachdenklich, wie es jeder Russe, von jedem Alter, Stande und Vermögen wird, wenn er über die Lust des freien Lebens nachdenkt? Und in der Tat: Wo mag jetzt dieser Fyrow stecken? Er bummelt laut und lustig am Getreidestapelplatz herum, nachdem er sich an Kaufleute verdungen hat. Blumen und Bänder am Hut, vergnügt sich die ganze Treidlerbande und nimmt Abschied von den schlanken, großgewachsenen Frauen und Schätzen, die mit Perlenschnüren und Bändern geschmückt sind; Reigen und Lieder; der ganze Landungsplatz brodelt, während die Lastträger unter Lärmen, Schreien und Schimpfen sich mit einem Haken neun Pud schwere Lasten auf den Rücken laden, Erbsen und Weizen mit großem Geräusch in die tiefen Schiffe schütten und Säcke mit Hafer und Graupen schleppen; den ganzen Platz füllen die Säcke, wie Kanonenkugeln zu Pyramiden aufgestapelt; gewaltig ragt dieses ganze Getreidearsenal, bis es in die geräumigen Schiffe verladen ist und die unendliche Flotte wie ein Zug Gänse zugleich mit dem Frühlingseis fortschwimmt. Nun beginnt eure Arbeit, ihr Treidler! Ebenso vereint, wie ihr bisher gebummelt und über die Schnur gehauen habt, so werdet ihr jetzt euch an die Arbeit machen und schweißtriefend das Schlepptau ziehen, ein Lied singend, das ebenso endlos ist, wie Rußland selbst!

„Ach so! Schon zwölf!" sagte endlich Tschitschikow, indem er auf die Uhr blickte. „Was verliere ich soviel Zeit? Wenn ich noch wenigstens etwas Gescheites getan hätte, aber ich redete nur dummes Zeug und wurde dann nachdenklich. Was bin ich für ein Narr!" Nachdem er dies gesagt, vertauschte er sein schottisches Kostüm mit einem europäischen, zog sein volles Bäuchlein mit der Schnalle fester zusammen, besprengte sich mit Eau de Cologne, nahm seine warme Mütze in die Hand und die Papiere unter den Arm und begab sich auf die Zivilkammer, um die Kaufverträge abzuschließen. Er beeilte sich, nicht weil er etwa zu spät zu kommen fürchtete – das brauchte er nicht zu fürchten, denn der Kammervorsitzende war sein guter Bekannter und hatte die Macht, die Amtsstunden nach Belieben zu verlängern oder abzukürzen, gleich dem alten Zeus Homers, der die Tage verlängerte und die Nächte schnel-

ler eintreten ließ, wenn er die Kämpfe seiner Lieblingsheroen unterbrechen oder zum Abschluß bringen lassen wollte; er empfand aber noch immer eine gewisse Unruhe und Verlegenheit. Ab und zu kam ihm der Gedanke, daß die Seelen doch nicht ganz echt seien und daß es in solchen Fällen immer von Vorteil wäre, die Last möglichst schnell loszuwerden. Kaum war er auf die Straße getreten, immer noch in diese Gedanken versunken und zugleich auf den Schultern einen mit braunem Tuch bedeckten Bären schleppend, als er gleich an der ersten Straßenkreuzung mit einem Herrn zusammenstieß, der gleichfalls einen mit braunem Tuch bedeckten Bären schleppte und eine warme Mütze mit Ohrenklappen aufhatte. Dieser Herr schrie auf: Es war Manilow. Sie schlossen einander in die Arme und verblieben an die fünf Minuten mitten auf der Straße in dieser Stellung. Die gegenseitigen Küsse waren so heftig, daß beiden nachher den ganzen Tag die Vorderzähne schmerzten. Manilows Gesicht nahm vor Freude einen solchen Ausdruck an, daß die Augen vollständig verschwanden und nur noch die Nase und die Lippen übrigblieben. Etwa eine Viertelstunde lang hielt er Tschitschikows Hand mit seinen beiden Händen fest und machte sie gehörig warm. In den feinsten und angenehmsten Wendungen erzählte er, wie er herbeigeflogen sei, um Pawel Iwanowitsch zu umarmen; er schloß seine Rede mit einem Kompliment, das man höchstens einem jungen Mädchen zu sagen pflegt, mit dem man zum Tanzen geht. Tschitschikow öffnete den Mund, ohne noch recht zu wissen, wie er sich bedanken solle, als Manilow plötzlich eine mit einem rosa Bändchen umwundene Papierrolle aus seinem Pelz hervorholte.

„Was ist denn das?“

„Die Bäuerlein.“

„Ach so!“ Tschitschikow entfaltete das Papier, überflog es mit den Augen und wunderte sich über die Sorgfalt und Schönheit der Schrift. „Es ist so schön geschrieben“, sagte er, „daß man es gar nicht ins reine zu schreiben braucht. Und dann diese schöne Einfassung rundherum! Wer hat die Einfassung gemacht?“

„Ach, fragen Sie lieber nicht“, sagte Manilow.

„Sie?“

„Meine Frau.“

„Mein Gott! Ich geniere mich wirklich, daß ich Ihnen solche Mühe gemacht habe.“

„Für Pawel Iwanowitsch gibt es keine zu große Mühe.“

Tschitschikow verbeugte sich dankbar. Als Manilow erfuhr, daß er auf die Zivilkammer ging, um die Kaufverträge abzuschließen, erklärte er sich bereit, ihn zu begleiten. Die Freunde faßten sich unter und setzten den Weg gemeinsam fort. Bei jeder kleinen Erderhöhung, bei jedem Hügel und jeder Stufe stützte Manilow Tschitschikow, wobei er ihn mit der Hand beinahe in die Höhe hob; mit einem angenehmen Lächeln fügte er hinzu, daß er es nicht zulassen werde, daß Pawel Iwanowitsch sich seine Füßchen verstauche. Tschitschikow genierte sich sehr und wußte gar nicht, wie ihm zu danken sei, denn er war sich seines schweren Gewichtes wohl bewußt. Unter gegenseitigen Dienstleistungen erreichten sie endlich den Platz, auf dem das Amtsgebäude stand – ein großes zweistökkiges, steinernes Haus, so weiß wie Kreide, wohl um die Seelenreinheit der in ihm wirkenden Beamten zu versinnbildlichen. Die übrigen Gebäude, die sich auf diesem Platz befanden, entsprachen an Größe in keiner Weise dem Amtsgebäude. Dies waren ein Schilderhäuschen, vor dem ein Soldat mit einem Gewehr stand, zwei oder drei Fuhrmannsbuden und schließlich lange Bretterzäune mit den bekannten mit Kohle oder Kreide hingekritzelten Inschriften und Zeichnungen. Sonst befand sich auf diesem einsamen, oder wie man sich bei uns auszudrücken pflegt, schönen Platz nichts. Aus den Fenstern des ersten und des zweiten Stocks blickten die unbestechlichen Häupter der Priester der Themis heraus, die sofort wieder verschwanden, weil wohl in diesem Moment ein Vorgesetzter ins Zimmer trat. Die Freunde gingen nicht, sondern liefen die Treppe hinauf, weil Tschitschikow, um sich nicht von Manilow stützen zu lassen, die Schritte beschleunigte und weil Manilow seinerseits, um Tschitschikow nicht müde werden zu lassen, vorauseilte; darum keuchten die beiden schwer, als sie den dunklen Korridor betraten. Weder die Gänge noch die Zimmer setzten ihre Blicke durch Reinlichkeit in Erstaunen. Damals war man um die Reinlichkeit noch wenig besorgt, und alles, was schmutzig war, blieb eben schmutzig, ohne ein anziehendes Äußere anzunehmen. Göttin Themis empfing ihre Gäste ganz wie sie war, im Negligé und im

Schlafrock. Eigentlich müßten wir auch die Kanzleiräume beschreiben, die unsere Helden durchschritten, der Autor empfindet aber eine große Scheu vor allen Amtslokalitäten. Selbst wenn er mal zufällig diese Lokalitäten in glänzender und veredelter Gestalt, mit lackierten Fußböden und Tischen zu durchschreiten hatte, so machte er es immer im schnellsten Tempo, die Augen zu Boden gesenkt; darum hat er auch keine Ahnung davon, wie dort alles blüht und gedeiht. Unsere Helden sahen viel für Konzepte wie auch für die Reinschrift bestimmtes Papier, gesenkte Köpfe, breite Nacken, Fräcke und Röcke vom bekannten Schnitt der Gouvernementschneider und sogar eine einfache hellgraue Joppe, die von den anderen sehr abstach und deren Träger, den Kopf auf die Seite gebeugt und beinahe ans Papier gedrückt, schnell und mit Schwung ein Protokoll abschrieb, das wohl von der Beschlagnahme eines Gutes handelte, das sich irgendein friedlicher Gutsbesitzer, der seine Tage ruhig im Anklagezustand verbrachte und unter diesem fremden Obdach Kinder und Enkel gezeugt, widerrechtlich angeeignet hatte; ab und zu fielen kurze, heisere Worte: „Fedossej Fedossejitsch, leihen Sie mir, bitte, den Akt Nummer dreihundertachtundsechzig!" – „Immer müssen Sie den Stöpsel vom amtlichen Tintenfaß verlegen!" Zuweilen erklang befehlend eine majestätischere Stimme, die offenbar von einem Vorgesetzten herrührte: „Da, schreib das ins reine! Sonst lasse ich dir die Stiefel ausziehen und du bleibst mir hier sechs Tage sitzen und kriegst nichts zu essen." Die Schreibfedern erzeugten ein lautes Geräusch, und es klang, als führen mehrere Wagen mit Reisig durch einen Wald, wo der Boden einen viertel Arschin hoch mit trockenem Laub bedeckt war.

Tschitschikow und Manilow gingen auf den ersten Tisch zu, an dem zwei jugendliche Beamte saßen, und fragten: „Gestatten Sie, wo ist hier die Abteilung für Kaufverträge?"

„Was wünschen Sie denn?" fragten die beiden Beamten.

„Ich möchte ein Gesuch einreichen."

„Was haben Sie denn gekauft?"

„Ich möchte zuvor wissen, wo die betreffende Abteilung ist, hier oder anderswo?"

„Nein, sagen Sie mir zuvor, was Sie gekauft haben und zu welchem Preis, dann werden wir Ihnen sagen, wo diese Abteilung ist; sonst können wir es nicht wissen."

Tschitschikow merkte sofort, daß die Beamten, wie alle jungen Beamten, einfach neugierig waren und sich in ihrer Tätigkeit mehr Gewicht und Bedeutung verleihen wollten.

„Hört mal, meine Lieben“, sagte er, „ich weiß sehr gut, daß alle Kaufverträge, um welchen Kaufpreis es sich auch handeln mag, an einer Stelle erledigt werden, darum bitte ich euch, uns die betreffende Abteilung zu zeigen; wenn ihr euch aber hier nicht auskennt, so werden wir jemand anderen fragen.“ Die Beamten gaben darauf keine Antwort, und der eine von ihnen zeigte bloß mit einem Finger auf einen Winkel, wo ein alter Mann vor einem Tisch saß und irgendwelche Papiere numerierte. Tschitschikow und Manilow begaben sich zwischen den Tischen zu ihm. Der alte Mann war in seine Arbeit vertieft.

„Gestatten Sie die Frage“, sagte Tschitschikow mit einer Verbeugung, „ist hier die Abteilung für Kaufverträge?“

Der alte Mann hob die Augen und sagte langsam: „Nein, hier ist nicht die Abteilung für Kaufverträge.“

„Wo denn?“

„In der Expedition für Kaufverträge.“

„Und wo ist die Expedition für Kaufverträge?“

„Bei Iwan Antonowitsch.“

„Und wo ist Iwan Antonowitsch?“

Der alte Mann zeigte mit dem Finger auf eine andere Zimmerecke. Tschitschikow und Manilow begaben sich zu Iwan Antonowitsch. Iwan Antonowitsch hatte schon auf sie ein Auge geworfen und sie von der Seite gemustert; doch im gleichen Augenblick vertiefte er sich gleich wieder in seine Schreibarbeit.

„Gestatten Sie die Frage“, sagte Tschitschikow mit einer Verbeugung, „ist hier die Abteilung für Kaufverträge?“

Iwan Antonowitsch tat so, als ob er nichts hörte; er vertiefte sich in seine Papiere und gab keine Antwort. Man sah ihm gleich an, daß er ein vernünftiger, reifer Herr und kein junger Schwätzer und Leichtfuß war. Iwan Antonowitsch schien hoch in den Vierzigern zu sein; seine Haare waren dicht und schwarz; die ganze mittlere Gesichtspartie trat hervor und strebte der Nase zu; kurz, es war eines der Gesichter, das man im Alltagsleben mit „Kannenmaul“ zu bezeichnen pflegt.

„Darf ich fragen, ist hier die Abteilung für Kaufverträge?“ fragte Tschitschikow.

„Ja, hier“, sagte Iwan Antonowitsch, indem er sein Kannenmaul von ihm wegwandte und sich wieder in die Schreibarbeit vertiefte.

„Ich komme mit folgender Sache: Ich habe von einigen Gutsbesitzern des hiesigen Kreises Bauern zwecks Übersiedlung erworben; die Kaufverträge sind aufgesetzt, sie müssen nur noch vollzogen werden.“

„Sind die Verkäufer zur Stelle?“

„Einige sind zur Stelle, und von den anderen liegen Vollmachten vor.“

„Haben Sie das Gesuch mitgebracht?“

„Ich habe auch das Gesuch mitgebracht. Ich möchte gern ... ich habe einige Eile ... Könnte man die Sache nicht schon heute erledigen?“

„Ja, heute! ... Heute geht es nicht“, sagte Iwan Antonowitsch. „Man muß noch Erkundigungen einziehen, ob den Verkäufen keine gerichtlichen Verfügungen im Wege stehen.“

„Übrigens, was die Beschleunigung der Sache betrifft, so ist Iwan Grigorjewitsch, der Kammervorsitzende, mein guter Freund ...“

„Iwan Grigorjewitsch ist nicht der einzige; es sind auch andere da“, sagte Iwan Antonowitsch streng.

Tschitschikow verstand die Anspielung Iwan Antonowitschs und entgegnete: „Auch die anderen sollen nicht zu kurz kommen; ich habe selbst gedient und kenne die Sache ...“

„Gehen Sie zu Iwan Grigorjewitsch“, sagte Iwan Antonowitsch etwas freundlicher. „Soll er nur dem, den es angeht, Befehl geben. An uns soll es nicht fehlen.“

Tschitschikow holte aus der Tasche eine Banknote hervor und legte sie vor Iwan Antonowitsch, der sie gar nicht bemerkte und sofort mit einem Buch zudeckte. Tschitschikow wollte ihn auf die Note aufmerksam machen, aber jener gab ihm durch ein Kopfnicken zu verstehen, daß er es nicht zu tun brauchte.

„Dieser da wird Sie in den Sitzungssaal führen“, sagte Iwan Antonowitsch. Er nickte mit dem Kopf, und einer der anwesenden Priester der Themis, der der Göttin mit solchem Eifer opferte, daß seine beiden Ärmel geplatzt waren und aus ihnen schon längst das Unterfutter hervorquoll, wofür er auch seinerzeit den Rang eines Kollegienregistrators erhalten hatte,

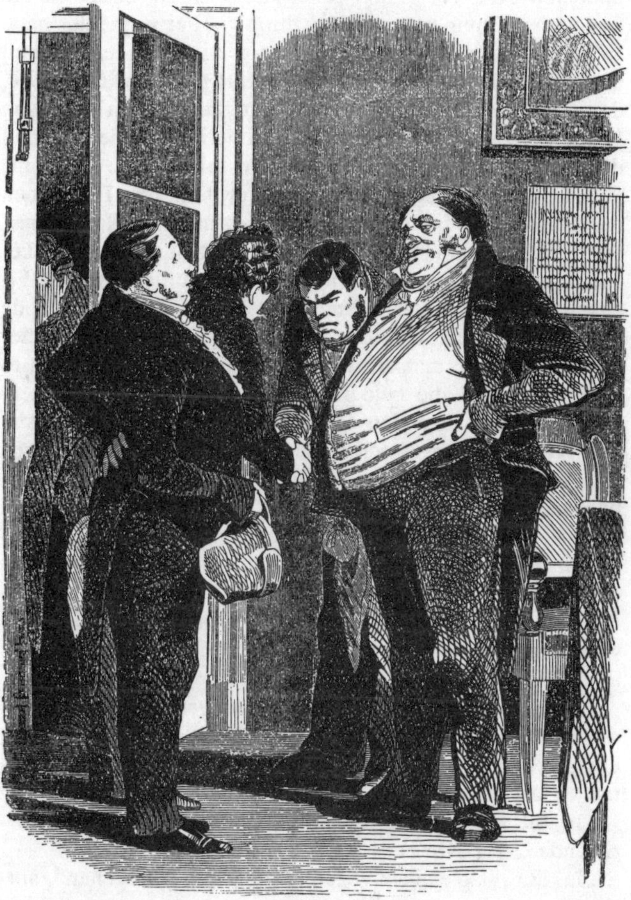

gesellte sich als Führer zu unseren Freunden, wie einst Vergil zu Dante, und führte sie in den Sitzungssaal, wo nur ein einziger breiter Sessel stand und in diesem, vor einem Tisch mit dem Gerichtsspiegel[1] und zwei dicken Büchern einsam wie die Sonne der Kammervorsitzende thronte. Hier zeigte der neue Vergil solche heilige Scheu, daß er es nicht wagte, den Fuß über die Schwelle zu setzen und sofort den Rücken kehrte, der glattgerieben wie eine Bastdecke war und an dem eine Hühnerfeder klebte. Als sie den Saal betraten, sahen sie, daß der Vorsitzende nicht allein war. An seiner Seite saß, ganz vom Gerichtsspiegel verdeckt, Sobakewitsch. Das Erscheinen der Gäste löste freudige Ausrufe aus, und der Regierungssessel wurde geräuschvoll zurückgeschoben. Auch Sobakewitsch erhob sich von seinem Platz und wurde in ganzer Figur, mit seinen langen Ärmeln sichtbar. Der Vorsitzende schloß Tschitschikow in die Arme, und der Saal hallte wider von den Küssen; man fragte einander nach dem Befinden; es zeigte sich, daß die beiden leichte Kreuzschmerzen hatten, was sofort der sitzenden Lebensweise zugeschrieben wurde. Der Vorsitzende war schon anscheinend von Sobakewitsch über den Kauf unterrichtet, weil er sofort unseren Helden zu beglückwünschen begann, was den letzteren etwas verlegen machte, um so mehr, als er die beiden Verkäufer, Sobakewitsch und Manilow, mit jedem, von denen er das Geschäft unter vier Augen abgeschlossen hatte, nun einander gegenüberstehen sah. Er dankte jedoch dem Vorsitzenden und wandte sich gleich an Sobakewitsch mit der Frage: „Und wie ist Ihr Befinden?"

„Gottlob, ich kann mich nicht beklagen", sagte Sobakewitsch. Und er durfte sich auch tatsächlich nicht beklagen. Viel eher könnte sich ein Stück Eisen erkälten und zu husten anfangen, als dieser so wunderbar konstruierte Gutsbesitzer.

„Ja, Sie waren immer als kräftig berühmt", sagte der Vorsitzende. „Auch Ihr Herr Vater war ein kräftiger Mann."

„Ja, der pflegte allein gegen einen Bären loszugehen", antwortete Sobakewitsch.

---

[1] Gerichtsspiegel: ein in jedem russischen Amtslokal vorhandener symbolischer Gegenstand in Form eines dreikantigen, von einem Doppeladler bekrönten Prismas aus vergoldetem Holz, an dessen drei Seitenflächen unter Glas bestimmte kaiserliche Ukase prangen.

„Mir scheint aber", sagte der Vorsitzende, „daß auch Sie einen Bären umwerfen könnten, wenn Sie gegen einen losziehen würden."

„Nein, ich könnte keinen umwerfen", antwortete Sobakewitsch. „Mein seliger Vater war doch kräftiger als ich." Er seufzte und fuhr fort: „Nein, heute sind die Menschen ganz anders; selbst wenn man mein Leben betrachtet. Was ist das für ein Leben? Es ist gar nicht so extra …"

„Warum ist denn Ihr Leben nicht gut?" fragte der Vorsitzende.

„Es ist gar nicht gut", sagte Sobakewitsch und schüttelte den Kopf. „Urteilen Sie selbst, Iwan Grigorjewitsch: Ich habe schon meine Fünfzig auf dem Buckel und bin noch nie krank gewesen; wenn ich doch wenigstens einmal Halsschmerzen, ein Geschwür oder einen Furunkel gehabt hätte … Nein, das bedeutet nichts Gutes! Früher oder später werde ich das noch büßen müssen." Hier versank Sobakewitsch in Melancholie.

Ist das ein Kerl! dachten sich gleichzeitig Tschitschikow und der Vorsitzende. Worüber der sich beklagt!

„Ich habe einen Brief an Sie", sagte Tschitschikow, indem er Pljuschkins Brief aus der Tasche holte.

„Von wem denn?" fragte der Vorsitzende. Nachdem er den Brief entfaltet hatte, rief er aus: „Ach so, von Pljuschkin! Der lebt noch immer auf der Welt. Ist das ein Schicksal! Was ist er doch für ein kluger und reicher Mensch gewesen! Und jetzt …"

„Ein Hund", sagte Sobakewitsch, „ein Gauner, hat alle seine Leute verhungern lassen."

„Gerne, gerne", sagte der Vorsitzende, nachdem er den Brief gelesen hatte. „Ich will gerne die Vertretung übernehmen. Wann wollen Sie den Kaufvertrag abschließen, jetzt oder später?"

„Jetzt", sagte Tschitschikow. „Ich möchte Sie sogar bitten, womöglich heute, weil ich morgen schon die Stadt verlasse. Ich habe die Verträge und das Gesuch mitgebracht."

„Das ist alles sehr schön, aber wir werden Sie nicht so bald fortreisen lassen. Die Kaufverträge werden heute erledigt, doch Sie müssen noch einige Zeit bei uns verleben. Gleich gebe ich den Befehl!" Mit diesen Worten öffnete er die Tür der Kanzleistube, die voller Beamten war. Diese schwärmten wie fleißige Bienen um ihre Waben, wenn nur der Vergleich der Bienenwaben mit den Kanzleiakten angängig wäre. „Ist Iwan Antonowitsch hier?“

„Er ist hier!“ antwortete eine Stimme aus dem Innern des Zimmers.

„Schickt ihn mal her!“

Der den Lesern schon bekannte Iwan Antonowitsch mit dem Kannenmaul erschien im Sitzungssaal und machte eine respektvolle Verbeugung.

„Hier, Iwan Antonowitsch, nehmen Sie mal alle Kaufverträge dieses Herrn ...“

„Vergessen Sie nicht, Iwan Grigorjewitsch“, fiel ihm Sobakewitsch ins Wort, „daß auch Zeugen notwendig sind, wenigstens zwei für jede Partei. Lassen Sie mal gleich den Staatsanwalt kommen. Er ist ein müßiger Mensch und sitzt wohl zu Hause. Alles besorgt für ihn sein Faktotum Solotucha, der größte Dieb in der Welt. Auch der Inspektor der Medizinalverwaltung ist ein müßiger Mensch und sitzt wohl zu Hause, wenn er nicht irgendwohin gefahren ist, um Karten zu spielen; es gibt auch viele Leute, die näher wohnen: Truchatschewskij, Bjeguschkin – die fallen nur der Erde zur Last.“

„Gewiß, gewiß!“ sagte der Vorsitzende und schickte sofort einen Kanzleidiener, um alle die Zeugen herbeizuschaffen.

„Ich möchte Sie noch bitten“, sagte Tschitschikow, „den Bevollmächtigten einer Gutsbesitzerin kommen zu lassen, mit der ich gleichfalls ein Geschäft abgeschlossen habe. Es ist der Sohn des Protopopen P. Kirill; er ist hier bei Ihnen angestellt.“

„Gewiß, wir wollen auch ihn holen lassen“, sagte der Vorsitzende. „Es soll alles geschehen, den Beamten bitte ich Sie aber nichts zu geben. Meine Freunde brauchen nichts zu zahlen.“ Nach diesen Worten erteilte er Iwan Antonowitsch irgendeinen Befehl, der diesem offenbar sehr mißfiel. Die Verträge machten auf den Kammervorsitzenden anscheinend einen guten Eindruck, um so mehr, als er sah, daß die Gesamtsumme beinahe hunderttausend Rubel ausmachte. Einige Minuten lang blickte er Tschitschikow mit dem Ausdruck höchster Zufriedenheit in die Augen und sagte schließlich: „So, so! So geht es, Pawel Iwanowitsch! So haben Sie also einiges erworben!“

„Ja, ich habe mir einiges erworben“, antwortete Tschitschikow.

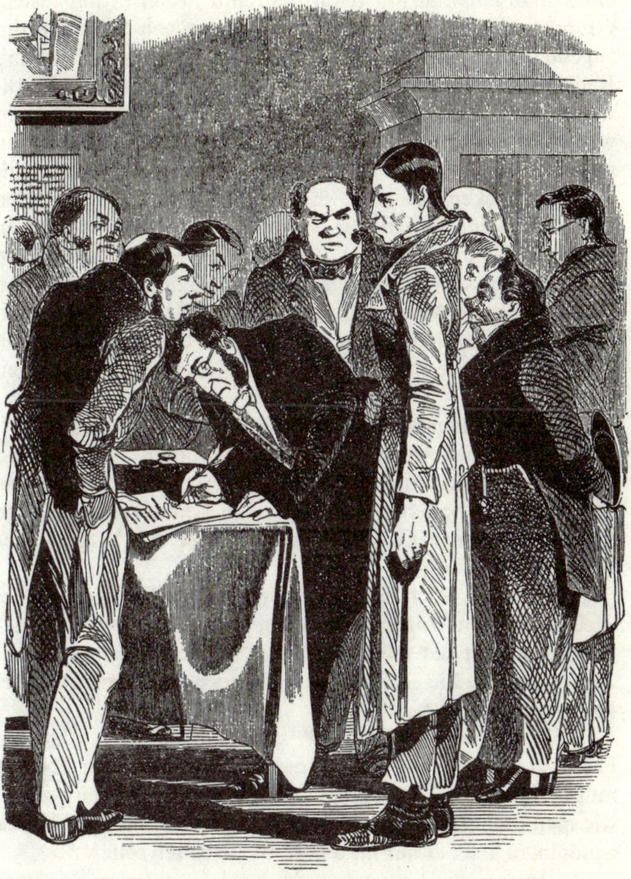

„Ein gutes Werk! Wirklich, ein gutes Werk!"

„Ja, ich sehe selbst, daß ich ein besseres Werk gar nicht habe unternehmen können. Wie dem auch sei, der Lebenszweck eines Menschen ist nur dann bestimmt, wenn er auf festem Grund und nicht auf irgendeiner freigeistigen Schimäre der Jugend fußt." Bei dieser Gelegenheit tadelte er, und mit Recht, alle jungen Leute für ihre liberale Gesinnung. Merkwürdigerweise klangen aber diese seine Worte etwas unsicher, wie wenn er sich dabei dächte: „Du lügst, mein Bester, und nicht zu knapp!" Er vermied sogar, Sobakewitsch und Manilow anzublicken, da er in ihren Gesichtern etwas zu lesen fürchtete. Seine Furcht war aber unbegründet: Sobakewitsch zuckte mit keiner Wimper, und Manilow schüttelte nur, von Tschitschikows Worten bezaubert, billigend den Kopf und nahm dabei den Ausdruck eines Musikliebhabers an, der hört, wie eine Sängerin die Geige übertönt und einen so hohen Ton von sich gibt, wie ihn selbst keine Vogelkehle hervorbringen kann.

„Warum wollen Sie dem Iwan Grigorjewitsch nicht sagen", bemerkte Sobakewitsch, „was Sie erworben haben? Und warum fragen Sie ihn nicht, Iwan Grigorjewitsch, worin seine Erwerbungen bestehen? Was das für Leute sind! Ich sage Ihnen, das reinste Gold! Ich habe ihm ja den Wagenbauer Michejew verkauft."

„Tatsächlich, auch den Michejew?" sagte der Vorsitzende. „Ich kenne den Wagenbauer Michejew. Er ist ein wunderbarer Meister; er hat mir einmal eine Droschke umgearbeitet. Aber gestatten Sie … Sie haben mir doch selbst gesagt, er sei gestorben …"

„Wer, Michejew gestorben?" sagte Sobakewitsch, ohne die Fassung zu verlieren. „Sein Bruder ist gestorben, er aber ist munter und fidel. Dieser Tage hat er mir einen Wagen gebaut, wie man ihn nicht mal in Moskau herstellen kann. Im Grunde genommen hätte er nur für den Kaiser arbeiten sollen."

„Ja, Michejew ist ein wunderbarer Meister", sagte der Vorsitzende, „und ich wundere mich sogar, daß Sie sich von ihm haben trennen können."

„Als ob es Michejew allein wäre! Und der Zimmermann Stepan Probka, der Ofensetzer Miluschkin, der Schuster Maxim Teljatnikow – alle sind weg, alle habe ich verkauft!" Und als der Vorsitzende ihn fragte, warum er diese im Hauswesen so notwendigen Leute verkauft habe, winkte Sobakewitsch mit der Hand und sagte: „Es war so eine dumme Laune von mir, ich will sie verkaufen, sagte ich mir, und verkaufte sie aus bloßer Dummheit!“ Darauf ließ er seinen Kopf hängen, als ob er die Sache bereute, und fügte hinzu: „Da habe ich schon graues Haar, bin aber noch nicht gescheiter geworden.“

„Aber gestatten Sie, Pawel Iwanowitsch“, fragte der Vorsitzende, „wie kaufen Sie die Bauern ohne Land? Etwa zwecks Übersiedlung?“

„Ja, zwecks Übersiedlung.“

„Das ist freilich eine andere Sache. Und wo sollen sie hin?“

„Ins ... Chersoner Gouvernement.“

„Oh, dort ist ein vorzügliches Land!“ sagte der Vorsitzende und äußerte sich sehr lobend über den dortigen Graswuchs.

„Und haben Sie auch genügend Land?“

„Genügend, geradesoviel, als ich für die gekauften Bauern brauche.“

„Ist dort ein Fluß oder ein Teich?“

„Ein Fluß. Es gibt übrigens auch einen Teich.“ Nach diesen Worten blickte Tschitschikow zufällig Sobakewitsch an; obwohl dessen Gesicht noch immer unbeweglich war, glaubte Tschitschikow darin zu lesen: Gott, wie du lügst! Es gibt dort wohl weder einen Fluß, noch einen Teich, noch das Land selbst!

Während dieser Gespräche erschienen ein Zeuge nach dem anderen: der dem Leser schon bekannte Staatsanwalt mit dem blinzelnden Auge, der Inspektor der Medizinalverwaltung, Truchatschewskij, Bjeguschkin und die sonstigen Leute, die nach Sobakewitschs Worten bloß der Erde zur Last fielen. Viele von ihnen waren Tschitschikow gänzlich unbekannt; die noch fehlenden Zeugen wurden dem Personal der Zivilkammer entnommen. Man schaffte nicht nur den Sohn des Protopopen P. Kirill herbei, sondern auch den Protopopen selbst. Ein jeder von diesen Zeugen malte seine Unterschrift mit allen seinen Titeln und Auszeichnungen hin, der eine in steiler, der andere in schräger Schrift, ein dritter setzte die Buchstaben beinahe auf den Kopf und gebrauchte Buchstaben, die man im russischen Alphabet kaum je gesehen hat. Der bekannte Iwan Antonowitsch machte die Sache sehr schnell; die Verträge wurden verzeichnet, datiert, ins Buch und wo es sich noch gehört, eingetragen; für die Anzeige im Amtsblatt wurde das halbe Prozent erhoben, und Tschitschikow hatte nur eine Kleinigkeit zu bezahlen. Der Präsident gab sogar Befehl, von ihm nur die Hälfte der vorgeschriebenen Gebühr zu erheben, während die andere Hälfte auf eine unerklärliche Weise von einem anderen Gesuchsteller getragen werden mußte.

„So!" sagte der Vorsitzende. „Jetzt bleibt uns nur noch übrig, den Kauf zu begießen."

„Sehr gern", sagte Tschitschikow. „Wollen Sie mir nur den Zeitpunkt angeben. Es wäre auch Sünde meinerseits, wenn ich einer so angenehmen Gesellschaft nicht ein paar Flaschen Schaumwein spendierte."

„Nein, Sie haben mich mißverstanden. Den Schaumwein wollen wir selbst spendieren", sagte der Vorsitzende, „das ist unsere Pflicht und Schuldigkeit. Sie sind unser Gast, wir müssen Sie bewirten. Wissen Sie was, meine Herren? Wir wollen uns nicht lange den Kopf zerbrechen und sofort zum Polizeimeister gehen; er ist doch ein wahrer Wundertäter. Er braucht nur mit dem Auge zu zwinkern, wenn er an den Fischläden oder an den Weinhandlungen vorbeigeht, und wir haben sofort das schönste Frühstück! Bei dieser Gelegenheit wollen wir auch eine kleine Partie Whist spielen."

Auf diesen Vorschlag konnte niemand nein sagen. Die Zeugen spürten schon bei der bloßen Erwähnung der Fischläden Appetit; alle griffen sofort nach ihren Mützen und Hüten, und die Amtshandlung war zu Ende. Als sie durch die Kanzlei gingen, sagte Iwan Antonowitsch mit dem Kannenmaul mit einer höflichen Verbeugung leise zu Tschitschikow: „Sie haben für hunderttausend Rubel Bauern gekauft und mir für meine Mühe nur einen Fünfundzwanziger gegeben."

„Was sind das auch für Bauern?" antwortete ihm Tschitschikow ebenso leise. „Schlechtes, unbrauchbares Volk, sie sind nicht mal die Hälfte davon wert." Iwan Antonowitsch begriff, daß der Besucher einen festen Charakter hatte und nichts mehr geben würde.

„Und was haben Sie dem Pljuschkin für die Seelen bezahlt?" flüsterte ihm Sobakewitsch ins andere Ohr.

„Und warum haben Sie den Worobej mit eingetragen?" antwortete ihm darauf Tschitschikow.

„Was für einen Worobej?" fragte Sobakewitsch.

„Nun, das Frauenzimmer Jelisaweta Worobej, aus der Sie einen Jelisawet gemacht haben."

„Ich habe keinen Worobej eingetragen", sagte Sobakewitsch und gesellte sich zu den anderen Gästen.

Endlich erreichten die Gäste in einem großen Haufen das Haus des Polizeimeisters. Der Polizeimeister war in der Tat ein Wundertäter. Sobald er von der Sache hörte, rief er sofort den Revieraufseher, einen flinken Burschen in Lackstiefeln, herbei und flüsterte ihm höchstens zwei Worte ins Ohr, denen er nur noch hinzufügte: „Verstehst du?" Infolgedessen erschienen im nächsten Zimmer, während die Gäste Whist spielten, auf dem Tisch Weißlachs, Störe, Salm, Preßkaviar, Malossolkaviar, Heringe, geräucherte Fische, Käse aller Sorten, geräucherte Zungen und Störrücken – dies alles hatte der Fischmarkt beigesteuert. Dann kamen noch die Spenden des Hausherrn und die Erzeugnisse seiner Küche: eine Pastete mit den Knorpeln und dem Kopf eines neun Pud schweren Störes, eine andere Pastete mit Schwämmen, ferner Butterbrezeln, Pastetchen und Quarkkuchen. Der Polizeimeister war gewissermaßen der Vater und Wohltäter der Stadt. Er bewegte sich unter den Bürgern wie in eigener Familie und besuchte ihre Läden und Geschäfte wie seine eigene Speisekammer. Überhaupt füllte er, wie man so sagt, seinen Platz durchaus aus und hatte sein Amt vollkommen erfaßt. Es war schwer zu sagen, ob er für sein Amt oder sein Amt für ihn geschaffen war. Er packte die Sache so geschickt an, daß er doppelt soviel Einnahmen als alle seine Vorgänger hatte, dabei aber die Liebe der ganzen Stadt genoß. Vor allem liebten ihn die Kaufleute, weil er so gar nicht stolz war; er hob ihre Kinder aus der Taufe, stand bei ihnen Gevatter, schröpfte sie zwar zuweilen erbarmungslos, machte das aber außerordentlich geschickt. Er klopfte dabei einen freundlich auf die Schulter, lachte oder traktierte ihn mit Tee, versprach zuweilen, zu einer Partie Dame zu kommen und erkundigte sich nach allem, wie die Geschäfte gingen; wenn er hörte, daß ein Kind erkrankt sei, empfahl er eine Arznei; mit einem Wort, ein braver Kerl! Wenn er in seiner Droschke fuhr, um nach der Ordnung zu sehen, rief er dem einen oder dem anderen zu: „Nun, wie ist es, Michejitsch, wollen wir unsere Partie nicht einmal zu Ende spielen?" – „Ja, Alexej Iwanowitsch", antwortete jener, die

Mütze ziehend, „das sollten wir!“ – „Nun, Bruder, Ilja Paramonytsch, besuch' mich doch mal und sieh dir meinen Traber an, spann auch den deinigen in den Rennwagen, wir wollen mal um die Wette fahren.“ Der Kaufmann, der auf seinen Traber ganz versessen war, lächelte besonders aufgeräumt, strich sich den Bart und sagte: „Wir wollen es mal versuchen, Alexej Iwanowitsch!“ Selbst alle Ladenangestellten, die so einem Gespräch mit entblößten Köpfen beiwohnten, blickten einander vergnügt an, als wollten sie sagen: „Alexej Iwanowitsch ist doch ein guter Mensch!“ Mit einem Wort, er hatte die größte Popularität erworben, und die Kaufleute waren von ihm der Meinung: „Alexej Iwanowitsch schröpft zwar gehörig, verrät aber einen nicht.“

Als der Polizeimeister sah, daß der Tisch fertiggedeckt war, schlug er den Gästen vor, den Whist nach dem Frühstück zu Ende zu spielen, und alle begaben sich in das andere Zimmer, aus dem schon längst ein Geruch drang, der die Nasen der Gäste auf die angenehmste Weise kitzelte, und in das Sobakewitsch schon längst durch die Tür hineingeschaut, wobei er einen auf einer großen Platte etwas abseits liegenden Stör ins Auge gefaßt hatte. Die Gäste tranken je ein Gläschen von einem dunklen, olivgelben Schnaps, von der Farbe, wie sie nur bei gewissen sibirischen Halbedelsteinen vorkommt, aus denen man in Rußland Petschaften zu machen pflegt, traten dann, mit Gabeln bewaffnet, von allen Seiten an den Tisch und begannen, wie man so sagt, ihre Charaktere und Neigungen zu zeigen, indem der eine sich auf den Kaviar, der andere auf den Salm und der dritte auf den Käse verlegte. Sobakewitsch schenkte allen diesen Kleinigkeiten nicht die geringste Beachtung und machte sich gleich an den Stör heran; während die anderen sprachen, verzehrte er ihn in etwas mehr als einer Viertelstunde vollständig, so daß, als der Polizeimeister sich des Fisches erinnerte und mit den Worten: „Und was sagen Sie zu diesem Naturprodukt, meine Herren?“ mit einer Gabel bewaffnet und von den anderen begleitet an die Fischplatte herantrat – von dem Naturprodukt nur noch der Schwanz übriggeblieben war. Sobakewitsch tat aber so, als ob er mit der Sache nichts zu tun hätte, trat vor einen etwas abseits stehenden Teller und begann mit der Gabel in einem winzigen gedörrten Fischchen herumzustochern. Nachdem er mit dem

Stör fertig geworden, setzte sich Sobakewitsch in einen Sessel, aß und trank nichts mehr, sondern kniff nur die Augen zusammen. Der Polizeimeister schien mit den Weinen nicht zu geizen, die Toaste wollten gar kein Ende nehmen. Der erste Toast galt, wie die Leser vielleicht selbst erraten haben, dem neuen Cherssoner Gutsbesitzer; dann trank man auf das Wohlergehen seiner Bauern und auf deren erfolgreiche Übersiedlung; dann auf das Wohl seiner künftigen schönen Frau, was unserem Helden ein angenehmes Lächeln entlockte. Man trat an ihn von allen Seiten heran und suchte ihn zu überreden, wenigstens noch zwei Wochen in der Stadt zu bleiben: „Nein, Pawel Iwanowitsch, das geht wirklich nicht! Das hieße ja nur die Stube kalt machen, über die Schwelle herein und gleich wieder hinaus! Nein, Sie müssen noch einige Zeit mit uns verleben! Wir wollen Sie auch verheiraten. Nicht wahr, Iwan Grigorjewitsch, wir werden ihn verheiraten?"

„Gewiß werden wir ihn verheiraten!" stimmte der Kammervorsitzende zu. „Und wie sehr Sie sich auch mit Händen und Füßen dagegen wehren, wir verheiraten Sie doch! Nein, Väterchen, wenn Sie schon einmal hergeraten sind, so dürfen Sie nicht klagen. Wir verstehen keinen Spaß."

„Warum sollte ich mich mit Händen und Füßen wehren?" sagte Tschitschikow lächelnd. „Die Heirat ist doch nicht eine solche Sache ... Wenn nur eine Braut da wäre."

„Es wird auch eine Braut dasein! Warum soll ich keine finden? Alles wird sich finden lassen, was Sie nur wünschen!"

„Nun, wenn sich eine finden läßt ..."

„Bravo, er bleibt!" schrien alle: „Vivat, hurra, Pawel Iwanowitsch! Hurra!" Und alle traten mit ihren Gläsern auf ihn zu, um mit ihm anzustoßen. Tschitschikow stieß mit allen an. „Nein, nein, noch einmal!" riefen die Keckeren, und er stieß mit ihnen zum zweitenmal an; dann wollten sie noch zum drittenmal anstoßen, und er stieß auch zum drittenmal an. In ganz kurzer Zeit bemächtigte sich aller eine außerordentlich lustige Stimmung. Der Kammervorsitzende, der in heiterem Zustand ein wirklich netter Mann war, schloß Tschitschikow mehrmals in die Arme und sagte mit herzlichem Gefühl: „Du mein Herz! Mein Mamachen!" Er knipste sogar mit den Fingern und tanzte um ihn herum, wobei er das bekannte Lied sang: „Ach, du Hundesohn, Komarinskij-Muschik!" – Nach

dem Champagner entkorkte man einige Flaschen Ungarwein, der die Stimmung noch mehr hob und die Gesellschaft noch mehr erheiterte. Den Whist hatte man vollkommen vergessen; man stritt, schrie und redete über alles mögliche: über Politik, sogar über das Kriegswesen und äußerte dabei höchst freiheitliche Gedanken, für die man zu einer anderen Zeit seine eigenen Kinder durchgeprügelt hätte. Man löste eine Menge höchst schwieriger Fragen. Tschitschikow hatte sich noch nie so lustig gefühlt; er kam sich tatsächlich wie ein Cherssoner Gutsbesitzer vor, sprach von allerlei Reformen, von der Dreifelderwirtschaft, vom Glück und der Seligkeit zweier Seelen und fing an, Sobakewitsch eine Epistel Werthers an Charlotte in Versen zu deklamieren, wozu jener, in seinem Sessel sitzend, nur schwer die Lider bewegte, da er nach dem Stör recht schläfrig geworden war. Tschitschikow merkte auch selbst, daß er sich zu sehr gehenließ, bat um eine Equipage und bekam die Droschke des Staatsanwaltes. Der Kutscher des letzteren war, wie es sich unterwegs zeigte, ein erfahrener Bursche. Er lenkte das Pferd nur mit einer Hand, während er mit der anderen hinter seinem Rücken den Fahrgast festhielt. So erreichte er mit der Droschke des Staatsanwaltes seinen Gasthof, wo ihm noch lange allerlei Unsinn auf die Zunge kam: eine blonde Braut mit roten Backen und einem Grübchen auf der rechten, Cherssoner Besitztümer und Kapitalien. Selifan bekam von ihm sogar den Auftrag, alle neuangesiedelten Bauern zu versammeln und namentlich aufzurufen. Selifan hörte ihm sehr lange schweigend zu, verließ dann das Zimmer und sagte zu Petruschka: „Geh, kleide den Herrn aus!“ Petruschka begann ihm die Stiefel auszuziehen und zog mit ihnen beinahe auch den Herrn selbst auf den Boden herunter. Die Stiefel waren schließlich ausgezogen, der Herr entkleidete sich ordentlich, drehte sich zuerst einige Male auf seinem Bett, das unter ihm unbarmherzig knarrte, hin und her und schlief bald als überzeugter Cherssoner Gutsbesitzer ein. Petruschka trug indessen die Hose und den Frack von preiselbeerfarbenem Tuch mit Glanz in den Korridor hinaus, breitete sie auf dem hölzernen Kleiderhalter aus und begann mit einem Klopfer und einem Besen draufzuhauen, so daß der ganze Korridor sich mit Staub füllte. Im Begriff, die Kleider vom Halter herunterzunehmen, blickte er von der Galerie hinunter und

sah Selifan, der eben aus dem Stall kam. Ihre Blicke trafen sich, und sie verstanden sich sofort ohne Worte. Der Herr ist schlafen gegangen, also könnte man irgendwo hineinschauen. Petruschka brachte sofort den Frack und die Hose aufs Zimmer, kam zu Selifan hinunter, und die beiden machten sich auf den Weg; unterwegs sprachen sie nicht vom Ziel ihrer Reise, sondern schwatzten von allerlei gleichgültigen Dingen. Der Spaziergang war recht kurz. Sie gingen nur über die Straße, zu einem Haus, das dem Gasthof gegenüberstand, und traten durch eine niedere verrauchte Glastür in einen Kellerraum, wo hinter einfachen Tischen bereits allerlei Leute saßen: mit Bart und ohne Bart, in Schafspelzen, in Hemden und auch in Friesmänteln. Was Selifan und Petruschka hier trieben, weiß Gott allein; als sie aber nach einer Stunde wieder herauskamen, hielten sie sich untergefaßt, sprachen kein Wort und erwiesen einander an jeder Ecke besondere Aufmerksamkeit. Hand in Hand, ohne einander loszulassen, stiegen sie dann eine geschlagene Viertelstunde die Treppe hinauf und langten endlich oben an. Petruschka stand eine Minute lang vor seinem niederen Bett und überlegte sich, wie er sich wohl am besten hinlegen könnte; schließlich legte er sich quer über das Bett, so daß seine Füße gegen den Fußboden stießen. Auch Selifan legte sich auf dasselbe Bett, den Kopf auf Petruschkas Bauch, und schien ganz vergessen zu haben, daß er gar nicht hier, sondern vielleicht in der Gesindestube oder gar im Stall bei den Pferden hätte schlafen sollen. Beide schliefen augenblicklich ein und erhoben dabei ein sonores Geschnarche, das der Herr aus seinem Zimmer mit einem feinen Pfeifen durch die Nase begleitete. Bald wurde alles still, und der Gasthof versank in tiefen Schlaf; nur in einem kleinen Fenster brannte noch Licht; hier wohnte der Leutnant aus Rjasan, der offenbar großer Liebhaber von Stiefeln war, denn er hatte sich bereits vier Paar bestellt und probierte nun unermüdlich das fünfte. Einigemal trat er ans Bett, um die Stiefel auszuziehen und sich hinzulegen, brachte es aber nicht übers Herz. Die Stiefel waren in der Tat wunderbar genäht, und lange hob er noch das Bein in die Höhe und betrachtete den herrlich gearbeiteten Absatz.

ACHTES KAPITEL

Tschitschikows Käufe waren bereits zu einem Stadtgespräch geworden. In der Stadt sprach und diskutierte man viel darüber, ob es vorteilhaft sei, Bauern ohne Land zwecks Übersiedlung zu kaufen. Unter den Ansichten, die bei diesen Debatten geäußert wurden, zeichneten sich viele durch große Sachkenntnis aus. „Gewiß“, sagten manche, „dagegen läßt sich nicht streiten. Das Land in den südlichen Gouvernements ist wirklich gut und fruchtbar; wie werden aber die Bauern Tschitschikows ohne Wasser leben können? Es gibt dort ja keinerlei Fluß.“ – „Das ist noch das geringste, daß es dort kein Wasser gibt; das wäre noch nicht so schlimm, Stepan Dmitrijewitsch; aber die Ansiedlung selbst ist eine unsichere Sache. Man weiß ja, wie so ein Bauer ist. Wenn er in eine ganz neue Gegend gebracht wird und Ackerbau treiben soll, aber nichts hat – weder Haus noch Hof –, so brennt er durch, so gewiß, wie zweimal zwei vier ist; er brennt durch, und man findet nicht mal seine Spur.“ – „Nein, Alexej Iwanowitsch, Sie erlauben schon; ich bin mit Ihrer Ansicht, daß Tschitschikows Bauer durchbrennen wird, nicht einverstanden. Der Russe ist zu allem fähig und gewöhnt sich an jedes Klima. Wenn Sie ihn auch nach Kamtschatka schicken und ihm nur ein Paar warme Handschuhe geben, so wird er erst die Hände gegeneinander klopfen, dann die Axt nehmen und sich ein neues Haus zimmern.“ – „Du hast aber etwas sehr Wichtiges außer acht gelassen, Iwan Grigorjewitsch, du hast gar nicht gefragt, was für Leute die Tschitschikowschen Bauern sind. Du hast vergessen, daß der Gutsbesitzer einen guten Bauern nicht verkaufen wird. Ich setze meinen Kopf dafür ein, daß Tschitschikows Bauern lauter Diebe, Säufer und Faulenzer von äußerst ausgelassenem Betragen sind.“ – „Gewiß, dem stimme ich zu, daß kein Gutsbesitzer gute Bauern verkaufen wird und daß Tschitschikows Bauern Säufer sind; aber man muß in Betracht ziehen, daß gerade hierin die Moral steckt: Jetzt sind sie Taugenichtse, wenn sie aber in eine neue Gegend kommen, können sie plötzlich zu ausgezeichneten Untertanen werden. Dafür hat es in der Welt nicht wenig Beispiele gegeben, und auch in der Weltgeschichte ..." – „Das wird niemals sein", sagte der Direktor der Staatsfabriken, „glauben Sie mir, niemals. Denn die Bauern Tschitschikows werden zwei mächtige Feinde vor sich haben. Der erste Feind ist die Nähe der kleinrussischen Gouvernements, wo bekanntlich freier Branntweinverkauf besteht. Ich versichere Ihnen, in zwei Wochen werden sie dem Suff erliegen. Der andere Feind ist aber der Hang zum Vagabundenleben, den die Bauern während der Übersiedlung erwerben. Tschitschikow müßte sie immer beaufsichtigen, sehr streng halten und für jede Bagatelle bestrafen, und zwar dürfte er sich dabei nicht auf einen anderen verlassen, sondern alles selbst tun und persönlich die Ohrfeigen und Genickstöße austeilen." – „Warum soll sich denn Tschitschikow selbst damit abgeben und die Genickstöße austeilen? Er kann sich ja auch einen Verwalter nehmen." – „Ja, finden Sie ihm einen Verwalter, die sind alle Spitzbuben." – „Sie sind Spitzbuben, weil sich die Herren selbst nicht um die Sache kümmern." – „Das stimmt!" bestätigten viele. „Wenn der Herr auch nur etwas von der Wirtschaft versteht und einige Menschenkenntnis hat, so findet er immer einen guten Verwalter." – Der Direktor der Staatsfabriken sagte aber, daß man für weniger als fünftausend Rubel keinen guten Verwalter finden könne. Doch der Kammervorsitzende meinte, daß man auch schon für dreitausend einen haben könne. Aber der Direktor der Staatsfabriken fragte: „Wo finden Sie einen solchen? Höchstens in Ihrer Nase." – „Nein, nicht in der Nase, sondern im hiesigen Landkreis; es ist ein gewisser Pjotr Petrowitsch Samoilow; er ist gerade der richtige Verwalter, wie ihn die Bauern Tschitschikows brauchen!" Viele versetzten sich mit großer Teilnahme in Tschitschikows Lage und hatten große Angst vor der Übersiedlung einer solchen Menge von Bauern; sie fürchteten sogar, daß unter so unruhigen Elementen, wie es die Bauern Tschitschikows seien, leicht ein Aufruhr ausbrechen könnte. Darauf wandte der Polizeimeister ein, daß man einen Aufruhr nicht zu befürchten brauche, da zur Verhinderung solcher Vorkommnisse die Macht der Polizeihauptleute bestehe; der Polizeihauptmann brauche nicht mal persönlich hinzufahren, es genüge schon, wenn er seine Mütze hinschicke. Die Mütze allein sei schon imstande, die Bauern ohne irgendwelche Schwierigkeiten nach dem Ort ihrer Ansiedlung zu bringen. Viele machten ihre Vorschläge, wie der aufrührerische Geist der Tschitschikowschen Bauern auszurotten sei. Diese Vorschläge waren sehr verschiedener Art. Es waren solche darunter, die eine militärische Grausamkeit und Härte atmeten; andere dagegen zeugten von großer Milde. Der Postmeister meinte, daß Tschitschikow eine heilige Aufgabe vor sich habe, daß er gewissermaßen der Vater seiner Bauern werden und unter ihnen sogar die segensreiche Aufklärung verbreiten könne; bei dieser Gelegenheit äußerte er sich sehr lobend über die Lancastersche Methode des wechselseitigen Unterrichts.

So sprach und diskutierte man in der Stadt, und viele teilten Tschitschikow, von aufrichtiger Teilnahme bewegt, ihre Vorschläge mit und empfahlen ihm sogar, die Bauern, der größeren Sicherheit wegen, an ihren neuen Wohnsitz durch eine Militäreskorte begleiten zu lassen. Tschitschikow dankte für die Ratschläge, versprach diese bei Gelegenheit in Betracht zu ziehen, verzichtete aber sehr entschieden auf die Eskorte, indem er sagte, daß diese absolut unnötig sei, da die von ihm gekauften Bauern sich durch einen außerordentlich friedlichen Charakter auszeichneten und selbst eine große Neigung für die Übersiedlung hätten, so daß ein Aufruhr unter ihnen völlig ausgeschlossen sei.

Alle diese Debatten und Erörterungen hatten übrigens für Tschitschikow die denkbar besten Folgen; es kam nämlich das Gerücht auf, daß er nicht mehr und nicht weniger als ein Millionär sei. Die Stadtbewohner hatten, wie wir es schon im ersten Kapitel sahen, Tschitschikow auch ohnehin herzlich liebgewonnen. Um die Wahrheit zu sagen, waren sie lauter gutmütige Menschen, lebten in Eintracht, behandelten einander auf die freundschaftlichste Weise, und ihre Gespräche trugen immer den Stempel einer ganz besonderen Treuherzigkeit und Intimität: „Liebster Freund, Ilja Iljitsch! ...“ – „Hör mal, Bruder, Antipator Sacharjewitsch! ...“ – „Du übertreibst, Mamachen, Iwan Grigorjewitsch.“ Dem Postmeister, der Iwan Andrejewitsch hieß, sagte man immer: „Sprechen Sie Deutsch, Iwan Andreitsch?“ Mit einem Worte, alles ging höchst familiär zu. Viele waren nicht ohne Bildung. Der Kammerpräsident kannte die „Ludmilla“ von Schukowskij, die damals noch eine ganz frische Novität war, auswendig und rezitierte aus ihr meisterhaft viele Stellen; besonders gut gelangen ihm: „Der Wald schläft ein, die Täler ruh'n im Schlummer“ und das Wort: „Horch!“, so daß man tatsächlich die Täler schlafen sah; um die Illusion zu vergrößern, schloß er sogar die Augen. Der Postmeister neigte mehr der Philosophie zu und las höchst fleißig, selbst bei Nacht, die „Nächte“ von Young und den „Schlüssel zu den Geheimnissen der Natur“ von Eckartshausen; aus dem letzteren Werk machte er sogar längere Exzerpte; welcher Art diese aber waren, wußte niemand. Im übrigen war er sehr witzig, gebrauchte gerne erlesene Ausdrücke und liebte es, wie er sich selbst ausdrückte, seine Rede zu „würzen“. Er würzte seine Rede mit einer Menge von Partikeln und Wendungen wie: „Verehrtester Herr, wissen Sie, verstehen Sie, denken Sie sich nur, beziehungsweise, gewissermaßen“ und ähnlichen, die er mit vollen Händen ausstreute; er würzte seine Rede ferner recht geschickt durch Blinzeln und Zwinkern mit dem einen Auge, was vielen seiner satirischen Andeutungen einen recht bissigen Ausdruck verlieh. Auch die anderen waren mehr oder weniger aufgeklärte Menschen. Der eine las Karamsin, der andere die „Moskauer Nachrichten“ und ein dritter las überhaupt nichts. Der eine war, was man eine Schlafmütze nennt, das heißt ein Mensch, den man nur durch einen Fußtritt in Bewegung setzen konnte; ein anderer war einfach ein Siebenschläfer, der sein ganzes Leben verschlief und den zu wecken es sich überhaupt nicht lohnte: er würde sowieso nicht aufstehen. Was das Äußere betrifft, so machten alle, wie schon bekannt, einen durchaus zuverlässigen Eindruck; Schwindsüchtige gab es unter ihnen nicht. Es waren lauter Männer, denen die Gattinnen bei zärtlichen Gesprächen unter vier Augen folgende Kosenamen zu geben pflegten: Fäßchen, Dickerchen, Bäuchlein, Joujou usw. Doch im allgemeinen waren es liebe, gastfreundliche Menschen, und einer, der mit ihnen zu Mittag gegessen oder einen Abend lang Whist gespielt hatte, wurde von ihnen sofort ins Herz geschlossen – dies war ganz besonders bei Tschitschikow der Fall, der über bezaubernde Eigenschaften und Manieren verfügte und das große Geheimnis, den Menschen zu gefallen, wirklich kannte. Sie hatten ihn so sehr liebgewonnen, daß er gar keine Möglichkeit sah, aus der Stadt herauszukommen; er hörte nichts als: „Nun, noch eine Woche, nur noch eine einzige Woche bleiben Sie hier bei uns, Pawel Iwanowitsch!“ Mit einem Wort, man trug ihn förmlich auf den Händen. Doch unvergleichlich bemerkenswerter war der Eindruck, den Tschitschikow auf die Damen machte; dieser war direkt erstaunlich! Um diese Erscheinung einigermaßen verständlich zu machen, müßte man eigentlich vieles über die Damen selbst und über ihre Gesellschaft sagen und ihre seelischen Eigenschaften sozusagen mit lebendigen Farben schildern; aber dem Autor fällt dieses sehr schwer. Einerseits gebietet ihm hier die unbeschränkte Achtung vor den Gattinnen der hohen Beamten halt, und andererseits … andererseits ist es einfach schwer. Die Damen der Stadt N. waren … nein, ich bringe es nicht fertig; ich empfinde wirklich eine Scheu. An den Damen der Stadt N. war am bemerkenswertesten … Es ist sogar sonderbar: Ich kann nicht mal die Feder heben, wie wenn sie mit Blei gefüllt wäre. Also gut, ich muß es einem, dessen Farben lebendiger sind und der ihrer mehr auf seiner Palette hat, überlassen, sich über ihren Charakter zu äußern; wir beschränken uns aber nur auf zwei, drei Worte über ihr Äußeres und einige der oberflächlichen Züge. Die Damen der Stadt N. waren das, was man präsentabel nennt, und in dieser Beziehung könnte man sie allen anderen als ein Vorbild hinstellen. Was den guten Ton, die Etikette, die Menge der feinsten Anstandsregeln, besonders aber die Beobachtung der Mode in ihren letzten Einzelheiten betrifft, so hatten sie in dieser Beziehung selbst die Petersburger und die Moskauer Damen überflügelt. Sie kleideten sich mit großem Geschmack, fuhren durch die Stadt in den schönsten Equipagen, wie es die neueste Mode vorschrieb, mit goldbetreßten Lakaien hinten auf dem Trittbrett. Eine Visitenkarte galt, selbst wenn sie auf einer Treffzwei oder einem Karoas gedruckt war, als ein heiliger Gegenstand. Wegen eines solchen Gegenstandes entzweiten sich sogar einmal zwei Damen, die vorher große Freundinnen gewesen und sogar miteinander verwandt waren – weil eine von ihnen einen Gegenbesuch mankiert hatte. Wie sehr sich ihre Männer und Verwandten nachher auch bemühten, sie wieder zu versöhnen, es gelang ihnen nicht; es zeigte sich, daß alles auf der Welt zu erreichen ist, nur das eine nicht: zwei Damen zu versöhnen, die sich wegen eines mankierten Gegenbesuches entzweit haben. So verblieben denn diese beiden Damen in „gegenseitiger Abneigung“, wie man es in der guten Gesellschaft der Stadt nannte. Streitigkeiten wegen des Vorranges führten gleichfalls zu einer Menge sehr heftiger Auftritte, die den Männern zuweilen durchaus großmütige Begriffe von ihrem Ritteramt einflößten. Zu Duellen kam es natürlich nicht, weil sie doch alle Zivilbeamte waren; dafür suchten sie einander bei jeder Gelegenheit ein Bein zu stellen, was bekanntlich zuweilen viel unangenehmer ist als jedes Duell. In ihren Sitten waren die Damen der Stadt N. sehr streng, von einer edlen Entrüstung gegen alles Lasterhafte und Ärgerniserregende erfüllt und bestraften jede Schwäche ohne Nachsicht. Und wenn unter ihnen auch „manches“ passierte, so passierte es immer im geheimen, so daß niemand etwas davon merkte; die ganze Würde blieb gewahrt, und der Gatte selbst war dermaßen vorbereitet, daß er, wenn er „manches“ sah oder davon hörte, mit dem kurzen und vernünftigen Sprichwort antwortete: „Wen geht es was an, daß die Gevatterin neben dem Gevatter saß?“ Es muß noch erwähnt werden, daß die Damen der Stadt N. sich gleich vielen Petersburger Damen durch eine große Vorsicht und feinen Takt in der Wahl der Ausdrücke auszeichneten. Niemals sagten sie: „Ich habe mich geschneuzt, ich habe geschwitzt, ich habe ausgespuckt“; sie sagten statt dessen: „Ich habe mir die Nase erleichtert, ich habe vom Taschentuch Gebrauch gemacht.“ Unter keinen Umständen durfte man sagen: „Dieses Glas oder dieser Teller stinkt“; man durfte sogar nichts sagen, was einer Anspielung darauf gleichkäme; man sagte statt dessen: „Dieses Glas benimmt sich nicht gut“ oder etwas Ähnliches. Um die russische Sprache noch mehr zu veredeln, hatten sie fast die Hälfte aller Worte gestrichen und mußten daher sehr oft zu französischen greifen; wenn man aber schon Französisch sprach, so war es eine ganz andere Sache. Dann durfte man weit härtere Worte gebrauchen als die oben erwähnten. Das ist alles, was von den Damen der Stadt N., wenn man sich auf das Oberflächliche beschränkt, zu sagen ist. Wollte man aber tiefer hineinblicken, so würden noch manche andere Dinge zum Vorschein kommen; doch es ist sehr gefährlich, in Damenherzen tief hineinzublicken. Wir beschränken uns daher auf das Oberflächliche und fahren fort.

Die Damen hatten bisher sehr wenig von Tschitschikow gesprochen, im übrigen aber seinen angenehmen Umgangsformen volle Gerechtigkeit gezollt. Als aber das Gerücht von seinem Millionenreichtum aufkam, fanden sie an ihm auch noch andere Vorzüge. Die Damen waren übrigens an seinem Reichtum in keiner Weise interessiert. Das Wort „Millionär" – nicht der Millionär als solcher, sondern nur das bloße Wort – war an allem schuld; denn schon im bloßen Klang dieses Wortes ist, ganz abgesehen von der Vorstellung des Geldsackes, etwas enthalten, was in gleicher Weise auf die gemeinen Menschen, auf solche, die weder Fleisch noch Fisch sind, und auf die guten, mit einem Wort, auf alle Menschen wirkt. Der Millionär hat den Vorteil, daß er die vollkommen uneigennützige Gemeinheit, die reine Gemeinheit, die auf keinerlei eigennützigen Motiven beruht, zu sehen bekommt. Viele wissen sehr gut, daß sie von ihm nichts bekommen werden und auch gar keinen Anspruch darauf haben, von ihm etwas zu bekommen, und doch müssen sie unbedingt vor ihm herlaufen, ihm wenigstens zulächeln, wenigstens den Hut vor ihm ziehen, wenigstens sich als Gast zu einem Mittagessen aufdrängen, zu dem der Millionär eingeladen ist. Man kann nicht behaupten, daß diese zarte Neigung zur Gemeinheit auch von den Damen empfunden worden wäre; doch man äußerte in vielen Salons, daß Tschitschikow, wenn auch nicht gerade der schönste Mann auf dem Erdenrund, dafür aber gerade so beschaffen sei, wie ein Mann beschaffen sein solle; daß es schon nicht mehr gut wäre, wenn er ein wenig dicker oder voller wäre. Bei dieser Gelegenheit wurde sogar eine recht verletzende Bemerkung über die dünnen Männer gemacht: Diese seien mehr Zahnstocher als Männer. An den Damentoiletten zeigten sich allerlei Veränderungen. Im städtischen Kaufhaus herrschte auf einmal großes Gedränge; es entstand sogar eine Art Korso: so viele Equipagen sammelten sich da an. Die Kaufleute waren erstaunt, als sie sahen, daß einige Stoffe, die sie von der Messe mitgebracht hatten und die infolge des als zu hoch angesehenen Preises unverkauft geblieben waren, plötzlich viel verlangt wurden und im Nu ausverkauft waren. Während des Gottesdienstes bemerkte man bei einer der Damen unten am Kleid einen so üppigen Besatz, daß der Rock die halbe Kirche füllte und der zufällig in der Nähe anwesende Polizeikommissar das

Volk zum Portal zurückdrängen lassen mußte, damit die Toilette ihrer Hochwohlgeboren nicht zerdrückt werde. Sogar Tschitschikow selbst mußte schließlich diese ihm entgegengebrachte ungewöhnliche Aufmerksamkeit wahrnehmen. Als er einmal nach Hause zurückkehrte, fand er auf seinem Tisch einen Brief vor. Von wem der Brief stammte und wer ihn gebracht hatte, ließ sich nicht feststellen. Der Gasthofdiener meldete nur: jemand habe den Brief gebracht, ihm aber verboten, zu sagen, von wem der Brief sei. Der Brief fing in einem sehr entschiedenen Ton an, und zwar: „Nein, ich muß Dir schreiben!" Dann war die Rede davon, daß es eine geheime Sympathie zwischen den Seelen gäbe; diese Wahrheit war durch mehrere Punkte bekräftigt, die beinahe eine halbe Zeile füllten. Weiter folgten einige so treffende Gedanken, daß wir es beinahe für notwendig halten, sie hier zu zitieren: „Was ist unser Leben? – Ein Tal, in dem die Leiden wohnen. Was ist die Welt? – Ein Haufen von Menschen, die nichts fühlen." Die Schreiberin berichtete ferner, daß sie die Zeilen ihrer zärtlichen Mutter, die schon vor fünfundzwanzig Jahren gestorben sei, mit ihren Tränen benetze; Tschitschikow wurde aufgefordert, in die Wüste zu ziehen und die Stadt, wo die Menschen in ihren dumpfen Mauern keine Luft atmen, für immer zu verlassen; das Ende des Briefes drückte sogar absolute Verzweiflung aus; er schloß mit den Versen:

Zwei Turteltauben zeigen
Dir meiner Asche Haus
Und girren in den Zweigen:
Sie starb und weinte sich die Augen aus!

In der letzten Zeile stimmte zwar das Versmaß nicht, allein das machte nichts. Der Brief war ganz im Geiste der damaligen Zeit geschrieben. Es fehlte jede Unterschrift: weder Name, noch Vorname, noch das Datum waren angegeben. Im Postskriptum hieß es nur, daß das eigene Herz des Adressaten die Schreiberin erraten müsse und daß auf dem morgen stattfindenden Ball beim Gouverneur das Original selbst anwesend sein werde.

Das interessierte ihn außerordentlich. In der Anonymität

lag so viel Verlockendes und die Neugierde reizendes, daß er den Brief noch ein zweites und ein drittes Mal las und schließlich sagte: „Es wäre doch recht interessant zu erfahren, wer ihn geschrieben hat!“ Mit einem Wort, die Sache schien eine ernste Wendung nehmen zu wollen; länger als eine Stunde dachte er darüber nach; dann spreizte er die Arme, neigte den Kopf und sagte: „Der Brief ist doch sehr kunstvoll geschrieben!“ Zuletzt faltete er den Brief selbstverständlich zusammen und legte ihn in die Schatulle neben einen Theaterzettel und eine Familienanzeige, die seit sieben Jahren an der gleichen Stelle lag. Etwas später brachte man ihm tatsächlich eine Einladung zum Ball beim Gouverneur; solche Bälle sind in den Gouvernementsstädten durchaus gewöhnlich: denn ohne einen Ball kann der Gouverneur gar nicht auf die Liebe und den Respekt des Adels rechnen.

Alles nicht zur Sache Gehörige wurde sofort zur Seite geschoben, und alle seine Sinne richteten sich auf die Vorbereitungen zum Ball; denn er hatte in der Tat viele anspornende Gründe dafür. Dafür ist aber wohl seit der Erschaffung der Welt noch nie soviel Zeit auf die Toilette verwendet worden. Eine ganze Stunde war nur dem Betrachten des Gesichts im Spiegel gewidmet. Er versuchte, ihm eine ganze Menge der verschiedensten Ausdrücke zu verleihen: bald einen würdigen und soliden, bald einen respektvollen mit einem gewissen Lächeln, bald einen einfach respektvollen ohne Lächeln; er machte gegen den Spiegel mehrere Verbeugungen, die er mit einigen unartikulierten Lauten begleitete, die wie Französisch klangen, obwohl Tschitschikow kein Wort Französisch verstand. Er bereitete sich selbst eine Menge angenehmster Überraschungen, indem er sich mit den Augenbrauen und mit den Lippen zuzwinkerte und sogar einige Bewegungen mit der Zunge machte; was macht der Mensch nicht alles, wenn er allein ist, sich seiner Schönheit bewußt und obendrein auch überzeugt ist, daß niemand durch eine Türspalte hereinguckt. Zuletzt streichelte er sich leicht das Kinn und sagte: „Ach, du nettes Kerlchen!“ Hierauf begann er sich anzukleiden. Während des ganzen Ankleideprozesses befand er sich in der zufriedensten Stimmung. Als er die Hosenträger anknöpfte und sich die Krawatte umband, machte er Kratzfüße und Verbeugungen. Obwohl er nie im Leben getanzt hatte, machte er dennoch einen Luftsprung. Dieser Luftsprung hatte auch einige kleine harmlose Folgen: Die Kommode erzitterte, und die Bürste fiel vom Tisch.

Sein Erscheinen auf dem Ball erregte ein ungewöhnliches Aufsehen. Das ganze Publikum wandte sich ihm zu – der eine mit Karten in der Hand, der andere im interessantesten Punkt eines Gesprächs, nachdem er gerade gesagt hatte: „Und die niedere Instanz des Kreisgerichts antwortete darauf …" Was aber das Kreisgericht antwortete, das verschwieg er und eilte unserem Helden entgegen, um ihn zu begrüßen. „Pawel Iwanowitsch! Ach, mein Gott, Pawel Iwanowitsch! Liebster Pawel Iwanowitsch! Verehrtester Pawel Iwanowitsch! Mein Herz, Pawel Iwanowitsch! Da sind Sie also, Pawel Iwanowitsch! Da ist er, unser Pawel Iwanowitsch! Lassen Sie sich ans Herz drücken, Pawel Iwanowitsch! Laßt ihn mal mir, ich will ihn recht fest umarmen und küssen, meinen teuren Pawel Iwanowitsch!" Tschitschikow fühlte sich zugleich von mehreren Menschen umarmt. Er hatte sich noch nicht ganz aus der Umarmung des Kammervorsitzenden befreit, als er schon in den Armen des Polizeimeisters lag; der Polizeimeister übergab ihn dem Inspektor der Medizinalverwaltung; der Inspektor der Medizinalverwaltung dem Branntweinpächter, der Branntweinpächter – dem Stadtarchitekten … Als der Gouverneur, der gerade in Gesellschaft einiger Damen stand und in der einen Hand eine Bonbonhülle und in der anderen ein Bologneser Hündchen hielt, ihn erblickte, ließ er sofort wie die Bonbonhülle so auch das Bologneser Hündchen zu Boden fallen – das Hündchen winselte nur –, mit einem Wort, Tschitschikow verbreitete eine ungewöhnliche Freude und Heiterkeit. Da gab es kein einziges Gesicht, das nicht das größte Vergnügen zeigte oder wenigstens das allgemeine Vergnügen widerspiegelte. Das kann man an den Gesichtern von Beamten beobachten, wenn ein hoher Vorgesetzter zur Revision ins Amt gekommen ist. Nachdem der erste Schreck vorüber ist, sehen sie, daß ihm manches gefallen hat und daß er sogar zu scherzen, das heißt mit einem angenehmen Lächeln einige Worte zu sagen geruht – dann lachen die sich um ihn drängenden Beamten doppelt so laut; außerordentlich herzlich lachen diejenigen, die die von ihm gesprochenen Worte nur schlecht gehört haben; und selbst der ganz weit an der Tür stehende

Polizist, der in seinem Leben noch nie gelacht und der kurz vorher dem Volk mit der Faust gedroht hat – auch dieser zeigt nach den unveränderlichen Gesetzen der Reflexion etwas wie ein Lächeln, obwohl dieses Lächeln mehr dem Ausdruck gleicht, den man nach einer starken Prise Schnupftabak unmittelbar vor dem Schnupfen annimmt. Unser Held beantwortete jede Liebenswürdigkeit und fühlte sich ungewöhnlich leicht beschwingt. Er verbeugte sich nach rechts und nach links, zwar etwas schief, wie es seine Gewohnheit war, doch vollkommen ungezwungen, so daß alle bezaubert waren. Die Damen umringten ihn sofort als glänzende Girlande, die ganze Wolken von Wohlgerüchen jeder Art ausströmte: Die eine atmete Rosenduft, die andere roch nach Frühling und Veilchen, die dritte war stark mit Reseden parfümiert; Tschitschikow hob nur die Nase in die Höhe und schnüffelte. Die Toiletten zeigten ein wahres Meer von Geschmack: die Mousseline-, Atlas- und Gazestoffe waren von den modernen blassen Tönen, für die es sogar keine Namen gibt – so raffiniert war der Geschmack! Die Bänder und Blumensträuße umschwebten die Kleider in der malerischsten Unordnung, obwohl diese Unordnung von manchem tüchtigen Kopf reiflich durchdacht war. Ein leichter Kopfschmuck war nur an den Ohren befestigt und schien sagen zu wollen: „Paßt auf, gleich fliege ich davon! Schade nur, daß ich die Schöne nicht mitnehmen kann!“ Die Taillen waren stramm umspannt und zeigten feste und für die Augen angenehme Formen (es ist zu bemerken, daß alle Damen der Stadt N. im allgemeinen etwas voll waren, sich aber so kunstvoll zu schnüren verstanden und so angenehme Manieren hatten, daß man diese Fülle gar nicht sah). Alles war bei ihnen mit ungewöhnlichem Scharfsinn durchdacht und vorgesehen. Der Hals und die Schultern waren gerade so tief entblößt, als es nötig war und auch nicht um ein Haar tiefer; eine jede zeigte ihre Besitzungen gerade so weit, als diese nach ihrer eigenen Überzeugung imstande waren, einen Menschen zugrunde zu richten; alles übrige war mit ungewöhnlichem Geschmack versteckt. Bald umschlang ein leichtes Bändchen, leichter als das Gebäck, das unter dem Namen „Baiser“ bekannt ist, ätherisch den Hals, bald ragten an den Schultern aus dem Kleid kleine gezackte Hüllen aus feinstem Batist hervor, die man „Sittsamkeiten“ nennt. Diese „Sittsamkeiten“ ver-

hüllten vorne und hinten alles, was den Menschen nicht mehr zugrunde richten konnte, erregten aber zugleich die Meinung, daß gerade unter ihnen das Verderben stecke. Die langen Handschuhe waren nicht bis zu den Ärmeln hinaufgezogen, sondern ließen mit Absicht die Leidenschaft erregenden Teile der Arme oberhalb des Ellenbogens, die bei vielen eine beneidenswerte Fülle atmeten, entblößt; bei manchen waren die Glacéhandschuhe bei den Versuchen, sie höher hinaufzuziehen, sogar geplatzt – mit einem Wort, alles schien die Etikette zu tragen: „Nein, das ist keine Gouvernementsstadt, das ist die Residenz, das ist Paris!" Nur hier und da guckte irgendeine noch nie dagewesene Haube hervor oder eine Feder, vielleicht sogar eine Pfauenfeder, die im Widerspruch zu jeder Mode nur dem eigenen Geschmack der Trägerin entsprach. Ohne das geht es aber nicht ab, das ist schon einmal die Eigenschaft der Gouvernementsstadt: Irgendwie muß sie sich immer blamieren. Während Tschitschikow die Damen betrachtete, dachte er: „Welche mag wohl die Schreiberin des Briefes sein?" Er versuchte sogar, seine Nase hervorzustrecken, doch diese geriet sofort in einen Strudel von Ellenbogen, Aufschlägen, Ärmeln, Schleifenenden, duftigen Chemisetten und Kleidern. Die Galoppade fegte wie toll dahin: die Postmeisterin, der Polizeihauptmann, eine Dame mit einer blauen Feder, eine Dame mit einer weißen Feder, der georgische Fürst Tschipchaichilidsew, ein Beamter aus Petersburg, ein Beamter aus Moskau, der Franzose Coucou, ein Herr Perchunowskij, ein Herr Berenkendowskij – alles erhob sich und raste dahin …

„So! Nun ist die Gouvernementsstadt los!" sagte Tschitschikow zurückweichend. Sobald die Damen auf ihren Plätzen saßen, begann er wieder auszuschauen, ob es sich nicht an dem Ausdruck eines Gesichts oder eines Augenpaares erkennen ließe, wer die Briefschreiberin war; aber weder der Gesichtsausdruck noch der Ausdruck der Augen verrieten die Briefschreiberin. An allen sah er etwas unfaßbar Feines, etwas furchtbar Raffiniertes! … „Nein", sagte Tschitschikow zu sich selbst, „die Frauen sind so eine Sache …" – Hier winkte er mit der Hand und fuhr fort: „Darüber ist überhaupt nichts zu sagen! Versuch nur einer mit Worten alles, was über ihr Gesicht läuft, alle diese Ausstrahlungen und Andeutungen

wiederzugeben … nein, das läßt sich gar nicht wiedergeben. Die Augen allein sind schon ein so grenzenloses Reich, daß ein Mensch, der hineingerät, unrettbar verloren ist! Dann kann man ihn weder mit einem Haken noch mit einem anderen Werkzeug herausziehen. Versuch' nur einer, ihren Glanz allein zu beschreiben: Er ist feucht, samtweich, zuckersüß – Gott allein weiß, was er nicht alles ist: hart und weich, sogar schmachtend oder, wie es manche nennen, trunken vor Wonne und auch ohne Wonne; das gefährlichste aber ist, wenn er wonnetrunken ist. Dann dringt er einem tief ins Herz hinein. Nein, man findet einfach kein Wort dafür. Es ist eben die Galanteriebranche des Menschengeschlechts und sonst nichts!"

Pardon! Dem Munde unseres Helden ist, glaube ich, ein auf der Straße aufgefangener Ausdruck entschlüpft. Was ist zu machen? So ist einmal die Lage des Schriftstellers in Rußland! Übrigens, wenn ein Wort aus der Straße ins Buch geraten ist, so ist es nicht die Schuld des Schriftstellers, sondern die der Leser und vor allem der Leser aus den höheren Gesellschaftsschichten. Von ihnen bekommt man nie ein anständiges russisches Wort zu hören; französische, deutsche und englische Worte setzen sie einem wohl in solcher Menge vor, daß man kaum zuhören mag; sie gebrauchen sie sogar unter Beibehaltung der verschiedenen Aussprachen: sprechen sie Französisch, dann unbedingt mit dem französischen „r" und durch die Nase; das Englische reden sie wie ein Vogel und nehmen dabei sogar den Gesichtsausdruck eines Vogels an; sie lachen einen sogar aus, der dieses Vogelgesicht nicht nachmachen kann. Ein russisches Wort setzen sie aber einem niemals vor, höchstens daß sie aus Patriotismus bei sich auf dem Lande einen Bau in russischem Stil aufführen. So sind also die Leser aus den höheren Schichten und auch alle, die sich selbst zu den höheren Schichten rechnen! Und dabei kommen sie noch mit Ansprüchen! Sie verlangen, daß alles in einer korrekten, gereinigten und edlen Sprache abgefaßt sei – mit einem Wort, sie verlangen, daß die russische Sprache fertig verfeinert ganz von selbst aus den Wolken falle und sich ihnen gerade auf die Zunge setze, so daß sie nur den Mund zu öffnen und die Zunge herauszustrecken brauchen. Die weibliche Hälfte des Menschengeschlechts ist allerdings recht diffizil; doch die geehrten Leser sind zuweilen, offen gestanden, noch diffiziler.

Tschitschikow war indessen ganz ratlos, welche von den Damen wohl die Briefschreiberin gewesen sei. Als er gespannter hinzublicken versuchte, sah er, daß auch die Damengesichter etwas ausdrückten, was zugleich Hoffnungen und süße Qualen in den Herzen der armen Sterblichen weckte, und schließlich sagte er sich: „Nein, man kann es unmöglich erraten!“ Dies tat jedoch der frohen Gemütsverfassung, in der er sich befand, keinen Abbruch. Er wechselte ungezwungen und sehr gewandt einige angenehme Worte mit einigen der Damen und trippelte bald auf die eine, bald auf die andere mit kleinen Schrittchen zu, wie es gewöhnlich die kleinen galanten Greise auf hohen Absätzen zu tun pflegen, die sehr geschickt um die Damen herumscharwenzeln. Nachdem er sich so mit kleinen Schrittchen recht geschickt nach rechts und nach links bewegt hatte, scharrte er mit dem Fuß und beschrieb dabei einen kurzen Schnörkel oder eine Art Komma. Die Damen waren überaus zufrieden und fanden an ihm nicht nur eine Menge angenehmer und liebenswürdiger Eigenschaften, sondern auch einen majestätischen Gesichtsausdruck, sogar etwas Martialisches und Kriegerisches, was bekanntlich den Damen gut gefällt. Seinetwegen entstanden sogar kleine Streitigkeiten. Da sie merkten, daß er gewöhnlich vor der Tür stand, suchten manche die Plätze in der Nähe der Tür zu besetzen; als es der einen gelang, den anderen zuvorzukommen, kam es beinahe zu einem unangenehmen Auftritt, und diese Frechheit erschien vielen, die eigentlich das gleiche tun wollten, allzu stark.

Tschitschikow war so sehr von den Gesprächen mit den Damen hingerissen oder wurde vielmehr von den Damen, die einen ganzen Haufen komplizierter und raffinierter allegorischer Andeutungen, die er alle zu erraten hatte, nur so aus dem Ärmel schüttelten, so daß ihm sogar der Schweiß auf die Stirn trat, beschäftigt, daß er die erste Anstandspflicht vernachlässigte und es unterließ, sich zuerst der Dame des Hauses zu widmen. Dieses fiel ihm erst dann ein, als er die Stimme der Gouverneurin selbst hörte, die schon seit einigen Minuten vor ihm stand. Die Gouverneurin sprach mit freundlicher und schelmischer Stimme, mit anmutigem Kopfnicken: „So sind Sie also, Pawel Iwanowitsch! ...“ Ich kann die Worte der Gouverneurin nicht genau wiedergeben, sie sagte aber etwas, was

von großer Freundlichkeit erfüllt war, und zwar in dem Stil, in dem die Damen und die Kavaliere in den Erzählungen unserer Salonschriftsteller, die es lieben, die höhere Welt zu schildern und mit der Kenntnis des höheren Tones zu prahlen, zu sprechen pflegen – also etwa: „Hat man sich denn Ihres Herzens schon so gänzlich bemächtigt, daß darin kein Plätzchen für die von Ihnen so erbarmungslos Vergessenen übriggeblieben ist?“ Unser Held wandte sich augenblicklich zu der Gouverneurin und war schon bereit, ihr eine Antwort zu geben, die in keiner Weise schlechter gewesen wäre als die Antworten, die in den modischen Erzählungen alle die Swonskijs, Linskijs, Lidins, Gremins und die glänzenden Offiziere zu geben pflegen, als er unwillkürlich die Augen hob und sich plötzlich wie von einem Schlage betäubt fühlte.

Vor ihm stand nicht die Gouverneurin allein, sie hielt ein sechzehnjähriges junges Mädchen an der Hand, eine frische Blondine, mit feinen und anmutigen Gesichtszügen, mit etwas spitzem Kinn und einem wunderbar gerundeten Oval des Gesichts, das ein Künstler wohl zu einem Modell für eine Madonna gewählt hätte und wie man es in Rußland nur selten trifft, wo alles gerne in die Breite geht: Berge, Wälder, Steppen, Gesichter, Lippen und Füße – dieselbe Blondine, der er unterwegs begegnet war, als er von Nosdrjow fuhr, als infolge der Dummheit der Kutscher oder der Pferde ihre Equipagen so merkwürdig zusammenstießen, das Geschirr durcheinandergeriet und Onkel Mitjaj und Onkel Minjaj die Sache zu entwirren versuchten. Tschitschikow wurde so verlegen, daß er kein vernünftiges Wort zu sagen wußte und weiß der Teufel was stammelte, was ein Gremin, ein Swonskij oder ein Lidin keineswegs gesagt hätten.

„Kennen Sie meine Tochter noch nicht?“ sagte die Gouverneurin. „Sie kommt soeben aus dem Institut.“

Er antwortete, daß er bereits das Vergnügen gehabt hätte, sie zufälligerweise kennenzulernen; er versuchte noch etwas hinzuzufügen, aber das Etwas mißlang ihm völlig. Die Gouverneurin sagte noch einige Worte und begab sich mit ihrer Tochter ans andere Ende des Saales zu den anderen Gästen; Tschitschikow stand aber noch immer unbeweglich auf dem gleichen Fleck wie ein Mensch, der in froher Laune auf die Straße getreten ist, um einen kleinen Spaziergang zu machen,

mit Augen, die bereit sind, alles aufzunehmen, und der plötzlich stehengeblieben ist, weil er sich erinnert hat, daß er etwas vergessen hat; es gibt keinen dümmeren Anblick als den, den der Mensch in diesem Zustand bietet. Der sorgenlose Ausdruck hat sich sofort von seinem Gesicht verflüchtigt; er bemüht sich, darauf zu kommen, was er eigentlich vergessen hat: das Taschentuch? Doch das Taschentuch ist in der Tasche; das Geld? Auch das Geld ist in der Tasche; er scheint alles bei sich zu haben, und doch raunt ihm ein unbekannter Geist zu, daß er etwas vergessen habe. Er blickt ratlos und geistesabwesend auf die an ihm vorüberwogende Menge, auf die vorübersausenden Equipagen, auf die Helme und Gewehre eines vorbeimarschierenden Regiments, auf ein Aushängeschild, und sieht eigentlich nichts. So stand auch Tschitschikow auf einmal allem, was um ihn her geschah, fremd gegenüber. Indessen richteten an ihn duftende Damenlippen eine Menge von Anspielungen und Fragen, die von Feinheit und Liebenswürdigkeit durch und durch erfüllt waren: „Ist es uns armen Erdbewohnerinnen gestattet, uns zu erkühnen, Sie zu fragen, woran Sie denken?" – „Wo liegen die seligen Gegenden, wo Ihre Gedanken flattern?" – „Darf man den Namen derjenigen erfahren, die Sie in dieses süße Tal der Versunkenheit versetzt hat?" Er aber schenkte allen diesen Fragen nicht die geringste Beachtung, und die angenehmen Phrasen verflogen wie Rauch. Er war sogar so unliebenswürdig, daß er alle die Damen verließ und sich in eine andere Gegend des Saales begab, um festzustellen, wohin die Gouverneurin mit ihrer Tochter gegangen war. Die Damen wollten ihn aber wohl nicht so leicht loslassen. Eine jede faßte innerlich den Entschluß, alle Mittel anzuwenden, die unseren Herzen so gefährlich sind, und alles Schönste, was sie nur hatte, als Waffe zu gebrauchen. Es ist zu erwähnen, daß einige Damen – ich sage: einige, also durchaus nicht alle – eine kleine Schwäche haben. Wenn sie an sich etwas Schönes wissen, sei es die Stirn, der Mund oder die Hände, so sind sie überzeugt, daß dieser schönere Teil allen sofort in die Augen fallen muß und daß alle wie aus einem Munde sagen werden: „Schaut nur, schaut nur, was sie für eine schöne griechische Nase hat!" oder „Welch eine herrliche, regelmäßige Stirn!" Eine, die schöne Schultern hat, ist im voraus überzeugt, daß alle jungen Leute hingerissen sind und

sooft sie an ihnen vorbeigeht, wiederholen werden: „Ach, was sie für herrliche Schultern hat!“ Ihr Gesicht, die Haare, die Nase, die Stirn werden sie aber gar nicht anschauen, und wenn sie sie auch anschauen, so doch nur als etwas ganz Nebensächliches. So denken manche Damen. Jede Dame gab sich innerlich das Gelübde, beim Tanz möglichst bezaubernd zu erscheinen und im größten Glanz alle die Vorzüge zu zeigen, die sie überhaupt hatte. Die Postmeisterin neigte beim Walzer ihren Kopf so schmachtend auf die Seite, daß der Eindruck wirklich überirdisch war. Eine sehr liebenswürdige Dame, die, als sie vom Hause aufbrach, gar nicht die Absicht hatte, zu tanzen, infolge einer, wie sic sich selbst ausdrückte, kleinen Inkommodität am rechten Fuß in Gestalt eines kleinen Hühnerauges, was sie sogar veranlaßte, Hausschuhe aus Plüsch anzuziehen – hielt es dennoch nicht aus und tanzte einige Runden in den Hausschuhen, nur damit sich die Postmeisterin nicht allzuviel einbilde.

Das alles verfehlte aber bei Tschitschikow die beabsichtigte Wirkung. Er sah sogar die tanzenden Damen gar nicht an, sondern reckte sich nur immer auf den Zehenspitzen, um über die Köpfe hinweg auszuspähen, wohin die interessante Blondine wohl verschwunden sein möge; er hockte sich auch hin und blickte zwischen den Schultern und Rücken hindurch, bis er sie endlich fand. Sie saß neben ihrer Mutter, die einen majestätischen orientalischen Turban mit schwankender Feder trug. Es hatte den Anschein, als wollte er sie im Sturm nehmen. War das die Wirkung des Frühlings oder stieß ihn jemand von hinten – jedenfalls drängte er sich, koste es, was es wolle, vor. Der Branntweinpächter bekam von ihm einen so starken Stoß, daß er wankte und sich nur mit Mühe auf einem Bein festhielt, sonst hätte er wohl die ganze Reihe umgeschmissen; der Postmeister taumelte zurück und blickte ihn mit Verwunderung an, zu der sich auch eine feine Ironie gesellte; Tschitschikow sah sie aber gar nicht an: er sah nur in der Ferne die Blondine, die gerade einen langen Handschuh anzog und zweifellos vor Verlangen brannte, über das Parkett zu fliegen. Etwas abseits tanzten aber schon vier Paare eine Mazurka: die Absätze durchlöcherten fast den Boden, und ein Stabshauptmann von der Linie arbeitete mit Leib und Seele, mit Armen und Beinen und vollführte solche Pas, wie sie wohl noch kein Mensch selbst im Traum vollführt hat. Tschitschikow huschte an der Mazurka vorbei, glitt beinahe über die Absätze hinweg und flog geradezu an den Platz, wo die Gouverneurin mit ihrer Tochter saß. Er trat jedoch sehr scheu an sie heran, bewegte nicht mehr so flink und elegant die Füße, schien sogar etwas ratlos, und alle seine Bewegungen zeugten von einer gewissen Verlegenheit.

Es läßt sich nicht mit Bestimmtheit sagen, ob in unserem Helden wirklich die Liebe erwacht war; es ist sogar sehr zweifelhaft, ob die Herren von seinem Schlag, also solche, die nicht gerade dick, aber auch nicht gerade dünn sind, überhaupt der Liebe fähig sind. Und doch steckte in alledem etwas Seltsames, etwas von dieser Art, was er sich selbst nicht erklären konnte: Es kam ihm so vor, wie er es nachträglich selbst eingestand, als wäre der ganze Ball mit seinem ganzen Gerede und Lärm für einige Minuten in die Ferne zurückgetreten; die Geigen und die Trompeten tönten irgendwo hinter den Bergen, und alles war in einen Nebel gehüllt, der an eine nachlässig hingeschmierte Partie eines Bildes erinnerte. Und aus diesem nachlässig auf die Leinwand hingeworfenen Nebel traten nur die feinen Züge der bezaubernden Blondine klar und deutlich hervor: ihr rundliches Gesichtsoval, ihre feine schmale Taille, wie sie nur ein junges Mädchen in den ersten Monaten nach dem Austritt aus dem Institut hat, ihr weißes, beinahe einfaches Kleidchen, das leicht und fließend ihre jungen schlanken Glieder umspannte, welche wunderbar reine Linien zeigten. Sie schien ganz einem mit fester Hand aus Elfenbein geschnitzten Spielzeug zu gleichen; sie allein leuchtete weiß, durchsichtig und hell aus der trüben und undurchsichtigen Masse hervor.

Offenbar ist es auf dieser Welt immer so; offenbar werden auch die Tschitschikows für einige Minuten in ihrem Leben zu Dichtern; aber das Wort „Dichter“ wäre doch schon etwas zuviel. Jedenfalls fühlte er sich wie ein junger Mann, beinahe wie ein Husar. Als er neben dem jungen Mädchen und ihrer Mutter einen freien Stuhl bemerkte, nahm er ihn sofort ein. Das Gespräch wollte anfangs nicht recht in Fluß kommen, aber nach einiger Zeit ging die Sache besser; er fühlte sogar einigen Mut, aber ... Hier müssen wir zu unserem größten Leidwesen bemerken, daß die soliden Männer und solche, die wichtige Ämter bekleiden, in Gesprächen mit Damen meist etwas schwerfällig sind; Meister in dieser Beziehung sind die Herren Leutnants, doch nur, solange sie nicht zu Hauptleuten befördert worden sind. Wie sie das anstellen, das weiß Gott allein; es ist doch wahrhaftig nichts Besonderes, was sie erzählen, und doch schüttelt sich so ein junges Mädchen auf ihrem Stuhl vor Lachen; ein Staatsrat dagegen erzählt Gott weiß was; entweder bringt er die Rede darauf, daß Rußland ein weit ausgedehntes Reich sei oder läßt ein Kompliment los, das zwar nicht ohne Geist erdacht ist, aber entsetzlich nach einem Buch riecht; und wenn er etwas Komisches sagt, so lacht er darüber unvergleichlich mehr als diejenige, die ihm zuhört. Diese Bemerkung machte ich hier, damit die Leser begreifen, warum die Blondine während der Erzählungen unseres Helden zu gähnen anfing. Unser Held merkte dies aber gar nicht, als er eine Menge von unangenehmen Dingen vorbrachte, die er schon bei ähnlichen Anlässen an verschiedenen Orten vorzubringen die Gelegenheit gehabt hatte: im Simbirsker Gouvernement bei Sofron Iwanowitsch Bespetschnyj, bei dem sich damals seine Tochter Adelaida Sofronowna mit ihren drei Schwägerinnen: Maria Gawrilowna, Alexandra Gawrilowna und Adelheide Gawrilowna aufhielt; bei Fjodor Fjodorowitsch Perekrojew im Rjasaner Gouvernement; bei Frol Wassiljewitsch Pobjedonosnyj im Pensaschen Gouvernement und bei dessen Bruder Pjotr Wassiljewitsch im Beisein von dessen Schwägerin Katerina Michailowna und deren Cousinen zweiten Grades: Rosa Fjodorowna und Emilia Fjodorowna; im Wjatsker Gouvernement bei Pjotr Warssonofjewitsch im Beisein der Schwester seiner Schwiegertochter Pelageja Jegorowna, deren Nichte Sofja Rostislawowna und deren beiden Stiefschwestern Sofja Alexandrowna und Maklatura Alexandrowna.

Dieses Benehmen Tschitschikows mißfiel allen Damen. Eine von ihnen ging absichtlich an ihm vorbei, um ihm dies zu verstehen zu geben; sie streifte sogar die Blondine recht ungeniert mit ihrem dick aufgebauschten Kleid und richtete es zugleich so ein, daß die Schärpe, die um ihre Schultern flatterte, die Blondine mit einem Ende gerade ins Gesicht traf. Gleichzeitig entfuhr einem Damenmund hinter seinem Rükken zugleich mit dem Veilchengeruch eine recht giftige und boshafte Bemerkung; diese Bemerkung hörte er aber nicht oder tat nur so, als ob er sie nicht hörte; das war aber nicht gut getan, denn man darf die Meinung von Damen nicht ignorieren. Dies bereute er auch später, doch erst, als es schon zu spät war.

Eine in vielen Beziehungen gerechte Empörung malte sich in vielen Zügen. Tschitschikow mochte ein noch so großes Gewicht in der Gesellschaft haben und als Millionär gelten, sein Gesicht mochte einen noch so majestätischen und selbst martialischen und kriegerischen Ausdruck zeigen, aber es gibt Dinge, die die Damen keinem Menschen verzeihen, wer er auch sei, und dann ist alles verloren! Es gibt Fälle, wo eine Frau, so schwach und ohnmächtig ihr Charakter im Vergleich mit dem eines Mannes auch ist, plötzlich nicht nur fester als der Mann, sondern als alles in der Welt wird. Die von Tschitschikow beinahe unbeabsichtigte Geringschätzung stellte unter den Damen sogar die Einigkeit wieder her, die früher anläßlich des Kampfes um den Stuhl in seiner Nähe beinahe zusammengebrochen war. In einigen trockenen, ganz gewöhnlichen Worten, die er ohne jede böse Absicht gebraucht hatte, erblickte man bissige Anspielungen. Um das Unglück voll zu machen, verfaßte einer der anwesenden jungen Leute ein satirisches Gedicht auf die ganze Tanzgesellschaft, ohne das es bei den Bällen in den Gouvernementsstädten bekanntlich niemals abgeht. Dieses Gedicht wurde sofort Tschitschikow zugeschrieben. Die Empörung wuchs, und die Damen begannen in den verschiedenen Ecken des Saales in einem recht ungünstigen Sinne über ihn zu sprechen; die arme Institutsschülerin war aber vollkommen vernichtet, und ihr Todesurteil war unterschrieben.

Inzwischen blühte unserem Helden eine überaus unangenehme Überraschung. Während die Blondine gähnte und er ihr allerlei Geschichten aus den verschiedensten Zeitaltern auftischte und sogar den griechischen Philosophen Diogenes berührte, erschien aus dem Nebenzimmer Nosdrjow. Kam er aus dem Büfett gelaufen oder aus dem kleinen grünen Salon, wo ein bedenklicheres Spiel als der gewöhnliche Whist gespielt wurde, kam er freiwillig, oder hatte man ihn hinausgeworfen – jedenfalls erschien er heiter, lustig, den Staatsanwalt am Arm haltend, den er offenbar schon seit einiger Zeit mit sich herumschleppte, denn der arme Staatsanwalt hob und senkte seine buschigen Augenbrauen, als suchte er nach einem Mittel, sich von dieser freundschaftlichen Begleitung zu befreien. Diese war auch in der Tat unerträglich. Nosdrjow, der, um sich Mut zu machen, zwei Tassen Tee, natürlich nicht ohne Rum, getrunken hatte, log das Blaue vom Himmel herunter. Als Tschitschikow ihn von ferne sah, entschloß er sich sogar zu einem Opfer, das heißt, er wollte seinen beneidenswerten Posten aufgeben und sich so schnell als möglich entfernen. Diese Begegnung verhieß ihm nichts Gutes. Doch zu seinem Unglück erschien jetzt auf der Bildfläche der Gouverneur, der seine große Freude darüber äußerte, daß er Pawel Iwanowitsch endlich gefunden habe und ihn ersuchte, den Schiedsrichter in seinem Streit mit zwei Damen zu machen; es handelte sich um die Frage, ob die weibliche Liebe von Dauer sei oder nicht; Nosdrjow hatte ihn aber schon bemerkt und ging direkt auf ihn zu.

„Ah, der Cherssoner Gutsbesitzer, der Cherssoner Gutsbesitzer!“ schrie er, näher kommend und so laut lachend, daß seine frischen und wie Frühjahrsrosen roten Backen erzitterten. „Nun, hast du viel Tote eingekauft? Sie kennen ihn noch nicht, Exzellenz“, schrie er, sich an den Gouverneur wendend: „Er handelt mit toten Seelen! Bei Gott! Hör einmal, Tschitschikow! Du bist ja, ich sage es dir in aller Freundschaft, wir alle sind deine Freunde, auch Seine Exzellenz ist dabei – ich würde dich aufhängen lassen, bei Gott, ich würde dich aufhängen lassen!“

Tschitschikow wußte nicht mehr, wo er sich befand.

„Sie werden es nicht glauben wollen, Exzellenz“, fuhr Nosdrjow fort, „als er mir sagte: ‚Verkauf mir deine toten Seelen!‘, platzte ich fast vor Lachen. Wie ich herkomme, erzählt man mir, daß er für drei Millionen Rubel Bauern gekauft hat, um sie auf seinen Gütern anzusiedeln. Was ist das für eine Ansiedlung! Von mir hat er bloß Tote kaufen wollen. Hör einmal, Tschitschikow: du bist ein Vieh, bei Gott, ein Vieh! Auch Seine Exzellenz ist dabei ... nicht wahr, Staatsanwalt?“

Doch der Staatsanwalt, Tschitschikow und selbst der Gouverneur waren so bestürzt, daß sie gar nichts darauf zu sagen wußten. Nosdrjow schenkte dem keine Beachtung und fuhr in seiner nicht ganz nüchternen Rede fort: „Hör mal,

Bruder, du, du … ich lasse dich nicht, ehe du mir sagst, wozu du die toten Seelen gekauft hast. Du solltest dich schämen, Tschitschikow; du weißt doch selbst, daß du keinen besseren Freund hast als mich … Auch Seine Exzellenz ist da … nicht wahr, Staatsanwalt? Sie werden gar nicht glauben wollen, Exzellenz, wie wir aneinander hängen; wenn Sie mich, so wie ich hier stehe, fragen: ‚Nosdrjow, sag auf Ehr und Gewissen, wer ist dir lieber, dein leiblicher Vater oder Tschitschikow?‘, so antworte ich: ‚Tschitschikow‘, bei Gott … Erlaube mir, mein Herzchen, daß ich dir einen Kuß gebe. Gestatten Sie, Exzellenz, daß ich ihn abküsse. Ja, Tschitschikow, wehre dich nicht, laß mich dir ein Küßchen auf deine schneeweiße Wange drücken!“ Nosdrjow wurde aber mit seinem Küßchen so heftig zurückgestoßen, daß er beinahe hinfiel. Alle Menschen wandten ihm den Rücken und hörten ihm nicht mehr zu. Aber seine Worte vom Kauf der toten Seelen waren doch so laut ausgesprochen und von einem so lauten Gelächter begleitet worden, daß sie selbst die Aufmerksamkeit derjenigen auf sich lenkten, die in den entferntesten Ecken des Saales standen. Diese Neuigkeit kam allen so seltsam vor, daß alle mit einem hölzernen, dummfragenden Ausdruck gleichsam erstarrten. Tschitschikow merkte, wie einige Damen Blicke wechselten und dabei giftig und boshaft lächelten; im Ausdruck einiger Gesichter glaubte er etwas Zweideutiges zu lesen, was seine Verwirrung nur noch vergrößerte. Daß Nosdrjow ein abgefeimter Lügner war, das wußten alle, und kein Mensch wunderte sich, wenn er von ihm irgendeinen haarsträubenden Unsinn zu hören bekam; doch der Sterbliche – es ist in der Tat schwer zu begreifen, wie so ein Sterblicher beschaffen ist. Wie albern eine Neuigkeit auch sei, er wird sie unbedingt, wenn es nur eine Neuigkeit ist, einem anderen Sterblichen mitteilen, und wenn auch nur um zu sagen: „Schauen Sie nur, was man für Lügen verbreitet!“ Der andere Sterbliche leiht ihm aber mit Vergnügen sein Ohr, und wenn er auch hinterher erklärt: „Es ist ja eine ganz alberne Lüge, die nicht die geringste Beachtung verdient!“ Und gleich darauf macht er sich auf die Suche nach einem dritten Sterblichen, um die Lüge diesem zu erzählen und dann gleich mit ihm zusammen in edler Entrüstung auszurufen: „Welch eine gemeine Lüge!“ So macht die Neuigkeit die Runde durch die ganze Stadt, und alle Sterblichen, soviel ihrer da sind, reden sich satt und erklären hinterher, die ganze Sache verdiene keine Beachtung und sei es nicht wert, daß man über sie spreche.

Dieser anscheinend belanglose Vorfall verdarb unserem Helden sichtlich die Laune. So dumm auch die Reden eines Narren sein mögen, genügen sie zuweilen doch, um auch einen Klugen verlegen zu machen. Er fühlt sich auf einmal unbehaglich und ungemütlich, als wäre er mit einem geputzten Stiefel in eine schmutzige, stinkende Pfütze getreten; mit einem Wort, er fühlte sich gar nicht wohl! Er versuchte, nicht mehr daran zu denken, er bemühte sich, sich zu zerstreuen, er setzte sich an den Whisttisch, aber alles ging schief, wie ein krummes Rad. Zweimal spielte er eine fremde Farbe aus; dann vergaß er, daß eine Karte nur einmal geschlagen werden darf, holte mit der Hand aus und schlug dummerweise seine eigene Karte. Der Kammervorsitzende konnte unmöglich begreifen, wie Pawel Iwanowitsch, der das Spiel so gut, und man kann wohl sagen, fein verstand, derartige Fehler machen und sogar seinen eigenen Pikkönig, auf den er, wie er sich selbst ausdrückte, so fest wie auf den lieben Gott gebaut hatte, in den Tod schikken konnte. Der Postmeister, der Kammerpräsident und sogar der Polizeimeister machten sich über unseren Helden ein wenig lustig; er sei sicher verliebt, sein Herz sei bekanntlich verwundet und alle wüßten, von wem es verwundet sei; dies alles vermochte ihn jedoch nicht zu trösten, so sehr er sich auch bemühte zu lächeln und die Witze mit Witzen zu parieren. Auch beim Abendessen konnte er nicht mehr in die richtige Stimmung kommen, obwohl die Gesellschaft bei Tisch sehr angenehm war und man Nosdrjow schon längst hinausgeschmissen hatte, weil schließlich auch die Damen meinten, daß sein Benehmen gar zu skandalös geworden sei. Mitten im Kotillon hatte er sich nämlich auf den Fußboden gesetzt und angefangen, die Tanzenden bei den Kleidern und Frackschößen zu packen, was, nach dem Ausdruck der Damen, schon ganz unmöglich war. Das Abendessen war sehr lustig; alle Gesichter, die zwischen den dreiarmigen Leuchtern, den Blumen, dem Konfekt und den Flaschen sichtbar waren, strahlten vor ungezwungenster Zufriedenheit. Die Offiziere, die Damen und die Frackträger – alle waren auf einmal von einer Liebenswürdigkeit erfüllt, die schon beinahe zu süß war. Die Herren sprangen von ihren Stühlen auf und entrissen den Dienern die Platten, um sie mit ungewöhnlicher Geschicklichkeit den Damen zu reichen. Ein Oberst präsentierte einer Dame einen Teller mit Soße auf dem Ende seines bloßen Degens. Die Herren reiferen Alters, unter denen auch Tschitschikow saß, debattierten laut und nahmen zu jedem vernünftigen Wort ein Stück Fisch oder Fleisch, das sie zuvor dick mit Senf bestrichen; sie debattierten über Gegenstände, für die sich Tschitschikow sonst immer interessiert hatte; jetzt war er aber wie ein Mensch, der von einer langen Reise ermüdet und zerschlagen ist, der keine Kraft mehr hat, etwas zu verstehen oder in etwas einzudringen. Er wartete nicht einmal das Ende der Abendtafel ab und fuhr viel früher nach Hause, als er es sonst zu tun pflegte.

Im Gasthof, im Zimmer, das dem Leser so gut bekannt ist, mit der Kommode vor der Tür und den ab und zu aus den Ekken hervorguckenden Kakerlaken, war die Verfassung seiner Gedanken und seines Geistes ebenso unbehaglich, wie der Sessel, in dem er saß. Es war ihm so unangenehm und wirr zumute; irgendeine lästige Leere war in seinem Herzen zurückgeblieben. „Hol doch der Teufel alle, die diese Bälle erfunden haben!“ sprach er in seiner Wut. „Was freuen sich diese Narren? Im Gouvernement ist eine Mißernte und eine Teuerung, und sie denken nur an die Bälle! Diese Freude: putzen sich in Weiberlumpen! Ein Kunststück, daß manche für mehr als tausend Rubel solcher Lumpen am Leibe hat! Das geht doch auf Kosten der Abgaben, die die Bauern zahlen, oder, was noch ärger ist, auf Kosten unseres eigenen Gewissens. Alle wissen, warum unsereins sich bestechen läßt oder sonstwie sündigt: alles nur, um der Frau einen teuren Schal oder eine Robe zu kaufen, weiß der Teufel, wie alle diese Dinge heißen! Und wozu das alles? Damit irgendeine Hure Sidorowna nicht sage, die Postmeisterin habe ein besseres Kleid angehabt – und dieser Spaß kostet tausend Rubel! Sie schreien: ein Ball, ein Ball, wie lustig! So ein Ball ist einfach eine Schweinerei, er ist ganz gegen den russischen Geist, gegen die russische Natur, hol's der Teufel! Ein erwachsener, mündiger Mann springt plötzlich ganz in Schwarz, glatt wie ein gerupfter Teufel, heraus und wirft die Beine hin und her. Ein anderer steht neben seiner Dame, unterhält sich dabei mit einem anderen Herrn

über eine wichtige Sache und beschreibt zur gleichen Zeit mit den Beinen wie ein junger Bock allerlei Figuren nach rechts und nach links ... Das kommt alles von der Nachäfferei! Weil der Franzose mit vierzig Jahren noch dasselbe Kind ist, wie er es mit fünfzehn gewesen, so müssen wir auch so sein! Nein, wirklich ... nach jedem Ball fühle ich mich so, als ob ich irgendeine Sünde begangen hätte; ich möchte sogar später nicht mehr daran denken. Im Kopf ist es so leer wie nach dem Gespräch mit einem Salonmenschen. Von allen möglichen Dingen redet er, alles berührt er, sagt alles, was er aus allerlei Büchern zusammengelesen hat, es ist bunt und schön, doch im Kopf bleibt nichts zurück; später sieht man ein, daß sogar ein Gespräch mit einem einfachen Kaufmann, der nur sein Geschäft kennt, es aber gut und sicher kennt, mehr wert ist als dieses ganze Geplapper. Was kann man nur an einem solchen Ball gewinnen? Wenn es z. B. irgendeinem Schriftsteller einfiele, diese Szene so zu beschreiben, wie sie in Wirklichkeit war? Dann würde sie auch im Buch ebenso sinnlos erscheinen wie in der Wirklichkeit. Man würde sich fragen: Ist es eine sittliche oder eine unsittliche Sache? Der Teufel soll sich da auskennen! Man spuckt aus und klappt das Buch zu." So ungünstig äußerte sich Tschitschikow über die Bälle im allgemeinen; er wird wohl aber auch einen anderen Grund für seine Entrüstung gehabt haben. Er ärgerte sich weniger über den Ball, als über seine Blamage: daß er plötzlich vor allen Leuten als Gott weiß was dastand und eine seltsame, zweideutige Rolle gespielt hatte. Natürlich, wenn er alles mit dem Auge eines vernünftigen Menschen überblickte, sah er, daß alles nicht der Rede wert sei, daß ein dummes Wort keine Bedeutung habe, besonders jetzt, wo die Hauptsache schon so, wie es sich gehört, erledigt war. So merkwürdig ist einmal der Mensch. Ihn kränkte die mangelnde Sympathie derselben Geschöpfe, die er mißachtete, über die er sich so scharf geäußert und über deren Eitelkeit und Putzsucht er geschimpft hatte. Dies ärgerte ihn um so mehr, als er selbst den Grund dazu gegeben hatte. Sich selbst zürnte er jedoch nicht und hatte darin natürlich recht. Wir alle haben die kleine Schwäche, uns ein wenig zu schonen, und bemühen uns, einen von unseren Nächsten auszusuchen und an ihm unseren Ärger auszulassen, zum Beispiel an einem Diener, an einem uns untergebenen Beamten, der uns gerade in den Weg kommt, an unserer Frau oder schließlich am Stuhl, den wir, weiß der Teufel wohin, an die Tür schleudern, so daß die Arm- und Rückenlehne abspringt. Soll er nur wissen, was unser Zorn bedeutet! So fand auch Tschitschikow bald einen Nächsten, der auf seinen Buckel alles nehmen mußte, was ihm sein Ärger eingab. Dieser Nächste war Nosdrjow, und man muß wohl sagen, daß er ihn von allen Seiten so kräftig beschimpfte, wie nur irgendein betrügerischer Dorfschulze oder ein Postkutscher von einem erfahrenen, vielgereisten Hauptmann, zuweilen auch von einem General beschimpft wird, der zu der Menge von Ausdrücken, die schon zu klassischen geworden sind, auch eine Menge von noch unbekannten hinzufügt, die er selbst erfunden hat. Der ganze Stammbaum Nosdrjows wurde durchgenommen, und viele Mitglieder seiner Familie in aufsteigender Linie kamen dabei zu Schaden.

Während er aber, von seinen Gedanken und von der Schlaflosigkeit geplagt, in seinem harten Sessel saß und Nosdrjow samt seiner ganzen Verwandtschaft aufs eifrigste durchnahm; während vor ihm ein Talglicht brannte, dessen Docht schon längst von einer schwarzen Rußkappe bedeckt war und das jeden Augenblick zu verlöschen drohte; während zu ihm ins Fenster die blinde dunkle Nacht hereinblickte, bereit, in blaue Morgendämmerung überzugehen, und in der Ferne mehrere Hähne krähten; während vielleicht irgendein Unglücklicher von unbekanntem Namen und Rang in einem Friesmantel durch die schlafende Stadt schlich, ein Mensch, der leider nur den einen vom liederlichen russischen Volk ausgetretenen Weg kennt – um diese selbe Zeit spielte sich am anderen Ende der Stadt ein Ereignis ab, dem es beschieden war, die unangenehme Lage unseres Helden noch unangenehmer zu machen. Durch die entlegenen Straßen und Gassen der Stadt rasselte nämlich ein höchst seltsames Fuhrwerk, für das es recht schwer wäre, einen Namen zu finden. Es glich weder einem Reisewagen, noch einer Kutsche, noch einer Equipage, sondern eher einer dickbackigen Wassermelone, die man auf Räder gesetzt hatte. Die Backen dieser Melone, das heißt die Wagentüren, die noch Spuren einer gelben Bemalung zeigten, schlossen sehr schlecht infolge des schlechten Zustandes der Klinken und der Schlösser, die nur notdürftig mit Stricken zusammengebunden waren. Die Wassermelone war angefüllt mit

Kattunkissen in Form von Tabaksbeuteln, von Rollen und auch von gewöhnlichen Kissen; mit Säcken voll Brot, Semmeln, Brezeln und Kringeln aus Hefenteig. Eine Pastete mit Hühnerfüllsel und eine mit Gurkenfüllsel guckten sogar heraus. Auf dem hinteren Trittbrett befand sich eine Person des Lakaienstandes, in einer Joppe aus hausgewebtem buntem Leinen, mit unrasiertem, leicht ergrautem Kinn – eine Person, die man „Bursch" zu nennen pflegt. Der Lärm und das Gerassel der eisernen Beschläge und verrosteten Schrauben weckten am anderen Ende der Stadt einen Nachtwächter, der seine Hellebarde hob und schlaftrunken aus vollem Halse „Wer da?" schrie; als er jedoch merkte, daß niemand kam und nur das Gerassel zu hören war, fing er ein Tier, das auf seinem Kragen saß, ging auf die Laterne zu und richtete es eigenhändig mittels seines Fingernagels hin, worauf er die Hellebarde wieder wegstellte und nach den Satzungen seines Rittertums von neuem einschlief. Den Pferden knickten immer wieder die Vorderbeine ein, weil sie nicht beschlagen waren und das bequeme Stadtpflaster offenbar noch nicht kannten. Die Fuhre machte noch einige Wendungen, bog schließlich an der kleinen St.-Nikolaus-Pfarrkirche vorbei in eine dunkle Gasse ein und hielt vor dem Tor des Hauses der Protopopenfrau. Aus dem Wagen sprang ein Mädel in einem Wams und Kopftuch und hieb mit beiden Fäusten so stark gegen das Tor, wie es auch ein Mann nicht besser machen könnte (der Bursche in der bunten Jacke wurde erst später an den Beinen heruntergezogen, denn er schlief wie eine Leiche). Die Hunde fingen zu bellen an, das Tor ging auf und verschlang schließlich nicht ohne Mühe dieses plumpe Erzeugnis eines Wagenbauers. Die Equipage kam in einen engen Hof, der fast ganz von aufgestapeltem Holz, Hühnerställen und allerlei Anbauten eingenommen war; der Equipage entstieg die Gnädige. Diese Gnädige war die Gutsbesitzerin und Kollegiensekretärin Korobotschka. Die Alte war bald nach der Abreise unseres Helden in solche Unruhe wegen eines möglichen Betruges geraten, daß sie nach drei schlaflosen Nächten den Entschluß faßte, nach der Stadt zu fahren – obwohl ihre Pferde nicht beschlagen waren –, um dort etwas Sicheres darüber zu erfahren, welche Preise für tote Seelen gezahlt werden und ob sie nicht, Gott behüte, eine große Dummheit begangen und die Seelen viel zu billig verkauft habe. Welche Folgen ihre Ankunft hatte, kann der Leser aus einem Gespräch erfahren, das zwischen zwei gewissen Damen stattfand. Dieses Gespräch … es soll aber lieber erst im nächsten Kapitel stattfinden.

NEUNTES KAPITEL

Zur frühen Morgenstunde, noch vor der Zeit, die in der Stadt N. für Visiten bestimmt ist, flatterte aus der Tür eines orangegelben hölzernen Hauses mit einem Mezzanin und blauen Säulen eine Dame in einem eleganten karierten Überwurf, begleitet von einem Lakai in einem Mantel mit mehreren Kragen und goldenen Tressen auf dem glänzenden Hut. Die Dame flatterte sofort mit ungewöhnlicher Eile die herabgelassene Stufe der vor dem Hause wartenden Equipage hinauf. Der Lakai schlug die Wagentür hinter ihr zu, warf das Trittbrett hinauf, klammerte sich an den Riemen hinten fest und rief dem Kutscher zu: „Vorwärts!" Die Dame hatte eine Neuigkeit, die sie soeben gehört hatte, bei sich und fühlte einen unüberwindlichen Drang, sie so schnell als möglich jemand anderem mitzuteilen. Jeden Moment blickte sie aus dem Wagenfenster hinaus und stellte zu ihrem unsagbaren Ärger fest, daß noch immer die Hälfte des Weges übrigblieb. Jedes Haus schien ihr heute länger als sonst; das weiße, steinerne Spital mit den schmalen Fenstern zog sich unerträglich in die Länge, so daß sie es schließlich nicht mehr aushielt und rief: „Der verfluchte Bau, er will gar kein Ende nehmen!" Der Kutscher hatte schon zweimal den Befehl bekommen: „Schneller, schneller, Andrjuschka! Du fährst heute unerträglich langsam!" Endlich war das Ziel erreicht. Die Equipage hielt vor einem gleichfalls hölzernen zweistöckigen Haus von dunkelgrauer Farbe mit kleinen weißen Basreliefs über den Fenstern, mit einem hohen hölzernen Gitter dicht vor den Fenstern und einem schmalen Vorgärtchen, hinter dessen Gitter die schmächtigen Bäumchen ganz weiß von dem sie immer bedeckenden Straßenstaub waren. In den Fenstern erblickte man Blumentöpfe, einen Papagei, der sich in seinem Käfig schaukelte, indem er sich mit dem Schnabel am Ring festhielt, und zwei Hündchen, die in der Sonne schliefen. In diesem Haus wohnte eine intime Freundin der Dame, die soeben angekommen. Der Autor ist in Verlegenheit, wie er die beiden Damen so nennen soll, daß keine von ihnen ihm zürne, wie man es einst zu tun pflegte. Einen Familiennamen erfinden wäre gefährlich. Welchen Namen man auch erfinden mag, immer wird sich in irgendeinem Winkel unseres Landes, das ja groß genug ist, jemand finden, der diesen Namen trägt; dieser könnte dem Autor ernsthaft böse werden und sagen, daß er absichtlich im geheimen hingereist sei, um alles auszuspionieren und zu erfahren, was für ein Mensch er sei, was für einen Pelz er trage, was für eine Agrafena Iwanowna er zu besuchen pflege und was er gern esse. Wollte man die Menschen aber mit ihrem Rang bezeichnen, so könnte es, Gott behüte, noch gefährlicher werden. Alle Stände und Rangklassen sind bei uns jetzt dermaßen gereizt, daß ihnen alles, was sie in einem gedruckten Buch finden, als eine persönliche Anspielung erscheint. Diese Stimmung hängt einmal in der Luft. Wenn man bloß sagt, daß in einer gewissen Stadt ein dummer Mensch wohnt, so wird das gleich als eine persönliche Beleidigung aufgefaßt. Sofort tritt ein Herr von ehrwürdigem Äußeren vor und ruft: „Auch ich bin ein Mensch, folglich bin auch ich dumm"; mit einem Worte, er errät sofort den Zusammenhang. Darum wollen wir die Dame, die eben den Besuch empfing, so nennen, wie sie fast einstimmig in der Stadt N. genannt wurde: „die in allen Beziehungen angenehme Dame". Diesen Namen hatte sie auf eine rechtmäßige Weise erworben, denn sie hatte kein Mittel gespart, um als im höchsten Grade liebenswürdig zu erscheinen, obwohl durch diese Liebenswürdigkeit zuweilen eine unheimliche Gewandtheit des weiblichen Charakters hindurchschimmerte. In manchem ihrer angenehmen Worte steckte ein höchst gefährlicher Stachel! Und was erst in ihrem Herzen kochte gegen jede, die sich auf irgendeine Weise oder durch irgendein Mittel den ersten Platz zu erkämpfen suchte, davor möchte Gott einen jeden behüten! Dies alles war aber in den feinsten Anstand gehüllt, den man in einer Gouvernementsstadt überhaupt treffen kann. Jede ihrer Bewegungen war mit feinem Geschmack berechnet, sie liebte sogar Verse, sie hielt sogar zuweilen ihren Kopf träumerisch gesenkt, und alle waren sich darin einig, daß sie wirklich eine in allen Beziehungen angenehme Dame sei. Die andere Dame, d. h. die, die soeben gekommen war, hatte keinen so vielseitigen Charakter, und darum wollen wir sie „die einfach angenehme Dame“ nennen. Der Besuch weckte die beiden Hündchen, die in der Sonne schliefen: die zottige Adéle, die sich fortwährend in ihren eigenen langen Haaren verfing, und den Rüden Potpourri mit den dünnen Beinchen. Beide Hunde trugen bellend ihre geringelten Schwänze ins Vorzimmer, wo der Besuch seinen Umhang ablegte und plötzlich in einem Kleid von moderner Farbe und Muster, mit langen Schwänzen am Hals, dastand; durchs Zimmer zog ein Duft von Jasmin. Sobald die in allen Beziehungen angenehme Dame von der Ankunft der einfach angenehmen Dame erfahren hatte, lief sie sofort ins Vorzimmer hinaus. Die beiden Damen griffen sich bei den Händen, küßten sich und schrien auf, wie die Institutsschülerinnen aufzuschreien pflegen, wenn sie sich bald nach der Entlassung aus der Anstalt begegnen und ihre Mütter ihnen noch nicht erklärt haben, daß der Vater der einen ärmer sei und im Range tiefer stehe, als der Vater der anderen. Der Kuß schallte so laut, daß die beiden Hündchen wieder zu bellen anfingen, wofür sie einen Klaps mit dem Taschentuch bekamen – und die beiden Damen begaben sich in den Salon, der selbstverständlich blau war und ein Sofa, einen ovalen Tisch und sogar eine efeuumwundene spanische Wand enthielt. Ihnen folgten knurrend die zottige Adéle und der schlanke Potpourri auf seinen dünnen Beinchen. „Hierher, hierher, in diese Ecke!“ sagte die Hausfrau, den Besuch in eine Ecke des Sofas nötigend. „Ja, so! Ja, so! Da haben Sie auch ein Kissen!“ Mit diesen Worten stopfte sie ihr hinter den Rücken ein Kissen, auf dem mit bunter Wolle ein Ritter gestickt war, und zwar so, wie man solche Ritter immer auf Kanevas zu sticken pflegt: die Nase bildete eine Treppe und der Mund ein Viereck. „Wie freue ich mich, daß Sie ... Ich höre eben jemand vorfahren und frage mich, wer mich wohl so früh besuchen könnte. Parascha sagt: ‚Es ist die Vizegouverneurin‘, und ich sage: ‚Da ist wieder die dumme Gans gekommen, um mich zu langweilen!‘ Ich wollte schon sagen lassen, ich sei nicht zu Hause ...“

Die eben angekommene Dame wollte zur Sache schreiten und ihre Neuigkeit mitteilen; aber ein Ausruf, den die in allen

Beziehungen angenehme Dame in diesem Augenblick von sich gab, lenkte das Gespräch in eine andere Richtung.

„Ach, was für ein lustiger Kattun!“ rief die in allen Beziehungen angenehme Dame, das Kleid der einfach angenehmen Dame betrachtend.

„Ja, er ist sehr lustig. Praskowja Fjodrowna findet aber, daß es schöner wäre, wenn die Karos etwas kleiner und die Punkte nicht braun, sondern blau wären. Meiner Schwester schickte ich neulich einen Stoff; das ist etwas so Entzückendes, daß man es mit Worten gar nicht sagen kann. Denken Sie sich nur: schmale, ganz schmale Streifchen, so schmal, wie sie sich die menschliche Phantasie nur ausmalen kann, der Grund ist blau, und zwischen je zwei Streifchen sind immer Äuglein und Pfötchen, Äuglein und Pfötchen, Äuglein und Pfötchen … Mit einem Worte, unvergleichlich! Man darf entschieden behaupten, daß es auf der Welt noch nichts Ähnliches gegeben hat.“

„Liebste, das ist doch zu bunt!“

„Ach nein, es ist gar nicht bunt!“

„Ach, es ist zu bunt!“

Es ist zu erwähnen, daß die in allen Beziehungen angenehme Dame in gewisser Beziehung Materialistin und zur Negation und zu Zweifeln geneigt war und vieles im Leben verneinte.

Die einfach angenehme Dame erklärte ihr aber, daß es durchaus nicht zu bunt sei und rief: „Ach ja, ich gratuliere Ihnen: Man trägt keine Falbeln mehr!“

„Wieso trägt man keine mehr?“

„Statt ihrer trägt man nur noch kleine Festons.“

„Ach, das kann nicht schön sein!“

„Lauter Festons, überall Festons: die Pelerine aus Festons, an den Ärmeln Festons, Epaulettes aus Festons, unten Festons, überall Festons.“

„Das kann nicht schön sein, Sofja Iwanowna, wenn überall Festons sind!“

„Es ist entzückend, Anna Grigorjewna, gar nicht zu sagen, wie entzückend das ist. Sie werden mit zwei Säumchen genäht und haben oben einen breiten Hohlsaum … Aber, jetzt kommt etwas, worüber Sie sich noch mehr wundern werden, Sie werden sagen, daß es … Also staunen Sie, denken Sie sich nur: Die Taillen werden jetzt noch länger getragen, vorn haben

sie einen Vorsprung, und das vordere Fischbein ragt ganz aus dem Rahmen hinaus; der Rock wird rundherum gerafft, wie man es bei den alten Reifröcken hatte, hinten wird er sogar ein wenig wattiert, so daß es ganz ‚belle femme' wird."

„Nun, da muß ich gestehen! ...", sagte die in allen Beziehungen angenehme Dame, den Kopf mit großer Würde schüttelnd.

„Ja, Sie haben ganz richtig bemerkt: da muß ich gestehen!" entgegnete die einfach angenehme Dame.

„Sie können sagen, was Sie wollen, diese Mode mache ich nicht mit."

„Auch ich nicht ... Nein, wirklich, wenn man bloß bedenkt, was die Mode sich nicht alles erlaubt ... das ist schon wirklich zu viel! Ich habe sogar meine Schwester um ein Schnittmuster gebeten, nur zum Scherz; meine Malanja ist schon beim Nähen."

„Sie haben also ein Schnittmuster?" rief die in allen Beziehungen angenehme Dame nicht ohne eine sichtliche innere Bewegung.

„Gewiß, meine Schwester hat es mir mitgebracht."

„Liebste, geben Sie es mir, um Gottes willen!"

„Ach, ich habe es schon Praskowja Iwanowna versprochen. Höchstens nach ihr."

„Wer wird es denn nach Praskowja Iwanowna tragen wollen? Das wäre sehr merkwürdig von Ihnen, wenn Sie eine Fremde Ihrer Freundin vorzögen."

„Sie ist doch meine Tante zweiten Grades."

„Ach, was ist sie für eine Tante: doch nur seitens Ihres Mannes ... Nein, Sofja Iwanowna, davon will ich gar nichts hören; es sieht so aus, als wollten Sie mich beleidigen ... Offenbar sind Sie meiner überdrüssig; offenbar wollen Sie die Bekanntschaft mit mir abbrechen."

Die arme Sofja Iwanowna wußte gar nichts anzufangen. Sie fühlte selbst, daß sie zwischen zwei mächtige Feuer geraten war. Das kommt davon, wenn man prahlen will! Sie wäre bereit, sich zur Strafe dafür ihre dumme Zunge mit Nadeln zu zerstechen.

„Nun, was hört man von unserem Herzensbrecher?" fragte indessen die in allen Beziehungen angenehme Dame.

„Ach, mein Gott! Wie kann ich bloß so dasitzen?! Das ist

wirklich schön! Wissen Sie, Anna Grigorjewna, was ich Ihnen für eine Neuigkeit bringe?“ Der Atem der angenehmen Dame stockte, die Worte waren im Begriff, wie die Habichte einander nachzujagen, und nur solch ein Unmensch, wie es ihre intime Freundin war, konnte es übers Herz bringen, sie hier zu unterbrechen.

„Sie können ihn noch so loben und preisen“, sagte sie viel lebhafter, als sie sonst zu sprechen pflegte. „Ich werde Ihnen aber ganz offen sagen, ich werde es auch ihm ins Gesicht sagen, daß er ein nichtswürdiger Mensch ist! Ein nichtswürdiger, ein ganz nichtswürdiger Mensch!“

„Hören Sie doch nur, was ich Ihnen erzählen will ...“

„Man hat die Ansicht verbreitet, daß er ein hübscher Mann sei; er ist aber gar nicht hübsch, und auch seine Nase – auch seine Nase ist höchst unangenehm.“

„Lassen Sie mich Ihnen erzählen ... Liebste, liebste Anna Grigorjewna, lassen Sie mich erzählen! Das ist doch eine ganze Geschichte, verstehen Sie, eine Geschichte, ce qu'on appelle histoire!“ sagte die angenehme Dame mit verzweifeltem Ausdruck und flehender Stimme. Es schadet nicht zu bemerken, daß das Gespräch der beiden Damen sehr viele fremdsprachige Worte und sogar ganze französische Sätze enthielt. Aber so sehr auch der Autor den heilsamen Nutzen anerkennt, den die französische Sprache unserer Heimat bringt, so groß auch seine Ehrfurcht vor der lobenswerten Gewohnheit unserer höheren Klassen ist, diese Sprache zu allen Stunden des Tages, natürlich nur aus tiefster Liebe für ihr Vaterland, zu gebrauchen, trotzdem kann er sich unmöglich entschließen, in dieses russische Poem einen Satz aus irgendeiner fremden Sprache aufzunehmen. Darum fahren wir auf russisch fort.

„Was ist das für eine Geschichte?“

„Ach, liebste Anna Grigorjewna! Wenn Sie sich doch nur die Lage vorstellen könnten, in der ich mich befand! Denken Sie nur: Da kommt zu mir heute die Protopopenfrau, die Frau des P. Kirill, und was denken Sie? Unser stiller, sanfter Gast, was der bloß angestellt hat!“

„Wie, hat er denn auch der Protopopenfrau den Hof gemacht?“

„Ach, Anna Grigorjewna, wenn er ihr bloß den Hof gemacht hätte, das wäre noch nicht so schlimm! Hören Sie nur, was mir die Protopopenfrau erzählte. Es kam zu ihr die Gutsbesitzerin Korobotschka, ganz außer sich vor Schreck und bleich wie der Tod, und erzählte ihr … Gott, was sie ihr erzählte! Hören Sie nur, es ist ein ganzer Roman. Plötzlich, zur Mitternachtsstunde, als alles im Hause schläft, ertönt vor dem Tor ein Lärm, so schrecklich, wie man ihn sich gar nicht vorstellen kann! Und eine Stimme schreit: ‚Macht auf, macht auf! Sonst wird das Tor eingeschlagen! …‘ Wie gefällt Ihnen das? Ist das nicht ein reizender Mensch?“

„Wie ist denn diese Korobotschka? Ist sie hübsch und jung?“

„Keine Spur, ein altes Weib.“

„Das ist ja entzückend! So hat er sich an die Alte herangemacht? Einen guten Geschmack haben unsere Damen, die sich in ihn verliebten.“

„Aber nein, Anna Grigorjewna, es ist etwas ganz anderes, als Sie glauben. Denken Sie sich nur: Er erscheint vom Kopf bis zu den Füßen bewaffnet wie ein Rinaldo Rinaldini und verlangt: ‚Verkaufen Sie mir alle Seelen, die gestorben sind.‘ Die Korobotschka antwortet ihm ganz vernünftig: ‚Ich kann sie nicht verkaufen, denn sie sind tot.‘ – ‚Nein‘, sagt er, ‚sie sind nicht tot; es ist meine Sache‘, sagt er, ‚zu wissen, ob sie tot sind oder nicht; sie sind nicht tot, sie sind nicht tot!‘ schreit er: ‚Sie sind nicht tot!‘ Mit einem Wort, er macht einen furchtbaren Skandal; das ganze Dorf läuft zusammen, die Kinder weinen, alle schreien, keiner versteht den anderen … Aber Sie können sich gar nicht vorstellen, wie ich mich aufregte, als ich das hörte. ‚Liebste Gnädige‘, sagt mir Maschka, ‚schauen Sie doch nur in den Spiegel, wie blaß Sie sind.‘ – ‚Ach was, Spiegel‘, sage ich ihr, ‚ich muß sofort zu Anna Grigorjewna fahren und es ihr erzählen.‘ Sofort befehle ich den Wagen anzuspannen. Der Kutscher Andrjuschka fragt mich, wohin er fahren soll, aber ich kann kein Wort hervorbringen, ich schaue ihm nur ganz blöde in die Augen; ich glaube, er dachte sich, ich sei verrückt geworden. Ganz bestimmt hat er das gedacht. Ach, Anna Grigorjewna! Wenn Sie sich nur vorstellen könnten, wie erschrocken ich war!“

„Es ist doch wirklich merkwürdig“, sagte die in allen Beziehungen angenehme Dame: „Was hat es wohl mit diesen toten Seelen für eine Bewandtnis? Ich gestehe, daß ich gar nichts be-

greife. Schon zum zweitenmal höre ich von diesen toten Seelen; und mein Mann sagt, daß Nosdrjow einfach lügt. Etwas wird aber schon wahr sein."

„Versetzen Sie sich nur in meine Lage, Anna Grigorjewna, wie es mir zumute war, als ich dieses hörte. ‚Nun weiß ich nicht', sagt die Korobotschka, ‚was ich tun soll. Er zwang mich', sagt sie, ‚irgendein gefälschtes Papier zu unterschreiben und warf mir fünfzehn Rubel in Banknoten hin; ich bin', sagt sie, ‚eine unerfahrene, hilflose Witwe, ich weiß nichts!' Ja, das sind Sachen! Wenn Sie sich nur vorstellen könnten, wie mich das alles aufgeregt hat!"

„Sie können sich denken, was Sie wollen, es handelt sich aber sicher nicht um die toten Seelen, es muß etwas anderes dahinterstecken."

„Auch ich muß gestehen", sagte nicht ohne Erstaunen die einfach angenehme Dame und fühlte sofort die heftigste Begierde zu hören, was wohl dahinter stecken möge. Sie fragte sogar gedehnt: „Was, glauben Sie, steckt wohl dahinter?"

„Nun, was denken Sie?"

„Was ich mir denke? ... Ich muß gestehen, ich bin ganz ratlos."

„Ich möchte doch gerne wissen, was Sie sich wohl darüber für Gedanken machen."

Doch die angenehme Dame wußte nichts zu sagen. Sie hatte nur die Fähigkeit, sich aufzuregen, doch irgendeine kluge Kombination aufzustellen, brachte sie nicht fertig, und darum hatte sie mehr als jede andere das Bedürfnis nach zärtlicher Freundschaft und Ratschlägen.

„Also hören Sie, ich will Ihnen sagen, was hinter diesen toten Seelen steckt", sagte die in allen Beziehungen angenehme Dame, und die einfach angenehme Dame wurde bei diesen Worten ganz Ohr. Ihre niedlichen Ohren spitzten sich ganz von selbst, sie richtete sich auf, so daß sie fast nicht mehr auf dem Sofa saß; obwohl sie recht korpulent war, wurde sie plötzlich leicht und dünn wie ein Federflaum, der beim leisesten Lufthauch in die Höhe steigt.

So wird ein russischer Gutsbesitzer, der auf Hunde und auf die Jagd versessen ist, wenn er sich dem Walde nähert, aus dem jeden Augenblick der von den Treibern aufgescheuchte Hase herausspringen kann, mit seinem Pferd und mit der zum

Schlage erhobenen Peitsche zu einem erstarrten Augenblick, zu Schießpulver, das nur auf einen Funken wartet. Seine Augen bohren sich in die trübe Luft, er wird schon das Tier einholen, er wird ihm schon den Garaus machen, und wenn auch die ganze schneeverwehte Steppe sich gegen ihn erhebt und seinen Mund, seinen Schnurrbart, seine Augen und Brauen und seine Bibermütze mit silbernen Sternen überschüttet.

„Die toten Seelen ...", sagte die in allen Beziehungen angenehme Dame.

„Was? Was?" fiel ihr die Freundin ganz außer sich ins Wort.

„Die toten Seelen! ..."

„Ach, sagen Sie es doch, um Gottes willen!"

„Die toten Seelen sind nur ein Vorwand, die Sache ist aber folgende: Er will die Gouverneurstochter entführen."

Diese Schlußfolgerung war in der Tat höchst unerwartet und in jeder Beziehung ungewöhnlich. Als die angenehme Dame das hörte, erstarrte sie zu Stein, erbleichte, erbleichte wie der Tod und bekam ernsthaft Angst. „Ach, mein Gott!" rief sie, die Hände zusammenschlagend: „Das hätte ich wirklich niemals erwartet!"

„Ich muß aber sagen, daß ich, gleich als Sie den Mund aufmachten, schon ahnte, worum es sich handelt", entgegnete die in allen Beziehungen angenehme Dame.

„Was für einen Wert hat nach alledem die Institutserziehung, Anna Grigorjewna! Was soll man von dieser Unschuld halten?!"

„Eine nette Unschuld! Ich hörte sie solche Sachen sagen, die ich gar nicht nachzusprechen wage."

„Wissen Sie, Anna Grigorjewna, da bricht einem das Herz entzwei, wenn man sieht, was für Fortschritte die Unsittlichkeit macht."

„Und die Männer sind alle in sie vernarrt. Ich muß aber gestehen, daß ich an ihr nichts finden kann ..."

„Sie ist ganz unerträglich affektiert."

„Ach, liebste Anna Grigorjewna! Sie ist wie eine Statue, ohne den geringsten Ausdruck im Gesicht."

„So affektiert! So furchtbar affektiert! Wer sie das gelehrt hat, weiß ich nicht; aber ich habe noch nie ein weibliches Wesen gesehen, das so furchtbar affektiert wäre."

„Herzchen! Sie ist eine Statue und bleich wie der Tod."

„Ach, Sofja Iwanowna, sagen Sie das nicht, sie schminkt sich ja, daß es eine wahre Schande ist."

„Was sagen Sie nur, Anna Grigorjewna: sie ist ein Stück Kreide, Kreide, die reinste Kreide."

„Liebste, als ich neben ihr saß, sah ich es: Die Schminke ist fingerdick aufgetragen und bröckelt ab wie Mörtel von der Wand. Die Mutter hat sie es gelehrt, die Mutter ist eine Kokette, doch die Tochter wird die Mutter noch überflügeln."

„Aber erlauben Sie, Sie können mir selbst einen beliebigen Eid auferlegen, ich bin bereit, sofort meine Kinder, meinen Mann, mein ganzes Hab und Gut hinzugeben, wenn an ihr auch nur ein bißchen, auch nur eine Spur, auch nur ein Schatten von lebenswarmer Farbe ist!"

„Ach, wie können Sie das nur sagen, Sofja Iwanowna!" rief die in allen Beziehungen angenehme Dame.

Es darf dem Leser nicht wunderlich erscheinen, daß beide Damen verschiedener Ansicht darüber waren, was sie zur gleichen Zeit gesehen hatten. Es gibt in der Welt tatsächlich viele solche Dinge, die diese Eigenschaft haben: der einen Dame erscheinen sie vollkommen weiß, einer anderen dagegen so rot wie Preiselbeeren.

„Hier haben Sie noch einen Beweis dafür, daß sie blaß ist", fuhr die angenehme Dame fort. „Ich erinnere mich, als ob es heute geschehen wäre, wie ich neben Manilow saß und zu ihm sagte: ‚Schauen Sie nur, wie blaß sie ist!' Nein, wirklich, man muß schon so dumm sein, wie es unsere Männer sind, um sie bezaubernd zu finden. Und unser Herzensbrecher ... Wie ekelhaft kam er mir vor! Sie können sich gar nicht vorstellen, wie ekelhaft er mir vorkam, Anna Grigorjewna!"

„Ja, und doch fanden sich gewisse Damen, die sich für ihn begeisterten."

„Meinen Sie etwa mich, Anna Grigorjewna? Das dürfen Sie niemals sagen, niemals, niemals!"

„Ich spreche doch gar nicht von Ihnen! Als ob es außer Ihnen keine anderen Damen gäbe ..."

„Niemals, niemals, Anna Grigorjewna! Erlauben Sie mir die Bemerkung, daß ich mich sehr gut kenne; vielleicht meinen Sie gewisse andere Damen, die die Rolle von Unnahbaren spielen."

„Sie müssen schon entschuldigen, Sofja Iwanowna! Erlauben Sie mir, Ihnen zu sagen, daß ich mir noch nie etwas so Skandalöses zuschulden kommen ließ. Vielleicht trifft das auf jemand anderen zu, doch nie auf mich!“

„Warum fühlen Sie sich getroffen? Es waren ja auch noch andere Damen da, die sich des Stuhles an der Tür bemächtigen wollten, um möglichst nahe bei ihm zu sitzen.“

Nach diesen Worten der angenehmen Dame hätte eigentlich unbedingt ein Sturm losbrechen müssen; doch zu unserem größten Erstaunen wurden die beiden Damen plötzlich still, und es erfolgte nichts. Die in allen Beziehungen angenehme Dame erinnerte sich, daß das Schnittmuster zu dem modernen Kleid sich noch nicht in ihren Händen befand, und der einfach angenehmen Dame fiel es ein, daß sie noch gar keine Einzelheiten über die von ihrer intimen Freundin gemachte Entdeckung erfahren hatte; darum wurde der Frieden sehr schnell geschlossen. Man kann übrigens nicht sagen, daß die beiden Damen in ihrer Natur das Bedürfnis hätten, einander Unannehmlichkeiten zu bereiten; in ihren Charakteren war überhaupt nichts Boshaftes; allerdings, wenn sie miteinander sprachen, regte sich in ihnen zuweilen, ohne daß sie es merkten, ganz von selbst der Wunsch, einander einen kleinen Stich zu versetzen; es bereitete ihnen einfach eine kleine Freude, einander bei Gelegenheit ein giftiges Wort zu sagen: „Da hast du es! Nimm und friß es!“ Die Herzen des männlichen wie des weiblichen Geschlechts haben nämlich zuweilen verschiedene Bedürfnisse.

„Ich kann nur das eine nicht verstehen“, sagte die einfach angenehme Dame: „Wie konnte sich Tschitschikow, der hier doch nur auf der Durchreise ist, zu so einem kühnen Streich entschließen. Es kann nicht sein, daß er keine Helfershelfer hätte.“

„Glauben Sie vielleicht, daß er keine hat?“

„Wer, glauben Sie, könnte es sein?“

„Nun, zum Beispiel Nosdrjow.“

„Was, Nosdrjow?“

„Warum denn nicht? Das sähe ihm doch ähnlich. Sie wissen ja: Er wollte seinen leiblichen Vater verkaufen oder genauer gesagt, auf eine Karte setzen und verlieren.“

„Ach, mein Gott, was für interessante Neuigkeiten ich von

Ihnen höre! Ich hätte mir niemals gedacht, daß auch Nosdrjow in diese Geschichte verwickelt sei!“

„Ich habe es mir aber immer gedacht.“

„Wenn man bloß bedenkt, was in der Welt alles geschieht! Wer hätte es damals ahnen können, als Tschitschikow, Sie erinnern sich doch noch, in unsere Stadt kam, daß er einen so seltsamen Marsch durch die Welt antreten würde? Ach, Anna Grigorjewna, wenn Sie wüßten, wie ich mich aufregte! Wenn nicht Ihre Zuneigung und Ihre Freundschaft ... ich wäre wirklich am Rande eines Abgrundes ... was hätte ich anfangen sollen? Meine Maschka sieht, daß ich bleich bin wie der Tod. ‚Liebe Gnädige‘, sagt sie zu mir. ‚Sie sind bleich wie der Tod.‘ – ‚Maschka‘, sage ich ihr, ‚was kümmert mich das jetzt!‘ So ein Fall! Also ist auch Nosdrjow in die Sache verwickelt! Eine schöne Geschichte!“

Die angenehme Dame wollte gern die weiteren Einzelheiten über die Entführung erfragen, d. h. zu welcher Stunde diese stattfinden sollte und so weiter, aber ihr Wunsch war unbescheiden. Die in allen Beziehungen angenehme Dame sagte einfach, sie wisse nichts Näheres. Sie konnte nicht lügen, etwas kombinieren – das ist eine andere Sache, und auch das konnte sie nur, wenn die Kombination sich auf eine tiefe innere Überzeugung gründete; wenn sie diese innere Überzeugung wirklich hatte, so verstand sie auch, für sie einzutreten; da hätte nur der geschickteste Advokat, berühmt durch seine Kunst, fremde Ansichten zu widerlegen, versuchen sollen, ihr zu opponieren. Er würde sehen, was tiefe innere Überzeugung heißt!

Daß die beiden Damen schließlich fest von der Sache überzeugt waren, die vorher nur eine Kombination gewesen war, ist durchaus nicht merkwürdig. Auch wir Männer, die wir uns für klug halten, verfahren fast genauso, und als Beweis dafür können unsere gelehrten Untersuchungen gelten. So ein Gelehrter packt die Sache wie ein richtiger Gauner an und beginnt schüchtern, gemäßigt mit der bescheidensten Frage: „Kommt es vielleicht daher? Verdankt nicht dieses Land seinen Namen jener Gegend?“ Oder: „Gehört nicht diese Urkunde in eine andere, spätere Zeit?“ Oder: „Soll man nicht unter dieser Bezeichnung das und das Volk verstehen?“ Er zitiert sofort eine Reihe von Schriftstellern des Altertums, und sobald er nur irgendeine Andeutung oder etwas, was ihm als eine Andeutung erscheint, sieht, wird er gleich kühn, beginnt mit diesen Schriftstellern des Altertums wie mit seinesgleichen zu sprechen, richtet an sie Fragen, die er selbst für sie beantwortet, und vergißt ganz, daß er mit einer schüchternen Hypothese angefangen hat; es kommt ihm schon vor, als ob er es alles deutlich sehe, als ob alles sonnenklar sei, und er schließt seine Untersuchung mit den Worten: „So verhielt es sich also, dieses Volk ist also hier gemeint! Von diesem Standpunkt aus muß also die Sache angesehen werden!" Dann verkündet er es öffentlich vom Katheder herab, und die neuentdeckte Wahrheit tritt ihren Marsch durch die Welt an und gewinnt neue Anhänger und Verfechter.

Während die beiden Damen dieses so komplizierte Problem so glücklich und geistreich gelöst hatten, trat in den Salon der Staatsanwalt mit seinem ewig unbeweglichen Gesicht, den buschigen Augenbrauen und dem immer blinzelnden Auge. Die Damen berichteten ihm um die Wette von allen Ereignissen, erzählten vom Kauf der toten Seelen, von der Absicht, die Gouverneurstochter zu entführen und machten ihn so konfus, daß er, solange er auch auf dem gleichen Fleck stand, mit dem linken Auge blinzelte und sich mit dem Taschentuch auf den Bart schlug, um ihn vom Tabak zu reinigen, absolut nichts begreifen konnte. Die beiden Damen verließen ihn in diesem Zustand, und eine jede eilte in eine andere Richtung, um die Stadt in Aufruhr zu versetzen. Es gelang ihnen, dieses Unternehmen in kaum mehr als einer halben Stunde zu vollenden. Die Stadt war in Aufruhr; alles befand sich in Gärung, und kein Mensch konnte etwas verstehen. Die Damen brachten es fertig, alle Köpfe dermaßen zu verwirren, daß alle, besonders aber die Beamten, eine Zeitlang ganz betäubt waren. Ihre Lage glich in den ersten Augenblicken der eines Schuljungen, dem seine Kameraden, die früher als er aufgestanden, als er noch schlief, einen „Husaren", d. h. eine Papiertüte mit Tabak in die Nase gesteckt haben. Nachdem er den ganzen Tabak mit der ganzen Kraft eines Schlafenden in die Nase eingezogen hat, erwacht er, springt auf, glotzt wie ein Narr nach allen Seiten und kann nicht begreifen, wo er ist und was mit ihm geschieht; dann erst erkennt er die von den schrägen Sonnenstrahlen beleuchteten Wände, hört das Lachen der Kameraden, die sich in allen Ecken versteckt haben, und sieht den zum Fenster hereinblickenden Morgen mit dem erwachten Wald, in dem Tausende von Vogelstimmen zwitschern, den in Licht getauchten Bach, der hier und da in glänzenden Windungen im dünnen Schilf verschwindet und voller nackter Kinder ist, die zum Baden rufen; – dann erst merkt er, daß ihm in der Nase der „Husar" sitzt. Genauso war im ersten Augenblick die Verfassung der Bürger und der Beamten der Stadt. Ein jeder blieb wie ein Hammel mit glotzenden Augen stehen. Die toten Seelen, die Gouverneurstochter und Tschitschikow vermischten sich in den Köpfen zu einem tollen Durcheinander; erst als die erste Betäubung vorbei war, fingen sie an, diese Dinge voneinander zu unterscheiden und gesondert zu sehen; sie fingen an, Rechenschaft zu fordern und sich zu ärgern, als sie sahen, daß die Sache sich durchaus nicht aufklären wollte. „Was ist das für eine Geschichte, in der Tat, was ist das für eine Geschichte mit den toten Seelen? In den toten Seelen steckt doch gar keine Logik! Wie kann man tote Seelen kaufen? Was für ein Narr wird tote Seelen kaufen wollen? Wo wird er das Geld dazu hernehmen? Was kann man bloß mit den toten Seelen anfangen? Und was hat das Ganze mit der Gouverneurstochter zu tun? Wenn er sie entführen wollte, was brauchte er dann die toten Seelen zu kaufen? Und wenn einer schon die toten Seelen kauft, was braucht er die Gouverneurstochter zu entführen? Wollte er ihr etwa die toten Seelen schenken? Was für einen Unsinn verbreitet man in der Stadt? Was ist das für eine Geistesrichtung. Ehe man sich's versieht, lassen dic Leute ein Gerücht los, das nicht den geringsten Sinn hat ... Immerhin wird das Gerücht verbreitet, folglich muß auch etwas dahinterstecken ... Aber was kann hinter den toten Seelen stecken? Nicht der geringste Anhaltspunkt läßt sich da entdecken. Es ist einfach ein Unsinn, albernes Zeug, Gefasel! Da kennt sich der Teufel aus! ..." Mit einem Wort, man redete und redete, und die ganze Stadt sprach nur von den toten Seelen, von der Gouverneurstochter und von Tschitschikow, und alles kam in Aufruhr. Die Stadt, die bis dahin in Schlaf versunken schien, erhob sich, wie von einem Wirbelsturm erfaßt. Alle Siebenschläfer und Faulpelze, die in ihren Schlafröcken seit Jahren zu Hause hockten und die Schuld bald auf den Schuster, der ihnen die Stiefel zu eng gemacht hatte, bald auf den Schneider und bald auf den versoffenen Kutscher schoben, kamen aus ihren Löchern gekrochen; alle, die schon längst jeden Verkehr mit ihren Bekannten abgebrochen hatten und nur noch mit den Gutsbesitzern Lieginskij und Schlafinskij verkehrten (berühmte termini technici, die von den Verben „liegen“ und „schlafen“ stammen und in Rußland ebenso verbreitet sind wie der Ausdruck: „bei Schnarchikow und Schnaubizkij einkehren“, worunter das Schlafen auf der Seite, auf dem Rücken und jeder anderen Lage mit Schnarchen, Pfeifen durch die Nase und sonstigen Begleiterscheinungen verstanden wird). Alle, die man nicht einmal durch eine Einladung zu einer Fischsuppe im Werte von fünfhundert Rubel mit zwei Ellen langen Sterlets und allerlei im Munde schmelzenden Pasteten aus dem Hause lokken konnte – mit einem Worte, es zeigte sich, daß die Stadt groß und stark bevölkert war. Es tauchten sogar ein gewisser Syssoj Pafnutjewitsch und ein gewisser Macdonald Karlowitsch auf, von denen man vorher noch nie etwas gehört hatte; in den Salons zeigte sich plötzlich ein unheimlich langer Kerl mit durchschossenem Arm, von einer Körpergröße, wie man sie noch nie gesehen hatte. Auf den Straßen erblickte man gedeckte Droschken, unbekannte Kutschen, allerlei Fuhrwerke mit rasselnden und quietschenden Rädern – und die Geschichte ging los. Zu einer anderen Zeit und unter anderen Umständen hätte man diesen Gerüchten vielleicht gar keine Beachtung geschenkt; die Stadt N. hatte aber schon seit langer Zeit keinerlei Neuigkeiten gehört. Im Laufe der letzten drei Monate hatte sich sogar nichts ereignet, was man in den Hauptstädten commérage nennt und was für eine Gouvernementsstadt bekanntlich dasselbe bedeutet, wie die Zufuhr von Lebensmitteln. Im städtischen Geschwätz zeigten sich plötzlich zwei durchaus entgegengesetzte Meinungen und bildeten sich zwei gänzlich entgegengesetzte Parteien: die männliche und die weibliche. Die Männerpartei war die stupidere und wandte ihre Aufmerksamkeit ausschließlich den toten Seelen zu. Die Weiberpartei widmete sich ausschließlich der Entführung der Gouverneurstochter. Zur Ehre der Damen muß hier festgestellt werden, daß in dieser Partei viel mehr Ordnung und Umsicht herrschte. Das brachte wohl die Bestimmung der Frauen, gute Wirtinnen zu sein und auf Ordnung im Hause zu sehen, mit sich. Alles nahm bei ihnen eine lebendige, bestimmte Gestalt an, kleidete sich in klare, handgreifliche Formen, klärte und läuterte sich und ergab zuletzt ein vollkommenes Bild. Es stellte sich heraus, daß Tschitschikow schon längst verliebt war, daß er mit der Betreffenden im Garten bei Mondenschein mehrere Rendezvous gehabt hatte, daß der Gouverneur ihm seine Tochter sogar gerne gegeben hätte, weil Tschitschikow so reich wie ein Jude war, wenn er nicht schon anderweitig verheiratet wäre und seine Frau verlassen hätte (woher man erfahren hatte, daß Tschitschikow verheiratet war, wußte niemand zu sagen); daß Tschitschikows Frau, die an ihrer hoffnungslosen Liebe litt, an den Gouverneur einen rührenden Brief gerichtet hatte, worauf Tschitschikow, da er sah, daß die Eltern niemals einwilligen würden, den Entschluß faßte, das Mädchen zu entführen. In anderen Häusern wurde die Geschichte etwas anders erzählt: Tschitschikow habe überhaupt keine Frau; da er aber ein fein berechnender und sichergehender Mann sei, hätte er, um mit der Zeit die Hand der Tochter zu bekommen, den Anfang bei der Mutter gemacht und mit dieser ein kleines Techtelmechtel begonnen und dann erst um die Hand der Tochter angehalten; die Mutter aber hätte Angst bekommen, daß ein auch von der Religion verdammtes Verbrechen geschehen könne, und, von Gewissensbissen geplagt, Tschitschikow die Hand ihrer Tochter aufs entschiedenste verweigert, worauf sich dieser entschlossen habe, die Tochter zu entführen. Dazu kamen noch viele Erklärungen und Ergänzungen, die immer anwuchsen, je tiefer die Gerüchte in die entlegensten Gassen drangen. In Rußland lieben es die niederen Gesellschaftskreise überhaupt, von Klatschgeschichten aus den höheren Gesellschaftskreisen zu sprechen; darum fing man über diese Sache auch in solchen Häusern zu reden an, wo man Tschitschikow niemals gesehen hatte und gar nicht kannte; und so kamen neue Ergänzungen und Kommentare auf. Der Gegenstand wurde von Minute zu Minute interessanter, nahm von Tag zu Tag immer bestimmtere Formen an und kam schließlich in seiner letzten Vollendung der Gouverneurin selbst zu Ohren. Die Gouverneurin fühlte sich als Familienmutter, als die erste Dame der Stadt und schließlich als eine Dame schlechthin, die nichts Ähnliches geahnt hatte, durch diese Geschichte aufs tiefste gekränkt und geriet in eine in jeder Beziehung gerechte Empörung. Die arme Blondine hatte das unangenehmste Tête-à-tête zu bestehen, das einem sechzehnjährigen jungen Mädchen je beschieden war. Es kam eine ganze Flut von Fragen, Untersuchungen, Rügen, Drohungen, Vorwürfen und Ermahnungen, so daß das junge Mädchen in Tränen ausbrach; sie schluchzte und konnte kein einziges Wort verstehen. Der Portier erhielt den strengsten Befehl, Tschitschikow zu keiner Stunde und unter keinem Vorwand vorzulassen.

Nachdem die Damen ihr Ziel bei der Gouverneurin erreicht hatten, machten sie sich an die Männerpartei heran und versuchten, sie für sich zu gewinnen, indem sie die Behauptung aufstellten, daß die toten Seelen erfunden seien, um jeden Verdacht abzulenken und die Entführung erfolgreicher ausführen zu können. Viele von den Männern ließen sich bekehren und traten der Damenpartei bei, obwohl sie sich den heftigsten Vorwürfen seitens ihrer Genossen aussetzten, die sie Frauenzimmer und Weiberröcke nannten, was bekanntlich vom männlichen Geschlecht sehr übelgenommen wird.

Wie sehr sich die Männer auch wappneten und wehrten, mangelte es ihrer Partei doch an der Ordnung, die in der Damenpartei herrschte. Alles war bei ihnen roh, ungehobelt, ungeschickt, unschön, plump und häßlich; in ihren Köpfen herrschte ein Durcheinander, ihre Gedanken waren verworren, mit einem Wort, die hohle Natur des Mannes, die rohe, schwerfällige Natur, die weder Haushalttalente hat noch herzlicher Überzeugungen fähig ist, die kleingläubige, faule, von ewigen Zweifeln und Ängsten erfüllte Natur kam ganz unverhüllt zum Vorschein. Sie sagten, das sei Unsinn, die Entführung der Gouverneurstochter sei eher die Sache eines Husaren als eines Zivilisten, Tschitschikow würde so etwas niemals tun, die Weiber schwatzen dummes Zeug, das Weib sei überhaupt wie ein Sack, was man hineinlege, das schleppe es mit sich herum; der Hauptgegenstand, den man nicht aus den Augen verlieren dürfe, seien die toten Seelen; was dahinter stecke, das wisse der Teufel, aber es stecke sicher etwas sehr Übles dahinter. Warum die Männer glaubten, daß etwas Übles dahinterstecke, das werden wir sofort erfahren. Für dieses Gouvernement war vor kurzem ein neuer Generalgouverneur ernannt worden; so ein Ereignis versetzt die Beamten bekanntlich immer in die größte Unruhe: Es beginnen Untersuchungen, Rügen, Rüffel und allerlei amtliche Suppen, mit denen der Vorgesetzte seine Untergebenen traktiert. – „Wenn er nur erfährt", dachten sich die Beamten, „daß in der Stadt so dumme Gerüchte verbreitet werden, so kann ihn schon das allein fuchsteufelswild machen." Der Inspektor der Medizinalverwaltung erbleichte plötzlich und redete sich Gott weiß was ein: ob unter den „toten Seelen" nicht die Kranken gemeint seien, die in großer Zahl bei der Typhusepidemie, gegen die keinerlei Maßnahmen ergriffen worden waren, in den Lazaretten und an anderen Orten gestorben waren – und ob Tschitschikow nicht ein aus der Kanzlei des Generalgouverneurs zwecks einer geheimen Untersuchung abkommandierter Beamter sei? Diese Vermutung teilte er dem Kammervorsitzenden mit. Der Kammervorsitzende antwortete, daß es Unsinn sei; plötzlich erbleichte aber auch er selbst und fragte sich: wie, wenn die von Tschitschikow gekauften Seelen wirklich tot sind? Hat er doch selbst den Abschluß der Kaufverträge über diese Seelen zugelassen und obendrein die Rolle des Vertreters von Pljuschkin gespielt; wenn das dem Generalgouverneur zu Ohren kommt, was dann? Dies teilte er nur diesem und jenem mit, und plötzlich erbleichten auch dieser und jener. Die Angst ist ansteckender als die Pest und teilt sich in einem Augenblick mit. Alle entdeckten plötzlich an sich solche Sünden, die sie sogar niemals begangen hatten. Das Wort „tote Seelen" klang so unbestimmt, daß sogar der Verdacht aufkam, ob es nicht eine Anspielung auf zwei Fälle sei, die sich vor gar nicht langer Zeit ereignet hatten, wo zwei Leichen voreilig begraben worden waren. Der erste Fall betraf einige Kaufleute aus Solwytschegodsk, die in die Stadt zum Jahrmarkt gekommen waren und nach Abschluß der Geschäfte zu Ehren ihrer Freunde, einiger Kaufleute aus Ustsyssolsk, ein Trinkgelage veranstaltet hatten – ein Trinkgelage in russischem Stil, doch mit deutschen Einführungen wie Orgeaden, Punschen, Balsamen usw. Das Trinkgelage endete, wie es so geht, mit einer Schlägerei. Die von Solwytschegodsk prügelten die von Ustsyssolsk zu Tode, obwohl sie dabei selbst eine Anzahl kräftiger Bauch-, Genick- und Rippenstöße abbekamen, die von der ungeheuren Größe der Fäuste zeugten, mit denen die Verstorbenen begabt waren. Dem einen von den Siegern war, wie sich die Faustkämpfer auszudrücken pflegen, die „Luftpumpe“ eingetrieben, d. h. die Nase so gründlich zermalmt worden, daß von ihr nur ein etwa einen halben Finger dickes Stück auf dem Gesicht zurückblieb. Die Kaufleute gestanden ihre Heldentat ein und gaben zu, daß sie ein wenig über die Schnur gehauen hätten. Ein Gerücht meldete, daß sie dieser Erklärung je vier größere Reichsscheine beigefügt hätten; die Sache war übrigens recht dunkel. Die angestellte Untersuchung ergab, daß die Kaufleute von Ustsyssolsk an Ofendunstvergiftung gestorben waren, und sie wurden auch als solche beigesetzt. Der andere Fall, der sich vor kurzem ereignet hatte, war folgender: Die der Krone gehörenden Bauern des Dorfes Wschiwaja-Spjeß hatten sich mit den gleichfalls der Krone gehörenden Bauern des Dorfes Browki, auch Sadirailowo genannt, verbündet und die Landpolizei in Person eines gewissen Assessors Drobjaschkin vom Erdboden vertilgt; und zwar weil die Landpolizei, d. h. der Assessor Drobjaschkin, sich angewöhnt habe, ihr Dorf allzuoft zu besuchen, was in gewissen Fällen viel schlimmer ist als eine Typhusepidemie; der Grund aber sei gewesen, daß die Landpolizei ein schwaches Herz gehabt und ein zu großes Interesse für die Weiber und Mädchen des Dorfes gezeigt habe. Es ist darüber nichts Sicheres bekannt, obwohl die Bauern in ihren Aussagen geradezu erklärten, die Landpolizei sei lüstern wie eine Katze gewesen; sie hätten sie schon mehr als einmal gewarnt und einmal sogar ganz nackt aus einem Bauernhaus hinausgejagt, in das sie sich irgendwie Eingang verschafft hatte. Die Landpolizei hatte die Strafe für ihre Herzensschwäche natürlich wohl verdient, aber man durfte auch die Bauern von Wschiwaja-Spjeß wie auch die von Sadirailowo vom eigenmächtigen Verfahren nicht freisprechen, wenn sie sich tatsächlich den Mord zuschulden kommen lassen hatten. Die Sache blieb aber dunkel, die Landpolizei hatte man auf der Landstraße liegen gefunden, ihre Uniform und ihr Rock waren zerfetzt, und das Gesicht ließ sich überhaupt nicht mehr erkennen. Die Sache beschäftigte die Gerichte und kam schließlich vor die Kammer, wo sie im folgenden Sinne entschieden wurde: Da es unbekannt sei, wer von den Bauern an der Sache beteiligt gewesen, ihrer aber im ganzen recht viele waren; da ferner Drobjaschkin ein toter Mann sei und folglich wenig

Nutzen davon haben würde, wenn er die Sache gewönne, die Bauern aber andererseits noch am Leben seien und folglich ein Interesse daran hätten, daß die Sache zu ihren Gunsten entschieden werde, so sei wie folgt zu beschließen: Der Assessor Drobjaschkin trage selbst die Schuld, da er die Bauern der Dörfer Wschiwaja-Spjeß und Sadirailowo ungerechterweise unterdrückt habe; was aber seinen Tod betrifft, so sei er, als er in seinem Schlitten heimfuhr, einem Schlaganfall erlegen. Die Sache schien aufs beste erledigt; doch die Beamten bildeten sich, man weiß nicht warum, ein, daß mit den toten Seelen dieser Fall gemeint sei. Als die Herren Beamten sich in dieser schwierigen Lage befanden, liefen beim Gouverneur gleichzeitig zwei Papiere ein. Das eine meldete, daß nach den eingelaufenen Berichten sich im Gouvernement ein Hersteller von falschen Banknoten unter verschiedenen falschen Namen aufhalte; daher solle man unverzüglich eine strenge Untersuchung anstellen. Das andere Papier enthielt die Mitteilung des Gouverneurs des Nachbargouvernements über einen Räuber, der vor der gesetzlichen Verfolgung geflohen sei; falls also im Gouvernement ein verdächtiger Mensch auftauchen sollte, der weder einen Paß noch sonstige Papiere vorweisen könnte, so sei dieser sofort zu verhaften. Diese beiden Papiere wirkten auf alle niederschmetternd. Alle bisherigen Kombinationen und Vermutungen stürzten zusammen. Natürlich konnte man unmöglich annehmen, daß Tschitschikow mit den beiden Angelegenheiten auch das geringste zu tun hätte; als aber ein jeder die Sache für sich überlegte und sich erinnerte, daß es ihnen gänzlich unbekannt war, wer Tschitschikow eigentlich sei, und daß er sich selbst höchst unklar über seine Person geäußert, obwohl er auch gesagt hatte, daß er den Staatsdienst als Opfer seines Gerechtigkeitssins hatte verlassen müssen, was aber ebenfalls recht unklar klang. Als sie sich obendrein seiner Erklärung erinnerten, daß er viele Feinde habe, die ihm nach dem Leben trachteten – so wurden sie noch nachdenklicher. Seinem Leben drohte eine Gefahr; also wurde er von jemand verfolgt; folglich muß er etwas angestellt haben … Wer mochte er nun eigentlich sein? Man konnte natürlich nicht annehmen, daß er falsche Banknoten herstelle und um so weniger ein Räuber sei; sein Äußeres war dazu viel zu bieder; wer mochte er aber trotz alledem sein? Nun stellten sich die Herren Beamten eine Frage, die sie sich gleich am Anfang, d. h. im ersten Kapitel unseres Poems, hätten stellen sollen. Es wurde beschlossen, die Leute auszufragen, von denen er die toten Seelen erworben hatte, um wenigstens festzustellen, was das für Käufe gewesen seien und was unter diesen toten Seelen zu verstehen wäre; ob er nicht jemand zufällig, so nebenbei, etwas von seinen wahren Absichten gesagt oder jemand erzählt hätte, wer er sei. Zuallererst wandte man sich an die Korobotschka, konnte aber von ihr nicht viel erfahren. Er hätte für fünfzehn Rubel Seelen gekauft; er kaufe auch Daunen und Federn ein; er hätte ihr versprochen, ihr noch allerlei andere Sachen abzukaufen, auch liefere er Schweineschmalz an die Behörden; darum sei er sicher ein Schwindler, denn es sei schon einmal so ein Mann dagewesen, der Federn und Daunen eingekauft und Schweineschmalz an die Behörden geliefert habe; dieser aber hätte alle begaunert und auch die Protopopenfrau um mehr als hundert Rubel geprellt. Alle ihre weiteren Aussagen waren nur eine Wiederholung dessen, was sie schon einmal gesagt hatte, und die Beamten sahen nur, daß die Korobotschka ein dummes altes Weib sei. Manilow sagte aus, daß er für Pawel Iwanowitsch stets wie für sich selbst bürgen werde, er würde sein ganzes Gut hingeben, nur um einen hundertsten Teil der Eigenschaften des Pawel Iwanowitsch zu besitzen; überhaupt äußerte er sich über ihn in den schmeichelhaftesten Ausdrücken und fügte mit zusammengekniffenen Augen einige Sentenzen über die Freundschaft im allgemeinen hinzu. Diese Sentenzen zeugten in hinreichender Weise von den zarten Regungen seines Herzens, vermochten aber den Beamten nichts von der Sache zu erklären. Sobakewitsch sagte bei der Vernehmung, Tschitschikow sei nach seiner Ansicht ein anständiger Mensch; die Bauern, die er ihm verkauft habe, seien lauter ausgesuchte und in jeder Beziehung lebendige Leute gewesen; für die Zukunft könne er aber nicht garantieren. Wenn sie bei der schwierigen Übersiedlung unterwegs sterben, so sei das nicht seine Schuld, das liege nur in Gottes Hand; es gebe nicht wenig Epidemien und tödliche Krankheiten in der Welt, und man hätte schon Fälle erlebt, wo ganze Dörfer ausgestorben seien. Die Herren Beamten wandten noch ein Mittel an, das zwar nicht sehr edel ist, das man aber zuweilen doch anzuwenden pflegt: Sie ließen die beiden Diener Tschitschikows auf Umwegen, unter Zuhilfenahme ihrer Bekanntschaften in Lakaienkreisen, ausfragen, ob sie nicht irgendwelche Einzelheiten aus dem Vorleben ihres Herrn wüßten; aber auch auf diesem Wege erfuhren sie nicht viel. Von Petruschka bekamen sie nur den bewußten muffigen Geruch zu riechen, und von Selifan hörten sie, daß sein Herr „im Staatsdienst gewesen und früher bei einem Zollamt gedient habe" und sonst nichts. Diese Klasse von Menschen hat eine höchst seltsame Angewohnheit. Wenn man sie direkt nach etwas fragt, so wissen sie nichts zu sagen; es will ihnen nichts einfallen, und sie antworten einfach, daß sie nichts wissen; wenn man sie aber nach etwas anderem fragt, so kommen sie gerade auf das Gewünschte zu sprechen und bringen sogar solche Einzelheiten vor, die man gar nicht wissen will. Alle die von den Beamten angestellten Untersuchungen zeigten ihnen nur das eine, nämlich, daß sie nichts Sicheres darüber wußten, wer Tschitschikow eigentlich war, daß er aber doch sicher etwas sein mußte. Endlich beschlossen sie, diese Sache endgültig zu besprechen und sich wenigstens darüber zu einigen, was sie zu tun hätten, was für Maßregeln zu ergreifen wären und wer Tschitschikow eigentlich sei: ob ein Mensch, den man als unzuverlässig verhaften müßte, oder einer, der sie selbst alle als unzuverlässig verhaften könne. Zu diesem Zweck wollte man einmal beim Polizeimeister zusammenkommen, dem den Lesern schon bekannten Vater und Wohltäter der Stadt.

ZEHNTES KAPITEL

Beim Polizeimeister, dem den Lesern schon bekannten Vater und Wohltäter der Stadt, versammelt, hatten die Beamten Gelegenheit, aneinander festzustellen, wie sie infolge all dieser Sorgen und Aufregungen abgemagert waren. Und in der Tat, die Ernennung des neuen Generalgouverneurs, die eingelaufenen Papiere von so ernstem Inhalt und alle die unheimlichen Gerüchte – dies alles hatte sichtbare Spuren auf ihren Gesichtern hinterlassen, und vielen von ihnen waren sogar die Fräcke zu weit geworden. Alle waren getroffen: der Kammervorsitzende war abgemagert, der Inspektor der Medizinalverwaltung war abgemagert, der Staatsanwalt war abgemagert und selbst ein gewisser Semjon Iwanowitsch, dessen Familiennamen niemals genannt wurde und der einen Ring am Zeigefinger trug, den er den Damen zu zeigen pflegte, war abgemagert. Natürlich fanden sich auch, wie es immer geht, einige Tapfere, die den Mut nicht sinken ließen; ihrer waren aber nicht viele: Es war eigentlich nur der Postmeister allein. Sein stets gleichmäßiger Charakter hatte nicht die geringste Veränderung erfahren, und er pflegte bei solchen Gelegenheiten immer zu sagen: „Wir kennen die Herren Generalgouverneure! Es werden ihrer vielleicht drei oder vier abwechseln, ich aber sitze schon seit dreißig Jahren auf meinem Platz, sehr verehrter Herr!“ Darauf pflegten die anderen Beamten zu erwidern: „Du hast es gut, sprechen Sie deutsch, Iwan Andreitsch: deine Sache ist die Post – du hast nur die Poststücke anzunehmen und zu befördern; der einzige Betrug, den du verüben kannst, ist, daß du das Postamt eine Stunde zu früh schließt, um dann von einem Kaufmann, der mit seinem Brief zu spät gekommen ist, eine Kleinigkeit zu erpressen, oder daß du ein Paket, das nicht befördert werden darf, dennoch beförderst; an deiner Stelle kann natürlich ein jeder ein Heiliger sein. Wenn du aber einen Posten hättest, wo dich der Teufel jeden Tag in Versuchung brächte, so daß man dir auch, wenn du nichts nehmen wolltest, dennoch etwas in die Hand drückte! Du hast es auch nicht schwer: du hast bloß einen Jungen. Denke dir aber den Fall, Bruder, Gott hat deine Praskowja Fjodorowna so gesegnet, daß sie dir jedes Jahr ein Kind schenkt: bald eine Praskuschka, bald einen Petruschka; dann würdest du schon ein anderes Lied singen!“ So sprachen die Beamten; ob aber ein Mensch die Kraft hat, der Versuchung des Teufels zu widerstehen, darüber maßt sich der Autor kein Urteil an. In der Versammlung, die diesmal zusammentrat, fehlte in einer recht fühlbaren Weise das, was man Sinn und Ordnung zu nennen pflegt. Überhaupt sind wir für Repräsentantenversammlungen nicht geschaffen. Bei allen unseren Zusammenkünften, von den Bauernversammlungen bis zu den Sitzungen der verschiedenen gelehrten und sonstigen Komitees herrscht, wenn nicht ein kluger Kopf das Ganze leitet, ein ordentliches Durcheinander. Es ist sogar schwer zu sagen, warum das so ist; es wird wohl eine nationale Eigentümlichkeit sein, daß uns nur solche Beratungen gelingen, in denen über irgendeine Zecherei oder ein Essen verhandelt wird: also alle die Klubsitzungen und ähnliche Veranstaltungen auf deutsche Manier. Die Bereitwilligkeit hierzu ist hingegen immer vorhanden. Wenn gerade der richtige Wind weht, gründen wir im Nu alle möglichen Wohltätigkeits-, Unterstützungs- und sonstigen Vereine. Das Ziel wird immer sehr schön sein, es wird aber trotzdem nichts herauskommen. Vielleicht beruht das darauf, daß wir gleich bei Beginn befriedigt sind und die Sache damit als erledigt ansehen. Wenn wir zum Beispiel irgendeinen Verein zur Unterstützung von Armen gegründet und beträchtliche Summen gespendet haben, so veranstalten wir sofort, um unser lobenswertes Beginnen zu feiern, ein Diner für die ersten Beamten der Stadt, was natürlich die Hälfte der gespendeten Gelder kostet; für den Rest wird für das Komitee eine großartige Wohnung mit Beheizung und Bedienung gemietet; zuletzt bleiben für die Armen von der ganzen Summe fünf und ein halber Rubel übrig; bei der Verteilung dieser Summe zeigen sich unter den Komiteemitgliedern Unstimmigkeiten, und jeder empfiehlt irgendeine arme Gevatterin. Übrigens war die Sitzung, über die wir hier berichten, ganz anderer Art: Sie war ja aus dringender Notwendigkeit zustande gekommen. Es handelte sich nicht um irgendwelchen Armen oder Abseitsstehenden: Die Sache ging jeden Beamten persönlich an; es handelte sich um ein Ungemach, das allen in gleicher Weise drohte, daher mußte man notgedrungen einmütiger und in engerer Gemeinschaft vorgehen. Trotz alledem kam dabei der Teufel weiß was heraus. Ganz abgesehen von den Meinungsverschiedenheiten, die eine Eigentümlichkeit aller solcher Beratungen bilden, zeigte sich in den Ansichten der Versammelten eine ganz unfaßbare Unsicherheit. Der eine sagte, Tschitschikow sei ein Banknotenfälscher, fügte aber gleich darauf hinzu: „vielleicht auch nicht"; der andere behauptete, er sei ein Beamter aus der Kanzlei des Generalgouverneurs, erklärte aber gleich darauf: „Übrigens weiß der Teufel, was er ist: Es steht ihm doch nicht auf der Stirn geschrieben." Gegen die Vermutung, daß er ein verkleideter Räuber sei, sprachen sich alle ablehnend aus; alle fanden, daß schon, abgesehen von seinem Äußern, das an sich die Biederkeit selbst sei, auch in seinen Worten nichts läge, was auf einen Menschen mit gewalttätigen Neigungen schließen ließe. Plötzlich rief der Postmeister, der einige Minuten in tiefe Nachdenklichkeit versunken war, ganz unerwartet aus: „Wissen Sie, meine Herren, wer er ist?“ Die Stimme, mit der er dies sagte, klang dermaßen erschütternd, daß alle wie aus einem Munde schrien: „Wer ist er denn?“ – „Meine Herren, er ist niemand anders als der Hauptmann Kopejkin, mein sehr verehrter Herr!“ Und als alle wie aus einem Munde fragten: „Und wer ist dieser Hauptmann Kopejkin?“ antwortete der Postmeister: „Wie, Sie wissen nicht, wer der Hauptmann Kopejkin ist?“

Alle antworteten, sie hätten keine Ahnung davon, wer der Hauptmann Kopejkin sei.

„Der Hauptmann Kopejkin“, sagte der Postmeister, indem er seine Tabaksdose nur halb öffnete, da er fürchtete, es könnte jemand von den in der Nähe Sitzenden seine Finger hineinstecken, an deren Sauberkeit er nicht recht glaubte; er pflegte sogar manchmal zu sagen: „Ich weiß es schon, Väterchen, Sie haben mit Ihren Fingern vielleicht Gott weiß wo herumgewühlt, der Tabak ist aber eine Sache, die Reinlichkeit verlangt.“ – „Der Hauptmann Kopejkin“, wiederholte er, nachdem er eine Prise genommen hatte: „Wenn ich es Ihnen übrigens erzähle, so kann es sogar für einen Schriftsteller höchst interessant werden, es ist gewissermaßen ein ganzes Poem.“

Alle Anwesenden äußerten den Wunsch, diese, wie sich der Postmeister ausdrückte, „für einen Schriftsteller höchst interessante Geschichte, gewissermaßen ein ganzes Poem“ zu hören, und er begann wie folgt:

Die Geschichte vom Hauptmann Kopejkin

„Nach der Kampagne von 1812, mein sehr verehrter Herr“, begann der Postmeister, obwohl im Zimmer nicht ein Herr, sondern ihrer sechs saßen, „nach der Kampagne von 1812 wurde mit den anderen Verwundeten auch der Hauptmann Kopejkin heimgeschickt. Ein Hitzkopf, launisch wie der Teufel, hatte schon auf der Hauptwache und im Arrest gesessen

und alles gekostet, was es nur auf der Welt gibt. Bei Krasnoje oder bei Leipzig hatte ihm ein Geschoß, denken Sie sich nur, einen Arm und ein Bein weggerissen. Damals waren wegen der Verwundeten, wissen Sie, noch keinerlei Verfügungen erlassen worden. Der Invalidenfond wurde, wie Sie es sich denken können, gewissermaßen erst viel später gegründet. Der Hauptmann Kopejkin sieht, daß er arbeiten muß, er hat aber, sehen Sie, nur den einen linken Arm. Er kam nach Hause zu seinem Vater, aber der Vater sagte ihm: ‚Ich habe nichts, um dich zu ernähren, ich', stellen Sie es sich nur vor, ‚ich kann mir selbst kaum mein Brot verdienen.' Nun entschloß sich der Hauptmann Kopejkin, mein sehr verehrter Herr, nach Petersburg zu gehen, um sich bei der vorgesetzten Behörde zu bemühen. Soundso, er habe gewissermaßen und sozusagen sein Leben geopfert und sein Blut vergossen ... So kam er also, wissen Sie, mit dem Train oder mit Staatsfuhren – mit einem Wort, er kam, mein sehr verehrter Herr, irgendwie nach Petersburg. Nun stellen Sie sich vor: So ein Hauptmann Kopejkin ist plötzlich in eine Hauptstadt geraten, die in der ganzen Welt nicht ihresgleichen hat! Er sieht vor sich plötzlich eine Welt, gewissermaßen ein Feld des Lebens, Sie wissen wohl, so eine märchenhafte Scheherezade. So einen Newskij-Prospekt, oder, wissen Sie, so eine Gorochowaja- oder irgendeine, hol's der Teufel, Litejnajastraße; da ragt so eine Fahnenstange in die Luft: Brücken hängen wie durch einen Zauber ganz ohne Stützpunkte; mit einem Wort, die reinste Semiramis, mein sehr verehrter Herr! Er versucht sich eine Wohnung zu mieten, aber die Preise sind furchtbar gemein: lauter Gardinen, Vorhänge, allerlei Teufelszeug, Teppiche – das reinste Persien, mein sehr verehrter Herr ... man tritt sozusagen Kapitalien mit den Füßen. Man geht durch die Straßen, und die Nase wittert schon aus der Ferne die Tausende. Die Staatsbank meines Hauptmanns Kopejkin besteht aber, Sie werden es wohl begreifen, aus zehn Fünfrubelscheinen und etwas Silbergeld ... Ein Dorf kann man sich dafür nicht kaufen, das heißt, man kann schon eins kaufen, wenn man vierzigtausend dazulegt; diese vierzigtausend müßte man aber erst beim König von Frankreich pumpen. Kurz und gut, er fand schließlich in einem Revaler Wirtshaus Unterkunft, für einen Rubel pro Tag; das Mittagessen besteht aus einer Kohlsuppe und einem

Klops ... Er sieht, daß es keinen Sinn hat, allzulange dazubleiben. Er erkundigt sich, wohin er sich zu wenden habe. ‚Ja, das ist eine Frage!' sagt man ihm: ‚Die höchsten Behörden sind noch nicht in der Hauptstadt'; Sie verstehen, alles war noch in Paris, die Armee war noch nicht zurückgekehrt; ‚es gibt aber', sagt man ihm, ‚eine provisorische Kommission. Versuchen Sie es dort, vielleicht kann die für Sie etwas tun.' – ‚Gut, ich gehe in die Kommission', sagt Kopejkin, ‚und erkläre ihnen dort: soundso, ich habe gewissermaßen mein Blut vergossen, habe, bildlich gesprochen, mein Leben geopfert.' So stand er eines Morgens recht früh auf, schabte sich mit der linken Hand den Bart, denn ein Barbier hätte wohl ein Vermögen gekostet, zog seine Uniform an und humpelte, stellen Sie sich vor, auf seinem Holzfuß zum Vorsitzenden der Kommission. Er erkundigt sich, wo dieser Vorsitzende wohnt. ‚Hier', sagt man ihm, ‚in diesem Hause am Kai.' Sie können sich wohl so ein kleines Bauernhaus vorstellen: Die Fenster sind Spiegelscheiben von anderthalb Klafter Höhe, nichts als Marmor und Lack, mein sehr verehrter Herr ... mit einem Wort, zum Verrücktwerden. Irgendeine Türklinke aus Metall ist ein Komfort erster Qualität, so daß man zuerst in den nächsten Laden laufen, sich für einen Groschen Seife kaufen und sich dann gewissermaßen an die zwei Stunden die Hände reiben muß, ehe man so eine Klinke anrührt. Schon der Portier vor dem Eingang mit dem Stab in der Hand: so eine Grafenphysiognomie, Batistkragen, ganz wie ein gemästeter fetter Mops ... Kopejkin schleppt sich auf seinem Holzfuß in den Empfangssaal, drückt sich in eine Ecke, um nicht mit dem Arm irgendso ein Amerika oder Indien – bildlich gesprochen, so eine vergoldete Porzellanvase umzustoßen. Es versteht sich von selbst, daß er lange genug stehen mußte, denn er kam zu einer Stunde, als der Vorsitzende gewissermaßen noch kaum aufgestanden war und sein Kammerdiener ihm so eine silberne Schüssel zu allerlei Waschungen reichte. Mein Kopejkin wartet an die vier Stunden, als der diensthabende Beamte eintritt und meldet: ‚Gleich erscheint der Vorsitzende.' Das Zimmer ist schon voller Epaulettes und Achselbänder, die Menschen drängen sich wie die Bohnen auf einer Schüssel. Endlich kommt der Vorsitzende, mein sehr verehrter Herr. Nun ... Sie können sich vorstellen, wie so ein Vorsitzender aussieht! In

seinem Gesicht ist, sozusagen ... seinem Dienstrange entsprechend, Sie verstehen mich wohl ... so ein Ausdruck ... In jeder Bewegung ein Großstädter; er geht auf den einen und auf den andern zu und fragt: ‚Was wollen Sie? Was wünschen Sie? In welcher Angelegenheit sind Sie hier?' Endlich kommt er, mein sehr verehrter Herr, zum Kopejkin. Kopejkin sagt: ‚Soundso, habe mein Blut vergossen und gewissermaßen einen Arm und ein Bein verloren. Ich kann nicht arbeiten, darum erlaube ich mir die Anfrage, ob ich nicht auf eine Unterstützung rechnen darf, ob nicht eine Verfügung wegen einer sozusagen Gratifikation oder Pension zu erwarten ist.' Sie verstehen es doch. Der Vorsitzende sieht: Vor ihm steht ein Mann mit einem Holzbein, und der rechte Ärmel ist leer an den Waffenrock festgesteckt. ‚Gut', sagt er, ‚fragen Sie in einigen Tagen wieder nach.' Mein Kopejkin ist ganz begeistert: ‚Nun', denkt er sich, ‚die Sache ist gemacht!' Er ist, Sie können es sich wohl denken, in bester Laune, hüpft auf dem Trottoir, macht einen Sprung ins Restaurant Palkin, um einen Schnaps zu nehmen, ißt im Gasthaus zur Stadt London zu Mittag, läßt sich ein Kotelett mit Kapern geben, dann eine Poularde mit allerlei Kram, dazu eine Flasche Wein, geht abends ins Theater – mit einem Wort, er macht sich einen guten Tag. Auf dem Trottoir sieht er plötzlich eine Engländerin daherschweben, Sie können sich wohl denken, schön und schlank wie ein Schwan. Mein Kopejkin – sein Blut kommt, Sie begreifen doch, in Wallung – humpelt ihr auf seinem Holzbein nach. ‚Lieber nicht', sagt er sich dann, ‚ich will das Scharwenzeln einstweilen aufstecken! Nachher, wenn ich die Pension schon bekommen habe; ich bin schon ganz aus Rand und Band geraten.' So hatte er an einem Tage, wollen Sie es beachten, beinahe die Hälfte seines Vermögens durchgebracht. Nach drei oder vier Tagen kommt er, mein sehr verehrter Herr, wieder in die Kommission zum Vorsitzenden. Jawohl! ‚Ich komme', sagt er, ‚um mich zu erkundigen. Soundso krankheitshalber und infolge meiner Verwundungen ... habe gewissermaßen mein Blut vergossen ...' und so weiter, Sie verstehen wohl, in amtlichem Ton. ‚Ach was', sagt der Vorsitzende: ‚vor allen Dingen muß ich Ihnen mitteilen, daß wir in Ihrer Sache ohne Genehmigung der höchsten Stelle nichts machen können. Sie sehen doch selbst, was jetzt für eine Zeit ist. Die militärischen Operatio-

nen sind, sozusagen, noch nicht endgültig abgeschlossen. Gedulden Sie sich bis zur Ankunft des Herrn Ministers. Sie können überzeugt sein, daß man Sie nicht übersehen wird. Und wenn Sie inzwischen nichts zum Leben haben, so nehmen Sie dies, das ist alles‘, sagt er, ‚was ich für Sie tun kann.‘ Sie verstehen, er gab ihm nicht viel, aber doch so viel, daß Kopejkin damit bei einiger Sparsamkeit doch noch bis zu der Entscheidung hätte auskommen können. Kopejkin strebte aber nach etwas anderem. Er stellte sich vor, man würde ihm schon morgen einige Tausende auszahlen: ‚Hier hast du es, mein Lieber, trink und amüsiere dich‘; statt dessen sagt man ihm aber: ‚Warte!‘ und gibt ihm sogar keinen Termin an. Im Kopf hat er aber die Engländerin und allerlei Souplettes und Kotelettes. Düster wie ein Uhu tritt er auf die Straße oder wie ein Pudel, den der Koch mit Wasser begossen hat – hat den Schwanz eingeklemmt und läßt die Ohren hängen. Er hat schon Geschmack am Petersburger Leben gefunden, hat auch schon manches gekostet. Da soll er aber, der Teufel weiß wie, leben und nichts Süßes zu kosten bekommen. Er ist aber ein frischer, lebhafter Mensch und hat einen richtigen Wolfshunger. Wenn er an so einem Restaurant vorübergeht, so ist der Koch, Sie können sich wohl denken, ein Ausländer, ein Franzose mit solch einem offenen Gesicht, hat holländische Wäsche an und eine Schürze, die sich sozusagen nur mit Schnee vergleichen läßt; er arbeitet an irgendeinem finesherbes, an einem Kotelett mit Trüffeln, mit einem Wort, an einer solchen Delikatesse, daß man vor lauter Appetit sich selbst auffressen möchte. Und wenn er an den Miljutinschen Läden vorbeigeht, so schaut aus einem Fenster sozusagen irgendein Räucherlachs heraus, Kirschen zu fünf Rubeln das Stück, oder ein Omnibus von einer Wassermelone, die nur auf einen Dummkopf wartet, der für sie hundert Rubel bezahlt; mit einem Wort, auf Schritt und Tritt Versuchungen; das Wasser läuft ihm, bildlich gesprochen, im Munde zusammen, er muß aber warten. Versetzen Sie sich nur in seine Lage; einerseits sozusagen der Räucherlachs und die Wassermelone, und andererseits reicht man ihm ein bitteres Gericht unter dem Namen ‚Morgen‘.

‚Sollen sie dort machen‘, sagt er sich, ‚was sie wollen, ich gehe aber hin, bringe die ganze Kommission und alle Vorsitzenden auf die Beine und sage ihnen: Nein, ganz wie Sie

wollen, aber so geht das nicht!‘ Und in der Tat: Er ist zudringlich und frech, hat nicht zuviel Grütze im Kopf, dafür aber Keckheit mehr, als man braucht. Er kommt also in die Kommission. ‚Was gibt's?‘ fragt man ihn: ‚Was kommen Sie schon wieder? Man hat Ihnen doch schon mal gesagt...‘ – ‚Ach was‘, sagt er, ‚ich kann mich so nicht durchschlagen. Ich muß‘, sagt er, ‚auch ein Kotelett essen und eine Flasche französischen Wein trinken; auch muß ich mich ein wenig zerstreuen, will auch mal ins Theater gehen‘, Sie verstehen schon. – ‚Da müssen Sie schon entschuldigen‘, sagt der Vorsitzende: ‚Dazu hat der Mensch gewissermaßen, sozusagen, die Geduld. Man hat Ihnen vorläufig einige Mittel bewilligt, damit Sie sich ernähren können, bis Ihre Sache entschieden ist. Sie werden ohne Zweifel ordentlich belohnt werden, denn es hat bisher noch keinen Fall gegeben, daß bei uns in Rußland ein Mann, der sozusagen, seinem Vaterland gedient hat, ohne Versorgung geblieben wäre. Wenn Sie sich aber mit Koteletts und Theaterbesuchen verwöhnen wollen, so müssen Sie schon entschuldigen. In solchem Falle müssen Sie sich selbst die Mittel dazu verschaffen und sich selbst helfen.‘ Aber mein Kopejkin läßt sich nicht beirren. Die Worte prallen von ihm ab wie Erbsen von der Wand. Er erhob ein großes Geschrei und ließ an der ganzen Gesellschaft kein gutes Haar! Er begann auf alle die Amtsvorstände, Sekretäre und sonstigen Beamten zu schimpfen. ‚Sie sind‘, sagt er, ‚dies‘, sagt er, ‚und Sie sind jenes! Sie‘, sagt er, ‚kennen Ihre Pflichten nicht! Sie sind‘, sagt er, ‚Gesetzverächter!‘ sagt er. Alle bekamen von ihm was ab. Ganz zufällig war dort, wissen Sie, ein General von einem ganz anderen Ressort anwesend, und auch der bekam von ihm, mein sehr verehrter Herr, was ab! Es war ein richtiger Aufruhr. Was soll man nur mit einem solchen Satan anfangen? Der Vorsitzende sieht, daß man, gewissermaßen, sozusagen, zu strengen Maßregeln greifen muß. ‚Gut‘, sagt er, ‚wenn Sie sich damit nicht begnügen wollen, was man Ihnen gibt, und nicht geneigt sind, hier in der Hauptstadt gewissermaßen ruhig auf die Entscheidung Ihrer Sache zu warten, so werde ich Sie nach Ihrem Wohnort spedieren. Man hole‘, sagt er, ‚einen Feldjäger her, damit er ihn nach seinem Wohnort transportiert!‘ Der Feldjäger aber, wissen Sie, steht schon hinter der Tür: ein drei Ellen langer Kerl mit einer

Hand, wissen Sie, die schon von der Natur selbst bestimmt ist, um den Postkutschern die Rücken zu bearbeiten, mit einem Wort so ein Dentist … So setzt man den Knecht Gottes in den Wagen und schiebt ihn mit dem Feldjäger ab. ‚Nun', denkt sich Kopejkin, ‚so brauche ich wenigstens kein Fahrgeld zu zahlen, ich bin auch dafür dankbar.' So fährt er, mein sehr verehrter Herr, mit dem Feldjäger, und wie er so, gewissermaßen, mit dem Feldjäger fährt, überlegt er sich: ‚Schön', sagt er sich, ‚du sagst mir, ich solle mir selbst die Mittel verschaffen und mir selbst helfen. Gut', sagt er, ‚ich werde mir schon die Mittel verschaffen!' Nun, wie man ihn an den Bestimmungsort befördert und wohin man ihn eigentlich gebracht hat, darüber ist nichts Sicheres bekannt. So versanken alle Nachrichten über den Hauptmann Kopejkin in den Strom der Vergessenheit, in so eine Lethe, wie es die Dichter nennen. Aber, gestatten Sie, meine Herren, hier fängt eben der Faden unseres Romans an. Was aus dem Kopejkin geworden ist, das weiß niemand; aber es vergingen keine zwei Monate, als in den Wäldern von Rjasan eine Räuberbande auftauchte, und der Hauptmann dieser Bande war, mein sehr verehrter Herr, niemand anders als …"

„Aber erlaube einmal, Iwan Andrejewitsch", sagte plötzlich der Polizeimeister, ihn unterbrechend, „dem Hauptmann Kopejkin fehlen, wie du selbst sagst, ein Arm und ein Bein, Tschitschikow aber …"

Der Postmeister schrie auf, schlug sich mit aller Kraft auf die Stirn und nannte sich öffentlich, in aller Gegenwart, einen Schafskopf. Er konnte nicht begreifen, wieso ihm dieser Umstand nicht gleich am Anfang der Erzählung eingefallen war, und mußte zugeben, daß das Sprichwort: „Der Russe ist hinterher am klügsten" durchaus berechtigt sei. Aber schon eine Minute später fing er zu klügeln an und versuchte sich aus der Affäre zu ziehen, indem er behauptete, in England sei übrigens, wie man es aus den Zeitungen ersehen könne, die Mechanik sehr vervollkommnet, und einer hätte sogar hölzerne Beine erfunden, die, nach dem Druck auf eine verborgene Sprungfeder, den Menschen Gott weiß wohin forttrügen, so daß man ihn hinterher überhaupt nicht mehr auffinden könne.

Alle zweifelten aber sehr, daß Tschitschikow der Hauptmann Kopejkin sei, und fanden, daß der Postmeister doch

etwas zu weit gegangen sei. Im übrigen zeigten sie, daß auch sie nicht auf den Kopf gefallen waren, und gingen, durch die geistreiche Vermutung des Postmeisters angeregt, vielleicht noch weiter als er. Unter den vielen in ihrer Art gescheiten Vermutungen war eine, die sogar seltsam klingt: daß Tschitschikow vielleicht der verkleidete Napoleon sei; die Engländer beneideten schon längst Rußland wegen seiner Größe und Ausdehnung, und man habe schon öfter Karikaturen gesehen, auf denen der Russe im Gespräch mit einem Engländer dargestellt sei: Der Engländer hält hinter seinem Rücken einen Hund an der Leine, und unter diesem Hund sei Napoleon zu verstehen. „Nimm dich in acht“, sagt der Engländer, „wenn mir etwas nicht paßt, so laß ich gleich diesen Hund gegen dich los.“ Vielleicht hätten sie ihn jetzt von St. Helena losgelassen; nun versuche er unter der Maske Tschitschikows nach Rußland zu kommen; Tschitschikow sei also in Wirklichkeit gar nicht Tschitschikow.

Die Beamten wollten dieser Geschichte natürlich nicht recht glauben, wurden aber immerhin nachdenklich, und ein jeder fand, wenn er sich die Sache für sich überlegte, daß Tschitschikows Gesicht, wenn er einem sein Profil zuwende, in der Tat eine große Ähnlichkeit mit Napoleon, wie er auf den Bildern dargestellt sei, habe. Der Polizeimeister, der die Kampagne von 1812 mitgemacht und Napoleon persönlich gesehen hatte, mußte zugeben, daß Napoleon durchaus nicht größer als Tschitschikow und von Statur weder allzu dick noch allzu dünn gewesen sei. Vielleicht werden manche Leser dieses unwahrscheinlich finden; auch der Autor ist bereit, ihnen zuliebe es unwahrscheinlich zu finden; aber leider hat sich die Geschichte gerade so abgespielt, wie es hier berichtet wird, und zwar, was am erstaunlichsten ist, in einer Stadt, die nicht irgendwo in einer Wildnis, sondern gar nicht weit von den beiden Hauptstädten lag. Es muß übrigens festgestellt werden, daß dies alles sich bald nach der glorreichen Vertreibung der Franzosen abspielte. Um jene Zeit waren alle unsere Gutsbesitzer, Beamten, Kaufleute, Handlungsgehilfen und alle des Lesens kundigen wie auch unkundigen Leute für wenigstens acht Jahre passionierte Politiker geworden. Die „Moskauer Nachrichten“ und der „Sohn des Vaterlandes“ wurden dermaßen zerlesen, daß sie den letzten Leser in Form von Fetzen, die zu nichts mehr zu gebrauchen waren, erreichten. An Stelle der Fragen: „Wie teuer haben Sie das Maß Hafer verkauft, Väterchen?" oder: „Wie haben Sie den gestrigen Schlittenweg ausgenützt?" – fragte man nur: „Was schreibt man in den Zeitungen? Hat man Napoleon nicht wieder von seiner Insel losgelassen?" Die Kaufleute waren in größter Sorge, denn sie glaubten fest an die Prophezeiung eines Propheten, der schon seit drei Jahren im Zuchthaus saß. Dieser Prophet war, kein Mensch wußte woher, in Bastschuhen und einem nackten Schafspelz, der fürchterlich nach faulen Fischen roch, erschienen und hatte verkündigt, daß Napoleon der Antichrist sei und an einer steinernen Kette hinter sechs Mauern und sieben Meeren sitze; später einmal werde er aber die Kette zerreißen und sich der ganzen Welt bemächtigen. Der Prophet kam wegen dieser Prophezeiung, so wie es sich gehört, ins Zuchthaus, aber er hatte schon seine Sache gemacht und die Kaufleute in Aufruhr versetzt. Lange noch pflegten die Kaufleute, wenn sie selbst die lohnendsten Geschäftsabschlüsse im Wirtshaus mit Tee feierten, über den Antichrist zu reden. Auch viele von den Beamten und vom Adel dachten unwillkürlich darüber nach und sahen, vom Mystizismus angesteckt, der damals bekanntlich in Mode war, in jedem Buchstaben des Wortes „Napoleon" einen tieferen Sinn; viele entdeckten in ihm sogar die apokalyptischen Zahlen. Daher ist es durchaus nicht merkwürdig, daß die Beamten anfingen, über diesen Punkt nachzudenken; bald kamen sie aber wieder zur Besinnung und merkten, daß ihre Phantasie durchgegangen war und daß sie nicht auf dem richtigen Wege waren. Lange dachten und redeten sie und kamen endlich zum Schluß, daß es vielleicht gar nicht so dumm wäre, Nosdrjow ordentlich auszufragen. Da er als erster die Geschichte von den toten Seelen verbreitet hatte, da er, wie man so sagt, irgendwelche intimen Beziehungen zu Tschitschikow unterhielt und zweifellos manches von seinen Lebensumständen wissen mußte, so wollte man mal hören, was Nosdrjow sagen würde.

Merkwürdige Menschen sind doch diese Herren Beamten und mit ihnen auch die übrigen Stände. Alle wußten doch sehr gut, daß Nosdrjow ein Lügner war und daß man keinem seiner Worte, selbst in der unbedeutendsten Angelegenheit, Glauben schenken dürfe; und doch wandten sie sich gerade an ihn. Was soll man bloß mit manchem Menschen anfangen! Er glaubt nicht an Gott, glaubt aber, daß er, wenn ihn sein Nasenrücken juckt, ganz gewiß sterben werde; er schenkt dem Werk eines Dichters, welches so klar wie der Tag und ganz von Harmonie und der höchsten Weisheit der Einfachheit durchdrungen ist, keine Beachtung, stürzt sich aber auf ein Machwerk, in dem irgendein Frechling alles durcheinandergebracht und aus der Natur ein Zerrbild gemacht hat; dieses Machwerk gefällt ihm, und er ruft aus: „Das ist die echte Herzenserkenntnis!“ Sein ganzes Leben lang hält er nichts von Ärzten, wendet sich aber zuletzt an ein altes Weib, das die Krankheiten mit Besprechen und Spucken kuriert, oder erfindet, was noch besser ist, selbst ein Dekokt aus irgendeinem Dreck, das ihm, Gott weiß warum, als das richtige Mittel gegen seine Krankheit erscheint. Natürlich könnte man die Herren Beamten mit ihrer schwierigen Lage entschuldigen. Der Ertrinkende klammert sich, wie man sagt, an einen Strohhalm, und es fällt ihm in diesem Augenblick gar nicht ein, daß auf so einem Strohhalm höchstens eine Fliege reiten kann, während er beinahe vier oder sogar fünf Pud wiegt; dieser Gedanke kommt ihm gar nicht in den Sinn, und er klammert sich an den Strohhalm. So klammerten sich unsere Herren schließlich an Nosdrjow. Der Polizeimeister schrieb ihm sofort ein Billett, in dem er ihn zum Abend einlud, und ein Revieraufseher in Reiterstiefeln und mit sympathisch roten Backen lief sofort, seinen Degen im Laufen festhaltend, zu Nosdrjow. Dieser war gerade mit einer sehr wichtigen Sache beschäftigt; seit vier Tagen kam er nicht aus seinem Zimmer, ließ keinen Menschen herein und bekam sogar das Mittagessen durchs Fenster; mit einem Wort, er war sogar abgemagert und grün im Gesicht geworden. Die Sache erforderte die größte Aufmerksamkeit: Es handelte sich um die Auswahl eines Kartenspiels aus einigen hundert Taillen, auf das er ebenso sicher bauen könnte wie auf den besten Freund. Er hatte daran noch wenigstens zwei Wochen zu arbeiten; während dieser Zeit mußte Porfirij dem kleinen Bullenbeißer den Nabel mit einem besonderen Bürstchen reinigen und ihn dreimal am Tage mit Seife waschen. Nosdrjow war sehr aufgebracht, daß man ihn in seiner Einsamkeit gestört hatte. Zunächst schickte er den Revieraufseher zum Teufel; als er jedoch dem Billett des Polizeimeisters entnahm, daß sich

heute abend vielleicht etwas verdienen ließe, da irgendein Neuling erwartet werde, ließ er sich sofort erweichen, schloß sein Zimmer in aller Eile ab, zog die ersten besten Kleidungsstücke, die ihm in die Hand kamen, an und begab sich zu den Beamten. Die Aussagen, Behauptungen und Vermutungen Nosdrjows standen in einem so krassen Widerspruch zu denen der Herren Beamten, daß auch ihre letzten Hypothesen zusammenstürzten. Nosdrjow war entschieden ein Mann, für den es überhaupt keine Zweifel gab; so unsicher und schüchtern die Beamten in ihren Vermutungen waren, so sicher und überzeugt trat er auf. Er beantwortete alle Punkte, ohne zu stokken, erklärte, Tschitschikow habe für einige tausend Rubel tote Seelen eingekauft, und er habe ihm selbst welche verkauft, weil er keinen Grund sehe, warum er ihm keine verkaufen solle. Auf die Frage, ob Tschitschikow kein Spion sei und nicht etwas ausspionieren wolle, antwortete Nosdrjow, daß er wohl ein Spion sei. Schon in der Schule, wo sie zusammen gewesen wären, hätte man ihn stets einen Spion genannt, und alle Mitschüler, darunter auch er, hätten ihn wegen seiner Angebereien einmal so verprügelt, daß man ihm nachher zweihundertvierzig Blutegel ansetzen mußte; er wollte eigentlich vierzig sagen, aber die zweihundert kamen ihm irgendwie ganz von selbst von den Lippen. Auf die Frage, ob Tschitschikow nicht falsche Banknoten herstelle, antwortete er, daß er wohl welche herstelle. Bei dieser Gelegenheit erzählte er eine Anekdote, die von Tschitschikows ungewöhnlicher Geschicklichkeit zeugte. Als die Behörden erfahren hatten, daß er in seinem Hause für zwei Millionen falsche Banknoten habe, hatten sie alle Türen des Hauses versiegelt und vor jede Tür je zwei Wachtposten gestellt; Tschitschikow brachte es aber fertig, sämtliche Banknoten in einer Nacht zu vertauschen, so daß man am nächsten Morgen, als man die Siegel abnahm, nur echte Banknoten vorfand. Auf die Frage, ob Tschitschikow wirklich die Absicht habe, die Gouverneurstochter zu entführen, und ob es wahr sei, daß er, Nosdrjow, es übernommen hätte, ihm in dieser Sache zu helfen, antwortete Nosdrjow, daß er ihm tatsächlich geholfen habe; wenn er ihm nicht beigestanden hätte, so wäre aus der Sache nichts geworden. Hier merkte er erst, daß diese Lüge ihn leicht ins Unglück stürzen könnte; aber er konnte seine Zunge nicht mehr im Zaume halten. Dies fiel ihm um so schwerer, als ganz von selbst so interessante Einzelheiten kamen, daß er auf sie unmöglich verzichten konnte. Er nannte sogar das Dorf, in dessen Kirche die Trauung stattfinden sollte, nämlich das Dorf Truchmatschowka. Der Pope P. Sidor hätte für die Trauung fünfundsiebzig Rubel verlangt und wäre auf die Sache wohl gar nicht eingegangen, wenn er, Nosdrjow, ihm nicht mit der Drohung Angst gemacht hätte, ihn anzuzeigen, daß er den Mehlhändler Michailo mit einer Gevatterin getraut habe; er hätte Tschitschikow sogar seinen Wagen geliehen und auf allen Stationen Pferde bereitgestellt. Die Einzelheiten gingen so weit, daß er selbst die Postkutscher bei ihren Namen zu nennen anfing. Man versuchte die Rede auf Napoleon zu bringen, wurde aber dessen nicht froh, denn Nosdrjow fing einen Unsinn zu reden an, der nicht nur keine Ähnlichkeit mit der Wahrheit, sondern überhaupt mit nichts Ähnlichkeit hatte, so daß die Beamten aufseufzten und von ihm weggingen; nur der Polizeimeister allein hörte ihm noch lange zu, da er noch immer hoffte, daß vielleicht später etwas Vernünftiges kommen würde. Zuletzt gab auch er jede Hoffnung auf und sagte: „Das ist, weiß der Teufel, was!“ Und alle waren sich darin einig: „Wie sehr man sich auch mit diesem Stier abplagt, so kriegt man von ihm doch keinen Tropfen Milch!“ So befanden sich die Beamten in einer noch schlimmeren Lage als vorher, und die Sache endete mit der Feststellung, daß sie unmöglich erfahren können, wer Tschitschikow sei. Nun kam es an den Tag, was für ein Geschöpf der Mensch ist: Er ist weise, klug und vernünftig in allen Dingen, die den anderen und nicht ihn selbst angehen. Was für umsichtige und sichere Ratschläge vermag er in schwierigen Lebenslagen zu erteilen! „Was für ein kluger, findiger Kopf!“ schreit die Menge. „Was für ein unbeugsamer Charakter!“ Wenn aber über diesen klugen Kopf irgendein Unglück hereinbricht und er selbst in eine schwierige Lebenslage kommt – wo ist dann sein Charakter? Der unbeugsame Mann ist ganz ratlos und steht wie ein elender Feigling, wie ein ohnmächtiges, schwaches Kind da, oder einfach wie ein Waschlappen, wie sich Nosdrjow ausdrückte.

Alle diese Gespräche, Vermutungen und Gerüchte wirkten aus irgendeinem Grunde am stärksten auf den armen Staatsanwalt. Sie machten auf ihn einen so starken Eindruck, daß er, nach Hause zurückgekehrt, zu grübeln anfing und plötzlich, wie man so sagt, mir nichts, dir nichts, den Geist aufgab. Ob ihn der Schlag oder etwas anderes getroffen hatte, weiß man nicht, doch er stürzte, wie er so saß, plötzlich vom Stuhl auf den Fußboden. Man schlug, wie es so geht, die Hände zusammen und schrie: „Ach, mein Gott!" Dann schickte man nach einem Arzt, um ihn zur Ader zu lassen, sah aber, daß der Staatsanwalt schon eine entseelte Leiche war. Jetzt erst erfuhr man mit Bedauern, daß der Verstorbene wirklich eine Seele gehabt, obwohl er sie in seiner Bescheidenheit niemals gezeigt hatte. Das Phänomen des Todes ist aber an einem unbedeutenden Menschen ebenso erschütternd wie an einem großen Mann. Derjenige, der noch vor kurzem herumgegangen war, sich bewegt, Whist gespielt und allerlei Papiere unterschrieben hatte, der so oft unter den Beamten mit seinen buschigen Brauen und dem immer blinzelnden Auge zu sehen gewesen war, lag jetzt auf dem Tisch, das linke Auge blinzelte nicht mehr, doch die Braue war noch immer wie fragend emporgezogen. Was der Verstorbene eigentlich fragte: wozu er gestorben war oder wozu er gelebt hatte – das wußte Gott allein.

„Aber das ist doch Unsinn! Das widerspricht allen Gesetzen der Logik! Es ist unmöglich, daß die Beamten sich selbst solche Angst eingejagt, einen solchen Unsinn geschaffen und sich so weit von der Wahrheit entfernt haben konnten, wo doch auch ein Kind einsehen mußte, worum es sich hier handelte!" So werden manche Leser sprechen und dem Autor Mangel an Logik vorwerfen oder aber die armen Beamten Dummköpfe nennen, denn der Mensch geht mit dem Wort „Dummkopf" sehr freigebig um und ist zwanzigmal am Tage bereit, es auf seinen Nächsten anzuwenden. Es genügt, unter zehn Eigenschaften eine einzige dumme zu haben, um, trotz der neun guten Eigenschaften, für einen Dummkopf gehalten zu werden. Der Leser hat es leicht zu urteilen, wenn er alles aus seinem ruhigen Winkel heraus, von seinem hohen Standpunkt herab betrachtet, von wo aus er den ganzen Horizont überblicken kann und alles, was unten geschieht, wo der Mensch nur die allernächsten Dinge sehen kann. In der Weltchronik der Menschheit gibt es ja auch ganze Jahrhunderte, die man als überflüssig streichen und ausmerzen möchte. Gar viele Verirrungen hat es in der Menschheitsgeschichte gege-

ben, in die heute wohl nicht mal ein Kind verfallen würde. Was für krumme, dunkle, enge, unwegsame, abseits führende Straßen hat schon die Menschheit in ihrem Streben nach der ewigen Wahrheit eingeschlagen, während vor ihr ein gerader Weg lag, gleich dem Wege zum Prunkbau, der dem König zum Palast bestimmt ist! Von der Sonne bestrahlt und die ganze Nacht von Flammen erhellt, ist er breiter und prachtvoller als alle Wege; die Menschen gingen aber an ihm vorbei durch dichte Finsternis. Und wie oft brachten sie es fertig, selbst wenn der Himmel ihnen den wahren Weg gewiesen, von diesem abzuirren, am hellichten Tage in unwegsame Wüsteneien zu geraten, einander die Augen in Nebel zu hüllen und, Sumpflichtern folgend, an den Rand eines Abgrundes zu gelangen, um sich dann entsetzt zu fragen: „Wo ist der Ausweg, wo ist die Straße?" Jede lebende Generation sieht dieses klar ein; sie wundert sich über die Verirrungen, sie lacht über die Unvernunft ihrer Vorfahren, übersieht aber dabei, daß diese Chronik mit himmlischen Flammen geschrieben ist, daß von allen Seiten ein Finger auf sie selbst, auf die lebende Generation hinweist; doch die lebende Generation lacht und beginnt stolz und selbstbewußt eine Reihe von neuen Verirrungen, über die die Nachkommen ebenso lachen werden.

Tschitschikow aber wußte von alledem nichts. Das Schicksal fügte es, daß er sich gerade um diese Zeit eine leichte Erkältung zuzog, dazu eine geschwollene Backe und eine kleine Halsentzündung, Erscheinungen, mit denen das Klima vieler unserer Gouvernementsstädte äußerst freigebig zu verfahren pflegt. Damit sein Lebensfaden, Gott behüte, nicht reiße, ehe er eine Nachkommenschaft gezeugt habe, entschloß er sich, lieber drei Tage das Zimmer zu hüten. Im Laufe dieser Tage gurgelte er beständig mit Milch, die mit einer Feige abgekocht war, welch letztere er jedesmal verzehrte, und trug ein Säckchen mit Kamillen und Kampfer an die Wange gebunden. Um die Zeit irgendwie totzuschlagen, fertigte er mehrere neue ausführliche Verzeichnisse der neuerworbenen Bauern an, las sogar einen Band der Herzogin von Lavallière, der sich zufällig in seinem Koffer fand, sah die verschiedenen Zettelchen und Gegenstände durch, die er in seiner Schatulle verwahrte, las manche noch einmal, und zuletzt wurde ihm dies alles langweilig. Er konnte sich unmöglich erklären, warum keiner der

städtischen Beamten ihn besuchte, um sich nach seinem Befinden zu erkundigen, während erst vor kurzem stets irgendeine Droschke vor seinem Gasthaus gewartet hatte: entweder die des Postmeisters, oder die des Staatsanwalts, oder die des Kammervorsitzenden. Während er in seinem Zimmer auf und ab ging, zuckte er nur die Achseln. Endlich fühlte er sich etwas besser und war unsagbar froh, als er die Möglichkeit sah, wieder an die frische Luft zu gehen. Ohne auch nur einen Augenblick zu verlieren, machte er sich sofort an die Toilette, öffnete die Schatulle, goß heißes Wasser ins Glas, holte Pinsel und Seife hervor und fing mit dem Rasieren an, wozu es übrigens schon längst Zeit war: als er seinen Bart mit der Hand betastete und einen Blick in den Spiegel warf, rief er aus: „Gott, ist das ein Wald!" Es war zwar kein Wald, aber immerhin eine recht dichte Saat, die an seinen Wangen und Kinn aufgegangen war. Nachdem er sich rasiert hatte, zog er sich so schnell an, daß er dabei beinahe aus seiner Hose heraussprang. Endlich war er angekleidet, mit Kölnischem Wasser besprengt und trat, recht warm eingehüllt, vorsichtshalber mit verbundener Backe, auf die Straße. Sein Ausgang war wie der eines jeden nach einer Krankheit wiederhergestellten Menschen gleichsam ein Fest. Alles, was ihm in den Weg kam, schien zu lachen: die Häuser und die vorbeigehenden Bauern, die übrigens recht ernst dreinblickten und von denen schon mancher seinem Bruder eine Maulschelle versetzt hatte. Seinen ersten Besuch wollte er beim Gouverneur machen. Unterwegs kamen ihm verschiedene Gedanken in den Sinn. So dachte er an die Blondine, seine Phantasie ging ein wenig durch, und er begann schon selbst über sich zu lachen. In dieser Geistesverfassung langte er vor dem Haus des Gouverneurs an. Er hatte schon angefangen, im Flur eilig seinen Mantel abzulegen, als der Portier ihn durch folgende unerwartete Worte in Erstaunen versetzte: „Ich darf Sie nicht vorlassen!"

„Wie? Was fällt dir ein! Du hast mich wohl nicht erkannt? Schau mich doch mal ordentlich an!" sagte zu ihm Tschitschikow.

„Wie soll ich Sie nicht erkannt haben! Ich sehe Sie doch nicht zum erstenmal", sagte der Portier. „Sie allein darf ich nicht vorlassen, jeden anderen aber wohl."

„Was sagst du bloß? Wieso? Warum?"

„So ist mir befohlen worden; es darf halt nicht sein", sagte der Portier und fügte dem noch ein „Ja" hinzu; darauf nahm er eine ganz ungezwungene Haltung ein und zeigte nichts von jenem freundlichen Ausdruck, mit dem er ihm sonst immer aus dem Mantel half. Wie er ihn so ansah, dachte er sich wohl: – Aha! Wenn dich die Herrschaften nicht über die Schwelle lassen, so mußt du wohl ein ganz gemeiner Bursche sein! –

Unbegreiflich! dachte sich Tschitschikow und begab sich sofort zum Kammervorsitzenden. Als aber der Vorsitzende ihn erblickte, geriet er in solche Verlegenheit, daß er keine zwei vernünftigen Worte hervorbringen konnte und so dummes Zeug zusammenschwatzte, daß alle beide sich genieren mußten. Tschitschikow verließ ihn und versuchte unterwegs zu erraten, was für einen Sinn wohl die Worte des Vorsitzenden gehabt hätten, konnte aber nichts begreifen. Darauf besuchte er die anderen: den Polizeimeister, den Vizegouverneur, den Postmeister, aber diese empfingen ihn entweder überhaupt nicht oder so seltsam und fingen so konfuse und unverständliche Gespräche an, daß er an ihrer Zurechnungsfähigkeit zweifeln mußte. Er versuchte noch den einen und den anderen anzutreffen, um wenigstens den Grund zu erfahren, erfuhr aber nichts. Wie im Halbschlaf irrte er planlos durch die Stadt und konnte noch immer nicht begreifen, ob er selbst verrückt geworden sei oder die Beamten den Kopf verloren hätten; ob das Ganze sich im Traume abspiele oder ob in Wirklichkeit etwas so Dummes begonnen hätte, was noch dümmer wäre als jeder Traum. Recht spät, in der Abenddämmerung, kehrte er in seinen Gasthof zurück, den er in einer so guten Laune verlassen hatte, und ließ sich vor Langweile Tee geben. In Nachdenklichkeit und Ratlosigkeit über seine seltsame Lage versunken, schenkte er sich den Tee ein, als plötzlich die Tür seines Zimmers aufging und vor ihm ganz unerwartet Nosdrjow stand.

„Nicht umsonst sagt das Sprichwort: ‚Für einen Freund sind auch sieben Werst keine Entfernung'!" sagte Nosdrjow, die Mütze abnehmend. „Wie ich eben vorbeigehe, sehe ich Licht im Fenster. ‚Ich will mal nachsehen', denke ich mir, ‚er schläft wohl noch nicht.' Ah! Es ist schön, daß du Tee auf dem Tisch hast, ich will gerne ein Täßchen trinken. Heute habe ich zu Mittag einen ganz scheußlichen Fraß gegessen und fühle, daß in meinem Magen etwas losgeht. Laß mir mal eine Pfeife stopfen! Wo ist denn deine Pfeife?“

„Ich rauche doch keine Pfeife“, sagte Tschitschikow trocken.

„Unsinn, als ob ich nicht weiß, daß du ein Raucher bist! He! Wie heißt doch dein Diener? He, Wachramej, hör mal!“

„Er heißt nicht Wachramej, sondern Petruschka!“

„Wieso? Früher hast du doch einen Wachramej gehabt?“

„Niemals habe ich einen Wachramej gehabt.“

„Ja, es stimmt, Derebin hat einen Wachramej. Denk dir nur, was für einen Dusel dieser Derebin hat. Seine Tante hat sich mit ihrem Sohn entzweit, weil er eine Leibeigene geheiratet hat, und hat nun ihr ganzes Vermögen dem Neffen vermacht Ich denke mir, wie schön wäre es doch, auch so eine Tante für die Zukunft zu haben! Ja, Bruder, warum hast du dich plötzlich von allen zurückgezogen und läßt dich nirgends mehr blicken? Gewiß, ich weiß, du beschäftigst dich zuweilen mit den Wissenschaften und liest gerne (woraus Nosdrjow schloß, daß unser Held sich mit den Wissenschaften beschäftigte und gerne las, das können wir, offen gestanden, unmöglich erklären; noch viel weniger wußte es Tschitschikow). Ach, Bruder Tschitschikow! Wenn du bloß gesehen hättest … das wäre wirklich ein Fressen für deinen satirischen Geist (warum Tschitschikow einen satirischen Geist haben sollte, war gleichfalls unbekannt). Denke dir nur, beim Kaufmann Lichatschow gab es neulich ein Spielchen – wie wir da alle lachen mußten! Perependew, der mit mir war, sagte: ‚Ach, wenn doch der Tschitschikow hier wäre, das wäre was für ihn!‘ (Tschitschikow hatte, solange er lebte, keinen Perependew gekannt.) Gestehe es nur, Bruder, es war wirklich gemein von dir, als du mit mir Dame spieltest! Ich hatte doch das Spiel gewonnen … Ja, Bruder, du hast mich einfach begaunert. Aber ich kann, hol’ mich der Teufel, keinem Menschen zürnen. Neulich mit dem Vorsitzenden … Ach ja, ich muß dir noch sagen, die ganze Stadt ist jetzt gegen dich. Sie glauben, daß du falsche Banknoten machst. Sie versuchten, mich auszufragen; aber ich trat mit Leib und Seele für dich ein; habe ihnen eingeredet, daß ich dich noch von der Schule her kenne und auch deinen Vater gekannt habe; das muß ich schon sagen, ich habe ihnen etwas Ordentliches zusammengelogen!“

„Was, ich mache falsche Banknoten?“ rief Tschitschikow aus und erhob sich von seinem Stuhl.

„Warum hast du ihnen aber solche Angst eingejagt?“ fuhr Nosdrjow fort. „Sie sind vor Schreck, hol's der Teufel, ganz verrückt geworden, haben dich auch zu einem Spion und Räuber erklärt ... Der Staatsanwalt ist aber vor Schreck gestorben, morgen ist die Beerdigung. Gehst du nicht hin? Die Wahrheit zu sagen, haben sie Furcht vor dem neuen Generalgouverneur, daß es deinetwegen einen Skandal gibt; was den Generalgouverneur betrifft, so bin ich der Ansicht, daß er, wenn er gar zu stolz und zu vornehm tut, mit dem Adel nichts anfangen kann. Der Adel will freundlich angefaßt sein, nicht wahr? Gewiß, er kann sich in seinen vier Wänden einsperren und keinen einzigen Ball geben, was erreicht er aber damit? Damit kann er nichts gewinnen. Du hast aber eine riskante Sache unternommen, Tschitschikow!“

„Was für eine riskante Sache?“ fragte Tschitschikow.

„Nun, die Entführung der Gouverneurstochter. Offen gestanden, habe ich es von dir erwartet, bei Gott, ich habe es erwartet! Schon als ich euch zum erstenmal auf dem Ball zusammen sah. ‚Nicht umsonst‘, dachte ich mir, ‚sitzt Tschitschikow bei ihr ...‘ Übrigens hast du nicht die richtige Wahl getroffen, ich kann an ihr wirklich nichts finden. Bikassow hat aber eine Verwandte, eine Tochter seiner Schwester, das ist ein Mädel! Da kann man wohl sagen: ein Wunder Gottes!“

„Was redest du eigentlich? Ich will die Gouverneurstochter entführen? Was fällt dir ein?“ sagte Tschitschikow und glotzte ihn an.

„Hör auf, Bruder, was bist du doch für ein Geheimniskrämer! Offen gestanden, bin ich jetzt zu dir gekommen, um dir meine Hilfe anzubieten. Ich will dir den Gefallen tun und bei der Trauung den Zeugen machen; ich stelle auch den Wagen und die Pferde bei, doch nur unter der Bedingung: Du mußt mir dreitausend Rubel pumpen. Es ist für mich eine Lebensfrage!“

Während Nosdrjow so schwatzte, rieb sich Tschitschikow einigemal die Augen, um sich zu vergewissern, daß er nicht träume. Die Herstellung falscher Banknoten, die Entführung der Gouverneurstochter, der Tod des Staatsanwalts, an dem er die Schuld tragen sollte, die Ankunft des Generalgouverneurs – dies alles machte ihm ordentlich Angst. – Nun wenn es schon so weit gekommen ist, sagte er sich, so darf ich nicht länger säumen und muß mich aus dem Staube machen.

Er bemühte sich, Nosdrjow so schnell als möglich loszuwerden, ließ sofort Selifan kommen und befahl ihm, bei Sonnenaufgang bereit zu sein, um schon um sechs Uhr früh abreisen zu können; Selifan sollte alles nachsehen, den Wagen schmieren usw. Selifan sagte: „Zu Befehl, Pawel Iwanowitsch“, blieb aber noch eine Weile unbeweglich vor der Tür stehen. Der Herr befahl Petruschka, den Koffer, der schon ordentlich verstaubt war, unter dem Bett hervorzuziehen, und fing an, mit Hilfe des Dieners alle seine Habseligkeiten ganz wahllos hineinzupacken: Socken, Hemden, gewaschene und schmutzige Wäsche, Schuhleisten, einen Kalender ... Alle diese Dinge kamen ohne jedes System in den Koffer: Tschitschikow wollte unbedingt schon am Abend fertig sein, damit seine Abreise am nächsten Morgen keinen Aufschub erleide. Nachdem Selifan an die zwei Minuten vor der Tür gestanden hatte, verließ er sehr langsam das Zimmer. So langsam, wie man es sich nur vorstellen kann, stieg er die Treppe hinunter, auf den ausgetretenen Stufen die Spuren seiner nassen Stiefel zurücklassend; dabei kratzte er sich den Nacken. Was mochte das Kratzen in diesem Fall bedeuten? Und was bedeutet es überhaupt? War es der Ärger, daß die plötzliche Abreise eine von ihm mit einem Kollegen in einem unansehnlichen Pelz und Gürtel verabredete Zusammenkunft in einer kaiserlichen Branntweinschänke unmöglich machte? Oder hatte er an dem neuen Ort eine Liebschaft angefangen, so daß das abendliche Stehen vor dem Tor und das galante Drücken der weißen Hände zu der Stunde, wo die Dämmerung sich über die Stadt herabsenkt, ein Bursche im roten Hemd vor dem Hausgesinde auf der Balalaika klimpert und die zusammengewürfelte, abgehetzte Volksmenge leise Reden führt, ein Ende nehmen sollte? Oder tat es ihm einfach leid, das warme Plätzchen in der Gesindeküche unter dem Schafspelz am Ofen und die Kohlsuppe mit dem weichen städtischen Fleischkuchen zu verlassen, um sich wieder unter Regen und Unwetter über die Landstraßen zu schleppen? Das weiß Gott allein – erraten kann man's nicht. Gar vieles bedeutet beim russischen Volk dieses Kratzen im Nacken!

ELFTES KAPITEL

Von alledem, was Tschitschikow erwartete, geschah jedoch nichts. Zuerst wachte er viel später auf, als er sich vorgenommen hatte – das war die erste Unannehmlichkeit. Als er aufgestanden war, schickte er sofort hinunter, um zu erfahren, ob der Wagen angespannt und alles fertig sei; man meldete ihm aber, daß der Wagen noch nicht angespannt und noch nichts fertig sei – das war die zweite Unannehmlichkeit. Er geriet in Wut und nahm sich sogar vor, unserem Freund Selifan ein ordentliches Donnerwetter zu machen und wartete nur mit Ungeduld, mit was für Ausreden dieser wohl kommen würde. Bald erschien Selifan an der Schwelle, und der Herr hatte das Vergnügen, von ihm die bewußten Reden zu hören, die man immer von seiner Dienerschaft zu hören bekommt, wenn man in aller Eile abreisen will.

„Pawel Iwanowitsch, man muß ja noch die Pferde beschlagen."

„Ach du, Tölpel! Warum hast du mir das nicht früher gesagt? Hast du vielleicht keine Zeit gehabt?"

„Zeit habe ich wohl gehabt ... Dann sind auch die Räder nicht in Ordnung, Pawel Iwanowitsch, man wird sie neu bereifen müssen, denn die Straßen sind jetzt ausgefahren und holperig ... Außerdem muß ich melden: Der Vorderteil des Wagens ist ganz aus den Fugen, so daß der Wagen vielleicht schon nach zwei Stationen entzweigeht."

„Gemeiner Kerl!" schrie Tschitschikow und schlug die Hände zusammen. Dann ging er so nahe auf Selifan zu, daß dieser, aus Angst, von seinem Herrn ein Geschenk zu bekommen, zurücktaumelte und auf die Seite wich.

„Willst du mich ermorden? Wie? Willst du mich erstechen? Willst du mich auf der Landstraße umbringen, du Räuber, du verfluchter Tölpel, du Meerungeheuer? Drei Wochen sitzen wir doch auf dem gleichen Fleck! Wenn du doch nur ein Wort gesagt hättest, du Taugenichts, hast es aber für die letzte Stunde aufgespart! Wo man schon ganz Spannung ist und nur

einzusteigen und wegzufahren braucht? Und da mußtest du mir so übel mitspielen, wie? Du hast es doch schon früher gewußt? Was? Antworte! Hast du es gewußt?“

„Ich hab’ es gewußt“, antwortete Selifan mit gesenktem Kopf.

„Nun, warum hast du es nicht früher gesagt, wie?“

Auf diese Frage gab Selifan keine Antwort; wie er aber mit gesenktem Kopf dastand, schien er sich selbst zu sagen: Es hat sich wirklich so seltsam gefügt: Ich hab’ es wohl gewußt, aber nicht gesagt!

„Geh jetzt hin, und hol einen Schmied. Alles muß in zwei Stunden fertig sein. Hörst du? Unbedingt in zwei Stunden; und wenn nicht, so werde ich dich, so werde ich dich ... zu einem Widderhorn biegen, zu einem Knoten zusammenbinden!“ Unser Held war sehr zornig.

Selifan wandte sich schon zur Tür, um den Auftrag seines Herrn auszuführen, blieb aber stehen und sagte: „Noch eines, Herr: Den Schecken sollte man verkaufen, denn er ist ein ganz gemeiner Kerl, Pawel Iwanowitsch; Gott möchte einen jeden vor einem solchen Gaul behüten, er stört nur beim Fahren.“

„Ja, gewiß, gleich laufe ich auf den Markt, um ihn zu verkaufen!“

„Bei Gott, Pawel Iwanowitsch, der sieht nur so aus, als ob er was taugte, in Wirklichkeit ist er aber ein Gauner von einem Gaul, einen solchen Gaul kann man nirgends ...“

„Dummkopf! Wenn ich ihn mal verkaufen will, so verkaufe ich ihn. Was kommst du noch mit langen Erklärungen! Ich werde mal sehen. Wenn du mir nicht sofort die Schmiede holst und wenn nicht in zwei Stunden alles fertig ist, so beutele ich dich so durch, daß du dein eigenes Gesicht nicht erkennst! Marsch! Geh!“ Selifan ging.

Tschitschikow geriet in die übelste Laune und schleuderte den Säbel, den er auf Reisen immer bei sich führte, um den Leuten, von denen er Respekt verlangte, solchen einzuflößen, zu Boden. Über eine Viertelstunde verhandelte er mit den Schmieden, ehe er mit ihnen handelseinig wurde, denn die Schmiede waren, wie das immer so ist, abgefeimte Gauner. Als sie merkten, daß die Arbeit sehr dringend war, verlangten sie den sechsfachen Preis. Wie sehr er sich auch ereiferte und sie Spitzbuben, Räuber und Ausbeuter der Durchreisenden nannte, wobei er sogar auf das Jüngste Gericht hinwies – alles machte auf die Schmiede nicht den geringsten Eindruck; sie zeigten eine große Charakterstärke und ließen nicht nur nichts vom Preise nach, sondern vertrödelten statt der zwei Stunden ganze fünfeinhalb. Während dieser Zeit hatte er das Vergnügen, die einem jeden Reisenden bekannten angenehmen Augenblicke zu durchkosten, wenn der Koffer gepackt ist und im Zimmer nur noch Bindfaden, Papierfetzen und sonstige Abfälle herumliegen, wenn der Mensch weder als Reisender noch als Ansässiger anzusehen ist und durch das Fenster langsam vorbeigehende Menschen sieht, die über ihre Groschen sprechen und mit einer eigentümlichen dummen Neugier die Augen heben, um ihn anzublicken und dann ihren Weg fortzusetzen, was die üble Laune des armen, nicht abreisenkönnenden Reisenden nur noch verschlimmert. Alles, was er sieht: der kleine Kramladen vor seinem Fenster, der Kopf der Alten, die im Hause gegenüber wohnt und ab und zu an das Fenster mit dem kurzen Vorhang tritt – alles ist ihm widerlich, und doch geht er nicht vom Fenster weg. Er steht da, bald ganz geistesabwesend, bald mit stumpfem Interesse alle beweglichen und unbeweglichen Dinge betrachtend, und zerdrückt vor lauter Ärger eine Fliege, die unter seinem Finger summt und mit den Flügeln gegen die Fensterscheibe schlägt. Alles nimmt aber ein Ende, und der ersehnte Augenblick ist da: alles ist fertig, der Vorderteil des Wagens ist ordentlich befestigt, das Rad ist neu bereift, die Pferde sind von der Tränke zurückgekommen, und die räuberischen Schmiede sind, nachdem sie die ihnen ausgezahlten Rubelscheine nachgezählt und dem Reisenden alles Gute gewünscht haben, abgezogen. Endlich waren die Pferde angespannt, zwei soeben gekaufte, heiße Wecken in den Wagen gepackt, und auch Selifan hatte sich schon etwas in die am Bock angebrachte Tasche gesteckt; unser Held setzte sich in Gegenwart des Polowoi, der die Mütze schwenkend in seinem obligaten baumwollenen Rock vor der Tür stand, wie auch der anderen Lakaien und Kutscher, wie solcher, die zum Gasthaus gehörten, so auch der fremden, die sich versammelt hatten, um zu sehen, wie ein fremder Herr die Stadt verläßt und die auch bei jeder anderen Ausfahrt zugegen sind, in die Equipage – und der Wagen, von der Art, wie ihn die Junggesellen haben, der in dieser Stadt eine so lange Station gemacht hatte und dessen die Leser wohl schon überdrüssig geworden sind, rollte endlich zum Tor des Gasthauses hinaus. – Gott sei Dank! – dachte sich Tschitschikow, indem er sich bekreuzigte. Selifan holte mit der Peitsche aus, Petruschka, der einige Minuten auf dem Trittbrett geschwebt hatte, stieg zum Kutscher hinauf, unser Held setzte sich recht bequem auf dem kaukasischen Teppich zurecht, schob sich ein Lederkissen in den Rücken, drückte sich die beiden heißen Wecken an den Körper, und die Equipage begann wieder zu hüpfen und zu springen, infolge des Pflasters, das bekanntlich die Kraft besaß, jeden Gegenstand in die Höhe zu werfen. Mit einem seltsamen, undefinierbaren Gefühl betrachtete er die Häuser, die Mauern, den Bretterzaun und die Straßen, die auch ihrerseits in einer scheinbar hüpfenden Bewegung langsam zurücktraten und von denen nur der liebe Gott allein wußte, ob Tschitschikow sie je wieder in seinem Leben sehen würde. An einer Straßenkreuzung mußte der Wagen halten, weil durch die Quergasse eine endlose Beerdigungsprozession zog. Tschitschikow steckte den Kopf aus dem Wagen und befahl Petruschka, zu erfragen, wer da beerdigt werde; er erfuhr, daß es die Beerdigung des Staatsanwalts war. Von den unangenehmsten Empfindungen erfüllt, drückte er sich sofort in eine Ecke, zog das Lederverdeck hoch und den Vorhang zu. Während die Equipage stillstand, betrachteten Selifan und Petruschka, die Köpfe fromm entblößt, den Leichenzug und zählten genau nach, wie viele Fußgänger und Equipagen an der Prozession teilnahmen; Tschitschikow hatte ihnen befohlen, sich keinem zu erkennen zu geben und keinen der ihnen bekannten Lakaien zu grüßen und blickte selbst ängstlich durch die kleinen Fensterchen im ledernen Verdeck hinaus. Dem Sarg folgten entblößten Hauptes alle Beamten. Er fürchtete anfangs, sie könnten seine Equipage erkennen, sie hatten aber ganz andere Sorgen. Sie führten nicht mal die üblichen Gespräche, die stets bei einem Leichenzug geführt werden. Die Gedanken eines jeden waren nur auf sich selbst gerichtet: Sie dachten daran, was der neue Generalgouverneur wohl für ein Mensch sei, wie er wohl die Sache anpacken und wie er sie empfangen werde. Den zu Fuß gehenden Beamten folgten geschlossene Wagen, aus denen Damen mit Trauerhauben hervorblickten. Nach den Bewegungen ihrer Lippen

und Hände zu schließen, waren sie in lebhafte Gespräche vertieft; vielleicht sprachen auch sie über die Ankunft des neuen Generalgouverneurs, stellten Kombinationen über die Bälle an, die er geben würde, und redeten von ihren ewigen Festons und Kleiderbesätzen. Diesen Equipagen folgten im Gänsemarsch einige leere Droschken, nach diesen kam aber nichts mehr, und unser Held konnte weiterfahren. Er ließ das Lederverdeck herunter, seufzte und sprach aus tiefster Seele: „Ja, der Staatsanwalt! Er hat gelebt und gelebt und ist dann gestorben! Und nun werden die Zeitungen berichten, er sei, zum größten Leidwesen seiner Untergebenen und der ganzen Menschheit, als ein geachteter Bürger, ein seltener Vater und ein musterhafter Gatte gestorben; noch vieles andere werden sie schreiben; vielleicht werden sie noch hinzufügen, daß ihn die Tränen der Witwen und Waisen zum Grabe begleitet hätten; wenn man aber die Sache vernünftig betrachtet, so gelangt man zum Schluß, daß er bloß buschige Augenbrauen gehabt hat und sonst nichts." Jetzt befahl er Selifan, schneller zu fahren und dachte sich dabei: Es ist eigentlich gut, daß ich einem Leichenzug begegnet bin; man sagt, es bedeute Glück, wenn man einer Leiche begegnet.

Der Wagen bog indessen in ödere Straßen ein, und bald zogen sich nur die langen Bretterzäune hin, die das Ende der Stadt ankündigten. Nun war auch das Straßenpflaster zu Ende, die Stadt blieb hinter dem Schlagbaum zurück, und Tschitschikow war wieder unterwegs. Wieder flogen zu beiden Seiten der Landstraße die bekannten Bilder vorbei: Werstpfähle, Stationsaufseher, Ziehbrunnen, lange Reihen von Fuhren, graue Dörfer mit ihren Samowars, Bauernweiber und dem flinken bärtigen Wirt, der mit einem Sack Hafer in der Hand aus dem Wirtshaus gelaufen kommt; ein Fußgänger in durchgeriebenen Bastschuhen, der schon achthundert Werst zurückgelegt hat; schnell erbaute Städtchen mit ihren Bretterbuden, Mehlfässern, Bastschuhen, Wecken und sonstigem Kram; scheckige Schlagbäume, in Reparatur befindliche Brücken, unübersehbare Felder zu beiden Seiten der Straße, Gutsbesitzerkutschen, ein berittener Soldat, der einen grünen Kasten mit blauen Bohnen und der Inschrift: „Artilleriebrigade Nummer soundso" mit sich führt; grüne, gelbe und frisch aufgewühlte schwarze Streifen in der Steppe; aus der Ferne klingt ein Lied herüber; Fichtenwipfel verschwinden im Nebel, in der Ferne verhallt Glockengeläute; Krähen wie die Fliegen und ein Horizont ohne Ende ... Rußland! Rußland! Ich sehe dich, aus meiner herrlichen, schönen Ferne sehe ich dich. Arm, weit verstreut und unfreundlich ist alles in dir; nichts erheitert, nichts erschreckt den Blick: keine kühnen Wunder der Natur, von kühnen Wundern der Kunst gekrönt – keine Städte mit vielfenstrigen, hohen, in Felsen eingebauten Palästen; keine malerischen Bäume, kein die Häuser umrankender Efeu, im ewigen Staube der Wasserfälle; der Kopf fällt nicht in den Nacken, um die sich über ihm und in der Höhe endlos türmenden Felsblöcke zu betrachten; es leuchten nicht durch die übereinandergetürmten dunklen, von Reben, Efeu und zahllosen Millionen wilder Rosen umschlungenen Bogen – es leuchten nicht in der Ferne die ewigen Linien der strahlenden Berge, die in einen silbernen, heiteren Himmel ragen. Offen und wüst und flach ist alles in dir; wie Punkte, wie kleine Zeichen ragen unansehnlich aus der Ebene deine niederen Städte: Nichts verführt, nichts bezaubert den Blick. Doch welch eine unergründliche, geheimnisvolle Kraft zieht mich zu dir? Warum klingt und schallt mir unaufhörlich dein trauriges Lied ins Ohr, das sich deiner ganzen Länge und Breite nach vom einen Meer zum andern durchzieht? Was liegt darin, in diesem Liede? Was ist's, was da ruft und schluchzt und ans Herz greift? Was sind das für Töne, die so schmerzvoll küssen, in die Seele dringen und mein Herz umschweben? Rußland! Was willst du von mir? Welch ein unfaßbares Band ist zwischen uns? Was blickst du so und warum richtet alles, was in dir ist, seine erwartungsvollen Blicke auf mich? ... So stehe ich noch ratlos und unbeweglich da, doch eine Gewitterwolke beschattet schon mein Haupt, künftige Regengüsse verheißend, und mein Denken erstarrt vor deiner weiten Ausdehnung. Was verheißt dein grenzenloser Raum? Ist's möglich, daß hier in dir der unendliche Gedanke nicht geboren werde, wo du doch selbst kein Ende hast? Sollte hier nicht der Recke erscheinen, für den es in dir genug Raum gibt, daß er sich entfalte und bewege? Drohend umfängt mich dein mächtiger Raum, der sich mit furchtbarer Kraft in meinem Innern spiegelt; eine Gewalt erleuchtet meine Augen ... Oh, welch eine herrliche, der Welt noch unbekannte Ferne! Rußland! ...

„Halt, halt, Dummkopf!“ rief Tschitschikow Selifan zu.

„Da gebe ich dir gleich eins mit dem Säbel!“ schrie ein entgegensausender Feldjäger mit einem ellenlangen Schnurrbart. „Siehst du denn nicht, der Teufel schinde deine Seele, daß es eine Staatsequipage ist?“ Und wie ein Gespenst verschwand unter Donner und Staub die Troika.

Wieviel Seltsames und Lockendes, Emporhebendes und Herrliches liegt in dem einen Wort: Reisen! Wie herrlich ist sie selbst, diese Fahrt! Ein heiterer Tag, herbstliches Laub, kalte Luft ... Du hüllst dich fester in deinen Mantel, ziehst die Mütze über die Ohren und drückst dich enger und gemütlicher in die Ecke! Zum letztenmal hat ein kalter Schauer deine Glieder ergriffen, und schon ist an seine Stelle eine wohlige Wärme getreten. Die Pferde rasen dahin ... Wie verführerisch schleicht der Schlummer heran, die Augenlider fallen zu, und du hörst wie im Schlaf das Lied vom weißen Schnee, das Schnauben der Pferde, das Rasseln der Räder, und schon schnarchst du und drängst deinen Nachbar in die Ecke. Wenn du erwachst, liegen schon fünf Stationen hinter dir; Mondlicht; eine unbekannte Stadt; Kirchen mit altertümlichen Holzkuppeln und schwarzen Turmspitzen; dunkle hölzerne und weiße gemauerte Häuser; Mondlicht hier und da, als ob weiße Leinentücher an den Wänden hingen und auf den Straßen und auf dem Pflaster lägen; kohlschwarze Schatten durchschneiden sie schräg; wie schimmerndes Metall glänzen die schräg beleuchteten Schindeldächer; und keine Seele weit und breit: alles schläft. Höchstens brennt noch in einem Fensterchen ein einsames Licht: ist's ein Handwerker, der ein Paar Stiefel näht, ist's ein Bäcker, der sich bei seinem kleinen Ofen zu schaffen macht? Was kümmert's uns? Und erst die Nacht! ... Himmlische Mächte! Welch eine Nacht begibt sich dort oben in der Höhe! Und die Luft, und der Himmel, der ferne, hohe Himmel in seiner unerreichbaren Tiefe, der sich so grenzenlos wohltönend und heiter breitet! ... Doch ein kalter nächtlicher Hauch weht dir kühl in die Augen und schläfert dich ein, und schon schlummerst du, vergißt dich und schnarchst – und ärgerlich wirft sich dein armer, in die Ecke gedrückter Reisegenosse hin und her, als er deine Last auf sich fühlt. Du erwachst – und wieder liegen vor dir Felder und Steppen; nichts ist zu sehen, alles ist leer, alles ist offen. Ein

Werstpfahl fliegt dir mit seiner Zahl in die Augen; der Morgen bricht an; am weißen, kalten Horizont schimmert ein bleicher goldener Streif; frischer und steifer wird der Wind; du hüllst dich fester in deinen warmen Mantel! ... Welch eine herrliche Kälte! Welch ein herrlicher Schlaf, in den du aufs neue versinkst! Ein Stoß – und du erwachst wieder. Die Sonne steht schon hoch am Himmel. „Vorsicht! Vorsicht!" ruft eine Stimme; der Wagen fährt einen steilen Abhang hinab; unten ist ein breiter Mühlendamm und ein großer klarer Teich, der wie ein Messingdeckel in der Sonne glänzt; ein Dorf, die Häuser liegen am Abhang zerstreut; wie ein Stern strahlt seitwärts das Kreuz der Dorfkirche; Geschwätz der Bauern und ein unerträglicher Appetit im Magen ... Gott! Wie schön ist zuweilen auch eine weite, weite Reise! Wie oft habe ich schon wie ein Ertrinkender und Untergehender nach dir gegriffen, und wie oft hast du mich großmütig errettet! Und wieviel herrliche Pläne, poetische Träume sind schon auf einer solchen Fahrt entstanden, wieviel wunderbare Eindrücke gabst du den Sinnen! ...

Auch unser Freund Tschitschikow hatte auf seiner Fahrt durchaus keine ausgesprochen prosaischen Träume. Wollen wir mal untersuchen, was er fühlte. Anfangs fühlte er nichts und blickte nur ab und zu zurück, um sich zu vergewissern, daß er die Stadt tatsächlich verlassen hatte; als er aber sah, daß die Stadt schon längst verschwunden war, daß von den Schmieden, Mühlen und sonstigen Dingen, die in der Nähe der Städte zu sein pflegen, keine Spur mehr zu sehen war und selbst die weißen Türme der steinernen Kirchen in den Erdboden versunken waren, richtete er seine ganze Aufmerksamkeit auf die Fahrt, blickte nur nach rechts und nach links. Und die Stadt N. war ganz seinem Gedächtnisse entschwunden, als hätte er sie vor langer Zeit, in seiner Kindheit, auf der Durchreise berührt. Zuletzt interessierte ihn auch die Fahrt nicht mehr; er schloß ein wenig die Augen und ließ seinen Kopf auf das Kissen fallen. Der Autor muß gestehen, daß er sich darüber freut, weil er endlich einmal Gelegenheit hat, einiges über seinen Helden zu erzählen, während ihm bisher immer, wie es der Leser schon sah, bald Nosdrjow, bald die Bälle, bald die Damen, bald der städtische Klatsch und bald die Tausende von Bagatellen im Wege waren, die nur dann als Bagatellen erscheinen, wenn sie im Buch stehen, aber, solange sie in die Wirklichkeit gehören, als höchst wichtige Angelegenheiten angesehen werden. Jetzt wollen wir aber dies alles beiseite lassen und an die Sache schreiten.

Es ist sehr zweifelhaft, ob der von uns erwählte Held den Lesern gefallen wird. Daß er den Damen nicht gefallen wird, darf man wohl positiv behaupten, denn die Damen verlangen, daß ein Held die Vollkommenheit selbst sei; der geringste seelische oder körperliche Makel macht ihn sofort unmöglich. Wenn der Autor ihm noch so tief in die Seele hineinblickt und sein Bild reiner als ein Spiegel zeichnet, so wird das dem Helden nicht den geringsten Wert verleihen. Sogar die Korpulenz und das mittlere Alter Tschitschikows werden ihm viel schaden. Die Korpulenz wird man ihm auf keinen Fall verzeihen, und sehr viele Damen werden sich von ihm abwenden und sagen: „Pfui, wie garstig!“ Das alles ist dem Autor wohl bekannt, und dennoch kann er sich leider keinen tugendhaften Menschen zum Helden wählen. Aber ... vielleicht wird man in dieser selben Erzählung andere, noch niemals angeschlagene Saiten hören, den unendlichen Reichtum des russischen Geistes kennenlernen, einen mit göttlichen Tugenden begabten Mann erblicken oder ein herrliches russisches Mädchen, das in der ganzen Welt nicht seinesgleichen hat, mit der ganzen wunderbaren Schönheit der weiblichen Seele, die ganz aus großmütigem Streben und Selbstaufopferung besteht. Und vor ihnen werden die tugendhaften Menschen aller anderen Völker ebenso leblos erscheinen, wie das tote Buch vor dem lebendigen Wort! Russische Regungen werden sich bemerkbar machen ... und die Leser werden sehen, wie tief in die Natur des Slawen das eingedrungen ist, was die Natur der anderen Völker nur oberflächlich berührt hat ... Warum sollen wir aber von Dingen sprechen, die in der Zukunft liegen? Es ziemt sich nicht für den Autor, der schon längst ein vom strengen Innenleben und von der erfrischenden Nüchternheit der Vereinsamung erzogener, gereifter Mann ist, sich gleich dem Jüngling zu vergessen. Alles kommt einmal an die Reihe, alles hat seine Zeit und seinen Platz! Und doch hat der Autor keinen tugendhaften Menschen zum Helden erwählt. Man darf sogar verraten, warum. Weil es endlich einmal Zeit ist, den armen tugendhaften Menschen in Ruhe zu lassen; weil

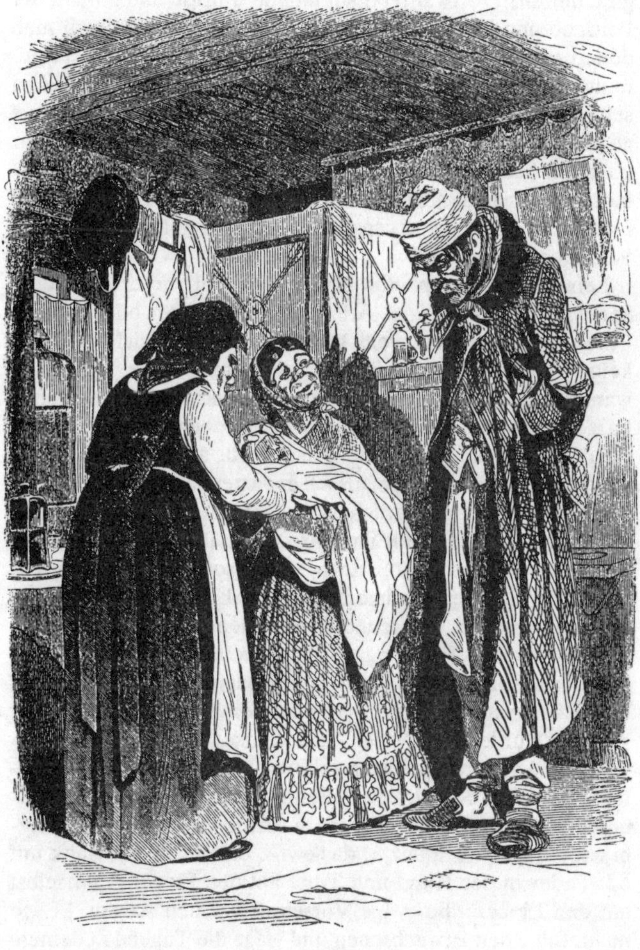

das Wort „tugendhafter Mensch“ unnütz von allen Lippen gesprochen wird; weil man den tugendhaften Menschen schon längst zu einem Pferd gemacht hat und es keinen Schriftsteller gibt, der nicht fortwährend auf ihm herumritte und ihn mit der Peitsche und jedem anderen Gegenstand antriebe; weil man den tugendhaften Menschen dermaßen gehetzt und ausgehungert hat, daß an ihm nicht mal ein Schatten der Tugend zu sehen ist und nur noch Rippen und Haut statt eines Körpers geblieben sind; weil man den tugendhaften Menschen nur noch mit heuchlerischen Lippen anruft; weil man den tugendhaften Menschen mißachtet. Nein, es ist endlich Zeit, auch mal einen Schurken vorzuspannen. Also wollen wir einen Schurken vorspannen!

Dunkel und bescheiden ist die Herkunft unseres Helden. Seine Eltern waren vom Adel, ob es aber alter oder persönlicher Adel war, das weiß Gott allein. Im Gesicht hatte er keine Ähnlichkeit mit ihnen. Wenigstens hatte eine Verwandte, die bei seiner Geburt anwesend war, eine kleine, kurze Frau, wie man sie „Kiebitz“ zu nennen pflegt, nachdem sie das Kind auf die Arme genommen, ausgerufen: „Er ist doch ganz anders geraten, als ich erwartet hatte! Er hätte doch der Großmutter mütterlicherseits ähnlich sehen sollen, was auch sicher das beste für ihn wäre, er ist aber, wie das Sprichwort sagt, ‚weder Mutter noch Vater, sondern einem durchreisenden Gesellen‘ nachgeraten.“ Das Leben sah ihn anfangs mit einer sauren, unfreundlichen Miene durch ein trübes, schneeverwehtes Fenster an; keinen Freund, keinen Gespielen hatte er in seinen Kinderjahren! Ein kleines Zimmerchen mit kleinen Fensterchen, die weder im Sommer noch im Winter geöffnet wurden; der Vater ein kranker Mann in einem langen, mit Lammfell gefütterten Rock und gestrickten Pantoffeln, die er auf den bloßen Füßen trug, ein Mann, der im Aufundabgehen unaufhörlich seufzte und in den in der Ecke stehenden Sandnapf spuckte; das ewige Sitzen auf der Bank mit der Feder in der Hand und Tinte auf den Fingern und selbst auf den Lippen; die ewige Vorschrift vor den Augen: „Lüge nicht, folge den Erwachsenen und trage die Tugend in deinem Herzen“; das ewige Scharren und Schlürfen der Pantoffeln durchs Zimmer und die wohlvertraute, doch immer strenge Stimme. „Wieder machst du Dummheiten!“, die immer er-

tönte, wenn das Kind, der Einförmigkeit seiner Arbeit überdrüssig, an irgendeinem Buchstaben einen Schnörkel oder einen Schwanz anbrachte; und das ewig bekannte und immer unangenehme Gefühl, wenn nach diesen Worten sein Ohr sehr schmerzvoll von den Nägeln der langen, von hinten heranlangenden Finger zusammengekniffen wurde. Das ist das elende Bild seiner frühesten Kindheit, von der er kaum eine blasse Erinnerung bewahrt hat. Aber alles ändert sich im Leben schnell und schleunig. Eines Tages, als die erste Frühlingssonne leuchtete und die Frühlingsgewässer rieselten, setzte sich der Vater mit seinem Sohn in einen kleinen Wagen, den ein braungeschecktes Pferdchen schleppte, von der Art, wie sie von den Pferdehändlern „Elstern" genannt werden; den Wagen lenkte ein kleiner buckliger Kutscher, der Stammvater der einzigen leibeigenen Familie, die dem Vater Tschitschikows gehörte, ein Mann, der im Hause fast alle Ämter versah. Mit dieser Elster fuhren sie mehr als anderthalb Tage. Unterwegs übernachteten sie, fuhren durch einen Fluß, aßen kalten Fleischkuchen und Hammelbraten und erreichten erst am Morgen des dritten Tages die Stadt. Den Knaben überraschten die unerwartet prächtigen Straßen, die er einige Minuten lang mit weit aufgerissenem Mund betrachtete. Dann plumpste die Elster mit dem Wagen in eine Grube, mit der eine enge Gasse begann, die abwärts strebte und voller Schmutz war; lange arbeitete sie dort aus aller Kraft, zappelte mit den Beinen und zog schließlich, vom buckligen Kutscher und vom Herrn selbst angespornt, den Wagen in einen kleinen Hof, der auf dem Abhang lag. Auf dem Hof befand sich ein altes Häuschen, vor dem zwei Apfelbäume blühten und hinter dem ein kleines niedriges Gärtchen lag, das nur aus Ebereschen und Holundersträuchern bestand und eine kleine Bretterhütte mit einem Schindeldach und einem schmalen trüben Fensterchen in sich barg. Hier wohnte eine Verwandte, eine schwache Alte, die aber noch immer jeden Morgen auf den Markt ging und nachher ihre Strümpfe am Samowar trocknete. Sie tätschelte dem Jungen die Wangen und bewunderte seine Körperfülle. Bei dieser Alten mußte er nun bleiben und jeden Tag in die städtische Schule gehen. Der Vater übernachtete und fuhr gleich am nächsten Morgen wieder ab. Beim Abschied vergoß er keine Träne; er schenkte dem Sohn einen halben Rubel in Kupfer

für seine Ausgaben und Näschereien und gab, was viel wichtiger war, eine kleine Belehrung dazu: „Paß auf, Pawluscha, lerne fleißig, mach' keine Dummheiten, sei kein Schlingel; bemühe dich aber vor allem, deinen Lehrern und Vorgesetzten gefällig zu sein. Wenn du diesem Vorgesetzten immer gefällig bist, so wirst du, auch wenn du keine Fortschritte im Lernen machst und Gott dir keine Talente gegeben hat, doch deinen Weg machen und alle überholen. Halte dich von deinen Kameraden fern. Sie werden dich nichts Gutes lehren; und wenn du schon mit jemand verkehrst, so suche dir die Reicheren aus, die dir bei Gelegenheit nützlich sein werden. Halte niemand frei, benimm dich lieber so, daß die anderen dich freihalten; vor allen Dingen spare aber jede Kopeke, sie ist zuverlässiger als alles in der Welt. Ein Kamerad oder Freund wird dich begaunern und im Unglück verraten, die Kopeke bleibt dir aber auch in der größten Not treu. Mit der Kopeke kannst du alles erreichen und jedes Hindernis überwinden." Nachdem er ihm diese Lehre erteilt hatte, verabschiedete sich der Vater von seinem Sohn und ließ sich von der Elster nach Hause schleppen. Pawluscha sah ihn nie wieder, aber seine Worte und Lehren drangen ihm tief ins Herz.

Pawluscha begann gleich am folgenden Tage die Schule zu besuchen. Besondere Fähigkeiten für irgendeine bestimmte Wissenschaft waren an ihm nicht zu erkennen; er zeichnete sich mehr durch Fleiß und Sauberkeit aus; zeigte großen Verstand in praktischen Dingen. Er erfaßte sofort die Situation und stellte sich zu seinen Kameraden so, daß sie ihn freihielten, er sie aber nicht nur niemals freihielt, sondern zuweilen auch ihre Gaben auf die Seite tat, um sie später ihnen selbst zu verkaufen. Schon als Kind übte er Enthaltsamkeit. Von dem halben Rubel, den ihm sein Vater geschenkt hatte, gab er keine Kopeke aus; im Gegenteil: Er vergrößerte schon im Laufe des ersten Jahres dieses Kapital, wobei er einen ungewöhnlichen Geschäftssinn zeigte. Er knetete aus Wachs einen Gimpel, strich ihn an und verkaufte ihn mit großem Vorteil. Nach einiger Zeit ließ er sich auf andere Spekulationen ein. Er kaufte auf dem Markt allerlei Eßwaren ein und setzte sich dann in der Klasse neben die reicheren Schüler; sobald er merkte, daß es einem Kameraden übel wurde – was auf den beginnenden Hunger hinwies –, so zeigte er ihm wie

zufällig aus der Bank den Rand eines Lebkuchens oder einer Semmel. Nachdem er dem anderen auf diese Weise ordentlich Appetit gemacht hatte, verkaufte er ihm das Backwerk zu einem Preis, der dem Appetit des Betreffenden entsprach. Zwei Monate gab er sich in seiner Wohnung unermüdlich mit einer Maus ab, die er in einen kleinen Holzkäfig eingesperrt hatte, und erreichte es schließlich, daß die Maus Männchen machen und auf Kommando sich hinlegen und wieder aufstehen konnte; dann verkaufte er sie gleichfalls sehr vorteilhaft. Als er auf diese Weise fünf Rubel zurückgelegt hatte, nähte er das Säckchen zu und begann ein neues mit Geld zu füllen. Gegen die Obrigkeit benahm er sich noch klüger. Niemand verstand so schön ruhig auf seiner Bank zu sitzen wie er. Es ist zu bemerken, daß der Lehrer die Ruhe und das gute Betragen über alles schätzte und die klugen und aufgeweckten Jungen nicht ausstehen konnte. Er glaubte immer, daß diese über ihn lachen müßten. Einer, der ihm nur einmal durch seinen Witz aufgefallen war, brauchte sich nur zu rühren oder ohne jede böse Absicht mit der Wimper zu zucken, um den ganzen Zorn des Lehrers heraufzubeschwören. Einen solchen Schüler verfolgte und bestrafte er ohne jede Nachsicht. „Ich werde dir deinen Hochmut und Trotz schon austreiben!" pflegte er zu sagen. „Ich kenne dich durch und durch, so wie du dich selbst nicht kennst. Du wirst mir die ganze Stunde knien müssen! Du wirst auch das Hungern lernen!" Und der arme Junge mußte, ohne selbst zu wissen, warum, sich die Knie wund reiben und ganze Tage hungern. „Fähigkeiten und Begabung sind Unsinn!" pflegte der Lehrer zu sagen. „Ich sehe nur auf Betragen. Einer, der einen Buchstaben vom anderen nicht unterscheiden kann, sich aber gut benimmt, bekommt von mir in allen Fächern die besten Noten; aber einem, an dem ich eine schlechte Geistesrichtung und Spottlust bemerke, gebe ich eine Null, und wenn er auch den Solon an Weisheit übertrifft!" So sprach dieser Lehrer, der den Fabeldichter Krylow wie den Tod haßte, weil dieser mal gesagt hatte: „Sauf soviel du willst, wenn du nur deine Sache verstehst", und der mit freudestrahlendem Gesicht zu erzählen pflegte, daß in der Schule, in der er früher unterrichtet hatte, eine solche Stille geherrscht habe, daß man eine Fliege vorbeifliegen hören konnte, daß keiner von den Schülern im Laufe des ganzen Jahres während des

Unterrichts gehustet oder sich geschneuzt habe und daß man bis zum Glockenzeichen mit dem bloßen Gehör nicht hätte erkennen können, ob jemand in der Klasse war oder nicht. Tschitschikow erfaßte sofort den Geist dieses Lehrers und begriff, wie er sich zu benehmen hatte. Während der ganzen Stunde bewegte er kein Auge und zuckte nicht mit der Wimper, und wenn man ihn von hinten noch so zwickte; sobald das Glockenzeichen ertönte, sprang er Hals über Kopf auf und reichte dem Lehrer als erster die Mütze mit den drei Klappen (der Lehrer trug stets eine Mütze mit drei Klappen). Nachdem er ihm die Mütze gereicht hatte, verließ er als erster das Klassenzimmer und bemühte sich, dem Lehrer auf dessen Heimweg mindestens dreimal zu begegnen, wobei er jedesmal vor ihm die Mütze zog. Diese Politik hatte vollen Erfolg. Während der ganzen Schulzeit war er stets gut angeschrieben; beim Verlassen der Schule bekam er aber die besten Noten in allen Gegenständen, ein lobendes Attest und ein Buch mit der goldenen Inschrift: „Für musterhaften Fleiß und vorzügliches Betragen." Er verließ die Schule als Jüngling von recht sympathischem Äußern, mit einem Kinn, das schon nach dem Rasiermesser verlangte. Um diese Zeit starb sein Vater. Die Erbschaft bestand aus vier gänzlich abgetragenen Unterjacken, zwei alten, mit Lammfell gefütterten Röcken und einer ganz kleinen Geldsumme. Der Vater verstand offenbar nur, gute Lehren über das Sparen zu erteilen, hatte aber selbst gar nichts gespart. Tschitschikow verkaufte sofort das baufällige Häuschen mit dem unbedeutenden Grundbesitz für tausend Rubel und übersiedelte mit der leibeigenen Familie in die Stadt, in der Absicht, sich da niederzulassen und in den Staatsdienst zu treten. Um diese Zeit wurde der arme Lehrer, der so sehr die Ruhe und das gute Betragen schätzte, wegen Dummheit oder wegen eines anderen Vergehens aus der Schule gejagt. Vor Kummer begann er zu trinken; bald hatte er kein Geld mehr dazu. Krank, ohne ein Stück Brot und ohne Hilfe darbte er, ganz verlassen, in einem ungeheizten Loch. Als seine früheren Schüler, die Klugen und Aufgeweckten, in denen er immer Trotz und Hochmut gewittert hatte, von seiner elenden Lage erfuhren, sammelten sie für ihn sofort einen gewissen Geldbetrag, wobei mancher manchen Gegenstand, den er wirklich brauchte, verkaufte. Nur Pawluscha Tschitschikow allein

beteiligte sich nicht an der Kollekte, unter dem Vorwand, daß er nichts habe, und gab nur ein silbernes Fünfkopekenstück, das ihm die Kameraden mit den Worten: „Ach, du Geizhals!“ vor die Füße warfen. Der arme Lehrer bedeckte das Gesicht mit beiden Händen, als er von dieser Tat seiner ehemaligen Schüler erfuhr; die Tränen flossen aus seinen erloschenen Augen in Strömen wie bei einem schwachen Kind. „Auf dem Totenbett läßt Gott mich weinen!“ sagte er mit schwacher Stimme; und als man ihm über Tschitschikow berichtete, seufzte er schwer auf und fügte hinzu: „Ach, Pawluscha! Wie ändert sich doch der Mensch! Was warst du doch für ein braver Junge, ohne die geringste Unart, weich wie Seide! Wie furchtbar hast du mich betrogen!“

Man kann jedoch nicht behaupten, daß die Natur unseres Helden so rauh und hart, daß seine Gefühle so abgestumpft gewesen wären, daß er weder Mitleid noch Barmherzigkeit gekannt habe. Weder das eine noch das andere Gefühl waren ihm fremd; er wäre sogar bereit, seinen Nächsten zu helfen, doch diese Hilfe durfte nicht in größeren Geldsummen bestehen, denn er wollte um keinen Preis das Geld antasten, das er beschlossen hatte, nicht anzutasten. Mit einem Wort, der väterliche Rat: „Spare jede Kopeke“, trug seine Frucht. Er hing aber am Geld nicht des Geldes wegen; es waren nicht Geiz und Gier, die ihn bewegten. Er hatte ganz andere Beweggründe: Ihm schwebte ein Leben mit allen Genüssen und Freuden vor: Equipagen, ein gut eingerichtetes Haus, schmackhaftes Essen – das war es, was seine Gedanken unausgesetzt beschäftigte. Um später einmal, mit der Zeit, dies alles kosten zu können, sparte er jede Kopeke, die er vorläufig sich selbst und den anderen versagte. Wenn an ihm irgendein reicher Mann in einem schönen Rennwagen, mit Trabern in prunkvollem Geschirr, vorüberfuhr, blieb er wie angewurzelt stehen und sagte später, wie aus einem tiefen Traum erwachend: „Und er war doch ein gewöhnlicher Kontorist und trug das Kopfhaar auf Bauernart geschnitten!“ Alles, was nach Reichtum und Wohlstand schmeckte, machte auf ihn einen Eindruck, den er sich selbst nicht zu erklären vermochte. Nachdem er die Schule verlassen hatte, wollte er sich auch nicht die kürzeste Ruhe gönnen. So stark war sein Wunsch, so schnell als möglich an die Arbeit zu gehen und in den Dienst

zu treten. Trotz der lobenden Atteste gelang es ihm nur mit großer Mühe, einen Posten am Rentamt zu bekommen, auch in der entlegensten Provinz braucht man nämlich Protektion! Der Posten war recht unbedeutend und mit einem Gehalt von nur dreißig oder vierzig Rubel im Jahre verbunden. Er war aber fest entschlossen, sich mit dem größten Eifer dem Dienst zu widmen, alles zu besiegen und zu überwinden. Er zeigte auch in der Tat eine unerhörte Selbstaufopferung, Geduld und Genügsamkeit. Vom frühen Morgen bis zum späten Abend saß er, ohne die geringste geistige oder körperliche Ermüdung, in die Kanzleipapiere vertieft und schrieb; er ging nicht nach Hause, schlief auf den Kanzleitischen, aß oft mit den Kanzleidienern zu Mittag und brachte es bei alledem doch fertig, die größte Reinlichkeit zu beobachten, sich anständig zu kleiden, seinem Gesicht einen angenehmen Ausdruck und seinen Bewegungen einen gewissen Adel zu verleihen. Es muß erwähnt werden, daß die Rentamtsbeamten sich durch besondere Unansehnlichkeit und Häßlichkeit auszeichneten. Die Gesichter mancher von ihnen erinnerten an ein schlecht gebackenes Brot; die eine Backe war geschwollen, das Kinn ragte in die entgegengesetzte Seite, die Oberlippe war zu einer Blase aufgedunsen, die zudem auch noch gesprungen war; mit einem Wort, sie sahen gar nicht schön aus. Sie sprachen alle mit rauher Stimme, als wollten sie jemand verprügeln; sie opferten oft dem Gott Bacchus und zeigten auf diese Weise, daß in der Natur der Slawen noch vieles Heidnische erhalten geblieben ist; sie kamen zuweilen sogar angetrunken in den Dienst, so daß in den Amtsräumen eine unangenehme Stimmung herrschte und die Luft durchaus nicht aromatisch war. Unter solchen Beamten mußte Tschitschikow, der sich von ihnen, wie durch sein angenehmes Gesicht, so auch durch die freundliche Stimme und die strengste Abstinenz unterschied und auszeichnete, unbedingt auffallen. Und doch machte er seine Karriere nur mit der größten Mühe. Er bekam einen alten Abteilungsvorstand zum Vorgesetzten, der ein Muster steinerner Gefühllosigkeit und Unerschütterlichkeit war; ewig unnahbar, hatte er noch niemals gelächelt und niemand selbst mit einer einfachen Frage nach dem Befinden begrüßt. Noch niemals hatte ihn jemand anders gesehen, nicht einmal auf der Straße, nicht einmal zu Hause; wenn er doch wenigstens einmal Teil-

nahme für etwas gezeigt hätte! Wenn er sich doch wenigstens einmal betrunken und im Trunk gelacht hätte! Wenn er sich doch wenigstens einmal der wilden Ausgelassenheit hingegeben hätte, der sich selbst ein Räuber im Rausch hingibt! – Von alledem sah man bei ihm keine Spur. Er war überhaupt aller Eigenschaften bar, wie der bösen, so auch der guten, und dieser Mangel machte einen grauenhaften Eindruck. Sein hartes, wie aus Marmor gemeißeltes Gesicht, das nicht die geringste Unregelmäßigkeit aufwies, erinnerte an kein anderes Menschengesicht; alle seine Züge waren streng proportioniert. Nur die vielen Pockennarben und Unebenheiten, die sein Gesicht übersäten, machten es zu einem jener Gesichter, auf denen, wie der Volksmund sich ausdrückt, der Teufel nachts Erbsen drischt. Man sollte annehmen, daß kein Mensch es fertigbringen könnte, die Neigung dieses Menschen zu gewinnen; aber Tschitschikow machte dennoch einen Versuch. Zuerst bemühte er sich, ihm in allerlei Kleinigkeiten gefällig zu sein: er studierte sorgfältig, wie die Federn zugeschnitten waren, mit denen der Vorgesetzte zu schreiben pflegte, schnitt dann einige Stück auf die gleiche Art zu und legte ihm immer eine hin, sooft er eine brauchte; er blies und wischte den Streusand und Tabak von seinem Tisch weg; er schaffte einen neuen Putzlappen für sein Tintenfaß an; er brachte heraus, wo jener seine Mütze, die elendeste Mütze, die es je auf der Welt gegeben hat, hinzuhängen pflegte und legte sie jedesmal einen Augenblick vor Schluß der Amtsstunden neben ihn; er putzte ihm den Rücken, wenn er sich an der Wand mit Kalk beschmiert hatte. Dies alles blieb aber völlig unbemerkt, als wäre es überhaupt nicht unternommen worden. Endlich erfuhr Tschitschikow einiges über das Familienleben seines Vorgesetzten: daß er eine ältliche Tochter hatte mit einem Gesicht, auf dem wohl gleichfalls der Teufel nachts Erbsen zu dreschen pflegte. An diesem Punkt unternahm er nun seinen Angriff. Er stellte fest, welche Kirche diese Tochter an Sonntagen zu besuchen pflegte und pflanzte sich dann immer, sauber gekleidet, mit steif gestärktem Vorhemd, ihr gegenüber auf. Dies hatte Erfolg. Der strenge Abteilungsvorstand konnte dem nicht widerstehen und lud ihn zum Tee ein! Ehe die Kanzleikollegen es sich versahen, gedieh die Sache so weit, daß Tschitschikow zu ihm ins Haus zog und

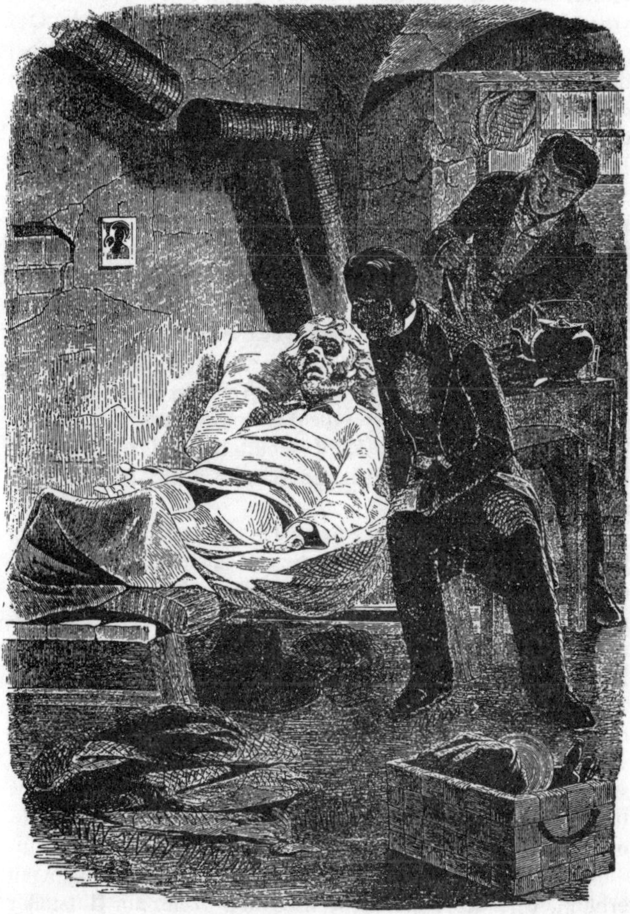

darin zum unentbehrlichsten Menschen wurde: er kaufte Mehl und Zucker ein, behandelte die Tochter als seine Braut, nannte den Abteilungsvorstand Papachen und küßte ihm die Hand. Das ganze Rentamt war überzeugt, daß Ende Februar, vor dem großen Fasten, die Hochzeit stattfinden würde. Der strenge Abteilungsvorstand verwendete sich sogar für ihn bei der vorgesetzten Behörde, und Tschitschikow bekam nach einiger Zeit, als es gerade eine Vakanz gab, selbst den Posten eines Abteilungsvorstandes. Darin bestand wohl auch der Hauptzweck seiner Verbindung mit dem alten Abteilungsvorstand; denn er ließ dann sofort seinen Koffer heimlich zu sich nach Hause schaffen und befand sich schon am nächsten Tag in einer anderen Wohnung. Er hörte auf, den Abteilungsvorstand Papachen zu nennen und ihm die Hand zu küssen; und die Hochzeit kam überhaupt nicht mehr zur Sprache, als wäre von ihr überhaupt nie die Rede gewesen. Sooft er aber dem alten Abteilungsvorstand begegnete, drückte er ihm freundlich die Hand und lud ihn zu einer Tasse Tee ein, so daß der Alte trotz seiner ewigen Unbeweglichkeit und verstockten Gleichgültigkeit jedesmal den Kopf schüttelte und in den Bart brummte: „Betrogen, betrogen hat er mich, der Teufelssohn!"

Das war die schwierigste Schwelle, die er zu überschreiten hatte. Von nun an ging die Sache viel leichter und erfolgreicher. Er lenkte die allgemeine Aufmerksamkeit auf sich. Man nahm an ihm alles wahr, was man in dieser Welt braucht: Anmut in den Manieren und Handlungen und Tüchtigkeit in Geschäften. Mit diesen Mitteln ausgerüstet, erlangte er in kürzester Zeit das, was man ein warmes Plätzchen nennt, und machte davon denkbar besten Gebrauch. Man muß nämlich wissen, daß man um jene Zeit die Bestechlichkeit mit den strengsten Mitteln zu bekämpfen begann. Tschitschikow fürchtete diese Bekämpfung nicht und nützte sie sofort zu seinem eigenen Vorteil aus, wobei er die echt russische Erfindungsgabe zeigte, die nur unter dem Druck von Verfolgungen erblüht. Er machte die Sache wie folgt: Wenn ein Bittsteller kam und die Hand in die Tasche steckte, um einige der bekannten Empfehlungsbriefe mit der Unterschrift des Fürsten Chowanskij, wie man bei uns in Rußland die Banknoten zu nennen pflegt, hervorzuholen, faßte er den Besucher bei der

Hand und sagte mit einem Lächeln: „Nein, nein! Sie glauben wohl, daß ich ... Nein, nein! Das ist unsere Pflicht, unsere Schuldigkeit; das müssen wir ohne jede Bezahlung tun! In dieser Beziehung können Sie ganz unbesorgt sein: Die Sache wird morgen erledigt werden. Darf ich Sie um Ihre Adresse bitten? Sie brauchen sich nicht mehr herzubemühen, alles wird Ihnen ins Haus geschickt." Der entzückte Bittsteller kehrt fast begeistert nach Hause zurück und denkt sich: Da ist endlich ein Mensch, wie wir solche möglichst viel haben müßten! Ein wahrer Edelstein! – Der Bittsteller wartet aber einen Tag, einen zweiten – er bekommt nichts ins Haus zugestellt; auch am dritten Tage nicht. Er geht in die Kanzlei – in seiner Sache ist noch nichts geschehen; er wendet sich an den Edelstein selbst. „Ach, entschuldigen Sie!" sagt Tschitschikow äußerst höflich, indem er die beiden Hände des Besuchers ergreift: „Wir hatten so viel zu tun, aber morgen wird es erledigt werden, morgen, ganz bestimmt! Ich muß mich wirklich genieren!" Alle diese Worte begleitete er mit den bezauberndsten Gesten. Wenn dabei der Schlafrock aufging, so suchte die Hand die Sache sofort gutzumachen und den Rockschoß festzuhalten. Aber auch morgen und übermorgen und auch am dritten Tage bekam der Bittsteller nichts ins Haus gebracht. Nun wird er nachdenklich: „Hat die Sache vielleicht doch einen Haken?" Er erkundigt sich und erfährt, daß man den Schreibern etwas geben muß. „Warum sollte ich ihnen nichts geben? Auf ein paar Fünfundzwanzigkopekenstücke kommt es mir nicht an." – „Nein, die Schreiber kriegen keine Fünfundzwanzigkopekenstücke, sondern je fünfundzwanzig Rubel." – „Was, je fünfundzwanzig Rubel für die Schreiber?!" ruft der Bittsteller aus. – „Was ereifern Sie sich so?" antwortet man ihm: „Es ist ganz in Ordnung: Die Schreiber bekommen je fünfundzwanzig Kopeken, und der Rest geht an den Amtsvorstand." Der einfältige Bittsteller versetzt sich einen Klaps auf die Stirn und schimpft, was er schimpfen kann, auf die neue Ordnung, auf den Kampf gegen die Bestechlichkeit und auf die höflichen, veredelten Umgangsformen der Beamten. „Früher wußte man wenigstens, was man zu tun hatte: Man gab dem Amtsvorstand einen Zehnrubelschein, und die Sache war erledigt; heute muß man aber einem jeden fünfundzwanzig Rubel geben und verliert obendrein eine ganze

СТРІГУТЪ БРИЮТЪ І ЗАВІВАЮТЪ БАРАНОВ

Woche, ehe man darauf kommt! Hol der Teufel diese Unbestechlichkeit und die edle Gesinnung der Beamten!“ Der Bittsteller hat natürlich recht; dafür gibt es jetzt aber keine bestechlichen Beamten; alle Amtsvorstände sind die ehrlichsten und edelsten Menschen; und nur die Sekretäre und die Schreiber sind Spitzbuben. Bald bot sich jedoch Tschitschikow ein viel weiteres Feld für seine Tätigkeit. Es wurde eine Kommission zur Errichtung irgendeines sehr großen Amtsgebäudes eingesetzt. Es gelang ihm, bei dieser Kommission unterzukommen, und er wurde zu einem ihrer tätigsten Mitglieder. Die Kommission machte sich unverzüglich an die Sache. Sechs Jahre plagte sie sich mit dem Amtsgebäude ab; aber entweder war das Klima ungünstig, oder lag es an der Beschaffenheit der Baumaterialien – jedenfalls kam der Bau nicht über das Fundament hinaus. Indessen hatte schon jedes der Kommissionsmitglieder an einem anderen Ende der Stadt ein sehr hübsches Haus von bürgerlicher Architektur. Offenbar war dort der Boden günstiger. Die Kommissionsmitglieder fingen an, im Wohlstand zu leben und Familien zu gründen. Erst jetzt begann Tschitschikow, sich allmählich von den strengen Fesseln der Enthaltsamkeit und der unerbittlichen Selbstlosigkeit zu befreien. Erst jetzt milderte er seine strengen Fasten, und nun zeigte es sich, daß ihm durchaus kein Verständnis für alle die Genüsse fehlte, deren er sich in den Jahren seiner feurigen Jugend, wo sonst kein Mensch Herr über sich selbst ist, zu enthalten verstanden hatte. Er entfaltete sogar einen gewissen Luxus. Er schaffte sich einen recht guten Koch und feine Hemden aus holländischem Leinen an. Auch kaufte er sich für seine Anzüge ein Tuch, wie es nur wenige Leute im Gouvernement trugen; aus dieser Zeit stammt auch seine Vorliebe für die braunen und rötlichen Tuchsorten mit Glanz. Schon hatte er sich ein vorzügliches Paar Pferde angeschafft und hielt bei seinen Ausfahrten einen der Zügel mit eigener Hand, damit das eine Beipferd sich wie ein Aal winde; schon gewöhnte er sich die Manier an, sich mit einem in verdünntes Eau de Cologne getauchten Schwamm abzureiben; schon kaufte er eine gewisse gar nicht billige Seife, die der Haut eine wunderbare Glätte verlieh; schon ...

Plötzlich wurde aber an Stelle der alten Schlafmütze ein neuer Vorgesetzter ernannt, ein strenger Herr vom Militär,

ein Feind jeder Bestechlichkeit und Unredlichkeit. Gleich am ersten Tage nach seiner Ernennung jagte er allen Beamten ohne Ausnahme Angst ein, verlangte Rechenschaftsberichte, stellte auf Schritt und Tritt Fehlbeträge fest, entdeckte sofort auch die Häuser von der schönen bürgerlichen Architektur – und das Spiel ging los. Die Beamten wurden entlassen; die Häuser kamen an den Staat und wurden in allerlei wohltätige Anstalten und Kantonistenschulen umgewandelt; alles wurde zerrupft, und Tschitschikow bekam mehr als die anderen ab. Sein Gesicht mißfiel plötzlich trotz seiner angenehmen Züge dem Vorgesetzten – warum eigentlich, weiß Gott allein. Zuweilen geschieht so was ohne jeglichen Grund – und er fing an, Tschitschikow wie den Tod zu hassen. Der unerbittliche Vorgesetzte wütete entsetzlich. Da er aber immerhin ein Militär war und folglich alle Schliche des Zivildienstes nicht kannte, so gelang es bald anderen Beamten mit Hilfe ihres ehrlichen Aussehens und der Kunst, ihm gefällig zu sein, seine Gnade zu erwerben, und der General geriet bald in die Gewalt noch größerer Schurken, die er aber gar nicht für solche hielt; er war sogar zufrieden, daß er die richtigen Leute gefunden hatte, und prahlte sogar ernsthaft mit seiner Kunst, fähige Menschen zu entdecken. Die Beamten erfaßten schnell seinen Charakter und seinen Geist. Alle seine Untergebenen wurden zu verschworenen Gegnern jeder Unredlichkeit; sie verfolgten sie in allen Dingen so, wie der Fischer mit seiner Harpune einen fetten Hausen verfolgt; sie verfolgten sie mit solchem Eifer, daß ein jeder von ihnen bald ein Kapital von mehreren tausend Rubel beisammen hatte. Um diese Zeit bekehrten sich auch viele von den früheren Beamten zur Redlichkeit und wurden wieder in den Dienst genommen. Tschitschikow allein gelang es nicht, wieder in den Dienst zu treten; wie sehr sich für ihn auch der erste Sekretär des Generals, der es wunderbar verstand, seinen Vorgesetzten an der Nase herumzuführen, unter dem Einfluß der Empfehlungsbriefe des Fürsten Chowanskij einsetzte – in diesem Falle konnte er nichts ausrichten. Der General war ein Mensch, der sich wohl an der Nase herumführen ließ (doch ohne sein Wissen); wenn sich aber ein Gedanke in seinem Kopf festsetzte, so saß er darin so fest, wie ein eiserner Nagel und ließ sich mit keiner Zange herausziehen. Alles, was der kluge Sekretär ausrichten konnte,

war, daß Tschitschikows alte beschmutzte Dienstliste vernichtet wurde; und auch das hatte er beim General nur durch einen Appell an sein Mitleid erreicht, indem er ihm in den lebhaftesten Farben das rührende Schicksal der unglücklichen Familie Tschitschikows ausmalte, die jener glücklicherweise gar nicht besaß.

„Was ist da zu machen!“ sagte Tschitschikow: „Die Sache ist einmal vorbeigelungen – punktum! Weinen nützt nichts, man muß handeln.“ Und er entschloß sich, seine Karriere von neuem zu beginnen, sich aufs neue mit Geduld zu wappnen, sich wieder in allen Dingen einzuschränken, so angenehm sein Leben vorher auch war. Er mußte in eine andere Stadt ziehen und sich dort berühmt machen. Das wollte ihm lange Zeit nicht gelingen. Zwei oder drei Posten mußte er schnell hintereinander wechseln. Diese Posten waren irgendwie schmutzig und erniedrigend. Es muß hier festgestellt werden, daß Tschitschikow der reinlichste und heikelste Mensch auf Erden war. Obwohl er anfangs auch in einer unsauberen Gesellschaft hatte verkehren müssen, bewahrte er seine Seele doch immer rein, hielt darauf, daß in den Kanzleien lackierte Tische waren und daß alles anständig aussah. Niemals erlaubte er sich im Gespräch ein unanständiges Wort und fühlte sich immer verletzt, wenn er in den Worten der anderen den schuldigen Respekt vor Titel und Würden vermißte. Ich glaube, es wird dem Leser angenehm sein, zu erfahren, daß er jeden zweiten Tag die Wäsche wechselte, im Sommer aber, während der heißesten Monate, sogar jeden Tag. Jeder irgendwie unangenehme Geruch beleidigte ihn. Aus diesem Grunde pflegte er sich jedesmal, wenn Petruschka erschien, um ihm beim Auskleiden behilflich zu sein und die Stiefel auszuziehen, eine Gewürznelke in die Nase zu stecken; in vielen Dingen waren seine Nerven so empfindlich wie die eines jungen Mädchens; darum fiel es ihm so schwer, wieder in die Gesellschaftsschichten hinabzusteigen, wo es nach Schnaps und schlechten Manieren roch. So sehr er sich auch zusammennahm, er magerte infolge dieser Widerwärtigkeiten ab und bekam sogar eine grünliche Gesichtsfarbe. Hatte er ja schon angefangen, dick zu werden und die rundlichen und angenehmen Formen anzunehmen, mit denen ihn der Leser kennengelernt hat; gar oft hatte er schon bei einem Blick in den Spiegel an allerlei Angenehmes

gedacht: an ein junges Weibchen, an eine Kinderstube, und diesen Gedanken folgte stets ein Lächeln; als er aber jetzt einmal zufällig in den Spiegel blickte, konnte er sich nicht des Ausrufes enthalten: „Heilige Mutter Gottes! Wie häßlich ich geworden bin!“ Nachher wollte er lange Zeit nicht mehr in den Spiegel blicken. Doch unser Held trug alles tapfer und geduldig; schließlich bekam er eine Stellung beim Zollamt. Es ist zu erwähnen, daß diese Tätigkeit schon längst der Gegenstand seiner geheimen Gedanken war. Er sah, was die Zollbeamten sich für elegante ausländische Sächelchen zulegten, was für Porzellan und Batist sie ihren Gevatterinnen, Tanten und Schwestern schickten. Mehr als einmal hatte er schon seufzend ausgerufen: „Ach, wenn ich da eine Anstellung bekommen könnte. Man sitzt dicht an der Grenze und hat mit gebildeten Menschen zu tun, und was für feine holländische Hemden kann man sich da anschaffen!“ Es muß hinzugefügt werden, daß er dabei auch noch an eine gewisse Sorte französischer Seife dachte, die der Haut eine ungewöhnliche Weiße und den Wangen eine herrliche Frische verlieh; wie diese Seife hieß, weiß Gott allein, er vermutete aber, daß sie an der Grenze anzutreffen war. Er wollte also schon längst in den Zolldienst treten, wurde aber noch von verschiedenen augenblicklichen Vorteilen an der Baukommission festgehalten. Er sagte sich mit Recht, daß das Zollamt allenfalls doch nur eine Taube auf dem Dache, die Kommission aber der Sperling in der Hand sei. Jetzt aber wollte er, koste es, was es wolle, im Zolldienst unterkommen, und er erreichte es auch. Er machte sich ans Werk mit ungewöhnlichem Eifer. Das Schicksal selbst schien ihn zum Zollbeamten bestimmt zu haben. Eine solche Geschicklichkeit, einen solchen Scharfblick hatte man nicht nur niemals gesehen, man hatte von ihnen nicht mal gehört. Nach drei, vier Wochen hatte er sich bereits eine solche Tüchtigkeit in der Zollbranche angeeignet, daß er rein alles wußte. Ohne zu messen und zu wiegen, erkannte er schon nach der Faktur, wieviel Ellen Tuch oder anderen Stoff ein Ballen enthielt; wenn er ein Paket bloß in die Hand nahm, konnte er sofort sagen, wieviel Pfund es wog. Was aber die Durchsuchung des Gepäcks betrifft, so hatte er darin, wie sich selbst seine Kollegen ausdrückten, die Nase eines Spürhundes. Man mußte staunen, wenn man die Geduld sah, mit der er jeden Knopf betastete; und dies alles machte er mit einer geradezu mörderischen Kaltblütigkeit und einer unerhörten Höflichkeit. Während die von ihm durchsuchten Reisenden vor Wut rasten, aus der Haut fuhren und die böse Lust verspürten, ihm sein angenehmes Gesicht durch Nasenstüber zu verunstalten, sagte er nur, ohne das Gesicht zu verziehen und ohne etwas von seiner Liebenswürdigkeit zu verlieren: „Wollen Sie sich nicht bemühen und ein wenig aufstehen?“ Oder: „Wollen Sie sich nicht, gnädige Frau, ins Nebenzimmer begeben? Die Gattin eines unserer Beamten wird mit Ihnen einige Worte wechseln.“ Oder: „Gestatten Sie, daß ich Ihnen das Unterfutter Ihres Mantels mit meinem Messer ein wenig auftrenne.“ Und mit diesen Worten zog er Schals und Tücher hervor, so kaltblütig, wie aus seinem eigenen Koffer. Selbst die Vorgesetzten meinten, er sei ein Teufel und kein Mensch. Er fand die Konterbande in Wagenrädern, Deichseln, Pferdeohren und an weiß Gott was für Stellen, in die kein Dichter hineinlangen würde, und in die hineinzulangen es höchstens einem Zollbeamten erlaubt ist; der arme Reisende, der über die Grenze gekommen, blieb dann einige Minuten wie vor den Kopf geschlagen; er wischte sich den Schweiß ab, der seinen ganzen Körper wie ein Ausschlag bedeckte, bekreuzigte sich und sagte bloß: „Na, na!“ Seine Lage glich außerordentlich der eines Schuljungen, der eben aus dem geheimen Gemach gelaufen kommt, wohin ihn der Lehrer gerufen, um ihm eine kleine Belehrung zu erteilen und ihm statt dessen ganz unerwartet eine Portion Ruten verabreicht hat. In kürzester Zeit hatte er den Schmugglern das Leben ganz unmöglich gemacht. Er war der Schrecken und die Verzweiflung der ganzen polnischen Judenschaft. Seine Ehrlichkeit und Unbestechlichkeit waren unüberwindlich, beinahe unnatürlich. Er legte sich nicht einmal ein kleines Kapital aus den konfiszierten Waren und den den Reisenden abgenommenen Gegenständen an, die, zur Vermeidung unnötiger Schreibereien, an den Staat nicht abgeliefert wurden. Solch ein eifriger und uneigennütziger Dienst mußte zum Gegenstand des allgemeinen Staunens werden und schließlich auch der höchsten Behörde zu Ohren kommen. Er erhielt einen Titel, wurde befördert und reichte bald darauf ein Projekt ein, wie man alle Schmuggler einfangen könnte; dabei bat er nur um die Ermächtigung, das Projekt selbst zu verwirklichen. Man erteilte ihm sofort den Oberbefehl und das unbeschränkte Recht, allerlei Untersuchungen anzustellen. Das war alles, was er brauchte. Um jene Zeit hatte sich gerade eine planmäßig organisierte, mächtige Schmugglergesellschaft gebildet; das freche Unternehmen versprach Millionen abzuwerfen. Tschitschikow hatte schon längst Kenntnis von der Sache, und als die Gesellschaft ihn durch Abgesandte zu bestechen versuchte, ging er darauf sogar nicht ein und sagte trocken: „Es ist noch nicht Zeit." Als er aber alle Vollmachten in Händen hatte, ließ er sofort der Gesellschaft ansagen: „Jetzt ist es Zeit." Sein Plan war mehr als sicher. Er hatte die Möglichkeit, in einem Jahr mehr zu verdienen als in zwanzig Jahren des eifrigsten Dienstes. Früher wollte er mit den Schmugglern nichts zu tun haben, weil er da nur eine untergeordnete Rolle spielen und nicht viel hätte verdienen können; doch jetzt ... jetzt war es eine ganz andere Sache. Jetzt konnte er beliebige Bedingungen diktieren. Damit die Sache glatter vonstatten gehe, überredete er einen anderen Beamten, seinen Kollegen, der, obwohl er schon ergraut war, der Versuchung nicht widerstehen konnte. Das Abkommen wurde geschlossen, und die Gesellschaft machte sich ans Werk. Ihre ersten Schritte hatten den glänzendsten Erfolg. Der Leser hat schon sicher jene, oft wiedererzählte Geschichte von der klug erdachten Reise spanischer Hammel gehört, die die Grenze in doppelten Fellen überschritten und dabei für eine Million Brabanter Spitzen hinüberschmuggelten. Diese Geschichte spielte sich gerade zu der Zeit ab, als Tschitschikow beim Zollamt diente. Wäre er nicht selbst an diesem Unternehmen beteiligt gewesen, so hätte kein Jude in der ganzen Welt diesen Streich verüben können. Nach drei oder vier solchen Grenzüberschreitungen der Hammel hatten die beiden Beamten je vierhunderttausend Rubel Kapital. Tschitschikow soll sogar über fünfhunderttausend gehabt haben, da er geschickter war als der andere. Gott allein weiß, welch eine Riesenziffer diese gesegneten Summen erreicht hätten, wenn nicht ein böser Zufall in die Quere gekommen wäre. Der Teufel nahm den beiden Beamten jede Vernunft. Sie wurden einfach verrückt und gerieten ohne jeglichen triftigen Grund in Streit. In einem hitzigen Gespräch, vielleicht auch in einem etwas trunkenen Zustand, nannte Tschitschikow den anderen Beamten einen Popensohn; jener war zwar wirklich ein Propensohn, fühlte sich aber, Gott weiß warum, auf einmal furchtbar verletzt und gab ihm sofort eine außerordentlich scharfe Abfuhr; er sagte nämlich: „Nein, du lügst: ich bin Staatsrat und kein Popensohn; du aber bist ein Popensohn!“ Um ihn noch mehr zu ärgern, fügte er hinzu: „Ja, so ist's!“ Obwohl er Tschitschikow auf diese Weise ordentlich seine Meinung gesagt und den beleidigenden Ausdruck mit einer Retourkutsche zurückgegeben hatte, und obwohl die Wendung: „Ja, so ist's!“ stark genug war, begnügte er sich nicht damit und schickte außerdem noch eine geheime Anzeige an die vorgesetzte Behörde. Man sagt übrigens, sie hätten auch ohnehin einen Streit wegen eines frischen jungen Weibes gehabt, das, wie sich die Zollbeamten ausdrückten, so fest wie eine Zaunrübe war; es sollen sogar ein paar Männer gedungen worden sein, um unseren Helden eines Abends in einer dunklen Gasse zu verhauen; die beiden Beamten hätten aber nichts erreicht, und das Weib sei einem gewissen Stabshauptmann Schamscharjow zugefallen. Wie es sich in Wahrheit verhielt, weiß Gott allein; der Leser kann, wenn er Lust hat, die Geschichte selbst weiter ausspinnen. Die Hauptsache aber ist, daß ihre geheimen Verbindungen mit den Schmugglern zu offenbar wurden. Der Staatsrat ging zwar selbst zugrunde, stürzte aber auch seinen Kollegen ins Verderben. Die Beamten kamen vor Gericht, man beschlagnahmte alles, was sie hatten, und das Ganze kam so unerwartet, wie ein Blitz aus heiterem Himmel. Erst als sie wie aus einem Rausch erwachten, merkten sie, was sie angestellt hatten. Der Staatsrat konnte dem Schicksal nicht standhalten und ging irgendwo in der gottvergessenen Provinz zugrunde, der Kollegienrat aber ging nicht unter. Er verstand es, trotz der feinen Witterung der Beamten, die mit der Untersuchung betraut waren, einen Teil des Geldes auf die Seite zu schaffen; er wandte alle Schliche seiner großen Erfahrung und seiner ganzen Menschenkenntnis an. Hier ging er mit seinen angenehmen Manieren vor, dort mit rührenden Reden; hier beräucherte er die Beamten mit Schmeichelei, die niemals schaden kann, dort steckte er einem etwas Geld zu; mit einem Wort, er machte die Sache so, daß er einen weniger entehrenden Abschied bekam als sein Kollege und dem Kriminalgericht entging. Doch vom Kapital und von all den ausländischen

Sächelchen blieb ihm so gut wie nichts zurück. Für diese Dinge hatten sich andere Liebhaber gefunden. Es blieben ihm nur an die zehntausend Rubel, die er sich für die Stunde der Not zurückgelegt hatte, zwei Dutzend holländische Hemden, der kleine Wagen, wie ihn die Junggesellen zu benutzen pflegen, und zwei Leibeigene: der Kutscher Selifan und der Lakai Petruschka; außerdem hatten ihm die Zollbeamten aus lauter Herzensgüte fünf oder sechs Stück Seife zur Erhaltung der Frische seiner Wangen gelassen – das war alles. In einer solchen Lage befand sich nun unser Held! Ein so schweres Ungemach war plötzlich über ihn hereingebrochen! Dies nannte er ein Opfer seiner Redlichkeit sein. Nun hätte man meinen sollen, er würde sich nach diesen Stürmen, Prüfungen, Schicksalsschlägen und Plagen mit den ihm gebliebenen letzten zehntausend Rubelchen in irgendeine entlegene friedliche Kreisstadt zurückziehen und dort in einem Schlafrock aus Kattun vor dem Fenster eines niedrigen Häuschens für immer eintrocknen, an Sonntagen die Raufereien der Bauern vor seinen Fenstern schlichten oder mal zur Abwechslung einen Spaziergang nach dem Hühnerstall machen, um persönlich das für die Suppe bestimmte Huhn zu betasten und auf diese Weise sein stilles, doch in seiner Art nicht nutzloses Leben beschließen. Es kam aber anders. Man muß seiner unüberwindlichen Charakterstärke jede Anerkennung zollen. Nach allen diesen Erlebnissen, die genügt hätten, um einen Menschen, wenn nicht umzubringen, so doch jedenfalls für immer abzukühlen und zu demütigen, war in ihm seine ungeheure Leidenschaftlichkeit dennoch nicht erloschen. Er härmte sich ab, er ärgerte sich, er murrte gegen die ganze Welt, zürnte dem ungerechten Schicksal, empörte sich über die ungerechten Menschen und konnte sich doch nicht versagen, neue Versuche zu unternehmen. Mit einem Wort, er zeigte eine Geduld, gegen die die hölzerne Geduld des Deutschen, die schon von seinem langsamen Blutumlauf bedingt wird, gar nichts ist. Das Blut Tschitschikows wallte dagegen lebhaft, und er mußte seinen ganzen zielbewußten Willen zusammennehmen, um alles, was sich aus ihm drängte und nach Freiheit lechzte, im Zaum zu halten. Er stellte Betrachtungen an, denen eine gewisse Richtigkeit nicht abzusprechen ist: „Warum mußte ich es sein? Warum ist das Unglück über mich hereingebrochen? Welcher Beamte schläft jetzt und denkt nicht an Erwerb? Ich habe doch keinen Menschen unglücklich gemacht. Ich habe keine Witwe beraubt, habe niemand an den Bettelstab gebracht; ich habe nur vom Überfluß geschöpft; ich nahm dort, wo auch jeder andere an meiner Stelle genommen hätte; hätte ich es nicht genommen, so täten es die anderen. Warum sollen die anderen ihr Leben genießen, und warum soll ich wie ein Wurm zugrunde gehen? Was bin ich jetzt? Wozu tauge ich noch? Mit welchen Augen kann ich jetzt einem achtbaren Familienvater ins Gesicht sehen? Wie soll ich keine Gewissensbisse empfinden, wo ich weiß, daß ich die Erde unnütz belaste? Und was werden einmal meine Kinder sagen? – ‚Unser Vater', werden sie sagen, ‚war ein gemeiner Kerl: Er hat uns gar kein Vermögen hinterlassen!'"

Es ist den Lesern schon bekannt, daß Tschitschikow um seine Nachkommen sehr besorgt war. Das ist ein äußerst subtiles Thema! Gar mancher würde vielleicht nicht so tief in eine fremde Tasche greifen, wenn ihm nicht ganz von selbst die Frage käme: „Und was werden die Kinder sagen?" Und der künftige Stammvater schielt wie ein vorsichtiger Kater mit dem einen Auge zur Seite, ob ihn der Hausherr nicht beobachtet, und ergreift eilig alles, was gerade in der Nähe ist: Seife, Kerzen, Speck oder einen Kanarienvogel, der ihm unter die Pfoten kommt, mit einem Wort, er läßt sich nichts entgehen. So jammerte und weinte unser Held, und doch stand seine Gehirntätigkeit keinen Augenblick still; in seinem Kopf wollte unablässig etwas entstehen, was nur noch auf einen Plan wartete. Er schrumpfte wieder zusammen, begann wieder hart zu arbeiten, schränkte sich wieder in allen Dingen ein und sank wieder aus der Reinheit und der anständigen Position zu einem schmutzigen und niedrigen Dasein hinab. In Erwartung eines besseren war er gezwungen, den Beruf eines Rechtskonsulenten zu ergreifen – einen Beruf, der sich bei uns noch nicht recht eingebürgert hat. So ein Rechtskonsulent wird von allen Seiten herumgestoßen, von den kleinen Beamten und selbst von seinen Klienten verachtet und ist verurteilt, wie ein Lakai in den Vorzimmern herumzusitzen und jede Grobheit über sich ergehen zu lassen; doch die Not zwang ihn dazu. Unter anderem wurde er mit der Aufgabe betraut, einige hundert Bauern beim Vormundschaftsgericht zu verpfänden. Das Gut war gänzlich ruiniert; die Schuld am Ruin waren Viehseuchen, betrügerische Verwalter, Mißernten, Epidemien, an denen die besten Arbeiter starben, und nicht zuletzt die Dummheit des Gutsbesitzers selbst, der sich in Moskau ein Haus nach der neuesten Mode eingerichtet und für diese Einrichtung sein ganzes Vermögen bis zur letzten Kopeke aufgebraucht hatte, so daß ihm zuletzt nichts zum Essen blieb. Aus diesem Grunde mußte er das letzte ihm noch gebliebene Gut verpfänden. Verpfändungen bei der Krone waren damals noch eine neue Sache, zu der man sich nicht ohne eine gewisse Angst entschloß. Nachdem Tschitschikow als Bevollmächtigter des Gutsbesitzers alle in Betracht kommenden Personen günstig gestimmt hatte (ohne diese Stimmungsmache kann man bei uns bekanntlich nicht mal eine gewöhnliche Auskunft einholen: eine Flasche Madeira pro Kopf ist dabei das mindeste) – nachdem er also alle günstig gestimmt hatte, brachte er unter anderem folgenden Umstand zur Sprache: „Die Hälfte der Bauern ist ausgestorben, ob man nicht deswegen hinterher Schwierigkeiten hat?" – „Aber sie stehen doch noch auf der Revisionsliste?" fragte der Sekretär. – „Ja, auf der Liste stehen sie schon", antwortete Tschitschikow. – „Was haben Sie dann solche Angst?" sagte der Sekretär. „Der eine stirbt, ein anderer kommt zur Welt, beide taugen gleich fürs Feld." Der Sekretär verstand offenbar auch in Reimen zu sprechen. Unserem Helden kam aber der genialste Gedanke, der je einem Menschen in den Sinn gekommen ist. „Ach, ich Dummkopf!" sagte er zu sich selbst. „Ich suche meine Handschuhe, und die stecken beide in meinem Gürtel! Wenn ich von solchen Gestorbenen vor Einreichung der neuen Revisionslisten, sagen wir, tausend Stück kaufe und sie beim Vormundschaftsgericht zu, sagen wir, zweihundert Rubel verpfände, so habe ich gleich zweihunderttausend Rubel Kapital! Jetzt ist aber die geeignetste Zeit. Es hat eben eine Epidemie gegeben, und es sind, Gott sei Dank, genug Menschen gestorben. Die Gutsbesitzer haben ihre Vermögen am Kartentisch verloren, haben ordentlich gebummelt und sind ruiniert; alles geht nach Petersburg und tritt in den Staatsdienst. Die Güter sind verlassen und werden elend verwaltet, und den Besitzern wird es mit jedem Jahr schwerer, die Steuern zu bezahlen; ein jeder wird mir darum mit Freuden seine gestorbenen Bauern abtreten, um keine Steuern für sie bezahlen zu müssen; mancher wird mir vielleicht noch was draufzahlen. Das ist natürlich recht schwierig und mühevoll und auch nicht ungefährlich, denn es kann daraus eine neue Geschichte entstehen. Aber dazu hat der Mensch seinen Verstand! Das Gute dabei ist, daß die Sache so unwahrscheinlich klingt und niemand es glauben wird. Allerdings kann man sie ohne Land weder kaufen noch verpfänden. Ich werde sie aber zwecks Übersiedlung kaufen; im Taurischen und Cherssoner Gouvernement bekommt man jetzt Land so gut wie umsonst, wenn man nur Bauern zum Ansiedeln hat. Dort will ich sie auch alle ansiedeln! Ins Cherssoner Gouvernement mit ihnen! Sollen sie da wohnen! Die Übersiedlung kann ich auf vollkommen gesetzliche Weise machen, ganz wie es sich gehört, durch das Gericht. Und wenn sie die Bauern auf ihre Tauglichkeit hin untersuchen wollen, so habe ich nichts dagegen, warum denn nicht? Ich kann auch ein Attest mit eigenhändiger Unterschrift irgendeines Polizeihauptmanns beibringen. Den Besitz kann ich ,Tschitschikows Dorf' nennen oder auch nach meinem Taufnamen ,Pawlowskoje'." So entstand im Kopf unseres Helden dieser seltsame Plan; ich weiß nicht, ob meine Leser ihm dafür dankbar sein werden, der Verfasser weiß aber gar nicht, wie er ihm danken soll, denn wäre Tschitschikow nicht auf diesen Gedanken gekommen, so hätte dieses Poem wohl nie erscheinen können.

Nach russischer Sitte bekreuzigte er sich erst und schritt dann an die Ausführung. Unter dem Vorwand, sich einen Wohnort auswählen zu wollen, und auch unter anderen Vorwänden, nahm er sich vor, verschiedene Gegenden unseres Landes aufzusuchen, und zwar in erster Linie solche, die von Unglück, wie Mißernten, Seuchen usw., betroffen waren, mit einem Wort Gegenden, wo er die Leute, die er brauchte, billig kaufen könnte. Er wandte sich nicht aufs Geratewohl an jeden beliebigen Gutsbesitzer, sondern wählte sich die Leute nach seinem Geschmack, d. h. solche, mit denen sich ähnliche Geschäfte mit möglichst wenig Schwierigkeiten machen ließen, wobei er immer zunächst versuchte, mit ihnen bekannt zu werden und sie günstig zu stimmen, um die Bauern womöglich nicht durch Kauf, sondern als Geschenk zu bekommen. Der Leser darf es daher dem Autor nicht übelnehmen, wenn die Personen, die bisher aufgetreten sind, seinem Geschmack

nicht entsprechen. Das ist Tschitschikows Schuld; er ist hier der Herr, und wir müssen ihm folgen, wohin es ihm beliebt. Und wenn uns vorgeworfen wird, daß die Personen und Charaktere blaß und unscheinbar seien, so werden wir unsererseits sagen, daß man beim Anfang einer Sache niemals ihren weiteren Verlauf und Umfang ermessen kann. Auch der Einzug in eine Stadt, selbst in eine Residenz, ist immer irgendwie blaß. Man sieht erst endlose rauchgeschwärzte Werke und Fabriken, und dann erst erscheinen die Ecken der sechsstöckigen Häuser, die Geschäftsläden, Aushängeschilder, die riesenhaften Perspektiven der Straßen voller Glockentürme, Säulen, Statuen, Türme, mit ihrem Glanz, Lärm und Dröhnen und allem, was der Gedanke und die Hand des Menschen geschaffen haben. Wie die ersten Käufe zustande kamen, hat der Leser schon gesehen; wie die Sache weiter gehen wird, welche Erfolge und Mißerfolge den Helden erwarten, auf welche Weise er schwierigere Hindernisse bewältigen wird, wie gewaltige Bilder auftauchen, wie die verborgenen Hebel der weitläufigen Erzählung in Bewegung treten werden, wie ihr Horizont sich erweitern und wie sie selbst einen majestätischen lyrischen Verlauf nehmen wird – das wird er später sehen. Ein weiter Weg liegt noch vor unserer Reisegesellschaft, die aus dem Herrn mittleren Alters, dem Wagen, wie ihn Junggesellen zu benützen pflegen, dem Lakai Petruschka, dem Kutscher Selifan und den drei Pferden besteht, die dem Leser auch schon ihren Namen nach, vom „Assessor“ bis zum niederträchtigen Schecken, bekannt sind. So steht also unser Held vor uns da! Vielleicht wird man von uns noch einen letzten charakteristischen Pinselstrich verlangen: Was ist er in bezug auf seine moralischen Qualitäten? Daß er kein von Tugenden und Vollkommenheiten erfüllter Held ist, ist ohne weiteres klar. Was ist er dann? Ein Schurke? Warum denn Schurke? Warum soll man gegen seine Nächsten so streng sein? Heutzutage gibt es bei uns keine Schurken mehr: es gibt nur wohlgesinnte, angenehme Menschen; aber solche, die mit ihrem Gesicht eine Ohrfeige der gesamten Öffentlichkeit herausfordern, kann man höchstens zwei oder drei finden; und auch diese sprechen heute schon von der Tugend. Am richtigsten wäre Tschitschikow mit guter Hauswirt und Erwerber zu bezeichnen. Der Erwerbssinn ist an allem schuld. Er treibt den

Menschen zu Geschäften, die die Welt „nicht ganz sauber" nennt. In einem solchen Charakter liegt allerdings etwas Abstoßendes, und der gleiche Leser, der auf seinem Lebensweg mit einem solchen Menschen verkehrt und recht angenehm die Zeit verbringt, wird ihn scheel anblicken, wenn er ihn im Helden eines Dramas oder eines Poems wiedererkennt. Weise ist aber derjenige, der sich von keinem Charakter abstoßen läßt, sondern seinen prüfenden Blick in ihn versenkt und ihn bis zu seinen Urgründen erforscht. So schnell wandelt sich alles im Menschen: ehe man sich's versieht, ist in seinem Innern ein schrecklicher Wurm gewachsen, der gebieterisch alle seine Lebenssäfte aufsaugt. So oft geschah es schon, daß nicht mal eine große, sondern eine ganz kleine und nichtige Leidenschaft in einem zu besseren Taten geborenen Menschen gewaltig anwuchs und ihn zwang, seine großen und heiligen Pflichten zu vergessen und in wertlosen Narrenschellen Großes und Heiliges zu sehen. Zahllos wie der Sand am Meer sind die menschlichen Leidenschaften, keine gleicht der anderen, und alle, wie die niedrigen so die edlen, die anfangs dem Menschen untertan sind, werden später zu seinen schrecklichen und unumschränkten Gebietern. Selig ist, der sich die schönste der Leidenschaften erkoren hat. Seine grenzenlose Seligkeit wächst und verzehnfacht sich von Stunde zu Stunde, und er dringt immer tiefer in das unendliche Paradies seiner Seele ein. Es gibt aber Leidenschaften, deren Wahl nicht vom Menschen abhängt. Sie werden mit ihm in der Stunde seiner eigenen Geburt geboren, und es ist ihm nicht die Kraft gegeben, sich von ihnen zu befreien. Sie werden von höheren Absichten gelenkt, und es ist in ihnen etwas, was ewig ruft und nie im Leben verstummt. Es ist ihnen bestimmt, eine große irdische Laufbahn zu vollenden, ganz gleich, ob in finsterer Gestalt oder als eine die ganze Welt erfreuende lichte Erscheinung vorbeischwebend – sie sind in gleicher Weise zum Wohl der Menschen, das ihnen aber unbekannt ist, heraufbeschworen worden. Vielleicht hängt auch die Leidenschaft, die Tschitschikow treibt, gar nicht von ihm ab, vielleicht steckt in seiner kalten Existenz etwas, was einst den Menschen in den Staub und auf die Knie zwingen wird, vor der Weisheit des Himmels. Und es ist noch ein Geheimnis, warum diese Gestalt in diesem, heute erscheinenden Poem auftritt.

Doch das ist nicht traurig, daß man mit unserem Helden unzufrieden sein wird; traurig ist, daß in der Seele die Gewißheit wohnt, daß die Leser mit dem gleichen Tschitschikow auch zufrieden sein könnten. Hätte der Autor ihm nicht so tief in die Seele geblickt, hätte er nicht daran gerührt, was der Aufmerksamkeit der Welt entgeht und sich verbirgt, hätte er nicht die geheimsten Gedanken enthüllt, die kein Mensch einem anderen anvertraut, hätte er ihn so gezeigt, wie er der ganzen Stadt, Manilow und den anderen erschienen war – so wären alle höchst zufrieden gewesen und hielten ihn für sehr interessant. Sein Antlitz, seine Gestalt wären dann allerdings nicht so lebendig; dafür wäre die Seele des Lesers nach der Lektüre durch nichts erregt, und alle könnten sich wieder dem Kartentisch zuwenden, dem Trost des ganzen russischen Landes. Ja, meine guten Leser, ihr wollt die menschliche Dürftigkeit nicht gerne enthüllt sehen. „Wozu?“ fragt ihr. „Wozu das alles? Wissen wir denn nicht selbst, daß es im Leben viel Verächtliches und Dummes gibt? Auch ohnehin müssen wir oft Dinge sehen, die gar nicht tröstlich sind. Zeigt uns doch lieber das Schöne, das Anziehende. Wir wollen uns lieber vergessen!“ – „Warum erzählst du mir, daß die Wirtschaft schlechtgeht, Bruder?“ sagt der Gutsbesitzer zum Verwalter. „Das weiß ich auch ohne dich, Bruder; weißt du mir denn nichts anderes zu erzählen? Laß mich doch dies alles vergessen, es nicht wissen – dann bin ich glücklich.“ Und nun wird das Geld, das die Wirtschaft einigermaßen in Ordnung bringen könnte, zu verschiedenen Mitteln verwendet, die dem Gutsbesitzer helfen sollen, sich zu vergessen; das Gut kommt aber plötzlich zur öffentlichen Versteigerung – und der Gutsbesitzer kann sich nun am Bettelstab vergessen, mit einer Seele, die zu Gemeinheiten fähig ist, vor denen er früher selbst erschauert wäre.

Der Autor wird sich auch noch Vorwürfe seitens der Menschen zuziehen, die ruhig zu Hause hocken und sich mit den gleichgültigsten Dingen abgeben, indem sie sich Vermögen erwerben und ihr Schicksal auf Kosten der anderen gestalten; sobald aber etwas geschieht, was nach ihrer Meinung das Vaterland beleidigt, wenn irgendein Buch erscheint, das manche bittere Wahrheit enthält – so kommen sie aus allen ihren Ekken gelaufen wie die Spinnen, wenn sie sehen, daß eine Fliege in ihr Netz geraten ist, und sie erheben ein Geschrei: „Ist es

denn gut, dieses ans Tageslicht zu bringen, es offen zu verkünden? Alles, was hier beschrieben ist, gehört ja uns – ist das gut? Was werden die Ausländer sagen? Ist es denn angenehm, ungünstige Meinungen über sich selbst zu hören? Man denkt wohl, es tue uns nicht weh? Man denkt wohl, daß wir keine Patrioten seien?“ Auf diese weisen Einwendungen, insbesondere hinsichtlich der Ausländer, weiß ich nichts zu antworten. Höchstens folgendes: In einem entlegenen Winkel Rußlands lebten einmal zwei Bürger. Der eine war ein Familienvater, namens Kifa Mokijewitsch, ein Mann von sanftem Gemüt, der sein ganzes Leben im Schlafrock verbrachte. Um seine Familie kümmerte er sich nicht viel; sein Dasein war mehr spekulativ und mit folgender Frage, die er eine philosophische nannte, beschäftigt: „Man nehme zum Beispiel das Tier“, sagte er, in seinem Zimmer auf und ab gehend: „Das Tier wird ganz nackt geboren. Warum nackt? Warum anders als der Vogel, warum schlüpft es nicht aus einem Ei? Es ist wirklich seltsam ... wenn man in die Natur tiefer eindringt, kann man sie gar nicht begreifen!“ So dachte der Bürger Kifa Mokijewitsch. Aber das ist noch nicht die Hauptsache. Der andere Bürger war Mokij Kifowitsch, sein leiblicher Sohn. Er war das, was man in Rußland einen Helden nennt, und während sein Vater sich mit der Geburt des Tieres beschäftigte, wollte sich dieser zwanzigjährige, breitschultrige Mensch entfalten und austoben. Er verstand keine Sache leicht anzufassen. Entweder ging jemand der Arm entzwei, oder eine Nase bekam eine Beule. Zu Hause und in der Nachbarschaft liefen alle, von dem leibeigenen Mädel bis zum Hofhund, wenn sie ihn sahen, davon; selbst sein eigenes Bett im Schlafzimmer haute er in Stücke. So war dieser Mokij Kifowitsch beschaffen, sonst war er aber eine gute Seele. Doch auch das ist noch nicht die Hauptsache. Die Hauptsache ist folgendes: „Ach bitte, Väterchen, gnädiger Herr, Kifa Mokijewitsch“, sagten zum Vater die eigenen und die fremden Leibeigenen, „was hast du für einen Mokij Kifowitsch? Er läßt niemand in Ruhe, dieser Bedrücker!“ – „Ja, etwas mutwillig ist er schon“, pflegte der Vater darauf zu sagen: „Aber was soll ich mit ihm anfangen? Hauen kann ich ihn nicht mehr, dazu ist er zu groß, auch würde man mir Grausamkeit vorwerfen; er ist aber empfindlich und ehrgeizig. Wenn ich ihm in Gegenwart eines oder zweier Menschen einen Vorwurf mache, wird er gleich ruhiger werden; aber die Öffentlichkeit ist so eine Sache – ein wahres Unglück! Wenn die Stadt es erfährt, werden ihn alle einen Hund nennen. Denken sich die Leute, daß mir das nicht weh tut? Bin ich nicht sein Vater? Folgt denn daraus, daß ich mich mit Philosophie beschäftige und zuweilen auch keine Zeit habe, daß ich nicht sein Vater bin? Aber ich bin doch sein Vater! Sein Vater, hol mich der Teufel! Mokij Kifowitsch sitzt mir hier im tiefsten Herzen!" Kifa Mokijewitsch schlug sich bei diesen Worten kräftig auf die Brust und geriet in Ekstase. „Wenn er schon als Hund dastehen soll, so sollen es die Menschen nicht von mir erfahren, und ich will nicht sein Verräter sein!" Und nachdem er ein so starkes väterliches Gefühl zeigte, ließ er Mokij Kifowitsch seine Heldentaten fortsetzen und wandte sich wieder seiner Lieblingsbeschäftigung zu, indem er sich wieder eine ähnliche Frage vorlegte: „Nun, wenn der Elefant aus einem Ei ausschlüpfte, so müßte die Eierschale so dick sein, daß man sie auch mit einer Kanone nicht zertrümmern könnte; man müßte ein neues Geschütz erfinden." So verbrachten ihr Leben diese beiden Bewohner eines friedlichen Winkels, die am Schluß unseres Poems so unerwartet aus dem Fenster blicken, und zwar eigens, um ihre bescheidene Antwort auf den Vorwurf gewisser Hitzköpfe zu geben, die sich vorläufig ruhig mit irgendeiner Philosophie oder mit Bereicherung auf Kosten des von ihnen so zärtlich geliebten Vaterlandes abgeben und nicht darum besorgt sind, daß man nichts Böses tue, sondern nur darum, daß die Menschen nicht sagen, sie täten etwas Böses. Doch nein, weder der Patriotismus noch jenes erste Gefühl sind der Grund der Anklagen; hinter ihnen steckt etwas anderes. Warum sollte ich es auch verheimlichen? Wer soll die heilige Wahrheit aussprechen, wenn nicht der Autor? Ihr fürchtet einen tiefen, auf euch gerichteten Blick, ihr fürchtet, auch selbst einen durchdringenden Blick auf etwas zu richten, ihr liebt es, mit den Augen gedankenlos über die Dinge zu gleiten. Ihr werdet auch über Tschitschikow von Herzen lachen; vielleicht werdet ihr sogar den Autor loben und sagen: „Das hat er aber wirklich fein beobachtet! Er muß doch sicher ein lustiger Herr sein!" Nach diesen Worten werdet ihr euch mit doppeltem Stolz euch selbst zuwenden, ein selbstzufriedenes Lächeln wird eure Lippen umspielen, und ihr werdet hinzufügen: „Man muß doch zugeben, daß es in gewissen Provinzen höchst seltsame und höchst drollige Menschen gibt und recht große Schurken dabei!“ Wer von uns wird aber, von christlicher Demut erfüllt, nicht laut, sondern in aller Stille, allein, während seiner einsamen Zwiegespräche mit sich selbst in der Tiefe seiner eigenen Seele diese schwere Frage stellen: „Steckt nicht auch in mir ein Stück von diesem Tschitschikow?“ Warum nicht gar! Wenn in diesem Augenblick einer seiner Bekannten, der weder ein allzu hohes noch ein allzu niedriges Amt bekleidet, an ihm vorbeigeht, so wird er sofort seinen Nachbar anstoßen und ihm sagen, vor Lachen beinahe wiehernd: „Schau, schau, da ist Tschitschikow, Tschitschikow ist eben vorübergegangen!“ Dann wird er ihm, jeden Anstand vergessend, den er seinem Range und seinen Jahren schuldig ist, wie ein Kind nachlaufen und ihn necken: „Tschitschikow! Tschitschikow! Tschitschikow!“

Wir haben aber eben zu laut gesprochen und vergessen, daß unser Held, der, während wir seine Geschichte erzählten, geschlafen hat, schon aufgewacht ist und leicht seinen Familiennamen hören kann, den wir so oft wiederholten. Er ist aber ein empfindlicher Mensch und liebt es nicht, daß man von ihm respektlos spricht. Dem Leser ist es recht gleichgültig, ob Tschitschikow ihm zürnt oder nicht; was aber den Autor betrifft, so darf er sich unter keinen Umständen mit seinem Helden entzweien. Sie haben noch einen weiten Weg Hand in Hand zurückzulegen; zwei große Teile des Poems liegen noch vor ihnen, und das ist keine Kleinigkeit.

„Ach Gott! Was ist denn mit dir los?“ sagte Tschitschikow zu Selifan: „Du? ...“

„Was?“ entgegnete Selifan langsam.

„Was? Ein Gänserich bist du? Wie fährst du bloß? Rühr dich!“

Selifan hielt schon in der Tat seit geraumer Zeit die Augen geschlossen und schlug nur hier und da im Halbschlaf die gleichfalls duselnden Pferde mit den Zügeln auf die Seiten; Petruschka hatte schon längst, Gott weiß wo, seine Mütze verloren, hatte sich ganz zurückgelehnt und seinen Kopf gegen Tschitschikows Knie gedrückt, so daß ihm dieser einen Nasenstüber geben mußte. Selifan wurde munter, gab dem Schecken einige ordentliche Peitschenhiebe, worauf jener einen Trab anschlug, fuchtelte dann mit der Peitsche über den Rücken des ganzen Dreigespanns und sagte mit hoher, singender Stimme: „Nur keine Angst!“ Die Pferdchen kamen in Schwung und sausten mit dem federleichten Wagen dahin. Selifan schwang bloß die Peitsche und rief: „Hü! Hü! Hü!“ Er hüpfte elastisch auf dem Bock, während die Troika die Hügel, mit denen die Landstraße übersät war, bald hinaufflog und bald wieder hinuntersauste. Tschitschikow lächelte nur, während er auf seinem Lederkissen leicht emporflog, denn er liebte das schnelle Fahren. Und welcher Russe liebt das schnelle Fahren nicht? Sollte seine Seele, die immer danach strebt, sich von einem Wirbel fortreißen zu lassen und zuweilen zu sagen: „Hol doch alles der Teufel!“ – sollte seine Seele das schnelle Fahren nicht lieben! Sollte sie es nicht lieben, wo doch daraus etwas Begeisterndes und Wundersames tönt? Es ist, als hätte dich eine unbekannte Gewalt auf ihren Flügel gehoben, du fliegst selbst dahin, und alles fliegt. Es fliegen die Werstpfähle, es fliegen die Kaufleute auf ihren Wagensitzen, es fliegt zu beiden Seiten der Wald mit den dunklen Reihen der Tannen und Fichten, mit dem Klopfen der Äxte und dem Gekrächze der Krähen; es fliegt die ganze Straße in die Gott weiß wo entschwindende Ferne; etwas Schreckliches ist in diesem schnellen Vorbeifliegen, wo der entschwindende Gegenstand keine Zeit hat, deutliche Formen anzunehmen, wo nur der Himmel über dem Kopf, die leichten Wolken und der durchbrechende Mond allein unbeweglich erscheinen. Ach, du Troika, du schneller Vogel! Wer hat dich erdacht? Nur bei einem kecken Volk konntest du zur Welt kommen, in einem Lande, das keinen Spaß versteht, das sich als unendliche Ebene über die halbe Welt breitet – nun geh und zähle die Werstpfähle, bis es dir vor den Augen flimmert. Gar nicht schlau ersonnen siehst du aus, Fahrzeug, keine eiserne Schraube hält dich zusammen, in aller Eile hat dich bloß mit Beil und Meißel ein flinker Jaroslawischer Bauer gebaut und zusammengezimmert. Der Kutscher hat keine deutschen Stulpenstiefel an den Füßen, Vollbart und Fausthandschuhe sind sein einziger Schmuck, und er sitzt der Teufel weiß worauf; wenn er aber aufsteht, mit der Peitsche ausholt und ein Lied anstimmt – so rasen die Pferde wie ein Sturm dahin, die Speichen fließen zu einer glatten Scheibe zusammen – die Straße erzittert, der Fußgänger bleibt erschrocken stehen und schreit auf – und schon fliegt die Troika dahin, sie fliegt, sie fliegt! … Und schon sieht man in der Ferne etwas stauben und die Luft durchbohren.

Fliegst nicht auch du, Rußland, wie eine schnelle Troika, die niemand einholen kann, dahin? Wie Rauch staubt unter dir die Straße, die Brücken dröhnen, alles bleibt zurück! Der vom göttlichen Wunder erschütterte Zuschauer bleibt stehen. Ist es nicht ein vom Himmel geschleuderter Blitz? Was bedeutet diese erschreckende Bewegung? Was für eine unbekannte Gewalt liegt in diesen von der Welt noch nie gesehenen Rossen? Ach, ihr Rosse, was seid ihr für Rosse! Sitzen Wirbelstürme in euren Mähnen? Zittert ein wachsames Ohr in jeder eurer Ader? Ihr hört von oben das euch bekannte Lied erklingen, ihr spannt einträchtig eure ehernen Brüste und verwandelt euch, fast ohne die Erde mit den Hufen zu berühren, in bloße langgestreckte Linien, und die Troika rast wie von Gott begeistert dahin! … Rußland, wohin fliegst du? Gib Antwort! Es gibt keine Antwort. Wunderbar klingen die Schellen; es dröhnt die in Stücke gerissene Luft und wird zu Wind; alles auf Erden fliegt vorbei, und alle anderen Völker und Staaten treten zur Seite und weichen ihr aus.

Zweiter Teil

ERSTES KAPITEL

Warum soll man die Armut, nichts als Armut und die Unvollkommenheit unseres Lebens schildern und zu diesem Zweck die Menschen aus den entlegensten Winkeln des Reiches hervorholen? Was soll man aber machen, wenn der Verfasser einmal so veranlagt ist und, an seiner eigenen Unvollkommenheit krank, nichts anderes darzustellen vermag als die Armut, nichts als Armut und die Unvollkommenheit unseres Lebens, zu welchem Zweck er die Menschen aus den entlegensten Winkeln des Reiches hervorholt? Und so sind wir wieder in die Wildnis, in eine Sackgasse geraten. Was ist das aber da für eine Wildnis und was für eine Sackgasse?

Wie der Riesenwall einer unendlichen Festung mit Ecktürmen und Bastionen zog sich in Windungen mehr als tausend Werst weit eine Hügelkette hin. Majestätisch erhoben sich die Anhöhen über die grenzenlosen Räume der Ebene, bald als senkrechte Wände voller Löcher und Risse, mit Kalk und Ton an den Bruchstellen, bald als anmutig gerundete grüne Kuppen mit jungem Gebüsch, das zwischen umgehauenen Bäumen wucherte, wie mit krausem Lammfell bedeckt, und bald als dunkles Waldesdickicht, das wie durch ein Wunder von der Axt verschont blieb. Der Fluß blieb bald seinen Ufern treu und machte mit ihnen alle Windungen mit, bald verließ er sie, um sich über die Wiesen zu ergießen, um nach einigen in der Sonne wie Feuer leuchtenden Krümmungen in einem Gehölz von Birken, Espen und Erlen zu verschwinden und daraus wieder, in Begleitung von Brücken, Mühlen und Dämmen, die ihn bei jeder Wendung zu verfolgen schienen, im Triumph zum Vorschein zu kommen.

An einer Stelle war der steile Abhang besonders dicht mit grünem, lockigem Baumlaub geschmückt. Durch künstliche Anpflanzung hatten sich hier infolge der Unebenheit des Abhanges der Nord und der Süd des Pflanzenreiches zusammengefunden. Eichen, Tannen, wilde Birnen, Ahorne, Kirschbäume und Schlehen, Kleebäume und von Hopfen umrankte Ebereschen kletterten, einander bald im Wachstum unterstützend und bald erstickend, die ganze Anhöhe von unten bis oben hinauf. Und oben am Scheitel mischten sich unter die grünen Baumwipfel die roten Dächer der Gutsgebäude, die Giebelbalken und Dachfirste der sich hinter diesen verbergenden Bauernhäuser und das Obergeschoß des Herrenhauses mit dem geschnitzten Balkon und dem großen halbrunden Fenster. Und über dieser Versammlung der Bäume und Dächer ragte mit ihren fünf vergoldeten, in der Sonne funkelnden Kuppeln die alte hölzerne Kirche. Auf jeder der Kuppeln erhob sich ein durchbrochenes goldenes Kreuz, von goldenen durchbrochenen Ketten gehalten, so daß man aus der Ferne funkelndes und glühendes Dukatengold frei in der Luft, von nichts gestützt, zu sehen glaubte. Und dies alles spiegelte sich mit nach unten gewendeten Wipfeln, Dächern und Kreuzen anmutig im Fluß, wo die unförmigen hohlen Weiden, von denen die einen am Ufer und die anderen im Wasser standen, in das sie ihre vom schleimigen Flußschwamm, der auf dem Wasser zugleich mit den gelben Seerosen trieb, umsponnenen Zweige und Blätter tauchten, dieses herrliche Bild zu betrachten schienen.

Das Bild war sehr, sehr schön, doch die Aussicht von oben, vom Obergeschoß des Herrenhauses in die Ferne war noch schöner. Kein Gast, kein Besucher konnte auf diesem Balkon gleichgültig bleiben. Vor Staunen stockte ihm der Atem, und er rief bloß aus: „Gott, dieser schöne freie Raum!" Ohne Ende, ohne Grenzen dehnte sich die Ferne: hinter den mit Gehölz und Wassermühlen übersäten Wiesen grünten in mehreren Streifen die Wälder; hinter den Wäldern schimmerten durch die Luft, die allmählich neblig wurde, gelbe Sandflächen, und dann kamen wieder Wälder, aber schon so blau wie das Meer oder wie der sich weit ausbreitende Nebel. Und dann kamen wieder Sandflächen, immer blasser, aber immer noch gelb. Am fernen Horizont erhob sich der Kamm eines Kreidegebirges, das auch bei trübem Wetter weiß schimmerte, wie von ewiger Sonne beleuchtet. Auf seiner blendenden Weiße, an seiner Sohle, die stellenweise aus Gips bestand, lagen hier und da rauchgraue Flecken. Das waren ferne Dörfer; aber kein Menschenauge vermochte sie zu unterscheiden. Nur der in der Sonne aufleuchtende Funken einer goldenen Kirchenkuppel ließ ahnen, daß da ein gut bevölkertes, großes Dorf war. Dies alles war in eine tiefe Stille gehüllt, die nicht einmal von dem das Ohr kaum erreichenden Widerhall der in der Ferne ersterbenden Lieder der Sänger der Lüfte gestört wurde. Mit einem Wort, der Gast, der auf dem Balkon stand, vermochte selbst nach einem zweistündigen Verweilen nichts anderes zu sagen als: „Gott, dieser schöne freie Raum!"

Wer war aber der Bewohner und Besitzer dieses Gutes, an das man von dieser Seite wie an eine unbezwingbare Festung gar nicht herankommen konnte und das nur von der anderen Seite zu erreichen war, wo die verstreuten Eichen den herannahenden Gast freundlich begrüßten, ihm wie Freundesarme ihre weitverzweigten Äste entgegenstreckend und ihn bis vor die Fassade jenes Hauses begleitend, dessen Obergeschoß wir schon von hinten gesehen haben und das nun ganz offen dalag zwischen einer Reihe von Bauernhäusern mit geschnitzten Giebelbalken und Dachfirsten einerseits und der Kirche mit den glänzenden goldenen Kreuzen und dem Gitterwerk der in der Luft hängenden goldenen Ketten andererseits. Welchem Glücklichen gehörte dieser versteckte Besitz?

Dem Gutsbesitzer des Tremalachanschen Kreises, Andrej Iwanowitsch Tjentjetnikow, einem jungen dreiunddreißigjährigen Glücklichen, der obendrein auch noch unverheiratet war.

Wer ist er, was ist er, wie sind seine Eigenschaften, wie sein Charakter? Darüber muß man die Nachbarn befragen, liebe Leserinnen. Ein Nachbar, der zu der Gattung der heute schon im Aussterben begriffenen schneidigen Stabsoffiziere a. D. und Draufgänger gehörte, äußerte sich über ihn: „Ein ganz gemeines Vieh!" Der General, der in einer Entfernung von zehn Werst von ihm wohnte, pflegte zu sagen: „Ein gar nicht dummer junger Mann, bildet sich aber zuviel ein. Ich könnte ihm nützlich sein, denn ich habe Verbindungen in Petersburg und sogar beim ..." Der General sprach diesen Satz nicht zu Ende. Der Polizeihauptmann gab aber seiner Antwort folgende Wendung: „Ich will ihn gleich morgen wegen der rückständigen Steuern besuchen!" Und wenn man einen Bauer aus dem Dorf befragte, wie der Herr sei, so gab er überhaupt keine Antwort. Die Ansichten über ihn waren also gar nicht günstig.

Doch unbefangen betrachtet, war er kein schlechter Mensch, er lief aber unnütz in der Welt herum. Da es wahrlich genug Menschen gibt, die unnütz in der Welt herumlaufen, warum sollte auch Tjentjetnikow nicht dasselbe tun? Hier ist übrigens ein aufs Geratewohl herausgegriffener Tag aus seinem Leben, der jedem anderen Tag dieses Lebens gleicht; der Leser möge danach selbst urteilen, was er für ein Mensch war und inwiefern sein Leben den Naturschönheiten, die ihn umgaben, entsprach.

Des Morgens pflegte er recht spät zu erwachen, dann sehr lange im Bett zu sitzen und sich die Augen zu reiben. Und da seine Augen unglücklicherweise sehr klein waren, dauerte dieses Reiben sehr lange; währenddessen stand sein Diener Michailo mit einem Waschbecken und einem Handtuch in der Tür. Dieser arme Michailo mußte eine ganze Stunde, sogar zwei Stunden dastehen; dann ging er in die Küche und kam wieder zurück – sein Herr saß aber noch immer im Bett und rieb sich die Augen. Endlich stand er auf, wusch sich, zog seinen Schlafrock an und begab sich in den Salon, um Tee, Kaffee, Kakao oder sogar kuhwarme Milch zu trinken; er trank alles schluckweise, streute dabei eine Menge Brotkrumen umher und überschüttete alles ganz abscheulich mit Pfeifenasche. An die zwei Stunden saß er so bei seinem Morgentee. Aber auch das genügte noch nicht. Er nahm die erkaltete Tasse und trat mit ihr ans Fenster, das auf den Hof hinausging. Vor diesem Fenster spielte sich täglich folgende Szene ab.

Zunächst brüllte Grigorij, der Leibeigene, der im Range eines Küchenverwalters stand, indem er sich an die Haushälterin Perfiljewna mit beiläufig folgenden Worten wandte: „Du empörendes Geschöpf, du elende Null! Du solltest lieber schweigen, gemeines Frauenzimmer!“

„Willst du nicht so etwas haben?“ schrie die Null, auch Perfiljewna genannt, ihm eine Feige zeigend. Dieses Weib war in ihren Handlungen roh, obwohl sie große Liebhaberin von Rosinen, Fruchtpasten und sonstigen Näschereien war, die sie in der Speisekammer verschlossen hielt.

„Du wirst es noch mit dem Verwalter zu tun bekommen, du Kehricht“, brüllte Grigorij.

„Der Verwalter ist genau solch ein Dieb wie du. Glaubst du, der Herr kennt euch nicht? Er ist doch hier und hört alles."

„Wo ist der Herr?"

„Da sitzt er ja am Fenster und sieht alles."

Der Herr saß in der Tat am Fenster und sah alles.

Um die Hölle noch zu vervollständigen, brüllte ein leibeigenes Kind, das von seiner Mutter eine Ohrfeige bekommen hatte, und winselte ein junger Windhund, mit dem Hinterteil auf der Erde sitzend, nachdem er vom Koch mit heißem Wasser verbrüht worden war. Mit einem Wort, alles heulte und winselte unerträglich. Der Herr sah und hörte alles. Und nur wenn der Lärm so unerträglich wurde, daß er ihn selbst in seinem Nichtstun störte, schickte er jemand hinaus, den Leuten zu sagen, sie möchten doch etwas leiser lärmen.

Zwei Stunden vor dem Mittagessen zog er sich in sein Kabinett zurück, um sich ernsthaft an sein Werk zu machen, das ganz Rußland von allen möglichen Standpunkten behandeln sollte: vom bürgerlichen, vom religiösen und vom philosophischen; das ferner die schwierigen Aufgaben und Fragen, vor die die Zeit unser Rußland gestellt hatte, lösen und seine große Zukunft genau bestimmen sollte; mit einem Wort, er faßte die Aufgabe so auf, wie sie ein moderner Mensch gern auffaßt. Dieses kolossale Vorhaben beschränkte sich übrigens vorerst nur auf das Nachdenken. Er kaute an seiner Feder, bedeckte das Papier mit Zeichnungen, schob dann alles beiseite und nahm statt dessen irgendein Buch in die Hand, das er bis zum Mittagessen nicht mehr fortlegte. In diesem Buch las er bei der Suppe, bei der Soße, beim Braten und selbst beim Kuchen, so daß manche Speisen kalt wurden und andere überhaupt unberührt blieben. Dann kam die Pfeife, eine Tasse Kaffee und eine Partie Schach mit sich selbst. Was er nachher bis zum Abendessen trieb, ist wirklich schwer zu sagen. Ich glaube, er trieb gar nichts.

So verbrachte seine Zeit mutterseelenallein der junge dreiunddreißigjährige Mann, unbeweglich, immer im Schlafrock und ohne Halsbinde. Er hatte keine Lust auszugehen, Spaziergänge zu machen, nicht einmal ins Obergeschoß hinaufzugehen, nicht einmal ein Fenster zu öffnen, um etwas frische Luft ins Zimmer hineinzulassen, und die schöne Aussicht auf das Dorf, die kein Besucher gleichgültig sehen konnte, schien für den Besitzer überhaupt nicht zu existieren. Daraus kann der Leser schließen, daß Andrej Iwanowitsch Tjentjetnikow zu der Gattung der Leute gehörte, die in Rußland nicht alle werden und die man früher Schlafmützen, Siebenschläfer und Faulenzer zu nennen pflegte; wie man sie heute nennt, weiß ich wirklich nicht. Werden solche Charaktere geboren oder bilden sie sich erst später als Folge trauriger Umstände, die das Leben des Menschen begleiten? Statt diese Frage zu beantworten, wollen wir lieber die Geschichte seiner Erziehung und Kindheit erzählen.

Alles schien darauf abzuzielen, daß aus ihm etwas Gescheites werden sollte. Der zwölfjährige Junge, scharfsinnig, nachdenklich und etwas kränklich, kam in eine Lehranstalt, die um jene Zeit von einem ungewöhnlichen Menschen geleitet wurde. Der Abgott der Jünglinge, das Wunder in den Augen aller Erzieher, der unvergleichliche Alexander Petrowitsch, war mit einem wunderbaren Spürsinn begabt …[1] Wie gut kannte er die Eigentümlichkeiten des russischen Menschen! Wie gut kannte er die Kinder! Wie gut verstand er es, sie vorwärts zu bringen! Es gab keinen noch so ausgelassenen Bengel, der, nachdem er etwas angestellt hatte, nicht selbst zu ihm käme, um eine Beichte abzulegen. Und noch mehr als das: er bekam eine strenge …[2], doch der Bengel verließ ihn nicht mit hängender, sondern mit stolz erhobener Nase. Es lag etwas Ermunterndes in seinen Worten: „Vorwärts! Erhebe dich schnell wieder, und wenn du auch gefallen bist!“ Nie sprach er zu ihnen vom guten Betragen. Gewöhnlich sagte er: „Ich verlange nur Vernunft und nichts anderes. Wer nur danach strebt, vernünftig zu sein, der stellt niemals böse Streiche an, jede Ausgelassenheit muß ganz von selbst schwinden.“ Und die Ausgelassenheit schwand wirklich von selbst. Von allen seinen Kollegen wurde der Schüler verachtet, der nicht danach strebte, ein …[3] Die erwachsenen Esel und Dummköpfe mußten sich seitens der Jüngsten die beleidigendsten Spitznamen gefallen lassen und wagten es nicht, sie auch nur anzurühren. „Das ist schon zuviel!“ sagten manche: „Aus diesen klugen Kindern werden gar zu hochmütige Männer werden.“ – „Nein,

---

[1] Lücke im Manuskript.
[2] Lücke im Manuskript.
[3] Lücke im Manuskript.
} s. Erläuterung S. 512

das ist nicht zuviel", sagte er darauf. „Unbegabte Kinder behalte ich nicht lange; diesen genügt ein gewöhnlicher Kursus, für die Klugen habe ich aber noch einen zweiten Kursus." Alle Begabten machten bei ihm in der Tat einen zweiten Kursus durch. Manche allzu lebhaften Regungen unterdrückte er nicht, da er in ihnen den Anfang der Entwicklung seelischer Eigenschaften sah; er pflegte zu sagen, er brauche sie, wie der Arzt die Ausschläge braucht, um mit Sicherheit zu erfahren, was im Menschen eigentlich steckt.

Wie liebten ihn die Knaben! Nein, niemals haben noch Kinder so an ihren Eltern gehangen. Selbst in den tollen Jahren der tollen Verirrungen gibt es keine so starke und unauslöschliche Leidenschaft, wie es die Liebe der Schüler zu ihm war. Bis zum Grabe, bis zu seinen letzten Tagen hob der dankbare Schüler am Geburtstag seines herrlichen Erziehers, der schon längst im Grabe lag, seinen Pokal ...[1], schloß die Augen und vergoß Tränen. Ein einziges ermunterndes Wort aus seinem Munde ließ den Schüler vor Freude erzittern und weckte in ihm das ehrgeizige Streben, alle zu übertreffen. Die wenig Begabten behielt er nicht lange. Für sie hatte er einen kurzen Lehrgang; doch die Begabten mußten die doppelte Lehrzeit absolvieren. Und die letzte Klasse, die aus lauter Auserwählten bestand, glich so gar nicht den letzten Klassen der anderen Lehranstalten. Erst hier verlangte er von seinen Schülern das, was andere Lehrer unvernünftigerweise von den Kindern verlangen: jenen höheren Verstand, der es fertigbringt, sich des Spottes zu enthalten, dabei aber jeden Spott zu ertragen, dem Dummen alles zu verzeihen, sich nicht aufzuregen, in keinem Falle Rache zu üben und die stolze Ruhe der unerschütterlichen Seele zu bewahren; alles, was geeignet ist, aus einem Menschen einen charakterfesten Mann zu machen, wandte er an und stellte selbst unaufhörliche Versuche mit seinen Zöglingen an. Oh, wie gut kannte er die Wissenschaft des Lebens!

Er hatte an seiner Anstalt nicht viele Lehrer. Die meisten Fächer dozierte er selbst. Ohne pedantische Fachausdrücke, ohne aufgeblasene Theorien und Anschauungen verstand er es, die Seele der Wissenschaft mitzuteilen, so daß auch der Jüngste sehen konnte, wozu er die betreffende Wissenschaft brauchte. Von allen Wissenschaften wählte er nur solche, die

[1] Lücke im Manuskript.

geeignet waren, den Menschen zu einem Staatsbürger zu machen. Der größte Teil seiner Vorlesungen bestand aus Erzählungen darüber, was den Jüngling in der Zukunft erwartete, und er verstand es, den Horizont dessen Lebensweges so zu umreißen, daß der Jüngling schon auf der Schulbank mit allen seinen Gedanken im Staatsdienst war. Nichts verheimlichte er vor ihm. Alle Enttäuschungen und Hindernisse, die der Mensch auf seinem Lebenswege zu überwinden hat, alle Versuchungen und Lockungen, die ihn erwarten, zeigte er ihm in ihrer ganzen Nacktheit, ohne vor ihm etwas zu verbergen. Alles kannte er so genau, wie wenn er alle Ämter und Berufe schon ausgeübt hätte. Lag es am Ehrgeiz, der im Jüngling so früh angeregt wurde, oder daran, daß schon im Blick dieses ungewöhnlichen Erziehers etwas war, was dem Jüngling „vorwärts!" zuzurufen schien, dieses jedem Russen wohl vertraute Wort, das an seiner empfindlichen Natur solche Wunder wirkt – kurz, der Jüngling strebte gleich am Anfang nach Schwierigkeiten und dürstete nach Handlungen, die die meisten Schwierigkeiten und Hindernisse boten, bei denen es galt, große Seelenkraft zu zeigen. Nur ganz wenige absolvierten diesen Kursus, dafür waren es lauter starke, gleichsam von Pulverrauch geschwärzte Menschen. Im Staatsdienst behaupteten sie sich auf den schwierigsten Posten, auf denen sich andere, die sogar klüger waren, infolge kleinlicher Unannehmlichkeiten nicht halten konnten. Diese gaben die Stelle entweder auf oder gerieten, träge und gleichgültig geworden, in die Gewalt von bestechlichen Kollegen und Gaunern. Sie standen aber ohne zu wanken auf ihren Posten und hatten sogar, da sie das Leben und den Menschen kannten und durch Erfahrung gewitzigt waren, einen starken Einfluß selbst auf die Schlechten.

Das leicht entzündliche Herz eines ehrgeizigen Knaben pochte lange beim bloßen Gedanken, daß er endlich in diese Abteilung geraten würde. Unserem Tjentjetnikow konnte man einen besseren Erzieher gar nicht wünschen. Da mußte aber gerade um die Zeit, als er in die Abteilung dieser Auserwählten versetzt werden sollte, wonach er sich so sehr sehnte – der ungewöhnliche Erzieher eines plötzlichen Todes sterben! Was war das für ein harter Schlag! Wie schrecklich war dieser erste Verlust! Es war ihm, als hätte ...[1] Nun wurde in der

[1] Lücke im Manuskript.

Schule alles anders. An Stelle des Alexander Petrowitsch kam ein gewisser Fjodor Iwanowitsch. Dieser verlegte sofort das Schwergewicht auf lauter Äußerlichkeiten und verlangte von den Kindern Dinge, die man nur von Erwachsenen verlangen darf. In ihrer freien Ungezwungenheit erblickte er Zügellosigkeit. Wie aus Bosheit gegen seinen Vorgänger erklärte er gleich am ersten Tage, daß der Verstand und die guten Fortschritte für ihn nichts bedeuten, daß er nur auf gutes Betragen Gewicht legen werde. Aber seltsam: Gerade dieses gute Betragen vermochte Fjodor Iwanowitsch nicht durchzusetzen. Die Schüler gewöhnten sich verschiedene Laster an. Bei Tage ging alles wie am Schnürchen, doch bei Nacht gab es wüste Bummeleien.

Auch mit den Wissenschaften geschah etwas Sonderbares. Man stellte neue Lehrer mit neuen Prinzipien und neuen Gesichtspunkten und Gesichtswinkeln an. Sie erdrückten ihre Schüler mit einer Masse von neuen Fachausdrücken und Worten; sie zeigten zwar in ihrem Unterrichtssystem logische Zusammenhänge, eine Vertrautheit mit den neuesten Errungenschaften und das Fieber ihrer eigenen Begeisterung, doch eines fehlte ihrer Wissenschaft: nämlich das Leben. Die tote Wissenschaft klang aus ihrem Munde tot. Mit einem Wort, alles wurde anders. Der Respekt vor der Obrigkeit ging verloren; sie spotteten über ihre Lehrer und Erzieher; dem Direktor gaben sie die Spitznamen: „Fedjka", „Semmel" und dergleichen. Sie gewöhnten sich Laster an, die nicht mehr kindlich waren. Es kamen solche Dinge auf, daß man viele ausschließen mußte. In zwei Jahren war die Lehranstalt nicht mehr wiederzuerkennen.

Andrej Iwanowitsch hatte ein sanftes Gemüt. Die nächtlichen Orgien seiner Kameraden, die sich direkt vor den Fenstern der Direktorswohnung ein Dämchen hielten, und ihre blasphemischen Redensarten über das Allerheiligste aus dem bloßen Grunde, weil sie einen nicht allzu klugen Popen zum Religionslehrer hatten – vermochten ihn nicht mitzureißen. Nein, seine Seele fühlte selbst im Schlaf ihren himmlischen Ursprung. Es gelang den anderen nicht, ihn zu verderben; er ließ aber die Nase hängen. Sein Ehrgeiz war schon erregt, aber er hatte kein Feld, um ihn zu betätigen. Es wäre besser gewesen, wenn man ihn gar nicht geweckt hätte. Er hörte die Vorträge der Professoren, die auf dem Katheder aus der Haut fuhren, und gedachte seines früheren Lehrers, der es verstand, ohne sich zu ereifern, verständlich zu sprechen. Was hörte er nicht alles für Gegenstände und Kurse! Medizin, Philosophie, selbst Rechtswissenschaft und die allgemeine Geschichte der Menschheit in einem so gewaltigen Umfang, daß der Professor in den ersten drei Jahren nur mit der Einleitung und der Entwicklungsgeschichte einiger deutscher Stadtgemeinden fertig wurde – Gott allein weiß, was er nicht alles hörte! Doch alles ließ in seinem Kopf nur formlose Bruchstücke zurück. Dank seinem angeborenen Verstand fühlte er, daß man die Wissenschaften ganz anders hätte vortragen sollen, doch wie – das wußte er nicht. Und er gedachte oft des verstorbenen Alexander Petrowitsch, und es wurde ihm dann so traurig zumute, daß er gar nicht wußte, was in seinem Gram anzufangen.

Die Jugend ist aber schon darum so glücklich, weil sie eine Zukunft hat. Je näher der Tag, an dem er die Schule verlassen sollte, heranrückte, um so heftiger pochte sein Herz. Er sagte sich: „Das ist ja noch nicht das Leben; es ist nur die Vorbereitung zum Leben; das echte Leben beginnt erst im Staatsdienst, da kann man Heldentaten vollbringen." Ohne einen Blick auf den herrlichen Winkel zu werfen, der jeden Gast und Besucher in Erstaunen versetzte, ohne selbst die Gräber seiner Eltern besucht zu haben, eilte er wie alle ehrgeizigen Menschen nach Petersburg, wo bekanntlich die feurige Jugend aus allen russischen Gauen zusammenströmt – um zu dienen, zu brillieren, Karriere zu machen oder auch nur um den Rahm der farblosen, eiskalten, trügerischen gesellschaftlichen Bildung abzuschöpfen. Das ehrgeizige Streben Andrej Iwanowitschs wurde jedoch gleich am Anfang von seinem Onkel, dem wirklichen Staatsrat Onufrij Iwanowitsch, gehemmt. Dieser erklärte, daß die Hauptsache eine gute Handschrift und nichts anderes sei und daß man ohne diese unmöglich Minister oder Staatsmann werden könne. Mit großer Mühe und dank der Protektion des Onkels bekam er endlich eine Stellung in irgendeinem Departement. Als man ihn in einen prachtvollen hellen Saal mit Parkettfußboden und lackierten Schreibtischen brachte, der den Eindruck erweckte, als säßen hier die ersten Würdenträger des Staates, die über das Schicksal des ganzen

Reiches zu entscheiden hätten; als er Legionen hübscher schreibender Herren erblickte, die, den Kopf auf die Seite geneigt, mit ihren Federn einen großen Lärm machten; als man ihn selbst an einen Tisch setzte und beauftragte, irgendein Papier abzuschreiben, das zufällig einen ganz unbedeutenden Inhalt hatte – es war ein amtlicher Briefwechsel, der schon ein halbes Jahr währte und irgendwelche drei Rubel zum Gegenstand hatte –, da überkam den unerfahrenen Jüngling ein sehr merkwürdiges Gefühl: alle die Herren, die um ihn saßen, kamen ihm wie Schuljungen vor! Um diese Ähnlichkeit zu vervollständigen, lasen manche von ihnen dumme, aus fremden Sprachen übersetzte Romane, die sie in den großen Aktenbogen versteckthielten; sie taten dabei so, als seien sie in ihre Arbeit vertieft und zuckten zusammen, sobald ein Vorgesetzter in den Saal trat. So seltsam kam ihm dies alles vor, so viel bedeutsamer erschien ihm seine bisherige Tätigkeit als diese neue, die Vorbereitung zum Staatsdienst, schöner als der Staatsdienst selbst! Er empfand Sehnsucht nach seiner Schule. Plötzlich stand Alexander Petrowitsch wie lebendig vor seinen Augen, und er fing beinahe zu weinen an. Das Zimmer drehte sich um ihn im Kreise, die Tische und die Beamten flimmerten ihm vor den Augen, und nur mit Mühe konnte er sich eines Ohnmachtsanfalls erwehren. „Nein“, sagte er sich, als er wieder zu sich kam, „ich will ans Werk gehen, wie unbedeutend es mir auch anfangs erscheinen mag!“ Er faßte sich ein Herz und beschloß, den Staatsdienst wie die anderen Beamten zu versehen.

Wo ist die Stadt, die keine Genüsse hätte? Auch in Petersburg sind sie trotz des düsteren, unfreundlichen Aussehens dieser Stadt zu finden. Draußen wütet ein böser Frost von dreißig Grad; es heult die Ausgeburt des Nordens, der teuflische Schneesturm, alle Bürgersteige mit Schnee verwehend, alle Augen blendend und die Pelzkragen, die Schnurrbärte der Männer und die zottigen Schnauzen der Tiere weiß überpudernd; doch durch die einander kreuzenden Schneeflocken leuchtet freundlich hoch oben in einem dritten Stock irgendein Fenster. In einem gemütlichen Zimmer wird hier beim Licht bescheidener Stearinkerzen, beim Summen des Samowars ein das Herz und die Seele erwärmendes Gespräch geführt, ein herrliches Stück aus einem der durchgeistigten russischen

Dichter vorgelesen, mit denen Gott Rußland gesegnet hat, und das Jünglingsherz bebt so begeistert und feurig, wie man es selbst unter dem Himmel des Südens nicht oft antrifft.

Tjentjetnikow gewöhnte sich bald an den Dienst; dieser wurde ihm aber nicht zur Hauptsache und zum Lebensziel, wie er anfangs gehofft hatte, sondern zu einer Angelegenheit zweiten Ranges. Er diente ihm zur besseren Einteilung seiner Zeit, indem er ihn zwang, die ihm bleibenden freien Stunden besonders zu schätzen. Sein Onkel, der wirkliche Staatsrat, glaubte schon, daß aus seinem Neffen etwas Gescheites werden würde, doch der Neffe machte ihm einen Strich durch die Rechnung. Unter den Freunden Andrej Iwanowitschs, von denen er recht viele hatte, befanden sich zwei, die zu den sogenannten „verbitterten" Menschen zu zählen wären. Sie gehörten zu jenen unruhigen und seltsamen Charakteren, die nicht nur keine Ungerechtigkeit, sondern auch nichts, was ihnen als eine Ungerechtigkeit erschien, ruhig mitansehen können. Im Grunde gutmütig, doch in ihren Handlungen unordentlich, verlangten sie von den anderen jede Rücksicht, waren aber selbst unduldsam gegen alle anderen; durch ihre feurigen Reden und durch ihre edle Entrüstung gegen die Gesellschaft machten sie auf Tjentjetnikow einen starken Eindruck. Sie machten ihn nervös, weckten in ihm den Geist der Reizbarkeit und zwangen ihn, alle die Kleinigkeiten zu beachten, denen er früher auch nicht die geringste Beachtung geschenkt hatte. Fjodor Fjodorowitsch Ljenizyn, der Vorstand einer der Abteilungen, die sich im prunkvollen Saal befanden, mißfiel ihm plötzlich. Er fand an ihm auf einmal eine Menge Fehler. Es schien ihm, daß Ljenizyn sich bei den Gesprächen mit Vorgesetzten in ein Stück Zucker verwandelte und zu Essig werde, wenn sich an ihn ein Untergebener wandte; daß er nach Art aller kleinlichen Menschen gegen alle Beamten eingenommen sei, die an Feiertagen ihm nicht ihre Glückwünsche darbrachten, und an jenen Rache nehme, die ihre Namen nicht auf die beim Portier ausliegenden Gratulationslisten eintrugen; infolgedessen empfand er gegen ihn eine nervöse Abneigung. Ein böser Geist versuchte ihn, diesem Fjodor Fjodorowitsch eine Unannehmlichkeit zu bereiten. Mit besonderem Genuß suchte er nach einer Gelegenheit dazu, und er fand sie auch schließlich. Einmal hatte er mit ihm eine so heftige Auseinandersetzung, daß an ihn die Aufforderung erging, entweder Ljenizyn um Verzeihung zu bitten oder seinen Abschied zu nehmen. Er nahm seinen Abschied. Der Onkel, der wirkliche Staatsrat, kam zu ihm ganz erschrocken ins Haus und flehte ihn an: „Um Christi willen, Andrej Iwanowitsch! Was machst du für Sachen? Wie kann nur ein Mensch eine so glücklich angefangene Karriere aufgeben, nur weil er einen Vorgesetzten bekommen hat, der ihm nicht paßt? Was fällt dir ein? Wenn man darauf sehen wollte, so bliebe bald niemand im Amt. Komme zu dir, gib deinen Stolz und Ehrgeiz auf, fahre zu ihm hin und setze dich mit ihm auseinander!"

„Es handelt sich nicht darum, Onkelchen", sagte der Neffe. „Es würde mir nicht schwerfallen, ihn um Verzeihung zu bitten. Ich bin schuld, er ist mein Vorgesetzter, und ich habe mit ihm nicht so reden dürfen. Die Sache ist aber die: Mir steht ein anderer Dienst bevor. Ich habe dreihundert Leibeigene, das Gut ist vernachlässigt, der Verwalter ein Dummkopf. Der Staat verliert nicht viel, wenn auf meinem Platz in der Kanzlei sich jemand anders hinsetzt, um die Papiere abzuschreiben; es ist aber für den Staat ein großer Verlust, wenn dreihundert Menschen keine Steuern entrichten. Ich bin – was glauben Sie wohl? – ein Gutsbesitzer, welcher … der Dienst … Wenn ich für die Erhaltung, Schonung und die Besserung der Lage der mir anvertrauten Menschen Sorge tragen und dem Staat dreihundert ordentliche, nüchterne, arbeitsame Untertanen liefere – ist dann mein Dienst weniger wert als der eines Abteilungsvorstandes Ljenizyn?"

Der wirkliche Staatsrat riß vor Erstaunen den Mund auf. Einen solchen Redestrom hatte er nicht erwartet. Nach kurzer Überlegung begann er folgendermaßen: „Aber immerhin … trotzdem … wie kann man sich nur auf dem Lande begraben? Was für eine Gemeinschaft kann zwischen dir und den Bauern bestehen? … Hier begegnet man auf der Straße mal einem General oder einem Fürsten. Du kommst auch selbst an einem … vorbei … nun, die Gasbeleuchtung, das industrielle Europa … dort aber ist alles, was du siehst, entweder ein Bauer oder ein Bauernweib. Für welches Vergehen hast du dich zum lebenslänglichen Umgang mit dem rohen Volk verurteilt?"

Alle diese überzeugenden Vorstellungen des Onkels machten auf den Neffen keinen Eindruck. Das flache Land erschien ihm als eine angenehme Zufluchtsstätte, als ein Nährboden für Träume und Gedanken, als das einzige Feld einer nutzbringenden Tätigkeit. Schon hatte er sich die allerneuesten Werke über Landwirtschaft angeschafft. Mit einem Wort, etwa zwei Wochen nach diesem Gespräch befand er sich schon in der Nähe der Gegend, wo er seine Kindheit verbracht hatte, in der Nähe jenes herrlichen Winkels, den die Gäste und Besucher gar nicht genug bewundern konnten. Ein neues Gefühl war in ihm erwacht. In seiner Seele regten sich die alten Eindrücke, die so lange nicht zum Ausbruch kommen konnten. Viele Plätze hatte er schon vergessen, und er betrachtete so neugierig wie ein Neuling die herrlichen Bilder, die sich seinem Auge boten. Und plötzlich begann sein Herz, er wußte selbst nicht warum, heftig zu pochen. Als die Straße als enge Schlucht ins Dickicht des großen verwilderten Waldes drang, als er oben und unten, über und unter sich dreihundertjährige Eichen, die drei Männer umfassen konnten, untermischt mit Fichten, Ulmen und Schwarzpappeln sah, die die Wipfel der Pappeln überragten; als man ihm auf die Frage: „Wem gehört dieser Wald?“ antwortete: „Tjentjetnikow“, als die Straße dann den Wald verließ und zwischen Wiesen, an Espengehölz, jungen und alten Weiden vorbei, angesichts der fernen Hügelzüge vorüberzog und auf zwei Brücken über den gleichen Fluß führte, der ihr bald zur Rechten und bald zur Linken lag, und als er auf die Frage: „Wem gehören diese Wiesen?“ die Antwort bekam: „Tjentjetnikow“. Als die Straße dann bergaufging und über eine flache Hochebene weiterzog, einerseits an den noch nicht gemähten Korn-, Weizen- und Gerstenfeldern, andererseits an allen den Plätzen vorbei, an denen er schon einmal vorbeigefahren war und die nun perspektivisch verkürzt dalagen; als die Straße, allmählich dunkel werdend, in den Schatten der mächtigen, weitverzweigten Bäume tauchte, die auf dem grünen Teppich bis dicht vor das Dorf verstreut dalagen, und als die mit Schnitzwerk verzierten Bauernhäuser und die roten Dächer der steinernen Gutsgebäude auftauchten und die goldenen Kirchenkuppeln erglänzten; als das glühend pochende Herz, auch ohne zu fragen, wußte, wo es sich nun befand – da kamen endlich die Gefühle, die sich in ihm während der ganzen Fahrt angesammelt hatten, in den lauten Worten zum Ausdruck: „War ich denn nicht ein Narr bisher?

Das Schicksal hatte mich zum Besitzer des irdischen Paradieses gemacht, und ich verdammte mich zum Sklavendienst, der im Beschmieren toter Papiere bestand! Nachdem ich eine ordentliche Erziehung genossen, mir eine Bildung angeeignet und einen großen Vorrat von Kenntnissen angesammelt hatte, die man zur Verbreitung des Guten unter den Untergebenen, zur Hebung eines ganzen Bezirks, zur Erfüllung der verschiedenartigsten Pflichten des Gutsbesitzers brauchen kann, welcher zugleich Richter, Verwalter und Hüter der Ordnung ist – vertraute ich diesen Posten einem unwissenden Verwalter an und zog es vor, Angelegenheiten fremder Leute zu besorgen, die ich nie gesehen habe, deren Charaktere und Eigenschaften ich nicht kenne – habe der echten Verwaltung eine papierne, phantastische Verwaltung von Provinzen vorgezogen, die Tausende von Werst entfernt sind, die ich nie mit dem Fuß betreten habe und wo ich nur eine Menge von Unsinn und Dummheiten anstellen kann!“

Indessen erwartete ihn ein anderes Schauspiel. Als die Bauern von der Ankunft ihres Herrn erfuhren, versammelten sie sich alle vor dem Herrenhaus. Er sah sich von allerlei Hauben, Kopftüchern, Bauernröcken und malerischen Vollbärten der hübschen Bevölkerung umgeben. Als die Worte erklangen: „Unser Ernährer! Hast dich doch unser erinnert ...“ Und als viele alte Männer und Frauen, die noch seinen Großvater und Urgroßvater gekannt hatten, unwillkürlich in Tränen ausbrachen, konnte er sich nicht mehr der Tränen enthalten. Und er dachte sich: Soviel Liebe! Wofür? Weil ich sie nie gesehen und mich um sie noch nie gekümmert habe? – Und er leistete das Gelübde, mit ihnen alle Arbeit und Mühe zu teilen.

Er fing an, sein Gut zu verwalten. Er setzte den Erbzins herab und ließ die Bauern weniger Tage für den Gutsbesitzer und mehr Tage für sich selbst arbeiten. Den dummen Verwalter jagte er davon. Er begann, sich selbst um alles zu kümmern: Er zeigte sich auf den Feldern, auf der Tenne, in den Getreidespeichern, in den Mühlen, am Landungsplatz beim Laden und bei der Abfahrt der Kähne, so daß die Faulen anfingen, sich den Nacken zu kratzen. Dies dauerte jedoch nicht lange. So ein Bauer ist gar nicht dumm. Er begriff bald, daß der Herr zwar mit großem Eifer dabei war und auch den

Willen hatte, alles anzufassen, daß er aber noch nicht wußte, wie es anzufassen sei, daß er gebildet rede und ihnen nichts einzupauken versuche. So kam es, daß der Herr und der Bauer – man kann nicht sagen, daß sie sich nicht verstanden – sich aber nicht einander anzupassen und den gleichen Ton zu treffen vermochten.

Tjentjetnikow merkte, daß auf seinem Boden alles viel schlechter gedieh als auf dem der Bauern. Es wurde zwar früher gesät, ging aber später auf; und doch schienen die Bauern ordentlich zu arbeiten. Er wohnte den Arbeiten selbst bei und ließ den Leuten sogar ab und zu ein Glas Schnaps für ihre Mühe reichen. Bei den Bauern aber wogte das Korn schon längst in hohen Halmen, der Hafer war aufgegangen, die Hirse wuchs in dichten Büscheln; bei ihm stand aber das Korn erst in dünnen Halmen mit noch leeren Ähren. Mit einem Wort, der Herr merkte, daß die Bauern trotz aller Erleichterungen einfach schwindelten. Er versuchte ihnen Vorwürfe zu machen, bekam aber folgende Antwort: „Ist's denn möglich, Herr, daß wir nicht an den Nutzen der Herrschaft dächten? Sie beliebten doch selbst zu sehen, wie wir uns beim Ackern und Säen abgemüht haben. Sie haben uns ja auch je ein Glas Schnaps geben lassen." Was konnte er darauf entgegnen?

„Warum ist es nun so schlecht geraten?" fragte der Herr weiter.

„Wer kann das wissen? Die Würmer werden es wohl von unten angenagt haben. Und dann ist auch der Sommer so schlecht. Es hat noch keinen Regen gegeben."

Der Herr sah aber, daß das Getreide der Bauern unten von keinen Würmern angenagt war; auch hatte es so seltsam geregnet, in lauter Streifen. Der Regen hatte nur die Felder der Bauern getroffen, aber die des Herrn mit keinem einzigen Tropfen bedacht.

Noch schwerer fiel es ihm, mit den Weibern auszukommen. Sie bettelten fortwährend um Befreiung von der Arbeit und beklagten sich über den schweren Frondienst. Eine merkwürdige Sache. Er hatte alle Lieferungen von Leinwand, Beeren, Pilzen und Nüssen abgeschafft und ihre sonstigen Arbeiten um die Hälfte gekürzt, in der Annahme, daß die Weiber diese Zeit ihrem Haushalt widmen, die Kleidung ihrer Männer instandhalten und die Gemüsegärten vergrößern würden.

Doch gefehlt! Unter dem schönen Geschlecht kamen Faulheit, Schlägereien, Klatsch und Zank auf, so daß die Männer zu ihm jeden Augenblick mit solchen Worten kamen: „Herr, bring doch meine Hexe zur Räson! Sie ist ja ein wahrer Satan und läßt einen gar nicht leben!"

Er wollte schon, wenn auch mit Selbstüberwindung, zur Strenge greifen; wie konnte er aber streng sein? So ein Weib kam zu ihm als echtes Weib; es begann zu heulen, war krank und schwach und hatte ekelhafte, häßliche Lumpen an; wo es diese Lumpen hernahm, das weiß Gott allein. „Geh, geh mir aus den Augen! Gott sei dir gnädig!" sagte der arme Tjentjetnikow und sah gleich darauf, wie die Kranke, nachdem sie zum Tor hinaus war, mit einer Nachbarin wegen einer Rübe in Streit geriet und diese so verprügelte, wie es auch der kräftigste Bauer kaum fertigbringen kann.

Er versuchte für sie eine Schule zu gründen, doch daraus wurde solch ein Unsinn, daß er den Kopf hängen ließ. Hätte er es lieber gar nicht angefangen! Wenn er ihre Streitigkeiten zu schlichten hatte, so zeigte es sich, daß ihm alle die juristischen Finessen, die ihm seine philosophischen Professoren beigebracht hatten, nichts nützten. Die eine Partei log, auch die andere Partei log, der Teufel allein konnte sich da auskennen! Es sah, daß einfache Menschenkenntnis viel nützlicher wäre als alle Feinheiten der philosophischen und juristischen Bücher; er sah wohl ein, daß ihm etwas fehlte, doch was, das wußte Gott allein. Und so kam es, was so oft kommt: weder verstand der Bauer den Herrn, noch der Herr den Bauern; der Bauer sah den Herrn von einer unvorteilhaften Seite, ebenso der Herr den Bauern. Dies alles kühlte erheblich den Eifer des Gutsbesitzers ab. Die Feldarbeiten verfolgte er nun ohne jede Aufmerksamkeit. Wenn die Sensen bei der Heuernte leise rauschten, das Heu zu Schobern aufgerichtet oder auf Wagen verladen wurde und die Arbeit sich dicht vor ihm abspielte – so blickten seine Augen in die Ferne; wurde aber die Arbeit in der Ferne verrichtet, so hefteten sich seine Augen auf irgendeinen Gegenstand in der Nähe oder blickten zur Seite, auf irgendeine Windung des Flusses, wo ein Martin[1] mit roter Nase und roten Beinen spazierte, natürlich ein Vogel und kein Mensch. Er sah neugierig zu, wie der Vogel am Ufer einen

[1] Martin heißt russisch auch Eisvogel.

Fisch fing und, ihn quer im Schnabel haltend, sich überlegte, ob er ihn verschlingen solle oder nicht; zugleich blickte er auf eine andere Stelle des Ufers, wo in der Ferne ein zweiter Eisvogel schimmerte, der noch keinen Fisch gefangen hatte, doch aufmerksam den ersten beobachtete, der schon einen hatte. Oder er kniff die Augen zusammen, wandte das Gesicht den Himmelsräumen zu und überließ es seiner Nase, den Duft der Felder aufzunehmen, und seinen Ohren, sich am Gesang der Bewohner der Lüfte zu erfreuen, der, von überall, vom Himmel und von der Erde kommend, sich zu einem einzigen harmonischen Chor ohne Mißton vereinte. Im Korn schlägt eine Wachtel, im Gras schnarrt ein Wiesenschnarrer, über ihnen zwitschern die Hänflinge, blökt eine in die Höhe gestiegene Sumpfschnepfe, trillert, im Licht verschwindend, eine Lerche; wie Trompetentöne klingen die Schreie der Kraniche, die hoch in den Lüften ihre dreieckigen Züge bilden. Und alles weckt einen Widerhall in der ganzen Umgegend, die sich in Musik verwandelt hat. O Schöpfer! Wie herrlich ist deine Welt in der Wildnis, im kleinen Dorf, fern von den gemeinen Landstraßen und Städten! Aber auch dies wurde ihm bald langweilig. Bald hörte er ganz auf, aufs Feld zu gehen, zog sich in seine Zimmer zurück und empfing nicht mal den Verwalter, wenn der mit einem Bericht zu ihm kam.

Früher besuchte ihn ab und zu mancher von seinen Nachbarn: ein Husarenleutnant a.D., ganz von Pfeifenrauch durchräuchert, oder irgendein radikaler Student, der die Studien nicht abgeschlossen und seine Weisheit aus den modernen Broschüren und Zeitschriften geschöpft hatte. Aber auch dies begann ihn zu langweilen. Ihre Gespräche erschienen ihm allzu oberflächlich, ihr europäisch-ungeniertes Benehmen, das Klopfen aufs Knie, ebenso ihre Schmeichelei und Familiarität kamen ihm allzu ungezwungen und unverblümt vor. Er entschloß sich, alle diese Bekanntschaften aufzugeben und machte das auf eine recht schroffe Weise. Als ihn nämlich einmal der in seinen oberflächlichen Gesprächen über alle möglichen Dinge so angenehme Warwar Nikolajewitsch Wischnepokromow, der den im Aussterben begriffenen Typus der draufgängerischen Obersten und zugleich auch die allerneueste Geistesrichtung repräsentierte, besuchte, um mit ihm nach Herzenslust über alles mögliche zu sprechen: über Politik, Philosophie, Literatur, Moral und sogar den Zustand der englischen Finanzen – ließ er ihm sagen, er sei nicht zu Hause, beging aber zugleich die Unvorsichtigkeit, sich am Fenster zu zeigen. Die Blicke des Hausherrn und des Gastes trafen sich. Der eine murmelte natürlich durch die Zähne: „So ein Vieh!“, und der andere rief ihm gleichfalls etwas wie „Schwein“ nach. Damit endeten ihre Beziehungen. Seitdem besuchte ihn kein Mensch mehr.

Er war froh darüber und faßte den Plan zu einem großen Werk über Rußland. Wie er sich diesen Plan überlegte, hat der Leser schon gesehen. In seinem Leben stellte sich eine merkwürdige unordentliche Ordnung ein. Man kann jedoch nicht sagen, daß es keine Augenblicke gegeben hätte, wo er nicht gleichsam aus dem Schlaf erwachte. Wenn die Post ihm Zeitungen und Zeitschriften brachte und er irgendwo den ihm bekannten Namen eines ehemaligen Freundes las, der es im Staatsdienst zu einer ansehnlichen Stellung gebracht hatte oder nach Kräften den Wissenschaften oder der Sache der Menschheit diente, beschlich ein stummer, stiller Schmerz seine Seele, und ihm entrang sich eine traurige, stumme Klage über seine Tatenlosigkeit. In solchen Augenblicken erschien ihm sein Leben widerwärtig und häßlich. Mit ungewöhnlicher Deutlichkeit erstand vor ihm die entschwundene Schulzeit, und er sah vor sich Alexander Petrowitsch ... Ströme von Tränen stürzten ihm aus den Augen ...

Was bedeuteten diese Tränen? Deckte in ihnen seine krankende Seele das schmerzhafte Geheimnis ihrer Krankheit auf – daß der große Mensch, der im Begriff war, sich in seinem Innern zu bilden, keine Zeit gehabt hatte, sich zu formen und zu erstarken; daß er, der nicht von Kind auf im Kampf mit Mißerfolgen erprobt war, noch nicht jenen höheren Zustand erreicht hatte, wo der Mensch gerade durch Hindernisse und Mißerfolge wächst und erstarkt; daß sein reicher Vorrat an großen Gefühlen, der gleich glühendem Metall geschmolzen war, nicht die letzte Härtung bekommen hatte; daß ihm viel zu früh sein ungewöhnlicher Lehrer gestorben war und daß er nun niemand auf der ganzen Welt hatte, der die Kraft hätte, seinen durch ewiges Schwanken erschütterten und jeder Elastizität baren, kraftlosen Willen zu festigen, der seiner Seele anspornend das ermunternde Wort: „Vorwärts!“ zuriefe, nach dem jeder Russe von jedem Rang und Stand, auf jeder Lebensstufe dürstet?

Wo ist der Mensch, der uns in der Muttersprache unserer russischen Seele das allmächtige Wort: „Vorwärts!" zuzurufen vermöchte? Der uns, mit allen Kräften und Eigenschaften und der ganzen Tiefe unserer Natur vertraut, mit einem einzigen Zauberwink zu einem höheren Leben lenken könnte? Mit welchen Tränen, mit welcher Liebe würde es ihm der dankbare russische Mensch bezahlen! Doch die Jahrhunderte vergehen, schmachvolle Faulheit und die sinnlose Geschäftigkeit eines unreifen Jünglings umfangen ...[1] und Gott schickt uns nicht den Mann, der dieses Wort zu sprechen vermöchte!

Ein Umstand hätte ihn beinahe geweckt, beinahe hätte sich sein Charakter von Grund auf verändert: Er erlebte etwas wie Liebe. Doch die Sache führte zu nichts. In seiner Nachbarschaft, zehn Werst von seinem Gut entfernt, lebte ein General, der, wie wir es schon hörten, nicht allzu günstig über Tjentjetnikow sprach. Der General lebte wie ein richtiger General: hielt ein offenes Haus, liebte es, daß seine Nachbarn ihn besuchten, um ihm ihre Achtung zu bezeugen, erwiderte aber ihre Visiten nicht, sprach mit heiserer Stimme, las Bücher und hatte eine Tochter, ein ungewöhnliches, sonderbares Wesen. Sie war so lebendig wie das Leben selbst.

Ihr Name war Ulinjka. Sie hatte eine recht merkwürdige Erziehung genossen durch eine englische Gouvernante, die kein Wort Russisch sprach. Ihre Mutter hatte sie sehr früh verloren. Der Vater hatte für sie niemals Zeit. Da er übrigens seine Tochter wahnsinnig liebte, hätte er sie nur verziehen können. Da sie in voller Freiheit herangewachsen war, war alles an ihr trotzig und eigensinnig. Wenn jemand gesehen hätte, wie bei einem plötzlichen Zornausbruch strenge Falten ihre herrliche Stirn durchfurchten und wie hitzig sie mit ihrem Vater stritt, hätte er glauben müssen, sie sei das launischste Geschöpf. Ihr Zorn entbrannte aber nur dann, wenn sie von irgendeiner Ungerechtigkeit oder einer bösen Tat hörte, ganz gleich, an wem sie verübt worden war. Niemals stritt sie aber um ihrer selbst willen, niemals suchte sie sich selbst zu rechtfertigen. Ihr Zorn würde sofort verpuffen, wenn sie den, gegen den sie zürnte, im Unglück sähe. Auf jede Bitte um ein Almosen war sie bereit,

[1] Lücke im Manuskript.

wem es auch sei, ihren Beutel mit seinem ganzen Inhalt zuzuwerfen, ohne erst irgendwelche Überlegungen oder Berechnungen anzustellen. Es war etwas Ungestümes an ihr. Wenn sie sprach, so schien sie mit ihrem ganzen Wesen ihren Gedanken nachzueilen – mit ihrem Gesichtsausdruck, mit ihrem Tonfall, mit ihren Handbewegungen; selbst die Falten ihres Kleides strebten gleichsam in dieselbe Richtung, und man hatte den Eindruck, daß sie gleich selbst ihren eigenen Worten nachfliegen würde. Nichts blieb an ihr verborgen. Vor keinem Menschen scheute sie ihre Gedanken zu äußern, und keine Gewalt vermochte sie zum Schweigen zu bringen, wenn sie sprechen wollte. Ihr bezaubernder, nur ihr allein eigentümlicher Gang war dermaßen frei und sicher, daß ihr jeder unwillkürlich den Weg freigab. In ihrer Gegenwart fühlte sich jeder böse Mensch verlegen und mußte verstummen; der keckste und im Gespräch ungezwungenste Mensch fand in ihrer Gegenwart keine Worte und verlor jede Sicherheit; ein Schüchterner konnte aber mit ihr so lebhaft plaudern, wie er in seinem ganzen Leben noch mit niemand geplaudert hatte, und hatte gleich zu Beginn des Gesprächs den Eindruck, als sei er mit ihr schon einmal irgendwo bekannt gewesen, als hätte er ihre Züge schon einmal gesehen, als hätte er dies in den Tagen der schon vergessenen Kindheit erlebt, in seinem Vaterhaus, an einem lustigen Abend, unter freudigen Kinderspielen; und nach einem solchen Gespräch erschien ihm lange noch das vernünftige Alter des Menschen so furchtbar langweilig.

Dasselbe erlebte mit ihr auch Tjentjetnikow. Ein unaussprechliches neues Gefühl drang in seine Seele. Sein langweiliges Leben wurde für einen Augenblick erhellt.

Der General nahm Tjentjetnikow anfangs recht gut und freundlich auf; intim wurden sie jedoch nicht. Ihre Gespräche endeten immer mit einem Streit und einem unangenehmen Gefühl auf beiden Seiten, denn der General liebte keinen Widerspruch; und Tjentjetnikow war auch seinerseits recht empfindlich. Der Tochter zuliebe vergab er natürlich dem Vater vieles, und der Friede zwischen ihnen blieb erhalten, bis einmal der General Besuch von zwei Verwandten erhielt: der Gräfin Bordyrjowa und der Fürstin Jusjakina, zwei Hofdamen des früheren Hofes, die aber noch einige Verbindungen behalten hatten, aus welchem Grunde der General sie auf eine recht gemeine Weise umschmeichelte. Gleich nach ihrer Ankunft kam es Tjentjetnikow vor, daß der General etwas kühler gegen ihn sei, ihn überhaupt nicht beachte oder wie ein stummes Geschöpf behandle. Er apostrophierte ihn etwas wegwerfend mit: „Mein Lieber“, „Hör’ mal, Bruder“, und selbst mit „du“. Da riß seine Geduld. Er biß jedoch die Zähne zusammen und hatte noch so viel Geistesgegenwart, um mit einer ungemein höflichen und sanften Stimme zu sagen, während auf seinem Gesicht Flecken hervortraten und alles in ihm kochte: „Ich danke Ihnen, General, für Ihre Zuneigung. Mit dem Worte ‚du‘ fordern Sie mich zu einer intimeren Freundschaft auf und verpflichten mich, auch zu Ihnen ‚du‘ zu sagen. Doch der Unterschied im Alter steht einem solchen familiären Verkehr zwischen uns im Wege.“ Der General fühlte sich verlegen. Seine Gedanken sammelnd und nach passenden Worten suchend, sagte er, daß er das Wort „du“ nicht in diesem Sinne gebraucht habe und daß es einem alten Mann zuweilen erlaubt sei, einen jüngeren mit „du“ anzureden.

Selbstverständlich hörte darauf jeder Verkehr zwischen ihnen auf, und die Liebe endete gleich bei Beginn. Das Licht, das für eine Weile vor ihm aufgeleuchtet hatte, erlosch, und die nun folgende Dämmerung wurde noch düsterer. Sein Leben nahm die Gestalt an, wie es der Leser zu Beginn dieses Kapitels gesehen hat – er verbrachte es im Liegen und im Müßiggang. In seinem Haus kamen Schmutz und Unordnung auf. Die Bodenbürste blieb tagelang mit dem Kehricht mitten im Zimmer. Die Unterhosen zeigten sich selbst im Salon. Auf dem eleganten Tisch vor dem Sofa lagen schmutzige Hosenträger, gleichsam als Präsent für den Gast, und sein ganzes Leben wurde so unbedeutend und verschlafen, daß ihn nicht nur seine Leibeigenen nicht mehr achteten, sondern auch die Hühner nach ihm pickten. Mit der Feder in der Hand vor einem Blatt Papier sitzend, zeichnete er stundenlang Kringel, Häuschen, Hütten, Bauernwagen und Troikas. Zuweilen vergaß sich aber die Feder und zeichnete ganz von selbst, ohne Wissen ihres Herrn, ein kleines Köpfchen mit feinen Zügen, mit einem schnellen, durchdringenden Blick und einer emporfliegenden Haarflechte, und Tjentjetnikow sah mit Erstaunen das Bildnis des Mädchens erstehen, dessen Porträt wohl kein Künstler hätte malen können. Und es wurde ihm noch trauriger zumute; er glaubte, daß ein Glück auf Erden unmöglich sei, und wurde nur noch trauriger und schweigsamer.

So war der Gemütszustand Andrej Iwanowitschs Tjentjetnikows. Als er einmal nach seiner Gewohnheit am Fenster saß und wie immer hinausblickte, hörte er zu seinem Erstaunen weder den Grigorij noch die Perfiljewna, dafür machte sich im Hof gegenüber eine gewisse Bewegung und Unruhe bemerkbar. Der Küchenjunge und die Spülfrau liefen hinaus, um das Tor zu öffnen. Im Tor zeigten sich Pferde, ganz wie man sie auf Triumphpforten sieht: eine Schnauze nach rechts, eine Schnauze nach links und eine Schnauze in der Mitte. Über ihnen ragten auf dem Bock ein Kutscher und ein Lakai in einem mit einem Taschentuch umgürteten weiten Rock. Hinter ihnen saß ein Herr in Mantel und Mütze, mit einem regenbogenfarbigen Tuch um den Hals. Als die Equipage vor dem Hauseingang umwendete, zeigte es sich, daß es nichts anderes als ein leichter Reisewagen auf Federn war. Der Herr von einem ungewöhnlich angenehmen Äußern sprang mit einer beinahe militärischen Behendigkeit und Gewandtheit aus dem Wagen.

Andrej Iwanowitsch bekam Angst, er hielt den Herrn für einen Beamten von der Regierung. Es muß erwähnt werden, daß er in seiner Jugend in eine sehr dumme Geschichte hineingeraten war. Zwei Philosophen aus dem Husarenstand, die allerlei Broschüren gelesen hatten, ein Ästhet, der seine Studien nicht abgeschlossen hatte, und ein verkrachter Spieler gründeten eine philanthropische Gesellschaft unter dem Vorsitz eines alten Gauners und Freimaurers, der gleichfalls Kartenspieler war, aber eine ungewöhnliche Rednergabe besaß. Die Gesellschaft verfolgte sehr weitgesteckte Ziele: nämlich der ganzen Menschheit von den Themseufern bis Kamtschatka ein dauerndes Glück zu verschaffen. Sie brauchte dazu kolossale Barmittel, und die großmütigen Mitglieder mußten unglaubliche Summen spenden. Was mit diesem Geld geschah, wußte nur der Oberleiter allein. In diese Gesellschaft wurde Tjentjetnikow von zwei seiner Freunde hereingezogen, die zur Klasse der „verbitterten“ Menschen gehörten; sie waren zwar gute Menschen, aber infolge der vielen Toaste auf die Wissenschaft, die Aufklärung und die der Menschheit in

Zukunft zu erweisenden Dienste zu richtigen Säufern geworden. Tjentjetnikow kam bald zur Besinnung und trat aus diesem Kreis aus. Doch die Gesellschaft hatte sich schon auf andere Dinge verlegt, die eines Edelmannes unwürdig sind, und so bekam man es mit der Polizei zu tun ... Darum ist es auch kein Wunder, daß er, nach seinem Austritt aus der Gesellschaft und nach Abbruch aller Beziehungen zu ihr, nicht recht ruhig bleiben konnte. Sein Gewissen war irgenwie belastet. Nicht ohne Angst blickte er darum auf die Türe, die sich vor ihm öffnete.

Seine Angst verflüchtigte sich aber sofort, als der Gast sich vor ihm mit einer ungewöhnlichen Gewandtheit verbeugte, wobei er den Kopf respektvoll zur Seite geneigt hielt, und ihm in kurzen, doch sicher vorgebrachten Worten erklärte, daß er, wie in Geschäften, so auch von Wißbegierde getrieben, schon seit längerer Zeit Rußland bereise; daß unser Reich, von der Verschiedenheit der Gewerbe und Bodenarten ganz abgesehen, eine ungeheure Menge von bemerkenswerten Dingen aufzuweisen habe; daß ihn die malerische Lage seines Gutes bezaubert habe; daß er aber trotz dieser malerischen Lage sich niemals erlaubt hätte, ihn mit seinem ungelegenen Besuch zu belästigen, wenn nicht seine Equipage infolge der Frühlingsüberschwemmung und der schlechten Straßen einen Bruch erlitten hätte, der die Hilfe von Schmieden und anderen Handwerkern erfordere; und daß er, selbst wenn mit seiner Equipage nichts passiert wäre, sich dennoch nicht das Vergnügen hätte versagen können, ihm persönlich seine Hochachtung zu bezeugen.

Nachdem der Gast diese Rede beendigt hatte, schlug er mit einer bezaubernden Anmut die Hacken seiner in eleganten Halbschuhen aus Glacéleder mit Perlmutterknöpfen steckenden Füße zusammen und prallte gleich darauf, trotz seiner Körperfülle, mit der Leichtigkeit eines Gummiballs etwas zurück.

Andrej Iwanowitsch wurde ruhig und sagte sich, daß es wohl ein wißbegieriger gelehrter Professor sei, der Rußland bereise, um vielleicht irgendwelche Pflanzen oder vielleicht auch Fossilien zu sammeln. Er erklärte sich sofort bereit, ihm in allen Dingen behilflich zu sein; er stellte ihm seine eigenen Handwerker, Wagenbauer und Schmiede zur Verfügung; bat ihn, sich's so bequem zu machen wie im eigenen Hause; setzte ihn in einen bequemen Großvatersessel und machte sich bereit, seinen Vortrag über irgendein naturwissenschaftliches Thema anzuhören.

Der Gast berührte jedoch vorwiegend Erscheinungen der inneren Welt. Er verglich sein Leben mit einem Schiff mitten im Meer, das von allen Seiten von unbeständigen Winden herumgetrieben wird; er erwähnte, daß er genötigt gewesen sei, mehrere Berufe zu wechseln, daß er für die Wahrheit viel Ungemach erlitten, daß ihm sogar seitens seiner Feinde Lebensgefahr gedroht habe; er erzählte noch viele andere Dinge, die eher von einem Mann des praktischen Lebens zeugten. Zum Schluß seiner Rede schneuzte er sich in ein weißes Batisttaschentuch so laut, wie es Andrej Iwanowitsch noch nie gehört hatte. Zuweilen gibt es im Orchester so eine verdammte Trompete: Wenn die einen Ton von sich gibt, glaubt man, er sei nicht im Orchester, sondern im eigenen Ohr entstanden. Ein ähnlicher Ton erdröhnte in den aus dem Schlaf erwachten Zimmern, und gleich darauf verbreitete sich der Wohlgeruch von Kölnisch Wasser, der wohl unsichtbar dem Batisttaschentuch, mit dem der Gast fächelte, entströmte.

Der Leser hat vielleicht schon erraten, daß der Gast niemand anders war als unser verehrter, von uns schon so lange verlassener Pawel Iwanowitsch Tschitschikow. Er war etwas gealtert; diese Zeit war an ihm wohl nicht ohne Stürme und Unruhe vorübergegangen. Selbst sein Frack schien etwas abgetragen zu sein, auch der Wagen, der Kutscher, der Lakai, die Pferde und das Geschirr sahen etwas abgerieben aus. Man hatte den Eindruck, daß auch seine Finanzlage nicht beneidenswert sei. Doch der Gesichtsausdruck, der feine Anstand und die angenehmen Manieren waren noch dieselben. Er zeigte vielleicht sogar noch mehr Anmut, wenn er, sich in den Sessel setzend, die Füße kreuzte. In seiner Aussprache war noch mehr Weichheit, in seinen Worten und Wendungen noch mehr vorsichtige Mäßigung; er zeigte ein noch feineres Benehmen und noch mehr Takt in allen Dingen. Weißer und reiner als Schnee waren sein Kragen und Vorhemd, und obwohl er direkt aus dem Reisewagen stieg, war an seinem Frack auch nicht ein Federchen zu sehen. Man könnte ihn auf der Stelle zu einem Geburtstagsessen einladen. Seine Wangen und sein

Kinn waren so sorgfältig rasiert, daß nur ein Blinder ihrer angenehmen Fülle und Rundung seine Bewunderung versagen würde.

Sofort vollzog sich im Haus eine Veränderung. Die eine Hälfte, die bisher blind, mit zugenagelten Laden gelegen hatte, wurde plötzlich sehend und hell. In den nun erleuchteten Zimmern fand jedes Ding seinen Platz, und bald nahm alles folgendes Aussehen an: Das Zimmer, das zum Schlafzimmer bestimmt war, nahm die Dinge auf, die man für die Nachttoilette braucht; das Zimmer, das zum Kabinett ausersehen war ... Zunächst müssen wir aber erwähnen, daß es in diesem Zimmer drei Tische gab: einen Schreibtisch vor dem Sofa, einen Kartentisch zwischen den Fenstern unter dem Spiegel und einen Ecktisch im Winkel zwischen der Schlafzimmertür und der Tür, die zu dem unbewohnten Saal mit invaliden Möbeln führte, der schon seit einem Jahr von niemand betreten worden war und jetzt als Vorzimmer dienen sollte. Auf diesem Ecktisch fanden die aus dem Koffer hervorgeholten Kleidungsstücke Platz, und zwar: eine Frackhose, eine neue Hose, eine graue Hose, zwei Samt- und zwei Atlaswesten und ein Rock. Alle diese Gegenstände wurden zu einer Pyramide aufgeschichtet und oben mit einem seidenen Taschentuch zugedeckt. In der anderen Ecke, zwischen der Tür und dem Fenster, wurden in schöner Reihe die Stiefel aufgestellt: ein nicht ganz neues Paar, ein ganz neues Paar, ein Paar Lackhalbschuhe und ein Paar Morgenschuhe. Auch sie wurden schamhaft mit einem seidenen Taschentuch zugedeckt, so daß man von ihnen überhaupt nichts sah. Auf den Schreibtisch kamen in der schönsten Ordnung folgende Gegenstände: die Schatulle, eine Flasche Kölnisch Wasser, ein Kalender und zwei Romane; beides zweite Bände. Die reine Wäsche kam in die Kommode, die sich schon im Schlafzimmer befand; die Wäsche aber, die der Waschfrau übergeben werden sollte, wurde zu einem Bündel zusammengebunden und unter das Bett gesteckt. Auch der nun geleerte Koffer kam unter das Bett. Der Säbel, den er mitzuführen pflegte, um den Dieben Angst einzujagen, kam gleichfalls ins Schlafzimmer, auf einen Nagel in der Nähe des Bettes. Alles sah plötzlich ungewöhnlich sauber und ordentlich aus. Kein Papierchen, kein Federchen, kein Stäubchen lag auf dem Boden. Selbst die Luft wurde gleichsam edler: Sie nahm den angenehmen Geruch eines gesunden, frischen Mannes an, der seine Wäsche nicht zu lange trägt, regelmäßig das Dampfbad besucht und sich an Sonntagen mit einem nassen Schwamm abreibt. Im Vorsaal wollte sich schon der Geruch des Lakaien Petruschka festsetzen, aber Petruschka wurde bald, so wie es sich gehörte, in die Küche umlogiert.

In den ersten Tagen fürchtete Andrej Iwanowitsch für seine Unabhängigkeit: Der Gast könnte ihm seine Freiheit nehmen, irgendwelche Veränderungen in seine Lebensweise einführen und seine so glücklich aufgestellte Tagesordnung stören; diese Befürchtungen erwiesen sich aber als unbegründet. Unser Pawel Iwanowitsch zeigte eine ungewöhnliche Fähigkeit, sich an alles anzupassen. Er lobte die philosophische Bedächtigkeit seines Gastgebers und sagte, sie verspreche ein Leben von hundert Jahren. Über seine Vereinsamung äußerte er sich sehr glücklich, nämlich in dem Sinne, daß sie die großen Gedanken im Menschen nähre. Nachdem er einen Blick auf die Bibliothek geworfen und sich über die Bücher im allgemeinen sehr lobend ausgesprochen hatte, bemerkte er, daß sie den Menschen vor Müßiggang bewahren. Er verlor nicht viel Worte, aber alles, was er sagte, hatte Hand und Fuß. In seinen Handlungen war er noch tadelloser. Er kam und ging immer zur rechten Zeit; bemühte den Hausherrn mit keinen Fragen, wenn dieser nicht gern sprechen wollte; spielte mit Vergnügen mit ihm Schach und schwieg auch mit dem gleichen Vergnügen. Während der eine den Pfeifenrauch in schönen Wolken aufsteigen ließ, suchte sich der andere, der keine Pfeife rauchte, eine entsprechende Beschäftigung. Er holte zum Beispiel seine Schnupftabaksdose aus Tulasilber hervor, hielt sie zwischen zwei Fingern seiner linken Hand fest und versetzte sie mit einem Finger der rechten Hand in Rotation, die der des Erdballs um seine Achse glich; oder er trommelte auf ihr mit dem Finger und pfiff etwas dazu. Mit einem Wort, er störte den Hausherrn nicht im geringsten. „Ich sehe zum erstenmal einen Menschen, mit dem man leben kann“, sagte sich Tjentjetnikow. „Diese Kunst ist bei uns im allgemeinen wenig verbreitet. Es gibt unter uns wohl genug kluge, gebildete und gute Menschen, aber Menschen von stets gleichmäßigem Charakter, Menschen, mit denen man sein Leben lang auskommen kann, ohne sich mit ihnen zu entzweien – ich weiß nicht, ob es bei uns viele solche Menschen gibt. Dieser ist der erste, den ich sehe.“ So äußerte sich Tjentjetnikow über seinen Gast.

Tschitschikow war seinerseits sehr froh darüber, daß er sich für eine Zeitlang bei einem so friedlichen und ruhigen Herrn niedergelassen hatte. Das Zigeunerleben hatte er nun ordentlich satt. Sich wenigstens einen Monat in dem schönen Dorf, angesichts der Felder und des eben beginnenden Frühjahrs auszuruhen, war sogar in Hinsicht auf die Hämorrhoiden von Nutzen.

Einen schöneren Winkel zum Ausruhen hätte man schwer finden können. Der von Frösten spät aufgehaltene Frühling zeigte sich plötzlich in seiner ganzen Schönheit, und überall regte sich neues Leben. Schon blaute es in den Waldlichtungen, und auf dem frischen Smaragdgrün der Wiesen leuchtete gelber Löwenzahn und neigten lila und rosa Anemonen ihre zarten Köpfchen. Über den Sümpfen zeigten sich Schwärme von Eintagsfliegen und Mengen anderer Insekten; sie wurden schon von den Wasserspinnen gejagt, und allerlei Vögel versammelten sich im trockenen Schilf. Alles versammelte sich, um einander in der Nähe zu sehen. Plötzlich war die Erde bevölkert, plötzlich waren die Wälder erwacht, und in den Wiesen begann es zu summen und zu tönen. Im Dorf tanzte man Reigen. Es war ein Vergnügen, sich im Freien aufzuhalten. Wie grell leuchtete das Grün! Wie frisch war die Luft! Wie laut zwitscherten die Vögel in den Gärten! Ein Paradies, ein Jauchzen und Jubilieren der ganzen Kreatur! Das Dorf tönte und sang wie bei einer Hochzeit.

Tschitschikow ging viel spazieren. Für seine Spaziergänge hatte er eine große Auswahl. Bald war sein Ziel die Hochebene über den sich unten breitenden Tälern, auf denen noch überall ganze Seen, Reste der Überschwemmung, lagen und gleich Inseln die noch unbelaubten Wälder dunkelten; oder er ging ins Dickicht, stieg in bewaldete Gräben hinab, wo die von Vogelnestern beschwerten Bäume sich drängten ...[1] krächzende Raben, die kreuz und quer durch den Himmel flogen und ihn verdunkelten. Auf dem schon trockenen Weg konnte er auch zum Landungsplatz gehen, wo die ersten mit Erbsen, Gerste und Weizen beladenen Barken abgefertigt wurden,

[1] Lücke im Manuskript.

während das Wasser sich mit ohrenbetäubendem Dröhnen über die Räder der in Bewegung kommenden Mühle ergoß. Er ging auch hinaus, um den ersten Feldarbeiten beizuwohnen, um zu sehen, wie frisches Ackerland als schwarzer Streifen durch das Grün zog und wie der Sämann, mit der Hand auf das Sieb schlagend, das er auf der Brust hängen hatte, die Saat gleichmäßig ausstreute, ohne auch nur ein Körnchen zuviel auf die eine oder die andere Seite zu werfen.

Tschitschikow kam überall hin. Er führte lange Gespräche mit dem Verwalter, den Bauern und dem Müller. Er erfuhr alles: wie es mit der Wirtschaft gehe, für welchen Betrag Getreide verkauft werde, was man im Frühling und im Herbst am Mahlen von Getreide verdiene, wie jeder Bauer heiße und mit wem er verwandt sei, wo er seine Kuh gekauft habe und womit er sein Schwein füttere; mit einem Wort, er stellte alles fest. Er erkundigte sich auch, wieviel Bauern gestorben waren und erfuhr, daß es nur wenige seien. Als kluger Mensch merkte er sofort, daß die Wirtschaft Andrej Iwanowitschs sich in einem wenig beneidenswerten Zustand befand. Vieles war vernachlässigt, es gab genug Schlamperei, Diebstahl und auch Trunksucht! Und er dachte sich: Was für ein Vieh ist doch dieser Tjentjetnikow! Wie kann man nur so ein Gut so vernachlässigen! Er hätte ja ein Jahreseinkommen von fünfzigtausend Rubeln haben können.

Mehr als einmal kam ihm bei solchen Spaziergängen der Gedanke, selbst einmal – d. h. natürlich nicht jetzt, sondern später, wenn die Hauptsache erledigt sein und er die nötigen Mittel in Händen haben würde –, selbst einmal ein friedlicher Besitzer eines ähnlichen Gutes zu werden. Natürlich dachte er dabei gleich auch an ein junges, frisches Weibchen mit weißem Gesicht, aus dem Kaufmanns- oder einem anderen reichen Stand, die sogar musikalisch wäre. Er stellte sich auch die junge Generation vor, die das Geschlecht der Tschitschikows verewigen sollte: einen lebhaften Jungen und eine hübsche Tochter oder sogar zwei Jungen und zwei oder sogar drei Töchter, damit alle wissen, daß er wirklich gelebt und existiert hatte und nicht als ein Schatten oder Gespenst über die Erde gezogen war – damit er sich auch vor seinem Vaterland nicht zu schämen brauchte. Dann fiel ihm noch ein, daß auch eine Erhöhung seines Ranges gar nicht übel wäre: Staatsrat ist zum

Beispiel ein von allen geachteter Titel ... Was kommt nicht alles einem Menschen beim Spaziergang in den Sinn, was ihn der Gegenwart entreißt, seine Phantasie reizt, und wenn er auch selbst überzeugt ist, daß dies niemals eintreffen kann!

Auch den Leuten Tschitschikows gefiel das Dorf sehr gut. Sie fühlten sich darin gleich ihrem Herrn bald sehr heimisch. Petruschka schloß sich sehr schnell dem Küchenverwalter Grigorij an, obwohl sie beide zuerst sehr wichtig taten und die Nasen rümpften. Petruschka streute Grigorij Sand in die Augen, indem er ihm von seinen weiten Fahrten erzählte; Grigorij brachte ihn aber gleich mit der Erwähnung Petersburgs zum Schweigen, wo Petruschka noch nie gewesen war. Der letztere machte noch den Versuch, ihm mit der Entfernung der Gegenden, die er besucht hatte, zu imponieren; aber Grigorij nannte darauf einen solchen Ort, der auf keiner Karte zu finden war und der ganze dreißigtausend Werst weit liegen sollte, so daß der Diener Pawel Iwanowitschs vor Erstaunen den Mund aufriß und sofort vom ganzen Hausgesinde ausgelacht wurde. Trotzdem führte dieser Verkehr zu der allerengsten Freundschaft. Am Rande des Dorfes hielt Pimen der Kahle, der Onkel sämtlicher Bauern, eine Schenke, die den Namen „Akuljka“ trug. In diesem Institut sah man sie zu allen Tageszeiten. Hier waren sie Stammgäste.

Selifan fand hier andere Versuchungen. Im Dorf wurden jeden Abend Lieder gesungen und Frühlingsreigen getanzt. Die rassigen schlanken Mädchen, wie man sie heute in den größeren Dörfern noch kaum finden kann, ließen ihn stundenlang mit aufgerissenem Mund dastehen. Es war schwer zu sagen, welche von ihnen die schönste war. Sie alle hatten weiße Busen und weiße Hälse, schöne verschleierte Augen, Bewegungen von Pfauen und Zöpfe, die bis an den Gürtel reichten. Wenn er, sie bei ihren weißen Händen haltend, mit ihnen langsam den Reigen tanzte, oder mit den anderen Burschen als Mauer gegen sie vorrückte, wenn die Mädchen lächelnd sangen: „Ihr Herren, zeigt uns den Bräutigam!“; wenn die ganze Umgegend dunkel wurde und der Gesang weit jenseits des Flusses traurig widerhallte – so wußte er selbst nicht, wie ihm war. Im Schlaf und im Wachen, am Morgen und in der Dämmerung glaubte er dann immer in seinen beiden Händen weiße Mädchenhände zu halten und sich im Reigen zu bewegen.

Auch den Pferden Tschitschikows gefiel ihre neue Wohnung. Das Deichselpferd, der „Assessor“, und selbst der Schecke fanden den Aufenthalt bei Tjentjetnikow gar nicht langweilig, den Hafer vorzüglich und die Lage der Stallungen außerordentlich bequem. Ein jedes hatte zwar seinen abgezäunten Stand, doch die Verschläge waren so niedrig, daß man über sie leicht die anderen Pferde sehen konnte; wenn es einem von ihnen, selbst einem, das am weitesten stand, einfiel, plötzlich zu wiehern, so konnte man ihm augenblicklich antworten.

Mit einem Wort, alle fühlten sich wie zu Hause. Was aber die Angelegenheit betrifft, in der Pawel Iwanowitsch das ganze weite Rußland bereiste, nämlich die toten Seelen, so war er in dieser Beziehung äußerst vorsichtig und heikel geworden, selbst wenn er es mit ausgesprochenen Dummköpfen zu tun hatte. Tjentjetnikow aber las doch immerhin Bücher, philosophierte und suchte verschiedene Zusammenhänge zu ergründen, warum und weshalb dies und jenes geschah. – Nein, ich fange vielleicht besser vom anderen Ende an, – dachte sich Tschitschikow. Aus seinen häufigen Gesprächen mit dem Hausgesinde erfuhr er, daß der Herr früher recht oft einen General in der Nachbarschaft besucht hatte, daß der General ein Fräulein Tochter habe, daß der Herr dem Fräulein und das Fräulein dem Herrn ... Aus der Sache sei aber nichts geworden, und sie seien auseinandergegangen. Er sah auch selbst, daß Andrej Iwanowitsch mit Bleistift und Feder fortwährend Köpfchen zeichnete, die alle einander ähnlich sahen.

Eines Tages nach dem Essen, als er wie gewöhnlich seine silberne Schnupftabaksdose um ihre eigene Achse drehte, sagte er: „Eines fehlt Ihnen nur, Andrej Iwanowitsch.“

„Was denn?“ fragte jener, indem er eine krause Rauchwolke in die Luft steigen ließ.

„Eine Lebensgefährtin“, sagte Tschitschikow.

Andrej Iwanowitsch entgegnete darauf nichts.

Tschitschikow gab aber die Sache nicht auf. Er wählte eine andere Zeit vor dem Abendessen und sagte während eines Gesprächs über dies und jenes ganz unvermittelt: „Sie sollten doch wirklich heiraten, Andrej Iwanowitsch.“

Tjentjetnikow reagierte darauf mit keinem Wort, als wäre ihm dieses Thema höchst unangenehm.

Tschitschikow ließ den Mut noch immer nicht sinken. Zum drittenmal wählte er eine Zeit nach dem Abendessen und sagte: „Wie ich Ihre Lebensumstände auch betrachte, so sehe ich, daß Sie heiraten müssen: Sie verfallen in Hypochondrie."

Klangen die Worte Tschitschikows diesmal besonders überzeugend, oder war Tjentjetnikow diesmal besonders zur Aufrichtigkeit geneigt – kurz, er seufzte auf und sagte, indem er den Rauch aufsteigen ließ: „Für jede Sache muß man als Glückspilz geboren sein, Pawel Iwanowitsch", und er erzählte ihm die ganze Geschichte seiner Bekanntschaft mit dem General und ihrer Entzweiung.

Als Tschitschikow die Sache mit allen Einzelheiten erfuhr und sah, daß die Geschichte wegen des einen Wortes „du" entstanden war, schien er im ersten Augenblick ganz verdutzt. Eine Minute lang sah er Tjentjetnikow unverwandt in die Augen, als suchte er sich klarzuwerden, ob jener ein ausgesprochener Dummkopf oder nur etwas blöde sei, und schließlich ...

„Andrej Iwanowitsch! Erlauben Sie!" sagte er, seine beiden Hände ergreifend. „Was ist das für eine Beleidigung? Was ist denn in dem Wort ‚du' so verletzend?"

„Im Wort selbst steckt natürlich nichts Verletzendes", sagte Tjentjetnikow. „Die Beleidigung lag aber nicht im Sinne des Wortes, sondern im Ton, mit dem es gesprochen wurde! ‚Du!' – das bedeutet: ‚Merk es dir, daß du eine Null bist; ich verkehre mit dir nur, weil ich keinen besseren habe; wenn aber eine Fürstin Jusjakina gekommen ist, so sollst du wissen, wo dein Platz ist und bei der Schwelle stehen.' Das bedeutet dieses Wort!" Bei diesen Worten sprühten die Augen unseres sanften und milden Andrej Iwanowitschs Funken; seine Stimme zitterte vor beleidigtem Ehrgefühl.

„Und selbst wenn er es in diesem Sinne gebraucht hat, was ist denn dabei?" fragte Tschitschikow.

„Wie? Sie wollen, daß ich mit ihm nach dieser Handlungsweise noch weiter verkehre?"

„Was ist denn das für eine Handlungsweise? Es ist überhaupt keine Handlungsweise", sagte Tschitschikow kaltblütig.

„Wieso ist das keine Handlungsweise?" fragte Tjentjetnikow erstaunt.

„Es ist nur so eine Angewohnheit eines Generals und keine

Handlungsweise. Sie sagen zu allen ‚du'. Warum soll man das auch einem so verdienten und geachteten Mann nicht erlauben?…"

„Das ist eine andere Sache", sagte Tjentjetnikow. „Wäre er ein Greis und arm, weder stolz, noch eitel, noch General, so würde ich ihm erlauben, mir ‚du' zu sagen und dies sogar mit Respekt aufnehmen."

Er ist ganz dumm, dachte Tschitschikow – einem Bettler würde er es erlauben, aber einem General nicht! … „Schön!" sagte er laut. „Nehmen wir sogar an, daß er Sie beleidigt hat, Sie haben es ihm aber schon heimgezahlt, er hat Sie beleidigt, und Sie ihn. Aber sich mit einem Menschen entzweien und dabei eine persönliche Sache aufgeben, das ist, entschuldigen Sie … Wenn man sich schon einmal ein Ziel gesteckt hat, so muß man es energisch verfolgen. Wer wird darauf achten, daß der andere spuckt! Der Mensch ist schon einmal so beschaffen, daß er immer spucken muß. Finden Sie doch in der ganzen Welt einen Menschen, der nicht spuckt!"

Ein merkwürdiger Kauz ist dieser Tschitschikow! dachte Tjentjetnikow verdutzt und von diesen Worten überrascht.

Ein merkwürdiger Kauz ist dieser Tjentjetnikow! dachte währenddessen Tschitschikow.

„Andrej Iwanowitsch, ich will mit Ihnen wie ein Bruder sprechen! Sie sind unerfahren, lassen Sie mich diese Sache in Ordnung bringen. Ich will zu Seiner Exzellenz hinfahren und ihm erklären, daß ein Mißverständnis vorliege, daß alles von Ihrer Jugend und mangelnden Menschen- und Weltkenntnis komme."

„Ich bin nicht geneigt, mich vor ihm irgendwie zu erniedrigen!" sagte Tjentjetnikow verletzt. „Und ich kann auch Sie nicht dazu ermächtigen."

„Auch ich bin nicht fähig, mich zu erniedrigen", sagte Tschitschikow verletzt. „Ich kann mir wohl eine andere menschliche Schwäche zuschulden kommen lassen, doch werde ich mich niemals vor jemand erniedrigen … Andrej Iwanowitsch, Sie müssen mir meine gute Absicht entschuldigen, ich hatte nicht erwartet, daß Sie meine Worte in einem beleidigenden Sinne auffassen werden." Dies alles sagte er mit großer Würde.

„Ich bin schuld, entschuldigen Sie!" sagte Tjentjetnikow

gerührt und ergriff ihn hastig bei beiden Händen. „Ich wollte Sie gar nicht beleidigen. Ich schwöre Ihnen, Ihre gütige Teilnahme ist mir sehr wertvoll! Brechen wir aber dieses Gespräch ab und sprechen wir nie wieder darüber!“

„In diesem Fall fahre ich ganz einfach zum General.“

„Wozu denn?“ fragte Tjentjetnikow, ihm erstaunt in die Augen blickend.

„Um ihm meine Hochachtung zu bezeugen.“

Ein merkwürdiger Mensch ist dieser Tschitschikow! dachte Tjentjetnikow.

„Ich will ihn gleich morgen gegen zehn Uhr früh besuchen, Andrej Iwanowitsch. Ich bin der Ansicht, je schneller man einem seine Hochachtung bezeugt, um so besser. Da mein Reisewagen noch nicht im richtigen Zustand ist, so gestatten Sie mir, Ihren Wagen zu benützen. Ich würde schon morgen so gegen zehn Uhr früh zu ihm hinfahren.“

„Aber erlauben Sie, was ist das für eine Bitte? Sie sind hier der Herr, und die Equipage steht zu Ihrer Verfügung.“

Nach dieser Unterhaltung wünschten sie einander gute Nacht und zogen sich ein jeder auf sein Schlafzimmer zurück.

Eine seltsame Sache! Als am anderen Morgen die Equipage vorfuhr und Tschitschikow mit einer beinahe militärischen Gewandtheit, in einem neuen Frack, weißer Binde und Weste hineinsprang und davonfuhr, um dem General seine Hochachtung zu bezeugen, geriet Tjentjetnikow in eine solche Aufregung, wie er sie schon lange nicht empfunden hatte. Alle seine eingerosteten und verschlafenen Gedankengänge wurden plötzlich lebhaft und unruhig. Eine nervöse Erregung bemächtigte sich plötzlich aller Gefühle des in sorglosen Müßiggang versunkenen Faulenzers. Bald setzte er sich aufs Sofa, bald trat er ans Fenster, bald nahm er ein Buch vor, bald versuchte er zu denken – ein vergebliches Bemühen: Kein Gedanke kam ihm in den Kopf. Bald versuchte er, an nichts zu denken – vergebliche Mühe: Bruchstücke von Gedanken, Enden und Zipfel von Gedanken kamen ihm von allen Seiten in den Sinn. „Ein seltsamer Zustand!“ sagte er und setzte sich ans Fenster, um auf die den Eichenwald durchschneidende Landstraße zu schauen, an deren Ende noch der Staub wirbelte. Wir wollen aber Tjentjetnikow verlassen und Tschitschikow folgen.

ZWEITES KAPITEL

Die guten Pferde legten mit Tschitschikow die zehn Werst lange Strecke in kaum mehr als einer halben Stunde zurück. Erst ging der Weg durch einen Eichenwald, dann an Getreidefeldern vorbei, die inmitten frisch gepflügten Äckern grünten, dann am Rande der Anhöhe, von der aus sich immer neue Aussichten boten; dann führte er durch eine breite Allee von Linden, deren Knospen eben erst aufgingen, mitten ins Dorf. Hier machte die Allee eine Wendung nach rechts, verwandelte sich in eine Allee von Pappeln, die unten mit Flechtwerk eingefaßt waren, und endete vor einem gußeisernen Gittertor, durch das man die reich verzierte Fassade des Generalshauses mit den acht korinthischen Säulen sehen konnte. Überall roch es nach Ölfarbe, die alles verjüngt und keinem Ding Zeit läßt, alt zu werden. Der Hof war so sauber wie Parkett. Tschitschikow sprang mit Respekt aus dem Wagen, ließ sich beim General anmelden und wurde direkt ins Kabinett geführt. Der General setzte ihn mit seinem majestätischen Äußern in Erstaunen. Er trug einen gesteppten Atlasschlafrock von herrlicher Purpurfarbe. Ein offener Blick, ein männliches Gesicht, graumelierter Schnurr- und Backenbart, kurz geschnittenes Haar im Nacken, ein dicker, dreistöckiger, d. h. drei Falten bildender Hals mit einer Querfalte. Mit einem Wort, es war einer von den malerischen Generalen, an denen das Jahr 1812 so reich gewesen war. General Betrischtschew hatte wie die meisten von uns eine Menge von Vorzügen und eine Menge von Mängeln. Die einen wie die anderen waren in ihm, wie es beim Russen so oft der Fall ist, in malerischer Unordnung durcheinandergewürfelt. In entscheidenden Augenblicken zeigte er Großmut, Tapferkeit, grenzenlose Freigebigkeit und Verstand in allen Dingen; daneben war er aber launisch, ehrgeizig, selbstsüchtig und zeigte alle die kleinen Empfindlichkeiten, ohne die kein Russe auskommen kann, wenn er ohne Arbeit dasitzt und keine entscheidenden …[1] Er mochte alle,

[1] Lücke im Manuskript.

die ihn im Dienst überholt hatten, nicht leiden und äußerte sich über sie bissig in scharfen Epigrammen. Am meisten bekam von ihm einer seiner früheren Kameraden ab, der, nach seiner Ansicht, wie an Klugheit so an Fähigkeiten ihm nachstand, der ihn aber schon überholt hatte und Generalgouverneur zweier Gouvernements war, wie zum Trotz derselben, in denen sich seine Besitzungen befanden, so daß er von ihm gewissermaßen abhing. Um sich an ihm zu rächen, verspottete er ihn bei jeder Gelegenheit, tadelte jede seiner Anordnungen und sah in allen seinen Maßnahmen und Handlungen den Gipfel der Dummheit. Alles war an ihm höchst merkwürdig; so war er ein eifriger Vorkämpfer jeder Aufklärung und liebte es, Dinge zu wissen, die die anderen nicht wußten; diejenigen aber, die etwas wußten, was er nicht wußte, konnte er nicht leiden. Mit einem Wort, er liebte es, mit seinem Verstand zu brillieren. Obwohl er fast ausschließlich von Ausländern erzogen worden war, wollte er die Rolle eines echt russischen Grandseigneurs spielen. Es ist auch nicht zu verwundern, daß er bei diesem ungleichmäßigen Charakter und den auffallenden inneren Widersprüchen auf seiner Laufbahn vielen Unannehmlichkeiten begegnete, so daß er schließlich seinen Abschied nehmen mußte; dies schrieb er aber einer vermeintlichen feindlichen Partei zu und hatte nicht den Mut, auch nur einen Teil der Schuld auf sich selbst zu nehmen. Auch außer Dienst behielt er die gleiche malerische und majestätische Haltung. Ganz gleich, ob er einen Rock, einen Frack oder einen Schlafrock anhatte, er war immer derselbe. Von der Stimme bis zur kleinsten Gebärde war an ihm alles gebieterisch und befehlend und weckte in den ihm Untergebenen wenn nicht Achtung, so doch jedenfalls Furcht.

Tschitschikow empfand das eine wie das andere: Achtung und Furcht. Den Kopf ehrerbietig zur Seite geneigt, die Hände gespreizt, wie wenn er ein Tablett mit Tassen heben wollte, verbeugte er sich wunderbar elegant mit dem ganzen Rumpf und sagte: „Ich hielt es für meine Pflicht, mich Eurer Exzellenz vorzustellen. Da ich hohe Achtung vor den Tugenden der Männer habe, die das Vaterland auf dem Schlachtfeld erretteten, hielt ich es für meine Pflicht, mich Eurer Exzellenz persönlich vorzustellen."

Dem General schien diese Einleitung nicht zu mißfallen. Er

nickte höchst gnädig mit dem Kopf und sagte: „Es freut mich sehr, Sie kennenzulernen. Wo haben Sie gedient?"

„Meine dienstliche Laufbahn", begann Tschitschikow, sich setzend, doch nicht etwa in die Mitte des Sessels, sondern etwas schief und mit der Hand die Armlehne ergreifend, „begann im Rentamt, Exzellenz. Ihren weiteren Verlauf nahm dieselbe in verschiedenen Ressorts. Ich war am Hofgericht, an einer Baukommission und am Zollamt angestellt. Mein Leben ließe sich mit einem Schiff inmitten Meereswellen vergleichen, Exzellenz. Ich bin sozusagen mit Geduld großgezogen worden und bin, man kann wohl sagen, die personifizierte Geduld ... Was ich aber von meinen Feinden auszustehen hatte, die mir selbst nach dem Leben trachteten, das vermag weder ein Wort, noch eine Farbe, noch sozusagen ein Pinsel wiederzugeben, und so suche ich an meinem Lebensabend einen Winkel, um den Rest meiner Tage zu verbringen. Vorläufig wohne ich beim nächsten Nachbar Eurer Exzellenz ..."

„Bei wem denn?"

„Bei Tjentjetnikow, Exzellenz.

Der General verzog das Gesicht.

„Exzellenz, er bereut es sehr, daß er Ihnen nicht den schuldigen Respekt erwiesen hat."

„Respekt, wovor?"

„Vor den Verdiensten Eurer Exzellenz. Er findet keine Worte ... Er sagt: ‚Wenn ich nur könnte, auf irgendeine Weise ... denn ich weiß', sagt er, ‚die Männer wohl zu schätzen, die das Vaterland verteidigt haben.' So sagt er."

„Aber erlauben Sie, was hat er denn? Ich bin ihm doch gar nicht böse", sagte der General, viel milder werdend. „Ich habe in meinem Herzen eine aufrichtige Zuneigung zu ihm gefaßt und bin überzeugt, daß aus ihm mit der Zeit ein höchst nützlicher Mensch werden wird."

„Euer Exzellenz haben just das richtige Wort gebraucht: in der Tat, ein höchst nützlicher Mensch; er versteht es, mit Worten zu kämpfen und kann auch gut schreiben."

„Ich meine, er wird wohl irgendeinen Unsinn schreiben – macht er nicht Verse?"

„Nein, Euer Exzellenz, es ist kein Unsinn ... Es ist etwas sehr Vernünftiges ... Er schreibt ... eine Geschichte, Eure Exzellenz."

„Eine Geschichte? Was für eine?“

„Eine Geschichte ...“ Tschitschikow machte hier eine Pause, entweder weil vor ihm ein General saß oder um einfach der Sache einen größeren Nachdruck zu verleihen. Er fuhr fort: „Eine Geschichte der Generale, Exzellenz.“

„Wieso, der Generale? Welcher Generale?“

„Der Generale im allgemeinen, Exzellenz. Das heißt eigentlich der vaterländischen Generale.“

Tschitschikow kam plötzlich ganz aus dem Konzept; er war nahe daran, auszuspucken und sagte zu sich selbst: „Mein Gott, was schwatze ich da zusammen?“

„Entschuldigen Sie, ich verstehe es nicht ganz ... Was soll es denn werden: die Geschichte einer bestimmten Epoche oder eine Reihe einzelner Biographien? Gedenkt er alle Generale aufzunehmen oder nur die, die an den Ereignissen des Jahres 1812 beteiligt waren?“

„Gewiß, Euer Exzellenz, nur solche, die im Jahre 1812 beteiligt waren!“ Nachdem er dies gesagt, dachte er: Man schlage mich tot, ich verstehe nichts!

„Warum kommt er dann nicht mal zu mir? Ich könnte ihm recht viel interessantes Material liefern.“

„Er getraut sich nicht, Exzellenz.“

„Unsinn! Wegen eines dummen Wortes, das ich so ganz zwischen uns fallen gelassen habe ... Ich bin ja nicht so ein Mensch. Ich bin sogar bereit, selbst zu ihm hinzufahren.“

„Das wird er nicht zulassen, er wird selbst herkommen“, sagte Tschitschikow. Nun hatte er seine Selbstbeherrschung wieder und dachte: Dieses Glück! Wie gut habe ich es mit den Generalen getroffen! Die sind mir aber ganz zufällig eingefallen.

Im Kabinett raschelte es. Die Nußholztür eines geschnitzten Schrankes ging ganz von selbst auf, und auf ihrer Rückseite zeigte sich, die Hand an der Messingklinke, ein reizendes lebendes Bild. Wäre plötzlich in einem dunklen Zimmer ein von starken Lampen durchleuchtetes Transparentbild erschienen, so hätte es durch die Plötzlichkeit seines Erscheinens keinen so mächtigen Eindruck machen können wie diese kleine Gestalt. Offenbar war sie ins Zimmer getreten, um etwas zu sagen, als sie aber einen Unbekannten sah ...[1] mit ihr

[1] Lücke im Manuskript.

zugleich war gleichsam ein Sonnenstrahl eingedrungen, und das ganze düstere Kabinett des Generals schien zu lächeln. Tschitschikow konnte sich im ersten Augenblick keine Rechenschaft darüber ablegen, was eigentlich vor ihm stand. Es war schwer zu sagen, aus welchem Lande sie stammte. Ein so reines, edles Gesichtsoval könnte man wohl nirgends finden, höchstens auf antiken Kameen. Schlank und leicht wie ein Pfeil, schien sie alles zu überragen. Es war aber nur eine Täuschung. Sie war gar nicht groß gewachsen. Die Täuschung beruhte auf dem ungewöhnlich harmonischen Verhältnis ihrer Glieder zueinander. Ihr Kleid saß so, als hätten sich die besten Schneiderinnen zusammengetan, um sich zu beraten, wie sie am besten zu kleiden wäre. Aber auch das war eine Täuschung. Ihr Kleid war ganz von selbst entstanden. Die Nadel hatte ein nicht mal zugeschnittenes Stück einfarbigen Stoffes aufs Geratewohl an zwei oder drei Stellen zusammengerafft, und schon hatte er sich selbst in so wunderbaren Falten um sie geschmiegt, daß, wenn man sie auf einem Bild darstellen wollte, alle nach der Mode gekleideten jungen Mädchen im Vergleich zu ihr wie bunte Puppen vom Trödelmarkt ausgesehen hätten. Hätte man sie aber mit allen Falten des sie umschmiegenden Gewandes in Marmor nachgebildet, so würde man das Werk einem genialen Künstler zuschreiben. Nur eines war nicht gut: Sie war gar zu schlank und hager.

„Ich will Ihnen meinen Liebling vorstellen!" sagte der General, sich an Tschitschikow wendend. „Ihren Familiennamen, auch Ihren Vor- und Vaternamen weiß ich übrigens noch immer nicht."

„Soll man denn den Vor- und Vaternamen eines Menschen kennen, der sich durch keinerlei Tugenden ausgezeichnet hat?" sagte Tschitschikow bescheiden, den Kopf auf die Seite neigend.

„Man muß doch immerhin wissen ..."

„Pawel Iwanowitsch, Exzellenz!" sagte Tschitschikow, indem er sich mit einer beinahe militärischen Gewandtheit verbeugte und mit der Leichtigkeit eines Gummiballs zurückprallte.

„Ulinjka!" wandte sich der General an die Tochter: „Pawel Iwanowitsch hat soeben eine höchst interessante Neuigkeit mitgeteilt. Unser Nachbar Tjentjetnikow ist doch nicht so dumm, wie wir es geglaubt haben. Er befaßt sich mit einer recht wichtigen Arbeit: Er schreibt die Geschichte der Generale des Jahres 1812."

„Wer hat denn geglaubt, daß er dumm sei?" entgegnete sie schnell. „Höchstens Wischnepokromow, dem du so vertraust, der aber ein hohler und gemeiner Mensch ist!"

„Warum denn gemein? Etwas hohl ist er allerdings", sagte der General.

„Er ist auch etwas gemein und niederträchtig und nicht nur etwas hohl. Wer seine Brüder so schlecht behandelt und seine leibliche Schwester aus dem Haus gejagt hat, der ist ein gemeiner Mensch."

„Das erzählt man sich nur."

„Solche Dinge wird man nicht ohne Grund erzählen. Ich verstehe es wirklich nicht, Vater, wie du es mit deinem guten und edlen Herzen fertigbringst, mit einem Menschen zu verkehren, der von dir so verschieden ist wie die Erde vom Himmel, und von dem du selbst weißt, daß er schlecht ist."

„Nun sehen Sie", sagte der General lächelnd zu Tschitschikow: „So streiten wir uns immer herum." Darauf wandte er sich an seine Opponentin und fuhr fort:

„Herzchen, ich kann ihn doch nicht hinausjagen!"

„Warum denn hinausjagen? Aber warum erweist du ihm soviel Aufmerksamkeit, warum liebst du ihn?"

Hier hielt es Tschitschikow für nötig, ins Gespräch einzugreifen.

„Alle Menschen verlangen nach Liebe, gnädiges Fräulein", sagte Tschitschikow. „Was soll man machen? Auch das Haustier liebt es, daß man es streichelt; es steckt seine Schnauze aus dem Stall heraus: Bitte, streichle mich!"

Der General fing an zu lachen. „Ja, es steckt wirklich seine Schnauze heraus: Bitte, streichle mich! ... Ha, ha, ha! Auch so ein Kerl hat nicht nur die Schnauze, sondern den ganzen Körper voll Dreck, und doch verlangt er Anerkennung ... Ha, ha, ha!" Und der ganze Körper des Generals erbebte vor Lachen. Seine Schultern, die einst mit üppigen Epaulettes geschmückt waren, zitterten so, als ob sie auch jetzt noch die üppigen Epaulettes trügen.

Auch Tschitschikow gab eine Interjektion des Lachens von sich, doch aus Respekt vor dem General wandte er hierbei den

Vokal „e“ an: „He, he, he, he!“ Auch sein Körper erzitterte vor Lachen, aber die Schultern zitterten nicht, da sie niemals üppige Epaulettes getragen hatten.

„So einer bestiehlt den Staat, und dann verlangt er noch eine Belohnung, diese Kanaille! Ich muß, sagt er, meine Anerkennung haben, denn ich habe mich so abgemüht ... Ha, ha, ha, ha!“

Das edle, liebreizende Gesicht des jungen Mädchens zeigte einen schmerzlichen Ausdruck. „Ach, Papa! Ich verstehe nicht, wie du bloß lachen kannst! Mich stimmen solche ehrlosen Handlungen nur traurig. Wenn ich sehe, daß ein Betrug ganz öffentlich verübt wird und der Schuldige nicht von allgemeiner Verachtung bestraft wird, so weiß ich gar nicht, wie mir ist, ich werde dann zornig und sogar schlecht. Ich denke, ich denke ...“ Und sie brach beinahe in Tränen aus.

„Bitte, sei uns nur nicht böse“, sagte der General. „Wir können nichts dafür. Nicht wahr?“ wandte er sich an Tschitschikow. „Gib mir einen Kuß und geh. Ich werde mich gleich zum Mittagessen umkleiden. Ich hoffe“, sagte er, Tschitschikow gerade in die Augen blickend, „daß du bei mir zu Mittag ißt?“

„Wenn es nur Eurer Exzellenz ...“

„Bitte, ohne Rangordnung! Ich bin noch, Gott sei Dank, in der Lage, einen Gast zu bewirten. Eine Kohlsuppe wird es immer geben.“

Tschitschikow spreizte beide Arme und neigte den Kopf dankbar und ehrfurchtsvoll, so daß alle Gegenstände im Zimmer für eine Weile seinen Blicken entschwanden und er nur noch die Spitzen seiner Halbschuhe sehen konnte. Nachdem er eine Zeitlang in dieser ehrerbietigen Stellung verharrt hatte, hob er den Kopf wieder, sah aber Ulinjka nicht mehr. Sie war verschwunden. An ihrer Stelle stand ein riesenhafter Kammerdiener mit mächtigem Schnurr- und Backenbart, mit einer silbernen Schüssel und einem Waschbecken in der Hand.

„Du erlaubst doch, daß ich mich in deiner Gegenwart anziehe?“

„Sie dürfen sich in meiner Gegenwart nicht nur anziehen, sondern auch alles andere verrichten, was Euer Exzellenz beliebt.“

Der General zog den einen Arm aus dem Schlafrock heraus,

krempelte die Hemdsärmel auf den starken Armen auf und begann sich zu waschen, wobei er wie eine Ente um sich spritzte und prustete. Das Seifenwasser flog nach allen Seiten.

„Ja, sie lieben wirklich Anerkennung", sagte er, während er sich seinen Hals rings herum abtrocknete ... „Ein jeder will gestreichelt sein! Ohne die Anerkennung wird er wohl gar nicht stehlen wollen! Ha, ha, ha!"

Tschitschikow war in einer unbeschreiblich guten Laune. Plötzlich kam über ihn Begeisterung. – Der General ist ein lustiger und gutmütiger Kerl, warum sollte ich es nicht versuchen?! – dachte er. Als er sah, daß der Kammerdiener mit der Schüssel hinausgegangen war, rief er aus: „Euer Exzellenz! Da Sie schon so gütig und aufmerksam gegen alle sind, wende ich mich an Sie mit einer großen Bitte."

„Was ist's für eine Bitte?" – Tschitschikow sah sich um.

„Ich habe, Exzellenz, einen alten Onkel, er besitzt dreihundert Seelen und zweitausend ... außer mir gibt es keine Erben. Infolge seines Alters kann er sein Gut nicht selbst verwalten, will es aber auch nicht mir anvertrauen. Und zwar mit einer sehr merkwürdigen Begründung! Er sagt: ‚Ich kenne meinen Neffen nicht! Vielleicht ist er ein Verschwender. Er soll mir zuerst zeigen, daß er zuverlässig ist. Soll er sich erst dreihundert Seelen erwerben, dann werde ich ihm auch meine dreihundert überlassen.'"

„Er ist also ganz dumm?" fragte der General.

„Daß er dumm ist, wäre noch nicht das schlimmste. Aber versetzen Sie sich in meine Lage, Exzellenz! Der Alte hat sich eine Haushälterin zugelegt, und die Haushälterin hat Kinder. Es kann leicht passieren, daß die alles erben."

„Der dumme Greis hat seinen letzten Verstand verloren, das ist alles", versetzte der General. „Ich sehe aber nicht ein, wie ich hier helfen könnte!" sagte er, Tschitschikow erstaunt anblickend.

„Ich habe mir folgendes ausgedacht. Wenn Sie mir alle toten Seelen Ihres Gutes in der Form überlassen, als ob sie noch am Leben wären, Exzellenz, durch einen Kaufvertrag, so könnte ich diesen Kaufvertrag dem Alten vorweisen, und dann würde er mir die Erbschaft ausfolgen."

Der General fing hier so laut zu lachen an, wie wohl noch kein Mensch gelacht hat. So wie er stand, fiel er in den Sessel.

Er warf den Kopf in den Nacken und schien am Ersticken. Das ganze Haus geriet in Unruhe. Der Kammerdiener erschien im Kabinett. Die Tochter kam erschrocken herbeigelaufen.

„Vater, was hast du?“ fragte sie, ihm ganz ratlos in die Augen blickend.

Der General vermochte aber lange keinen Ton von sich zu geben.

„Es ist nichts, Liebling; hab’ nur keine Angst. Geh auf dein Zimmer; wir kommen gleich zu Tisch. Sei unbesorgt. Ha, ha, ha!“

Nachdem ihm noch einige Male der Atem ausgegangen war, brach er mit neuer Kraft in sein Generalslachen aus, das vom Vorzimmer bis zum entlegensten Zimmer widerhallte.

Tschitschikow geriet ernsthaft in Unruhe.

„Der Onkel, ach, der Onkel! Wird der ein dummes Gesicht machen! Ha, ha, ha! Statt der Lebenden wird er Tote kriegen! Ha, ha!“

Er fängt schon wieder an! dachte Tschitschikow. Wie kitzlig er ist! Daß er nur nicht zerspringt!

„Ha, ha, ha!“ fuhr der General fort. „So ein Esel! Daß ein Mensch nur auf so eine Idee kommt: ‚Soll er sich erst selbst dreihundert Seelen erwerben, dann werde ich ihm auch meine dreihundert überlassen!‘ Er ist doch ein Esel.“

„Es stimmt, Exzellenz, er ist ein Esel.“

„Aber auch dein Einfall, dem Alten Tote vorzusetzen, ist nicht schlecht! Ha, ha, ha! Ich würde, Gott weiß was alles hergeben, um dabeizusein, wenn du ihm den Kaufvertrag bringst. Wie ist er sonst? Sehr alt?“

„Achtzig Jahre …“

„Er bewegt sich aber noch, ist rüstig? Er muß doch noch rüstig sein, wenn er mit einer Haushälterin zusammenlebt!“

„Gar nicht rüstig, Exzellenz! Er zerfällt beinahe!“

„Dieser Dummkopf! Er ist doch ein Dummkopf?“

„Sehr recht, Exzellenz, ein Dummkopf.“

„Er fährt aber noch aus? Geht in Gesellschaft? Hält sich noch auf den Beinen?“

„Er hält sich noch, wenn auch mit Mühe.“

„Dieser Dummkopf! Ist aber noch rüstig? Hat noch Zähne?“

„Nur noch zwei Zähne, Exzellenz.“

„Dieser Esel! Nimm es mir nicht übel, Bruder ... Wenn es auch dein Onkel ist, er ist doch ein Esel."

„Er ist ein Esel, Exzellenz. Er ist zwar mein Verwandter, und es fällt mir schwer, es einzugestehen, aber was soll ich machen!"

Tschitschikow log. Es fiel ihm gar nicht schwer, es einzugestehen, um so weniger, als er wohl kaum je einen Onkel gehabt hat.

„Wollen also Exzellenz mir die ..."

„Ich soll dir die toten Seelen überlassen? Für eine so glänzende Idee will ich sie dir mit dem Boden und mit ihren Behausungen überlassen! Nimm dir den ganzen Friedhof! Ha, ha, ha, ha! Aber der Alte, der Alte! Ha, ha, ha, ha! Wird der zum Narren gehalten! Ha, ha, ha, ha! ..."

Und das Lachen des Generals widerhallte wieder in allen Zimmern des Generalshauses ...[1]

DRITTES KAPITEL

Wenn der Oberst Koschkarjow wirklich verrückt ist, so wäre das gar nicht schlecht, sagte sich Tschitschikow, als er sich wieder inmitten freier Felder befand, als alles verschwunden war und er nur noch das Himmelsgewölbe und zwei Wolken seitwärts sah.

„Selifan, hast du dich auch ordentlich erkundigt, wie man zum Obersten Koschkarjow fährt?"

„Pawel Iwanowitsch, ich war so sehr mit dem Wagen beschäftigt, daß ich keine Zeit dazu hatte. Petruschka hat aber den Kutscher ausgefragt."

[1] Das Ende des Kapitels fehlt. Prof. Schewyrjow, dem Gogol das Kapitel unter vier Augen vorgelesen hat, teilt mit, daß das Ende dieses II. Kapitels folgendes enthielt: Versöhnung des Generals Betrischtschew mit Tjentjetnikow; ein Mittagessen beim General und eine Unterhaltung über die Ereignisse des Jahres 1812; Verlobung Ulinjkas mit Tjentjetnikow; ihr Gebet am Grabe der Mutter; ein Gespräch der Verlobten im Garten. Tschitschikow begibt sich im Auftrag des Generals zu dessen Verwandten, um die Verlobung anzuzeigen; zunächst fährt er zu einem dieser Verwandten, dem Obersten Koschkarjow.

„Dummkopf! Ich habe dir schon so oft gesagt, daß man sich auf Petruschka nicht verlassen darf; Petruschka ist wohl auch jetzt besoffen."

„Als ob es eine große Weisheit wäre!" sagte Petruschka, sich halb umwendend und nach Tschitschikow schielend. „Man fährt den Berg hinunter und schlägt dann den Weg durch die Wiesen ein – das ist alles."

„Fusel ist wohl alles, was du im Mund gehabt hast? Du bist wirklich schön! Man kann wohl sagen, du setzt durch deine Schönheit ganz Europa in Erstaunen!" Nach diesen Worten streichelte sich Tschitschikow sein Kinn und dachte: Was ist doch für ein Unterschied zwischen einem gebildeten Bürger und einer groben Lakaienphysiognomie!

Die Equipage rollte indessen den Berg hinunter. Wieder zeigten sich weite Wiesen mit hier und da verstreutem Espengehölz.

Die bequeme Equipage fuhr, auf ihren elastischen Federn leise zitternd, vorsichtig die kaum merkliche Bodensenkung hinab und rollte dann über Wiesen, an Mühlen vorbei, laut auf den Brücken dröhnend und auf dem weichen Boden leicht schaukelnd. Der Körper des Fahrenden bekam aber auch nicht einen Erdbuckel zu spüren! Das reinste Vergnügen, und keine Equipage.

Weidengebüsch, dünne Espen und Silberpappeln flogen schnell an ihnen vorbei und peitschten mit ihren Zweigen die auf dem Bock sitzenden Selifan und Petruschka. Dem letzteren schlugen sie jeden Augenblick die Mütze vom Kopf. Der mürrische Diener sprang dann jedesmal vom Bock, schimpfte auf den Baum und auf dessen Besitzer, der ihn gepflanzt hatte, wollte aber trotzdem seine Mütze weder festbinden noch mit der Hand festhalten, da er immer noch hoffte, daß dies das letztemal gewesen sei und nicht mehr vorkommen werde. Zu den Bäumen gesellten sich bald Birken und hier und da Tannen. Unten an den Wurzeln wucherte dichtes Gras, und darin leuchteten blaue Schwertlilien und gelbe Waldtulpen. Im Wald wurde es immer dunkler, so daß man glaubte, es werde bald die Nacht einbrechen. Plötzlich drangen aber zwischen den Ästen und Baumstümpfen Lichtstrahlen durch, wie von hellen Spiegeln geworfen. Die Bäume standen nicht mehr so dicht beieinander, die Lichtreflexe nahmen zu … und da liegt schon vor ihnen ein See, eine Wasserfläche von etwa vier Werst Durchmesser. Auf dem gegenüberliegenden Ufer erhob sich über dem See ein Dorf, das aus grauen Blockhäusern bestand. Auf dem Wasser tönten Schreie. An die zwanzig Mann, bis an den Gürtel, bis an die Schultern, bis an den Hals im Wasser stehend, schleppten ein Netz ans jenseitige Ufer. Es hatte sich ein seltsamer Unfall ereignet. Zugleich mit den Fischen war ein kugelrunder Herr in das Netz geraten, der ebenso breit wie lang war und einer Wassermelone oder einem Fäßchen glich. Er befand sich in verzweifelter Lage und schrie aus vollem Halse: „Denis, du Tölpel, gib es doch dem Kusjma! Kusjma, nimm das Ende dem Denis ab! Foma der Große, dräng nicht so! Geh hin, wo Foma der Kleine steht! Ihr Teufel, ich sag's euch ja, ihr werdet noch das Netz zerreißen!“ Die Wassermelone war offenbar nicht um sich selbst besorgt: infolge seiner Dicke konnte er gar nicht ertrinken, und wenn er noch so sehr zappelte, um unterzutauchen, würde ihn das Wasser immer wieder heben; und wenn sich noch zwei Menschen auf seinen Rücken setzten, so bliebe er dennoch wie eine eigensinnige Schwimmblase auf der Oberfläche des Wassers und würde unter der Last nur ein wenig ächzen und aus der Nase Luftblasen aufsteigen lassen. Er hatte aber große Angst, das Netz könnte zerreißen, und die Fische würden entschlüpfen; aus diesem Grunde mußten einige Männer, die am Ufer standen, ihn mit eigens befestigten Stricken herausziehen.

„Das wird wohl der Herr Oberst Koschkarjow sein“, sagte Selifan.

„Warum?“

„Weil sein Körper, wie Sie zu sehen belieben, weißer ist als bei den anderen, auch hat er die edle Körperfülle eines Herrn.“

Den Herrn, der ins Netz geraten war, hatte man indessen beträchtlich näher ans Ufer gezogen. Als er fühlte, daß er den Grund mit den Füßen erreichen konnte, richtete er sich auf und bemerkte im gleichen Augenblick die den Damm herunterfahrende Equipage und den in ihr sitzenden Tschitschikow.

„Haben Sie schon zu Mittag gegessen?“ schrie der Herr, mit den gefangenen Fischen in der Hand ans Ufer tretend und noch ganz ins Netz verstrickt – er erinnerte dabei an ein Damenhändchen im durchbrochenen Sommerhandschuh. Die eine Hand hielt er zum Schutz gegen die Sonne über die Augen, die andere – etwas tiefer unten – wie die dem Bade entsteigende Venus von Medici.

„Nein“, entgegnete Tschitschikow, die Mütze lüftend und ihn aus dem Wagen begrüßend.

„Nun, dann danken Sie Gott!“

„Warum denn?“ fragte Tschitschikow interessiert, die Mütze über dem Kopf haltend.

„Das will ich Ihnen gleich zeigen! Foma der Kleine, laß das Netz, und hol mal den Stör aus dem Bottich! Kusjma, du Tölpel, geh hin, hilf ihm!“

Die beiden Fischer hoben aus dem Bottich den Kopf eines Ungeheuers. – „Ist das ein Fürst! Ist aus dem Fluß in den See geraten!“ schrie der kugelrunde Herr. „Fahren Sie doch in den Hof! Kutscher, nimm den Weg unten durch die Gemüsefelder! Foma der Große, du Tölpel, lauf hin und öffne das Gatter! Er wird Sie begleiten, ich komme gleich nach …“

Der langbeinige und barfüßige Foma der Große lief, so wie er war, im bloßen Hemd vor dem Wagen her durch das ganze Dorf, wo vor jedem Haus allerlei Netze, Reusen und andere Fischereigeräte hingen. Sämtliche Bauern waren Fischer; dann hob er ein Gatter, und der Wagen fuhr zwischen Gemüsegärten auf den Dorfplatz, wo die hölzerne Kirche stand. Hinter der Kirche waren in einiger Entfernung die Dächer der Gutsgebäude zu sehen.

Ein Kauz ist dieser Koschkarjow! dachte Tschitschikow.

„Da bin ich schon!“ erklang eine Stimme von der Seite. Tschitschikow sah sich um. Der Herr fuhr schon neben ihm her, fertig angezogen, in einem grasgrünen Nankingrock und gelber Hose; sein Hals war aber unbekleidet wie bei einem Kupido. Er saß seitwärts in seiner Droschke, nahm aber die ganze Droschke ein. Tschitschikow wollte ihm etwas sagen, aber der Dicke war schon verschwunden. Die Droschke tauchte wieder an der Stelle auf, wo man die Fische aus dem Netz nahm. Wieder hörte man ihn schreien: „Foma der Große! Foma der Kleine! Kusjma! Denis!“ Als aber Tschitschikow vor der Freitreppe des Herrenhauses anlangte, stand der dicke Herr zu seinem größten Erstaunen schon da und schloß ihn in seine Arme. Wie er es fertiggebracht hatte, so schnell hier und dort zu sein, war ein Rätsel. Sie küßten sich nach altrussischer Sitte dreimal übers Kreuz. Der Herr war ein Mann vom alten Schrot und Korn.

„Ich bringe Ihnen die Grüße Seiner Exzellenz“, sagte Tschitschikow.

„Von welcher Exzellenz?“

„Von Ihrem Verwandten, dem General Alexander Dimitrijewitsch.“

„Wer ist Alexander Dimitrijewitsch?“

„Der General Betrischtschew“, antwortete Tschitschikow erstaunt.

„Ich kenne ihn nicht“, sagte jener erstaunt.

Tschitschikows Erstaunen wurde noch größer.

„Wie ist es nun? ... Ich hoffe wenigstens, das Vergnügen zu haben, mit dem Obersten Koschkarjow zu sprechen?“

„Nein, hoffen Sie lieber nicht. Sie sind nicht zu ihm, sondern zu mir gekommen. Pjotr Petrowitsch Pjetuch! Pjetuch, Pjotr Petrowitsch!“ fiel ihm der Hausherr ins Wort.

Tschitschikow war ganz starr. „Was ist denn das?“ wandte er sich an Selifan und Petruschka, die gleichfalls ihre Münder aufsperrten und mit den Augen glotzten, der eine auf dem Bock sitzend, der andere vor dem Wagenschlag stehend. „Was habt ihr angestellt, Dummköpfe? Ich habe euch doch gesagt: zum Obersten Koschkarjow ... Das ist aber Pjotr Petrowitsch Pjetuch!“

„Die Burschen haben es vorzüglich getroffen! Geht nur in die Küche, man wird euch dort ein Glas Schnaps geben“, sagte Pjotr Petrowitsch Pjetuch. „Spannt die Pferde aus und geht gleich in die Gesindestube!“

„Ich muß mich genieren, ein so unerwarteter Irrtum ...“, sagte Tschitschikow.

„Nein, das ist kein Irrtum. Kosten Sie erst das Mittagessen, und dann werden Sie sagen, ob es ein Irrtum ist. Ich bitte ergebenst“, sagte Pjetuch, Tschitschikow unterfassend und in die inneren Gemächer führend. Aus den inneren Gemächern kamen ihnen zwei Jünglinge in Sommerröcken entgegen, schlank wie Weidenruten; beide überragten ihren Vater um eine ganze Elle.

„Meine Söhne, Gymnasiasten, sind für die Feiertage hergekommen ... Nikolascha, du bleibst mit dem Gast, und du,

Alexascha, kommst mit mir." Mit diesen Worten verschwand er.

Tschitschikow widmete sich dem Nikolascha. Nikolascha versprach ein ziemlich gemeiner Mensch zu werden. Er erzählte Tschitschikow sofort, daß es sich gar nicht lohne, das Gymnasium in der Gouvernementsstadt zu besuchen, und daß er und sein Bruder die Absicht haben, nach Petersburg zu gehen, weil die Provinz es gar nicht verdiene, daß man in ihr wohne …

Ich verstehe wohl, dachte Tschitschikow, die Sache wird wohl mit den Konditoreien und Boulevards enden … „Übrigens", sagte er laut, „in welchem Zustand befindet sich das Gut Ihres Herrn Vaters?"

„Es ist verpfändet", sagte der Herr Vater, der plötzlich wieder im Salon war. „Es ist verpfändet!"

Es ist schlimm, dachte Tschitschikow. – So wird bald kein einziges Gut übrigbleiben. Ich muß mich beeilen. – „Es ist aber schade", sagte er teilnahmsvoll, „daß Sie sich beeilt haben, es zu verpfänden."

„Nein, das macht nichts", sagte Pjetuch. „Man sagt, es sei vorteilhaft. Alle tun es, warum soll ich hinter den anderen zurückbleiben? Auch habe ich bisher immer hier gelebt; nun will ich mal versuchen, in Moskau zu leben. Auch meine Söhne raten mir dazu, sie wollen sich in der Residenzstadt bilden."

Ein Dummkopf, ein Dummkopf! dachte Tschitschikow. – Er wird alles durchbringen und auch seine Söhne zu Verschwendern machen. Wenn man so hinsieht, so haben es die Bauern gut, und auch die Besitzer haben es nicht schlecht. Wenn sie sich aber ihre Bildung aus den Restaurants und Theatern holen, so wird alles zum Teufel gehen. Dieser Fleischkuchen sollte doch lieber auf dem Lande bleiben.

„Ich weiß aber, was Sie sich denken", sagte Pjetuch.

„Was denn?" fragte Tschitschikow verlegen.

„Sie denken sich: ‚Ein Dummkopf ist dieser Pjetuch, hat mich zum Mittagessen eingeladen, vom Essen ist aber noch nichts zu sehen.' Es wird schon fertig werden, Verehrtester. Ein geschorenes Mädel kann sich nicht so schnell den Zopf flechten, als das Essen auf den Tisch kommt."

„Papachen! Platon Michailowitsch kommt gerade geritten!" sagte Alexascha, zum Fenster hinausblickend.

„Er kommt auf seinem Braunen!“ sagte Nikolascha, sich zum Fenster beugend.

„Wo ist er denn, wo ist er denn?“ schrie Pjetuch, ans Fenster tretend.

„Wer ist dieser Platon Michailowitsch?“ fragte Tschitschikow Alexascha.

„Unser Nachbar, Platon Michailowitsch Platonow, ein vorzüglicher Mensch, ein herrlicher Mensch“, erwiderte Pjetuch selbst.

Indessen trat Platonow, ein hübscher, schlanker Mann mit hellblonden, glänzenden, lockigen Haaren, selbst ins Zimmer. Ihm folgte, mit dem messingbeschlagenen Halsband klirrend, ein gar schrecklich aussehender Hund, namens Jarb.

„Haben Sie schon zu Mittag gegessen?“ fragte ihn der Hausherr.

„Ich habe schon gegessen.“

„Sind Sie gekommen, um über mich zu spotten? Was taugen Sie mir, wenn Sie schon gegessen haben?“

Der Gast versetzte lächelnd: „Ich will Ihnen zum Trost sagen, daß ich nichts gegessen habe, ich habe keinen Appetit.“

„Wenn Sie nur unseren Fang gesehen hätten! Den Riesenstör! Die Riesenkarpfen und Karauschen!“

„Man ärgert sich sogar, wenn man Ihnen zuhört. Warum sind Sie immer so lustig?“

„Warum sollte ich mich langweilen? Erlauben Sie doch!“

„Warum man sich langweilen soll? Weil es eben langweilig ist.“

„Sie essen zu wenig, das ist alles. Versuchen Sie mal ordentlich zu Mittag zu essen. Diese Langeweile hat man erst in der allerletzten Zeit erfunden; früher hat sich kein Mensch gelangweilt.“

„Prahlen Sie doch nicht! Als ob Sie sich niemals gelangweilt hätten!“

„Nein, niemals! Ich kenne das gar nicht, habe auch keine Zeit, um mich zu langweilen. Wenn ich am Morgen erwache, kommt gleich der Koch, und ich muß ihm das Mittagessen bestellen; dann trinke ich Tee; dann kommt der Verwalter; dann muß ich zum Fischfang, und dann ist es auch schon Zeit zum Mittagessen. Nach dem Essen habe ich kaum Zeit, ein Schläfchen zu machen. Da kommt schon wieder der Koch, und ich muß ihm das Abendessen bestellen; nach dem Abendessen kommt wieder der Koch, und ich muß mit ihm das Essen für den anderen Tag bestellen ... Wann soll ich mich langweilen?"

Während dieses Gespräches betrachtete Tschitschikow den Gast, der ihn durch seine ungewöhnliche Schönheit, seinen schlanken Wuchs, die Frische der unverbrauchten Jugend und die jungfräuliche Reinheit des von keinem Pickel verunstalteten Gesichts in Erstaunen setzte. Weder Leidenschaft, noch Kummer, noch etwas wie Unruhe oder Sorge hatten es gewagt, sein jungfräuliches Gesicht zu berühren und darauf auch nur eine Runzel zu bilden; sie hatten es aber auch nicht belebt. Er blieb irgendwie verschlafen, trotz des ironischen Lächelns, das es zuweilen erhellte.

„Auch ich kann, wenn Sie mir die Bemerkung gestatten", sagte Tschitschikow, „unmöglich verstehen, wie Sie mit Ihrem Äußern sich langweilen können. Natürlich, wenn man an Geldmangel leidet oder Feinde hat, die einem manchmal sogar nach dem Leben trachten ..."

„Glauben Sie mir", unterbrach ihn der schöne Gast: „Zur Abwechslung möchte ich mal gerne irgendeine Aufregung erleben, daß mich zum Beispiel jemand in Wut versetzt – ich habe aber nicht mal das. Es ist mir einfach langweilig, das ist alles."

„Also haben Sie nicht genug Land oder zu wenig Leibeigene?"

„Keine Spur. Mein Bruder und ich besitzen zusammen etwa zehntausend Deßjatinen und über tausend Bauern."

„Seltsam. Das verstehe ich nicht. Vielleicht hat es bei Ihnen Mißernten oder Seuchen gegeben? Sind Ihnen viele Bauern männlichen Geschlechts gestorben?"

„Im Gegenteil, alles ist in der besten Ordnung, und mein Bruder versteht sich ausgezeichnet auf die Wirtschaft."

„Und dabei langweilen Sie sich! Das verstehe ich nicht", sagte Tschitschikow und zuckte die Achseln.

„Die Langeweile wollen wir gleich verjagen", sagte der Hausherr. „Alexascha, lauf mal schnell nach der Küche und sag dem Koch, er möchte uns gleich einige Pastetchen herschicken. Wo stecken aber der Faulpelz Jemeljan und der Dieb Antoschka? Warum bringt man uns die Vorspeisen nicht?"

Da ging aber die Tür auf. Der Faulpelz Jemeljan und der Dieb Antoschka erschienen mit Servietten, deckten den Tisch und stellten ein Tablett auf mit sechs Karaffen mit Schnäpsen aller Farben. Um die Karaffen entstand bald eine Kette von Tellern mit allerlei appetitreizenden Speisen. Die Diener bewegten sich flink und brachten immerfort neue zugedeckte Teller, in denen man die geschmolzene Butter zischen hörte. Der Faulpelz Jemeljan und der Dieb Antoschka machten ihre Sache vorzüglich. Ihre Spitznamen hatten sie offenbar nur zur Ermunterung erhalten. Der Herr schimpfte sonst gar nicht gern und war höchst gutmütig; der Russe kann aber ohne ein kräftiges Wort gar nicht auskommen. Er braucht es wie ein Gläschen Schnaps zur Verdauung. Was soll man machen? So ist mal seine Natur: er liebt nichts Ungesalzenes.

Nach den Vorspeisen kam das eigentliche Mittagessen. Der gutmütige Hausherr wurde hier zu einem wahren Räuber. Sobald er bei jemand nur ein Stück auf dem Teller bemerkte, legte er gleich ein zweites Stück dazu mit der Bemerkung: „Weder ein Mensch noch ein Vogel kann auf der Welt allein leben." Wenn jemand zwei Stück hatte, so legte er ihm ein drittes dazu und sagte: „Was ist zwei für eine Zahl? Gott liebt die Dreizahl." Hatte der Gast drei Stücke verzehrt, so sagte er ihm: „Wo gibt's einen Wagen auf drei Rädern? Wer baut ein Haus mit drei Ecken?" Für vier hatte er auch eine Redensart, für fünf – wieder eine andere. Tschitschikow hatte beinahe zwölf Stücke gegessen und dachte: Jetzt wird der Hausherr wohl nichts mehr sagen können. Doch gefehlt: Der Hausherr legte ihm, ohne ein Wort zu sagen, den ganzen Rückenteil eines am Spieß gebratenen Kalbes mit den Nieren auf den Teller, und was für eines Kalbes!

„Zwei Jahre habe ich es mit Milch ernährt", sagte der Hausherr. „Habe es wie ein eigenes Kind gepflegt!"

„Ich kann nicht mehr", sagte Tschitschikow.

„Versuchen Sie es erst, und dann können Sie sagen: ‚Ich kann nicht mehr.'"

„Es ist kein Platz mehr in mir."

„Auch in der Kirche war kein Platz, da kam aber der Stadthauptmann, und sofort fand sich Platz. Und doch war solch ein Gedränge, daß kein Apfel zu Boden fallen konnte. Versuchen Sie es nur: Dieses Stück ist auch so ein Stadthauptmann."

Tschitschikow versuchte – das Stück war in der Tat eine Art Stadthauptmann: Es fand sich noch Platz dafür, obwohl er anfangs glaubte, es könne nichts mehr hinein.

Wie kann nur so ein Mensch nach Petersburg oder nach Moskau ziehen? Bei seiner Gastfreundschaft ist er nach drei Jahren am Bettelstab! Tschitschikow kannte nämlich den neuesten Fortschritt noch nicht. Man kann, auch ohne so gastfrei zu sein, sein ganzes Vermögen nicht nur in drei Jahren, sondern auch in drei Monaten durchbringen.

Pjetuch füllte die Gläser fortwährend nach; was die Gäste nicht austranken, das mußten seine Söhne Alexascha und Nikolascha austrinken; diese tranken ein Glas nach dem anderen, und man konnte schon sehen, auf welches Gebiet des menschlichen Wissens sie sich in der Hauptstadt verlegen würden. Den Gästen ging es aber ganz anders. Mit der größten Mühe schleppten sie sich auf den Balkon, wo sie mit der gleichen großen Mühe in Sessel sanken. Kaum hatte sich der Hausherr in seinen viersitzigen Sessel gesetzt, als er sofort einschlief. Sein massiver Körper verwandelte sich in einen großen Blasebalg, und aus seinem offenen Mund und den Nasenlöchern kamen Töne, wie sie selbst den neueren Komponisten selten einfallen. Man hörte zugleich eine Trommel, eine Flöte und ein eigentümliches abgerissenes Dröhnen, das am ehesten an Hundegebell erinnerte.

„Wie er pfeift", sagte Platonow.

Tschitschikow mußte lachen.

„Natürlich, wenn man so gegessen hat, wie kann man sich da noch langweilen? Da kommt einfach der Schlaf, nicht wahr?"

„Gewiß. Und doch kann ich, Sie entschuldigen mich schon, nicht verstehen, wie man sich langweilen kann. Gegen die Langeweile gibt es so viele Mittel."

„Was für Mittel?"

„Für so einen jungen Mann gibt es doch mancherlei. Er kann tanzen, irgendein Instrument spielen ... er kann auch heiraten."

„Wen?"

„Gibt es denn in der Umgegend keine hübschen und reichen Mädchen?"

„Ich wüßte nicht."

„Dann muß man eben anderswo suchen, eine kleine Reise

machen." Plötzlich kam Tschitschikow ein glänzender Gedanke. „Ja, das ist wirklich ein ausgezeichnetes Mittel!" sagte er, Platonow gerade in die Augen blickend.

„Was für eines?"

„Reisen."

„Wohin soll man denn reisen?"

„Nun, wenn Sie freie Zeit haben, so fahren Sie doch mit mir", sagte Tschitschikow. Er sah Platonow an und dachte: Das wäre wirklich schön. Alle Auslagen werden dann geteilt, und die Reparatur des Wagens schreibe ich ihm ganz auf die Rechnung.

„Wo fahren Sie denn hin?"

„Vorläufig fahre ich weniger in eigenen Geschäften als in einer fremden Angelegenheit. Der General Betrischtschew, mein naher Freund und ich darf wohl sagen, Wohltäter, bat mich, seine Verwandten zu besuchen ... Verwandte hin, Verwandte her, doch ich fahre sozusagen zum Teil auch zum eigenen Nutzen; denn die Welt und den Strudel der Menschen sehen, ist, man mag sagen, was man will, gleichsam ein lebendiges Buch, eine eigene Wirtschaft." Während er dies sagte, dachte er bei sich: Das wäre wirklich schön. Ich könnte es auch so einrichten, daß er die ganzen Auslagen trägt und daß wir sogar mit seinen Pferden fahren; die meinen könnte er indessen auf seinem Gut verpflegen.

Warum soll ich nicht die kleine Reise machen? dachte indessen Platonow. Zu Hause habe ich nichts zu tun, die Wirtschaft wird ohnehin von meinem Bruder verwaltet; folglich kann nichts in Unordnung geraten. Warum soll ich nicht in der Tat die kleine Reise machen? „Wären Sie einverstanden", sagte er laut, „bei meinem Bruder an die zwei Tage zu Gast zu bleiben? Sonst läßt er mich nicht fort."

„Mit dem größten Vergnügen, sogar drei Tage."

„Also abgemacht! Wir fahren!" sagte Platonow, sichtbar lebhafter werdend. So wurde die Sache beschlossen. „Wir fahren!"

„Wohin denn, wohin?" rief der Hausherr, aus seinem Schlaf erwachend und sie anglotzend. „Nein, meine Herren! Ich habe schon die Räder von Ihren Wagen abnehmen lassen, und was Ihren Hengst betrifft, Platon Michailowitsch, so hat man ihn schon fünfzehn Werst weit von hier weggeführt. Nein, heute übernachten Sie bei mir, morgen essen wir ordentlich zum Frühstück, und dann können Sie fahren."

Was war mit diesem Pjetuch zu machen? Man mußte bleiben. Dafür wurden sie mit einem wunderbaren Frühlingsabend belohnt. Der Hausherr veranstaltete eine Bootsfahrt auf dem Fluß. Zwölf Ruderer mit vierundzwanzig Rudern führten sie unter Gesängen über die spiegelglatte Fläche des Sees. Aus dem See kamen sie in den Fluß, der zwischen flachen Ufern in die Unendlichkeit hinzog; in einem fort mußten sie unter den quer über den Fluß gespannten Tauen durchfahren, die irgendwie zum Fischfang dienten. Das Wasser war vollkommen unbeweglich; lautlos wechselten die Bilder ab, ein Gehölz nach dem anderen erfreute das Auge durch die verschiedenartige Anordnung der Bäume. Die Ruderer holten auf einmal kräftig mit allen vierundzwanzig Rudern aus, und das Boot flog ganz von selbst wie ein leichter Vogel über die unbewegliche Wasserfläche dahin. Der Vorsänger, ein breitschulteriger Bursche, der am dritten Platz vom Steuer saß, stimmte mit seiner reinen, glockenhellen Stimme die ersten Töne des Liedes an, die aus einer Nachtigallkehle zu kommen schienen; fünf andere fielen ein, die übrigen sechs vervollständigten den Chor, und das Lied floß dahin, grenzenlos wie Rußland. Pjetuch geriet in Ekstase und half mit, wo dem Chor die Kraft fehlte, und selbst Tschitschikow fühlte sich als Russe. Nur Platonow allein dachte: Was ist eigentlich an diesem traurigen Lied schön? Es macht einen nur noch trauriger.

Sie fuhren in der Dämmerung zurück. Die Ruder schlugen das Wasser, das den Himmel nicht mehr spiegelte. In der Dunkelheit landeten sie am Ufer, wo überall Feuer brannten; die Fischer kochten auf Dreifüßen eine Suppe aus frischgefangenen Barschen. Alles war schon zu Hause. Das Vieh und das Geflügel der Bauern war schon längst in den Ställen, der Staub, den sie aufgewirbelt hatten, hatte sich schon gelegt, und die Hirten, die das Vieh heimgetrieben hatten, standen vor den Toren und warteten auf einen Topf Milch oder auf eine Einladung zur Fischsuppe. In der Dämmerung hörte man leise Gespräche der Menschen und Hundegebell, das aus einem anderen Dorf herüberklang. Der Mond ging auf, und die dunkle Umgebung begann sich zu erhellen; alles erhellte sich.

Herrliche Bilder! Es war aber niemand da, der sie bewundern konnte. Nikolascha und Alexascha verschmähten es, auf zwei wilde Hengste zu steigen und, einander überholend, an diesen Bildern vorbeizujagen und zogen es vor, an Moskau, an die Konditoreien und die Theater zu denken, von denen ihnen ein aus der Hauptstadt zugereister Kadett soviel erzählt hatte; ihr Vater dachte daran, was er seinen Gästen zum Abendessen vorsetzen sollte; Platonow gähnte. Am lebhaftesten zeigte sich Tschitschikow: – Nein, wirklich, ich muß mir mal so ein Gut anschaffen! – Und er dachte auch sofort an das junge Weibchen und an die kleinen Tschitschikows.

Beim Abendessen überaßen sie sich wieder. Als Pawel Iwanowitsch in das ihm zum Schlafen angewiesene Zimmer kam und vor dem Zubettgehen seinen Bauch betastete, sagte er sich: „Die reinste Trommel! Da findet kein Stadthauptmann mehr Platz." Zufällig befand sich gleich hinter der Wand das Zimmer des Hausherrn. Die Wand war so dünn, daß man alles hören konnte, was dort gesprochen wurde. Der Hausherr bestellte dem Koch unter dem Namen eines Frühstücks ein richtiges Mittagessen; und wie er es bestellte! Bei einem Toten müßte der Appetit erwachen.

„Die Pastete backst du mir mit vier Ecken", sagte er, mit den Lippen schmatzend und die Luft einatmend. „In die eine Ecke tust du mir die Backen eines Störs und Hausensehnen, in die andere Buchweizengrütze mit Schwämmen, Zwiebeln, süßer Fischmilch, Hirn und ähnlichen Sachen, du wirst schon selbst wissen ... Auf der einen Seite muß sie, verstehst du, schön braun werden, auf der anderen Seite darf sie aber heller sein. Unten soll sie aber so durchgebacken sein, so ganz durchgeschmort, daß sie, weißt du, nicht etwa auseinanderfällt, sondern im Mund wie Schnee zergeht, ohne daß man es merkt." Bei diesen Worten schmatzte Pjetuch mit den Lippen. – Hol ihn der Teufel! Er läßt mich nicht einschlafen! – dachte Tschitschikow und zog sich die Decke über den Kopf, um nichts zu hören. Aber er hörte es auch durch die Decke:

„Als Beilage zum Stör nimmst du Sternchen aus roten Rüben, Stinte, Pfefferschwämme; dann noch junge Rüben, Möhren, Bohnen und noch so was, überhaupt recht viel Garnierung! Und in den Schweinsmagen tust du ein Stück Eis, damit er ordentlich aufquillt."

Gar viele Gerichte bestellte noch Pjetuch. Man hörte nichts als: „Brat es ordentlich durch, backe es braun, laß es schön durchschmoren!“ Tschitschikow schlief erst bei irgendeinem Truthahn ein.

Am nächsten Tage aßen sich die Gäste wieder so voll, daß Platonow gar nicht reiten konnte. Sein Hengst wurde mit einem Stallknecht Pjetuchs heimgeschickt. Die beiden setzten sich in die Equipage. Der dickschnauzige Hund folgte langsam dem Wagen, auch er hatte sich überfressen.

„Das war schon zuviel“, sagte Tschitschikow, als sie aus dem Hof herausgefahren waren.

„Und er langweilt sich gar nicht, das ärgert mich am meisten!“

Hätte ich wie du ein Jahreseinkommen von siebzigtausend, dachte Tschitschikow, so ließe ich die Langeweile nicht über die Schwelle. So ein Branntweinpächter Murasow hat ganze zehn Millionen, leicht gesagt! So eine Summe!

„Macht das Ihnen was, wenn wir unterwegs einen Besuch abstatten? Ich möchte gern von Schwester und Schwager Abschied nehmen.“

„Mit dem größten Vergnügen!“ sagte Tschitschikow.

„Er ist unser bester Landwirt. Er hat, werter Herr, ein Einkommen von zweihunderttausend Rubel von einem Gut, das vor acht Jahren auch keine zwanzigtausend einbrachte.“

„Das muß doch ein sehr achtbarer Mann sein! Es wird mich sehr interessieren, so einen Menschen kennenzulernen. Natürlich! Das ist ja sozusagen ... Wie heißt er denn?“

„Kostanschoglo.“

„Und mit seinem Vor- und Vaternamen, wenn ich fragen darf?“

„Konstantin Fjodorowitsch.“

„Konstantin Fjodorowitsch Kostanschoglo. Seine Bekanntschaft wird mich sehr interessieren. Es ist sicher sehr belehrend, so einen Menschen kennenzulernen.“

Platonow übernahm es, Selifan zu beaufsichtigen und zu leiten. Dies war auch sehr nötig, da jener sich kaum auf dem Bock halten konnte. Petruschka flog zweimal vom Wagen, so daß man ihn schließlich mit einem Strick an den Bock festbinden mußte. „Dieses Vieh!“ wiederholte Tschitschikow immer wieder.

„Schauen Sie, da beginnen seine Besitzungen“, sagte Platonow, „das sieht gleich ganz anders aus!“

Und in der Tat: Die ganze Fläche war von einem angepflanzten Wald mit pfeilgeraden Bäumchen bedeckt; hinter ihnen erhob sich ein zweiter junger Wald mit etwas höheren Bäumen; dahinter ein alter Wald, und einer immer höher als der andere. Und dann kam wieder eine dicht bewaldete Strecke in der gleichen Anordnung: erst ein junger und hinter diesem ein alter Wald. So fuhren sie dreimal durch die Schonungen wie durch Tore in einer Mauer. „Das ist bei ihm alles in acht, höchstens zehn Jahren, gewachsen; bei einem anderen wäre es auch in zwanzig Jahren nicht soweit.“

„Wie hat er es nur gemacht?“

„Fragen Sie ihn. Der versteht sich so auf die Bodenverhältnisse, daß bei ihm nichts verlorengeht. Er kennt nicht nur den Boden, er weiß auch, was für eine Nachbarschaft jede Pflanze braucht und was für Bäume neben jeder Getreideart wachsen müssen. Jedes Ding erfüllt bei ihm zugleich drei und vier Bestimmungen. Der Wald dient ihm nicht nur als Wald, sondern auch dazu, um an einer bestimmten Stelle eine bestimmte Menge Feuchtigkeit den Feldern abzugeben, eine bestimmte Menge gefallenes Laub zum Dung zu liefern und soundsoviel Schatten zu spenden ... Wenn bei allen anderen Trockenheit herrscht, gibt’s bei ihm keine Trockenheit; wenn alle von einer Mißernte heimgesucht sind, gibt’s bei ihm keine Mißernte. Schade, daß ich von diesen Dingen wenig verstehe und es nicht richtig erzählen kann, denn es gibt bei ihm so wunderbare Kunststücke ... Man nennt ihn auch einen Zauberer. Er hat viele solche Dinge ... Und doch ist es so langweilig ...“

Das muß wohl wirklich ein merkwürdiger Mann sein, überlegte Tschitschikow. – Es ist nur traurig, daß der junge Mensch so oberflächlich ist und nicht zu erzählen versteht.

Endlich zeigte sich das Dorf. Es lag wie eine richtige Stadt auf drei Anhöhen, von denen eine jede von einer Kirche überragt wurde, und zwischen den vielen Häusern erhoben sich überall riesenhafte Getreide und Heuschober. – Ja, man sieht, daß hier ein hervorragender Gutsbesitzer wohnen muß! dachte Tschitschikow. – Die Bauernhäuser waren alle gut gebaut, die Straßen festgestampft; wenn irgendwo ein Wagen stand, so war er nagelneu und fest; die Bauern hatten alle kluge Gesichter; das Hornvieh war von ausgesuchter Schönheit; selbst die Bauernschweine sahen wie Edelleute aus. Man sah, daß hier die Bauern wohnten, die, wie es im Liede heißt, das Silber mit Schaufeln zusammenscharren. Es gab hier keine englischen Parkanlagen, keinen Rasen und sonstigen Firlefanz; dafür zog sich nach alter Sitte eine Straße von Speichern und Arbeitshäusern bis zum Herrenhaus hin, so daß der Herr alles, was geschah, überblicken konnte. Das hohe Hausdach wurde von einem Turm überragt; dieser diente aber nicht als Schmuck und nicht, um die Aussicht zu bewundern, sondern um es dem Hausherrn zu ermöglichen, die auf den entfernteren Feldern vor sich gehenden Arbeiten zu überwachen. Vor dem Hause wurden sie von flinken Dienern empfangen, die so ganz anders aussahen als der Saufbold Petruschka, obwohl sie keine Fräcke anhatten, sondern Kosakenröcke aus hausgewebtem, blauem Tuch.

Die Hausfrau selbst lief auf die Freitreppe hinaus. Sie war frisch wie Milch und Blut, schön – wie ein sonniger Tag; sie glich Platonow wie ein Tropfen dem anderen, doch nur mit dem Unterschied, daß sie nicht so fade wie er, sondern gesprächig und lustig.

„Guten Tag, Bruder! Wie freue ich mich, daß du gekommen bist. Konstantin ist nicht zu Hause, muß aber gleich kommen.“

„Wo ist er denn?“

„Er hat im Dorf mit einigen Aufkäufern zu tun“, sagte sie, die Gäste ins Zimmer geleitend.

Tschitschikow betrachtete neugierig die Behausung dieses ungewöhnlichen Menschen, der ein Einkommen von zweihunderttausend Rubel hatte, und hoffte an dieser die Eigenschaften des Hausherrn selbst zu erkennen, wie man nach einer leeren Muschelschale auf die Eigenschaften der Auster oder Schnecke schließt, die in ihr einst gewohnt und ihren Abdruck hinterlassen hat. Er konnte aber keinerlei Schlüsse ziehen. Die Zimmer waren einfach, sogar leer. Es gab weder Fresken, noch Bilder, noch Bronzen, noch Blumen, noch Etageren mit Porzellan, nicht einmal Bücher. Mit einem Wort, alles wies darauf hin, daß das Leben des Wesens, das hier wohnte, sich gar nicht in den vier Wänden des Zimmers, sondern im Felde abwickelte; und daß es selbst seine Pläne nicht vorher, sybaritisch in einem bequemen Sessel vor dem Kaminfeuer sitzend, erwog, sondern daß sie ihm an Ort und Stelle in den Sinn kamen und sofort ins Werk umgesetzt wurden. In den Zimmern konnte Tschitschikow nur die Spuren der Tätigkeit einer Hausfrau erblicken. Auf den Tischen und Stühlen lagen saubere Lindenbretter, und auf diesen waren irgendwelche Blumenblätter zum Trocknen ausgebreitet ...

„Was ist das für ein Dreck, der da herumliegt, Schwester?“ fragte Platonow.

„Wieso Dreck!“ rief die Hausfrau. „Das ist das beste Mittel gegen Fieber. Im vorigen Jahr haben wir damit alle Bauern kuriert. Dieses da ist für Likör bestimmt, dieses aber wird mit Zucker eingemacht. Ihr lacht alle über unser Eingemachtes und in Salz Eingelegtes, wenn ihr es aber eßt, lobt ihr es selbst.“

Platonow trat ans Klavier und blätterte in den Noten.

„Mein Gott! Dieses alte Zeug!“ sagte er. „Schämst du dich denn nicht, Schwester?“

„Du mußt schon entschuldigen, Bruder, ich habe keine Zeit zum Musizieren. Ich habe eine achtjährige Tochter, die ich unterrichten muß. Sie einer ausländischen Gouvernante überliefern, um selbst freie Zeit zum Musizieren zu haben, so was tue ich nicht, du mußt schon entschuldigen, Bruder.“

„Wie langweilig du doch geworden bist, Schwester!“ sagte Platonow, ans Fenster tretend. „Da kommt er ja schon, er kommt!“ rief er plötzlich.

Auch Tschitschikow eilte ans Fenster. Dem Hause näherte sich ein etwa vierzigjähriger Mann, mit lebhaftem, gebräuntem Gesicht, in einem Rock aus Kamelhaartuch. Auf seine Kleidung gab er wohl nicht viel. Er trug eine Mütze aus Wollsamt. Rechts und links von ihm gingen zwei Männer niederen Standes, ohne Mützen, in ein Gespräch mit ihm vertieft; der eine war ein einfacher Bauer, der andere wohl ein zugereister Dorfwucherer, ein durchtriebener Kerl, in blauem Rock. Da sie alle vor dem Haus stehenblieben, konnte man ihre Unterhaltung im Zimmer hören.

„Macht es lieber so: Kauft euch bei eurem Herrn los. Ich will euch auch das Geld vorstrecken, und ihr arbeitet es mir später ab.“

„Nein, Konstantin Fjodorowitsch, warum sollen wir uns loskaufen? Nehmen Sie uns so. Von Ihnen kann man ja jede

Weisheit lernen. Einen so klugen Menschen findet man nicht so bald wieder. Heutzutage kann man sich selbst gar nicht in acht nehmen, es ist ein wahres Unglück. Die Branntweinschenker brauen solche Schnäpse, daß sich einem gleich nach dem ersten Glas der Magen umdreht und man hinterher einen ganzen Eimer Wasser aussaufen möchte; ehe man sich's versieht, hat man sein ganzes Geld vertrunken. Es gibt viele Versuchungen. Man möchte glauben, daß der Böse die Welt regiert, bei Gott! Man führt allerlei Dinge ein, um die Bauern verrückt zu machen: Tabak und ähnliches Zeug ... Was soll man da machen, Konstantin Fjodorowitsch? Man ist nur ein Mensch und kann sich nicht beherrschen."

„Hör einmal: bei mir bleibt ihr doch immer Leibeigene. Ihr bekommt zwar gleich je eine Kuh und ein Pferd und alles andere zugewiesen, aber ich verlange von meinen Bauern mehr als jeder andere Gutsbesitzer. Bei mir mußt du arbeiten: ganz gleich, ob für mich oder für dich selbst; Müßiggang dulde ich nicht. Auch ich selbst arbeite wie ein Ochse, ebenso meine Bauern, denn ich habe das schon selbst erfahren: wenn man nicht arbeitet, so fallen einem allerlei Dummheiten ein. Überlegt es euch also in eurer Gemeinde und besprecht es miteinander."

„Wir haben schon darüber gesprochen, Konstantin Fjodorowitsch. Das sagen auch die Alten: ‚Was ist da noch viel zu reden?' Jeder Bauer ist bei Ihnen reich: das wird schon seinen Grund haben. Auch die Geistlichen sind mitleidig. Uns hat man aber unsere Geistlichen genommen, und wir haben niemand, der einen beerdigen kann."

„Geh doch hin und besprich es mit deinen Leuten."

„Zu Befehl!"

„Sie müssen schon so gut sein, Konstantin Fjodorowitsch, und ein wenig nachlassen", sagte der zugereiste Dorfwucherer im blauen Rock, an der anderen Seite gehend.

„Ich hab's schon einmal gesagt: ich mag nicht handeln. Ich bin nicht wie mancher Gutsbesitzer, zu dem du gerade an dem Tage kommst, wo er der Leihkasse die Zinsen bezahlen muß. Ich kenne euch ja: ihr habt Listen, in denen vermerkt ist, wer und wieviel er zu zahlen hat. Ist das ein Kunststück? Wenn er das Geld dringend braucht, gibt er dir die Ware auch zum halben Preis her. Was brauche ich aber dein Geld? Die Ware kann bei mir auch drei Jahre liegen: ich brauche keine Zinsen an die Leihkasse zu zahlen."

„Das ist auch vernünftig, Konstantin Fjodorowitsch. Ich mache das Geschäft doch nur, um auch in Zukunft mit Ihnen in Verbindung zu bleiben, und nicht aus Geldgier. Wollen Sie also die dreitausend Rubel Anzahlung nehmen."

Der Dorfwucherer holte aus dem Busen einen Pack fettiger Banknoten. Kostanschoglo nahm sie ihm höchst kaltblütig aus der Hand und steckte sie, ohne nachzuzählen, in die hintere Rocktasche.

– Hm! – dachte sich Tschitschikow, – ganz als ob es ein Taschentuch wäre! – Kostanschoglo zeigte sich in der Salontür. Er machte auf Tschitschikow jetzt einen noch größeren Eindruck durch sein sonnengebräuntes Gesicht, seine struppigen schwarzen Haare, die stellenweise vorzeitig ergraut waren, den lebhaften Ausdruck der Augen und sein ganzes, etwas galliges südländisches Aussehen. Er war kein reiner Russe. Er wußte selbst nicht, woher seine Vorfahren stammten. Er interessierte sich nicht für seinen Stammbaum, da er der Ansicht war, daß dies unwichtig sei und für die Landwirtschaft keine Bedeutung habe. Er hielt sich für einen Russen und kannte auch keine andere Sprache außer der russischen.

Platonow stellte ihm Tschitschikow vor. Die Schwäger küßten sich.

„Um mich von meiner Langweile zu kurieren, habe ich mich entschlossen, eine Reise durch einige Gouvernements zu machen, Konstantin", sagte Platonow. „Und Pawel Iwanowitsch machte mir den Vorschlag, mich ihm anzuschließen."

„Sehr schön", sagte Kostanschoglo. „Welche Gegenden", fuhr er fort, sich freundlich an Tschitschikow wendend, „gedenken Sie auf Ihrer Reise zu besuchen?"

„Offen gestanden", antwortete Tschitschikow, den Kopf höflich auf die Seite neigend und zugleich mit der Hand die Armlehne des Sessels streichelnd, „fahre ich weniger in eigenen Geschäften als in einer fremden Angelegenheit. Der General Betrischtschew, mein naher Freund und, ich darf wohl sagen, Wohltäter, bat mich, seine Verwandten zu besuchen. Verwandte hin, Verwandte her, doch ich fahre auch sozusagen im eigenen Interesse: ganz abgesehen vom Nutzen im Hinblick auf die Hämorrhoiden, ist auch die Bekanntschaft mit der Welt und dem Strudel der Menschen sozusagen ein lebendiges Buch, eine eigene Wissenschaft."

„Ja, es schadet gar nicht, sich gewisse Winkel anzusehen."

„Sie haben es ganz vortrefflich bemerkt: Es schadet wirklich nicht, das ist das richtige Wort. Man sieht Dinge, die man sonst nicht zu Gesicht bekommt; man lernt Menschen kennen, die man sonst nicht kennenlernen würde. Das Gespräch mit manch einem Menschen ist einen Dukaten wert, wie zum Beispiel jetzt, wo ich die Gelegenheit habe … Ich wende mich an Sie, verehrtester Konstantin Fjodorowitsch, lehren Sie mich, lehren Sie mich, stillen Sie meinen Durst durch Belehrung. Ich ersehne Ihre süßen Worte wie himmlisches Manna."

„Ja, was soll ich Sie lehren?" sagte Kostanschoglo verlegen. „Ich habe ja selbst keine richtige Bildung genossen."

„Lehren Sie mich Weisheit, Verehrtester, Weisheit, die Kunst, das schwierige Steuer der Landwirtschaft zu handhaben, die Kunst, sichere Gewinne zu erzielen, ein Vermögen zu erwerben, kein imaginäres, sondern ein greifbares Vermögen und damit die Bürgerpflicht zu erfüllen und die Achtung seiner Landsleute zu erlangen."

„Wissen Sie was?" sagte Kostanschoglo, ihn nachdenklich anschauend: „Bleiben Sie einen Tag bei mir. Ich will Ihnen den ganzen Verwaltungsmechanismus zeigen und alles erklären. Sie werden sehen, daß gar nicht viel Weisheit dahintersteckt."

„Natürlich, bleiben Sie doch!" sagte die Hausfrau. Darauf wandte sie sich an ihren Bruder und fügte hinzu: „Bruder, bleib doch da, du hast ja nichts zu versäumen."

„Mir ist es gleich. Was meint Pawel Iwanowitsch?"

„Ich bleibe mit dem größten Vergnügen … Aber es ist noch so ein Umstand: ein Verwandter des Generals Betrischtschew, ein gewisser Oberst Koschkarjow …"

„Der ist ja verrückt!"

„Er ist allerdings verrückt. Ich würde ihn gar nicht besuchen, aber der General Betrischtschew, mein naher Freund und, ich darf wohl sagen, Wohltäter …"

„In diesem Falle, wissen Sie was?" sagte Kostanschoglo. „Fahren Sie zu ihm hin, es sind keine zehn Werst von hier. Meine Droschke ist fertig angespannt – fahren Sie gleich zu ihm hin. Sie können zum Tee wieder zurück sein."

„Ein ausgezeichneter Gedanke!“ rief Tschitschikow und griff nach seinem Hut.

Die Droschke fuhr vor und brachte ihn in einer halben Stunde zum Obersten. Das Dorf war in einem chaotischen Zustand. Neubauten, Umbauten, Haufen von Ziegelsteinen, Mörtel und Balken in allen Straßen. Es gab einige Häuser, die wie Amtsgebäude aussahen. Auf dem einen stand in goldenen Lettern: „Depot der landwirtschaftlichen Geräte“; auf einem anderen: „Hauptrechnungsexpedition“; ferner: „Komitee für Bauernangelegenheiten“; „Schule für die Normalbildung der Landleute“. Mit einem Wort – weiß der Teufel, was es da nicht alles gab!

Er traf den Obersten mit einer Feder in den Zähnen vor einem hohen Schreibpult stehen. Der Oberst empfing Tschitschikow mit ausgesuchter Liebenswürdigkeit. Er sah äußerst gutmütig und freundlich aus. Er begann ihm zu erzählen, wieviel Mühe es ihn gekostet habe, das Gut in den jetzigen guten Zustand zu bringen; er beklagte sich mit Bedauern, wie schwer es sei, es dem Bauern verständlich zu machen, daß es höhere Triebe gebe, die der Mensch aus einem aufgeklärten Luxus, aus Kunst und Kunstgewerbe schöpfen könne; daß es ihm bisher noch nicht gelungen sei, die Bauernweiber so weit zu bringen, daß sie Korsetts tragen, während in Deutschland, wo er sich im Jahre 1814 mit einem Regiment aufhielt, die Müllerstochter Klavier spielen konnte; daß er es aber, trotz dieses hartnäckigen Verharrens in der Unbildung, erreichen werde, daß der Bauer, hinter dem Pflug hergehend, zugleich ein Buch über Franklins Blitzableiter, oder Vergils „Georgika“, oder die „Chemische Untersuchung des Ackerbodens“ lesen wird.

Ja, freilich! dachte Tschitschikow. – Und ich bin mit der „Gräfin Lavallière“ noch immer nicht fertig, finde immer keine Zeit dazu.

Vieles sprach noch der Oberst darüber, wie man die Menschen zum Wohlstand bringen könne. Er maß dabei eine große Bedeutung der Kleidung zu. Er setzte seinen Kopf dafür ein, daß, wenn man nur auch eine Hälfte der russischen Bauern mit deutschen Hosen bekleiden wollte, die Wissenschaften und der Handel sich heben und in Rußland das goldene Zeitalter anbrechen würde.

Tschitschikow hörte lange zu, ihm aufmerksam in die Augen blickend, und sagte sich schließlich: Mit dem brauche ich wohl keine großen Umstände zu machen! Und er erklärte ihm ohne Umschweife, was er für Seelen brauche und was für Verträge und Formalitäten dabei nötig seien.

„Soviel ich aus Ihren Worten ersehe“, sagte der Oberst ohne das geringste Erstaunen, „ist das eine Bitte, nicht wahr?“

„Gewiß.“

„In diesem Falle wollen Sie sie schriftlich formulieren. Das Gesuch kommt an das Büro zur Entgegennahme von Berichten und Meldungen. Das Büro wird das Gesuch signieren und an mich weiterleiten; von mir kommt es an das ‚Komitee für Bauernangelegenheiten‘; dort werden Ermittlungen angestellt, und dann kommt das Gesuch an den Verwalter. Der Verwalter wird aber gemeinsam mit dem Sekretär ...“

„Erlauben Sie!“ rief Tschitschikow: „So wird ja die Sache Gott weiß wie verschleppt! Wie kann man das auch schriftlich behandeln? Das ist ja so eine Sache ... Die Seelen sind ja gewissermaßen ... tot.“

„Sehr gut. Erwähnen Sie das in Ihrem Gesuch, daß die Seelen gewissermaßen tot sind.“

„Wie, daß sie tot sind? Das kann man doch nicht hinschreiben! Sie sind zwar tot, es soll aber den Anschein haben, als ob sie noch lebendig wären.“

„Sehr gut. Dann schreiben Sie: ‚Es ist aber nötig‘, oder: ‚Es wird verlangt, ersucht, gewünscht, daß es den Anschein habe, als ob sie noch lebendig wären‘. Ohne diese Schreibereien kann man da gar nichts machen. Als Beispiel kann ich Ihnen England oder selbst Napoleon anführen. Ich werde Ihnen einen Kommissionär mitgeben, der Sie an alle diese Stellen geleiten wird.“

Er schwang die Klingel. Sofort erschien irgendein Mann.

„Sekretär! Man schicke mir sofort den Kommissionär!“ Darauf erschien der Kommissionär, der halb wie ein Bauer und halb wie ein Beamter aussah. „Er wird Sie an alle die in Betracht kommenden Stellen führen.“

Was war mit dem Obersten zu machen? Tschitschikow entschloß sich, aus bloßer Neugierde mit dem Kommissionär mitzugehen, um die in Betracht kommenden Stellen zu sehen. Das „Büro zur Entgegennahme von Berichten und Meldungen“ existierte nur auf dem Aushängeschild, die Tür war aber verschlossen. Der bisherige Vorstand dieses Büros, Chruljow, war an das neugebildete „Komitee für Dorfbauten“ versetzt worden. Seine Stellung nahm jetzt der Kammerdiener Beresowskij ein, aber auch der war von der Baukommission irgendwohin abkommandiert worden. Sie klopften im „Komitee für Bauernangelegenheiten“ an, aber das wurde gerade umgebaut; sie weckten irgendeinen Betrunkenen, konnten aber von ihm nichts Vernünftiges erfahren. „Bei uns herrscht die größte Unordnung“, sagte endlich der Kommissionär zu Tschitschikow. „Man führt den Herrn an der Nase herum. Die Baukommission hat die ganze Gewalt in Händen: Sie nimmt die Leute von der Arbeit weg und schickt sie hin, wohin es ihr beliebt.“ Offenbar war er mit der Baukommission unzufrieden. Tschitschikow wollte nichts mehr sehen. Zum Obersten zurückgekehrt, erzählte er ihm, wie die Dinge lagen, was für eine Unordnung bei ihm herrschte, daß man von keinem Menschen was erfahren konnte und daß die „Kommission zur Entgegennahme von Berichten“ überhaupt nicht existiert.

Der Oberst schäumte vor edler Empörung und drückte Tschitschikow zum Zeichen des Dankes kräftig die Hand. Er griff sofort nach Papier und Feder und schrieb acht strenge Anfragen: Nach welchem Recht hat die Baukommission eigenmächtig über die ihr nicht unterstehenden Beamten verfügt? Wie hat es der Hauptverwalter zulassen können, daß sein Vertreter, ohne seinen Posten jemand anderem abzugeben, sich zu einer Untersuchung begeben hat? Und wie hat es das „Komitee für Bauernangelegenheiten“ gleichgültig sehen können, daß das „Büro zur Entgegennahme von Berichten und Meldungen“ gar nicht existiert?

Nun wird es ein Donnerwetter geben! – dachte Tschitschikow und wollte schon wegfahren.

„Nein, ich lasse Sie nicht fort. Hier steht meine Ehre auf dem Spiel. Ich will Ihnen zeigen, was ein organisches, geregeltes Wirtschaftssystem ist. Ich will mit Ihrer Sache einen Mann betrauen, der allein mehr wert ist als alle anderen. Er hat eine Universität absolviert. Ja, solche Leibeigene habe ich! Um die kostbare Zeit nicht zu verlieren, möchte ich Sie bitten, sich in meiner Bibliothek umzuschauen“, sagte der Oberst, eine Seitentür öffnend. „Hier finden Sie Bücher, Papier,

Federn, Bleistifte, alles. Sie dürfen über alles verfügen, Sie sind hier der Herr. Die Aufklärung muß allen offenstehen.“

So sprach Koschkarjow, indem er ihn in seine Bücherei geleitete. Es war ein großer, von unten bis oben mit Büchern angefüllter Saal. Es gab hier sogar ausgestopfte Tiere. Es gab Bücher über alle Zweige der Landwirtschaft: über Forstwissenschaft, Viehzucht, Schweinezucht, Gartenbau; Fachzeitschriften über alles mögliche, die man zugeschickt bekommt mit der Aufforderung, sie zu abonnieren, die man aber nicht liest. Als Tschitschikow sah, daß es keine Unterhaltungslektüre war, wandte er sich einem andern Schrank zu und geriet aus dem Regen in die Traufe. Es waren lauter Werke über Philosophie. Sechs dicke Bände fielen ihm in die Augen mit dem Titel: „Vorbereitende Einleitung in das gesamte Gebiet des Denkens. Theorie der Gesamtheit, Gemeinsamkeit und Wesenheit mit Anwendung auf die Erkenntnis der organischen Grundlagen der Zweiteilung der sozialen Produktivität.“ Was für ein Buch Tschitschikow auch aufschlug, auf jeder Seite las er: „Manifestation“, „Evolution“, „Abstraktion“, „Geschlossenheit“ und weiß der Teufel, was noch alles! Das ist nichts für mich! sagte Tschitschikow und wandte sich einem dritten Schrank zu, in dem kunstwissenschaftliche Werke standen. Hier holte er einen riesengroßen Band mit leichtsinnigen mythologischen Abbildungen hervor und begann diese zu betrachten. Solche Bilder gefallen oft Junggesellen in mittleren Jahren, auch manchen alten Herren, die sich vom Ballett und ähnlichen gepfefferten Leckerbissen anregen lassen. Nachdem er mit dem einen Band fertig war, zog er einen andern von der gleichen Art heraus, als Oberst Koschkarjow mit strahlendem Gesicht und einem Papier in der Hand hereinkam.

„Alles ist erledigt, und zwar wunderbar erledigt! Der Mann, von dem ich vorhin sprach, ist ein wahres Genie. Dafür werde ich ihn über alle setzen und für ihn allein ein eigenes Departement gründen. Schauen Sie nur, was das für ein heller Kopf ist und wie er das in den wenigen Minuten erledigt hat.“

Na, Gott sei Dank! dachte Tschitschikow und wurde ganz Ohr. Der Oberst las:

„Indem ich an die Überlegung des mir von Ew. Hochwohlgeboren erteilten Auftrages gehe, beehre ich mich, zu diesem folgendes zu melden:

I. Schon im Gesuch des Herrn Kollegienrats und Ritters Pawel Iwanowitsch Tschitschikow ist ein Mißverständnis enthalten, da darin die in den Revisionslisten geführten Seelen versehentlich tote genannt werden. Darunter wird wohl der erwähnte Herr die dem Tode nahen, doch nicht toten Seelen gemeint haben. Auch weist eine solche Benennung auf ein empirisches Studium der Wissenschaften und auf einen Bildungsgang hin, der sich wahrscheinlich auf eine niedere Gemeindeschule beschränkt hat; denn die Seele ist unsterblich.

„Dieser Schelm!“ sagte Koschkarjow zufrieden, die Vorlesung unterbrechend: „Hier hat er Ihnen einen Seitenhieb versetzt. Aber Sie müssen gestehen, daß der Stil ausgezeichnet ist!

II. In unserm Gut sind keinerlei unverpfändete, weder dem Tode nahe noch sonstige Revisionsseelen vorhanden, denn alle Seelen ohne Ausnahme sind nicht nur mit einfachen, sondern auch, unter Nachzahlung von einhundertfünfzig Rubel pro Seele, mit zweiten Hypotheken belastet, mit Ausnahme der Leibeigenen des kleinen Dorfes Gurmailowka, welches infolge des mit dem Gutsbesitzer Predischtschew schwebenden Prozesses strittig und infolgedessen vom Gericht mit Arrest belegt worden ist, worüber in Nr. 42 der ‚Moskauer Nachrichten‘ eine Anzeige erlassen worden ist.“

„Warum haben Sie es mir dann nicht gleich gesagt? Warum hielten Sie mich unnütz auf?“ sagte Tschitschikow empört.

„Ja, ich wollte, daß Sie es durch die Formalitäten des schriftlichen Instanzenweges ersehen. Sonst ist es kein Kunststück. Unbewußt kann es auch ein Dummkopf sehen, man soll aber so was bewußt erfassen.“

Tschitschikow griff empört nach seiner Mütze und lief, alle Anstandspflichten außer acht lassend, aus dem Haus. Er war aufs höchste aufgebracht. Der Kutscher hielt mit der Droschke vor der Tür, da er wußte, daß es keinen Zweck hatte, die Pferde auszuspannen. Wollte man den Pferden Futter geben, so müßte man erst ein schriftliches Gesuch einreichen und die Resolution, den Pferden Hafer zu verabreichen, würde erst am nächsten Tag erfolgen. Der Oberst lief aber hinaus; er drückte Tschitschikow gewaltsam die Hand, drückte sie an sein Herz und dankte ihm dafür, daß er ihm Gelegenheit gegeben hatte, den Verwaltungsmechanismus in der Praxis zu sehen; er sagte, daß man den Leuten schon ordentlich einheizen müsse, weil sonst die Federn dieses Mechanismus verrosten und schlaff werden können; daß ihm anläßlich dieses Vorfalls die glückliche Idee gekommen wäre, eine neue Kommission zu bilden, welche „Kommission zur Beaufsichtigung der Baukommission“ heißen würde; dann würde es schon niemand wagen, zu stehlen.

Tschitschikow kam böse und unzufrieden zurück, zu einer Stunde, als die Kerzen schon brannten.

„Warum kommen Sie so spät?“ fragte Kostanschoglo, als er in der Tür erschien.

„So einen Dummkopf habe ich meinen Lebtag nicht gesehen!“ entgegnete Tschitschikow.

„Das ist noch gar nichts!“ versetzte Kostanschoglo. „Koschkarjow ist noch eine tröstliche Erscheinung. So ein Mensch ist sogar nützlich, weil sich in ihm karikiert und auffallend alle Dummheiten unserer Klugen spiegeln – der Klugen, die, ohne ihre Heimat richtig zu kennen, sich im Ausland allerlei Unsinn in den Kopf setzen. Solche Gutsbesitzer sind jetzt aufgekommen. Sie haben allerlei Büros, Manufakturen, Schulen und Kommissionen und weiß der Teufel was noch alles eingeführt! So sind diese Klugen! Kaum fing das Land an, sich nach der Franzoseninvasion von 1812 zu erholen, als sie es schon wieder ruiniert haben. Sie haben es noch mehr heruntergebracht als der Franzose, so daß ein Pjotr Petrowitsch Pjetuch noch als guter Gutsbesitzer erscheint.“

„Aber auch der hat schon alles verpfändet“, bemerkte Tschitschikow.

„Na ja, alles wird verpfändet.“ Nach diesen Worten fing Kostanschoglo an, allmählich böse zu werden. „Da hat einer eine Hut- und eine Kerzenfabrik gegründet, hat sich die Meister aus London verschrieben, ist zu einem Krämer geworden! Gutsbesitzer ist doch ein ehrenvoller Beruf, aber er wird Manufakturist und Fabrikant! Spinnereien, um für die städtischen Dirnen Tüll herzustellen …“

„Du hast aber doch auch Fabriken“, bemerkte Platonow.

„Wer hat sie eingeführt? Bei mir sind sie ganz von selbst entstanden. Als sich so viel Wolle angesammelt hatte, daß ich sie nicht mehr loswerden konnte, fing ich an, Tuche zu weben, doch einfache, dicke Tuche – die werden zum billigen Preis auf meinen Dorfmärkten verkauft; der Bauer, mein Bauer braucht sie. Die Fischer hatten sechs Jahre lang die Fischsuppen einfach am Ufer liegenlassen – nun, was soll ich mit dem Zeug machen? Da fing ich an, aus ihnen Leim zu sieden, und das hat mir vierzigtausend abgeworfen. Alles ist bei mir so."

So ein Teufel! dachte Tschitschikow, ihn unverwandt anblickend: So eine glückliche Hand!

„Und ich habe mich darauf nur darum verlegt, weil so viele Arbeiter zusammengelaufen waren, die sonst Hungers gestorben wären: es war ein Hungerjahr, und zwar dank den Herren Fabrikanten, die die Saat versäumt hatten. Solche Fabriken gibt's bei mir genug, Bruder. Jedes Jahr entsteht eine andere, je nach dem, was für Abfälle und Reste sich gerade angesammelt haben. Wenn du dich nur aufmerksam in deiner Wirtschaft umsiehst, so kann dir jeder Dreck, den du als unnötig fortwirfst, etwas einbringen. Meine Fabriken sind auch keine Paläste mit Säulen und Frontons!"

„Es ist erstaunlich ... Am erstaunlichsten aber ist, daß man an jedem Dreck etwas verdienen kann", sagte Tschitschikow.

„Ich bitte Sie! Wenn man die Sache nur ganz einfach auffaßt, wie sie ist. Jeder will aber gleich Mechaniker sein und das Kästchen, das ganz einfach aufgeht, mittels eines Instrumentes öffnen. Er wird zu dem Zweck zuerst nach England hinüberfahren, das ist die Sache! Diese Narren!" Nach diesen Worten spuckte Kostanschoglo aus. „Und wenn er zurückkommt, so ist er hundertmal dümmer, als er schon war!"

„Ach, Konstantin, du regst dich schon wieder auf!" sagte seine Frau besorgt. „Du weißt doch, daß dir das schadet."

„Wie soll ich mich nicht aufregen? Wenn das noch eine fremde Angelegenheit wäre; aber es geht mir so furchtbar nahe! Es ärgert mich, daß der russische Charakter verdorben wird; im russischen Charakter ist jetzt eine Donquichotterie aufgekommen, die ihm früher fremd war! Wenn sich der Russe auf Volksaufklärung verlegt, so wird er zu einem Don Quichotte und führt gleich solche Schulen ein, wie sie auch einem Dummkopf nicht einfallen würden! Und diese Schulen ziehen Menschen heran, die zu gar nichts taugen, weder für die Stadt noch fürs Land. Die verstehen nur zu trinken und sich was auf ihre Menschenwürde einzubilden. Verlegt er sich auf Philanthropie – so wird er zu einem Don Quichotte der Philanthropie. Er baut für eine Million Rubel ganz dumme Spitäler und ähnliche Anstalten mit Säulen und richtet sich selbst und die anderen zugrunde. Das ist seine Philanthropie!"

Tschitschikow interessierte sich aber nicht für Volksaufklärung; er wollte von Kostanschoglo ausführlich erfahren, wie man aus jedem Dreck einen Nutzen ziehen kann; Kostanschoglo ließ ihn aber gar nicht zu Worte kommen. Immer neue gallige Worte kamen von seinen Lippen, und er konnte sie nicht mehr aufhalten.

„Die Leute zerbrechen sich den Kopf, wie man den Bauer aufklären soll ... mach ihn erst zu einem reichen, tüchtigen Landwirt, dann wird er schon selbst etwas lernen. Sie können sich gar nicht vorstellen, wie dumm heute die ganze Welt geworden ist! Was diese Federfuchser nicht alles schreiben! Wenn so einer ein Buch erscheinen läßt, stürzen sich gleich alle darauf. Jetzt sagen sie: ‚Der Bauer führt ein viel zu einfaches Leben; man muß ihn mit dem Luxus bekannt machen und ihm Bedürfnisse einflößen, die sein Vermögen übersteigen ...' Da sie selbst dank diesem Luxus Waschlappen und keine Menschen sind, da sie sich weiß der Teufel was für Krankheiten zugelegt haben, und weil es keinen achtzehnjährigen Jungen mehr gibt, der nicht alles durchgekostet hätte, so daß er keine Zähne mehr hat und kahl ist wie eine Schweinsblase – so wollen sie auch die anderen anstecken. Gott sei Dank, daß wir noch einen gesunden Stand haben, der alle diese Errungenschaften nicht kennt! Dafür müssen wir wirklich Gott danken. Der Ackerbauer ist unser ehrbarster Stand; was rührt man ihn an? Gott gebe, daß alle Leute so wären wie der Ackerbauer!"

„Sie glauben also, daß der Ackerbau das lohnendste Unternehmen ist?" fragte Tschitschikow.

„Nicht das lohnendste, aber das rechtschaffenste. Es steht auch geschrieben: ‚Im Schweiße deines Angesichts sollst du dein Brot essen.' Da gibt es nichts zu klügeln. Es ist durch die Erfahrung der Jahrhunderte nachgewiesen, daß der Ackerbauer moralischer, edler und reiner ist und höher steht als jeder andere Mensch. Ich sage ja nicht, daß man nichts anderes anfangen soll; der Ackerbau soll aber allem andern zugrunde liegen, das ist es! Fabriken werden ganz von selbst entstehen, auf einer natürlichen Grundlage, um Dinge zu liefern, die der Mensch an Ort und Stelle braucht, und nicht zur Befriedigung von Bedürfnissen, die den Menschen heute so geschwächt haben. Es sind nicht die Fabriken, die zur Sicherung ihres Absatzes auf die gemeinste Weise vorgehen und das unglückliche Volk verderben und demoralisieren. Was mich betrifft, so werde ich nie so eine Fabrik gründen, die höhere Bedürfnisse weckt – und wenn man mir noch soviel von ihrem Nutzen erzählt –, also keinen Tabak und keinen Zucker erzeugen, und wenn ich auch eine Million verlieren müßte. Wenn schon die Demoralisation in die Welt kommen soll, dann nicht durch meine Hände! Ich will vor Gott gerecht dastehen ... Ich lebe schon seit zwanzig Jahren mit dem Volk; ich weiß, wozu das führt."

„Mir erscheint es am erstaunlichsten, daß man bei einer vernünftigen Wirtschaftsführung aus jedem Dreck, aus allen Abfällen Nutzen ziehen kann."

„Ja, und die Volkswirtschaftler!" fuhr Kostanschoglo mit einem gallig-sarkastischen Gesichtsausdruck fort, ohne auf ihn zu hören. „Das sind mir gute Volkswirtschaftler! Durch die Bank Dummköpfe, und keiner sieht weiter, als seine dumme Nase reicht. So ein Esel steigt aber aufs Katheder, setzt sich die Brille auf ... Idioten!" Und er spuckte ärgerlich aus.

„Das stimmt alles, aber rege dich bitte nicht so auf", sagte seine Frau. „Als könnte man nicht über diese Dinge reden, ohne außer sich zu geraten."

„Wenn man Ihnen zuhört, verehrtester Konstantin Fjodorowitsch, so dringt man sozusagen in den Sinn des Lebens ein, betastet gleichsam den Kern der Sache. Gestatten Sie mir aber, das Allgemein-Menschliche beiseite zu lassen und Ihre Aufmerksamkeit für eine Privatangelegenheit in Anspruch zu nehmen. Wenn ich, sagen wir, Gutsbesitzer geworden bin und die Absicht habe, in kurzer Zeit reich zu werden, um auf diese Weise sozusagen die wichtigste Bürgerpflicht zu erfüllen – was soll ich da anfangen?"

„Was man anfangen soll, um reich zu werden?" fiel ihm Kostanschoglo ins Wort. „Das will ich Ihnen gleich sagen ..."

„Wir wollen zu Abend essen", sagte die Hausfrau, vom Sofa aufstehend; sie trat in die Mitte des Zimmers und hüllte ihre jungen, durchfrorenen Glieder in ein Tuch.

Tschitschikow sprang mit einer beinahe militärischen Gewandtheit vom Stuhl auf, bot ihr seinen Arm und führte sie feierlich durch zwei Zimmer ins Eßzimmer, wo schon die Terrine ohne Deckel auf dem Tisch stand, einen angenehmen Duft der Suppe aus frischem Grünzeug und den ersten Kräutern des Frühjahrs verbreitend. Alle nahmen Platz. Die Diener stellten flink sämtliche Gerichte zugleich nebst allem Zubehör in zugedeckten Schüsseln auf den Tisch und entfernten sich. Kostanschoglo liebte es nicht, daß die Lakaien den Gesprächen der Herrschaften zuhörten, und noch viel weniger, daß sie ihm in den Mund sahen, wenn er aß.

Nachdem Tschitschikow die Suppe ausgelöffelt und ein Glas von einem wunderbaren Getränk getrunken hatte, das an Ungarwein erinnerte, wandte er sich an den Hausherrn mit folgenden Worten: „Gestatten Sie mir, Verehrtester, zum Gegenstand unseres unterbrochenen Gesprächs zurückzukehren. Ich fragte Sie, was man anstellen muß, wie man es anfangen soll ...“[1]

„Ein Gut, für das ich auch vierzigtausend Rubel bezahlen würde, wenn er soviel verlangte.“

„Hm!“ Tschitschikow wurde nachdenklich. „Warum kaufen Sie es dann nicht selbst?“ fragte er etwas schüchtern.

„Alles hat schließlich seine Grenzen. Ich habe mit meinen Gütern auch ohnehin genug zu tun. Außerdem schreien unsere Edelleute, daß ich ihre verzweifelte Lage ausnütze und ihre Güter für ein Spottgeld aufkaufe. Das habe ich endlich satt.“

„Was doch alle Menschen für eine Neigung haben, einander zu verleumden!“ sagte Tschitschikow.

„Und erst in unserem Gouvernement, das können Sie sich gar nicht vorstellen! Sie nennen mich auch nicht anders als einen Filz und einen Geizhals. Sich selbst rechtfertigen sie natürlich in allen Dingen. ‚Ich bin wohl an den Bettelstab gekommen‘, sagt so einer, ‚aber nur, weil ich mit höheren Bedürfnissen lebte, weil ich die Industriellen (d. h. die Gauner, welche ...[2] unterstützte; man kann ja auch wie ein Schwein leben, wie dieser Kostanschoglo.‘ “

„Ich möchte gern selbst solch ein Schwein sein!“ sagte Tschitschikow.

„Lauter Unsinn! Was sind das für höhere Bedürfnisse? Wen

[1] Hier fehlen zwei Manuskriptseiten.
[2] Lücke im Manuskript.

glauben sie zu betrügen? So einer schafft sich zwar Bücher an, liest sie aber nie. Die Sache endet mit Kartenspiel und ...[1] Und alles kommt daher, weil ich ihnen keine Diners gebe und kein Geld pumpe. Diners gebe ich nicht, weil dies mir lästig wäre, ich bin es nicht gewohnt. Wenn du aber zu mir kommst, um das zu essen, was ich selbst esse, so bist du mir willkommen. Daß ich kein Geld herleihe, ist Unsinn. Wenn du zu mir wirklich in Notlage kommst und mir ausführlich erzählst, was du mit dem von mir hergeliehenen Geld anfangen willst; wenn ich aus deinen Worten ersehe, daß du es vernünftig verwenden willst und daß mein Geld dir wirklich einen Nutzen abwirft, so schlage ich es dir nicht ab und verzichte sogar auf die Zinsen."

Das muß man sich merken! dachte Tschitschikow.

„Niemals würde ich es in einem solchen Fall abschlagen", fuhr Kostanschoglo fort. „Aber das Geld zum Fenster hinauswerfen – das tue ich nicht. Da muß man mich schon entschuldigen! Hol's der Teufel! Er veranstaltet irgendein Diner für seine Geliebte, oder stattet sein Haus mit wahnsinnig teuren Möbeln aus, oder will mit einer Dirne einen Maskenball besuchen, oder feiert ein Jubiläum zum Andenken daran, daß er solange unnütz auf der Welt gelebt hat, und ich soll ihm das Geld dazu leihen! ..."

Hier spuckte Kostanschoglo aus und hätte beinahe in Gegenwart seiner Gattin einige unanständige Schimpfworte gebraucht. Ein Ausdruck finsterer Hypochondrie verdüsterte sein Gesicht. An seiner Stirn bildeten sich Längs- und Querfalten, Anzeichen einer zornigen Regung der Galle.

„Gestatten Sie mir, mein Hochverehrter, wieder auf den Gegenstand des unterbrochenen Gesprächs zurückzukommen", sagte Tschitschikow, indem er noch ein Gläschen Himbeerlikör trank, der wirklich ganz ausgezeichnet war. „Wenn ich, sagen wir, in der Tat das Gut gekauft habe, von dem Sie eben sprachen, wieviel Zeit brauche ich dann, um so reich zu werden, daß ..."

„Wenn Sie schnell reich werden wollen", fiel ihm Kostanschoglo rasch ins Wort, „so werden Sie niemals reich werden; wenn Sie dagegen reich werden wollen, ohne nach der Zeit zu fragen, so werden Sie schnell reich werden."

„So verhält es sich also!" sagte Tschitschikow.

[1] Lücke im Manuskript.

„Ja", entgegnete Kostanschoglo kurz, als zürnte er Tschitschikow, „man muß die Arbeit lieben, ohne diese Liebe läßt sich nichts anfangen. Man muß die Wirtschaft liebgewinnen, ja! Glauben Sie mir, das ist gar nicht langweilig. Die Leute sagen, auf dem Lande ist es langweilig ... ich aber würde vor Langeweile sterben, wenn ich einen Tag in der Stadt so verbringen müßte, wie sie die Zeit in ihren dummen Klubs, Wirtshäusern und Theatern verbringen. Narren, Dummköpfe, ein närrisches Geschlecht! Der Landwirt darf sich nicht langweilen, er hat keine Zeit dazu. In seinem Leben gibt es auch keinen Zoll leeren Raumes – alles ist angefüllt. Schon diese Abwechslung in der Tätigkeit, und was für einer Tätigkeit! – es sind Beschäftigungen, die wahrhaft den Geist erheben. Man mag sagen, was man will, der Mensch geht hier Hand in Hand mit der Natur, mit den Jahreszeiten, er ist gleichsam Mitarbeiter und Mitberater an allem, was in der Schöpfung geschieht. Betrachten Sie mal den Jahreszyklus seiner Arbeiten, wie schon vor Frühlingsbeginn alles auf der Lauer liegt und den Frühling erwartet; die Saat wird vorbereitet, das Getreide in den Scheunen wird durchgelesen, nachgemessen und getrocknet; die Arbeitsleistungen der Bauern werden neu festgesetzt. Alles wird im voraus nachgesehen und berechnet. Und wenn das Eis bricht und die Flüsse wieder frei dahinfließen, wenn alles trocken wird und die Erde sich lockern läßt – da arbeitet in den Gemüsepflanzungen und Gärten der Spaten, und auf dem Feld der Pflug und die Egge; es wird gepflanzt, gesetzt und gesät. Verstehen Sie das? Eine Kleinigkeit: Die künftige Ernte wird ausgesät! Die Nahrung von Millionen! Nun ist der Sommer angebrochen ... Es wird gemäht und gemäht ... Und schon ist man mitten in der Ernte; erst Roggen, dann wieder Roggen, dann Weizen, Gerste und Hafer ... Alles kocht; man darf keine Minute versäumen, und wenn man auch zwanzig Augen hat, so haben alle zwanzig genug zu tun. Und wenn man mit diesen Arbeiten fertig ist, heißt es, die Ernte in die Tennen zusammenfahren und zu Schobern aufschichten, die Äcker für die Wintersaat bestellen, die Scheunen, Schuppen und Viehställe für den Winter instandsetzen; zugleich kommen alle die Weiberarbeiten; und wenn man hinterher das Fazit zieht und sieht, was man geschafft hat, so ist es ja ... Und der Winter! Auf allen Tennen wird gedroschen, und das gedroschene Getreide aus den Darren in die Speicher gebracht. Man geht in die Mühle, man geht auch in die Fabriken, man schaut in den Arbeitshof hinein, man schaut auch beim Bauern nach, was er für sich selbst arbeitet. Wenn ein Zimmermann richtig mit der Axt umgeht, so bin ich imstande, ihm zwei Stunden lang zuzusehen, solche Freude macht mir seine Arbeit. Und wenn man dabei sieht, wie zweckmäßig alles gemacht wird, wie alles sich mehrt und Frucht und Gewinn bringt, so kann ich Ihnen gar nicht sagen, wie dabei einem zumute ist. Und nicht weil sich das Geld vermehrt – Geld hin, Geld her –, sondern weil alles das Werk deiner Hände ist; weil du siehst, daß du die Ursache und der Schöpfer dieser Dinge bist und daß du wie ein Magier den Überfluß und Wohlstand ausstreust. Ja, wo finden Sie einen höheren Genuß?" sagte Kostanschoglo. Er hob sein Gesicht, und plötzlich waren die Falten verschwunden. Wie ein Zar am Tage seiner festlichen Krönung, so leuchtete er ganz, und sein Gesicht sandte Strahlen aus. „In der ganzen Welt werden Sie keinen ähnlichen Genuß finden! Hierin ahmt der Mensch den Schöpfer nach: Gott hat das Werk der Schöpfung als den höchsten Genuß auserkoren und verlangt auch vom Menschen, daß er gleich ihm der Schöpfer eines glückseligen Zustandes in seiner Umgebung sei. Und das nennt man eine langweilige Tätigkeit!"

Tschitschikow lauschte den süßtönenden Reden des Hausherrn wie dem Gesang eines Paradiesvogels. Das Wasser lief ihm im Munde zusammen. Seine Augen leuchteten ölig und süß, und er wollte noch immer mehr hören.

„Konstantin, es ist Zeit, die Tafel aufzuheben!" sagte die Hausfrau und stand auf. Alle erhoben sich. Tschitschikow reichte der Hausfrau den Arm und führte sie zurück; aber seinen Bewegungen fehlte diesmal die gewohnte Eleganz, da seine Gedanken mit gewichtigen Dingen beschäftigt waren.

„Du magst erzählen, was du willst, es ist aber doch so langweilig", sagte Platonow, hinter ihnen hergehend.

Der Gast ist wohl gar kein dummer Mensch, dachte der Hausherr; er ist aufmerksam, spricht gesetzt und ist kein Federfuchser. Nachdem er sich dies gedacht hatte, wurde er noch lustiger, als hätte er bei dem Gespräch Feuer gefangen und als freue er sich, daß er einen Menschen gefunden habe, der es verstehe, so klugen Ratschlägen zuzuhören.

Als sie später in dem kleinen, gemütlichen, von Kerzen erleuchteten Zimmer, dem Balkon und der auf den Garten hinausgehenden Glastür gegenüber Platz genommen hatten und zu ihnen die über den Wipfeln des schlafenden Gartens leuchtenden Sterne hereinblickten – da fühlte sich Tschitschikow so wohlig und gemütlich, wie schon lange nicht, als hätte ihn nach langen Fahrten sein heimatliches Dach aufgenommen, als hätte er seinen Wanderstab mit dem Worte: „Genug!" weggeworfen. In diese angenehme Stimmung hatte ihn das kluge Gespräch des gastfreien Hausherrn versetzt. Für jeden Menschen gibt es Worte, die ihm näher und vertrauter sind als alle anderen. Und oft begegnet man unerwartet in einem entlegenen, gottverlassenen Nest, in einer menschenleeren Einöde einem Menschen, dessen erwärmende Unterhaltung die unwegsamen Wege, die unbehaglichen Nachtquartiere, die Sinnlosigkeit des heutigen Lärms und die Verlogenheit des Trugs vergessen macht, mit dem die Menschen angeführt werden. Ein auf diese Weise verbrachter Abend prägt sich lebendig und für alle Ewigkeit der Erinnerung ein, und das treue Gedächtnis bewahrt alles: wer noch dabei war, wo ein jeder saß und was er in den Händen hielt – die Wände, die Ecken und jede Bagatelle.

So merkte sich auch Tschitschikow an diesem Abend alles: dieses kleine, nette, bescheiden ausgestattete Zimmer, den gutmütigen Gesichtsausdruck des klugen Hausherrn, sogar das Tapetenmuster … auch die Pfeife mit dem Bernsteinmundstück, die man Platonow reichte, den Rauch, den er Jarb in die dicke Schnauze blies, Jarbs Schnauben, das Lachen der hübschen Hausfrau, das sie mit den Worten: „Laß es, quäl' ihn nicht!" unterbrach, die lustig flackernden Kerzen, das Heimchen in der Ecke, die Glastür und die Frühlingsnacht, die, auf die von den Sternen überschütteten Baumwipfel gelehnt, zu ihnen hereinblickte, von lautem Gesang erfüllt, den die Nachtigallen aus der Tiefe des grünen Dickichts schmetterten.

„Süß sind mir Ihre Worte, verehrter Konstantin Fjodorowitsch!" versetzte Tschitschikow. „Ich kann wohl sagen, daß ich in ganz Rußland noch keinen Menschen getroffen habe, der Ihnen an Klugheit gleichkäme."

Der Hausherr lächelte. Er fühlte selbst, daß diese Worte nicht unberechtigt waren. „Nein, wenn Sie einen wirklich klugen Menschen kennenlernen wollen, so haben wir hier einen, von dem man wirklich sagen kann: Das ist ein kluger Mensch; ich bin aber auch seines kleinen Fingers nicht wert."

„Wer mag das wohl sein?" fragte Tschitschikow erstaunt.

„Es ist unser Branntweinpächter Murasow."

„Diesen Namen höre ich schon zum zweitenmal!" rief Tschitschikow aus.

„Das ist ein Mann, der nicht bloß ein Gut, sondern auch einen ganzen Staat verwalten könnte. Hätte ich ein Kaiserreich, ich würde ihn sofort zu meinem Finanzminister machen."

„Man sagt, es sei ein Mann, der jedes Maß der Wahrscheinlichkeit übersteigt. Es heißt, er hätte sich zehn Millionen erworben."

„Ach was, zehn! Mehr als vierzig! Bald wird ihm halb Rußland gehören."

„Was Sie nicht sagen!" rief Tschitschikow aus, die Augen und den Mund aufreißend.

„Ganz bestimmt. Das ist ja klar. Langsam reich wird nur der, der Hunderttausende besitzt; aber einer, der Millionen hat, hat auch einen großen Wirkungsradius; was er auch erafft, so ist es gleich zwei- und dreimal soviel, als was er schon hat. Der Wirkungsbereich ist allzu groß. Er hat auch keine Konkurrenten. Niemand kann mit ihm streiten. Was für einen Preis er auch nennt, bei dem bleibt es, es ist niemand da, der ihn überbieten könnte."

„Du lieber Gott!" sagte Tschitschikow und bekreuzigte sich. Tschitschikow blickte Kostanschoglo in die Augen, und ihm stockte der Atem. „Es ist ja einfach unfaßbar! Das Denken steht vor Entsetzen still! Man bewundert die Weisheit der göttlichen Vorsehung, die sich im kleinsten Insekt kundgibt; mir aber erscheint es weit erstaunlicher, daß so große Summen durch die Hände eines Sterblichen gehen können. Gestatten Sie eine Frage: Sagen Sie, sein Grundkapital hat er wohl auf eine nicht ganz einwandfreie Weise erworben?"

„Auf dem rechtmäßigsten Wege und mit den ehrlichsten Mitteln."

„Das kann ich nicht glauben! Es ist ganz unwahrscheinlich! Wenn es noch Tausende wären, aber Millionen ..."

„Im Gegenteil, Tausende kann man nicht so leicht auf einwandfreie Weise verdienen wie Millionen. Ein Millionär braucht keine krummen Wege zu gehen, er geht den geraden Weg und nimmt alles, was vor ihm liegt. Ein anderer kann es gar nicht haben, es geht über seine Kraft; er aber hat keine Konkurrenten. Sein Wirkungsradius ist eben groß; ich sage ja: Was er auch errafft, so ist es gleich zwei- und dreimal soviel als … Was hat man aber von einem Tausend? – Zehn bis zwanzig Prozent."

„Das Unfaßbarste ist, daß das Ganze mit einer Kopeke angefangen hat!"

„Anders kann es ja auch gar nicht sein. Das ist der natürlichste Lauf der Dinge", sagte Kostanschoglo. „Wer mit Tausenden zur Welt gekommen ist, mit Tausenden aufgewachsen ist, der kann nichts mehr erwerben: der hat schon seine Bedürfnisse und weiß Gott was noch alles! Man muß vom Anfang und nicht von der Mitte beginnen – mit der Kopeke und nicht mit dem Rubel, von unten und nicht von oben. Nur dann lernt man die Menschen und die Verhältnisse kennen, unter denen man sich später abplagen muß. Wenn man so manches an der eigenen Haut gespürt, wenn man erfahren hat, daß jede Kopeke, wie es im Sprichwort heißt, mit einem Dreikopekennagel befestigt ist, und wenn man alle Prüfungen durchgemacht hat – so ist man so klug und gewitzigt, daß man sich bei keinem Unternehmen verrechnet und niemals abstürzt. Glauben Sie mir, es ist so. Man muß vom Anfang beginnen und nicht von der Mitte. Wenn mir einer sagt: ‚Geben Sie mir hunderttausend Rubel, ich werde gleich reich werden,' so traue ich ihm nicht. Er spekuliert aufs Geratewohl und geht nicht sicher. Man muß mit der Kopeke anfangen."

„In diesem Falle werde ich reich werden", sagte Tschitschikow, dem unwillkürlich die toten Seelen in den Sinn kamen, „denn ich fange tatsächlich mit nichts an."

„Konstantin, es ist für Pawel Iwanowitsch Zeit, zur Ruhe zu gehen", sagte die Hausfrau, „du redest aber immer weiter."

„Sie werden ganz bestimmt reich werden", sagte Kostanschoglo, ohne auf die Hausfrau zu hören. „Ihnen wird das Gold in Strömen zufließen, in Strömen! Sie werden gar nicht wissen, was mit Ihren Einkünften anzufangen."

Pawel Iwanowitsch saß wie verzaubert im goldenen Reich der immer üppiger wuchernden Träume und Phantasien. Seine

Gedanken wirbelten durcheinander. Seine Einbildungskraft kam in Schwung und stickte auf dem goldenen Teppich der künftigen Gewinne goldene Blumen, und in seinen Ohren klangen die Worte wider: „Ihnen wird das Gold in Strömen zufließen ..."

„Wirklich, Konstantin, für Pawel Iwanowitsch ist es Zeit, schlafen zu gehen ..."

„Was geht's dich an? Geh selbst, wenn du schlafen willst", sagte der Hausherr; da hielt er aber inne, weil durchs ganze Zimmer das Schnarchen Platonows tönte; gleich darauf hörte man auch Jarb noch lauter schnarchen. Der Hausherr sah ein, daß es wirklich Schlafenszeit war; er rüttelte Platonow auf, sagte ihm: „Laß das Schnarchen!" und wünschte Tschitschikow eine gute Nacht. Alle zogen sich in ihre Zimmer zurück und schliefen bald ein.

Tschitschikow allein fand keinen Schlaf. Seine Gedanken waren wach. Er überlegte sich, wie er Besitzer eines wirklichen und keines phantastischen Gutes werden könnte. Nach dem Gespräch mit dem Hausherrn war ihm alles klar! Die Möglichkeit, reich zu werden, schien ihm so offensichtlich! Das schwierige Unternehmen der Landwirtschaft kam ihm jetzt so leicht und so verständlich vor, und obendrein wie geschaffen für seine Natur! Es gilt nur, alle die Toten zu verpfänden, um sich ein wirkliches Gut anzuschaffen! Er sah sich schon so handeln und wirtschaften, wie Kostanschoglo gelehrt hatte: umsichtig, gewandt, ohne Neues einzuführen, ehe er das Alte durch und durch erfaßt hätte, ehe er alles mit eigenen Augen gesehen, alle Bauern kennengelernt, auf jeden Luxus verzichtet und sich ausschließlich der Arbeit und der Landwirtschaft gewidmet haben würde. Schon im voraus durchkostete er das Vergnügen, das er empfinden würde, wenn in allen Dingen eine planmäßige Ordnung herrschen und alle Räder der Wirtschaftsmaschine in Bewegung kommen und ineinandergreifen würden. Die Arbeit wird munter vorwärtsgehen, und ebenso wie in einer Mühle das Korn zu Mehl zermahlen wird, so wird bei ihm auch aus jedem Abfall und Dreck Bargeld entstehen. Der wunderbare Landwirt stand unablässig vor seinen Augen. Er war der erste Mann in Rußland, für den er eine persönliche Hochachtung empfand. Bisher hatte er die Menschen nur wegen ihrer hohen Titel oder großen Vermögen geschätzt; des

Verstandes wegen hatte er aber eigentlich noch keinen Menschen geachtet. Kostanschoglo war der erste. Er fühlte, daß er sich mit ihm auf keinerlei Kunststücke einlassen durfte. Ihn beschäftigte ein anderes Projekt: das Gut Chlobujews zu kaufen. Zehntausend Rubel besaß er; fünfzehntausend wollte er sich von Kostanschoglo zu borgen versuchen, da ihm dieser doch selbst erklärt hatte, daß er bereit sei, einem jeden zu helfen, der die Absicht habe, reich zu werden; den Rest würde er von der Leihkasse für die toten Seelen bekommen; schließlich konnte er ihn auch schuldig bleiben. Das wäre ja auch ein Ausweg. Soll jener nur prozessieren, wenn er Lust hat! Lange noch dachte er darüber nach. Endlich nahm der Schlaf, der das ganze Haus schon seit vier Stunden, wie man zu sagen pflegt, umfangen hielt, auch Tschitschikow in seine Arme auf. Er schlief fest ein.

VIERTES KAPITEL

Am folgenden Tage erledigte sich alles so, wie man es sich gar nicht besser wünschen konnte. Kostanschoglo gab ihm mit Freuden die zehntausend Rubel, ohne Zinsen und ohne Bürgschaft – gegen eine gewöhnliche Empfangsbestätigung. So gern half er jedem auf dem Wege zum Wohlstand. Und noch mehr als das: Er erklärte sich bereit, Tschitschikow zu Chlobujew zu begleiten, um sich mit ihm zusammen das Gut anzusehen. Tschitschikow war in bester Laune. Nach einem ordentlichen Frühstück machten sie sich auf den Weg und nahmen alle drei in Pawel Iwanowitschs Wagen Platz; die Droschke des Hausherrn folgte leer hinten nach. Jarb lief voraus und scheuchte am Straßenrand die Vögel auf. Ganze fünfzehn Werst weiter zogen sich zu beiden Seiten der Straße die Wälder und Äcker Kostanschoglos hin. Als sein Besitz aufhörte, wurde alles gleich anders: Das Getreide wuchs spärlich, und statt Wälder gab es nur Baumstrünke. Das kleine Gut schien trotz seiner schönen Lage, auch aus der Ferne gesehen, arg vernachlässigt. Zuerst zeigte sich das noch unbewohnte neue, erst im Rohbau fertige steinerne Haus; dann erst erblickte man das andere bewohnte Haus. Den Hausherrn fanden sie zerzaust und verschlafen vor: Er war erst eben aufgestanden. Er schien etwa vierzigjährig, seine Halsbinde war schief gebunden; der Rock hatte einen Flicken, der Stiefel – ein Loch.

Über die Ankunft der Gäste war er so erfreut wie über Gott weiß was: als hätte er nach langer Trennung seine Brüder wiedergesehen.

„Konstantin Fjodorowitsch! Platon Michailowitsch! Was für eine Freude haben Sie mir mit Ihrem Besuch bereitet! Erlauben Sie mir, daß ich mir erst die Augen reibe! Ich glaubte schon, daß mich niemand mehr besuchen will. Alle fliehen mich wie die Pest, ein jeder fürchtet, ich würde ihn anpumpen. Ach, es ist so schwer, Konstantin Fjodorowitsch! Ich sehe ja, daß ich selbst an allem schuld bin. Was soll ich machen? Ich bin mal so ein Schwein und lebe wie ein Schwein. Entschuldigen Sie, meine Herren, daß ich Sie in diesem Aufzuge empfange. Die Stiefel sind, wie Sie sehen, durchlöchert. Womit darf ich Sie bewirten?"

„Bitte, ohne Umstände. Wir kommen in Geschäften. Ich bringe Ihnen einen Käufer – Pawel Iwanowitsch Tschitschikow", sagte Kostanschoglo.

„Es freut mich herzlich, Sie kennenzulernen. Lassen Sie mich Ihre Hand drücken."

Tschitschikow reichte ihm beide Hände.

„Wie gerne würde ich Ihnen, verehrtester Pawel Iwanowitsch, ein Gut zeigen, das wirklich Beachtung verdiente … Übrigens, meine Herren, darf ich fragen, haben Sie schon Mittag gegessen?"

„Wir haben schon gegessen", sagte Kostanschoglo, um diese Frage möglichst schnell zu erledigen. „Wir wollen keine Zeit verlieren und gleich mit der Besichtigung anfangen."

„In diesem Falle wollen wir gehen." Chlobujew nahm seine Mütze in die Hand. „Sie sollen meine Unordnung und Liederlichkeit sehen."

Die Gäste setzten ihre Mützen auf und gingen alle die Dorfstraße entlang.

Von beiden Seiten starrten blinde Hütten mit kleinen Fenstern, die mit Fußlappen zugestopft waren.

„Sie sollen meine Unordnung und Liederlichkeit sehen", sagte Chlobujew wieder. „Sie haben natürlich gut getan, daß

Sie schon gegessen haben. Glauben Sie mir, Konstantin Fjodorowitsch, ich habe kein Krümchen im Hause, so weit ist es mit mir gekommen!"

Er seufzte auf, und da er wohl wußte, daß er von Konstantin Fjodorowitsch wenig Teilnahme zu erwarten hatte, nahm er Platonow unter den Arm und ging mit ihm voraus, dessen Hand kräftig an sein Herz drückend. Kostanschoglo und Tschitschikow folgten ihnen Arm in Arm in einiger Entfernung.

„Es ist schwer, Platon Michailowitsch, so furchtbar schwer!" sagte Chlobujew zu Platonow. „Sie können sich gar nicht vorstellen, wie schwer es ist! Kein Geld, kein Getreide, keine Stiefel – das sind für mich lauter unbekannte Fremdworte. Ich würde mir daraus gar nichts machen, wenn ich jung und alleinstehend wäre. Wenn man aber von diesem Ungemach im Alter betroffen wird und dazu eine Frau und fünf Kinder hat, so muß man traurig werden ..."

„Nun, und wenn Sie das Gut verkaufen – wird das Ihnen helfen?" fragte Platonow.

„Ach was, helfen!" sagte Chlobujew mit einer hoffnungslosen Handbewegung. „Alles werden die Gläubiger kriegen, und mir selbst bleiben keine tausend Rubel."

„Was werden Sie dann anfangen?"

„Das weiß Gott allein."

„Warum unternehmen Sie nichts, um aus dieser Klemme zu kommen?"

„Was soll ich bloß unternehmen?"

„Nun, nehmen Sie doch irgendeine Stellung an."

„Ich stehe doch nur im Range eines Gouvernementssekretärs. Was für eine Stellung kann man mir bieten? Doch nur eine ganz untergeordnete. Kann ich denn ein Gehalt von fünfhundert Rubel im Jahre annehmen? Ich habe ja eine Frau und fünf Kinder."

„Werden Sie doch Gutsverwalter."

„Wer wird mir sein Gut anvertrauen? Ich habe ja das meinige heruntergebracht."

„Nun, wenn einem der Hungertod droht, so muß er doch was unternehmen. Ich will meinen Bruder fragen, ob er Ihnen nicht eine Stellung in der Stadt vermitteln kann."

„Nein, Platon Michailowitsch", sagte Chlobujew seufzend

und ihm fest die Hand drückend. „Ich tauge jetzt zu nichts mehr, ich bin vorzeitig alt geworden, von alten Sünden habe ich Kreuzschmerzen und Rheumatismus in der Schulter. Wie kann ich daran auch nur denken! Was soll ich den Staat schädigen? Es gibt jetzt auch ohne mich genug Leute, die nur der Einkünfte wegen dienen. Gott behüte, daß meines Gehalts wegen den armen Ständen neue Steuern auferlegt werden!"

Das sind die Früchte der liederlichen Lebensweise! dachte Platonow. Das ist noch schlimmer als mein ewiger Schlaf.

Während sie miteinander so sprachen, regte sich Kostanschoglo, der mit Tschitschikow hinter ihnen herging, furchtbar auf.

„Schauen Sie nur", sagte Kostanschoglo, mit dem Finger zeigend, „in welches Elend er die Bauern gestürzt hat! Keiner von ihnen hat einen Wagen oder ein Pferd. Wenn es mal eine Seuche gibt, so soll man doch an sein eigenes Hab und Gut nicht denken. Da muß man alles verkaufen und den Bauern mit Vieh versehen, damit er auch nicht einen Tag der Arbeitstiere entbehrt. Jetzt kann man das auch in vielen Jahren nicht wiedergutmachen. Der Bauer ist inzwischen ein Faulenzer, Bummler und Säufer geworden. Wenn man ihn auch nur ein Jahr ohne Arbeit sitzenläßt, so hat man ihn für alle Ewigkeit demoralisiert, dann ist er schon gewöhnt, seine Lumpen zu tragen und sich arbeitslos herumzutreiben ... Und wie gut das Land dabei ist! Schauen Sie sich nur das Land an!" sagte er, auf die Wiesen zeigend, die gleich nach den Bauernhäusern kamen. „Alles ist Überschwemmungsgebiet! Ich würde da Flachs bauen und fünftausend Rubel am Flachs allein verdienen; würde Rüben bauen und an den Rüben viertausend verdienen. Aber schauen Sie nur her: Dieser Roggen da am Abhang ist aus zufällig verschütteten Körnern gewachsen. Er hat ja gar keinen Roggen gesät, das weiß ich. Und hier diese Schluchten ... hier würde ich solche Wälder anpflanzen, daß keine Krähe die Baumwipfel erreichen könnte. Und einen so unschätzbaren Boden läßt er brachliegen! Wenn du schon keinen Pflug hast, um den Boden zu pflügen, so nimm doch einen Spaten und baue Gemüse an – dann holst du es am Gemüse nach. Nimm selbst den Spaten in die Hand, zwinge deine Frau, die Kinder, das Hausgesinde dazu; stirb ... bei der Arbeit!

Dann stirbst du wenigstens bei der Erfüllung deiner Pflicht und nicht, weil du dich zu Mittag wie ein Schwein vollgefressen hast!“ Kostanschoglo spuckte nach diesen Worten aus, und sein Gesicht wurde wieder von einem galligen Ausdruck umdüstert.

Als sie näher kamen und am Rande des mit Beifuß bewachsenen Abhanges standen, als in der Ferne eine glänzende Windung des Flusses und ein dunkler Bergvorsprung auftauchten und etwas näher ein Teil des im Gehölz versteckten Hauses des Generals Betrischtschew sichtbar wurde, hinter diesem aber ein kraus mit Wald bewachsener, in den bläulichen Dunst der Entfernung gehüllter Hügel, an dem Tschitschikow erriet, daß es wohl Tjentjetnikows Besitz sei – sagte er: „Wenn man hier Wälder anpflanzen wollte, so würde die Landschaft an Schönheit ...“[1]

„Sie sind wohl ein Liebhaber schöner Aussichten!“ sagte Kostanschoglo, ihn plötzlich streng anblickend. „Passen Sie auf, wenn Sie den schönen Aussichten nachjagen, so bleiben Sie ohne Brot und ohne Aussichten. Schauen Sie auf den Nutzen und nicht auf die Schönheit. Die Schönheit wird von selbst kommen. Das können Sie auch an den Städten sehen; am schönsten sind solche Städte, die von selbst entstanden sind, wo jeder nach seinen Bedürfnissen und nach seinem Geschmack gebaut hat; solche Städte aber, die man nach der Schnur errichtet hat, sind nur Kasernen ... Lassen Sie die Schönheit beiseite! Achten Sie nur auf das Nützliche ...“

„Es ist nur schade, daß man solange warten muß. Man möchte gern alles so sehen, wie man es haben will ...“

„Sind Sie denn ein fünfundzwanzigjähriger Jüngling? ...[1] Ein Petersburger Beamter ...[1] Geduld! Arbeiten Sie sechs Jahre nacheinander: Pflanzen Sie, säen Sie, graben Sie den Boden um und gönnen Sie sich keinen Augenblick Ruhe. Es ist wohl schwer. Wenn Sie aber den Boden ordentlich aufgerüttelt haben und er Ihnen selbst zu Hilfe kommt, so ist das etwas ganz anderes als ein ...[1] nein, Väterchen; bei Ihnen werden dann außer Ihren siebzig Arbeitshänden noch andere siebenhundert unsichtbare Hände mitarbeiten. Alles verzehnfacht sich. Bei mir braucht man jetzt keinen Finger zu rühren, alles geschieht ganz von selbst. Ja, die Natur liebt die Geduld.

[1] Lücke im Manuskript.

Das ist ein Gesetz, das ihr der Schöpfer selbst gegeben hat, der die Geduldigen segnet."

„Wenn man Ihnen zuhört, fühlt man den Zufluß neuer Kräfte. Es ist so erhebend für den Geist."

„Sehen Sie nur, wie das Land gepflügt ist!" rief Kostanschoglo schmerzlich aus, auf den Abhang zeigend. „Ich kann hier nicht länger bleiben. Eine solche Unordnung und Verwahrlosung zu sehen, ist für mich der Tod. Sie können mit ihm auch ohne mich handelseinig werden. Nehmen Sie diesem Dummkopf seinen Schatz so schnell als möglich ab. Er schändet nur die Gabe Gottes." Nach diesen Worten nahm Kostanschoglo in düsterer und galliger Gemütsverfassung von Tschitschikow Abschied, holte dann Chlobujew ein und begann sich auch von ihm zu verabschieden.

„Ich bitte Sie, Konstantin Fjodorowitsch", sagte jener erstaunt, „Sie sind erst eben gekommen und wollen schon wieder fort!"

„Es geht nicht anders. Ich muß dringend nach Hause", sagte Kostanschoglo. Er verabschiedete sich, setzte sich in seinen Wagen und fuhr davon.

Chlobujew hatte anscheinend den Grund erraten, warum er ihn verließ.

„Konstantin Fjodorowitsch hat es nicht aushalten können", sagte er. „Für einen solchen Landwirt ist es wirklich keine Freude, eine so liederliche Wirtschaft zu sehen. Glauben Sie mir, Pawel Iwanowitsch, ich habe in diesem Jahr nicht einmal Roggen gesät. Mein Ehrenwort! Ich hatte kein Saatgut, ganz abgesehen davon, daß ich weder Pflug noch Pferde habe. Ihr Bruder soll ein vortrefflicher Landwirt sein, Platon Michailowitsch; von Konstantin Fjodorowitsch gar nicht zu reden. Er ist ein Napoleon in seinem Fach! Gar oft frage ich mich: Warum wird einem einzigen Kopf soviel Verstand verliehen? Wäre doch nur ein Tropfen von seinem Verstand für meinen dummen Kopf geblieben! Hier auf der Brücke müssen Sie sich in acht nehmen, meine Herren, um nicht in die Pfütze zu plumpsen. Ich hatte im Frühjahr befohlen, die Bretter auszubessern ...[1] Am meisten tun mir die armen Bauern leid, sie brauchen ein gutes Vorbild, aber was können sie von mir lernen? Was soll ich machen? Nehmen Sie sie doch unter Ihre Obhut,

[1] Lücke im Manuskript.

Pawel Iwanowitsch. Wie soll ich sie an Ordnung gewöhnen, wenn ich selbst so unordentlich bin? Ich hätte sie schon längst freigelassen, aber auch das würde zu nichts führen. Ich sehe ja, daß man sie erst so weit bringen muß, daß sie leben können. Sie brauchen einen strengen und gerechten Herrn, der mit ihnen zusammenlebt und durch das eigene Beispiel einer unermüdlichen Tätigkeit ...[1] Der Russe kann, wie ich es an mir selbst sehe, nicht ohne einen Antreiber auskommen, sonst schläft er ein und versauert."

„Seltsam", sagte Platonow, „warum ist der Russe so geneigt, einzuschlafen und zu versauern, daß, wenn man den einfachen Mann nicht beaufsichtigt, er ein Taugenichts und Säufer wird?"

„Aus Mangel an Aufklärung", bemerkte Tschitschikow.

„Gott allein weiß, woher das kommt. Wir zum Beispiel sind aufgeklärte Menschen, haben auf der Universität Vorlesungen gehört, doch wozu taugen wir? Was habe ich gelernt? Ich habe nicht nur nicht gelernt, ordentlich zu leben, sondern mir im Gegenteil die Kunst angeeignet, möglichst viel Geld für allerhand Raffinement und Komfort auszugeben; ich habe hauptsächlich solche Dinge kennengelernt, die Geld kosten. Kommt das daher, weil ich schlecht lernte? – Nein, ich lernte nicht schlechter als meine Kollegen. Zwei oder drei von ihnen haben aus dem Studium Nutzen gezogen, und das vielleicht auch nur darum, weil sie ohnehin kluge Menschen waren; die anderen suchen aber nur solche Dinge kennenzulernen, die die Gesundheit schädigen und einem Geld aus der Tasche locken. Bei Gott! Ich glaube nämlich folgendes: Zuweilen scheint es mir fast, daß der Russe ein verlorener Mensch ist. Er will alles machen und kann nichts. Wir nehmen uns jeden Tag vor, morgen ein neues Leben zu beginnen und eine strenge Diät einzuführen; aber gefehlt: Am Abend des gleichen Tages frißt man sich so voll, daß man nur noch träge die Augenlider auf- und zuklappt und die Zunge nicht mehr bewegen kann – wie eine Eule sitzt man da und starrt die anderen Leute an – wahrhaftig! Und so sind alle."

„Ja", sagte Tschitschikow lächelnd, „so was kommt vor."

„Wir sind nicht für die Vernunft geboren. Ich glaube nicht, daß einer von uns vernünftig sein könnte. Wenn ich sogar

[1] Lücke im Manuskript.

sehe, daß jemand ordentlich lebt und Geld verdient und zurücklegt, so traue ich dem nicht. Wenn der mal alt wird, so unterliegt auch er der Versuchung und bringt zuletzt alles auf einmal durch. Und so sind wir wirklich alle: die Gebildeten wie die Ungebildeten. Nein, es fehlt uns etwas anderes, aber was, das weiß ich selbst nicht zu sagen."

Auf dem Rückweg boten sich ihnen die gleichen Bilder. Schmutz und Unordnung grinsten häßlich aus allen Dingen. Es war nur eine neue Pfütze mitten in der Straße hinzugekommen. Alles war vernachlässigt und verwahrlost, wie bei dem Besitzer, so auch bei den Bauern. Ein böses Bauernweib in einem fettigen groben Rock hatte ein armes kleines Mädchen halbtot geprügelt und schimpfte nun ganz abscheulich auf jemand in dritter Person, indem sie alle Teufel anrief. Zwei Bauern standen in einiger Entfernung und sahen mit stoischem Gleichmut dem Wüten des betrunkenen Weibes zu. Der eine kratzte sich die untere Rückenpartie, und der andere gähnte. Das gleiche Gähnen sah man auch an allen Bauten; auch die Dächer gähnten. Bei diesem Anblick mußte auch Platonow gähnen. Ein Flicken auf dem anderen. Auf einem der Bauernhäuser lag statt des Daches ein ganzes Tor; die eingefallenen Fenster waren von Stangen gestützt, die man aus der herrschaftlichen Scheune gestohlen hatte. Offenbar herrschte in dieser Wirtschaft das System von „Trischkas Kaftan"[1]: man schnitt die Aufschläge ab, um die Ellenbogen zu flicken.

„Ja, Ihre Wirtschaft befindet sich in einem wenig beneidenswerten Zustand", sagte Tschitschikow, als sie nach Besichtigung vor dem ...[2] anlangten. In den Zimmern mußten sie über die merkwürdige Mischung von Armut mit dem glänzenden Firlefanz eines späten Luxus staunen. Auf dem Tintenfaß saß irgendein Shakespeare; auf dem Tisch lag ein elegantes Elfenbeininstrument, mit dem man sich selbst den Rücken kratzen konnte. Die Hausfrau war mit Geschmack und nach der Mode gekleidet und sprach von der Stadt und vom Theater, das dort eben gegründet worden war. Die Kinder waren lebhaft und lustig. Die Knaben und die Mädchen waren sehr schön gekleidet – nett und mit Geschmack. Es wäre besser, wenn sie bunte hausgewebte Röckchen und einfache Hemd-

---

[1] Eine Fabel von Krylow.

[2] Lücke im Manuskript.

chen anhätten und im Hof herumliefen, ohne sich irgendwie von den Bauernkindern zu unterscheiden. Die Hausfrau bekam bald Besuch von einer sehr geschwätzigen Dame und zog sich mit ihr in ihr Zimmer zurück. Die Kinder folgten ihnen. Die Männer blieben allein.

„Was wäre also Ihr Preis?“ fragte Tschitschikow. „Offen gestanden, stelle ich diese Frage, um den alleräußersten Preis zu erfahren, denn das Gut ist in einem viel schlechteren Zustand, als ich es erwartet hatte.“

„Im allerschlechtesten Zustand, Pawel Iwanowitsch“, sagte Chlobujew. „Und das ist noch nicht alles. Ich werde es Ihnen nicht verheimlichen: Von den hundert Seelen, die auf der Revisionsliste stehen, sind nur fünfzig am Leben. So furchtbar hat bei uns die Cholera gewütet; die übrigen sind ohne Paß entlaufen, so daß man sie auch zu den Toten zählen kann: Wenn man sie mit Hilfe der Gerichte suchen wollte, so würden die Kosten das ganze Gut verschlingen. Darum verlange ich auch nur fünfunddreißigtausend.“

Tschitschikow versuchte natürlich zu handeln.

„Erlauben Sie doch, wie können Sie fünfunddreißigtausend verlangen? Für so etwas fünfunddreißigtausend Rubel! Ich biete Ihnen fünfundzwanzig.“

Platonow mußte sich genieren. „Kaufen Sie es doch, Pawel Iwanowitsch“, sagte er. „Für das Gut kann man immer noch diesen Preis bezahlen. Wenn Sie die fünfunddreißigtausend nicht geben wollen, so werde ich es gemeinsam mit meinem Bruder kaufen.“

„Sehr schön, einverstanden“, sagte Tschitschikow erschrokken. „Sehr schön, doch unter der Bedingung, daß ich die Hälfte des Kaufpreises erst nach einem Jahr erlege.“

„Nein, Pawel Iwanowitsch! Das geht wirklich nicht. Die Hälfte zahlen Sie mir gleich und den Rest nach ...[1] Den gleichen Betrag könnte ich ja auch von der Leihkasse bekommen: wenn ich nur so viel hätte, um ...“[1]

„Ja, wie soll ich das nur machen?“ sagte Tschitschikow. „Ich habe im ganzen nur zehntausend Rubel.“ Es war eine Lüge. Er hatte mit dem Geld, das ihm Kostanschoglo geliehen, zwanzigtausend. Er konnte es aber nicht übers Herz bringen, eine solche Summe auf einmal zu bezahlen.

[1] Lücke im Manuskript.

„Nein, ich bitte Sie, Pawel Iwanowitsch! Ich sage Ihnen ja, daß ich fünfzehntausend jetzt gleich brauche."

„Ich will Ihnen fünftausend Rubel leihen", fiel ihm Platonow ins Wort.

„Das wäre auch die einzige Möglichkeit!" sagte Tschitschikow und dachte dabei: Das kommt doch sehr gelegen, daß er das Geld leihen will! Man brachte aus dem Wagen die Schatulle, und Tschitschikow holte aus ihr die zehntausend Rubel für Chlobujew heraus. Den Rest von fünftausend Rubel versprach er ihm morgen zu bringen; d. h. er versprach es nur, hatte aber die Absicht, nur dreitausend zu bringen, den Rest aber später, nach zwei oder drei Tagen; wenn möglich, wollte er die Zahlung noch länger hinausschieben. Pawel Iwanowitsch gab so ungern Geld aus der Hand! Und selbst wenn er sich um eine Bezahlung unmöglich drücken konnte, so schien es ihm immer noch besser, das Geld morgen und nicht heute zu erlegen. Mit anderen Worten, er machte es genauso wie wir alle. Wir lassen doch so gern einen Bittsteller warten. Soll er sich nur seinen Rücken an der Wand im Vorzimmer abreiben! Als ob er nicht etwas warten könnte! Was kümmert es uns, daß ihm vielleicht jede Stunde teuer ist und daß seine Geschäfte deswegen leiden! Komm morgen, mein Lieber, heute habe ich keine Zeit.

„Und wo gedenken Sie nach dem Verkauf zu wohnen?" fragte Platonow Chlobujew. „Haben Sie noch ein anderes Gut?"

„Ich muß eben in die Stadt ziehen, dort habe ich ein Häuschen. Das müßte ich auch ohnehin tun, nicht für mich, sondern für meine Kinder. Sie brauchen Lehrer für Religion, Musik und Tanzen. Das kann man sich auf dem Lande für kein Geld leisten."

Er hat kein Stück Brot und will seinen Kindern Tanzunterricht geben! dachte Tschitschikow.

Seltsam! überlegte Platonow.

„Man muß das Geschäft doch begießen", sagte Chlobujew. „He, Kirjuschka! Bring mal eine Flasche Champagner her, mein Bester!"

Er hat kein Stück Brot, hat aber Champagner, dachte Tschitschikow.

Platonow wußte aber gar nicht, was er sich denken sollte.

Den Champagner hatte Chlobujew nur aus Not angeschafft. Er hatte in die Stadt geschickt: Was ist zu machen? – Der Krämer will keinen Kwas auf Pump geben. Aber der französische Weinhändler, der vor kurzem aus Petersburg gekommen war, gab allen auf Pump. Es war nichts zu machen, er mußte eine Flasche Champagner nehmen.

Der Champagner wurde aufgetragen. Sie tranken je drei Glas und gerieten in eine lustige Stimmung. Chlobujew taute auf. Er wurde plötzlich so nett und geistreich und schüttete Witze und Anekdoten nur so aus dem Ärmel. Seine Reden zeugten von einer großen Welt- und Menschenkenntnis! So gut und richtig beurteilte er viele Dinge, so treffend und geschickt zeichnete er mit wenigen Worten die Gutsbesitzer in der Nachbarschaft, so klar sah er alle ihre Mängel und Fehler, so genau kannte er die Geschichte aller heruntergekommenen Gutsbesitzer und wußte, warum und auf welche Weise ein jeder von ihnen sich ruiniert hatte; so originell und komisch wußte er von ihren kleinen Gewohnheiten zu erzählen, daß beide Gäste von seinen Worten ganz bezaubert waren; sie wären sogar bereit, ihn für den klügsten Menschen zu erklären.

„Ich muß mich nur wundern", sagte Tschitschikow, „wie Sie bei Ihrer Klugheit keine Mittel finden, um aus der Klemme zu kommen."

„Mittel habe ich wohl", sagte Chlobujew und kramte vor ihnen sofort einen ganzen Haufen von Projekten aus. Alle waren aber dermaßen unsinnig und seltsam und verrieten so wenig Welt- und Menschenkenntnis, daß man nur die Achseln zucken und sagen konnte: „Gott! Wie wenig hat doch die Weltkenntnis mit der Kunst, sie auszunutzen, zu tun!" Alle seine Projekte beruhten auf der Notwendigkeit, sofort irgendwo hundert- oder zweihunderttausend Rubel zu beschaffen. Dann, glaubte er, würde sich alles ordnen, die Wirtschaft würde in Gang kommen, alle Löcher würden verstopft werden, die Einkünfte sich vervierfachen, und er würde alle seine Schulden bezahlen können. Er schloß seine Rede mit folgenden Worten: „Was soll ich aber machen? Ich finde doch nie den Wohltäter, der sich entschließen würde, mir wenigstens hunderttausend Rubel zu leihen. Gott will es wohl nicht haben."

Ja, natürlich! dachte Tschitschikow, einem solchen Dummkopf soll Gott zweihunderttausend Rubel zuschicken!

„Ich habe allerdings eine Tante mit drei Millionen", sagte Chlobujew, „eine fromme Alte. Sie gibt viel für Kirchen und Klöster; wenn es aber gilt, einem zu helfen, so ist ihr schwer beizukommen. Es ist ein Tantchen aus der guten alten Zeit, es lohnt sich schon, sie anzusehen. Sie hat allein an die vierhundert Kanarienvögel, dazu Möpse, Gesellschafterinnen und Dienstboten, wie man sie heute nicht mehr findet. Der jüngste ihrer Diener ist an die sechzig Jahre alt, sie ruft ihn aber nicht anders als: ‚He, Bursche!' Wenn ein Gast sich nicht so benimmt, wie es ihr paßt, so läßt sie beim Mittagessen die Schüssel an ihm vorbeitragen, und die Diener tun das auch!"

Platonow lächelte.

„Und wie ist ihr Familienname, und wo wohnt sie?" fragte Tschitschikow.

„Sie wohnt in unserer Stadt und heißt Alexandra Iwanowna Chanassarowa."

„Warum wenden Sie sich nicht an sie?" fragte Platonow teilnehmend. „Mir scheint, wenn sie sich in die Lage Ihrer Familie versetzte, könnte sie es Ihnen doch auf keinen Fall abschlagen."

„O nein, das kann sie! Tantchen hat eine kräftige Natur. Sie ist eine steinharte Alte, Platon Michailowitsch! Außerdem sind auch ohne mich genug Liebhaber da, die sie umschmeicheln. Da ist sogar einer, der Gouverneur werden will. Auch der gibt sich für ihren Verwandten aus … Tu mir den Gefallen", wandte er sich plötzlich an Platonow, „in der nächsten Woche gebe ich ein Diner für die Vertreter aller städtischen Stände …"

Platonow riß die Augen auf. Er wußte noch nicht, daß es in Rußland, in den Städten und Residenzen solche Weisen gibt, deren Leben ein unauflösliches Rätsel ist. So ein Mensch hat sein ganzes Vermögen durchgebracht, steckt tief in Schulden, hat nicht einen Pfennig Einkommen, gibt aber ein Diner. Und alle Teilnehmer sagen, daß es sein letztes Diner sei und daß man den Hausherrn schon am nächsten Tag ins Gefängnis abführen werde. Es vergehen aber zehn Jahre, der Weise lebt noch immer in Freiheit, steckt noch tiefer in Schulden, gibt immer wieder ein Diner, und die Teilnehmer sind überzeugt, daß es das letzte sei und daß man den Gastgeber morgen ins Gefängnis abführen werde.

Das Haus Chlobujews in der Stadt stellte eine sehr merkwürdige Erscheinung dar. Heute zelebrierte darin ein Pope im Ornat einen Gottesdienst, und morgen probten französische Schauspieler darin. Manchmal war darin kein Krümchen Brot zu finden, aber am nächsten Tag gab es einen Empfang für alle Schauspieler und Künstler, die aufs gastfreundlichste bewirtet und beschenkt wurden. Es gab auch schwere Zeiten, wo sich ein anderer an seiner Stelle erhängt oder erschossen hätte; ihn rettete aber seine Religiosität, die sich in ihm merkwürdigerweise mit der Liederlichkeit seiner Lebensweise vertrug. In solchen schweren Stunden las er die Lebensgeschichten von Märtyrern und Heiligen, die ihren Geist erzogen, sich über jedes Ungemach zu erheben. Dann wurde seine Seele ganz weich, ihn überkam eine tiefe Rührung, und seine Augen füllten sich mit Tränen. Er betete, und seltsam! – fast immer kam dann eine unerwartete Hilfe. Entweder erinnerte sich seiner jemand von seinen alten Freunden und schickte ihm Geld; oder eine zugereiste, fremde Dame, die zufällig seine Geschichte hörte, schickte ihm in einer plötzlichen Regung ihres Herzens ein reiches Geschenk; oder er gewann einen Prozeß, von dem er selbst noch nie etwas gehört hatte. Andächtig erkannte er dann die grenzenlose Barmherzigkeit der Vorsehung, ließ einen Dankgottesdienst abhalten und kehrte zu seinem liederlichen Lebenswandel zurück.

„Er tut mir leid, er tut mir wirklich leid“, sagte Platonow zu Tschitschikow, als sie von Chlobujew Abschied genommen hatten und sein Gut verließen.

„Ein verlorener Sohn!“ sagte Tschitschikow. „Mit solchen Menschen soll man nicht Mitleid haben.“

Bald dachten sie nicht mehr an ihn: Platonow, weil er die Lage der Menschen mit ebenso trägen und verschlafenen Augen betrachtete, wie alles in der Welt. Sein Herz krampfte sich wohl zusammen, wenn er fremde Leiden sah, doch der Eindruck drang niemals tief in seine Seele. Schon nach einigen Minuten dachte er nicht mehr an Chlobujew. Er dachte nicht an ihn, weil er auch an sich selbst nicht dachte; Tschitschikow dachte aber nicht an Chlobujew, weil seine Gedanken ganz ernsthaft mit dem eben abgeschlossenen Kauf beschäftigt waren. Jedenfalls wurde er jetzt, wo er plötzlich kein phantastischer, sondern ein wahrer und echter Besitzer eines durchaus nicht phantastischen Gutes geworden war, nachdenklich, seine Gedanken und Absichten waren solider geworden und verliehen auch seinem Gesicht unwillkürlich einen bedeutenden Ausdruck. – Geduld, Arbeit! Die sind nicht so schwer, ich habe sie ja schon als Wickelkind kennengelernt. Mir bedeuten sie nichts Neues. Werde ich aber jetzt, in diesem Alter, soviel Geduld aufbringen können wie in der Jugend? – Von welcher Seite er den abgeschlossenen Kauf auch betrachtete, er sah, daß das Geschäft in jedem Falle sehr vorteilhaft war. Er konnte zuvor die besseren Parzellen verkaufen und dann auf den Rest eine Hypothek aufnehmen. Er konnte es auch so machen: das Gut selbst verwalten und ein Landwirt von der Art Kostanschoglos werden, wobei ihm die Ratschläge dieses Nachbarn und Wohltäters zugute kämen. Er konnte auch das Gut weiter verkaufen (natürlich nur, wenn er keine Lust hätte, es selbst zu bewirtschaften) und die Flüchtigen und Toten behalten. In diesem Falle bot sich ihm auch noch ein anderer Vorteil: Er könnte diese Gegend verlassen und Kostanschoglo das entliehene Geld nicht zurückzahlen. Ein seltsamer Gedanke! Man kann nicht sagen, daß Tschitschikow ihn selbst gefaßt hätte – nein, er stand wie von selbst vor ihm da, ihn neckend, ihm zulächelnd und zublinzelnd. Dieser verführerische, liederliche Gedanke! Wer ist der Schöpfer solcher plötzlich über uns kommenden Gedanken? ... Er empfand eine Freude, die Freude, daß er nun ein Gutsbesitzer sei – kein phantastischer, sondern ein wirklicher Gutsbesitzer, der Ländereien und Leibeigene besaß, und zwar keine imaginären, bloß in der Phantasie existierenden, sondern wirkliche Leibeigene. Und er fing allmählich an, auf seinem Platz zu hüpfen, sich die Hände zu reiben, sich selbst zuzublinzeln; er führte die zusammengeballte Hand wie eine Trompete an die Lippen und blies einen Marsch; er richtete sogar laut an sich selbst einige ermunternde Worte und nannte sich „Schnäuzchen“ und „Kapaunchen“. Aber er besann sich, daß er nicht allein war, wurde plötzlich still und bemühte sich, den maßlosen Ausdruck der Begeisterung zu unterdrücken; als Platonow, der einige von diesen Tönen für an ihn gerichtete Worte hielt, ihn fragte: „Wie?“, antwortete er: „Nichts.“

Jetzt erst sah er sich um und stellte fest, daß sie schon längst durch ein hübsches Gehölz fuhren; eine schöne Mauer von

Birken zog sich rechts und links hin. Die weißen Stämme der Birken und Espen leuchteten wie ein schneeweißer Staketenzaun und hoben sich schlank und leicht vom zarten Grün der erst vor kurzem aufgegangenen Blätter ab. Die Nachtigallen schmetterten um die Wette aus dem Dickicht. Im Gras leuchteten gelbe Waldtulpen. Er konnte gar nicht begreifen, wie er so plötzlich an diesen herrlichen Ort gelangt war, wo er doch soeben erst offene Felder um sich gesehen hatte. Zwischen den Bäumen leuchtete eine weiße steinerne Kirche auf; und am anderen Ende zeigte sich ein Gitter. Am Ende der Straße wurde ein Herr in einer Mütze mit einem Knotenstock in der Hand sichtbar. Er ging ihnen entgegen, und ein englischer Hund auf langen dünnen Beinen lief vor ihm her.

„Das ist ja mein Bruder", sagte Platonow. „Kutscher, halt!" Er stieg aus dem Wagen. Tschitschikow tat dasselbe. Die Hunde hatten schon einander begrüßt. Der dünnbeinige, schnelle Asor leckte den Jarb mit seiner schnellen Zunge die Schnauze; dann leckte er Platonow die Hand und sprang an Tschitschikow in die Höhe und leckte ihm das Ohr.

Die Brüder umarmten sich.

„Ich bitte dich, Platon, was stellst du an?" fragte der Bruder, den man Wassilij nannte.

„Was habe ich denn angestellt?" entgegnete Platon gleichgültig.

„Was ist denn das? Seit drei Tagen höre ich nichts von dir. Der Stallknecht hat deinen Hengst von Pjetuch heimgebracht und gesagt: ‚Er ist mit irgendeinem Herrn weggefahren.' Hättest du mir doch nur ein Wort gesagt, wohin, wozu und auf wie lange! Ich bitte dich, Bruder, benimmt man sich so? Ich habe mir in diesen drei Tagen Gott weiß was für Gedanken gemacht!"

„Was soll ich machen? Ich habe es vergessen", sagte Plantonow. „Wir waren bei Konstantin Fjodorowitsch eingekehrt: Er läßt dich grüßen, die Schwester ebenfalls. Pawel Iwanowitsch, ich will Ihnen meinen Bruder Wassilij vorstellen. – Bruder Wassilij, das ist Pawel Iwanowitsch Tschitschikow."

Die beiden leisteten der Aufforderung, sich kennenzulernen, Folge: Sie drückten einander die Hand, nahmen die Mützen ab und küßten sich.

Wer mag wohl dieser Tschitschikow sein? dachte Bruder

Wassilij. – Bruder Platon ist in seinen Bekanntschaften so gar nicht wählerisch. – Er musterte Tschitschikow, wie es der Anstand erlaubte, und sah, daß es ein seinem Äußeren nach höchst ehrbarer Mensch war.

Auch Tschitschikow musterte seinerseits, soweit es der Anstand erlaubte, den Bruder Wassilij und stellte fest, daß er etwas kleiner, dunkelhaariger und viel weniger hübsch war als Platon, daß aber seine Gesichtszüge viel mehr Leben, Begeisterung und Herzensgüte zeigten. Es war ihm anzusehen, daß er nicht so verschlafen war wie sein Bruder. Dieser Umstand interessierte aber unseren Pawel Iwanowitsch recht wenig.

„Wassilij, ich habe mich entschlossen, mit Pawel Iwanowitsch eine kleine Reise durch das heilige Rußland zu machen. Vielleicht wird das meine ewige Langeweile zerstreuen."

„Wie hast du dich so plötzlich entschließen können?" sagte Bruder Wassilij ganz bestürzt; beinahe hätte er noch gesagt: Und dazu noch mit einem Menschen, den du zum erstenmal in deinem Leben siehst, der vielleicht ein Schuft und weiß der Teufel was ist! Er schielte mißtrauisch nach Tschitschikow und sah wieder ein erstaunlich ehrbares Gesicht.

Sie traten rechts in ein Tor. Der Hof war alt; auch das Haus war alt, wie man sie heute nicht mehr baut. Es hatte ein hohes Giebeldach mit seitlichen Vorsprüngen. In der Mitte des Hofes erhoben sich zwei mächtige Linden, die ihn fast ganz mit ihrem Schatten bedeckten. Unter ihnen standen zahlreiche Holzbänke. Blühende Flieder- und Faulbeerbüsche umgaben den Hof wie ein Perlenhalsband zugleich mit dem Zaun, der unter ihren Blüten und Blättern ganz verschwand. Auch das Herrenhaus war ganz von den Bäumen verdeckt, nur die Türen und Fenster blickten freundlich zwischen den Ästen hervor. Durch die pfeilgeraden Baumstämme sah man die weißen Küchen, Keller und Vorratskammern schimmern. Alles befand sich mitten im Gehölz. Die Nachtigallen schlugen laut und erfüllten das ganze Gehölz mit ihrem Gesang. Unwillkürlich wurde das Herz von einem angenehmen und sorglosen Gefühl umfangen. Alles erinnerte an jene sorglosen Zeiten, als das Leben noch so gutmütig und einfach war. Bruder Wassilij forderte Tschitschikow auf, Platz zu nehmen. Sie setzten sich auf die Bänke unter den Linden.

Ein etwa siebzehnjähriger Bursche in einem hübschen rosa

Kattunhemd stellte vor ihnen Karaffen mit Fruchtwässern aller Farben und aller Sorten auf; die einen waren dick wie Öl, die anderen schäumten wie Brauselimonade. Nachdem er die Karaffen aufgestellt hatte, griff er nach einem Spaten, der an einem Baum lehnte, und ging in den Garten. Die Brüder Platonow hatten genau so wie ihr Schwager Kostanschoglo keine eigentlichen Dienstboten. Alle waren Gärtner, und das ganze Gesinde mußte dieses Amt der Reihe nach versehen. Bruder Wassilij behauptete immer, die Dienstboten stellten keinen eigenen Stand dar. Ein Tablett hereinbringen könne ein jeder, und es lohne sich nicht, dazu besondere Leute zu halten; der Russe sei nur so lange ordentlich, geschickt und kein Faulenzer, als er ein Hemd und einen Bauernmantel trage; sobald er aber einen deutschen Rock anziehe, werde er sofort plump, ungeschickt und ein Faulenzer; er wechsle sein Hemd nicht mehr, gehe nicht mehr ins Bad, schlafe in seinem Rock und züchte unter seinem deutschen Rock eine Menge von Wanzen und Flöhen. Vielleicht hatte er auch recht. Auf dem Gut, das ihm und seinem Bruder gehörte, kleideten sich die Bauern besonders schön. Der Kopfputz der Weiber war reich mit Gold besetzt, und die Ärmel ihrer Hemden glichen auf ein Haar den Rändern von türkischen Schals. „Diese Fruchtwässer sind schon seit langer Zeit ein Ruhm unseres Hauses", sagte Bruder Wassilij.

Tschitschikow schenkte sich ein Glas aus der ersten Karaffe ein. Es schmeckte genau wie jener Lindenmet, den er einst in Polen getrunken hatte, es schäumte wie Champagner, und das Gas schoß angenehm aus dem Mund in die Nase. „Wie Nektar!" sagte er. Dann kostete er ein Glas aus einer anderen Karaffe – das schmeckte noch besser.

„Das Getränk der Getränke!" sagte Tschitschikow. „Ich kann wohl sagen, bei Ihrem verehrten Schwager Konstantin Fjodorowitsch habe ich den besten Likör getrunken, bei Ihnen aber das beste Fruchtwasser."

„Sein Likör stammt ja auch aus unserer Familie, unsere Schwester hat ihn eingeführt. Und nach welcher Richtung und in was für Gegenden gedenken Sie zu fahren?" fragte Bruder Wassilij.

„Ich fahre", sagte Tschitschikow, sich auf der Bank leicht hin und her wiegend und sich mit der Hand über das Knie streichend, „weniger in eigenen Geschäften als in einer fremden Angelegenheit. Der General Betrischtschew, mein naher Freund und, ich darf wohl sagen, Wohltäter, bat mich, seine Verwandten zu besuchen. Verwandte hin, Verwandte her, doch ich fahre auch sozusagen in meinem eigenen Interesse; ganz abgesehen vom Nutzen im Hinblick auf die Hämorrhoiden, ist die Bekanntschaft mit der Welt und dem Strudel der Menschen sozusagen ein lebendiges Buch, eine eigene Wissenschaft."

Bruder Wassilij wurde nachdenklich. Er dachte: Der Mensch redet etwas geschraubt, aber in seinen Worten steckt auch Wahrheit. – Er schwieg eine Weile und wandte sich dann an Platon: „Ich fange zu glauben an, Platon, diese Reise könnte dich wirklich aufrütteln. Du leidest nur an einer seelischen Schlafsucht. Du bist einfach eingeschlafen, und zwar nicht aus Übersättigung oder Ermüdung, sondern aus Mangel an lebendigen Eindrücken und Empfindungen. Mir geht es gerade umgekehrt. Wie gern möchte ich weniger stark empfinden und mir die Dinge nicht so sehr zu Herzen nehmen!"

„Wer zwingt dich auch, alles so zu Herzen zu nehmen?" entgegnete Platon. „Du suchst selbst Aufregungen und erfindest dir selbst Sorgen."

„Was braucht man sie noch zu erfinden, wenn man auch ohnehin auf Schritt und Tritt nichts als Unannehmlichkeiten hat?" sagte Wassilij. „Hast du gehört, was für einen Streich uns Ljenizyn in deiner Abwesenheit gespielt hat? – Er hat sich das unbebaute Stück Land, auf dem unsere Bauern den Sonntag nach Ostern feiern, einfach angeeignet. Erstens würde ich dieses Stück für kein Geld hergeben ... Meine Bauern feiern hier jedes Frühjahr ihr Fest, und mit dieser Stelle sind die schönsten Erinnerungen des Dorfes verbunden; mir ist aber jeder alte Brauch etwas Heiliges, und ich würde für ihn alles opfern."

„Er wußte es wohl nicht, daß es uns gehört", sagte Platon. „Der Mann ist ganz neu hier, kommt eben aus Petersburg; man müßte es ihm erklären."

„Er weiß es sehr genau. Ich habe es ihm sagen lassen. Er aber hat mit einer Grobheit geantwortet."

„Du müßtest eben selbst hinfahren und es ihm klarmachen. Sprich doch mit ihm selbst."

„Nein, fällt mir nicht ein. Er tut viel zu stolz. Ich fahre zu ihm nicht hin. Fahr du zu ihm, wenn du Lust hast.“

„Ich würde schon hinfahren, aber ich mische mich nicht in Geschäfte ... Er kann mich ja auch anführen und betrügen.“

„Wenn Sie wünschen, so fahre ich zu ihm hin“, sagte Tschitschikow. „Erklären Sie mir nur den Sachverhalt.“

Wassilij blickte ihn an und dachte: Wie gerne er doch herumfährt!

„Erklären Sie mir nur, was er für ein Mensch ist“, sagte Tschitschikow, „und worum es sich handelt.“

„Ich müßte mich genieren, Sie mit einem so unangenehmen Auftrag zu belästigen. Meiner Ansicht nach ist er ein Schuft. Er stammt aus dem einfachen landarmen Adel unseres Gouvernements, hat in Petersburg Karriere gemacht, indem er dort die natürliche Tochter von irgend jemand geheiratet hat, und tut jetzt so stolz. Er will den Ton angeben. Unsere Leute sind aber nicht so dumm. Die Mode ist für uns kein Gesetz und Petersburg keine Kirche.“

„Gewiß!“ sagte Tschitschikow. „Worum handelt es sich aber?“

„Sehen Sie, er braucht wirklich das Land. Hätte er sich anders benommen, so hätte ich ihm gerne ein Stück Land an einer anderen Stelle geschenkt ... Jetzt könnte aber dieser händelsüchtige Mensch noch glauben ...“

„Ich meine, daß es immer besser ist, sich mit ihm zu verständigen, vielleicht ist die Sache ... Man hat mich schon mit manchen Aufträgen betraut und es nachher niemals bereut ... Auch der General Betrischtschew ...“

„Aber es ist mir peinlich, daß Sie mit einem solchen Menschen werden sprechen müssen ...“[1]

„... und sich besondere Mühe geben, daß die Sache geheimbleibt“, sagte Tschitschikow, „denn das Verbrechen selbst ist weniger schädlich, als das Ärgernis, das dadurch gegeben wird ...“

„Das stimmt, das stimmt“, sagte Ljenizyn, den Kopf ganz auf die Seite geneigt.

„Wie angenehm, einem Gleichgesinnten zu begegnen!“ sagte Tschitschikow. „Ich habe eine Sache, die zugleich gesetzlich und ungesetzlich ist. Von außen besehen, ist sie ungesetz-

[1] Hier fehlen im Manuskript zwei Seiten.

lich, und ihrem Wesen nach gesetzlich. Ich brauche eine Hypothek, will aber niemand das Risiko aufbürden, zwei Rubel Steuer für die lebendige Seele zu zahlen. Ich kann ja, Gott behüte, Bankrott machen, und das wird dem Besitzer unangenehm sein. Darum habe ich mich entschlossen, mir die Toten und Flüchtigen, die in den Revisionslisten noch nicht gestrichen sind, zunutze zu machen, um zugleich auch ein Werk der christlichen Nächstenliebe zu tun und die armen Besitzer von der Notwendigkeit, für sie die Steuern zu entrichten, zu befreien. Wir wollen nur unter uns in aller Form einen Kaufvertrag abschließen, als ob die Seelen noch lebten."

Es ist doch eine höchst eigentümliche Sache! dachte Ljenizyn und rückte mit seinem Stuhl etwas zurück. „Das Geschäft ist aber derartig ...", begann er.

„Es wird kein Ärgernis geben, weil alles geheim abgemacht wird", sagte Tschitschikow, „und dabei unter anständigen Leuten ..."

„Die Sache ist aber doch immerhin irgendwie ..."

„Nicht das geringste Ärgernis!" entgegnete Tschitschikow sehr offen. „Das Geschäft wird, wie wir eben besprochen haben, zwischen anständigen Leuten reiferen Alters und in achtbarer Position abgeschlossen, dazu auch noch geheim." Als er das sagte, blickte er ihm offen und treuherzig in die Augen.

Wie gerieben Ljenizyn auch war, wie gut er Bescheid in allen Geschäftsformalitäten wußte – hier stand er auf einmal ganz ratlos da, um so mehr, als er sich auf eine eigentümliche Weise in sein eigenes Netz verstrickt hatte. Er war gar keiner unehrlichen Handlung fähig und wollte selbst in der Tiefe seiner Seele nichts Ungesetzmäßiges begehen. – Ist das ein schwieriger Fall! – dachte er. Da soll man sich noch mit anständigen Menschen befreunden! Eine schwierige Sache!

Das Schicksal und die Umstände waren aber Tschitschikow günstig. Wie um ihm in dieser schwierigen Sache zu helfen, trat die junge Gattin Ljenizyns ins Zimmer, eine blasse, schmächtige, kleingewachsene, nach Petersburger Mode gekleidete Dame, eine große Freundin von Menschen „comme il faut". Ihr folgte die Amme mit dem erstgeborenen Söhnchen, der Frucht der zärtlichen Liebe der jungen Ehegatten, im Arm. Tschitschikow ging ihr hüpfend und den Kopf auf die Seite geneigt entgegen, wodurch er die Petersburger Dame und dann auch den Säugling völlig bezauberte. Das Kind fing erst zu heulen an, aber Tschitschikow brachte es fertig, es durch die Worte: „Ei, ei, Herzchen", durch geschicktes Fingerschnalzen und durch die Schönheit eines Karneolsiegels, das er an der Uhrkette trug, in seine Arme zu locken. Dann hob er es bis zur Decke und entlockte dem Kind ein freundliches Lächeln, das die Eltern entzückte. Doch infolge dieser plötzlichen Freude oder aus einem anderen Grunde verübte das Kind plötzlich eine gewisse Ungezogenheit.

„Ach, mein Gott!" rief Frau Ljenizyna. „Er hat Ihnen den ganzen Frack verdorben!"

Tschitschikow sah hin: Ein Ärmel des nagelneuen Fracks war gänzlich verdorben. – Daß dich der Teufel! – dachte er in seiner Wut.

Der Hausherr, die Hausfrau und die Amme liefen hinaus, um Kölnisch Wasser zu holen; dann drängten sie sich um ihn von allen Seiten, um ihn abzuwischen.

„Es macht nichts, es macht gar nichts!" sagte Tschitschikow, indem er sich bemühte, einen möglichst sorglosen Gesichtsausdruck zu zeigen. „Kann denn ein Kind in diesem goldenen Alter überhaupt etwas verderben?" sagte er immer wieder und dachte währenddessen: Diese Bestie, daß dich doch die Wölfe auffressen! Das hast du geschickt gemacht, du verdammte Kanaille!

Dieser anscheinend ganz geringfügige Vorfall stimmte den Hausherrn ganz zugunsten des von Tschitschikow vorgeschlagenen Geschäfts. Wie kann man nur etwas einem solchen Gast abschlagen, der dem Kleinen so viel unschuldige Liebe erwiesen, die er großmütig mit seinem eigenen Frack bezahlen mußte? Um kein Ärgernis zu erregen, beschlossen sie, die Sache geheim zu machen, da doch nicht die Sache selbst, sondern nur das Ärgernis schädlich sei.

„Zum Dank für den mir erwiesenen Dienst gestatten Sie mir, auch Ihnen einen Dienst zu erweisen. Ich möchte gerne in Ihrem Streit mit den Brüdern Platonow den Vermittler machen. Sie brauchen Land, nicht wahr? ..."

KAPITEL[1]

Alles auf der Welt besorgt seine Geschäfte. „Was einer braucht, das sucht er zu erlangen“, sagt das Sprichwort. Die Untersuchung der Koffer wurde mit Erfolg durchgeführt, und nach dieser Expedition wanderte manches in seine eigene Schatulle. Mit einem Wort, das Ganze wurde aufs beste besorgt. Tschitschikow hatte nichts gestohlen, er hatte nur aus der Situation Nutzen gezogen. Ein jeder von uns sucht Nutzen zu ziehen: der eine aus Staatswaldungen, der andere aus ersparten Staatsgeldern; der eine bestiehlt seine eigenen Kinder wegen einer zugereisten Schauspielerin, der andere – seine Bauern wegen Möbeln von Hambs oder wegen einer Equipage. Was soll man machen, wenn es in der Welt so viel Verlockungen gibt? Teure Restaurants mit verrückten Preisen, Maskenbälle, Feste und Zigeunertänze. Es ist doch schwer, sich zu beherrschen, wenn alle ringsherum dasselbe tun und auch die Mode es so haben will – da soll man sich noch beherrschen! Tschitschikow hätte schon abreisen sollen, aber die Straßen waren unwegsam geworden. In der Stadt sollte eben der zweite Jahrmarkt beginnen, der hauptsächlich für den Adel bestimmt war. Auf dem ersten wurde mit Pferden, Vieh, Rohprodukten und allerlei Bauernwaren gehandelt, die von Viehhändlern und Dorfkrämern eingekauft wurden. Auf den zweiten Jahrmarkt kam aber alles, was die Kaufleute auf der Messe von Nishnij-Nowgorod an Luxuswaren eingekauft hatten. Alle Plünderer der russischen Geldbeutel, die Franzosen mit ihren Pomaden, die Französinnen mit ihren Hüten, die Plünderer des mit Blut und Mühe erworbenen Geldes kamen zusammengefahren, diese ägyptischen Heuschrecken, die, wie Kostanschoglo zu sagen pflegte, nicht nur alles auffressen, sondern auch noch ihre Eier in der Erde zurücklassen.

Nur die Mißernte und der unglückliche ...[2] hielten viele Gutsbesitzer auf dem Lande zurück. Dafür zeigten die

[1] Das Kapitel ist von Gogol nicht näher bezeichnet.

[2] Lücke im Manuskript.

Beamten, die ja unter den Mißernten nicht zu leiden haben, was sie sich leisten konnten; ihr Frauen leider ebenfalls. Nachdem sie alle die Bücher gelesen hatten, die in der letzten Zeit verbreitet werden, um in der Menschheit neue Bedürfnisse zu wecken, spürten sie einen heftigen Durst nach all den neuen Genüssen. Ein Franzose eröffnete ein neues Lokal, ein Vergnügungsetablissement, wie man es im Gouvernement noch nie gesehen hatte, mit angeblich ungemein billigen Soupers, wobei man die Hälfte auch noch schuldig bleiben durfte. Dies genügte, damit nicht nur die Abteilungsvorstände, sondern auch die kleineren Kanzleibeamten in der Hoffnung auf die künftigen Geldgeschenke der Bittsteller …[1] Es kam das Bedürfnis auf, einander durch elegante Equipagen mit schönen Pferden und Kutschern zu übertrumpfen. Schon dieser Wettkampf der Stände in der Vergnügungssucht! … Trotz des schlechten Wetters und des Straßenschmutzes flogen die elegantesten Equipagen nur so hin und her. Woher sie plötzlich gekommen waren, weiß Gott allein, aber sie würden auch das Petersburger Straßenbild nicht verderben … Die Kaufleute und Kommis lüfteten elegant die Hüte und luden die vorbeigehenden Damen in ihre Geschäfte ein. Nur hier und da sah man bärtige Männer in altmodischen Pelzmützen. Sonst sah alles europäisch aus, rasierte sich den Bart, alles …[1] und mit faulen Zähnen.

„Bitte, bitte! Belieben Sie doch nur in den Laden zu treten! Herr! Herr!" schrien hier und da die Lehrlinge.

Aber nur mit Verachtung blickten auf sie die schon mit Europa vertrauten …[1] nur ab und zu sagten sie mit großer Würde: …[1] oder: „Hier gibt es Tuche: hell, dunkel und schwarz!"

„Haben Sie preiselbeerfarbene Tuche mit Glanz?" fragte Tschitschikow.

„Wir haben vortreffliche Tuche", sagte der Kaufmann, mit der einen Hand die Mütze lüftend und mit der anderen ins Innere des Ladens weisend. Tschitschikow trat in den Laden. Der Kaufmann hob geschickt das Brett und stand plötzlich auf der anderen Seite, mit dem Rücken zu den Waren, die Stück auf Stück bis zur Decke aufgeschichtet lagen, und mit dem Gesicht zum Kunden. Die Hände gegen die Tischplatte ge-

[1] Lücke im Manuskript.

stemmt, wiegte er sich mit dem Oberkörper hin und her und fragte: „Was für ein Tuch wünschen Sie?"

„Olivenfarben oder flaschengrün mit Glanz, mit einem Stich ins Preiselbeerfarbene", sagte Tschitschikow.

„Ich darf wohl sagen, daß Sie etwas von der besten Sorte bekommen werden, wie Sie es höchstens in den aufgeklärten Residenzen finden können. He, Bursche! Reich' mal das Tuch Nummer 34 herunter! Es ist nicht das richtige, Bester! Warum strebst du ewig über deine Sphäre hinaus, wie so ein Proletarier? Wirf es mal her. Das ist ein Tuch!" Der Kaufmann rollte das Stück vom anderen Ende auf und hielt es Tschitschikow dicht vor die Nase, daß jener den seidigen Glanz nicht nur befühlen, sondern auch beschnüffeln konnte.

„Es ist ganz schön, aber doch nicht das, was ich suche", sagte Tschitschikow. „Ich habe ja im Zollamt gedient, also brauche ich die beste Sorte, die es überhaupt gibt. Außerdem mehr rötlich, eine Nuance, die weniger ins Flaschengrüne als ins Preiselbeerfarbene geht."

„Ich verstehe: Sie wünschen gerade die Farbe, die jetzt in Mode kommt. Ich habe wohl ein Tuch von hervorragendster Güte da. Allerdings muß ich Sie aufmerksam machen, daß es nicht billig ist, dafür aber auch von bester Qualität."

Der Europäer kletterte hinauf. Ein neuer Tuchballen fiel auf den Ladentisch. Er rollte ihn mit der Fixigkeit der guten alten Zeit auf und schien ganz vergessen zu haben, daß er einer späteren Generation angehörte. Er trug das Stück sogar aus dem Laden ans Licht, kniff die Augen zusammen und sagte: „Eine hervorragende Farbe! Pulverdampf von Navarino mit Flammenschein!"

Das Tuch gefiel; sie einigten sich über den Preis, obwohl dieser „prix fix" war, wie der Kaufmann behauptete. Das Stück wurde mit beiden Händen gewandt abgetrennt. Dann auf echt russische Manier, mit unglaublicher Geschwindigkeit, in Papier eingewickelt. Das Paket machte einige schnelle Drehungen unter dem dünnen Bindfaden, der es wie lebendig umschlang. Die Schere durchschnitt den Bindfaden, und das Paket befand sich schon im Wagen. Der Kaufmann lüftete die Mütze. Einer, der die Mütze zieht …[1] die Gründe: Tschitschikow holte aus der Tasche das Geld.

[1] Lücke im Manuskript.

„Zeigen Sie mir schwarzes Tuch“, sagte eine Stimme.

Hol’s der Teufel, das ist Chlobujew, sagte sich Tschitschikow und wandte ihm den Rücken, um ihn nicht zu sehen. Er hielt es für vernünftiger, einer Auseinandersetzung wegen der Erbschaft aus dem Wege zu gehen. Chlobujew hatte ihn aber schon bemerkt.

„Pawel Iwanowitsch, fliehen Sie vielleicht absichtlich vor mir? Ich konnte Sie nirgends finden, die Dinge liegen aber so, daß wir ernsthaft sprechen müssen.“

„Verehrtester, Verehrtester“, sagte Tschitschikow, ihm beide Hände drückend, „glauben Sie es mir, auch ich möchte mit Ihnen sprechen, finde aber immer keine Zeit.“ Dabei dachte er aber: Hol dich der Teufel! Plötzlich erblickte er den in den Laden tretenden Murasow. „Ach, mein Gott, Afanassij Wassiljewitsch! Wie ist das werte Befinden?“

„Und wie geht es Ihnen?“ fragte Murasow und zog den Hut. Auch der Kaufmann und Chlobujew zogen ihre Hüte.

„Ich habe Kreuzschmerzen, auch schlafe ich nicht gut. Vielleicht kommt es daher, weil ich mir zu wenig Bewegung mache …“

Murasow wandte sich aber, statt sich in Erörterungen über den Gesundheitszustand Tschitschikows einzulassen, an Chlobujew: „Semjon Semjonowitsch, als ich Sie in den Laden treten sah, ging ich Ihnen nach. Ich habe mit Ihnen etwas zu besprechen, wollen Sie mich nicht besuchen?“

„Gewiß, gewiß!“ antwortete Chlobujew eilig und verließ mit ihm den Laden.

Worüber mögen die wohl reden? fragte sich Tschitschikow.

„Afanassij Wassiljewitsch ist ein ehrwürdiger und kluger Mann“, sagte der Kaufmann, „er kennt sein Geschäft, läßt aber in puncto Aufklärung viel zu wünschen übrig. Ein Kaufmann ist doch ein Negoziant und nicht bloß Kaufmann. Damit hängen auch das Budget und die Reaktion zusammen, sonst führt es zum Pauperismus.“ Tschitschikow winkte nur mit der Hand.

„Pawel Iwanowitsch, ich suche Sie überall“, erklang hinter ihm die Stimme Ljenizyns. Der Kaufmann zog respektvoll den Hut.

„Ach, Fjodor Fjodorowitsch!“

„Um Gottes willen, kommen Sie zu mir, ich muß mit Ihnen reden", sagte er. Tschitschikow blickte ihn an. Er sah ganz verstört aus. Nachdem er mit dem Kaufmann abgerechnet hatte, verließ er den Laden.

„Ich erwarte Sie, Semjon Semjonowitsch", sagte Murasow, als er Chlobujew eintreten sah; „ich bitte Sie ins Nebenzimmer." Und er geleitete Chlobujew ins kleine Zimmer, das dem Leser schon bekannt ist; ein bescheideneres Zimmer hätte man auch bei einem Beamten mit nur siebenhundert Rubel Jahresgehalt nicht finden können.

„Sagen Sie, Ihre Verhältnisse haben sich jetzt wohl gebessert? Ihre Tante hat Ihnen doch sicher was hinterlassen?"

„Was soll ich Ihnen sagen, Afanassij Wassiljewitsch? Ich weiß selbst nicht, ob sich meine Verhältnisse gebessert haben. Ich habe nur fünfzig Leibeigene und dreißigtausend Rubel bar geerbt und mit diesen einen Teil meiner Schulden bezahlen müssen – so ist mir nichts geblieben. Die Hauptsache aber ist, daß die Geschichte mit der Erbschaft nicht ganz sauber ist. Es stecken manche Gaunereien dahinter, Afanassij Wassiljewitsch! Ich werde es Ihnen gleich erzählen, und Sie werden staunen, was für Dinge vorkommen. Dieser Tschitschikow ..."

„Verzeihen Sie, Semjon Semjonowitsch; ehe wir über diesen Tschitschikow reden, wollen wir erst Ihre Lage besprechen. Sagen Sie mir, welche Summe wäre wohl nach Ihrer Meinung erforderlich und hinreichend, um Ihnen vollkommen aus der Klemme zu helfen?"

„Meine Verhältnisse sind recht schwierig", sagte Chlobujew. „Um ganz aus der Klemme zu kommen, alle Schulden zu bezahlen und die Möglichkeit zu haben, ganz bescheiden zu leben, brauche ich mindestens hunderttausend Rubel, wenn nicht mehr – mit einem Wort, ich kann mir nicht helfen."

„Nun, wenn Sie aber das Geld hätten, wie würden Sie dann Ihr Leben gestalten?"

„Ich würde mir eine kleine Wohnung mieten und mich ganz der Erziehung meiner Kinder widmen. An mich selbst denke ich nicht mehr. Meine Karriere ist abgeschlossen, ich kann auch nicht mehr dienen, ich tauge zu nichts mehr."

„Dann wäre Ihr Leben doch müßig, und ein Müßiggänger unterliegt leicht Versuchungen, die einem beschäftigten Menschen gar nicht einfallen."

„Ich kann nichts mehr tun, ich tauge zu nichts mehr, ich bin ganz dumm geworden mit der Zeit und habe Kreuzschmerzen."

„Wie kann man nur ohne Arbeit leben? Wie kann man in der Welt ohne ein Amt, ohne eine Tätigkeit existieren? Ich bitte Sie! Beachten Sie doch jede Kreatur Gottes: eine jede dient zu etwas, eine jede hat ihre Bestimmung. Selbst der Stein existiert nur dazu, um zu etwas verwendet zu werden; ist es aber möglich, daß der Mensch, das vernünftigste Wesen, sein Leben nutzlos verbringe?"

„Nun, ich bleibe doch nicht ganz ohne Arbeit. Ich kann mich mit der Erziehung meiner Kinder befassen."

„Nein, Semjon Semjonowitsch, nein! Das ist das allerschwierigste. Wie soll einer, der sich selbst nicht zu erziehen vermochte, seine Kinder erziehen? Man kann die Kinder nur durch das Beispiel seines eigenen Lebens erziehen. Kann aber Ihr Leben als ein Vorbild dienen? Damit sie lernen, ihre Zeit müßig zu verbringen und Karten zu spielen? Nein, Semjon Semjonowitsch, geben Sie Ihre Kinder mir. Sie können sie nur verderben. Bedenken Sie es doch ernstlich: Sie sind an Ihrem Müßiggang zugrunde gegangen – also müssen Sie ihn fliehen. Wie kann man nur auf der Welt ohne jeden Halt leben? Ein jeder muß doch irgendwelche Pflicht erfüllen. Selbst der Tagelöhner dient. Er ißt sein karges Brot, doch er verdient es mit eigenen Händen und hat Interesse an seiner Tätigkeit."

„Bei Gott, Afanassij Wassiljewitsch, ich habe es schon probiert, ich habe mich selbst zu überwinden versucht! Was soll ich machen! Ich bin alt geworden und zu nichts mehr fähig. Was soll ich nun anfangen! Soll ich denn wirklich in den Staatsdienst treten? Wie kann ich mich mit meinen fünfundvierzig Jahren an den gleichen Tisch mit den jüngsten Kanzleibeamten setzen? Auch bin ich nicht fähig, mich bestechen zu lassen – ich werde nur mir selbst und auch den anderen schaden. In den Kanzleien haben sich schon eigene Kasten gebildet. Nein, Afanassij Wassiljewitsch, ich habe schon nachgedacht, ich habe alles versucht und alles durchgenommen, aber ich tauge zu nichts. Höchtens passe ich in ein Altersheim …"

„Das Altersheim ist für solche bestimmt, die gearbeitet haben; denjenigen aber, die sich in ihrer Jugend nur amüsiert haben, sagt man dasselbe, was die Ameise in der Fabel zur Grille sagt: ‚Geh und tanz!' Und selbst im Altersheim wird gearbeitet und nicht Whist gespielt. Semjon Semjonowitsch", sagte Murasow, ihm durchdringend ins Gesicht blickend, „Sie betrügen sich und mich."

Murasow sah ihm unverwandt ins Gesicht; doch der arme Chlobujew konnte ihm nichts antworten, und Murasow spürte Mitleid mit ihm.

„Hören Sie mal, Semjon Semjonowitsch ... Sie beten doch, Sie gehen zur Kirche, Sie versäumen, wie ich weiß, keine Frühmesse und keinen Abendgottesdienst. Sie haben zwar wenig Lust, früh aufzustehen, aber Sie stehen doch auf und gehen zur Kirche um vier Uhr früh, wo alle schlafen."

„Das ist eine andere Sache, Afanassij Wassiljewitsch. Ich weiß, daß ich es nicht für die Menschen tue, sondern für den, der uns allen das Leben befohlen hat. Was soll ich machen! Ich glaube, daß Er mir gnädig ist, daß Er, so schlecht und häßlich ich auch bin, mir verzeihen und mich aufnehmen wird, während die Menschen mich mit dem Fuß fortstoßen und der beste meiner Freunde mich verrät und hinterher noch sagt, er hätte mich eines guten Zwecks wegen verraten."

Chlobujews Gesicht zeigte einen bitteren Ausdruck. Der Alte vergoß einige Tränen, ohne jedoch ...[1]

„Dienen Sie dann Dem, der so barmherzig ist. Ihm ist die Arbeit ebenso gefällig wie das Gebet. Übernehmen Sie irgendeine Beschäftigung, doch so, als täten Sie es für Ihn und nicht für die Menschen. Und wenn es auch die nutzloseste Tätigkeit ist, denken Sie aber dann, daß Sie es für Ihn tun. Das hat schon den einen Nutzen, daß Ihnen dann keine Zeit bleibt, Böses zu tun, keine Zeit, um Geld im Kartenspiel zu verlieren, mit Fressern zu schlemmen und sich in Salons herumzutreiben. Ach, Semjon Semjonowitsch! Kennen Sie den Iwan Potapytsch?"

„Ich kenne und schätze ihn."

„Was war der für ein guter Kaufmann; er besaß eine halbe Million; als er aber sah, daß ihm alles gelang, ließ er sich gehen. Seinem Sohn gab er französischen Unterricht und verheiratete seine Tochter mit einem General. Nie saß er mehr in seinem Laden, nie sah man ihn auf der Börse; er suchte nur, einen Freund zu treffen und mit ihm ins Wirtshaus zum

[1] Lücke im Manuskript.

Teetrinken zu gehen; tagelang trank er Tee, und die Sache endete mit einem Bankrott. Da schickte ihm aber Gott ein Unglück: sein Sohn …[1] Jetzt dient er bei mir im Geschäft als Kommis. Er hat ganz von Anfang angefangen. Jetzt geht es ihm besser. Er könnte wieder handeln und vielleicht auch fünfhunderttausend Rubel umsetzen. Aber er sagt: ‚Ich war Handlungsgehilfe und will als Handlungsgehilfe sterben. Jetzt bin ich frisch und gesund, aber damals hatte ich einen dicken Bauch und hätte beinahe die Wassersucht gekriegt … Nein!' sagt er. Jetzt nimmt er keinen Schluck Tee in den Mund. Ißt nichts als Kohlsuppe und Grütze, jawohl! Er betet so andächtig wie keiner von uns; gibt auch Almosen wie keiner von uns; ein anderer möchte wohl gerne den Armen helfen, hat aber schon sein ganzes Geld durchgebracht."

Der arme Chlobujew wurde nachdenklich.

Der Alte ergriff seine beiden Hände. „Semjon Semjonowitsch! Wenn Sie nur wüßten, wie leid Sie mir tun! Ich habe die ganze Zeit an Sie gedacht. Hören Sie also. Sie wissen, hier im Kloster lebt ein Mönch, der sich keinem Menschen zeigt. Er ist ein Mann von großem Verstand, von einem solchen Verstand, daß ich es Ihnen gar nicht sagen kann. Er spricht nie, aber wenn er mal einem einen Rat gibt … Ich fing ihm zu erzählen an, daß ich so einen Freund habe, doch seinen Namen …[1] daß er daran kranke. Er hörte mir zu und unterbrach mich mit den Worten: ‚Zuerst muß man an Gottes Sache denken und dann an die seinige. Man baut eine Kirche, hat aber kein Geld. Man muß Geld für den Kirchenbau sammeln!' Und er schlug die Tür zu. Ich frage mich, was das wohl zu bedeuten habe. Offenbar will er keinen Rat geben. Nun ging ich zum Archimandriten. Kaum war ich bei ihm eingetreten, als er mich gleich fragte, ob ich nicht einen Menschen wüßte, dem man den Auftrag geben könne, Geld für den Kirchenbau zu sammeln; der Mann müßte entweder vom Adel oder aus dem Kaufmannsstand und wohlerzogener als die anderen sein; er müßte diesen Auftrag als seine Rettung auffassen. Ich war ganz bestürzt. Ach, mein Gott! Der Mönch hat ja dieses Amt für Semjon Semjonowitsch ausersehen. Die Wanderschaft ist für seine Krankheit sehr gut. Wenn er mit dem Sammelbuch vom Gutsbesitzer zum Bauern und vom Bauern zum Klein-

[1] Lücke im Manuskript.

bürger kommt, wird er erfahren, wie jedermann lebt und was jedermann braucht; wenn er einige Gouvernements durchwandert hat und heimkehrt, so wird er das Land besser kennen als alle Menschen, die in den Städten wohnen ... Solche Menschen brauchen wir jetzt. Da hat mir auch der Fürst neulich gesagt, er gäbe viel dafür, wenn er einen Beamten auftreiben könnte, der die Angelegenheit nicht aus den Akten kennt, sondern wie sie in Wirklichkeit ist, denn aus den Akten kann man, wie es heißt, nichts mehr ersehen, so verwickelt ist die ganze Geschichte."

„Sie haben mich vollkommen verwirrt, Afanassij Wassiljewitsch", sagte Chlobujew, ihn erstaunt anblickend. „Ich kann gar nicht glauben, daß Sie sich damit an mich wenden, dazu braucht man einen unermüdlichen, tatkräftigen Menschen. Und wie soll ich dann auch Frau und Kinder zurücklassen, die nichts zu essen haben?"

„Um Ihre Gattin und Ihre Kinder brauchen Sie sich nicht zu sorgen. Die nehme ich auf mich, und Ihre Kinder sollen Lehrer bekommen. Es ist doch edler und besser, für Gott zu bitten, als für sich selbst zu betteln. Ich werde Ihnen einen einfachen Wagen geben; vor dem Rütteln brauchen Sie keine Angst zu haben: das ist gut für Ihre Gesundheit. Ich werde Ihnen auch Geld mitgeben, damit Sie unterwegs denen geben können, die mehr Not als die anderen leiden. Sie können viele gute Werke tun: Sie werden keine Fehler machen und nur solchen geben, die wirkliche Not leiden. Wenn Sie so durchs Land fahren, werden Sie alle genau kennenlernen, auch wer ...[1] Das ist doch was ganz anderes, als wenn es ein Beamter tut, den alle fürchten und von dem ...[1]; mit Ihnen aber wird man gerne ins Gespräch kommen, wenn man weiß, daß Sie für den Kirchenbau sammeln."

„Ich sehe, es ist ein vortrefflicher Gedanke, und ich möchte sehr gern auch nur einen Teil davon ausführen; aber ich glaube wirklich, es geht über meine Kraft."

„Was entspricht denn unserer Kraft?" sagte Murasow. „Es gibt doch nichts, was unseren Kräften entspräche; alles geht über unsere Kraft. Ohne Hilfe von oben kann man überhaupt nichts anfangen. Doch das Gebet verleiht uns Kräfte. Der Mensch bekreuzigt sich, sagt: ‚Herr, sei mir gnädig!', rudert

[1] Lücke im Manuskript.

mit den Armen und schwimmt ans Ufer. Darüber soll man nicht lange nachdenken; man muß es einfach als Gottes Willen hinnehmen. Der Wagen wird für Sie gleich fertig sein; gehen Sie nur zum Archimandriten, um das Sammelbuch und seinen Segen zu holen, und machen Sie sich dann gleich auf den Weg."

„Ich gehorche und nehme es als eine göttliche Fügung auf." Herr, segne mich! sagte er zu sich selbst und fühlte, wie ihm Kraft und Mut ins Herz drangen. Sein Geist erwachte gleichsam aus dem Schlaf, von der Hoffnung auf einen Ausweg aus seiner traurigen Lage geweckt. Ein Licht winkte ihm in der Ferne ...

Wir wollen aber Chlobujew verlassen und uns zu Tschitschikow wenden.[1]

Indessen liefen bei den Gerichten immer neue Klagen und Gesuche ein. Es meldeten sich Verwandte, von denen niemand etwas gehört hatte. Wie die Vögel sich auf ein Aas stürzen, so stürzte sich alles auf das Riesenvermögen, das die Alte hinterlassen hatte; es kamen Anzeigen gegen Tschitschikow, man erklärte, daß das letzte Testament gefälscht sei, daß auch das erste gefälscht sei, man bezichtigte ihn des Diebstahls und der Unterschlagung großer Summen. Man brachte sogar Beweise vor, daß Tschitschikow tote Seelen gekauft und während seiner Anstellung im Zollamt Konterbande durchgeschmuggelt habe. Man wühlte alles auf und erfuhr sein ganzes Vorleben. Gott allein weiß, wie man das alles erfahren hatte, es kamen aber auch solche Dinge auf, von denen Tschitschikow glaubte, daß sie keinem Menschen außer ihm und seinen vier Wänden bekannt seien. Vorläufig wurde das alles vom Gericht geheimgehalten und kam ihm nicht zu Ohren, obwohl ihm ein vertrauliches Billett seines Rechtsbeistandes, das er bald darauf erhielt, zu verstehen gab, daß der Tanz begonnen hatte. Das Billett war ganz kurz: „Ich beeile mich, Sie zu benachrichtigen, daß es viele Scherereien geben wird, merken Sie sich aber, daß Sie sich keine Sorgen zu machen brauchen. Die Hauptsache ist Ruhe. Wir werden schon alles machen." Dieses Billett beruhigte ihn vollkommen. „Wirklich ein Genie!" sagte Tschitschikow. Um das Schöne noch zu vervollständigen,

[1] Hier endet der von Gogol überarbeitete Text und beginnt die ursprüngliche, nicht überarbeitete Fassung.

brachte ihm der Schneider den Anzug. Er verspürte große Lust, sich in dem neuen Frack von der Navarinoschen Flammenfarbe mit Pulverrauch zu sehen. Er zog die Hose an, die seine Beine so wunderbar umspannte, daß man sie malen könnte. Das Tuch schmiegte sich wunderbar um die Schenkel, um die Waden und um alle Details und verlieh ihnen eine noch größere Elastizität. Als er hinten die Schnalle anzog, wurde sein Bauch zu einer Trommel. Er schlug mit der Kleiderbürste darauf und sagte: „So ein Narr, wirkt aber im ganzen doch sehr malerisch." Der Frack schien noch besser zu sitzen als die Hose: Nirgends gab es eine Falte, die Hüften waren vollkommen umspannt, und die Taille war schön geschwungen. Auf Tschitschikows Bemerkung, daß es in der rechten Achsel etwas spanne, lächelte der Schneider bloß: Deswegen sitzt der Frack in der Taille noch besser. „Sie können wegen der Arbeit ganz unbesorgt sein", sagte der Schneider mit unverhohlenem Triumph, „außer in Petersburg wird man Ihnen nirgendwo so einen Frack machen können." Der Schneider stammte selbst aus Petersburg und hatte auf seinem Schild stehen: „Ausländer aus London und Paris". Er verstand keinen Spaß und wollte mit diesen beiden Städten allen anderen Schneidern den Mund verstopfen, damit in Zukunft keiner mit solchen Städten komme; sollen die anderen nur „Karlsruhe" oder „Kopenhagen" auf ihre Schilder setzen.

Tschitschikow rechnete mit dem Schneider auf die vornehmste Weise ab und begann, als er allein geblieben, mit Muße, sich wie ein Künstler mit ästhetischem Gefühl und con amore, im Spiegel zu betrachten. Alles schien jetzt noch viel schöner als früher: die Wangen noch interessanter, das Kinn noch verführerischer, der weiße Kragen unterstrich den schönen Ton der Wange, die blaue Atlasbinde – den Ton des Kragens, das Vorhemd mit dem modernen Fältchen – die Farbe der Binde, und die prachtvolle Samtweste die Schönheit des Vorhemdes. Aber der Frack von der Navarinoschen Flammenfarbe mit Pulverrauch glänzte wie Seide und gab allem den Ton. Er drehte sich nach rechts – wunderschön! Er drehte sich nach links – noch schöner! Die Taille war so schlank wie bei einem Kammerherrn oder einem Mann, der nur Französisch redet und selbst im Zorn kein russisches Schimpfwort gebraucht, sondern auf französisch flucht: diese Vornehmheit!

Er versuchte, den Kopf etwas auf die Seite zu neigen und eine Pose anzunehmen, als wende er sich an eine Dame in mittleren Jahren von modernster Bildung. Es war einfach zum Malen! Künstler, nimm deinen Pinsel und verewige es auf der Leinwand! Vor Freude machte er einen leichten Sprung. Die Kommode erzitterte, und die Flasche mit Kölnischem Wasser fiel zu Boden. Dies verursachte aber nicht die geringste Störung. Er nannte die Flasche, wie es sich gehörte, eine dumme Gans und fragte sich: Zu wem soll ich jetzt zuallererst gehen? Am besten … Plötzlich ertönte im Vorzimmer etwas wie Sporengeklirr, und ins Zimmer trat ein Gendarm in voller Bewaffnung, als verkörpere er das ganze Heer. „Sie sollen sofort zum Generalgouverneur kommen!" Tschitschikow erstarrte zu Stein. Vor ihm stand ein Schreckbild mit Schnurrbart, mit einem Pferdeschweif auf dem Helm, einem Säbelriemen über der einen Schulter, einem Säbelriemen über der anderen Schulter und einem mächtigen Pallasch an der Hüfte. Tschitschikow kam es vor, als hinge an der anderen Hüfte ein Gewehr und weiß der Teufel was alles. Ein ganzes Heer steckte in diesem einen Mann! Er versuchte etwas zu entgegnen, doch das Schreckbild fuhr ihn grob an: „Sofort!" Durch die Tür sah er im Vorzimmer ein anderes Schreckbild stehen; er warf einen Blick durchs Fenster. Draußen wartete ein Wagen. Was war da zu machen? So wie er war, im Frack von Navarinoscher Flammenfarbe mit Pulverrauch, mußte er in den Wagen steigen und, am ganzen Leibe zitternd, in Begleitung der Gendarme zum Generalgouverneur fahren.

Im Vorsaal ließ man ihn gar nicht zu sich kommen. „Gehen Sie! Der Fürst wartet schon!" sagte der diensthabende Beamte. Wie durch einen Nebel sah er das Vorzimmer mit den Kurieren, welche Pakete in Empfang nahmen, dann den Saal, den er passierte, und dachte nur: Wie, wenn er mich verhaftet und ohne jede Gerichtsverhandlung direkt nach Sibirien schickt! Sein Herz klopfte so heftig, wie es selbst beim eifersüchtigsten Liebhaber nicht klopft. Endlich ging die verhängnisvolle Tür auf. Er sah vor sich das Kabinett mit dem Portefeuilles, Schränken und Büchern und den Fürsten so zornig, wie der Zorn selbst.

Es ist das Verderben! sagte sich Tschitschikow. – Er wird mich umbringen wie der Wolf das Lamm.

„Ich habe Sie geschont, ich habe Ihnen erlaubt, in der Stadt zu bleiben, während Sie ins Zuchthaus gesperrt zu werden verdienten; Sie haben sich aber wieder durch die ruchloseste Missetat befleckt, mit der sich je ein Mensch befleckt hat!" Die Lippen des Fürsten bebten vor Zorn.

„Durch welche ruchlose Missetat, Durchlaucht?" fragte Tschitschikow, am ganzen Leibe zitternd.

„Die Frau", sagte der Fürst, etwas näher tretend und Tschitschikow gerade in die Augen blickend, „die Frau, die das Testament nach Ihrem Diktat unterschrieben hat, ist verhaftet worden und wird mit Ihnen konfrontiert werden."

Tschitschikow wurde es finster vor den Augen.

„Durchlaucht! Ich will Ihnen die reinste Wahrheit sagen. Ich bin schuldig, in der Tat schuldig, doch nicht so schuldig. Meine Feinde haben mich verleumdet."

„Niemand kann Sie verleumden, denn in Ihnen steckt viel mehr Niedertracht, als der größte Lügner erfinden kann. Ich meine, Sie haben in Ihrem ganzen Leben keine Tat vollbracht, die nicht ruchlos wäre. Jede Kopeke, die Sie erworben haben, haben Sie auf die ruchloseste Weise erworben; es liegt Diebstahl und ein gemeines Verbrechen vor, auf das die Knute und Sibirien stehen! Nein, jetzt ist's genug! Sie werden sofort ins Zuchthaus abgeführt werden und mit den schlimmsten Verbrechern und Räubern auf die Entscheidung Ihres Schicksals warten. Und das ist auch noch eine Gnade, denn Sie sind viel schlimmer als sie; sie tragen einfache Bauernröcke, Sie aber ..." Er warf einen Blick auf den Frack von der Navarinoschen Flammenfarbe mit Pulverrauch und zog die Glockenschnur.

„Durchlaucht", rief Tschitschikow, „lassen Sie Gnade walten! Sie sind doch Familienvater. Erbarmen Sie sich nicht meiner, sondern meiner alten Mutter!"

„Sie lügen!" schrie der Fürst zornig. „Ebenso haben Sie mich damals bei Ihren Kindern und Ihrer Familie angefleht, die Sie niemals besessen haben, und jetzt kommen Sie mit Ihrer Mutter!"

„Durchlaucht! Ich bin ein Schurke, ein ruchloser Schuft!" sagte Tschitschikow mit einer Stimme, die ...[1] „Ich habe wirklich gelogen, ich habe weder Kinder noch Familie gehabt; doch

[1] Lücke im Manuskript.

Gott sei mein Zeuge. Ich hatte immer den Wunsch, mich zu verheiraten, die Pflicht des Menschen und des Bürgers zu erfüllen, um dann tatsächlich die Achtung der Bürger und der Obrigkeit zu verdienen ... Aber dieses unglückliche Zusammentreffen widriger Umstände! Durchlaucht! Mit meinem Blut mußte ich mir mein tägliches Brot verdienen. Auf Schritt und Tritt Versuchungen und Verführungen ... Feinde, Widersacher, Räuber. Mein ganzes Leben war wie ein wilder Sturmwind oder wie ein Schiff inmitten der Wellen, allen Winden preisgegeben. Ich bin nur ein Mensch, Durchlaucht!"

Tränenbäche stürzten plötzlich aus seinen Augen. Er fiel dem Fürsten zu Füßen, so wie er war: im Frack von der Navarinoschen Flammenfarbe mit Pulverrauch, in der Samtweste mit der Atlasbinde, in der wunderbar sitzenden Hose und mit der sorgfältigen Frisur, der ein süßer Wohlgeruch vom feinsten Kölnischen Wasser entströmte, und schlug mit dem Kopf gegen den Fußboden.

„Fort von mir! Man rufe Soldaten her, damit sie ihn abführen!" sagte der Fürst zu den Eintretenden.

„Durchlaucht!" rief Tschitschikow und umfaßte mit beiden Händen einen Stiefel des Fürsten.

Ein Beben lief durch alle Adern des Fürsten.

„Fort von mir, sage ich Ihnen!" rief er, indem er sich bemühte, seinen Fuß aus der Umarmung Tschitschikows zu befreien.

„Durchlaucht! Ich weiche nicht von diesem Fleck, bis ich Ihre Verzeihung erfleht habe!" sagte Tschitschikow, ohne den Stiefel des Fürsten loszulassen, und rutschte in seinem Frack von der Navarinoschen Flammenfarbe mit Pulverrauch zusammen mit dem Fuß des Fürsten über den Fußboden.

„Gehen Sie fort, sage ich Ihnen!" sagte der Fürst mit jenem unsagbaren Ekelgefühl, das der Mensch beim Anblick eines häßlichen Insekts empfindet, das er nicht zu zertreten wagt. Er schüttelte so heftig den Fuß, daß Tschitschikow einen Schlag mit dem Stiefel auf der Nase, den Lippen und dem rundlichen Kinn verspürte; aber er ließ den Stiefel nicht los und umklammerte ihn noch fester. Zwei kräftige Gendarmen schleppten ihn mit Mühe weg, nahmen ihn unter die Arme und führten ihn durch alle Zimmer. Er war blaß, wie erschlagen, und befand sich in jenem schrecklichen gefühllosen Zustand, in den der Mensch verfällt, wenn er vor sich den schwarzen, unabwendbaren Tod sieht, dieses Schreckbild, dem unsere ganze Natur widerstrebt.

In der Tür, die auf die Treppe führte, kam ihm Murasow entgegen. Es war wie ein Hoffnungsstrahl. Augenblicklich riß er sich mit einer beinahe unnatürlichen Kraft aus den Händen der beiden Gendarmen und stürzte dem erstaunten Alten zu Füßen.

„Väterchen, Pawel Iwanowitsch! Was ist mit Ihnen los?"

„Retten Sie mich! Man führt mich ins Gefängnis, in den Tod ..." Die Gendarmen packten ihn und führten ihn weiter und ließen ihn gar nicht die Antwort Murasows hören.

Eine dumpfe feuchte Kammer mit dem Geruch von Stiefeln und Fußlappen der Garnisonsoldaten, ein ungestrichener Tisch, zwei elende Stühle, ein eisernes Gitter vor dem Fenster, ein baufälliger Ofen, aus dessen Ritzen nur Rauch, aber keine Wärme kam – das war die Behausung, in die unser Held kam, der schon begonnen hatte, die Süße des Lebens zu kosten und in seinem feinen neuen Frack von Navarinoscher Flammenfarbe mit Pulverrauch die Aufmerksamkeit der Mitbürger auf sich zu lenken. Man hatte ihm keine Zeit gelassen, seine Angelegenheiten zu ordnen, die notwendigen Sachen mitzunehmen, die Schatulle mit dem Geld, das er vielleicht ...[1] erworben hatte. Die Papiere, die Kaufverträge über die Toten – alles befand sich jetzt in Händen der Beamten. Er stürzte zu Boden, und eine hoffnungslose Trauer wand sich wie ein gieriger Wurm um sein Herz. Immer gieriger nagte sie an diesem wehrlosen Herzen. Noch solch ein Tag, nur noch ein Tag voll solcher Trauer, und Tschitschikow wäre vielleicht aus diesem Leben geschieden. Aber auch über ihm wachte eine rettende Hand. Nach einer Stunde ging die Kerkertür auf, und vor Tschitschikow stand der alte Murasow.

Wenn man einem von brennendem Durst gequälten, mit dem Staub des Weges bedeckten, müden und erschöpften Wanderer frisches Brunnenwasser in die trockene Kehle gösse, so könnte ihn dies nicht so erquicken und erfrischen, wie der Besuch Murasows den armen Tschitschikow erquickte.

„Mein Retter!" sagte Tschitschikow, indem er plötzlich vom Fußboden aus, auf den er sich in seinem erdrückenden

[1] Lücke im Manuskript.

Schmerz hingeworfen hatte, nach seiner Hand griff, sie schnell küßte und an seine Brust drückte. „Gott lohne es Ihnen, daß Sie den Unglücklichen aufgesucht haben!“

Er brach in Tränen aus.

Der Alte sah ihn mit traurigen und schmerzlichen Blicken an und sagte bloß: „Ach, Pawel Iwanowitsch! Pawel Iwanowitsch, was haben Sie angestellt!“

„Was sollte ich machen! Sie hat mich zugrunde gerichtet, die Verfluchte! Ich konnte nicht maßhalten, ich konnte nicht zur rechten Zeit aufhören. Der verfluchte Satan hat mich verführt, hat mir die Vernunft genommen, hat mich aus den Grenzen der menschlichen Vernunft gelockt. Ich habe mich vergangen! Wie durfte aber er so handeln? Einen Edelmann, einen Edelmann ohne Gericht und ohne Untersuchung ins Gefängnis zu werfen! ... Einen Edelmann, Afanassij Wassiljewitsch! Durfte man mir denn keine Zeit lassen, nach Hause zu gehen und meine Sachen zu ordnen? Meine ganze Habe ist ja ohne jede Aufsicht geblieben. Meine Schatulle, Afanassij Wassiljewitsch, meine Schatulle! Mein ganzes Vermögen steckt doch in ihr. Ich habe es mit Schweiß und Blut erworben ... Meine Schatulle, Afanassij Wassiljewitsch! Man wird ja alles stehlen und fortschleppen! O mein Gott!“

Er konnte den neuen Ansturm von Schmerz, der sein Herz zusammenpreßte, nicht überwinden und schluchzte laut mit einer Stimme, die durch die dicken Zuchthausmauern drang und dumpf in der Ferne widerhallte. Dann riß er sich die Atlasbinde vom Hals, ergriff mit der Hand den Kragen und zerriß den Frack von Navarinoscher Flammenfarbe mit Pulverrauch.

„Ach, Pawel Iwanowitsch! Wie hat Sie doch dieses Vermögen geblendet! Seinetwegen sahen Sie gar nicht das Schreckliche Ihrer Lage.“

„Wohltäter, retten Sie mich, retten Sie mich!“ schrie der arme Pawel Iwanowitsch verzweifelt, ihm zu Füßen stürzend. „Der Fürst liebt Sie, für Sie wird er alles tun.“

„Nein, Pawel Iwanowitsch, ich kann es nicht, wie sehr ich es auch möchte. Sie sind unter die Gewalt eines unerbittlichen Gesetzes und nicht unter die eines Menschen geraten.“

„Er hat mich verführt, der listige Satan, der Verderber des Menschengeschlechts!“

Er schlug mit dem Kopf gegen die Wand und hieb so stark mit der Faust auf den Tisch, daß ihm die Hand blutete; er spürte aber weder den Schmerz im Kopf noch den furchtbaren Schlag.

„Pawel Iwanowitsch, beruhigen Sie sich, denken Sie nur daran, wie Sie sich mit Gott aussöhnen könnten und nicht mit den Menschen; denken Sie doch an Ihre arme Seele."

„Aber welch ein Schicksal, Afanassij Wassiljewitsch! Hat denn auch nur ein Mensch solch ein Schicksal erlebt? Ich habe doch sozusagen mit blutender Geduld jede Kopeke erworben, mit Mühe und Arbeit; ich habe niemand beraubt oder gar die Staatskasse bestohlen, wie es manche tun. Wozu habe ich aber Kopeke auf Kopeke gespart? Doch nur, um den Rest meiner Tage in Wohlstand zu verbringen, um meiner Frau und meinen Kindern, die ich zum Wohle des Vaterlandes, für den Staatsdienst hatte zeugen wollen, ein Vermögen zu hinterlassen. Nur das bewog mich, mich zu bereichern! Ich habe mich wohl vergangen, ich leugne es nicht ... Wie soll ich es auch? Aber ich tat es nur, als ich sah, daß man auf geradem Wege nichts erreichen kann und daß der krumme Weg der kürzere ist. Ich habe mich aber bemüht, ich habe meinen Geist angestrengt. Wenn ich etwas Fremdes genommen habe, so doch nur von den Reichen. Aber diese Schurken beim Gericht bestehlen den Staat um Tausende, berauben die Armen, nehmen einem, der nichts hat, die letzte Kopeke weg! ... Sagen Sie doch, was ist das für ein böses Verhängnis. Jedesmal, wenn man die Früchte zu erreichen glaubt und sie sozusagen mit der Hand berührt, kommt ein Sturm, kommt ein Riff, an dem das ganze Schiff zerschellt! Ich besaß ja schon an die dreihunderttausend Rubel Kapital; einmal besaß ich auch ein zweistöckiges Haus; zweimal hatte ich mir Güter gekauft ... Ach, Afanassij Wassiljewitsch! Wofür kommt denn dies ...[1]? Wofür diese Schicksalsschläge? War denn mein Leben nicht schon ohnehin wie ein Schiff inmitten der Wellen? Wo bleibt die himmlische Gerechtigkeit? Wo der Lohn für die Geduld, für die beispiellose Ausdauer? Dreimal habe ich schon von neuem angefangen; nachdem ich alles verloren, fing ich immer wieder mit der Kopeke an, während ein anderer an meiner Stelle vor Verzweiflung dem Trunke verfallen und in der Schenke ver-

[1] Lücke im Manuskript.

fault wäre. Wieviel mußte ich in mir unterdrücken, wieviel ertragen! Jede Kopeke ist ja, sozusagen, mit allen Kräften meiner Seele erworben! … Die anderen haben es leicht gehabt, für mich war aber ‚jede Kopeke mit einem Dreikopekennagel festgenagelt', wie das Sprichwort sagt, und diese mit dem Dreikopekennagel festgenagelte Kopeke errang ich mir, bei Gott, mit einer eisernen Unermüdlichkeit! …"

Er fing vor unerträglichem Herzweh laut zu schluchzen an, fiel vom Stuhl, riß den herabhängenden zerfetzten Frackschoß ganz ab, schleuderte ihn weit von sich, fuhr sich mit beiden Händen in die Haare, um deren Erhaltung er sonst so sehr besorgt war, und raufte unbarmherzig daran, sich am Schmerz weidend, mit dem er das unstillbare Herzweh betäuben wollte.

Murasow saß lange stumm vor ihm und blickte auf dieses ungewöhnliche …[1], das er zum erstenmal sah. Der unglückliche, erbitterte Mensch, der erst vor kurzem mit der ungezwungenen Gewandtheit eines Salonmenschen oder Militärs herumgesprungen war, warf sich jetzt zerzaust, in einem unanständigen Aufzug, im zerrissenen Frack, in aufgeknöpfter Hose, mit blutender Faust hin und her und stieß Lästerungen gegen die feindlichen Mächte aus, die dem Menschen alles verderben!

„Ach, Pawel Iwanowitsch, Pawel Iwanowitsch! Was wäre doch aus Ihnen für ein Mensch geworden, wenn Sie die gleiche Kraft und die gleiche Geduld auf ein nützlicheres Werk verwendeten und ein besseres Ziel verfolgten! Mein Gott, wieviel Gutes hätten Sie tun können! Wenn nur einer von den Menschen, die das Gute lieben, die Mühe darauf verwendete, mit der Sie jede Kopeke erwarben, und es verstünde, für das Gute seinen Ehrgeiz und seine Eigenliebe so selbstlos zu opfern, wie Sie es taten, als Sie jede Kopeke erwarben – mein Gott, wie würde dann unser Land aufblühen! … Pawel Iwanowitsch, Pawel Iwanowitsch! Es ist weniger zu bedauern, daß Sie sich an den anderen, als daß Sie sich an sich selbst vergangen haben, an den reichen Gaben und Fähigkeiten, die Ihnen zuteil wurden. Ihre Bestimmung war, ein großer Mann zu werden, Sie aber haben sich selbst zugrunde gerichtet."

Es gibt merkwürdige Rätsel in der Menschenseele: wie weit auch ein Mensch vom geraden Weg abgeirrt ist, wie verstockt

[1] Lücke im Manuskript.

ein unverbesserlicher Verbrecher in seinen Gefühlen auch ist, wie hartnäckig er an seinem verbrecherischen Leben auch festhält – wenn man ihm seine eigenen, von ihm geschändeten Tugenden vorhält, so kommt in ihm alles ins Wanken, und er wird unwillkürlich aufs tiefste erschüttert.

„Afanassij Wassiljewitsch", sagte der arme Tschitschikow und ergriff mit beiden Händen seine Hände. „Oh, wenn es mir gelänge, freizukommen und mein Vermögen wiederzubekommen! Ich schwöre Ihnen, ich würde ein ganz neues Leben anfangen! Retten Sie mich, Wohltäter, retten Sie mich!"

„Wie kann ich das machen? Ich müßte gegen das Gesetz kämpfen. Selbst wenn ich mich dazu entschließen würde – der Fürst ist gerecht – er wird niemals nachgeben."

„Wohltäter! Sie können alles erreichen. Das Gesetz schreckt mich nicht – gegen das Gesetz werde ich schon Mittel finden; aber daß ich unschuldig ins Gefängnis geworfen bin, daß ich hier wie ein Hund zugrunde gehe, daß mein ganzes Vermögen, meine Papiere, meine Schatulle ... Retten Sie mich!"

Er umschlang die Füße des Alten mit den Armen und benetzte sie mit seinen Tränen.

„Ach, Pawel Iwanowitsch, Pawel Iwanowitsch!" sagte der alte Murasow, den Kopf schüttelnd: „Wie furchtbar hat Sie dieses Vermögen geblendet! Seinetwegen dachten Sie nicht an Ihre arme Seele."

„Ich werde auch an meine Seele denken, aber retten Sie mich!"

„Pawel Iwanowitsch! ...", begann der alte Murasow und hielt inne. „Sie zu retten, liegt nicht in meiner Macht – das sehen Sie selbst. Ich werde aber jede Mühe aufwenden, um Ihr Los zu erleichtern und Sie zu befreien. Ich weiß nicht, ob es mir gelingen wird, aber ich werde mir Mühe geben. Wenn es mir aber, was ich nicht glaube, gelingen wird, so werde ich Sie um eine Belohnung für meine Mühe bitten, Pawel Iwanowitsch. Geben Sie ihre Jagd nach Erwerb auf. Ich gebe Ihnen mein Ehrenwort. Wenn ich mein ganzes Vermögen verlöre – und es ist bedeutend größer als das Ihrige – ich würde nicht weinen. Bei Gott, es kommt nicht auf dieses Vermögen an, das man bei mir konfiszieren kann, sondern auf andere Dinge, die mir niemand stehlen und nehmen kann! Sie haben lange genug auf der Welt gelebt. Sie selbst nennen Ihr Leben ein Schiff inmitten der Wellen. Sie haben genug, um den Rest Ihrer Tage leben zu können. Lassen Sie sich in einem stillen Winkel, in der Nähe einer Kirche, in der Nähe von einfachen, guten Menschen nieder; oder, wenn Sie schon ein so großes Bedürfnis haben, Nachkommen zu hinterlassen, so heiraten Sie ein armes, gutes Mädchen, das an ein mäßiges und einfaches Leben gewöhnt ist. Vergessen Sie diese lärmende Welt und alle ihre verführerischen Launen, soll auch die Welt Sie vergessen; in der Welt können Sie keine Ruhe finden. Sie sehen: Alles in der Welt ist uns feind, alles ist Versuchung oder Verrat."

„Unbedingt, unbedingt! Ich hatte schon längst die Absicht, ein ordentliches Leben zu beginnen, mich der Wirtschaft zu widmen, meine Lebensweise einzuschränken. Doch der Dämon der Versuchung hat mich verführt, der Satan, der Teufel, die Ausgeburt der Hölle!"

Neue, ihm bisher unbekannte Gefühle, die er sich gar nicht erklären konnte, erfüllten plötzlich seine Seele, als wollte in ihm etwas erwachen, etwas Fernes, etwas …[1] etwas, was in seiner frühesten Kindheit von den strengen toten Predigten, von der Freudlosigkeit der langweiligen Kinderjahre, der Öde des Vaterhauses, der Einsamkeit, der Armut der ersten Eindrücke erstickt worden war; als wollte sich das, was …[1] war, vom strengen Auge des Schicksals, das ihn traurig durch ein trübes, schneeverwehtes Fenster angeblickt hatte, nun in die Freiheit drängen. Ein Stöhnen entrang sich seinen Lippen, er bedeckte sein Gesicht mit beiden Händen und sagte mit schmerzlicher Stimme: „Es ist wahr, es ist wahr!"

„Auch die Menschenkenntnis und Ihre ganze Erfahrung haben Ihnen auf dem Wege des Unrechts nicht helfen können. Wenn Sie aber auf dem Wege des Rechts stünden! … Ach, Pawel Iwanowitsch, warum haben Sie sich zugrunde gerichtet? Erwachen Sie doch. Es ist noch nicht zu spät, es ist noch Zeit! …"

„Nein, es ist zu spät, es ist zu spät!" stöhnte er mit einer Stimme, vor der Murasows Herz beinahe entzweiriß. „Ich fange an zu fühlen, daß ich einen falschen Weg gehe, daß ich mich vom wahren Weg weit entfernt habe, aber ich kann nicht

[1] Lücke im Manuskript.

mehr zurück! Nein, ich bin nicht so erzogen. Mein Vater erteilte mir Lehren, schlug mich, zwang mich schöne Moralvorschriften abzuschreiben; dabei stahl er vor meinen Augen bei den Nachbarn Holz und zwang mich, ihm dabei zu helfen. Vor meinen Augen strengte er einen falschen Prozeß an und verführte ein Waisenkind, dessen Vormund er war. Das Beispiel ist immer stärker als jede Vorschrift. Ich sehe, ich fühle, Afanassij Wassiljewitsch, daß ich nicht so lebe, wie man leben muß, doch mein Abscheu vor dem Laster ist nicht groß genug, meine Natur ist verroht, mir fehlt die Liebe für das Gute, jene schöne Neigung zu gottgefälligen Werken, die bald zur zweiten Natur, zur Gewohnheit wird ... Ich habe nicht den gleichen Eifer, für das Gute zu wirken, wie in meinem Streben nach Gewinn. Ich spreche die Wahrheit – was soll ich machen?"

Der Alte seufzte tief auf ...

„Pawel Iwanowitsch! Sie haben doch soviel Willenskraft, soviel Geduld. Die Arznei ist bitter, aber der Kranke nimmt sie, weil er weiß, daß er anders nicht genesen kann. Ihnen fehlt die Liebe für das Gute – tun Sie dann das Gute gewaltsam, ohne es zu lieben. Das wird Ihnen noch höher angerechnet werden, als einem, der das Gute aus Liebe für das Gute tut. Zwingen Sie sich nur dazu, dann wird auch die Liebe kommen. Glauben Sie mir, das kommt vor. Es ist uns gesagt worden: ‚Jedermann dringt in das Reich Gottes mit Gewalt hinein.' Nur indem man es sich erkämpft ... Man muß gewaltsam nach ihm streben, man muß es mit Gewalt erzwingen. Ach, Pawel Iwanowitsch! Sie haben doch diese Kraft, Pawel Iwanowitsch! Sie haben doch diese Kraft, die die anderen nicht haben, diese eiserne Geduld – ist es möglich, daß Sie es nicht erringen? Sie würden, glaube ich, die Kräfte eines Helden aufbringen. Sonst sind die Menschen heute so willenlos und schwach."

Man sah, wie diese Worte Tschitschikow tief in die Seele drangen und auf ihrem Grunde etwas wie Ehrgeiz weckten. Aus seinen Augen leuchtete etwas. Wenn es auch kein Entschluß war, so war es doch etwas Mächtiges, was einem Entschluß ähnlich sah ...

„Afanassij Wassiljewitsch!" sagte er mit fester Stimme. „Wenn Sie mir nur die Freiheit und die Möglichkeit erwirken, von hier auch mit dem kleinsten Vermögen zu entkommen, so gebe ich Ihnen mein Wort, daß ich ein neues Leben beginnen werde. Ich kaufe mir damit ein kleines Gut, werde Landwirt; werde Geld sparen, doch nicht für mich, sondern um den anderen zu helfen, werde nach Kräften Gutes tun; ich werde mich selbst und alle die städtischen Schlemmereien und Trinkgelage vergessen und ein einfaches, nüchternes Leben führen."

„Gott gebe Ihnen die Kraft zu diesem Entschluß!" sagte der Alte erfreut. „Ich will mein möglichstes tun, um beim Fürsten Ihre Befreiung zu erwirken. Ob es mir gelingen wird, weiß Gott allein. Jedenfalls wird Ihr Los erleichtert werden. Ach, mein Gott! Umarmen Sie mich! Lassen Sie sich umarmen. Eine große Freude haben Sie mir bereitet! Nun, mit Gott, ich gehe sofort zum Fürsten."

Tschitschikow blieb allein.

Sein ganzes Wesen war erschüttert und erweicht. Selbst das Platin, das härteste der Metalle, das dem Feuer am längsten widersteht, schmilzt, wenn man die Flammen mit dem Blasebalg zur unerträglichen Glut anfacht – das eigensinnige Metall wird weiß und verwandelt sich in Flüssigkeit; auch der stärkste Mensch gibt im Schmelzofen der Schicksalsschläge nach, wenn sie, immer stärker werdend, seine verhärtete Natur mit ihren Flammen belecken ...

Ich verstehe und fühle es zwar nicht, werde aber alle Kräfte aufwenden, damit es die anderen fühlen; ich selbst bin schlecht und ...[1] nichts, werde aber alle Kräfte aufwenden, um die anderen umzustimmen; ich bin selbst ein schlechter Christ, werde aber alle Kräfte aufwenden, um kein Ärgernis zu geben. Ich werde mich bemühen, werde auf dem Lande im Schweiße meines Angesichts arbeiten und rechtschaffen sein, um einen guten Einfluß auf die anderen auszuüben. Tauge ich denn wirklich zu nichts mehr? Ich habe doch Fähigkeiten, die man in der Landwirtschaft braucht; ich bin sparsam, geschickt, vernünftig, sogar ausdauernd. Ich muß nur den Entschluß fassen ...

So dachte Tschitschikow und schien mit den halb erwachten Kräften seiner Seele etwas zu erfassen. Seine Natur schien dunkel zu ahnen, daß es eine Pflicht gibt, die der Mensch auf Erden erfüllen muß, die er überall, in jedem Winkel erfüllen

[1] Lücke im Manuskript.

kann, trotz aller widrigen Umstände, Verwirrungen und Einflüsse, die den Menschen umschwirren, wo er auch steht. Er sah schon das fleißige Leben, fern vom Lärm der Städte, fern von den Versuchungen, die der müßige, der Arbeit entwöhnte Mensch erfunden hat, so deutlich vor sich, daß er das Unangenehme seiner Lage beinahe vergaß und vielleicht auch bereit war, der Vorsehung für diesen harten Schlag zu danken, wenn man ihn nur herausließe und ihm auch nur einen Teil seines Vermögens zurückgäbe ... Die schmale Tür seiner schmutzigen Zelle ging aber auf, und herein trat eine beamtete Person – Samoswitow, ein Epikuräer, ein flotter Kerl mit breiten Schultern und langen Beinen, ein guter Kamerad, Bummler und eine geriebene Bestie, wie ihn seine Kollegen nannten. Zu Kriegszeiten hätte der Mensch wahre Wunder vollbringen können; ihn könnte man beauftragen, sich durch eine unwegsame und gefährliche Gegend durchzuschlagen, dem Feind eine Kanone vor der Nase zu stehlen – das wäre was für ihn. Doch aus Ermanglung einer kriegerischen Schaubühne, auf der er vielleicht ein ehrlicher Mensch geworden wäre, verwendete er alle seine Kräfte auf schlechte Streiche. Eine seltsame Sache! So sonderbar waren seine Überzeugungen und Moralregeln. Seinen Kameraden gegenüber benahm er sich tadellos; er verriet niemand und hielt stets sein Wort; doch die Vorgesetzten betrachtete er als eine Art feindliche Batterie, durch die er sich durchschlagen mußte, indem er sich jede schwache Stelle, jede Bresche und Nachlässigkeit zunutze machen durfte.

„Wir sind über Ihre Lage unterrichtet, wir haben alles gehört!“ sagte er, nachdem er sich überzeugt hatte, daß die Tür hinter ihnen fest verschlossen war. „Macht nichts, macht nichts! Verzagen Sie nicht, alles kommt in Ordnung. Wir alle werden für Sie arbeiten und stehen zu Ihren Diensten. Dreißigtausend Rubel für alle, und fertig.“

„Wirklich?“ rief Tschitschikow aus. „Und ich werde ganz freigesprochen?“

„Vollkommen! Sie werden sogar eine Entschädigung für Ihre Verluste bekommen.“

„Und für Ihre Mühe?“

„Dreißigtausend. Für alle: für die Unserigen, für die Beamten des Generalgouverneurs und für den Sekretär.“

„Aber erlauben Sie, wie kann ich es machen? ... Alle meine Sachen ... die Schatulle ... alles ist versiegelt und beschlagnahmt ...“

„In einer Stunde haben Sie alles wieder. Also abgemacht?“

Tschitschikow schlug ein. Sein Herz klopfte, und er traute nicht recht, daß es möglich sei ...

„Inzwischen leben Sie wohl! Unser gemeinsamer Freund ließ Ihnen sagen, daß das Wichtigste jetzt Ruhe und Geistesgegenwart sind.“

Hm! dachte Tschitschikow, ich verstehe: der Rechtsbeistand!

Samoswitow verschwand. Als Tschitschikow allein geblieben war, konnte er seinen Worten noch immer nicht trauen; aber es war keine halbe Stunde nach diesem Gespräch vergangen, als ihm seine Schatulle gebracht wurde: die Papiere, das Geld – alles war in der schönsten Ordnung. Samoswitow erschien in der Rolle eines Aufsichtsbeamten: er erteilte den Wachtposten eine Rüge, weil sie nicht wachsam genug seien, befahl dem Aufseher, noch einige Soldaten zur Verstärkung kommen zu lassen, nahm nicht nur die Schatulle, sondern auch alle Papiere, die Tschitschikow irgendwie kompromittieren konnten, zu sich, schnürte alles zusammen, versiegelte es und schickte das alles mit einem Soldaten zu Tschitschikow unter der Vorspiegelung, daß es Dinge seien, die der Verhaftete für die Nacht brauche; so erhielt Tschitschikow zugleich mit den Papieren auch noch warme Sachen, um seinen sterblichen Leib zu bedecken. Diese schnelle Zustellung machte ihm unsagbare Freude. Er faßte Hoffnung, und schon schwebten ihm allerlei schöne Dinge vor: am Abend Theater und die Tänzerin, der er die Cour machte. Das Landleben und die Stille erschienen ihm wieder blasser, die Stadt und der Lärm dagegen leuchtender und klarer ... Oh, Leben!

Unterdessen war in den Gerichten und Kanzleien eine Affäre von grenzenlosen Dimensionen entstanden. Die Federn der Schreiber arbeiteten unermüdlich; gewitzigte Rechtsverdreher mühten sich ab, hier und da eine Prise nehmend und jede knifflige Zeile mit einem geradezu künstlerischen Genuß betrachtend. Der Rechtsbeistand lenkte wie ein verborgener Magier den ganzen Mechanismus; ehe sich es jemand versah, hatte er schon alle mit seinen Netzen umgarnt. Der Wirrwarr wurde immer größer. Samoswitow übertraf sich selbst an Kühnheit und unerhörter Frechheit. Nachdem er in Erfahrung gebracht hatte, wo die verhaftete Frau saß, ging er direkt hin und trat so keck als Vorgesetzter auf, daß der Posten salutierte und strammstand. „Stehst du schon lange hier?" – „Seit heute früh, Euer Wohlgeboren." – „Wann kommt die Ablösung?" – „In drei Stunden, Euer Wohlgeboren." – „Ich werde dich brauchen. Ich will dem Offizier sagen, daß er statt deiner einen anderen herkommandiert." – „Zu Befehl, Euer Wohlgeboren!" Samoswitow fuhr sofort nach Hause und verkleidete sich selbst, um niemand anderen in die Sache zu verwickeln, als Gendarm; plötzlich hatte er Schnurr- und Backenbart – der Teufel selbst würde ihn nicht erkennen. Er ging ins Haus, wo Tschitschikow wohnte, packte das erste beste Weib, das ihm in die Hände fiel, übergab es zwei geschickten Beamten, die ebenso gerieben waren wie er selbst, und begab sich mit seinem Schnurrbart und mit dem Gewehr, ganz wie es sich gehört, zu dem Wachtposten: „Geh zu …[1] Der Kommandant hat mich hergeschickt, um dich abzulösen!" Er löste ihn ab und stellte sich selbst mit dem Gewehr hin. Das war alles, was er brauchte. Währenddessen kam an die Stelle des früheren Weibes ein anderes, das nichts wußte und nichts verstand. Das erste Weib versteckte man inzwischen so gründlich, daß man auch später nicht mehr erfahren konnte, wo es hingekommen war. Während Samoswitow sich in der Verkleidung eines Kriegers auf diese Weise betätigte, vollbrachte der Rechtsbeistand wahre Wunder auf dem Gebiet der Zivilverwaltung. Er ließ den Gouverneur auf Umwegen wissen, daß der Staatsanwalt eine geheime Anzeige gegen ihn schreibe; dem Gendarmerieoberst ließ er mitteilen, daß ein sich in der Stadt geheim aufhaltender Beamter gegen ihn Anzeigen schreibe; den sich geheim aufhaltenden Beamten überzeugte er, daß es einen noch geheimeren Beamten gebe, der ihn denunziere – so versetzte er alle in eine solche Lage, daß sie sich von ihm Ratschläge holen mußten. Es gab einen furchtbaren Wirrwarr. Eine geheime Anzeige folgte der anderen, und es kamen solche Dinge an den Tag, wie sie die Sonne nie gesehen hatte, und selbst solche, die überhaupt nicht existierten. Alles kam auf und wurde mit verwertet: wer unehelich geboren war, aus welchem

[1] Lücke im Manuskript.

Stande wer stammte, wer eine Geliebte hatte und wessen Frau wem nachlief. Zahllose ärgerniserregende Skandalgeschichten wurden bekannt, und alles vermengte sich dermaßen mit dem Fall Tschitschikows und mit den toten Seelen, daß man unmöglich entscheiden konnte, welche von diesen Affären die unsinnigste war. Beide schienen von gleicher Güte. Schließlich liefen auch beim Generalgouverneur allerlei Papiere ein, und der arme Fürst konnte nichts begreifen. Ein sehr kluger und geschickter Beamter, der beauftragt war, einen Auszug aus allen Akten zu machen, wurde beinahe verrückt, da er unmöglich den Kern der Sache erfassen konnte. Der Fürst hatte um jene Zeit auch noch verschiedene andere Sorgen, eine unangenehmer als die andere. In einem Teil des Gouvernements herrschte Hungersnot. Die Beamten, die man hingeschickt hatte, um Brot zu verteilen, führten diesen Auftrag nicht so aus, wie sie sollten. Im anderen Teil des Gouvernements regten sich die Sektierer. Jemand ließ unter ihnen das Gerücht los, daß der Antichrist erschienen sei, der auch die Toten nicht in Ruhe lasse und tote Seelen aufkaufe. Sie taten Buße und sündigten und brachten unter dem Vorwand, den Antichrist einfangen zu wollen, mehrere Nichtantichristen um. In einer anderen Gegend empörten sich die Bauern gegen die Gutsbesitzer und die Polizeihauptleute. Irgendwelche Vagabunden verbreiteten unter ihnen das Gerücht, daß die Zeit anbreche, wo die Bauern Gutsbesitzer werden und Fräcke anziehen müßten; die Gutsbesitzer würden aber Bauernkittel anziehen und Bauern werden; eine ganz große Gemeinde weigerte sich, ohne zu überlegen, daß es dann viel zu viele Gutsbesitzer und Polizeihauptleute geben würde …[1] die Steuern zu bezahlen. Man mußte zu Zwangsmaßregeln greifen. Der arme Fürst war in der übelsten Laune. Da meldete man ihm den Besuch des Branntweinpächters. „Soll er nur kommen“, sagte der Fürst. Der Alte trat ein.

„Da haben Sie Ihren Tschitschikow! Sie sind immer für ihn eingetreten und haben ihn verteidigt. Jetzt hat man ihn aber bei einer Sache erwischt, für die auch der schlimmste Gauner nicht zu haben wäre.“

„Gestatten Sie mir die Bemerkung, Durchlaucht, daß ich diese ganze Angelegenheit nicht recht verstehe.“

[1] Lücke im Manuskript.

„Die Fälschung eines Testaments, und was für eine! ... Darauf steht öffentliche Knutenstrafe!“

„Durchlaucht, ich will Tschitschikow nicht verteidigen, aber ich muß sagen, daß die Sache noch nicht bewiesen ist. Die Untersuchung ist noch nicht abgeschlossen.“

„Es gibt Beweise. Die Frau, die die Rolle der Verstorbenen spielen mußte, ist verhaftet. Ich will sie sofort in Ihrer Gegenwart vernehmen.“ Der Fürst klingelte und befahl die Frau zu holen.

Murasow schwieg.

„Eine ganz ehrlose Sache! Zu unserer Schande sind auch die höchsten Beamten der Stadt verwickelt, sogar der Gouverneur. Er dürfte doch nichts mit den Dieben und Spitzbuben zu tun haben!“ sagte der Fürst erregt.

„Der Gouverneur ist ja auch Erbe; er durfte wohl gewisse Ansprüche erheben; und daß die anderen sich von allen Seiten an die Affäre geklammert haben, ist doch nur menschlich, Durchlaucht! Eine reiche Frau ist, ohne eine kluge und gerechte letztwillige Verfügung zu hinterlassen, gestorben; nun sind von allen Seiten Leute herbeigestürzt, die gern einen Bissen erwischen möchten – das ist nur menschlich ...“

„Aber wozu alle die Gemeinheiten? ... Diese Schurken!“ sagte der Fürst empört. „Ich habe keinen einzigen anständigen Beamten, alle sind Schurken!“

„Durchlaucht! Wer von uns ist denn wirklich anständig? Alle Beamten unserer Stadt sind nur Menschen; alle haben ihre Vorzüge, sündigen kann aber ein jeder!“

„Hören Sie, Afanassij Wassiljewitsch: Sagen Sie mir – ich kenne Sie als einen ehrlichen Menschen –, was haben Sie für eine merkwürdige Leidenschaft, alle Schurken in Schutz zu nehmen?“

„Durchlaucht“, sagte Murasow, „wenn Sie jemand auch einen Schurken nennen, so ist er doch immerhin ein Mensch. Wie soll man den Menschen nicht verteidigen, wenn man weiß, daß er die Hälfte seiner Verbrechen aus Roheit und Unbildung verübt? Wir alle begehen auf Schritt und Tritt Ungerechtigkeiten und verschulden jeden Augenblick das Unglück unserer Mitmenschen, selbst ohne jede böse Absicht. Auch Eure Durchlaucht haben eine große Ungerechtigkeit begangen.“

„Wie!“ rief der Fürst erstaunt aus, bestürzt über diese unerwartete Wendung des Gesprächs.

Murasow schwieg eine Weile, als überlegte er sich etwas und sagte schließlich: „Nun, zum Beispiel in der Affäre Djerpjennikow.“

„Afanassij Wassiljewitsch! Das war doch ein Verbrechen gegen die Grundgesetze des Staates, beinahe Landesverrat!“

„Ich verteidige ihn nicht. War es aber gerecht, einen Jüngling, der sich in seiner Unerfahrenheit von anderen hatte verführen und verlocken lassen, ebenso zu bestrafen, wie einen der Rädelsführer? Djerpjennikow hat ja dasselbe Schicksal erfahren, wie ein Woronnoj-Drjannoj; ihre Verbrechen waren aber nicht gleich.“

„Um Gottes willen …“, sagte der Fürst in sichtbarer Erregung. „Wissen Sie etwas darüber? Sagen Sie es mir. Ich habe erst kürzlich nach Petersburg geschrieben und um die Milderung seines Loses gebeten.“

„Nein, Durchlaucht, ich will nicht gesagt haben, daß ich etwas weiß, was Sie nicht wissen. Obwohl es wirklich einen Umstand gibt, der ihm nützen könnte; er wird aber von ihm keinen Gebrauch machen wollen, weil darunter ein anderer leiden könnte. Ich frage mich bloß, ob Sie damals nicht doch etwas voreilig gehandelt haben? Entschuldigen Sie, Durchlaucht, ich urteile nur nach meinem schwachen Verstand. Sie haben mich mehrmals aufgefordert, aufrichtig zu sprechen. Als ich noch selbst Vorgesetzter war, hatte ich allerlei Arbeiter unter mir, gute und schlechte. Man muß auch das Vorleben eines Menschen mit in Betracht ziehen. Wenn man nicht alles kaltblütig untersucht, sondern gleich zu schreien anfängt – so schüchtert man den Menschen nur ein und bekommt von ihm kein Geständnis zu hören. Wenn man ihn aber mit Teilnahme, wie einen Bruder, ausfragt – so sagt er alles von selbst und bittet nicht mal um Milderung der Strafe; er ist auch gegen niemand erbittert, denn er sieht klar, daß nicht ich ihn bestrafe, sondern das Gesetz.“

Der Fürst wurde nachdenklich. In diesem Augenblick trat ein junger Beamter ins Zimmer und blieb respektvoll mit seinem Portefeuille in der Hand stehen. Sorge und Anstrengung spiegelten sich in seinem jugendlichen, noch frischen Gesicht. Offenbar wurde er nicht umsonst für besondere Aufträge verwendet. Er war einer der wenigen Beamten, die ihr Amt con amore versahen. Weder von Ehrgeiz noch von Habgier bewegt, auch nicht um es den anderen gleichzutun, tat er seinen Dienst nur aus dem Grunde, weil er überzeugt war, daß er für diese und keine andere Stellung geschaffen war, daß er überhaupt nur dazu lebte. Eine Sache erforschen, in allen Teilen untersuchen, alle Fäden eines verwickelten Falles entwirren – das war seine Sache. Er war für alle seine Mühen, alle schlaflosen Nächte und Anstrengungen reichlich belohnt, wenn die Sache sich zu klären begann, wenn die verborgensten Gründe ans Licht kamen und er sich imstande fühlte, das Ganze mit wenigen Worten deutlich und klar darzustellen, so daß es einem jeden offenbar und verständlich sein würde. Man kann wohl sagen, kein Schüler hat sich noch so sehr gefreut, wenn es ihm gelang, irgendeinen schwierigen Satz zu entwirren und den Sinn des Gedankens eines großen Schriftstellers zu erfassen, wie er sich freute, wenn sich vor seinen Blicken eine verworrene Sache klärte …[1]

„… mit Brot in den Gegenden, die von der Hungersnot betroffen sind; ich kenne dieses Gebiet besser als alle Beamten; ich werde persönlich untersuchen, was jeder braucht. Wenn Eure Durchlaucht mir gestatten, will ich auch mit den Sektierern sprechen. Mit unsereinem, einem einfachen Mann, werden sie viel eher reden wollen, und so wird die Sache, so Gott will, vielleicht auf friedlichem Wege erledigt werden. Die Beamten werden es aber niemals fertigbringen. Es wird gleich eine Schreiberei beginnen, und sie werden sich so in die Akten vergraben, daß sie die Sache selbst nicht mehr sehen werden. Das Geld werde ich aber von Ihnen nicht annehmen, denn es ist, bei Gott, eine Schande, an seinen eigenen Vorteil zu denken, zu einer Zeit, wo die Menschen Hungers sterben. Ich habe noch einige Getreidevorräte; auch habe ich schon meine Leute nach Sibirien geschickt, und zum nächsten Sommer werden sie mir neues Getreide bringen."

„Gott allein kann Sie für diesen Dienst belohnen, Afanassij Wassiljewitsch. Ich aber werde Ihnen kein Wort sagen, denn jedes Wort ist, wie Sie es wohl selbst fühlen, ohnmächtig. Aber gestatten Sie mir nur eines zu Ihrer Bitte zu bemerken. Sagen Sie selbst: Habe ich das Recht, an dieser Sache achtlos vor-

[1] An dieser Stelle eine große Lücke im Manuskript.

überzugehen, und wird es gerecht und ehrlich von mir sein, wenn ich diesen Schurken verzeihe?"

„Durchlaucht, bei Gott, man darf sie so nicht nennen, um so mehr, als unter ihnen auch viele würdige Männer sind. Schwierig ist zuweilen die Lage des Menschen, Durchlaucht, furchtbar schwierig. Es kommt vor, daß der Mensch die ganze Schuld zu tragen scheint; wenn man aber genauer hinsieht, so ist er unschuldig."

„Aber was werden sie selbst sagen, wenn ich die Sache niederschlage? Viele von ihnen werden noch hochnäsiger werden und sogar sagen, sie hätten uns Angst eingejagt. Sie werden die ersten sein, die allen Respekt verlieren ..."

„Durchlaucht, erlauben Sie mir, Ihnen meine Meinung zu sagen: Lassen Sie sie alle kommen, sagen Sie ihnen, daß Sie alles wissen; schildern Sie ihnen Ihre eigene Lage genauso, wie Sie sie soeben mir geschildert haben, und fragen Sie sie um Rat, was ein jeder von ihnen an Ihrer Stelle wohl tun würde."

„Sie meinen wohl, daß ihnen edlere Regungen mehr eigen sind, als Ränke und Habgier? Glauben Sie mir: Sie werden mich auslachen."

„Das glaube ich nicht, Durchlaucht. Jeder Mensch, selbst der schlechte Mensch, hat doch einen Instinkt für die Gerechtigkeit. Vielleicht stimmt das nur bei einem Juden nicht, doch der Russe ... Nein, Durchlaucht, Sie haben nichts zu verheimlichen. Sprechen Sie zu ihnen genauso, wie Sie zu mir gesprochen haben. Sie schmähen Sie als einen stolzen, ehrgeizigen Menschen, der auf nichts hören will und selbstbewußt ist – sollen sie nun sehen, wie es sich in Wirklichkeit verhält. Was kümmert Sie das? Ihre Sache ist doch gerecht. Sagen Sie das ihnen so, als beichten Sie nicht ihnen, sondern dem Herrn selbst."

„Afanassij Wassiljewitsch", sagte der Fürst nachdenklich, „ich will es mir überlegen, einstweilen danke ich Ihnen aber für Ihren Rat."

„Den Tschitschikow wollen Sie aber freilassen, Durchlaucht."

„Sagen Sie diesem Tschitschikow, er soll sich aus dem Staub machen, und zwar so schnell als möglich, und je weiter, um so besser. Ihm würde ich niemals verzeihen."

Murasow begab sich vom Fürsten direkt zu Tschitschikow.

Er traf ihn bereits in guter Laune an, mit einem recht anständigen Mittagessen beschäftigt, das man ihm in einem Fayencegeschirr aus einer gleichfalls recht anständigen Garküche gebracht hatte. Schon aus seinen ersten Worten merkte der Alte, daß Tschitschikow inzwischen mit einigen von den beamteten Rechtsverdrehern gesprochen hatte. Er begriff sogar, daß auch der gerissene Rechtsbeistand unsichtbar mit hineinspielte.

„Hören Sie mal, Pawel Iwanowitsch“, sagte er, „ich bringe Ihnen die Freiheit unter der Bedingung, daß Sie sofort diese Stadt verlassen. Packen Sie alle Ihre Habseligkeiten und machen Sie sich mit Gott auf den Weg, ohne auch nur einen Augenblick zu säumen, denn Ihre Sache steht jetzt noch schlimmer. Ich weiß, Sie sind jetzt von einem gewissen Menschen beeinflußt; darum teile ich Ihnen vertraulich mit, daß eben noch eine Affäre an den Tag kommt, die so schlimm ist, daß Ihnen keine Macht auf Erden mehr helfen kann. Er ist natürlich froh, wenn er aus Zeitvertreib andere Menschen ins Verderben stürzen kann, doch die Sache kommt bald an den Tag. Als ich Sie verließ, waren Sie in einer guten Gemütsverfassung, in einer viel besseren als jetzt. Mein Rat ist vollkommen ernstgemeint. Bei Gott, es kommt wirklich nicht auf dieses Vermögen an, um dessentwillen die Menschen einander bekämpfen und umbringen, als ob es möglich wäre, sein irdisches Leben in Ordnung zu bringen, ohne an das künftige Leben zu denken! Glauben Sie es mir, Pawel Iwanowitsch: Solange die Menschen nicht alles, um dessentwillen sie sich zerfleischen und auffressen, aufgeben, solange sie nicht daran denken, ihre geistige Habe in Ordnung zu bringen, kann auch die irdische Habe nicht in Ordnung gebracht werden. Es werden Zeiten des Hungers und der Armut kommen, wie für das ganze Volk, so auch für jeden einzelnen Menschen ... Das ist klar. Sie mogen sagen, was Sie wollen, der Leib hängt doch nur von der Seele ab. Wie kann man nur erwarten, daß alles nach Wunsch gehe? Denken Sie nicht an die toten Seelen, sondern an Ihre eigene lebendige Seele und betreten Sie mit Gottes Hilfe den neuen Weg! Ich reise auch morgen ab. Beeilen Sie sich! Sonst wird es in meiner Abwesenheit ein Unglück geben.“

Der Alte ging, nachdem er dies gesagt hatte, hinaus. Tschitschikow wurde nachdenklich. Der Sinn des Lebens erschien ihm wieder gar nicht so unwichtig. – Murasow hat recht – sagte er. – Es ist Zeit, einen neuen Weg zu beginnen! – Nach diesen Worten verließ er das Gefängnis. Der Wachtposten schleppte ihm seine Schatulle nach … Selifan und Petruschka freuten sich über die Befreiung ihres Herrn so, als ob es Gott weiß was für ein Glück wäre. „Nun, meine Lieben“, sagte Tschitschikow, sich gnädig an sie wendend, „wir müssen packen und abreisen.“

„Wie der Wind werden wir fahren, Pawel Iwanowitsch!“ sagte Selifan. „Der Weg ist jetzt wohl gut, es ist genug Schnee gefallen. Es ist wirklich Zeit, aus dieser Stadt herauszukommen. Ich habe sie so satt, daß ich sie nicht mehr ansehen mag.“

„Geh zum Wagenbauer und laß unseren Wagen auf Schlittenkufen setzen“, sagte Tschitschikow und begab sich in die Stadt; aber er hatte keine Lust, Abschiedsvisiten zu machen. Nach allen diesen Ereignissen wäre ihm dies auch unangenehm, um so mehr, als in der Stadt allerlei ungünstige Gerüchte über ihn umliefen. Er ging allen Begegnungen aus dem Wege und begab sich nur ganz still zu dem Kaufmann, bei dem er das Tuch von Navarinoscher Flammenfarbe mit Pulverrauch gekauft hatte; er kaufte wieder vier Arschin für Frack und Hose und ging dann zu demselben Schneider. Der Schneidermeister entschloß sich, für den doppelten Preis die Arbeit zu beschleunigen; alle Mitarbeiter seiner Werkstatt mußten die ganze Nacht bei Kerzenlicht mit Nadeln, Bügeleisen und Zähnen arbeiten, und der Frack war auch wirklich am nächsten Tage, wenn auch etwas spät, fertig. Die Pferde waren schon angespannt. Tschitschikow probierte aber dennoch den Frack an. Er war schön, genauso schön, wie der erste. Doch wehe! Er bemerkte etwas Glattes und Weißes durch seine Haare hindurchschimmern und sagte traurig: „Warum ließ ich mich nur so von der Verzweiflung hinreißen? Am allerwenigsten durfte ich mir aber mein Haar ausraufen.“ Er rechnete mit dem Schneider ab und verließ endlich die Stadt in einer sehr merkwürdigen Gemütsverfassung. Es war nicht mehr der alte Tschitschikow; es war nur eine Ruine des alten Tschitschikow. Sein Seelenzustand ließe sich mit einem in seine einzelnen Bestandteile zerlegten Gebäude vergleichen, welches aus diesen Bestandteilen neu aufgebaut werden soll; mit dem Neubau hat man aber noch nicht begonnen, weil der Architekt noch keinen endgültigen Plan geschickt hat, und die Arbeiter stehen ganz ratlos da. Eine Stunde vor Tschitschikows Abreise machte sich auch Murasow mit Potapytsch in einem einfachen, mit Bastmatten gedeckten Wagen auf den Weg, und eine Stunde nach Tschitschikows Abreise erging an alle Beamten der Befehl, zum Fürsten zu kommen, der sie vor seiner Abreise nach Petersburg noch sehen wolle.

Im großen Saal des Hauses des Generalgouverneurs versammelten sich sämtliche Beamte der Stadt, vom Gouverneur bis zum Titularrat abwärts: die Kanzleivorstände, die Abteilungsvorstände, die Räte, die Assessoren, Kislojedow, Krasnonossow, Samoswitow, solche, die man bestechen konnte, solche, die man nicht bestechen konnte, Gauner, halbe Gauner und keine Gauner. Alle warteten nicht ohne Aufregung auf das Erscheinen des Generalgouverneurs. Der Fürst kam zu ihnen heraus; er war weder düster noch heiter. Seine Blicke waren ebenso sicher wie seine Schritte. Die versammelten Beamten verneigten sich, viele sehr tief. Der Fürst dankte mit einer leichten Verbeugung und begann:

„Vor meiner Abreise nach Petersburg hielt ich es für angemessen, Sie alle noch einmal zu sehen und Ihnen zum Teil auch die Gründe zu erklären. Bei uns ist eine sehr ärgerniserregende Sache im Gange. Ich glaube, viele von den Anwesenden wissen, was für eine Sache ich meine. Diese Sache hat zur Aufdeckung anderer, nicht weniger schmachvoller Sachen geführt, in die schließlich auch solche Menschen verwickelt sind, die ich bisher für ehrlich hielt. Mir ist auch das geheime Ziel der Machenschaften bekannt: alles dermaßen zu verwirren, daß es gänzlich unmöglich werde, eine Entscheidung auf formalem Wege zu treffen. Ich weiß sogar, wer der Haupträdelsführer ist und durch wessen geheime …[1] obwohl er seine Teilnahme sehr geschickt zu verheimlichen gewußt hat. Die Sache ist nun die, daß ich mich entschlossen habe, das Verfahren nicht auf formalem Aktenwege, sondern durch das schnelle Kriegsgericht wie in Kriegszeiten durchzuführen, und ich hoffe, vom Kaiser die Ermächtigung dazu zu erwirken, wenn ich ihm den ganzen Fall darlege. In einem solchen Fall, wo keine Möglichkeit besteht, die Sache mit Hilfe der bürgerlichen Gesetze zu erledigen, wenn Schränke mit Akten ver-

[1] Lücke im Manuskript.

brennen und wenn man sich auch noch bemüht, durch eine Menge von falschen Aussagen, die mit der Sache nichts zu tun haben, und durch falsche Anzeigen diesen auch ohnehin dunklen Fall noch mehr zu verdunkeln – so halte ich das Kriegsgericht für das einzige Mittel. Nun möchte ich gerne auch Ihre Meinung darüber hören."

Der Fürst hielt inne, als erwartete er eine Antwort. Alle standen da, den Blick zu Boden gesenkt. Viele waren blaß.

„Es ist mir auch noch eine andere Sache bekannt, obwohl die Beteiligten fest davon überzeugt sind, daß sie niemals an den Tag kommen wird. Auch dieser Fall wird nicht auf dem Aktenwege behandelt werden, weil ich hier selbst Bittsteller und Supplikant bin und offensichtliche Beweise vorlegen werde."

In der Beamtenversammlung zuckte einer zusammen; auch manche andere von den Ängstlichen wurden verlegen.

„Es versteht sich von selbst, daß die Hauptschuldigen ihre Titel und Vermögen verlieren und dann auch ihrer Posten enthoben sein werden. Es versteht sich von selbst, daß dabei auch viele Unschuldige leiden werden. Aber was ist zu machen? Der Fall ist zu schmachvoll und schreit nach Gerechtigkeit. Obwohl ich weiß, daß dadurch nicht mal ein Exempel statuiert wird, weil an die Stelle der Bestraften sofort andere kommen werden, weil die, die bisher ehrlich waren, unehrlich werden und die, denen ich Vertrauen schenken werde, mich betrügen und verraten werden – trotz alledem muß ich hart vorgehen, denn die verletzte Gerechtigkeit schreit zum Himmel. Ich weiß, daß man mir Härte und Grausamkeit vorwerfen wird, aber ich weiß auch, daß diese ...[1] solche muß ich zu gefühllosen Werkzeugen der Gerechtigkeit machen, das auf die Häupter der ...[1] herabfallen soll ..."

Über alle Gesichter lief unwillkürlich ein Zittern.

Der Fürst war ruhig. Sein Gesicht drückte weder Zorn noch seelische Empörung aus.

„Derjenige, in dessen Hand das Schicksal vieler liegt und den keinerlei Bitten erweichen können, richtet jetzt selbst eine Bitte an euch. Alles soll vergessen, getilgt und vergeben werden, ich selbst will euer Fürsprecher sein, wenn ihr meine Bitte erfüllt. Ich bitte um folgendes. Ich weiß, daß man das Unrecht

[1] Lücke im Manuskript.

durch keinerlei Mittel, keinerlei Einschüchterung und keinerlei Strafen ausrotten kann, es hat schon zu tiefe Wurzeln gefaßt. Die schmachvolle Bestechlichkeit ist schon zu einer Notwendigkeit und einem Bedürfnis selbst bei solchen Leuten geworden, die nicht als Ehrlose geboren sind. Ich weiß, daß es vielen beinahe unmöglich ist, gegen den Strom zu schwimmen. Doch jetzt, in dem entscheidenden und heiligen Augenblick, wo es das Vaterland zu retten gilt, wo jeder Bürger alles trägt und seine ganze Habe opfert, muß ich wenigstens diejenigen anrufen, die noch ein russisches Herz in ihrer Brust haben und denen das Wort *Edelmut* verständlich ist. Was soll man noch davon reden, wer von uns die meiste Schuld hat? Vielleicht habe ich die größte Schuld; vielleicht habe ich euch anfangs zu streng empfangen; vielleicht habe ich durch übertriebenen Argwohn diejenigen abgestoßen, die aufrichtig bestrebt waren, mir nützlich zu sein, obwohl ich auch meinerseits hätte erreichen können, daß ...[1] Wenn es Ihnen tatsächlich um die Gerechtigkeit und um das Wohl Ihres Landes zu tun war, so hätten Sie sich durch meine hochmütige Haltung nicht verletzt fühlen dürfen; Sie hätten Ihren Ehrgeiz unterdrücken und alles Persönliche zum Opfer bringen müssen. Es wäre undenkbar, daß ich Ihre Selbstaufopferung und Ihre hohe Liebe zum Guten übersehen und Ihre nützlichen und klugen Ratschläge nicht angenommen hätte. Der Untergebene muß sich doch eher dem Charakter seines Vorgesetzten anpassen, als der Vorgesetzte dem des Untergebenen. Das wäre jedenfalls natürlicher und leichter, denn die Untergebenen haben nur einen Vorgesetzten, doch der Vorgesetzte hat hundert Untergebene. Aber lassen wir jetzt die Frage beiseite, wer der Schuldige ist. Es handelt sich darum, daß wir jetzt unser Land retten müssen; daß unser Land nicht an der Invasion von zwanzig feindlichen Völkern zugrunde geht, sondern an uns selbst; daß neben der rechtmäßigen Regierung eine andere Regierung entstanden ist, die viel mächtiger ist als jede rechtmäßige Regierung. Es sind bestimmte Satzungen aufgestellt worden, für alles hat man Preise festgesetzt, und diese Preise sind sogar allen bekannt. Kein Regent und wäre er auch weiser als alle Gesetzgeber und Regenten, kann das Übel ausrotten, und wenn er auch die Willkür der schlechten Beamten dadurch zu

[1] Lücke im Manuskript.

beschränken suchte, daß er sie von anderen Beamten überwachen ließe. Alles wird vergeblich bleiben, solange nicht ein jeder von uns das Gefühl hat, daß er sich ebenso gegen das Unrecht erheben muß, wie er sich in der Zeit der Erhebung der Völker gegen …[1] erhoben hat. Als Russe, der mit euch durch die Bande der Blutsverwandtschaft, durch das gleiche Blut verbunden ist, wende ich mich jetzt an euch. Ich wende mich an diejenigen unter euch, die eine Ahnung davon haben, was edle Gesinnung ist. Ich fordere euch auf, an die Pflicht zu denken, die der Mensch auf jedem Posten zu erfüllen hat. Ich fordere euch auf, auf die Pflicht und Schuldigkeit eures irdischen Amtes zu achten, weil wir es schon alle dunkel ahnen und weil wir kaum …[2]

---

[1] Lücke im Manuskript.
[2] Hier bricht das Manuskript ab.

NACHBEMERKUNG DES HERAUSGEBERS

Der I. Band der „Toten Seelen" wurde 1835 begonnen und 1841 beendet; das Buch erschien im Mai 1842. An Varianten existieren nur eine veränderte Fassung der letzten Hälfte des 9. Kapitels und zwei Fassungen der „Geschichte vom Hauptmann Kopejkin" (im 10. Kapitel).

Der II. Band wurde 1840 begonnen. Von der ersten Fassung sind einige Fragmente erhalten geblieben. Im Jahre 1842 arbeitete Gogol die ersten Kapitel dieser neuen Fassung um und schrieb sie ins reine. Der vollständige Text dieser umgearbeiten Fassung ist uns nicht erhalten geblieben: Gogol verbrannte ihn im Jahre 1845. Alles, was von dieser Reinschrift, die zahlreiche kleine und große Lücken aufweist, erhalten blieb, bildet den „Zweiten Teil" der vorliegenden Ausgabe.

Gogol arbeitete am zweiten Band der „Toten Seelen" bis zum Jahre 1850. Einigen seiner nächsten Freunde las er die fertigen Kapitel aus dem Manuskript vor. Dieses verbrannte er einige Tage vor seinem Tode (am 21. Februar 1852).